tea hit

Della stessa autrice in edizione TEA:

La trilogia di « Venti di tempesta »
Venti di tempesta
Profumi perduti
Una difficile eredità

Le indagini di Kate Linville
L'inganno
La palude
Senza colpa
La notte di Kate

Altri romanzi
La casa delle sorelle
La donna delle rose
Alla fine del silenzio
L'uomo che amava troppo
La doppia vita
L'ospite sconosciuto
Nemico senza volto
L'isola
L'ultima traccia
Nobody
Quando l'amore non finisce
Il peccato dell'angelo
Oltre le apparenze
L'ultima volta che l'ho vista
Giochi d'ombra
La scelta decisiva

Charlotte Link

La notte di Kate

Romanzo

Traduzione di
Alessandra Petrelli

TEA

Prima edizione italiana presso Corbaccio, gennaio 2023

TEA – Tascabili degli Editori Associati S.r.l., Milano
Gruppo editoriale Mauri Spagnol

Titolo originale
Einsame Nacht (Kate Linville 4)

Prima edizione TEA Hit aprile 2024

Prologo
Lunedì, 26 luglio 2010

Sdraiato sul divano, fissava il giardino e si chiedeva quando sarebbe finita la giornata.

D'estate era persino peggio, perché si sentiva ancora più escluso del solito. Il cielo azzurro e senza nuvole, il profumo di fiori e di erba appena tagliata, l'aria tiepida. La vita.

Nonostante il caldo c'era un bel freschino lì dentro. Ed era solo.

Alvin Malory si guardò intorno: la stanza era piccola e buia. Troppi mobili, troppo logori, troppo stipati. Era un posto dove non ci si poteva sentire a proprio agio. Preferiva la sua camera al piano di sopra, ma per arrivarci si sarebbe dovuto alzare dal divano e trascinare su per le scale. Gli bastava pensarci per sentirsi male. Le articolazioni doloranti. Il respiro affannato. E poi la scala era stretta e faceva una brusca curva. Odiava salirla. Odiava scenderla. Odiava stare sdraiato lì in salotto.

Odiava la sua vita.

Era circondato da vaschette di alluminio e scatole di polistirolo vuote, insieme a grandi bicchieri di carta anch'essi per la maggior parte vuoti. Oggi aveva ordinato indiano. Diverse porzioni di riso e agnello al curry, pollo vindaloo, pasticci di verdure, ravioli fritti, chapati. E Coca. Litri di Coca. Un dessert a base di miele, cocco e mandorle, dolcissimo. In realtà diversi dessert. Con tutto quello che aveva ordinato, avrebbe potuto sfamarsi tranquillamente una famiglia numerosa.

Doveva liberarsi delle confezioni prima del ritorno dei genitori. Sua madre era al corrente, suo padre non sapeva niente. Sua madre in seguito si sarebbe sbarazzata di tutti i contenitori, perché il padre avrebbe potuto notarli nel bidone della spazzatura proprio davanti a casa. Alvin infilava sempre tutto in un sacco nero che poi metteva nella dispensa, in fondo, nascosto dietro uno scaffale. In un secondo tempo sua madre lo portava via.

Si sollevò con un gemito. Come succedeva tutte le volte che aveva mangiato senza freni, era assalito da violenti sensi di colpa: aveva fallito di nuovo. Aveva dimostrato ancora una volta di non avere il minimo autocontrollo. Di non sapersi trattenere. Domani, domani avrebbe smesso. Non avrebbe ordinato niente. Assolutamente niente. Domani ce l'avrebbe fatta.

In segreto sapeva benissimo che non sarebbe stato così.

Alvin Malory aveva sedici anni, era alto un metro e settantacinque e pesava centosessantotto chili.

Si trascinò in cucina, prese dalla credenza un sacco della spazzatura, tornò in salotto, raccolse gli avanzi del pasto e portò tutto nella dispensa. Qualunque altro ragazzo avrebbe impiegato al massimo cinque minuti per portare a termine questo compito, Alvin alla fine ce ne aveva messi quasi venti. Chinarsi a raccogliere le scatole... andare su e giù... salotto, cucina, salotto, cucina... Bastava questo per fargli dolere le ossa, ed era in un bagno di sudore.

Soprattutto, provava un'oppressione al petto e aveva di nuovo quella sensazione di gelo interno, nonostante il caldo. Era come se la sua anima si stesse congelando. Avvertiva una tristezza quasi insopportabile, mescolata a una rabbia disperata. Vedeva se stesso con spietata chiarezza, mentre si aggirava per casa e sudava, invece di essere in spiaggia come i suoi coetanei, oppure a giocare a pallone o a mangiare un gelato con gli amici. Era estate, la scuola era finita. Contemplò la propria immagine con tanto di addome smisurato nei calzoni della tuta XXL. Osservò i piedi gonfi. Si vide in tutta la sua solitudine. Che riusciva a mitigare solo mangiando. Mentre mangiava non avvertiva il freddo. Mentre mangiava non si sentiva solo.

Diede un'occhiata intorno a sé in cucina. C'erano ancora vassoi di pasticcini coperti, e in frigorifero panini imbottiti, birra e limonata. Il giorno prima avevano festeggiato il compleanno della madre. C'erano stati ospiti. Mentre Alvin si domandava se il padre si sarebbe accorto che mancava qualche fetta di dolce, suonarono alla porta.

Alvin trasalì. Non suonava quasi nessuno quando lui era da solo. A parte ovviamente il fattorino con i cibi che aveva ordinato. Ma quel giorno era già passato.

Dalla finestra della cucina non riusciva a vedere la soglia della porta d'ingresso e per un attimo decise di fingere che in casa non ci fosse nessuno. Forse era un rappresentante di aspirapolveri. Oppure uno di quei testimoni di Geova.

Rimase immobile. Il campanello suonò di nuovo.

Se fosse andato ad aprire adesso, magari si sarebbe dimenticato della torta. Era meglio per il suo fisico. Meglio, nel caso suo padre avesse controllato quanta ne era rimasta.

Alvin zoppicò fino alla porta con i piedi doloranti.

L'aprì.

Dopo meno di un quarto d'ora rimpianse amaramente di averlo fatto.

Adesso che era in pensione, Isaac Fagan passava ogni giorno molte ore in giardino. Aveva piantato delle rose che si arrampicavano sul muro della sua casetta, e lungo lo steccato che delimitava la sua proprietà crescevano piante di consolida e girasoli. Un vero paradiso floreale secondo lui. Viveva da solo già da molti anni dopo essere rimasto vedovo, ma grazie al suo giardino non si sentiva mai triste fino in fondo. Curare le sue piante era per lui fonte di grande gioia: per spezzargli il cuore avrebbero dovuto scacciarlo dal suo paradiso.

Quel giorno aveva tosato il prato. A luglio non era necessario farlo troppo spesso, come invece succedeva in aprile, quando l'erba sembrava letteralmente crescere sotto gli occhi e non c'era tregua con il tosaerba. Comunque era un'attività che Isaac faceva volentieri, perché gli piaceva il profumo di erba appena tagliata. Oggi se l'era concessa di nuovo, anche se a ben vedere non sarebbe stato davvero indispensabile.

Costeggiando la staccionata raccolse con il rastrello i fili d'erba che erano sfuggiti dal cesto della tosatrice. Così facendo arrivò nel punto in cui la casa accanto era vicinissima alla sua proprietà. La famiglia Malory che viveva lì gli era simpatica. Il giorno prima aveva partecipato alla festa di compleanno di Mrs. Malory e si era sentito proprio bene in mezzo a tutte quelle persone. Peccato che i Malory non avessero messo a posto il giardino nemmeno in occasione della festa. L'erba era troppo alta, i cespugli sarebbero stati da potare. E nelle aiole crescevano le erbacce. D'altronde, marito e moglie lavoravano sodo e dove avrebbero potuto trovare il tempo per occuparsi di tutto quanto? Il figlio però, Alvin, avrebbe potuto dare una sistemata al giardino almeno di tanto in tanto. Ci avrebbe guadagnato anche in salute. Alvin era gentile e educato, ma era davvero troppo grasso e dava l'impressione di essere molto infelice. Isaac lo vedeva sempre da solo, probabilmente non aveva amici. Strano per un sedicenne, ma di sicuro dipendeva dal suo aspetto esteriore. Poveraccio.

Gettò un'occhiata verso quella casa. Alvin era in vacanza. Avrebbe avuto tutto il tempo... ma se ne stava quasi sempre sdraiato sul divano in salotto ad armeggiare con lo smartphone o come diavolo si chiamava quell'aggeggio che oggigiorno tutti tenevano in mano, e fissava lo schermo come se la vita vera fosse lì dentro. Da quel punto dello steccato Isaac poteva sbirciare nel salotto della famiglia Malory attraverso la porta a vetri. Fu quello che fece anche adesso, aspettandosi di vedere Alvin sdraiato sul divano.

Invece sussultò.

Che cos'era quello?

Proprio al di là della porta a vetri, dentro la stanza, c'era qualcosa... una forma massiccia, scura, ripiegata su se stessa... Isaac strizzò gli occhi per vedere meglio. Ma che cos'era? Una persona? Oppure un animale? O un oggetto? Da lì non sapeva dirlo con precisione. In genere non c'era niente in quel punto. Adesso invece c'era *qualcosa*.

Si avvicinò alla staccionata e si sporse dall'altra parte. Era giusto a pochi metri di distanza dalla porta. Il *qualcosa* si muoveva.

Si sollevò e guardò Isaac Fagan.

«Oddio» ansimò Isaac. Riconobbe Alvin solo perché l'essere al di là del vetro aveva la sua corporatura. Per il resto la faccia non conservava più niente di ciò che gli era proprio. Gli occhi erano sbarrati in maniera innaturale e fissi, i lineamenti contorti in una smorfia grottesca e dalla bocca gli usciva della schiuma che formava continuamente nuove bolle. Alvin alzò una mano e la lasciò scivolare contro il vetro in un gesto implorante. La mano poi ricadde inerte a terra. La testa di Alvin si piegò in avanti e lui vomitò quello che sembrava sangue.

«Oddio» ripeté Isaac. «Oddio!»

Che cosa era successo? La schiuma… una crisi epilettica? Gli occhi sbarrati… Isaac decise di scavalcare la staccionata. Doveva entrare in quella casa in un modo o nell'altro. Sapeva che Mr. e Mrs. Malory erano al lavoro come al solito, il ragazzo era solo e doveva essergli capitato qualcosa di brutto.

Lo steccato ondeggiò sotto il suo peso. Per un attimo Isaac temette di cadere nell'aiuola dall'altra parte. Per un uomo della sua età quella palizzata rappresentava un ostacolo notevole. In qualche modo riuscì nell'impresa, anche se un rumore di stoffa strappata gli indicò che si era rotto i pantaloni. Si ritrovò dall'altra parte, tra fiori, sterpaglie ed erba alta, e si asciugò il sudore dalla fronte. Davanti a lui la porta della terrazza, al di là Alvin, una massa informe, immobile. Era stramazzato su se stesso.

Isaac raggiunse il terrazzino su cui erano incastrati un paio di sedie e un tavolino. Cercò di aprire la porta ma era chiusa a chiave. Premette il viso contro il vetro per esaminare l'interno della casa, riconobbe l'arredamento del salotto, vide il corridoio che portava all'ingresso. Tutto sembrava come al solito.

Diverso dal solito c'era Alvin riverso sul pavimento e immobile. Isaac fece il giro della casa e provò ad aprire il portoncino verde brillante, ma era chiuso anche quello. Essendo il vicino di casa, aveva una copia delle chiavi dei Malory, casomai qualcuno fosse rimasto chiuso fuori. Avrebbe dovuto pensarci subito, ma la paura gli aveva annebbiato la mente. Tornò di corsa a casa sua passando dal vialetto. Nell'ingresso c'era il telefono da cui chiamò il numero di emergenza.

«Un'ambulanza, presto» disse. «Per favore!»

Comunicò l'indirizzo e la voce femminile dall'altra parte lo informò che l'ambulanza era già partita. La centralinista gli chiese dettagli sull'infortunato e sul genere di incidente avvenuto, ma Isaac non poté fornire informazioni. Si limitò a riagganciare, prese le chiavi dei Malory da un cassetto e tornò di corsa dai vicini. Ansimava e sudava, ma non solo per il caldo. Era agitato e intimorito da ciò che si sarebbe trovato davanti.

Appena entrato in casa, avvertì una minaccia. Inizialmente aveva creduto che Alvin stesse male, avesse avuto un malore, un attacco apoplettico, una specie di crollo fisico, ma ora, come un animale che percepisce un pericolo, ebbe la certezza che si trattasse di qualcos'altro. Sentì il male, la violenza... in quella casa era successo qualcosa di brutto, di molto brutto, che oltrepassava di gran lunga tutti i suoi timori.

«Alvin?» chiamò a bassa voce. «Mrs. Malory? Mr. Malory?»

Non ottenne risposta, ma questo gli era già stato chiaro. Alvin non era in grado di reagire. E i suoi genitori erano al lavoro.

In casa c'era un intenso odore di alcol e sigarette, se ne accorse tutto a un tratto. Era sconcertante, anche se il giorno prima c'era stata la festa di compleanno. Gettò una breve occhiata in cucina. Bottiglie di birra dappertutto, per la maggior parte stappate, molte però bevute solo a metà. Sul tavolo e sul pavimento erano sparse cicche di sigaretta. I bicchieri da tè di terracotta, che Alvin aveva creato e dipinto da piccolo a scuola e Mrs. Malory mostrava fiera a ogni ospite, erano stati buttati a terra dal ripiano sopra la lavastoviglie e fatti a pezzi.

«Oddio, oddio» mormorò scioccato Isaac.

Aveva paura. Molta paura. Valutò brevemente l'idea di tornare fuori ad aspettare l'arrivo dei soccorsi, ma ci sarebbe voluto troppo tempo. Per Alvin poteva essere questione di minuti o di secondi.

Il salotto era nelle stesse condizioni della cucina, solo che non se n'era accorto attraverso la porta a vetri. Sul tappeto e sulle fodere dei cuscini c'erano macchie indefinibili, cicche di sigaretta, bruciature. Bottiglie aperte e rovesciate. Isaac non aveva mai visto niente del genere in quella casa e sicuramente non aveva a che fare con la festa del giorno prima. Il servizio di catering aveva rimesso a posto ogni cosa e neppure Mrs. Malory avrebbe mai lasciato la casa in quello stato.

Alvin era davanti alla porta della terrazza e non sembrava essersi mosso da quando Isaac aveva chiamato l'ambulanza e recuperato le chiavi. Il pensionato si inginocchiò faticosamente accanto a lui e gli toccò la spalla.

«Alvin? Ragazzo! Ci sei ancora? Che cosa è successo?»

Alvin non reagì e Isaac ebbe l'agghiacciante sospetto che non respirasse più, quantomeno il corpo non si alzava e non si abbassava più, ma forse questo poteva derivare anche dalla sua stazza. Doveva tastargli il polso. Alvin aveva un braccio sepolto sotto di sé e l'altro, quello che aveva sollevato contro il vetro, era dal lato opposto rispetto a Isaac, che inoltre aveva paura di toccarlo. Il ragazzo era in condizioni tali che temeva potesse morire se lo avesse anche solo sfiorato. Ammesso che fosse vivo.

Santo cielo, ma quanto tempo impiegava ad arrivare l'ambulanza?

Isaac riconobbe l'odore acre del vomito mescolato a qualcos'altro... qualcosa di indefinibile... qualcosa di chimico... Vide accanto alla testa del ragazzo una bottiglia di plastica verde e la raccolse. Era vuota. Fissò allibito l'etichetta su cui campeggiava un teschio nero e l'avvertimento di tenere fuori dalla portata dei bambini. Un prodotto per sgorgare gli scarichi. Lo usava anche Isaac.

Come mai la bottiglia vuota era finita accanto alla testa di Alvin?

Gli tornò in mente la schiuma alla bocca del ragazzo e il sangue e un terribile sospetto gli affiorò alla mente. Non era possibile. Era assolutamente escluso. Alvin non avrebbe mai e poi mai bevuto un disgorgante!

E se non lo avesse fatto volontariamente?

Isaac tornò a guardarsi intorno. O Alvin, per qualche motivo, era stato colto da un accesso di follia, aveva fumato, bevuto, sparso alcol in giro, bruciato i cuscini del divano e quindi si era tolto la vita con un disgorgante.

Oppure... era stato qualcun altro. Un estraneo.

Alvin era stato aggredito e torturato con inaudita crudeltà. Le probabilità che sopravvivesse erano minime. Ammesso che fosse ancora vivo.

Fuori si udì il rumore di un mezzo che si fermava. Doveva essere l'ambulanza. Isaac si rialzò dolorante e zoppicò verso l'ingresso stringendo sempre in mano la bottiglia con il teschio.

«Presto!» esclamò. «Fate presto! È successo qualcosa di terribile!»

Scoppiò a piangere. Per l'agitazione, lo stress, lo shock.

Non se ne accorse neppure.

Prima parte

Lunedì, 16 dicembre 2019

Il rimpianto più grande di Anna Carter quella sera era la scelta delle scarpe. Portava un abito di maglina turchese, che Sam apprezzava molto. Non che avesse l'abitudine di assecondare i gusti di Sam, ma nel caso di quell'abito concordava pienamente con la sua valutazione. E il sabato precedente aveva visto in un negozio del centro un paio di graziosi stivaletti di morbida pelle con un tacco a spillo da dieci centimetri dello stesso identico colore del vestito. Quando mai le sarebbe ricapitato di trovare degli stivaletti turchesi? Si era precipitata nel negozio, ma aveva scoperto che del suo numero non ce n'erano più, così li aveva presi di un numero più piccolo e ovviamente era stato un errore. A fine serata le dolevano così tanto i piedi che già si domandava come avrebbe fatto a scendere le scale e arrivare fino al parcheggio sull'altro lato della via.

Sospirò.

A un lungo tavolo apparecchiato sontuosamente erano sedute altre otto persone, quattro uomini e quattro donne. Erano tutti iscritti a un corso di cucina per single cominciato a novembre e che sarebbe terminato la settimana di Natale con una cena di gala. Si incontravano ogni lunedì per cucinare nei locali di Trouvemoi, l'agenzia per cuori solitari fondata qualche anno prima dall'amica di Anna, Dalina, e che aveva riscosso un travolgente successo. Anna aveva valutato con scetticismo quel modello di attività, ma Dalina aveva spazzato via tutte le sue remore.

«È il modello del futuro. E del presente. Nelle società occidentali non ci sono mai stati così tanti single. Così tanti single non per scelta. Vedrai, andrà benone.»

E aveva avuto ragione. Trouvemoi proponeva escursioni, fine settimana, visite alle città, speed-dating, cene a lume di candela, eccetera, eccetera. E anche corsi di cucina per single.

Di questi ultimi si occupava soprattutto Anna. Perché la cucina era la sua passione. Era un'ironia della sorte che avesse dovuto chiedere aiuto proprio a Dalina, di cui non aveva mai condiviso l'idea. Dopo il ricovero in clinica. Dopo aver perso il lavoro. In pratica dopo aver perso se stessa.

Ma non aveva avuto altra scelta e doveva esserle riconoscente.

«Ehi, Anna, è ancora tra noi?» chiese qualcuno. Si rese conto di essere stata così immersa nei propri pensieri da non aver seguito le chiacchiere intorno a lei. Doveva darsi un contegno. Dopotutto era pagata per stare seduta lì a stimolare la conversazione. Le persone che avevano aderito al costoso corso dovevano sentirsi a proprio agio. Rilassate. Nel migliore dei casi addirittura pronte a innamorarsi.

«Ma certo» rispose, sforzandosi di sorridere.

L'uomo che le aveva rivolto la parola si chiamava Burt. Anna lo trovava estremamente antipatico. Chiassoso, insensibile. Andava fiero, come dichiarava spesso, di non tenere mai nascosta la propria opinione, ovvero, detto senza tanti giri di parole, di essere insolente con le persone, di dire a chiunque cosa pensasse di lui o di lei senza che gli venisse chiesto, dimostrando la totale incapacità di capire dove fermarsi, a tal punto che spesso aveva ferito le persone fino alle lacrime.

«Abbiamo appena deciso di ritrovarci anche sabato prossimo, magari in un pub. Sarebbe bello, vero?»

Oddio, pensò Anna, un'altra uscita no!

In teoria nessuno poteva costringerla a incontrarsi al di fuori degli appuntamenti previsti, non faceva parte del suo lavoro. Ma sapeva esattamente che cosa avrebbe detto la sua capa, Dalina: certo che ci vai. È fantastico quando si sentono uniti come gruppo. Ma siccome non vogliamo che d'ora in avanti si organizzino da soli, ma si vedano qui, al prossimo corso di cucina, ecco che entri in gioco tu. Partecipi e fai in modo che prenotino sin da ora per gennaio.

Sfilò in maniera discreta il piede destro dallo stivaletto trovando un certo sollievo. Se solo non avesse avuto tanto mal di piedi. Se solo fosse stata meglio. A livello psichico. Se solo il nuovo anno non le fosse apparso tanto desolato e imprevedibile. Sapeva che esistevano persone pronte a salutare ogni Capodanno con gioia, che affrontavano gennaio con la fiducia che tutto migliorasse, che ci fossero in serbo per loro belle sorprese. Anna non aveva mai provato niente del genere. Nell'anno che doveva ancora iniziare vedeva solo la distesa arida e deserta di un campo incolto. Altri avevano già in mente le spighe dorate che ondeggiavano lievi nella brezza estiva. Lei vedeva gli sterpi e i cardi. Nemmeno gli anni di terapia avevano cambiato le cose.

Fece un sorriso che si augurava non sembrasse troppo tormentato.

«Mi sembra un'ottima idea» disse allegramente. «Devo solo controllare… che sia possibile. Manca così poco a Natale…»

«Lei non ha né marito né figli, quindi è impossibile che soffra dello stress natalizio» disse Burt con la sua consueta enfasi. «Quindi perché non trascorrere una serata in un pub con degli amici? Meglio che starsene tutta sola a casa.»

«Ho un amico con cui trascorrerò il Natale» rispose Anna.

«Giusto, dimenticavo, il *suo amico*» ripeté Burt in tono quasi allusivo. Siccome Sam era andato a prenderla qualche volta alla fine del corso, i partecipanti lo avevano già visto. «Perché non se lo sposa?»

«Burt, insomma, questi sono affari di Anna» intervenne Diane, una biondina così attraente che Anna si domandava perché mai avesse bisogno di frequentare iniziative per single. Forse il suo problema erano la timidezza e la ritrosia eccessive.

Anna consultò l'orologio e finse di essere sorpresa, quando in realtà era da un'ora che controllava la lancetta dei minuti, nella speranza che avanzasse più velocemente.

«Sono già le dieci!» esclamò. «Santo cielo, come passa sempre in fretta il tempo qui!» Ricacciò a forza il piede nello stivaletto trattenendo un gemito di dolore e si alzò. «Allora, chi mi dà una mano?»

Gli altri s'alzarono a fatica, avevano mangiato troppo, qualcuno aveva anche bevuto, tutti avrebbero indugiato ancora volentieri nell'atmosfera oziosa e accogliente della serata. Ma il locale era prenotato fino alle dieci, lo sapevano bene, come sapevano che Anna su questo era molto puntigliosa.

Burt rimase seduto a gustarsi il suo vino rosso, mentre gli altri iniziarono a sparecchiare. Come sempre avevano con sé dei contenitori ermetici per riporre gli avanzi. L'enorme lavastoviglie fu caricata in fretta e messa in funzione, il frigo fu riempito, i piani di lavoro ripuliti, le candele spente. Anna aveva il compito di tornare l'indomani per svuotare la lavastoviglie, portare a lavare le tovaglie e rimettere a posto le sedie. In questo momento però desiderava solamente tornare a casa.

A un certo punto anche Burt si rassegnò al fatto che la serata fosse finita e si alzò controvoglia. Uscirono in corridoio e Anna ebbe l'impressione che il gruppo volesse riversarsi nella notte, nella quiete, nel buio e nel freddo della tarda serata di dicembre, che volesse inondarla di voci e risate, rubarle la magia, disturbare la sua quiete. Tutto era scuro, nebbioso e immobile. Le onde scrosciavano in lontananza.

Anna provò un desiderio quasi doloroso di essere sola. Zoppicò per strada, doveva avere delle mostruose vesciche ai piedi.

Qualche taxi era pronto per caricare chi aveva bevuto troppo. Gli altri presero le proprie auto. Anche Anna aprì la portiera della sua Fiat azzurra.

Finalmente, pensò, finalmente silenzio.

Percorse le strade deserte di Scarborough. Gli addobbi natalizi nelle case, nei negozi e per le vie scintillavano in mezzo alla nebbia che saliva dal mare, le cui volute umide ne inghiottivano una buona parte. Era una serata fredda e desolata, ma Anna sapeva che c'era molta gente in giro, nei ristoranti, nei pub, nei bar, nei club. Feste natalizie dovunque, musica e risate, fiumi d'alcol e allegria esaltata. Cappellini di carta in testa, la gente si comportava in maniera sempre più disinibita con il passare delle ore. Anna detestava simili usanze, non era mai stata capace di godersela in maniera rilassata. Pensò alle feste scolastiche, quelle che esigevano la sua presenza. Raramente le era capitato di partecipare a una simile tortura.

«Attenta!» esclamò d'un tratto, strappata bruscamente ai tetri ricordi, e pigiò con forza sul pedale del freno. Una Renault rossa era sbucata dalla nebbia proprio davanti a lei, e aveva rischiato di tamponarla.

Come mai non l'aveva vista? La nebbia non era così fitta. Probabilmente era stata troppo immersa nei pensieri.

Devo concentrarmi sulla guida, pensò.

Rallentò, rimase a distanza di sicurezza dietro la macchina rossa. Riconobbe alla guida una persona con lunghi capelli biondi. Doveva trattarsi probabilmente di una donna.

Passò davanti alla Lindhead School, si lasciò alle spalle le ultime propaggini della città e imboccò Lindhead Road. A destra e a sinistra prati e pascoli, attraversati da staccionate e muretti a secco che al buio si intuivano soltanto. Qua e là una casa isolata, una fattoria, un bed and breakfast. Per il resto solo vastità e silenzio. Il North Yorkshire National Park cominciava lì, con le sue vallate, le colline, i boschi e i campi. Gli innumerevoli percorsi escursionistici tanto famosi e popolari. Era anche una zona dove ci si poteva perdere, però. E capitava piuttosto spesso.

All'incrocio tra Lindhead Road e Harwood Dale Road la macchina rossa inchiodò all'improvviso, e Anna, che procedeva di nuovo troppo vicina, riuscì a evitare di tamponarla solo schiacciando a fondo il freno. La sua macchina si impuntò violentemente e il motore si spense scoppiettando.

«Ma si può sapere che cosa c'ha quella?» esclamò.

Solo in quel momento si accorse del perché l'automobilista che la precedeva si fosse comportata così. Nel punto in cui partiva la strada verso Scalby c'era un uomo. Quantomeno aveva l'aspetto di un uomo, per altezza e corporatura: una sagoma insolitamente massiccia dalle spalle larghe. Stivali, parka. Cappuccio calato sul viso. Stava fermo in mezzo alla strada e la donna al volante davanti ad Anna era stata costretta a frenare per non investirlo. Lo sconosciuto si avvicinò alla portiera del passeggero e la spalancò.

Anna osservò attonita la scena. Che cosa ci faceva un uomo, o comunque qualcuno, a quell'ora in quell'incrocio in mezzo alla campagna? Si trovavano praticamente nel nulla. Scarborough era a diversi chilometri di distanza alle loro spalle. E anche per arrivare a Scalby, la località più vicina, mancava un bel pezzo. Pure Harwood Dale, nella direzione opposta, era piuttosto lontana. Chi poteva starsene lì ad aspettare in una notte umida e nebbiosa di dicembre?

L'uomo salì sulla macchina rossa.

Anna trattenne il fiato.

Non era possibile che quella donna facesse salire in macchina uno sconosciuto a quell'ora di notte! D'altro canto non sembrava neppure che si aspettasse di trovarselo di fronte. Era successo tutto così in fretta. Una frenata di emergenza e un attimo dopo lui era accanto alla Renault, e quindi a bordo. Anche se lei avesse cercato di azionare la chiusura centralizzata, non avrebbe avuto il tempo per farlo, colta alla sprovvista come era successo.

Anna sbirciò dentro l'abitacolo. I lunghi capelli biondi... avrebbe potuto trattarsi benissimo di Diane. Diane del corso di cucina. Anche lei, come Anna, abitava a Harwood Dale. Sarebbe stato logico incontrarla a quell'ora sulla stessa strada. Aveva una macchina rossa? Di questo Anna non era sicura.

Accese gli abbaglianti, per indicare all'altra che non era sola.

«Scendi e vieni qui» mormorò. «Su, sbrigati!»

La donna, forse Diane, doveva aver visto il lampo dei fari, ma in apparenza non tentò neppure di scendere dalla macchina. Forse non poteva? Era minacciata? Lo sconosciuto era armato?

Anna cercò di ricordare se gli avesse visto in mano qualcosa, ma invano. Era successo tutto in maniera così inaspettata, così repentina.

Forse invece era stato lì ad aspettare proprio lei perché avevano un appuntamento?

Ma in un posto del genere... chi poteva darsi appuntamento proprio lì?

Mentre Anna rifletteva sul da farsi, la macchina davanti a lei si mise in moto.

Devo seguirla, pensò.

L'auto rossa svoltò in direzione di Harwood Dale. Anna girò la chiave, ma il motore sussultò brevemente e si spense di nuovo.

«Accidenti!» esclamò.

L'umidità. Con l'umidità il suo vecchissimo macinino diventava imprevedibile.

«E dai, forza» mormorò, «dai, parti!»

Sapeva che era meglio aspettare qualche minuto prima di fare un altro tentativo, perché così le probabilità che il motore si accendesse aumentavano. In quella situazione, però, sarebbero potute accadere le cose peggiori. In preda all'ansia girò la chiave ancora un paio di volte, ma il motore si limitò a emettere un breve rantolo.

Aspettò. Era in fibrillazione. Ogni pochi istanti guardava nel retrovisore, pronta ad accendere le quattro frecce se fossero spuntati dei fari da lontano. Era in una posizione molto precaria, in mezzo alla strada. Un tamponamento sarebbe stato la ciliegina sulla torta di quella serata. Ma la notte rimase buia e silenziosa.

Trascorsi cinque minuti girò di nuovo la chiave e finalmente il motore si accese. Era ora.

Riprese il viaggio a gran velocità. Sapeva che l'auto con la donna e lo sconosciuto poteva essere già molto lontana. Non aveva nemmeno letto la targa.

Qualunque cosa faccia, sbaglio sempre.

Superò il Woodpeckers Cottage, un bed and breakfast che però era tutto buio. La casa sembrava abbandonata. Forse i proprietari erano andati via per l'inverno.

Poco più avanti c'era un parcheggio, proprio adiacente a un pascolo. La prima volta che Sam aveva riaccompagnato a casa Anna, all'inizio della loro relazione, si erano fermati lì ed erano rimasti a limonare per ore. Era stata una chiara notte d'estate, con il cielo luminoso fino all'alba. Anna ripensò alla magia che aveva provato all'epoca. Come se qualcosa stesse volgendo al meglio. Definitivamente.

Adesso nel parcheggio c'era la macchina rossa. Era ferma molto vicina alla staccionata, quindi a una certa distanza dalla strada. Aveva i fari spenti. Anna l'aveva vista solo perché era stata illuminata per una frazione di secondo dai suoi. Era passata oltre e aveva rallentato. Che cosa ci facevano lì adesso?

Erano una coppietta? Che cercava un luogo appartato, proprio come all'epoca avevano fatto Anna e Sam?

Dovrei tornare indietro, pensò, per accertarmene.

Procedeva a passo d'uomo. Era combattuta. Tornare a controllare e rendersi ridicola? Mettersi potenzialmente in pericolo?

Che cosa le importava di quelle persone?

Aveva lanciato un segnale di aiuto alla donna, senza ottenere alcuna risposta. L'altra non era stata costretta a ripartire, oppure sì?

E se avesse avuto un coltello puntato alla gola?

In quel caso sarebbe potuta scendere al volo dalla macchina.

Ammesso di riuscire a slacciare la cintura di sicurezza prima che l'altro l'accoltellasse.

«Perché deve succedere proprio a me?» sospirò.

Era così stanca. Le bruciavano i piedi. Voleva solo andare a letto.

Si fermò del tutto e guardò nuovamente nello specchietto. In lontananza vide dei fari. O stava passando qualcun altro, oppure l'auto rossa si era rimessa in moto. In quest'ultimo caso, lei aveva comunque perso l'occasione di controllare che fosse tutto a posto.

Probabilmente era così. Questo non era il set di *Crime Watch*.

Non poteva certo passare il resto della notte ferma in mezzo alla strada.

Tornò a casa.

Martedì, 17 dicembre

1

Di rado Kate Linville si preoccupava del proprio abbigliamento, anche perché non aveva il minimo senso dello stile e non sapeva distinguere ciò che le stava bene da quello che non le donava, sbagliando anche quando passava ore a riflettere e provare. O forse proprio per questo. Era refrattaria alle tendenze della moda, e quando le notava, in genere era segno che erano già in fase calante. Ma anche nel caso fosse riuscita a vestirsi con più gusto, dubitava che avrebbe cambiato qualcosa nel suo aspetto del tutto anonimo. Quello che stava magnificamente alle altre su di lei non faceva il minimo effetto. Aveva una figura graziosa, sebbene qualcuno avrebbe potuto trovarla troppo magra. Ma nient'altro. Per il resto spiccava per il suo essere invisibile. Le donne come lei erano scialbe, insignificanti, né brutte, né belle.

Semplicemente niente.

Con il passare degli anni Kate aveva imparato ad andare sul sicuro e ogni giorno indossava grosso modo la stessa tenuta. Pantaloni neri, scarpe nere con i lacci o stivali, una maglietta bianca fresca di bucato, un blazer nero o grigio. Era impossibile sbagliare in quel modo. Le scarpe erano comode, poteva camminarci per ore, e se aveva troppo caldo, poteva togliersi la giacca. In inverno aggiungeva un cappotto.

Siccome non si truccava, ma si limitava a spazzolare velocemente i capelli castani lisci, la mattina era pronta sempre abbastanza in fretta.

Quel giorno però era davanti all'armadio in camera da letto a riflettere. Era una giornata umida e fredda. Pioveva, ma avrebbe potuto benissimo mettersi a nevicare.

Mancava una settimana a Natale. Kate preferiva non pensarci neppure.

«Secondo te oggi dovrei vestirmi in modo diverso?» chiese verso il letto dove, in mezzo a cuscini e lenzuola, la sua gatta nera Messy la fissava attenta. Peccato che non potesse darle una risposta. Cominciò invece a leccarsi con cura le zampe.

Quel giorno sarebbe arrivata la nuova direttrice del CID di Scarborough e Kate era in ansia. In realtà non sapeva niente di questa donna di cui sarebbe diventata la diretta collaboratrice. L'ispettore investigativo Pamela Graybourne. Era stata trasferita lì da Manchester, sulla base di un qualche accordo con il soprintendente capo. Non doveva essere stata un'impresa semplice, altrimenti non ci sarebbe voluto tutto quel tempo e l'insediamento non sarebbe avvenuto sul finire dell'anno. Ovviamente tutti erano rimasti delusi che il capo avesse scelto una persona da fuori anziché nominare qualcuno dei suoi, ma come al solito a lui non importava niente. Kate in particolare era molto offesa, pur avendo intuito di non avere chance. Era arrivata alla North Yorkshire Police giusto l'estate prima, ma era comunque un intervallo di tempo più lungo di quello che poteva vantare la nuova. D'altro canto aveva combinato un pasticcio fin dal suo primo caso, almeno agli occhi del soprintendente, e, se doveva essere proprio sincera, anche ai propri. Più precisamente: ne era uscita quasi traumatizzata.

Come al solito aveva stretto i denti ed era andata avanti.

Era il suo motto esistenziale: andare avanti. Non guardare troppo a destra o a sinistra, neppure indietro, solo in avanti e non rimanere fermi.

Ma forse i suoi superiori sapevano che aveva qualche problema psicologico, o magari lo intuivano.

Come se non bastasse, aveva infranto i regolamenti. Per una circostanza di assoluta emergenza, a suo parere, ma il capo non aveva condiviso questo punto di vista.

A prescindere da tutto quanto, ricopriva solo il ruolo di sergente investigativo. Avrebbe potuto essere più in alto, con i suoi quarantaquattro anni. Nessuno però l'aveva mai proposta per l'esame di avanzamento, come di norma faceva ogni responsabile con i suoi sottoposti. Valeva a dire d'ora in poi Pamela Graybourne.

Alla fine Kate optò per quello che portava sempre, con la differenza che aveva indugiato così a lungo da non avere più tempo per fare colazione. Le restavano giusto pochi minuti per riempire di croccantini e acqua le ciotole di Messy e trangugiare una tazza di caffè in piedi. Quindi uscì dalla casetta, che si trovava alla periferia di Scarborough e che aveva ereditato quasi sei anni prima da suo padre.

Suo padre – un altro trauma.

Non ci pensare, si ordinò.

Corse sotto la pioggia che la feriva come tante punture di spillo. Le gocce si stavano già cristallizzando. Come aveva previsto, prima di sera avrebbe nevicato. La sera. Con quanto struggimento l'aspettava. Non vedeva l'ora di essersi gettata alle spalle quella giornata.

L'ispettore Pamela Graybourne era già in centrale quando Kate arrivò. Sapeva di non essere in ritardo, ma avrebbe sicuramente fatto un'impressione migliore se fosse giunta prima del suo nuovo capo. Pamela aveva già preso possesso dell'ufficio – quello che in precedenza era appartenuto a Caleb Hale – perché era seduta dietro la scrivania, aveva spostato in mezzo alla stanza le due poltrone in precedenza collocate in un angolo e al loro posto aveva messo una strana pianta di grandi dimensioni. C'era anche un nuovo quadro appeso alla parete, una stampa artistica, probabilmente di scarso valore, ma molto bella. Senza dubbio l'ufficio ci aveva guadagnato. L'ispettore Graybourne aveva buon gusto.

Si alzò dalla scrivania quando Kate, dopo aver bussato, entrò timidamente.

«Hm… Sergente Linville, giusto?» Protese la mano. La sua stretta era energica. «Ho già sentito parlare molto di lei.»

Kate ne dedusse che non dovevano essere state informazioni necessariamente positive e non sapeva come replicare.

«Oh» fu la sua reazione mentre pensava: ma si può essere più idioti di così?

Pamela abbozzò un sorriso. «So che è stata una brutta estate. Un brutto caso. Una brutta fine.»

«È stata dura» confermò Kate sebbene non fosse nemmeno lontanamente l'aggettivo giusto per descrivere gli avvenimenti dell'agosto precedente.

«Di sicuro per Sophia Lewis è stata più dura di tutti» precisò Pamela. Kate era consapevole che l'ispettore non aveva avuto bisogno neppure di informarsi ufficialmente per venire a conoscenza dei fatti, dal momento che il caso aveva occupato i titoli dei giornali per settimane. Tutto il paese aveva dato una mano a cercare la donna scomparsa. Un donna paralizzata che il rapitore, per sua stessa ammissione, aveva sepolto viva dentro una cassa. Successivamente l'uomo era morto dopo che Kate gli aveva sparato durante una colluttazione. Da allora Sophia Lewis non era stata più ritrovata.

«Certo» replicò adesso Kate alle parole di Pamela. Intanto la osservava di nascosto. Era quasi due spanne più alta di lei, una donna di radicale semplicità nell'aspetto. Portava un tailleur pantalone grigio e scarpe comode quasi quanto le sue, mentre i capelli biondo scuro con molte striature grigie erano tagliati cortissimi. Niente trucco. Avrebbe potuto risultare anonima, ma non lo era. Al contrario era una donna di grande presenza, che sapeva imporsi. Una donna che catalizzava l'attenzione e suscitava interesse.

L'esatto contrario di me, pensò Kate. Non la meravigliava che avesse ottenuto il posto. Probabilmente era la più adatta.

«So che si è trasferita qui da Scotland Yard per lavorare insieme all'ispettore capo Caleb Hale» proseguì Pamela. «L'ispettore però ha rassegnato le dimissioni, dopo gli avvenimenti dell'estate.»

«Esatto.»

«E il suo successore, l'ispettore Robert Stewart, è stato ucciso da uno psicopatico» continuò. «Dopo che eravate entrati insieme e senza la minima scorta in una casa dove si era barricato un killer con degli ostaggi.»

Kate si trattenne dal precisare che nessuno di loro era stato al corrente della presenza di ostaggi. Inoltre avrebbe potuto rimarcare il fatto di aver manifestato forti perplessità sulla condotta da tenere prima di entrare in azione, ma che Robert Stewart aveva voluto fare di testa propria in quanto suo superiore. Per questo aveva pagato con la vita. Ma non voleva dire niente di negativo nei confronti di un morto.

Forse in seguito si sarebbe presentata l'occasione per chiarire come erano andate veramente le cose.

Pamela la guardò con occhi freddi. «Sergente, non le nascondo che occupo questo posto con una opinione preconcetta nei suoi confronti, anche se so benissimo che bisognerebbe evitarlo. E naturalmente sono più che disponibile a rivedere la mia idea, ma dipenderà soprattutto da lei renderlo possibile.»

Kate tacque di nuovo.

«Ho l'impressione che non prenda troppo sul serio i regolamenti e che sia incline ad agire di propria iniziativa» aggiunse Pamela. «Come avrà sicuramente notato, non sempre questo dà buoni risultati... Sinceramente sono piuttosto meravigliata che, dopo gli avvenimenti di quest'estate, non sia stata sospesa dal servizio e non abbia dovuto affrontare un'indagine disciplinare. Me lo spiego soltanto con la carenza di organico della polizia. E per la particolare situazione del CID di Scarborough, dove l'ispettore capo era stato sospeso e in seguito aveva dato le dimissioni e il suo successore era stato ucciso in servizio. Ci si è dovuti affidare a lei, sergente, perché altrimenti questo dipartimento non sarebbe più potuto esistere.»

Certo, pensò Kate, sebbene in sostanza io sia una vera catastrofe.

Si sentì salire dentro un misto di rabbia e tristezza, ma si sforzò di nascondere entrambe le emozioni dietro una facciata di assoluta impassibilità. Era a Scarborough da sei mesi, aveva lasciato Londra dopo un lungo dissidio interiore, aveva rinunciato al suo posto a Scotland Yard, era tornata con armi e bagagli nella sua città natale, spinta dalla sensazione di aver bisogno di un nuovo inizio e di essere sulla buona strada per trovarlo, ma il primo caso le aveva dimostrato che anche qui la sua condizione era identica a quella che aveva appena lasciato: i superiori la consideravano con diffidenza, non aveva ottenuto il minimo riconoscimento per ciò che aveva fatto, non era veramente accettata, ma soltanto tollerata. Invece di mettere in piedi un nuovo inizio, era riuscita a tornare al punto di partenza in un batter d'occhio. In realtà detestava la verità lapalissiana tanto abusata da coloro che cercavano di sminuire lo slancio altrui verso il cambiamento: tanto i problemi ti seguono dovunque vada!

Purtroppo c'era qualcosa di vero nel detto.

«La terrò d'occhio, sergente» disse Pamela. «Voglio che lo sappia. Non tollero individualismi né infrazioni ai regolamenti o un'interpretazione troppo generosa degli stessi. Se si comporterà secondo le regole, andremo d'accordo.»

Il sottinteso di quell'avvertimento rimase sospeso nell'aria: in caso contrario, avrà grossi problemi.

«Spero che ci siamo capite, sergente.»

«Senza dubbio, ispettore.»

Pamela annuì. «Molto bene. Adesso passiamo agli affari correnti. Ovviamente ho già raccolto informazioni approfondite, ma mi piacerebbe anche sentire la sua valutazione.»

Se non altro è corretta, pensò Kate. Mi coinvolge. D'altra parte siamo a corto di personale. Sarebbe difficile escludere anche me.

Nella mezz'ora successiva analizzarono i casi in corso. C'era molto da fare, ma niente che sembrasse insormontabile o rappresentasse un enigma. Il caso più spettacolare era quello di una vecchia signora, Patricia Walters, che aveva perso la vita dopo che la sua badante era scomparsa senza preavviso. Aveva lasciato alla signora viveri e acqua sufficienti per alcuni giorni, ma poi costei era caduta dalle scale dentro casa ed era morta per le lesioni subite. La figlia, meravigliata che nessuno rispondesse al telefono, era arrivata dall'Inghilterra meridionale e aveva trovato la madre morta. Aveva denunciato la badante per omicidio colposo e la polizia aveva emesso un ordine di cattura perché la giovane assistente non era stata più rintracciata.

«Dovrebbe tornare a parlare con la figlia» disse Pamela. «Dobbiamo raccogliere altre informazioni sulla badante scomparsa. Mila Henderson. Se ho ben capito Mrs. Walters attualmente risiede nella casa della madre qui a Scarborough.»

«Anch'io ho le stesse informazioni» confermò Kate. «Vado subito da lei.»

Era contenta di poter sfuggire momentaneamente alla risoluta Pamela. Anche se ovviamente c'erano cose più belle da fare che parlare con la figlia traumatizzata di una donna morta in circostanze così tragiche.

2

Era passata un'ora e mezza quando Kate uscì dalla casa della defunta, situata nella baia settentrionale di Scarborough con una meravigliosa vista sul mare. Era un po' turbata: la figlia, Eleonore Walters, non era sembrata affatto traumatizzata, più che altro assetata di vendetta, ma Kate si rendeva benissimo conto che l'una cosa poteva dipendere dall'altra. Tuttavia la donna aveva sottolineato fin troppo spesso di essere arrivata appositamente da Southampton e di doversi sobbarcare l'incombenza di sistemare ogni cosa. Erano questi i pensieri dominanti dopo aver appena perso la propria madre? Per la badante aveva usato esclusivamente la parola *puttana*.

«Era abbastanza giovane, sulla trentina. Con un diploma di assistente agli anziani. Ottime referenze. Mi era sembrata affidabile. Come ci si può sbagliare! Probabilmente adesso se la sta spassando chissà dove con il suo fidanzato e si è scordata di tutto!»

«Fidanzato? Lo conosceva?»

«No.»

«Quindi non ha la certezza che Mila Henderson avesse un fidanzato.»

Eleonore Walters fu costretta ad ammettere che effettivamente non lo sapeva con certezza. «Ma quale altro motivo potrebbe esserci? Quando una ragazza dimentica i propri doveri, è sempre a causa di un qualche tizio di cui si è invaghita.»

«Be', ecco, esistono anche altre possibilità.»

«Secondo me è stata via beata per tutto il fine settimana e la domenica sera quando è tornata ha visto mia madre morta in fondo alla scala. Sapendo che sarebbe finita in un mare di guai, ha preferito darsi alla fuga. Non ha lasciato qui niente di suo. La sua camera è vuota. Né vestiti, né biancheria, né occorrente da bagno. Se l'è battuta, glielo dico io.»

«La sua è una supposizione.»

«Deve sapere che ho dato un sacco di soldi a quella puttana. Mia madre era autosufficiente, la sua assicurazione non ci avrebbe mai rimborsato un assistente a tempo pieno. Ma faticava a reggersi in piedi e a volte era in stato confusionale. Non era possibile lasciarla da sola, il rischio di un incidente era troppo elevato. Come si è visto poi. Quella sgualdrina ha intascato volentieri i soldi. E ovviamente io non rivedrò più nemmeno un centesimo.»

In ogni caso era probabile che la figlia avrebbe ereditato la bellissima casa. Kate era turbata dal modo in cui questa donna si comportava riguardo al denaro. Forse era il suo modo per nascondere il dolore.

Mentre accompagnava Kate alla porta, le disse ancora: «Spero che rintracciate questa persona. Non può cavarsela così».

«Penso che la troveremo» rispose Kate. «È molto difficile far perdere le proprie tracce per sempre.»

Mentre tornava verso la macchina, la pioggia si tramutò in neve. Sui lampioni e sulle ringhiere c'era già una spruzzata di bianco che dava un tocco natalizio a quella giornata peraltro inclemente. Mancava una settimana alle feste. Kate sprofondò sul sedile del guidatore e osservò il turbinio di fiocchi bianchi fuori dal parabrezza. Natale era forse lo scoglio più spaventoso dell'anno. Non per tutti. Ma per una donna sola di quarantaquattro anni che divideva la vita esclusivamente con una gatta, lo era. Ogni anno si riproponeva l'interrogativo su come superare i giorni di festa. Affrontare la musica sentimentale alla radio, gli addobbi luminosi in centro, i film che parlavano di famiglia e di amore.

«Qualcuno si è mai chiesto seriamente che cosa significhi questa festa per le persone single?» si domandò a voce alta, sebbene non ci fosse nessuno ad ascoltarla. Oppure proprio per questo. Infatti avrebbe preferito tagliarsi la lingua piuttosto che rivelare agli altri quanto stesse male certe volte.

Accese il motore e partì.

Dieci minuti più tardi si fermò davanti all'anonimo edificio che sorgeva sulla scogliera meridionale, ma che essendo in terza fila non godeva di un panorama sulla baia e sul mare. Strade silenziose, un piccolo parcheggio con pannelli esplicativi che davano informazioni sugli uccelli marini locali. Dappertutto panchine, ora imbiancate dalla neve. Il fabbricato in sé non rivelava a prima vista di essere la sede di un'agenzia per cuori solitari; probabilmente in quanto la discrezione era una parte dell'attività. Kate trovò l'indizio solo sulla targhetta del campanello: Trouvemoi.

Aveva trovato l'agenzia su Internet e aveva accarezzato diverse volte l'idea di iscriversi. La via più semplice sarebbe stato di farlo on-line, ma non ne aveva avuto il coraggio, aveva continuato a esitare e tergiversare e aveva rimandato continuamente la decisione. Adesso ci era venuta di persona.

Ora o mai più, pensò.

La solitudine le pesava e a volte aveva l'impressione che non sarebbe cambiato niente se non avesse preso il destino nelle proprie mani.

I fine settimana nel frattempo erano mortali e la giornata più micidiale era la domenica. Molto peggio del sabato, quando al mattino Kate comprava lo stretto necessario di cui aveva bisogno per la settimana successiva, faceva rifornimento di croccantini per gatti o di qualunque altra cosa le occorresse per la casa e il giardino. Sabato c'era ancora gente in giro e in città regnava una solerte attività che si smorzava verso sera. Il sabato sera Kate iniziava a percepire i primi sentori di malinconia e si domandava perché non ci fosse qualcuno seduto accanto a lei sul divano, a guardare la quinta stagione di qualche emozionante serie su Netflix mangiando una pizza da una scatola di cartone. Qualcuno che scendesse al mare con lei al buio. O che cercasse di cucinare insieme a lei qualcosa di commestibile trasformando la cucina in un campo di battaglia.

Erano queste cose, che Kate conosceva soprattutto dai libri e dai film, dai racconti di altri e da una sua brevissima relazione, quelle di cui sentiva più dolorosamente la mancanza. Che ci fosse qualcuno con cui poter fare cose banali. Che la proteggesse da appuntamenti di emergenza con persone delle quali dopo cinque minuti era chiaro che la serata insieme sarebbe stata indigesta come una gomma da masticare vecchia. Kate sapeva fin troppo bene come fossero gli appuntamenti che si prendevano soltanto per non rimanere da soli e per seguire le esortazioni che traboccavano da ogni manuale: fa' qualcosa per la tua felicità! Esci e goditi la giornata! Non startene seduta a far niente! Va' tra la gente. Prendi l'iniziativa!

La realtà era molto più complicata di quanto la dipingessero la maggior parte dei libri di consigli. Andare tra la gente poteva acuire il problema. A volte risultava meno deprimente restare seduti davanti alla tivù e consolarsi con un bicchiere di vino, piuttosto che incontrarsi in un ristorante con un buontempone compulsivo che passava la serata a vantarsi della propria fantastica vita. Nessuno avrebbe acconsentito a incontrarla se non fosse stato in una situazione disperata. In ogni caso, Kate trovava la propria solitudine quanto mai penosa in situazioni del genere.

Nonostante tutto aveva esitato a registrarsi su Trouvemoi. A Londra era stata iscritta a Parship e accettato diversi appuntamenti, ma non aveva mai avuto la preoccupazione di poter incontrare qualcuno che conosceva. Londra è una immensa metropoli, le probabilità che qualcuno del suo ambiente professionale venisse a conoscenza di ciò che faceva nel tempo libero erano minime. A Scarborough era diverso. La città non era particolarmente grande, incontrare conoscenti era all'ordine del giorno. Kate sapeva che non c'era niente di male a darsi da fare per cercare un partner, tuttavia aveva paura che la cosa potesse suscitare pettegolezzi sul posto di lavoro. Immaginare le occhiate sarcastiche che le avrebbe lanciato Pamela Graybourne se fosse venuta a sapere che Kate si dedicava allo speed-dating la riempiva di ansia.

D'altro canto... se non avesse continuato a cercare, si sarebbe sentita sempre di più una musona rancorosa, che rimaneva a casa in attesa di qualcosa che non sarebbe mai accaduto. E siccome finora Parship non aveva portato alcun risultato, stavolta avrebbe tentato un'altra via. Trouvemoi dava alle persone l'occasione di conoscersi nella vita reale, dedicandosi a interessi comuni. Forse avrebbe avuto maggiori chance.

Se non fosse entrata a registrarsi adesso, non lo avrebbe fatto mai più. Non che credesse di trovare l'uomo della sua vita entro la settimana successiva, prima di Natale. Ma anche se le attività fossero iniziate solo a gennaio, avrebbe avuto la sensazione di aver fatto qualcosa, di aver avviato un cambiamento. E chissà, magari per il Natale successivo... Suonò il campanello.

Probabilmente non c'era nessuno. Era martedì mattina. La cosa si sarebbe risolta da sola.

La serratura scattò e Kate aprì la porta. Davanti a lei un corridoio alla cui estremità c'era un'altra porta aperta. Una giovane donna sporse fuori la testa. «Desidera?»

«Salve» disse Kate. «Lei è di Trouvemoi?»

«Dalina Jennings. Sono la proprietaria.» Protese la mano verso Kate. «Si accomodi, prego.»

Kate entrò nell'appartamento. Uno stretto ingresso, tre grandi stanze furono ciò che notò a prima vista. Oltre a una grande cucina. Nel corridoio c'era una cesta da bucato piena di strofinacci macchiati. Dalina aveva seguito il suo sguardo.

«Ieri sera c'è stato il corso di cucina. Comprensivo di cena. La responsabile sarebbe dovuta venire questa mattina presto a riordinare, ma ha telefonato che non si sente bene. Molto strano, ieri era in perfetta forma.» Dalina sembrava stizzita, anche se si sforzava di nasconderlo. «Devo assolutamente assumere un'altra persona. Oggi pomeriggio organizziamo un caffè per single attempati e toccherà a *me* pulire tutto, apparecchiare, svuotare la lavastoviglie...» S'interruppe. «Ma di sicuro lei non è venuta qui per ascoltare le mie lamentele su una dipendente, Mrs...?»

«Linville. Kate Linville.»

«Mi segua.» Dalina la precedette in una stanza più piccola adiacente alla cucina. Era occupata da scaffali pieni di raccoglitori, una scrivania con un computer, due poltrone e appeso al muro il manifesto di un celebre film: Leonardo DiCaprio e Kate Winslet sulla prua del *Titanic*, soffusi dalla luce rossa del tramonto. L'immagine suggeriva l'idea di una coppia innamorata con davanti a sé un radioso futuro... Kate la trovava piuttosto inadeguata, essendo risaputo che la nave poco dopo sarebbe naufragata e Leonardo avrebbe perso la vita.

Viceversa, pensò, forse è soltanto realistico. Ammesso che sia possibile trovare la felicità in due, questa è di breve durata.

«Si sieda» la esortò Dalina. Prese posto dietro la scrivania e accese il computer. Kate fu assalita dall'inquietante sensazione che non sarebbe uscita da lì senza aver prenotato almeno un'attività. La donna aveva un'aria estremamente professionale.

«Avete degli spazi davvero ampi» osservò tanto per dire qualcosa.

«Sì, è una sede assolutamente perfetta» confermò Dalina. «In precedenza qui c'era un ristorante. Ecco il perché della stupenda cucina. È proprio adatta per un corso di cucina per single. Sa, oggigiorno molti ci provano con Tinder... scorri a destra, scorri a sinistra... Come se fosse così facile e veloce giudicare solo da una foto se una persona è adatta a noi oppure no. Io ho scelto una strada se vogliamo antiquata. I miei clienti si incontrano a svolgere attività in comune. E posso dirle che funziona magnificamente.»

Ma perché la gente non si trovava di più nella vita di tutti i giorni? si domandò Kate. Nel suo caso almeno sapeva perché non succedeva: dove avrebbe potuto conoscere qualcuno? In realtà solo il lavoro e i colleghi avrebbero potuto offrirle questa possibilità, ma non c'erano stati risultati. E probabilmente lei era anche troppo timida. Non si fidava a fare il primo passo verso altre persone, soprattutto uomini.

«Molto bene, Kate Linville» disse Dalina inserendo nome e cognome nel sistema. «Mi vuole rivelare il suo indirizzo e la sua data di nascita?»

Kate lo fece pensando che quella donna ancora relativamente giovane conosceva proprio bene il suo mestiere. Era da due minuti negli uffici dell'agenzia ed era già stata inserita nel computer per diventare una cliente. Quasi più veloce che prendere fiato. Si sentiva sopraffatta, ma si costrinse a rimanere tranquilla.

Devi essere contenta. Se non ti avessero forzato la mano, è probabile che non ti saresti ancora decisa.

«Qual è la sua professione?» chiese Dalina.

Kate sussultò. Non voleva rivelare che lavoro facesse. Era un'informazione troppo intima, che l'avrebbe messa troppo a nudo.

Dalina la guardò con aria interrogativa.

Perché non aveva pensato in anticipo a una risposta da dare? Nessuno aveva bisogno di riflettere a lungo per rispondere a una domanda del genere. Le tornò in mente il caso della giovane badante scomparsa di cui si era appena occupata.

«Mi occupo della cura degli anziani» disse, poi si affrettò ad aggiungere «cioè, organizzo la loro cura».

Avrebbe potuto rendersi più ridicola di così? Non aveva la minima nozione in quel ramo di attività. E poi la copertura sarebbe potuta saltare molto facilmente. In una città di quelle dimensioni. Ma perché non aveva detto soltanto che preferiva non rivelare la propria occupazione? Non era una faccenda che riguardava questa Dalina Jennings. Se non fosse stata accettata senza l'indicazione di un lavoro, se ne sarebbe andata. Dopotutto la sua vita non dipendeva da Trouvemoi.

Una persona con più autostima di me, pensò, avrebbe saputo istintivamente che cosa fare.

«Ma è bellissimo» osservò Dalina, «un compito molto importante, vero?»

Kate sospettava che lo dicesse di qualunque professione. Faceva parte del suo lavoro, infondere fiducia e ottimismo nei clienti e commentare in maniera positiva ogni aspetto che li riguardasse.

«Ma di sicuro la terrà molto occupata, vero? Non c'è da sorprendersi che le occasioni per trovare un partner si riducano drasticamente.»

«Hm... Certo...»

«Comunque le posso assicurare che si trova nel posto giusto. Lei non sa quante persone si sono trovate a vicenda proprio in queste stanze.»

Kate avrebbe trovato decisamente più interessante avere un numero preciso, ma Dalina preferì, saggiamente, non scendere nei dettagli.

«A che cosa è interessata? Noi offriamo di tutto. Per ogni genere di orientamento. Posso chiederle se è interessata a una relazione eterosessuale?»

«Sì, eterosessuale. Cioè... un uomo.» Balbetto come una scolaretta, pensò.

«Abbiamo speed-dating, cene a lume di candela, escursioni in coppia, fine settimana di coppia, visite turistiche, corsi di cucina... Ha già in mente qualcosa?»

Kate aveva preso in considerazione molte possibilità, senza tuttavia arrivare a una decisione. Di certo non voleva partire da un fine settimana oppure un viaggio in due... le venne in mente la cesta del bucato che aveva visto prima e ciò che le aveva detto Dalina sul fatto di aver dovuto riordinare la cucina e si disse: perché no? Non ha importanza ed è la prima cosa in cui mi sono imbattuta.

«Un corso di cucina» rispose.

Dalina parve entusiasta. Con ogni probabilità i corsi di cucina erano i più cari.

«È ciò che le avrei consigliato anch'io. I nostri corsi durano otto settimane, tutti i lunedì sera a partire dalle sette. Da sei a otto partecipanti, equamente ripartiti in maschi e femmine. Il lato positivo è che non ci si vede una volta soltanto, ma costantemente. Si crea un gruppo, un senso di appartenenza. Da lì può svilupparsi facilmente dell'altro.»

«Mi sembra interessante.»

«Il corso attuale termina il prossimo lunedì. Quello successivo inizierà il 13 gennaio.»

Questo le lasciava un po' di tempo ancora.

«D'accordo, allora scelgo il corso di cucina.»

«Molto bene. La inserisco subito. La responsabile, Anna Carter, le piacerà. È una persona simpatica, molto competente, che tra l'altro è anche un'ottima cuoca. Lei sa cucinare?»

«Praticamente no.»

«Tanto meglio, così prenderà due piccioni con una fava. Imparerà a preparare qualche ricetta sfiziosa e troverà il suo principe azzurro.»

Evidentemente bisognava abituarsi al lessico di quell'ambito, pensò Kate.

Dalina stampò subito il contratto e Kate lo firmò, nonostante l'esosa somma che avrebbe dovuto pagare per imparare a cucinare e trovare il principe azzurro. Era stato tutto così veloce che le girava quasi la testa.

Si ritrovò per strada, in mezzo al turbinio dei fiocchi di neve. Se non altro era stata intraprendente. Nessuno poteva rinfacciarle che stava chiusa dentro casa a piangersi addosso. Avrebbe affrontato il problema. A gennaio.

In questo modo non aveva soltanto un buon proposito per l'anno nuovo: in pratica era quasi come se lo avesse già realizzato.

3

Carmen Rodríguez spingeva il carrello delle pulizie negli angusti corridoi del Crown Spa Hotel. Come sempre la spessa moquette rossa smorzava tutti i rumori. Le camere occupate erano poche, non era la stagione giusta per attirare schiere di villeggianti sulla costa. Tuttavia per la settimana di Natale avrebbero avuto quasi il tutto esaurito. Il che equivaleva a più lavoro, ma anche a più mance.

Carmen aveva finito per quel giorno. Aveva iniziato il turno al mattino presto, per essere libera il pomeriggio. Aveva passato l'aspirapolvere nelle camere, rifatto i letti, pulito i bagni, cambiato gli asciugamani. Il lavoro le piaceva. Era emigrata dalla Spagna per seguire il suo ragazzo e aveva trovato un posto nello stesso hotel dov'era assunto lui. Quel mattino lui era di servizio alla reception e adesso aveva a sua volta un paio di ore di riposo, prima di dover tornare in servizio la sera.

Carmen era nervosa, perché Diane non si era presentata al lavoro. La sua amica e collega non amava particolarmente lavorare al Crown Spa Hotel, ma era comunque una persona molto affidabile. Se fosse stata malata, avrebbe avvisato. Sia la governante, che era la sua diretta superiore, sia Carmen, la sua amica. Invece la governante si era rivolta a Carmen chiedendole se avesse notizie di Diane e così Carmen era venuta a sapere che l'altra non si era fatta viva con nessuno. Era molto strano.

Nel corso della mattinata Carmen le aveva mandato diversi messaggi su WhatsApp, ma Diane non aveva risposto; l'ultima volta online era stato intorno alle sei del pomeriggio precedente.

Anche questo era del tutto insolito.

Carmen ripose il carrello e l'occorrente per pulire nello sgabuzzino, si cambiò, si spazzolò con cura i capelli e tentò nuovamente di telefonare a Diane, stavolta sul numero di casa, come aveva già fatto. Nessuno le rispose.

Lanciò un gridolino quando si sentì afferrare da dietro e stringere con forza.

«Ciao, ragazza dei miei sogni!» le mormorò all'orecchio Liam.

In condizioni normali le piaceva che lui non perdesse occasione per dimostrarle quanto la trovasse fantastica, ma quel giorno non le andava. Si liberò un po' seccata dal suo abbraccio.

«Mi hai spaventata!»

«Ma dai! Di solito non sei un tipo pauroso.»

«Diane è sparita.»

«Come… sparita?»

«Oggi non è venuta al lavoro.»

«Si sarà presa un raffreddore o qualche altro malanno.»

«Me lo avrebbe detto. Non risponde ai miei messaggi. Non risponde al telefono. È davvero molto strano.»

Liam non nutriva una grande simpatia per Diane, sebbene dovesse ammettere che era molto carina. Ma il suo carattere introverso, quella vocina timida e lamentosa… si chiedeva sempre che cosa ci trovasse in lei Carmen.

«Non ha avvisato nemmeno qui in hotel?»

«No.»

«Forse è kappaò per i postumi di una sbronza» ipotizzò Liam mettendosi subito a ridere. Diane che si ubriacava… un'idea assolutamente folle.

«Vorrei fare un salto da lei» disse Carmen.

Liam sbuffò. «Oh no… Pensavo che avremmo potuto fare qualcosa di bello insieme…»

«Lei è mia amica, Liam. In questo momento non riesco a pensare ad altro.»

«Va bene» si arrese lui. «Va bene!» Sapeva già cosa lo aspettava: da Diane non ci sarebbe andata solo Carmen, ma entrambi. Perché Carmen non aveva né la macchina né la patente.

Mezz'ora più tardi erano sulla strada per Harwood Dale. Nevicava sempre più forte e il paesaggio tutt'intorno era ammantato di bianco. Gli alberi spogli all'orizzonte erano sempre più sfocati, tutto era immobile, bianco, offuscato. Sommerso.

«Era da parecchio che non si vedeva una nevicata così da queste parti» osservò Liam. La macchina sbandò un paio di volte, e le ruote persero aderenza sull'asfalto, ma Liam riuscì a tenerla in carreggiata. Guidava bene. Quel giorno Carmen gliene era particolarmente grata.

Harwood Dale era un paese che meritava a stento tale denominazione. Era composto da fattorie e villette sparse alla fine di stradine di campagna o sterrate che si dipartivano dalla via principale. Contava all'incirca un centinaio di abitanti. Faceva già parte del North Yorkshire National Park, con i suoi paesaggi sconfinati, selvaggi e solitari.

Diane abitava in una semplice casetta di pietra marrone con una veranda a vetri che sembrava costruita a caso come tutte le abitazioni del posto. Al pianterreno stava una coppia anziana che aveva ristrutturato e affittato il primo piano dopo che i figli erano cresciuti e se n'erano andati. Diane occupava le minuscole stanze della soffitta. Non aveva né balcone né accesso al giardino, ma una bella vista sulla campagna circostante. D'inverno, quando le giornate erano fredde e incolori, poteva suscitare una certa desolazione. Quel giorno era ancora tollerabile. La neve dava un tocco magico alla monotonia.

Carmen si accorse con stupore che la macchina dell'amica non era nel vialetto.

«È sempre lì, quando Diane è a casa!» esclamò.

«Forse l'ha messa in garage» disse Liam.

«In garage c'è la macchina dei padroni di casa. Sembra che Diane non sia qui.»

Ciò nonostante scesero e suonarono il campanello. Niente. Carmen suonò anche ai padroni di casa e pochi istanti dopo una signora anziana le aprì la porta. «Ah, Miss Rodríguez. Buongiorno!» Conosceva Carmen dalle volte che era stata a trovare Diane.

«Buongiorno, signora. Volevo sapere come stava Diane. Oggi non è venuta al lavoro.»

La signora la guardò con aria perplessa. «È molto strano. Ieri infatti non è tornata a casa. Di solito ce ne accorgiamo sempre, perché il pavimento scricchiola e sentiamo anche quando fa la doccia e apre i cassetti. E poi non c'è nemmeno la sua macchina. Pensavo che avesse pernottato da lei. Ma evidentemente...»

«Io l'ho vista per l'ultima volta ieri a mezzogiorno. Quando ci siamo salutate all'hotel.»

«Ieri pomeriggio era qui. Ma la sera è uscita di nuovo.»

«Oh... per caso sa dov'è andata?»

«Esce tutti i lunedì sera.»

«Ah...» Carmen non ne sapeva niente, ma si ricordò che nelle ultime settimane a volte Diane non rispondeva ai messaggi per diverse ore. Non ci aveva fatto troppo caso, ma probabilmente capitava sempre di lunedì.

Mi nasconde dei segreti, pensò offesa.

«Lei non sa dove vada?» chiese.

«Ecco, veramente non ci racconta niente... È così riservata, vero?»

Liam rispose con un brusio concorde.

«Pensavo che c'entrasse il suo ragazzo.»

Carmen era più che stupita. «Un ragazzo? Diane ha un ragazzo?»

«Be', di sicuro qualche volta è venuto a trovarla un uomo. Si è fermato per la notte. Sono stata contenta per lei.»

«Non è possibile. Me ne avrebbe parlato!»

L'anziana signora sembrava incerta. «Spero di non aver detto niente di sbagliato...»

Carmen era fuori di sé.
«È incredibile» si limitò a bisbigliare.

Durante il viaggio di ritorno Carmen non riusciva a superare il proprio turbamento. Dopotutto erano amiche, lei e Diane.

Possibile che Diane avesse rimorchiato un ragazzo e non gliene avesse fatto parola?

«C'è qualcosa che non va!» dichiarò.

Liam non era particolarmente colpito dalla situazione. «Avrà incontrato un tipo. Perché no? Voleva aspettare di vedere se era una cosa seria, per questo ha preferito non dire niente a nessuno all'inizio.»

«Nemmeno alla sua migliore amica?»

«Lei è fatta così. È riservata.»

Carmen guardò la neve fuori dal finestrino. «Certo, ma possibile che non mi dica niente? Che cosa fa tutti i lunedì sera?»

«Semplice, si vede con il suo ragazzo, no?»

«Ma perché proprio di lunedì?»

«Non ne ho idea.»

«E adesso dov'è?»

«A letto con lui. Se lo scopa ed è felice. Concedile almeno questo.»

«Non è normale. Non è normale che non venga al lavoro.»

«Ha dimostrato un lato umano. Io lo trovo promettente.»

Carmen tornò a guardare fuori scuotendo la testa. Liam poteva dire quello che gli pareva, ma la cosa non era normale.

«Aspetta!» esclamò tutt'a un tratto. «Rallenta!»

«Perché?»

«Piano. C'è un'auto lì.»

«Dove?»

«Su quella strada tra i campi. Là dietro. Oltre il parcheggio.»

Liam frenò e la macchina sbandò sulla neve. Per fortuna davanti e dietro di loro non c'era nessuno.

«Sì, e allora?» chiese stizzito.

Carmen premette il viso contro il parabrezza dove il tergicristallo oscillava a ritmo regolare. «È una Renault rossa, giusto? Fatico a riconoscerla, perché è tutta coperta di neve, ma potrebbe essere, no?»

«Boh! E anche se fosse? Sarà di qualche contadino. Probabilmente sta controllando una staccionata o che so io.»

«La macchina di Diane è una Renault rossa. Vai da quella parte!»

Liam borbottò qualcosa a denti stretti in tono tutt'altro che amichevole, ma svoltò nella stradina del parcheggio. Tuttavia si fermò all'imboccatura. «Non posso andare più avanti di così. E di prendere quella stradina sterrata non me lo sogno neppure. C'è già troppa neve anche qui e il fondo è un pantano. Alla fine non riuscirei più a uscire.»

Carmen aveva già aperto la portiera ed era scesa. Non portava le scarpe adatte per quel clima, ma ora non aveva importanza. Si era accorta che la macchina sotto la neve era proprio rossa. Come mai non l'avevano vista all'andata? Colpa della neve e del fatto che non si era concentrata a guardare fuori dal finestrino come ora.

Fu assalita da uno strano presentimento.

Il parcheggio confinava con un pascolo delimitato da un muretto a secco chiuso da un cancello di legno. Accanto c'era un viottolo che conduceva dentro il pascolo e proseguiva fino a quello adiacente. La macchina era ferma poco più avanti su quella stradina.

Per qualche motivo, pur sapendo che esistevano in circolazione tantissime altre Renault rosse, Carmen era sicura che si trattasse della macchina di Diane. All'improvviso fu assalita dalla nausea.

Non c'era nessun valido motivo per cui Diane dovesse aver parcheggiato lì. Non c'era nessun motivo che non significasse qualcosa di brutto.

Si girò. Liam era rimasto seduto in macchina. Tipico. Non voleva bagnarsi i piedi, non voleva prendere freddo ed era convinto che tutta la faccenda fosse una sciocchezza.

Carmen si avvicinò all'auto. Non c'erano segni di pneumatici, la neve aveva ricoperto tutto.

«Diane?» chiamò a bassa voce.

Naturalmente non ottenne risposta.

La neve pesante si era attaccata al lunotto posteriore, al parabrezza e ai finestrini. Carmen si avvicinò cauta. La stradina era stretta e c'era pochissimo spazio per aprire la portiera.

Ripulì il finestrino dalla parte del guidatore e sbirciò dentro trattenendo il fiato.

Vide Diane. Era seduta al volante e sembrava semplicemente appoggiata all'indietro, ma era impossibile: senza dubbio si trovava lì da ore, a giudicare dallo strato di neve accumulato sul tettuccio, senza riscaldamento, su una stradina di campagna che si perdeva in lontananza verso l'orizzonte imbiancato.

E poi vide le macchie. Macchie e schizzi rossi. Dappertutto. Sul parabrezza, sul cruscotto, sui sedili, sul tettuccio... aprì di slancio la portiera. Dall'abitacolo fuoriuscì un intenso odore di sangue. Diane la fissava con gli occhi sbarrati.

«Oddio» singhiozzò Carmen. «Oddio!»

Si girò, chiamò Liam, chiamò aiuto, gridò con tanta forza da spaventare uno stormo di uccelli che si alzò in volo. Liam riconobbe l'urgenza nella sua voce e corse da lei. Scansò di lato Carmen, guardò dentro la macchina.

«Merda!» mormorò. «Merda!»

«Liam» piagnucolò Carmen. Lo sapeva. Lo aveva sempre saputo che era successa una tragedia. Ma chi poteva fare una cosa del genere? Chi?

Liam tirò fuori il cellulare. Era sbiancato in viso. «Chiamo subito la polizia» disse.

4

Anna sapeva che Dalina ce l'avrebbe avuta a morte con lei perché le aveva lasciato da riordinare, ma quel mattino non ce l'aveva fatta ad alzarsi, vestirsi e recarsi a Scarborough. Era una giornata fredda e buia e alla fine aveva cominciato pure a nevicare. Si sentiva depressa – come le capitava sempre in quella stagione – ed era tormentata dai rimorsi. L'immagine della sera prima non l'aveva fatta dormire: una sagoma sbucata all'improvviso in mezzo alla strada, la macchina che frenava bruscamente. Anna era sicura di due cose: la persona che aveva fermato la macchina era un uomo. E al volante dell'auto c'era una donna. Molto probabilmente Diane Bristow del corso di cucina.

Ma perché aveva fatto salire un perfetto sconosciuto? Al buio? In una zona deserta?

E perché poco dopo aveva visto la sua macchina ferma in un parcheggio ai margini di un pascolo?

Sarei dovuta scendere a controllare, pensò Anna. Magari i due si conoscevano, e allora non c'erano problemi e non mi sarei dovuta preoccupare. Oppure la donna, chiunque essa fosse, era stata così folle da aver fatto salire a bordo uno sconosciuto e si trovava in serio pericolo. Allora avrebbe potuto aiutarla.

Anche se... contro qualcuno che forse era armato?

Aveva avuto paura. Paura di lasciare la sicurezza dell'auto in quella strada di campagna in mezzo al nulla per controllare se fosse capitato qualcosa di brutto a un'altra donna nelle immediate vicinanze. Ma nella concitazione del momento non le era venuto in mente niente di utile. Avrebbe potuto fermarsi nel parcheggio, azionare la chiusura centralizzata e abbassare leggermente il finestrino. Avrebbe potuto chiamare. Avvicinarsi di più. Come minimo la sua presenza avrebbe disturbato un possibile malfattore inducendolo a scappare. Oppure avrebbe spaventato una coppietta che le avrebbe gridato di lasciarli in pace.

Di sicuro sarebbe stato molto meglio.

Invece si era limitata a passare oltre, si era barricata nella sua casetta e si era rifugiata a letto. Aveva cercato di convincersi che era tutto a posto e che si preoccupava senza motivo. Non era riuscita a mettere a tacere la vocina interiore che le rinfacciava spietata di essere una vigliacca.

Si era addormentata solo alle prime ore del mattino per svegliarsi intorno alle otto e mezzo. A quell'ora avrebbe dovuto già essere in agenzia. Aveva chiamato Dalina e si era sforzata di parlare con una voce flebile da malata.

«Non mi sento troppo bene. Credo di essermi presa qualcosa. Oggi preferisco rimanere a letto.»

«Ma ieri eri tutta pimpante» aveva obiettato Dalina che l'aveva intravista il giorno prima al corso di cucina. «Com'è possibile che di colpo ti senta moribonda?»

Era tipico di Dalina reagire in modo cinico e aggressivo. Anna non aveva nemmeno accennato di essere moribonda.

«Forse un virus. Fatto sta che ho un mal di testa micidiale e mi fanno male anche le ossa.»

Dalina aveva sospirato in maniera teatrale. «Vuol dire che toccherà a me rimettere a posto. Santo cielo, ho anche tutta la contabilità da sistemare... Pensi di esserci domani per lo speed-dating?»

«Sicuramente. Se oggi sto a riposo.»

Dalina aveva riagganciato senza salutarla.

Stupida bisbetica, aveva pensato Anna, potresti anche assumere una donna delle pulizie. Come si fa a essere tanto taccagni?

Chiamò Sam, il suo fidanzato, che però non le rispose. Di sicuro era già impegnato con il primo cliente. Gli lasciò un messaggio. «Sono a casa. Richiamami per favore.»

Quindi si preparò un caffè e se lo portò a letto. Fuori la neve cadeva fitta. L'immagine della macchina nel parcheggio non la lasciava in pace. Insieme a quella dell'uomo spuntato all'improvviso sulla strada. In un simile frangente qualunque automobilista avrebbe inchiodato. Diane (?) ovviamente non aveva avuto la prontezza di spirito di chiudere le portiere per impedire all'uomo di spalancare quella del passeggero e infilarsi dentro l'abitacolo con tutto il busto. Anna ricordava di essersi domandata come mai lei lo avesse fatto salire.

Ma più rivedeva la scena, più si rendeva conto che la donna si era trovata di fronte uno sconosciuto. Era stato lui a entrare nella Renault, muovendosi fulmineo. Poi però lei era ripartita. Avrebbe potuto rifiutarsi di farlo?

Forse lui era armato. Un coltello, una pistola. Anna non aveva visto niente del genere, ma era buio pesto e tutto si era svolto in fretta.

Rabbrividì, per quanto sotto le coperte facesse un bel calduccio.

Sam la chiamò in tarda mattinata.

«Tutto bene?» le chiese. «Non dovresti essere in agenzia?»

«Mi sono data malata. Sam, mi sento malissimo. Temo di aver fatto qualcosa di molto brutto.»

«Che cosa sarebbe?» le domandò Sam con la sua voce pacata da coach. Sapeva parlare anche in tono normale ma di fronte a qualcuno che accennava di avere un problema, la sua voce in qualche modo cambiava. Sam aveva uno studio di coaching professionale a Scarborough. Per lui era automatico passare alla modalità terapeuta con chi si mostrava preoccupato o turbato.

«Per la precisione è qualcosa che non ho fatto» disse Anna scoppiando a piangere.

Con un po' di fatica riuscì a raccontargli gli avvenimenti della sera precedente. Sam per fortuna rimase tranquillo.

«Possono esserci tantissime spiegazioni banali per la cosa» replicò. «La più probabile è che i due si conoscessero e si fossero dati appuntamento lì.»

«Ma eravamo in mezzo al nulla più completo!»

«A quanto mi hai detto non era un punto molto distante dalla periferia di Scarborough. Lui poteva essersi avviato a piedi e lei lo ha raggiunto. Qualcosa del genere.»

«Credo che fosse Diane. Un'allieva del mio corso di cucina per single.»

«E quindi? Anche lei può conoscere qualcuno e caricarlo in macchina!»

«Diane non conosce praticamente nessuno.»

«Chiunque ha qualche conoscente.»

«È solo che ho un brutto presentimento!»

«Stammi a sentire» disse Sam, «adesso prendi la macchina e raggiungi il punto in cui ieri hai visto l'auto per l'ultima volta e controlli se c'è ancora.»

«E se fosse così?»

«Allora entri in quel parcheggio e dai un'occhiata. Senza scendere dalla macchina, dai solo un'occhiata. Ma secondo me non c'è più.»

«Questo però non esclude la possibilità che sia successo qualcosa. Quel tizio può averla assassinata e poi essere scappato con la macchina di Diane.»

Esprimere a voce alta quell'ipotesi la rendeva piuttosto azzardata. Come la scena di un film o di un libro. O come un episodio di *Crime Watch*, la trasmissione televisiva in cui davano la caccia ai malviventi. In quel caso si trattava di storie vere. Ovviamente esisteva, costante e dovunque. Il crimine.

«Se presumi che si tratti di una dei partecipanti al tuo corso, prova a telefonarle.»

Perché non ci aveva pensato?

«Giusto» rispose. «Lo faccio subito.»

«Ora devo lasciarti. Sta per arrivare il prossimo cliente» disse Sam. «Però tienimi informato, ok?»

Anna gli promise di farlo. Si salutarono, poi cercò sul cellulare la cartella con gli indirizzi e i numeri telefonici dei partecipanti al corso. Sapeva che i suggerimenti di Sam non l'avrebbero tranquillizzata del tutto. A meno che non parlasse con Diane e questa le confermasse di aver caricato in macchina qualcuno e che non era successo niente di critico. D'altronde avrebbe potuto benissimo trattarsi di un'altra donna, e a quel punto lei non avrebbe avuto nessun punto di riferimento.

Diane aveva fornito solo il numero di cellulare e quando Anna lo digitò, le rispose la segreteria telefonica. Le lasciò un messaggio. «Ciao Diane, sono Anna. Volevo solo sapere se era tutto a posto. Sono preoccupata... richiamami per favore, ok?»

Il fatto che Diane non rispondesse non significava niente.

Forse sarebbe dovuta davvero tornare al parcheggio in macchina. A pensarci bene non ne avrebbe ricavato molte nuove informazioni, ma se non altro non sarebbe rimasta a casa a impazzire di congetture.

Fece una lunga doccia calda, si vestì e uscì di casa. Continuava a nevicare, tutto era sommerso sotto una coltre bianca, l'orizzonte si perdeva in un vortice di fiocchi. Anna si augurava che la macchina partisse e, in via del tutto eccezionale, lo fece senza problemi. Raggiungere la statale dalla strada sterrata fu un'ardua impresa, le gomme slittarono più volte e a un certo punto sembrò addirittura che la macchina rimanesse impantanata. Imprecando tra sé, Anna riuscì finalmente a imboccarla. Era ricoperta di neve, ma il passaggio di qualche auto l'aveva schiacciata creando una traccia.

Uscire di casa le fece bene. Probabilmente sarebbe stato meglio andare a Scarborough quel mattino e riordinare la cucina all'agenzia. Non si sarebbe tormentata per ore a immaginare gli scenari peggiori. Era stata davvero una stupida. Quanta agitazione. Quasi isterica...

Le notò già da lontano. Proprio nel punto dove c'era il parcheggio, i pascoli, il sentiero. Macchine della polizia dappertutto. Un brulicare di persone. In quel momento stava arrivando anche un carro attrezzi. La strada era sbarrata.

Anna si sentì asciugare la bocca. Le sembrava di avere un batuffolo di ovatta sulla lingua.

Che cosa diavolo stava succedendo? Perché proprio in quel punto? La polizia, un'ambulanza, un carro attrezzi. Un incidente? Casualmente nello stesso posto...

Non poteva essere una coincidenza…

Avrebbe voluto fare inversione e andarsene di corsa, ma non c'era possibilità di manovra sulla strada stretta e in quelle condizioni atmosferiche. Proseguì e, arrivata all'altezza dello sbarramento, si fermò. C'era un'aria sinistra e stranamente irreale. Tutte quelle persone, che si muovevano come spettri sotto la nevicata sempre più fitta. I rumori ovattati. La luce soffusa, già smorzata dalle prime ombre del tramonto invernale.

È un incubo, pensò. Ecco cosa si prova a muoversi in un incubo.

Un poliziotto si avvicinò alla sua macchina e lei impiegò un istante a capire che le stava facendo segno di abbassare il finestrino. Pigiò il pulsante. Un freddo umido entrò nell'abitacolo. Il poliziotto si sporse verso di lei.

«La strada è chiusa per il momento» le disse. «Purtroppo deve tornare indietro.»

Anna deglutì. «Che cosa è successo? Un incidente?»

«Mi spiace ma non posso darle informazioni» rispose cortese l'agente.

Lei gettò un'occhiata di lato. Riconobbe vagamente l'auto rossa. Non era più nel parcheggio dove l'aveva vista l'ultima volta la sera prima, bensì un bel pezzo più avanti sulla strada di campagna.

Che cosa ci faceva lì? Chi ce l'aveva portata? Chi si addentrava al buio in un posto del genere?

Non aveva senso.

«Tutta questa polizia» disse quasi involontariamente. «Deve essere accaduto qualcosa di spaventoso, vero?»

«Devo proprio chiederle di andare via» disse il poliziotto. «Può utilizzare l'angolo più esterno del parcheggio per fare manovra, dovrebbe bastare.»

Anna comprese che non avrebbe ottenuto informazioni. A meno che non avesse rivelato di essere stata testimone di qualcosa la sera prima. Allora avrebbero subito chiamato un investigatore, l'avrebbero interrogata e avrebbero saputo che cosa era successo. Per una frazione di secondo provò l'urgenza di confidarsi con il simpatico giovanotto davanti a lei, ma poi l'attimo passò.

E lei prosegue senza fermarsi e se ne va a letto? le avrebbe chiesto l'ispettore. Vede un uomo, di notte, su una strada di campagna che si impossessa letteralmente della macchina di una donna e non fa niente? Non informa nemmeno la polizia?

Meglio aspettare e riflettere. Tanto oramai non poteva cambiare la situazione.

Con una manovra complicata e ardita girò la macchina e tornò verso casa. Sam le aveva detto che sarebbe stata più tranquilla dopo il sopralluogo, invece era successo l'esatto contrario. Era sconvolta e disperata.

Per due volte si fermò e cercò di parlare con Diane al cellulare.

La giovane però non rispose.

5

«Diane Bristow» stava dicendo Pamela, «venticinque anni, residente a Harwood Dale.»

Erano nell'ufficio di Pamela, lei e Kate, entrambe intirizzite con i piedi bagnati dopo essere rimaste per un'ora sul viottolo di campagna coperto di neve tra Scarborough e Harwood Dale. Kate avrebbe voluto cambiarsi i calzini bagnati, ma prima di sera non sarebbe stato possibile. Avevano tra le mani un omicidio senza alcun indizio per il momento. Un'auto in una stradina di campagna, all'interno il cadavere di una donna. Uccisa con diciotto coltellate inferte a caso al busto. Un colpo al collo aveva reciso la carotide e, secondo le prime osservazioni del medico legale, era stato la causa della morte. Le altre ferite non sembravano troppo profonde, ma non si poteva escludere la possibilità che avessero danneggiato organi vitali. Solo l'autopsia avrebbe potuto stabilirlo.

La presenza del cadavere era stata segnalata da una giovane coppia, Carmen Rodríguez e il suo fidanzato Liam Elliott. Carmen Rodríguez e Diane lavoravano come cameriere al Crown Spa Hotel, e quel mattino Carmen si era sorpresa dell'assenza della collega, dal momento che non aveva informato nessuno.

«Non era da lei» aveva dichiarato la ragazza, «era molto insolito e mi sono allarmata.»

Il medico legale aveva stabilito l'ora della morte tra le otto e le undici della sera precedente. Carmen Rodríguez aveva detto che il turno di Diane all'hotel il giorno prima era terminato intorno a mezzogiorno. Significava che quella sera doveva essere uscita di nuovo. Carmen aveva riferito quanto detto dalla padrona di casa che Diane usciva tutti i lunedì sera. E che di recente aveva iniziato a frequentare un uomo.

«Però non aveva un fidanzato. Altrimenti me l'avrebbe detto.»

«Un fratello? Un cugino? Un conoscente?»

«Veramente non aveva né fratelli né sorelle» aveva risposto Carmen. La ragazza, la faccia cerea, era chiaramente sotto shock, e Pamela aveva rinunciato a un ulteriore interrogatorio permettendole di tornare a casa. Sembrava sul punto di svenire da un momento all'altro.

«Non ho mai visto niente di così orribile» continuava a ripetere. «Così orribile!»

«Dobbiamo parlare con i colleghi del Crown Spa» stava dicendo adesso Pamela. «E con i padroni di casa. È importante scoprire dove fosse Diane Bristow ieri sera.»

Nell'auto non avevano trovato nessun indizio utile al riguardo. Nessuna busta della spesa, nessuna ricevuta, nessun biglietto del cinema, niente.

«Forse ha contatti regolari con un uomo» ipotizzò Kate. «Andava a trovarlo tutti i lunedì.»

«Senza che la sua amica ne avesse nemmeno il sospetto?»

Kate si strinse nelle spalle. «Certe cose non si raccontano nemmeno alla migliore amica. Anche se questa è convinta di sapere tutto. Ci sono rapporti di fiducia unilaterali.»

«Mm» fece Pamela. «Dobbiamo rintracciare quest'uomo. Secondo me è lui la chiave.»

«La cosa che mi stupisce» osservò Kate «è il punto in cui si trovava parcheggiata la macchina. Ieri sera non nevicava ancora e negli ultimi giorni ha piovuto molto. Quel viottolo è un pantano. Nessuno lo percorrerebbe volontariamente. Dato che tra l'altro non porta da nessuna parte.»

«Secondo lei quindi è anche difficile tornare indietro?»

«In questa stagione sono strade insidiose, a meno che non si guidi una jeep o un fuoristrada. Oppure un trattore. E Diane Bristow abitava qui. Quindi doveva saperlo.»

«Se si fosse voluta fermare, per esempio per telefonare, avrebbe usato il parcheggio.»

«Esatto. Non c'era motivo di inoltrarsi nel fango con il rischio di restare impantanati. A proposito di telefono: non è stato trovato nessun cellulare, né nell'auto né nei dintorni. Oggigiorno nessuno va in giro senza. Probabilmente il killer l'ha portato con sé per sbarazzarsene altrove. Forse perché conteneva indizi? Perché la vittima lo o la conosceva?»

«È sera, è buio da ore, là fuori non c'è niente» disse Pamela. «Come ha fatto a incontrare il proprio assassino?»

«Forse era già in macchina?»

«Un delitto passionale?»

«Era quello che intendevo parlando del cellulare mancante.»

Pamela prese il cappotto. Era bagnato di neve, la lana emanava un odore umido. «Io vado all'hotel. Lei vada a casa della vittima. Dobbiamo raccogliere informazioni su Diane Bristow e dobbiamo stabilire dove si trovasse ieri sera.»

Mezz'ora più tardi Kate era seduta nel salotto dei signori Fowler e cercava di carpire qualche informazione utile ai due anziani sotto shock. Il salotto era surriscaldato e ingombro di mobili. Nel giro di pochi minuti si sentì soffocare lentamente ma irrimediabilmente. Capì ben presto che i Fowler non sapevano molto della donna a cui avevano affittato la stanza e che entrambi definirono molto riservata, introversa e solitaria.

«Ogni tanto veniva la sua amica» disse Mrs. Fowler. «La spagnola.»

«Carmen Rodríguez?»

«Sì.»

«Miss Rodríguez ci ha riferito che le aveva parlato di un uomo che qualche volta passava a trovare Diane.»

«Sì, esatto. Ma solo negli ultimi tempi.»

«Ovvero? Più o meno da quando?»

Mrs. Fowler ci pensò su. «Direi da metà novembre.»

«Sa come si chiama?»
«No, non ce lo ha mai presentato.»
«La sua amica Carmen non ne aveva idea.»
«Non mi sorprende» commentò l'anziana signora. «Diane è fatta così.» Si corresse. «Era fatta così. Non raccontava niente di sé. Una donna molto singolare. Ma mi piaceva. Così tranquilla e modesta.»
«Può descrivermi l'uomo? Età, altezza, colore dei capelli?»
«Più alto della media» disse Mr. Fowler. Era solo la seconda volta che interveniva nella conversazione. «Almeno un metro e novanta. Forse di più.»
«E magro» aggiunse la moglie. «Ma muscoloso. Capelli scuri e folti.»
«Età?» li incoraggiò Kate.
«Sui trentacinque? Potrebbe essere.»
«Cioè una decina d'anni più di Diane?»
«All'incirca.»
«E vi hanno dato l'impressione di essere una coppia di innamorati? Oppure poteva trattarsi anche di un conoscente o di un parente?»
«No, avevano una relazione. Secondo me. Un paio di volte li ho visti uscire di casa. Lui le teneva il braccio intorno alle spalle, cercava di baciarla...»
«*Cercava?*»
«Be' sì... almeno sembrava che fosse lui quello più incline al romanticismo. Mentre lei... non mi pareva così entusiasta. Girava sempre la testa dall'altra parte...»
«Certo che li hai osservati molto» commentò stupito Mr. Fowler.
La moglie arrossì leggermente. «Non li stavo spiando, davvero. Ma quando sono in cucina mi capita di guardare sulla stradina che porta dalla casa al parcheggio e li ho visti passare spesso.»
«Ha avuto l'impressione che ci fosse qualcosa che non andava tra di loro?» chiese Kate. «Magari che Diane fosse nervosa?»
«Non saprei... mi dicevo che era il suo modo di fare. È timida. Pensavo che si vergognasse a farsi baciare per strada, dove la potevano vedere. Per esempio io o mio marito.»
«Capisco. Non ha notato nient'altro di insolito, comunque? O di preoccupante? Magari una discussione accesa?»

«No. Non alzavano mai la voce. Solo...»

«Sì?»

«Dato che mi ha chiesto se ho notato qualcosa di insolito, un paio di volte mi è capitato di pensare che fosse strano che lei non... sembrasse felice. Raggiante. Meno chiusa in se stessa. Vede, sono quattro anni che abita da noi e non c'era mai stato nessuno nella sua vita. Tutto a un tratto ha un amico di bell'aspetto, che per di più sembra anche innamorato, e lei invece non cambia. Anzi, mi sembrava addirittura...»

«Continui.»

«Più tesa di prima. Più introversa. Più pensierosa... insomma non si comportava come una persona innamorata.»

«Diane non le sembrava felice con quell'uomo?»

«Non saprei. Forse c'era qualcos'altro che la angosciava.»

«Ma l'impressione che fosse ancora meno allegra del solito è subentrata con l'ingresso di quest'uomo nella sua vita?»

«Sì, direi di sì. Almeno partendo dal presupposto che sia arrivato quando pensiamo noi.»

«È un'informazione importante» disse Kate. In effetti il fatto che Diane frequentasse un uomo che in apparenza le provocava un certo disagio, o del quale aveva addirittura paura, poteva essere messo in relazione al suo omicidio, ma finché non scoprivano qualche indizio sull'identità dello sconosciuto, era solo un'ipotesi senza fondamento. Come mai Diane non aveva mai parlato di quest'uomo, nemmeno con la sua amica e collega di lavoro?

Perché generalmente non parlava mai di sé?

O perché c'era qualcosa che non andava in quell'uomo?

«Ha idea di dove potesse essere andata Diane ieri sera?» domandò. «Aveva terminato il turno in hotel alle dodici.»

«Sì infatti è tornata a casa intorno a mezzogiorno» confermò Mrs. Fowler. «L'ho vista entrare nel suo appartamento.»

«Sa quando è uscita di nuovo?»

«Sì. Intorno alle sei e mezzo. Ero in salotto, non l'ho vista. Ma ho sentito i suoi passi sulle scale e poi il rumore dell'auto che partiva. Succedeva tutti i lunedì.»

«Questo lo ha già detto anche a Miss Rodríguez. Da quanto tempo Diane usciva tutti i lunedì sera?»

«Dall'inizio di novembre, credo.»

«E da metà novembre è comparso il suo amico. Almeno stando a quanto ne sa lei.»

«Esatto.»

«Lei però non ha idea di dove si recasse?»

«Purtroppo no. Non mi ha mai detto niente.»

Kate sapeva di essere considerata una persona molto riservata e che questo era uno dei motivi per cui veniva spesso esclusa, ma a paragone di questa Diane faceva la figura di una chiacchierona.

«Usciva sempre da sola?» volle sapere.

«Ecco, ieri non l'ho vista. Ma credo che nel pomeriggio fosse sola. E comunque per il resto non c'era mai nessuno con lei.»

«Verso che ora tornava?»

«Intorno alle dieci e mezzo, dieci e tre quarti.»

«E ieri si è accorta che non era ritornata?»

«Sì, certo. Di solito la sentiamo. Per via del pavimento che scricchiola e quando apre l'acqua. Invece è rimasto tutto tranquillo e stamattina mi sono accorta che non c'era nemmeno la sua macchina.»

«Si è preoccupata? Oppure era già capitato che passasse la notte altrove?»

Mrs. Fowler ci pensò su. «Stava via molto di rado. In tutti questi anni sarà capitato al massimo tre o quattro volte. Dopo ogni assenza mi diceva di aver dormito dalla sua amica Carmen. Per questo ho pensato che fosse andata così anche ieri. O che fosse rimasta dal suo ragazzo.»

«Ho capito.» Kate si alzò. «Adesso per favore vorrei vedere l'appartamento di Diane. Ha la chiave?»

«Certo!» Mrs. Fowler si alzò piena di zelo. Era elettrizzata da quella situazione. I Fowler erano chiaramente scioccati, ma l'avvenimento li catapultava anche fuori dalla loro vita piuttosto anonima. Kate era convinta che Mrs. Fowler avrebbe riportato il contenuto dell'interrogatorio fino all'ultima parola a tutti i suoi conoscenti.

Salirono al primo piano per una scala stretta e ripida. A prima vista l'appartamento non rivelava niente, proprio come la sua inquilina. In origine dovevano esserci state due camere e un bagno, di dimensioni alquanto ridotte a causa del tetto in forte pendenza. In una delle stanze era stata ricavata una minuscola cucina, e un ambiente fungeva anche da salotto e soggiorno. Nell'altra stanza c'erano il letto di Diane e una scrivania. I suoi vestiti erano appesi dietro una tenda con cui aveva ricavato una specie di guardaroba nella parte con il soffitto più basso. Per un armadio vero non ci sarebbe stato posto da nessuna parte.

Ci vuole una bella faccia tosta per affittare un posto del genere come appartamento, pensò Kate.

In ogni caso i Fowler erano riusciti a trovare un'inquilina.

«Non le pare molto grazioso?» chiese orgogliosa Mrs. Fowler.

Secondo Kate era un alloggio deprimente, tuttavia non disse niente. Si infilò i guanti, si guardò intorno, sollevò qualche rivista, aprì i cassetti. Non c'erano indizi di nessun genere. L'appartamento sarebbe stato perquisito da cima a fondo. Ma per il momento non forniva nuovi elementi. Non sembrava esserci traccia di un cellulare.

«Che cosa succederà adesso con il contratto d'affitto?» chiese Mrs. Fowler.

«Questo non so dirglielo» rispose Kate. «Può darsi che un erede voglia subentrare, ma… fossi in lei non ci conterei troppo.»

Nessuno avrebbe accettato di trasferirsi lì, se avesse avuto una qualunque altra possibilità.

«In ogni caso per il momento dovrà rimanere a disposizione della scientifica. Non potrà entrare nessuno e niente dovrà essere spostato.»

L'espressione di Mrs. Fowler tradiva la sua indignazione, ma non osò ribattere.

«Lei sa se Diane ha dei parenti ancora in vita?» chiese Kate. «Genitori o fratelli e sorelle?»

«È figlia unica» rispose Mrs. Fowler. «Però mi sembra che avesse accennato a sua madre. Ogni tanto andava anche a trovarla. A Whitby.»

Kate sospirò tra sé. Una madre. Alla quale bisognava dare la notizia della morte di sua figlia. E non di una morte qualunque: di un atroce omicidio. Era stata letteralmente massacrata a coltellate, nella sua auto, di notte, in una stradina di campagna. La settimana prima di Natale.

Kate si augurava che sarebbe stata Pamela a occuparsi della cosa. In ogni caso bisognava fare in fretta, prima che i giornali pubblicassero la notizia. Non era giusto che questa donna, che aveva appena perso la sua unica figlia, venisse a saperlo da un articolo.

Si congedò dai Fowler e chiamò in ufficio dalla macchina, chiedendo che fosse inviata al più presto una squadra per i rilievi dell'appartamento di Diane. Non si fidava dei padroni di casa. Quantomeno Mrs. Fowler era animata da una grande curiosità e avrebbe volentieri ficcato il naso in giro.

Inoltre era necessario realizzare un identikit. Avevano assoluto bisogno di una descrizione del misterioso amico entrato nella vita di Diane che aveva tutta l'apparenza di un fantasma.

Aveva appena concluso la telefonata che Pamela la chiamò. Al Crown Spa Hotel non aveva raccolto informazioni di rilievo, ma alcuni impiegati le avevano detto che Diane non era molto contenta del suo lavoro. Detestava far la cameriera al piano e spesso aveva manifestato la volontà di cercare un altro posto. Tutti la consideravano affidabile e discreta.

«Sto andando da sua madre a Whitby» aggiunse. «Insieme a me c'è il sergente Bennett.»

Il sergente investigativo Helen Bennett aveva una formazione specifica come psicologa. Avrebbe dovuto sostenere Mrs. Bristow nei primi momenti di shock e di attonito dolore.

«Nel caso riuscisse a parlare con lei» disse Kate, «le chieda se sa dell'uomo che Diane frequentava da metà novembre. E dei suoi impegni il lunedì sera.»

Pamela sospirò. «Forse la madre sa qualcosa. Si sarà pur confidata con qualcuno questa Diane! La terrò aggiornata, sergente.»

Kate mise in moto l'auto e partì nel pomeriggio invernale sempre più buio diretta verso casa. Intanto pensava a Diane Bristow. Quanta solitudine circondava la donna morta. Nella sua vita c'erano state delle persone, ma lei non era riuscita ad aprirsi veramente con nessuna di loro. Il suo appartamento, la sua vita, tutto ciò che raccontavano di lei quelli che la conoscevano erano intrisi di solitudine, quasi fosse un odore intenso, fastidioso, che aleggiava dappertutto e permeava ogni cosa.

Non devo lasciarmi influenzare, pensò Kate, che già iniziava a identificarsi con la vittima. La tristezza che ammantava la vita passata di Diane era la sua. Non andava bene, la trascinava verso il basso e avrebbe potuto turbare l'obiettività con la quale doveva seguire il caso.

Il fatto era che una volta a casa in quella giornata prenatalizia non avrebbe trovato nessuno ad aspettarla a parte una gatta e che quella spaventosa ricorrenza era imminente e sarebbe stata seguita dall'ancora più agghiacciante San Silvestro. La depressione da Capodanno superava regolarmente quella natalizia.

E poi sarebbe arrivato gennaio.

È ora, pensò, è ora che cambi qualcosa nella mia vita.

Intanto la neve continuava a cadere indifferente e immutabile.

Perché i miei genitori hanno lasciato che diventassi così grasso? Fin da piccolo. Ero il loro unico figlio e di sicuro volevano fare tutto nel modo giusto, ma mia madre in particolare non era in grado di vietarmi niente e accondiscendeva con troppa frequenza alle mie incessanti richieste di dolciumi e cibi spazzatura.

In prima elementare avevo già una faccia tonda da carlino e un marcato doppio mento e le mie gambe grassocce si piegavano all'infuori perché dovevano sorreggere un peso eccessivo. Non portavo jeans o calzoncini o felpe fighe come gli altri compagni di classe, ma calzoni della tuta allargabili e pullover fatti a maglia dalla nonna, che avevano colori e disegni davvero orribili – la nonna non aveva il minimo gusto – il cui unico vantaggio consisteva nel fatto che erano enormi e ci entravo senza problemi. Erano così brutti e pungevano così tanto che passavo l'inverno a pregare che arrivasse presto l'estate, perché così non avrei dovuto più indossarli. Per l'estate mettevo magliette grosse quanto sacchi della spazzatura, ma perlomeno non avevo un aspetto tanto assurdo come in inverno. Avevo implorato la mamma che mi comprasse delle felpe, anche la taglia XXL, invece di quegli obbrobri a maglia, ma tutte le volte mi diceva che la nonna si sarebbe offesa e che era già tanto triste dalla morte del nonno e aveva quella terribile asma e che non dovevamo darle altri dispiaceri. E poi dovevo essere contento di potermi vestire con maglie così particolari e uniche.

Uniche!

Un bambino che si fa già notare perché è ciccione, e come se non bastasse gli mettono dei maglioni sgargianti di acrilico... Ero grottesco, semplicemente grottesco. Ed ero disperato.

C'è bisogno di dire che ero già bullizzato fin dalla prima elementare?

I bambini possono essere spietati, lo sappiamo tutti. Quando qualcuno è diverso, quando non si adegua all'immagine generale, e per di più è debole e indifeso, allora scatena ogni genere di riflesso crudele che abita in quelle piccole menti. C'è bisogno di qualcuno da colpire, rispetto al quale sentirsi forti, e se ne trova uno in quasi tutte le classi. Qualcuno i cui genitori sono più poveri degli altri e che per questo porta roba dozzinale. Qualcuno che balbetta o ha la lisca o diventa rosso in continuazione. Qualcuno che vive in uno stato di abbandono, non ha con sé la merendina e puzza perché a casa nessuno si preoccupa che si lavi. Tutte queste cose non suscitano la minima compassione nei bambini. Al contrario stimolano l'odio e il disprezzo e un desiderio primitivo di tormentare.

E non esiste bersaglio migliore di un bambino ciccione, che ansima e suda solo ad attraversare il cortile della scuola.

Ovvio che mi avessero soprannominato Fatty. Mi avevano affibbiato quel nomignolo alle elementari, e mi era rimasto. Anche alle superiori ho continuato a essere Fatty. Sembra che sia il soprannome universale per i bambini come me. A un certo punto mi sono reso conto che non sarei mai riuscito a liberarmene. Né del nomignolo, né delle angherie degli altri.

Andai dalla psicologa della scuola perché non riuscivo più a dormire e la mattina, quand'era ora di andare a scuola, piangevo. La signora era simpatica, ma del tutto inutile. Cercò di rafforzare la mia autostima, ma praticamente non c'era niente da mettere sul piatto della bilancia per farmi sentire un po' meno un completo fallimento. Non avevo niente da ostentare, solo i miei chili di troppo. I miei voti erano nella media, ma per qualche motivo non contava.

Alla fine la psicologa giunse alla conclusione – molto brillante – che l'unico modo per essere più felice fosse di dimagrire.

«E come?» le chiesi perplesso.

Mi elaborò un piano alimentare sicuramente molto ragionevole, perché prevedeva tanta frutta e tanta verdura e bandiva quasi del tutto i carboidrati e i dolciumi. Naturalmente lo rispettai meno di una settimana. Senza mangiare, senza mangiare troppo, senza cioccolato, non riuscivo ad affrontare le giornate. Mia madre, che peraltro era pronta a cucinare rispettando scrupolosamente la dieta, si lasciava convincere senza difficoltà a concedermi qualche dolciume. Le facevo compassione, non sopportava di vedermi piangere.

Non riuscivo a impormi sui miei compagni di classe e la rabbia dentro di me crebbe diventando un grumo sempre più grosso e pesante, tanto che a volte pensavo fosse quello a rendermi così grasso e goffo.

Quell'enorme grumo di rabbia. L'impotenza con cui dovevo accettare le umiliazioni. Ero prigioniero di questo corpo grasso e di quegli orribili pullover sintetici e l'odio dentro di me ingigantiva di giorno in giorno.

Avevo undici anni quando uccisi mia nonna.

Mercoledì, 18 dicembre

1

Il mattino successivo la notizia dell'omicidio era sul *Yorkshire Post*, che indicava parzialmente anche il nome della vittima. La venticinquenne Diane B. era stata uccisa con efferata crudeltà.

Il numero delle pugnalate riportato era trentotto anziché diciotto, inoltre il giornale speculava su un enigmatico sconosciuto con cui Diane si sarebbe incontrata nelle settimane precedenti.

La giovane aveva una relazione con il suo assassino? chiedeva il titolo di un paragrafo che poi attribuiva a Diane una pericolosa doppia vita.

Pamela gettò rabbiosamente il quotidiano da una parte. «Quante idiozie! Da dove hanno preso tutte queste informazioni, per la miseria? Il nome? Le circostanze? L'amico che nessuno conosce?»

Erano sedute insieme nell'ufficio dell'ispettore. Quel mattino Kate era arrivata al lavoro con un quarto d'ora d'anticipo ma non era comunque riuscita a precedere la sua superiore.

Dorme qui? si era chiesta contrariata.

Con loro c'era anche il sergente Helen Bennett, la poliziotta psicologa con l'aria di chi ha dormito poco o forse per niente. Non doveva essere stata una passeggiata informare l'anziana Mrs. Bristow della morte della figlia il giorno prima. Era un incarico che Helen si trovava a svolgere continuamente, ma al quale non si era mai abituata, come aveva confidato una volta a Kate.

«Presumo che qualcuno tra i colleghi dell'hotel abbia fatto la spia» disse ora. «Probabilmente Carmen Rodríguez ha passato il pomeriggio di ieri a telefonare a tutti i suoi conoscenti per informarli subito dello spaventoso crimine. Qualcuno deve essersi poi rivolto alla stampa perché magari conosceva un giornalista. E sappiamo benissimo quanto piaccia ai media infiorettare spudoratamente le notizie.»

«È inaudito che non si mettano mai nei panni dei parenti» disse Pamela. «Il numero delle coltellate, peraltro sbagliato. L'accenno a una pericolosa doppia vita. A quelli non interessa mai niente di niente.»

«A parte le vendite» puntualizzò Kate. Anche lei era indignata con i giornali, ma cercò di riportare la conversazione a un livello più concreto. «Che cosa abbiamo? È stato utile l'incontro con la madre?»

«No, purtroppo non molto» rispose Pamela. «Non sapeva niente di un amico e non ci ha saputo dire neppure dove andasse la figlia tutti i lunedì sera. Diane andava spesso a trovarla la domenica pomeriggio per bere un caffè, ma non parlava molto di sé. Solo aneddoti irrilevanti inerenti al lavoro.»

«Il padre non ce l'ha più?»

«È morto molti anni fa. Non ci sono altri parenti.»

Le stesse cose sarebbero state dette di lei, pensò Kate, se il suo cadavere fosse stato rinvenuto in una stradina di campagna – vittima di un omicidio. I genitori defunti. Nessun fratello o sorella. Niente marito né figli. Nessun parente.

Nel suo caso la stampa non avrebbe accennato neppure a una pericolosa doppia vita. Sarebbe stata una morta persino più anonima di Diane B.

O più noiosa, si sarebbe potuto anche dire.

«Non ci resta altro da fare che interrogare nuovamente tutti gli impiegati del Crown Spa» concluse Pamela. «Dubito che l'amico provenga da quell'ambiente, altrimenti l'avremmo già scoperto. Ma forse qualcuno sa qualcosa. Magari l'ha vista con quel tipo… Scarborough non è così grande da escludere che qualcuno possa averla notata.»

«A meno che non rimanesse sempre chiusa in casa» osservò Kate.

«Il lunedì sera però sappiamo che usciva» ribatté Helen.

«A quanto pare i padroni di casa finora sono gli unici che abbiano visto questo sconosciuto» disse Pamela. «Riusciamo ad avere un identikit?»

«Ho già dato istruzioni che venga fatto» confermò Kate. «E ieri la scientifica ha perquisito l'appartamento. Non hanno trovato niente di rilevante. C'è un portatile, ma non è stato ancora analizzato completamente.

«Oggi pomeriggio dovremmo avere il referto dell'autopsia» proseguì Pamela. «Anche se non credo che darà risultati eclatanti, ma non bisogna mai perdere le speranze.»

Si scambiarono un'occhiata.

«Qualcosa di nuovo sulla badante ricercata?» si informò Pamela.

Kate scosse la testa. «La figlia della defunta scalpita. La situazione potrebbe diventare sgradevole se non arriveremo presto a un arresto.»

«Mila Henderson potrebbe essere dovunque. È giusto che la donna venga indagata, ma è molto probabile che si tratti davvero solo di un caso di negligenza. Per quanto riguarda Diane Bristow, al contrario...»

«Io propendo per il delitto passionale» disse Helen. «Il sergente Linville ha riferito che, stando alle dichiarazioni della padrona di casa, Diane non appariva così entusiasta della sua relazione. Forse ha voluto interromperla. E il fidanzato non ha accettato la cosa.»

«Quindi è più importante che mai rintracciare questo soggetto» dichiarò Pamela. «Quantomeno determinarne l'identità. È lui la chiave.»

2

Anna fu svegliata dallo squillo insistente del cellulare. Alzò la testa assonnata. Il chiarore del giorno era visibile al di là della finestra e aveva smesso di nevicare.

Cercò a tentoni il cellulare appoggiato accanto al letto. Erano quasi le otto e mezzo e la telefonata proveniva dalla sua capa, Dalina. Anna doveva occuparsi di uno speed-dating nel pomeriggio e doveva presentarsi in azienda, come Dalina chiamava la sua agenzia, per le due. Non c'era motivo di telefonarle con tanta insistenza a quell'ora. Probabilmente Dalina voleva accertarsi che non fosse più ammalata.

«Pronto?» rispose con voce roca e assonnata.

Dalina al contrario era sveglissima. «Dormivi? Quindi non hai ancora letto i giornali?»

«No. Perché?»
«È successo qualcosa di incredibile. Diane Bristow, quella del tuo corso di cucina...»
«Sì?» Anna si drizzò a sedere. Fu assalita da un brivido.
«È morta. È stata assassinata.»
«Cosa?»
«Il giornale la indica come Diane B., venticinque anni, residente a Harwood Dale. Deve essere lei per forza.»
«Sì... sì, hai ragione.» Anna fu assalita dalla nausea. Non potevano esserci dubbi.
«Quando è successo?» chiese, sebbene lo sapesse già.
«A quanto pare l'altro ieri in tarda serata. Su una stradina di campagna ai margini della strada per Harwood Dale. Hanno ritrovato la sua macchina con lei a bordo. Uccisa con trentotto pugnalate!»
Anna parlò con una voce che risultò strana persino a lei. «Si sa... si sa qualcosa del colpevole?»
«Il giornale dice che la polizia brancola nel buio.»
«Che cosa ci faceva su una stradina di campagna?» Le era sembrato così assurdo. Forse c'era una spiegazione.
«È molto strano. Una stradina impraticabile per il fango. Perché l'aveva imboccata? Forse doveva fare pipì? Ma era a meno di cinque minuti da casa. E com'è possibile che ci sia in circolazione qualcuno che aggredisce le donne e le massacra così?»
Il tipo era salito in macchina con lei, avrebbe voluto dire Anna, e probabilmente l'aveva costretta a fermarsi.
Invece non disse niente. Non poteva confidarsi nemmeno con Dalina. Era una donna così forte. Non avrebbe capito la sua vigliaccheria.
«Il giornale scrive che lì vicino c'è un parcheggio» proseguì Dalina. «Ma la macchina era su un viottolo.»
Un tentativo di fuga? Era riuscita a buttare fuori dall'auto lo sconosciuto ma poi, in preda al panico, era ripartita nella direzione sbagliata. Si era impantanata. Lui l'aveva raggiunta. Fuori di sé dalla collera.
Oddio, pensò Anna, oddio!
«Secondo me è successo dopo il corso di cucina» disse Dalina. «Lei c'era, giusto?»

«Sì» rispose Anna. Vide Diane chiaramente davanti a sé. Era stata silenziosa, come sempre. E disponibile. Aveva aiutato ad apparecchiare e sparecchiare più volentieri degli altri. Aveva parlato poco. Cucinato con grande concentrazione.

E ora era morta.

Era assolutamente inconcepibile.

«Per tornare a casa fate quasi la stessa strada» osservò Dalina. «Tu però non hai visto niente?»

«Assolutamente niente.»

Ho visto un uomo che l'ha costretta a inchiodare. L'ho visto salire in macchina con lei. Poi ho visto l'auto ferma in un parcheggio. Ho avuto uno strano presentimento. Ma ho proseguito fino a casa e mi sono messa a letto senza pensarci più.

«Sai» disse Dalina, «mi chiedevo se fosse il caso di andare alla polizia e dire che Diane aveva partecipato al nostro corso di cucina per single la notte dell'omicidio, ma tanto… che cosa cambierebbe? Non possiamo dare informazioni utili alle indagini, in cambio però ci farebbero un sacco di domande e finiremmo sui giornali. I giornalisti ci assedierebbero e l'azienda finirebbe sotto una cattiva luce sui media. Tu che ne dici?»

L'ultima cosa che Anna desiderava era rivolgersi alla polizia. «La penso proprio come te» concordò.

«Sai come funzionano i giornalisti» riprese Dalina. «A loro piace ricamarci sopra. Di sicuro qualcuno si chiederebbe se Diane non abbia conosciuto il suo assassino da noi. Ovvero nella mia azienda. Sarebbe una pessima pubblicità.»

«Non era qualcuno del corso di cucina» dichiarò Anna. Poteva affermarlo con assoluta certezza: tanto per iniziare, il profilo dell'assassino non si addiceva a nessuno di loro – laddove era difficile dire a chi si addicesse infierire sulla vittima con trentotto pugnalate in un raptus di collera. Soprattutto: come si fa a riconoscerlo in una persona.

Ma oltre a questo lei lo aveva visto l'assassino. Ed era rimasta colpita dalla sua altezza e dalla sua corporatura. Nessuno dei partecipanti maschi al corso di cucina aveva simili caratteristiche.

Quindi, si tranquillizzò, la mia testimonianza non sarebbe di nessun aiuto alle indagini della polizia.

«Stai meglio?» chiese Dalina. «Oggi pomeriggio ce la fai a venire per lo speed-dating?»

In realtà Anna non stava affatto bene, e avrebbe preferito non presentarsi al lavoro anche quel giorno, ma sapeva che Dalina le avrebbe staccato la testa se avesse chiesto di prolungare la malattia.

Sbuffò piano. «Sì, verrò. Ma questa storia mi ha davvero sconvolto.»

«Non c'è niente da fare. Bisogna andare avanti. Restare a casa peggiora solo le cose» sentenziò Dalina.

Chiusero la telefonata. Subito dopo il cellulare di Anna squillò un'altra volta. Era Sam.

«Hai già letto il giornale oggi?»

«No, però Dalina mi ha appena informato...»

«Mi è subito tornato in mente il nome che mi avevi fatto ieri. Diane tal dei tali.»

«Bristow. Si chiamava Diane Bristow.»

«Sì, sul giornale sta scritto Diane B. sulla strada per Harwood Dale. Deve essere stato dove hai visto tu la macchina per l'ultima volta.» Sam fece una breve pausa. «Ieri non ti ho preso troppo sul serio» disse poi, «ma adesso penso che tu debba andare alla polizia.»

«A che cosa servirebbe? Io...»

«Hai visto il colpevole. Il presunto colpevole.»

«Era buio. Aveva il cappuccio in testa. Non ho visto assolutamente niente della sua faccia.»

«Non importa. È giusto che la polizia sia informata.»

«A questo punto non serve più a nulla» disse Anna scoppiando a piangere subito dopo.

«Ascoltami» disse Sam, «che ne dici di pranzare insieme? Tanto oggi pomeriggio hai un impegno e quindi devi venire in città. Arriva un po' prima e ci incontriamo verso l'una da Gianni.»

«Va bene» rispose Anna. Non avrebbe mandato giù nemmeno un boccone, ma forse si sarebbe sentita meglio vicino a Sam. Aveva un modo di fare così pacato! In genere riusciva sempre a calmarle i nervi.

C'era un gran pienone anche a pranzo da Gianni, il rinomato ristorante italiano su Victoria Road, ma dipendeva anche dal fatto che quella settimana erano in programma tanti pranzi natalizi organizzati da aziende o gruppi di amici. Sam aveva prenotato un tavolino d'angolo al pianterreno. Conosceva bene il proprietario, dato che abitava in Victoria Road e spesso si recava lì a consumare un pranzo veloce.

Era già seduto quando Anna entrò con un leggero ritardo a causa della difficoltà a trovare parcheggio. Si alzò e le andò incontro, le tolse il cappotto e le versò un bicchiere di vino dopo che si furono accomodati. In genere Anna non beveva alcol a pranzo, ma quel giorno le serviva proprio. L'alcol avrebbe ammantato di un leggero velo la realtà che le appariva troppo intensa e accecante e la innervosiva. Il tintinnio dei bicchieri intorno a loro era troppo rumoroso, il brusio troppo stridente, gli addobbi natalizi troppo colorati e troppo abbondanti, la neve fuori dalle finestre di un bianco abbagliante. Intorno a lei regnava un buonumore insopportabile. Tutte quelle risate… ma le persone parlavano tra di loro? Oppure ridevano senza sosta? Quel giorno non avevano letto le notizie? Non sapevano che una giovane donna era stata uccisa in maniera efferata?

Sam aveva con sé il *Yorkshire Post*. «Non bisogna credere a tutto quello che scrivono i giornali» disse. «Ma se quello che raccontano è vero, c'era un uomo nella vita di Diane. La cosa mi sorprende, dal momento che partecipava a un corso di cucina per single.»

«Un uomo?» Anna afferrò il giornale. «È vero. Ma qui dice che nessuno nella sua cerchia di amicizie lo conosceva.»

«Forse non era il suo fidanzato. Forse era solo un conoscente.»

«Strano. Non aveva mai parlato di un fidanzato, di un amico o di un conoscente. Mi sembrava una persona molto sola.»

«Il tipo che tu hai visto salire sulla sua macchina… poteva essere questo conoscente. Per questo lo ha lasciato salire.»

«È quello che ho pensato anch'io. Ma il modo in cui lui l'ha fermata è stato… ecco, mi è sembrato aggressivo. Non le ha rivolto un cenno con la mano dal ciglio della strada. Era in mezzo alla carreggiata. Lei ha dovuto frenare. Lui ha spalancato la portiera. Non so se lei lo abbia invitato a salire o se lui lo abbia fatto e basta. È accaduto tutto molto in fretta. Avrebbe potuto essere un'aggressione. O magari no.»

«In ogni caso lei è ripartita» disse Sam. «Tu eri subito dietro. Sarebbe potuta saltare fuori per chiedere aiuto.»

«Questo è vero.»

Lui si sporse in avanti. «Sarebbe proprio il caso che tu andassi alla polizia, Anna. La tua testimonianza può essere importante.»

«Non posso farlo, Sam. Mi prenderebbero per una grandissima vigliacca.»

«Sciocchezze. Che cosa avresti dovuto fare? Scendere quando hai visto la macchina nel parcheggio? Di notte, in una strada isolata in campagna? Nessuno si aspetterebbe una cosa del genere da te.»

«Avrei potuto salvarla.»

«Oppure potresti essere morta anche tu adesso.»

Lei rabbrividì. Il cameriere portò il menù. Anna lo scostò da sé. Aveva lo stomaco contratto.

«Non ho nessuna informazione utile da dare alla polizia. Non ho visto in faccia quell'uomo. Mi ha colpito solo...»

«Che cosa?»

«Che era molto alto.»

«Più di me? Io sono già piuttosto alto.»

Lei annuì. «Almeno di una testa.»

«Allora è un'altezza sopra la media» disse Sam. «Sarebbe un indizio molto prezioso per la polizia.»

«Non posso, Sam...»

Le posò una mano sulla sua. «D'accordo, lasciamo perdere. Cambiamo argomento, ok?»

«Sì.» Ma lei sapeva che non sarebbe finita così. L'argomento era lì, seduto a tavola con loro, anche se ora cercavano di ignorarlo. Sam le raccontò del padre che aveva sentito quel mattino al telefono, ma che purtroppo fino alla fine non aveva capito chi lo stesse chiamando. L'uomo viveva in una casa di riposo a Londra e faceva sentire costantemente in colpa il suo unico figlio, che pensava di non prendersi abbastanza cura di lui. Sam cercava di andare a trovarlo almeno una volta al mese e aveva spesso chiesto ad Anna di accompagnarlo, ma lei aveva sempre trovato qualche pretesto per non andare. Le case di riposo le incutevano paura. Si sarebbe sentita depressa, più di quanto non fosse già.

«Saresti d'accordo se andassi a trovare papà subito dopo Natale?» le chiese Sam. «Immagino che non ti andrebbe di accompagnarmi.»

Anna lo ascoltava con un orecchio solo. Continuava a pensare a Diane. Dopo il casino che aveva combinato, avrebbe potuto dare almeno un contributo per far catturare il suo assassino. Ma a quel punto anche Dalina si sarebbe stupita, dato che le aveva esplicitamente detto di non aver visto niente mentre tornava a casa quella sera…

Ho sbagliato tutto, pensò, mentre la nube nera tornava a posarsi su di lei come capitava tutte le volte che rifletteva a lungo su se stessa e sui propri comportamenti. Non ricavava mai niente di buono quando lo faceva.

«Ehi, ci sei?» chiese Sam. «Mi hai sentito?»

Lei trasalì. «Scusa. Che cosa hai detto?»

«Non importa. Dove vogliamo passare il Natale, da te o da me?» Le sorrise.

Anna sapeva che sarebbe stata una bella giornata. Avrebbero cucinato insieme. Avrebbero acceso il camino. Sam avrebbe portato dello champagne. Era contenta di non dover trascorrere da sola le feste.

C'era del buono nella sua vita. Perché doveva concentrarsi sempre su ciò che non andava?

«Dove vuoi tu» rispose.

Lui le prese le mani.

«Non è colpa tua, Anna» le disse sottovoce. «Quello che è successo a Diane. Non è colpa tua. La colpa è di chi lo ha fatto. Non tua.»

Lei scoppiò di nuovo a piangere. In mezzo a tutte quelle persone chiassose, allegre, ridanciane. In mezzo al tintinnio dei bicchieri e delle posate, in mezzo alla musica natalizia e all'animato vociare, lei se ne stava lì e piangeva in silenzio tra sé, mentre Sam le teneva le mani e la lasciava sfogare. Per fortuna non sembrava a disagio. Per fortuna non le diceva di darsi un contegno.

Non era colpa sua…

Lui non aveva la minima idea di quanta colpa si portasse dietro.

3

Avevano parlato con tutto il personale, otto fra impiegate e impiegati, che ora erano al corrente di tutte le informazioni più importanti sull'omicidio Bristow. Pamela aveva condotto l'incontro con grande abilità ed efficienza, come riconobbe Kate. Aveva fornito un riassunto preciso degli avvenimenti e tratteggiato prime ipotesi rispondendo in maniera chiara e puntuale alle domande. In segreto Kate aveva sperato che Pamela manifestasse un po' di stress o di nervosismo, invece era stato l'esatto contrario. Il suo predecessore, lo sfortunato ispettore Robert Stewart, rimasto ucciso durante l'orribile caso dell'estate precedente, non si era mostrato neppure lontanamente all'altezza del suo ruolo direttivo, e se da una parte questo aveva stressato e innervosito Kate, dall'altra aveva senza dubbio accresciuto la sua autostima. Si era sempre sentita superiore di fronte a Robert. Con Pamela non ci riusciva, e pur sapendo che era giusto così ed era utile per la loro collaborazione, la cosa la faceva sentire inevitabilmente inferiore.

Ed è semplicemente patetico, pensò.

Lei e il sergente Helen Bennett erano appena tornate con Pamela nell'ufficio di quest'ultima quando il telefono di Kate squillò. Un numero sconosciuto. Si allontanò di qualche passo dalle altre e rispose a voce bassa.

«Kate Linville.»

«Buongiorno, Kate, sono Dalina» rispose allegramente la voce dall'altra parte.

Kate non riusciva a collocare quel nome. «Dalina?»

«Esatto, di Trouvemoi!»

Kate fece automaticamente un altro passo di lato. Non voleva per nessun motivo che le altre la sentissero.

«Ah, sì, Dalina. Cosa c'è?»

«Lei si è iscritta al nostro corso di cucina che parte a gennaio, ma siccome si è liberato un posto in quello attuale, volevo proporle di venire da lunedì prossimo. Il corso è già pagato, non le costerà niente. Ma in questo modo avremmo di nuovo un numero equivalente di partecipanti maschili e femminili e lei potrebbe farsi un'idea di come funziona prima delle feste. Non è forse un'offerta allettante?» La voce di Dalina era animata da una grande euforia, quasi le stesse proponendo un pranzo con la regina in persona.

«Questo lunedì?» domandò Kate mentre pensava alacremente. Così presto…

«A partire dalle sette.» Dalina abbassò la voce, assumendo un tono improvvisamente molto serio. «Avrà sicuramente saputo dell'orribile delitto, vero? L'omicidio di Diane Bristow!»

Kate drizzò subito le orecchie. L'omicidio era su tutti i giornali locali, ma senza che fosse indicato il nome completo della vittima. Come faceva a conoscerlo Dalina?

«Sì, ho letto» rispose. «Spaventoso.»

«Era iscritta al nostro corso di cucina» rivelò Dalina. «È suo il posto che si è liberato.»

«Ah» fece Kate perplessa.

«Spero che la cosa non la disturbi. Non è mica superstiziosa?»

«No, no, assolutamente» le assicurò Kate. Stava riflettendo. In quelle circostanze era evidente che dovesse presentarsi al corso il lunedì, sarebbe stata un'ottima occasione per scoprire nuove informazioni su Diane. Purtroppo questo la costringeva a rivelare a Pamela e Helen della sua iscrizione a Trouvemoi. Altrimenti non avrebbe potuto spiegare la telefonata di Dalina.

«Ci sarò» promise chiudendo la telefonata.

Pamela le rivolse un'occhiata interrogativa. «Allora? Qualche elemento nuovo?» Quella donna aveva certamente un istinto infallibile.

Kate sospirò. «In effetti sì. Ora so dove andava Diane tutti i lunedì sera…»

«E lei si è iscritta a un corso di cucina per single?» chiese Pamela con le sopracciglia inarcate dopo che Kate aveva spiegato la situazione. Il suo tono di voce non era apertamente denigratorio ma rivelava una certa costernazione, quasi Kate avesse dichiarato di avere inclinazioni particolari e abitudini sconcertanti. Se si calcolava che quasi la metà delle persone bazzicava il mondo delle piattaforme di incontri, Kate la trovava una reazione piuttosto strana.

«Sì» confermò.

«Ottima idea» disse Helen, sempre gentile e incline a risolvere le situazioni sgradevoli.

Anche Helen viveva da sola, ma a quanto ne sapeva Kate era soddisfatta della propria vita. Del resto non ne avevano mai parlato apertamente. Forse era iscritta a Parship. Forse a volte si sentiva sola. Kate sapeva che la solitudine era il primo fra tutti gli aspetti della propria vita che le persone si sforzavano di tenere accuratamente nascosto. Era preferibile ammettere di avere un fungo al piede piuttosto che di sentirsi soli. Solo i perdenti erano soli. Era idiota, ma sembrava che non ci fosse modo di cambiare le cose.

«In questo caso, ovviamente, va a nostro vantaggio» disse Pamela. «Lunedì prossimo deve recarsi lì a qualunque costo, sergente. Meglio sotto copertura. Oppure all'agenzia sono informati sulla sua professione?»

«No.»

«Bene, per il momento lasciamo le cose così. È probabile che le persone siano più disposte ad aprirsi con lei, ma deve comunque ricordare che qualunque informazione di rilievo dovrà essere successivamente suffragata in tribunale. Dovrà agire con grande circospezione.»

«Ovviamente» confermò Kate.

«In ogni caso prima parlerò io stessa con i partecipanti al corso» proseguì Pamela. «Non possiamo aspettare fino a lunedì per seguire questa pista. Diane partecipa a un corso di cucina per single e, molto probabilmente, viene uccisa mentre torna a casa da lì. Il colpevole potrebbe essere uno dei partecipanti.»

«Come giustifichiamo di essere a conoscenza del corso?» chiese Helen.

Pamela agitò la mano in un gesto stizzito. «Diciamo di aver trovato qualcosa tra i suoi documenti. Una volta terminata la perquisizione dell'appartamento e soprattutto l'esame del portatile, potrebbe essere plausibile. Dovrà esserci la ricevuta di un pagamento. Un contratto.»

Kate non era così tranquilla pensando alla missione sotto copertura, ma Pamela aveva ragione, poteva dare risultati insperati. Tuttavia, nel corso delle indagini, sarebbe emersa la sua vera identità e a questo punto si sarebbe potuta scordare la partecipazione al corso che iniziava a gennaio.

Oppure no: poteva sempre giocare a carte scoperte.

Il telefono di Pamela suonò e lei si spostò dietro la scrivania per rispondere.

«È inaudito!» esclamò, dopo aver ascoltato per un po' l'interlocutore.

Kate e Helen le rivolsero un'occhiata interrogativa.

«Era il medico legale» spiegò Pamela dopo aver chiuso la conversazione. «L'autopsia non ha fornito nuovi indizi. L'ora del decesso è stimata per lunedì sera tra le dieci e le undici. La causa della morte è una ferita da taglio al collo. Le altre coltellate erano superficiali, soprattutto a causa delle dimensioni anguste dell'abitacolo. L'aggressore ha agito con grande impeto ma non aveva molto spazio di manovra. Diane si è difesa strenuamente, ci sono molte lesioni che lo testimoniano. Purtroppo non aveva la minima chance contro un avversario armato di coltello.»

Un silenzio turbato seguì le sue parole. Tutte immaginarono gli ultimi agghiaccianti minuti di vita della giovane donna.

«Ma adesso arriva il bello» proseguì Pamela. «Oltre alle impronte digitali della vittima, dentro l'auto sono state rinvenute altre impronte in notevole quantità, probabilmente maschili, verosimilmente del colpevole. E, come ha stabilito il raffronto, queste impronte sono già presenti nel nostro archivio.»

«Abbiamo un nome?» chiese Helen sgranando gli occhi.

Pamela scrollò il capo. «Purtroppo no. Sarebbe stato troppo bello. Ma abbiamo un'altra scena del crimine. Il caso di Alvin Malory. Lo ricordate?»

«Oh mio Dio, sì» disse Helen.

Kate frugò nella sua memoria. Il nome le diceva qualcosa, ma non riusciva a collocarlo con precisione.

«Avevo appena iniziato a lavorare al CID di Scarborough» disse Helen. «Però non ero ancora con l'ispettore capo Hale. Era lui il responsabile delle indagini.»

Pamela stava cercando freneticamente in rete sul suo smartphone. «È accaduto nel 2010» disse. «Ne parlarono tutti i media.»

«Un caso di inaudita brutalità» continuò Helen. «Un ragazzo di appena sedici anni… andava ancora a scuola… fu seviziato quasi a morte. A casa dei genitori. Lo avevano letteralmente calpestato. E poi costretto a bere un disgorgante per lavandini.»

A questo punto tornò in mente anche a Kate. «Sì. Me lo ricordo perché è stato un crimine efferato. A quanto ne so… il colpevole non è mai stato identificato, giusto?»

«Esatto» confermò Pamela. «Era stata istituita una squadra speciale guidata da Caleb Hale. Indagini a trecentosessanta gradi. Persino il padre era stato sospettato inizialmente, ma senza conferme. Purtroppo non si giunse ad alcun risultato.» Scorse velocemente le voci relative al caso presenti in rete. «La vittima è sopravvissuta alle ferite ma da allora è in uno stato vegetativo.»

«Ha detto che all'epoca frequentava ancora la scuola?» chiese Kate.

Helen annuì. «A quanto pare era stato vittima di bullismo. Alvin Malory era un ragazzo obeso, preso di mira. Tutti si facevano beffe di lui. Ma non vennero trovate piste utili neppure tra i compagni di classe. Ricordo ancora lo sconforto della squadra speciale. Soprattutto Caleb Hale. Non riusciva a perdonarsi di non aver saputo risolvere il caso.»

Caleb Hale e la sua depressione. Caleb Hale e il suo alcolismo. Kate sapeva quanto entrambi dipendessero dal suo lavoro. Dalla sofferenza di cui era testimone e dall'impotenza che sovente concludeva le indagini. Per questo aveva voltato le spalle alla polizia. Alla fine dell'estate aveva lasciato il servizio in maniera definitiva, senza scalpore. Per lui era stata l'unica strada percorribile per salvare se stesso.

«Le indagini furono ostacolate da vari fattori» riferì Pamela che stava ancora esaminando gli articoli in rete. «Il giorno prima del fatto la madre di Alvin aveva festeggiato il suo quarantacinquesimo compleanno. Una festa con diversi ospiti e un servizio di catering. Casa e giardino pieni di persone. Di conseguenza tantissime impronte, DNA, tracce. Il tutto aveva complicato il lavoro degli inquirenti.»

«Adesso però...» osservò Helen.

Pamela annuì. «Adesso abbiamo due serie di impronte coincidenti in due scene del crimine diverse. A distanza di quasi nove anni e mezzo. E senza la minima traccia di un legame tra le due vittime. Ammesso che esista.»

«Partiamo dal presupposto che i casi siano collegati?» domandò Helen.

Pamela aggrottò la fronte. «Io cerco di non escludere mai niente a priori. Per non perdere la visione d'insieme. Ci sono diverse ipotesi, dobbiamo vagliarle tutte.» Prese la borsa. «Ora cerco questa agenzia di incontri. Voglio i nomi di tutti i partecipanti al corso e devo parlare con chiunque sia in qualche modo collegato a esso. Sergente Linville, lei...»

Kate sapeva quale incarico voleva assegnarle l'ispettore. «Io vado dalla famiglia di Alvin Malory. Credo che sia opportuno riesaminare il caso.»

Pamela annuì. «Veda però di non dare troppe speranze ai genitori. Presumo che sia il pensiero che un giorno il colpevole venga arrestato a farli andare avanti. Ma non lo possiamo sapere. Non abbiamo nessuna vera pista e siamo ad anni luce di distanza da qualunque solido indizio.»

Kate annuì. Avrebbe subito aperto il fascicolo del caso Malory per studiarlo, poi sarebbe andata dalla famiglia. Tenne per sé ciò che pensava: abbiamo l'inizio dell'inizio di una pista. È poco, ma sempre più di niente.

La prima piccola scintilla era scoccata dentro di lei.

4

La tragedia che aveva colpito la famiglia Malory diventò evidente non appena la porta di casa si aprì davanti a Kate: sul viso della donna che le stava di fronte era disegnata l'angoscia che caratterizzava la sua vita da nove anni. Appariva invecchiata, consumata anzitempo. Aveva profondi solchi intorno al naso e alla bocca. Gli occhi erano gonfi, si vedeva che piangeva molto e molto spesso. Il suo aspetto era trasandato, come se non avesse né il tempo né l'energia per pensare a se stessa. Portava dei calzoni della tuta slabbrati, una felpa sbiadita che forse un tempo era stata blu, pantofole di pelliccia tigrate e i capelli legati con un elastico.

«Sì?» chiese nervosa.

Kate mostrò il distintivo. «Sergente investigativo Kate Linville. North Yorkshire Police.»

L'atteggiamento e l'espressione della donna cambiarono all'istante. «Oh… lo avete preso? Avete trovato l'uomo che ha aggredito il mio ragazzo?»

L'incrollabile speranza dei parenti di una vittima. Che alla fine fosse almeno fatta giustizia.

Kate scrollò il capo dispiaciuta. «No, purtroppo. Ma è spuntata una nuova pista. Posso entrare?»

«Ma certo.» Louise Malory fece un passo indietro. Kate entrò nello stretto ingresso della casetta. C'era odore di cibo bruciato. In un punto la tappezzeria era sollevata, doveva esserci dell'umidità nelle pareti. Una casa che nessuno curava più.

«Mi segua» disse Louise precedendola. Il corridoio terminava direttamente nel salotto. Almeno questa doveva essere stata la sua funzione in origine. Ora era il luogo destinato a un ragazzo ridotto in stato vegetativo da nove anni.

Gran parte della stanza era occupata da un letto, un imponente letto da ospedale tecnologico, dotato di tutti i più moderni meccanismi di sollevamento. Doveva essere costato un patrimonio. Come se le avesse letto nel pensiero, Louise disse: «Abbiamo ipotecato la casa. Per il letto. L'assicurazione ce ne aveva messo a disposizione uno, ma non era così sofisticato. Questo è il meglio».

Era tutto ciò che poteva fare per suo figlio: offrire il meglio. Di tutti i sacrifici di cui era capace.

Sul letto c'era Alvin Malory. Era sdraiato sopra la coperta, vestito con una tuta amaranto. Appariva grasso e gonfio, ma molto curato. Pulito. I capelli lavati e spazzolati, gli abiti senza macchie. La pelle del viso, chiarissima, era morbida, di sicuro veniva spalmata di crema regolarmente.

Aveva gli occhi sbarrati e fissi su un punto al di là della finestra. Ma erano spenti. Come se non vedesse niente.

Kate deglutì. «È sempre così?»

«Sì, da quasi nove anni e mezzo. Dal giorno...» Louise non terminò la frase. Il giorno in cui tutto era cambiato.

«I medici che cosa dicono? C'è speranza che possa risvegliarsi?»

Louise annuì. «Ai pazienti in coma vigile può succedere. Ma non c'è alcuna certezza. E nessuno è in grado di dire quando potrebbe succedere.»

«Percepisce qualcosa?»

«Nessuno lo sa. Ma io credo che comunichi con me.»

«Come se ne accorge?»

«Dagli occhi. Non sono sempre fissi come ora. A volte... spesso... sono vivi. Non come i nostri occhi. Ma c'è una variazione. Un movimento. Almeno mi sembra.» Si strinse nelle spalle. «Credo che pensi. Racconti storie. Che nella sua testa ci siano tanti pensieri, tante emozioni e ricordi. Ma… forse i medici lo troverebbero assurdo.»

«Secondo me le sue impressioni sono giuste» disse Kate dolcemente. Non voleva soltanto tranquillizzare la povera donna distrutta. Lo pensava davvero. Che Louise percepisse ciò che provava il figlio e che nessun altro era in grado di cogliere. Ma che invece era reale. C'erano così tanti misteri insondabili tra cielo e terra.

«Viene alimentato con una sonda gastrica» proseguì Louise. «Ogni giorno un fisioterapista viene a muoverlo. E un operatore mi aiuta a lavarlo e a vestirlo. Da sola non ce la farei. Ma gli massaggio le braccia e le gambe tutte le volte che posso. Gli metto la crema. Gli parlo e gli leggo libri e giornali. Sto insieme a lui per tutto il giorno.»

Questa situazione le dava conforto. Anche se probabilmente non le rimaneva più niente che somigliasse lontanamente a una vita propria.

«Suo marito…?» si informò cauta Kate.

Louise alzò gli occhi al cielo. «Gli uomini sopportano certe cose?» Con un gesto della mano indicò ciò che aveva intorno: la stanzetta con l'ingombrante letto al centro, i mobili del salotto spostati contro le pareti, le scatole sparse ovunque piene di creme e unguenti, guanti monouso, disinfettanti, medicine.

Il giovane in mezzo a tutto questo, che non poteva né vivere né morire.

«Mio marito ci ha lasciato cinque anni fa. Ha detto che non ce la faceva più.»

Kate annuì. Non giudicava il padre di Alvin. Non tutti erano in grado di sopportare ciò che affrontava Louise Malory.

«Ci versa un assegno» aggiunse Louise. Voleva essere obiettiva. «Io non lavoro più.»

Naturale. Nella sua esistenza non c'era più spazio per lavorare. Ce n'era a malapena per respirare.

Kate osservò il morto che viveva sul grande letto pensando che la cosa peggiore che un criminale potesse fare alle sue vittime, peggio dell'omicidio, fosse di renderli prigionieri per sempre dentro i loro corpi. Come nel caso di cui si era occupata in estate, che l'aveva quasi portata alla pazzia e che continuava a tormentarla: Sophia Lewis, la giovane insegnante che aveva subito un fatale incidente con la bicicletta a causa di un cavo metallico teso di traverso sulla strada ed era rimasta tetraplegica… Non sarebbe stato possibile infliggere un tormento più grande a una donna sportiva e assetata di movimento. In seguito però le era stato fatto qualcosa di peggio, ma Kate preferiva non pensarci adesso.

«Potrebbe raccontarmi a grandi linee il giorno in cui suo figlio subì l'aggressione?» chiese.

Louise indicò un divano e si sedettero vicine. Nella stanza non c'era più la possibilità di accomodarsi una di fronte all'altra.

«Ricevemmo una telefonata. Era il nostro vicino di casa. Aveva trovato Alvin.»

«Isaac Fagan?» Kate aveva esaminato gli atti del caso nel breve tempo che aveva avuto a disposizione.

«Sì, viveva proprio qui accanto. Purtroppo è morto. Aveva visto qualcosa di strano dietro la porta finestra del salotto che dava in giardino e aveva intuito che si trattasse di Alvin. Quando arrivò per soccorrerlo, mio figlio aveva la bava alla bocca. Era riverso sul pavimento dietro la porta.» Louise deglutì. «Lo vide alzare la mano. Implorare… aiuto. Fu il suo ultimo gesto prima di cadere in coma.»

Tacque e Kate rimase in attesa. Sapeva quanto fosse doloroso per la madre ripensare a quel giorno.

«Isaac riuscì a entrare in casa. Aveva la chiave. Trovò Alvin svenuto e chiamò i soccorsi. Poi ci telefonò all'officina.»

«La vostra autofficina?»

«Sì, mio marito e io eravamo i proprietari. L'avevamo messa su da soli, e all'epoca avevamo tre meccanici. Non eravamo ricchi, ma eravamo riusciti a comprarci questa casetta e di tanto in tanto ci concedevamo una vacanza.»

«Suo marito aveva dei nemici? Le viene in mente qualcuno? Un cliente? Un collaboratore?»

Louise scosse la testa. «No, all'epoca ce lo chiese anche l'investigatore, e mio marito e io ci abbiamo pensato a lungo. Ma non c'era nessuno che potesse avercela con noi. Davvero.»

«Quel giorno… erano già iniziate le vacanze. Suo figlio era a casa da solo. Lei non lo aveva più visto dal mattino?»

«No. A volte tornavo a casa a mezzogiorno, per preparargli il pranzo. Quantomeno durante le vacanze, quando non mangiava a scuola. Mio marito voleva così, per evitare che mangiasse delle schifezze.»

«In che senso?»

Louise esitò. «Nostro figlio aveva... era molto sovrappeso. Lo è ancora, ma non come prima. All'epoca...» Allungò la mano a prendere una fotografia appoggiata sulla mensola accanto a lei. «Ecco. Questo è Alvin. A sedici anni. L'estate in cui... è successo.»

Kate esaminò la foto. Il ragazzo che la fissava era davvero spaventosamente obeso. Un viso gonfio, occhi piccoli. Un corpo massiccio, gambe come tronchi d'albero. Sembrava quasi di sentire il dolore alle ginocchia che doveva aver patito. Portava pantaloni della tuta enormi e una maglietta che si tendeva sull'addome adiposo.

«Doveva avere dei problemi» disse Kate.

Louise annuì. «Sì, fin da piccolo. Era sempre stato sovrappeso. Mangiava a ogni occasione.»

«Era stato in terapia?»

«Certamente. Per due volte era stato ricoverato in una clinica specializzata, era riuscito a perdere qualche chilo, ma ne aveva rimessi su il doppio nel giro di breve tempo. C'era da impazzire, era una lotta senza tregua.»

«Per questo suo marito preferiva che fosse lei a preparargli qualcosa in modo che non mangiasse a caso» osservò Kate.

«Sì. Quel giorno però... due dei nostri meccanici erano in ferie. C'era tantissimo lavoro. Non ho avuto tempo di tornare a casa a mezzogiorno. Io... non ho più visto Alvin vigile.»

«Il giorno prima avevate festeggiato il suo quarantacinquesimo compleanno, giusto?»

«Sì, avevamo invitato tante persone. C'era un buffet e da bere. Erano venuti molti vicini di casa, e anche clienti dell'officina, amici personali. Avevamo prenotato un servizio di catering. Era stata una giornata davvero bellissima. L'ultimo bel giorno della mia vita.»

Kate non faticava a crederlo. Immaginava bene anche la disperazione di Caleb Hale che all'epoca aveva diretto le indagini: la raccolta delle prove dopo la festa doveva essere stata un macello.

«Mrs. Malory, sulla base dei documenti in mio possesso, risulta che la casa, almeno qui al pianterreno, era stata vandalizzata. Lei dichiarò che non dipendeva dalla festa del giorno prima, è così?»

«Sì, non potevano essere stati i nostri ospiti. E poi al mattino, quando mio marito e io siamo usciti, era tutto in ordine. Invece trovammo cicche di sigarette sul pavimento, bruciature sulla fodera delle poltrone e del divano. Chiazze di birra in corridoio, bottiglie di vetro rotte, vasi di fiori rovesciati. Schegge e cocci ovunque. C'era puzza di grappa. Si trattava chiaramente dell'opera di un vandalo.»

Kate richiamò alla memoria il referto medico. «Alvin era conciato molto male. Diverse costole rotte, una grave commozione cerebrale, una frattura alla base del cranio, la mandibola fratturata. Il naso rotto. La milza spappolata. Una spalla slogata. Il tutto è riconducibile a un'aggressione estremamente feroce.»

«Sì. Ci hanno detto che era stato brutalmente malmenato. Soprattutto con violenti calci.»

«E poi c'era anche...»

«... Il disgorgante per scarichi. Isaac Fagan trovò la bottiglia sul pavimento accanto ad Alvin. All'inizio non ci credevo... cioè, non riuscivo a immaginare...» La voce le morì in gola.

Come sarebbe stato possibile immaginare una cosa del genere? Kate sapeva che Alvin era stato costretto a ingoiare il liquido corrosivo. Gli aveva provocato gravi lesioni all'esofago e allo stomaco. Anche se si fosse risvegliato e fosse riuscito a mangiare di nuovo autonomamente, avrebbe avuto per sempre problemi a deglutire e a digerire.

Tanto odio. Un odio smisurato.

E i Malory non avevano nemici.

Forse li aveva avuti Alvin?

«Vi è stato chiesto se Alvin avesse dei nemici, immagino?»

Louise annuì. «Ripetutamente. Ma non siamo stati in grado di fornire nomi di persone... Di nemici in grado di fare una cosa del genere. Il problema era che lo bullizzavano. Da una vita. All'asilo, a scuola. Dai bambini con cui voleva giocare per strada. Per questo avremmo potuto fare i nomi di tutti i compagni di classe, a partire dalla scuola materna. Ma... una violenza così inaudita...»

«In che modo lo bullizzavano?»

«Lo prendevano in giro e lo escludevano. Per quanto ne sappiamo non è mai stato aggredito fisicamente. Può darsi però che non ci abbia detto niente, in ogni caso le tracce sarebbero state visibili. Nemmeno gli insegnanti a scuola hanno mai riferito maltrattamenti del genere.»

«Frequentava la Graham School?»

«Esatto. Dopo le vacanze voleva passare al Sixth Form College per prendere il diploma. E invece... non ha potuto farlo.»

«Tra quelli che lo prendevano in giro e lo escludevano c'era qualcuno particolarmente insistente? Più aggressivo degli altri a livello verbale?»

Louise scrollò le spalle rassegnata. «Non mi raccontava mai molto. Voleva proteggermi. E non osava dire niente a suo padre perché si sarebbe arrabbiato. Con Alvin, non con gli altri. Diceva che Alvin doveva smetterla di abbuffarsi, che allora sarebbe andato tutto a posto. Secondo lui era solo una questione di volontà, e non riusciva a capire come mai Alvin non ce la facesse. Cose di questo tipo. Mio marito era capace solo di peggiorare le cose. Alvin era sempre più silenzioso e compresso. Non aveva nessun amico. Nessuno veniva a casa a trovarlo. Per tutti quegli anni. Non volevano avere niente a che fare con lui. Gli ridevano alle spalle, perché camminava dondolando. E ovviamente non aveva la minima possibilità con le ragazze. Era triste. Sempre più triste...» Scoppiò a piangere.

Kate provò compassione per lei. Che vita difficile... per tutta la famiglia. «Suo marito abita ancora a Scarborough?»

Louise si asciugò gli occhi. «No, ha venduto l'officina e si è trasferito nel Galles. Costruisce barche a Cardigan Bay. Sono anni che non lo vedo. Ma, come ho detto, ci invia regolarmente del denaro.»

«Il nome Diane Bristow le dice qualcosa?»

«Diane Bristow? No, non mi sembra. Chi è?»

«Una ragazza. Ha l'età di Alvin. È stata uccisa l'altra sera. Nella sua macchina, lungo la strada tra Scarborough e Harwood Dale.»

Louise la guardò sgomenta. «Ah, quell'omicidio? Sì, l'ho letto sul giornale. Certo, Diane B. C'entra qualcosa con l'aggressione ad Alvin?»

«Ancora non lo sappiamo, ma abbiamo un elemento di contatto di cui però al momento non vorrei ancora parlare. È possibile che

Diane fosse una compagna di classe di Alvin? O che lui comunque la conoscesse dalla scuola? Oppure da qualche hobby comune.»

Louise fece un sorriso sofferto. «Un hobby? Intende qualcosa che lo avrebbe portato a frequentare altre persone? No, Alvin evitava la gente, non si aspettava niente di buono dal prossimo. Il suo hobby erano i videogiochi.»

«Immagino che all'epoca il suo computer sia stato analizzato.»

«Sì, ma senza risultati.»

Kate si alzò. «Mi rivolgerò alla dirigenza della scuola che ha frequentato suo figlio per avere notizie di Diane Bristow. La ringrazio, Mrs. Malory. E mi scusi per il disturbo.»

Anche Louise si alzò. «Nessun disturbo, sergente. Sa, non perdo la speranza che colui che ha ridotto in questo stato mio figlio venga trovato e processato. È terribile quanto accaduto a quella ragazza, ma forse potrebbe essersi aperta una nuova pista, giusto?»

«Lo spero tanto» disse Kate.

«Deve parlare con il poliziotto che dirigeva le indagini all'epoca» disse Louise. «Era estremamente coinvolto. Ha cercato davvero in tutte le direzioni e ha raccolto montagne di informazioni. Era una persona eccezionale e di sicuro sarà in grado di rispondere molto meglio di me a tutte le sue domande. Si chiamava… aspetti, si chiamava Caleb Hale. Ispettore capo Caleb Hale.»

«Lo so» disse Kate. «Lo conosco. Lo sentirò.»

Come ho già accennato, avevo undici anni quando uccisi mia nonna. Non fu un omicidio attivo, a quell'età probabilmente non ne sarei stato capace. Fu un assassinio per omissione. Anche se... un minimo di azione fu necessaria. E fu così facile. Così spaventosamente facile.

Andavo a trovarla spesso nei fine settimana. Non lo facevo di mia volontà. Era una richiesta dei miei genitori, perché dalla morte di suo marito la nonna era tanto sola. Abitava in una casetta vicino al porto di Grimsby, Lincolnshire. Una posizione molto bella, ma la casa era vecchia e trasandata. Una cucina degli anni Cinquanta con una tovaglia incerata sul tavolo. Per il suo settantesimo compleanno la nonna aveva ricevuto in regalo una veranda, con il contributo dei miei genitori insieme ad alcuni parenti e amici. Un'orrenda struttura bianca arzigogolata con grandi vetrate e un tetto di vetro, di tipo vittoriano. Era stata appiccicata al salotto e rendeva ancora più piccolo il giardino già minuscolo. Quando c'era il sole dentro faceva un caldo insopportabile. D'inverno era troppo fredda. La nonna ci aveva messo i mobili da giardino e una palma in un vaso di coccio. Ogni giorno passava ore seduta nella veranda, ansimando a causa dell'asma in una specie di irritante caparbietà, dato che aveva tanto desiderato avere una veranda e aveva tormentato tutti quanti per anni.

Era un sabato di inizio giugno e non appena mio padre mi lasciò davanti alla casa della nonna e lei mi venne incontro in giardino per farmi entrare, mi accorsi che non stava bene. Il vento tiepido sollevava in aria i pollini e questo peggiorava la sua asma. Faticava a respirare e aveva gli occhi gonfi. Come al solito sembrava tutt'altro che contenta della mia visita. Capitava spesso che mi chiedessi perché dovessi andare sempre lì. I miei genitori sostenevano che la nonna ne fosse contenta, ma non riusciva a dimostrarlo. Io credo che cercassero di compensare tramite me i loro sensi di colpa. Non avevano nessuna voglia di fare compagnia alla vecchia e sopportare i suoi modi burberi, però nel contempo avevano la coscienza sporca. E quindi costringevano me.

«Non mi va» dissi a mio padre mentre uscivo faticosamente dalla macchina. Mia madre mi aiutava sempre, invece mio padre se ne stava lì a guardare, mentre spostavo il mio corpo che aveva già superato i cento chili di peso. Colsi il disprezzo nel suo sguardo, il rifiuto. Gli sarebbe piaciuto avere un figlio di cui andare fiero, che facesse sport insieme a lui, che avesse tanti amici, che magari a scuola prendesse qualche brutto voto ma fosse nel complesso un tipo sveglio. Che ogni tanto superasse i limiti, perché era scatenato e giovane e traboccante di energia. Sì, gli sarebbe piaciuto che fossi così. Invece di uno che faticava a scendere dalla macchina e sbuffava come una locomotiva. Sapevo di avere la faccia paonazza e lucida di sudore.

«A domani sera!» mi disse, pigiò l'acceleratore e sfrecciò via. Non si fermava mai da sua madre. Non lo faceva nessuno che non fosse costretto.

La nonna mi scrutò con gli occhi socchiusi. «Sei ingrassato ancora?»

A causa dei problemi alle articolazioni il giorno prima ero stato dal dottore che mi aveva pesato. Dall'ultima volta in effetti avevo messo su cinque chili, ma non sarei certo andato a dirlo alla nonna.

«Macché, sono addirittura dimagrito» risposi sprezzante.

La nonna schioccò la lingua incredula. «Non si direbbe. Entra. Oggi faremo la dieta.»

Dio solo sapeva se ne aveva bisogno anche lei, che non era grassa come me ma comunque piuttosto sovrappeso. Odiavo stare a dieta e lo sapeva. Pur essendo ancora un bambino senza esperienza di vita né conoscenze psicologiche, ero convintissimo che non lo facesse per il bene della mia salute o per migliorare il mio aspetto in modo da trovare degli amici. Le sue diete – a base di disgustose zuppe di ortica – erano un modo per tormentarmi, al pari degli orrendi pullover e delle sue battute sarcastiche sul mio aspetto. Si divertiva, era fatta così. Due anni prima avevo sentito la mamma dire una volta a papà che sua madre era una sadica. All'epoca non conoscevo il significato di quella parola, in seguito lo chiesi a un insegnante che mi diede una spiegazione da bambini. Capii subito che la mamma aveva ragione. La nonna era una persona cattiva, che si divertiva a ferire gli altri. Ne traeva soddisfazione.

Perché era così? Non saprei.

A diversi anni di distanza, quando iniziai a riflettere su me stesso, mi chiesi se non avessi ereditato da lei questa caratteristica. La cattiveria era nei geni? Oppure io non ero cattivo? Ero soltanto una persona che era stata torturata troppo, troppo spesso?

«Ogni tanto mi piacerebbe invitare qualche amica la domenica» disse la nonna, «ma mi vergognerei troppo a presentarti. Perché non puoi essere un ragazzo normale?» Mi guardò piena di disgusto, poi si allontanò barcollando verso la veranda. Ansimava. L'asma la tormentava.

Io mi asciugai le lacrime. Avrei superato quei due giorni, per fortuna avevo qualcosa per consolarmi. Una quantità esorbitante di tavolette di cioccolato, tre cheeseburger e diversi bricchi di latte alla vaniglia nello zaino. Sotto i libri di scuola. Mi portavo sempre qualcosa da studiare quando andavo dalla nonna. E studiavo per davvero. Visto che ero grasso, non volevo essere considerato pure uno scemo.

«Questa stagione mi dà il tormento» disse la nonna muovendosi. «Tutti questi fiori non fanno che peggiorare la mia asma. Oggi non posso assolutamente uscire. Rimarrò nella veranda.»

Probabilmente non avrebbe fatto più nemmeno un passo per tutta la giornata. Stare con lei era sempre di una noia mortale. Prima, quando il nonno era ancora vivo, a volte prendevamo la sua barca a vela, la *Camelot*, ancorata nel porto di Grimsby, e salpavamo. Anche mio padre ogni tanto la usava, ma non mi portava mai con sé. Diceva che sarebbe affondata con il mio peso...

Mi rifugiai in giardino all'ombra di un melo che non dava mai più di quattro mele l'anno ma che era il preferito della nonna. Mi sedetti sull'erba e tirai fuori i libri e le provviste. Un'ape mi ronzò davanti al naso. Faceva un po' troppo caldo, ma per il resto era una giornata splendida.

Pensai alla nonna. Al suo respiro sibilante.

Alzarmi fu molto faticoso. Ci riuscii, aggrappandomi al tronco dell'albero. Alla fine ero senza fiato.

Entrai in casa passando davanti alla veranda. La nonna sedeva nella sua poltrona da giardino. Non lavorava a maglia e questo era segno che non stava bene. Di solito era indaffarata con i ferri e i suoi orrendi ed enormi gomitoli di lana.

Non stava nemmeno leggendo una delle sue riviste femminili. Se ne stava seduta lì con il respiro affannoso.

Io portavo delle ciabatte da piscina, facili da togliere. Così entrai in casa senza far rumore.

La nonna lasciava sempre in giro il suo spray per l'asma e questo aveva causato già diversi energici rimproveri da parte di mio padre. Infatti, in caso di emergenza, avrebbe dovuto averlo a portata di mano.

«Devi sempre portarlo con te» le ripeteva papà. «Oppure devi trovare un posto in casa dove lasciarlo sempre.»

Per qualche motivo la nonna non riusciva a capirlo, anche se in genere lo spray era in cucina. Fu il primo posto dove andai a cercarlo. Non lo vidi da nessuna parte. La zuppa di ortiche sobbolliva sul fuoco. Aveva un odore disgustoso. Aprii qualche armadietto, ma non era nemmeno lì.

La casa era tutta su un piano. Accanto alla cucina si apriva il bagno. Anche qui: niente. La camera da letto. Il grande letto della nonna. Su uno dei comodini la foto incorniciata del nonno. Sull'altro la boccetta con lo spray per l'asma.

La presi e la infilai nella tasca deformata dei pantaloni della tuta. In realtà non avevo un piano ben definito. A ripensarci ora credo che in quel momento sperassi che la ricerca dello spray le facesse dimenticare la zuppa di ortiche e mi permettesse di evitare in qualche modo il pranzo.

Tornai in giardino senza far rumore, mi rimisi al mio posto e divorai uno dei miei cheeseburger. La breve incursione mi era costata molte energie. Anche mentali.

Intorno a mezzogiorno mi aspettavo che la nonna mi chiamasse per andare in cucina a mangiare l'orrenda zuppa. Ero molto stanco e assonnato per tutto quello che avevo mangiato e per il caldo. Può darsi benissimo che mi fossi addormentato per un po'. In ogni caso erano quasi le due e la nonna non si era ancora fatta sentire. Anche se dava grandissima importanza alla puntualità.

Mi alzai di nuovo con grande fatica e mi incamminai lentamente verso la veranda. Gettai un'occhiata all'interno. Era vuota.

Entrai in casa, stavolta con le ciabatte ai piedi.

«Nonna?» chiamai.

«Qui...» La sua voce era molto flebile.

Era in cucina e si guardava intorno. Aveva un aspetto spaventoso. Gli occhi gonfi, la pelle arrossata e lucida. Boccheggiava.

«Figliolo» disse. «Figliolo, ho bisogno del mio spray...»

«Dove lo avevi lasciato l'ultima volta?» le chiesi.

Le sue labbra intanto erano diventate bluastre. «Credevo... qui...» Ricominciò a guardarsi freneticamente in giro. Colsi un primo lampo di terrore nei suoi occhi.

«Vado a controllare in bagno» mi offrii. Mi trascinai nella stanza accanto, finsi di cercare scrupolosamente, aprii armadietti e cassetti. «Qui non c'è!» annunciai.

Lei rispose solo con un singulto.

Andai in camera da letto. «Non è nemmeno qui!» dissi.

Poteva benissimo soffrire ancora un po'. Visto quello che mi faceva sempre passare.

Tornai in cucina. La nonna nel frattempo si era lasciata cadere su una sedia. Non era più così paonazza in viso, al contrario sempre più pallida. Non riusciva a respirare. «Io... un attacco...» rantolò.

«Forse lo spray è nella veranda» dissi. Lei protestò debolmente, ma io finsi di non sentirla. Zoppicai fino alla veranda a tempo di lumaca – sì nonna, sono grasso, come non ti stanchi mai di sottolineare – la passai in rassegna lentamente e con attenzione. Dalla cucina provenivano rumori indefinibili.

Quando tornai indietro la nonna era mezza sdraiata sul tavolo. Faticava a respirare, rantolava e boccheggiava rumorosamente. Le vene sulle tempie erano in rilievo.

«Telefono» riuscì a biascicare. «Ambulanza...»

In quel momento ne ebbi la certezza: non l'avrei aiutata. Mi ero già spinto oltre, dentro di me. Non volevo più tornare indietro. Non potevo farlo.

«Chiamo l'ambulanza» dissi, trascinandomi verso il soggiorno. Vedere la lentezza con cui mi muovevo doveva essere una tortura per lei.

Il telefono non era in salotto. Era in camera da letto e lo sapevo benissimo, ma persi ancora più tempo con quella inutile ricerca.

«Dove ce l'hai il telefono?» gridai.

Nessuna risposta. Tornai in cucina. La nonna era caduta sul pavimento accanto al tavolo. La gonna le era scivolata verso l'alto, vedevo le sue grasse gambe bianche con le vene varicose. Le teneva stranamente allargate. Mi avvicinai cauto.

«Nonna?»

Aveva gli occhi aperti e fissi. Le labbra avevano un colorito viola. Intorno alla bocca luccicava della saliva.

Non respirava più. Controllai comunque, come avevo visto fare in un film. Presi una scodella argentata dall'armadietto e gliel'avvicinai alla bocca. L'argento rimase lucido, non si appannò. Nessuna respirazione.

La nonna era morta.

Dovevo assolutamente sbarazzarmi dello spray per l'asma. Andai fino alla porta del giardino, valutai se ce l'avrei fatta a raggiungere il porto. La soluzione ottimale sarebbe stata di lanciare l'inalatore in mare, ma per me era un tragitto troppo lungo, non era possibile. E poi c'era il rischio di incontrare qualcuno che magari in seguito se ne sarebbe ricordato. Mi guardai intorno in preda all'ansia, poi però decisi che la cosa meno sospetta sarebbe stata di lasciare lo spray in casa, ma in un posto dove io chiaramente non avrei potuto trovarlo.

Tornai in camera da letto e lo misi nel cassetto della biancheria della nonna. Qualcuno lo avrebbe trovato lì. Io avrei dichiarato di averlo cercato in tutta la casa. Nessuno mi avrebbe potuto rimproverare niente. E mio padre avrebbe dichiarato di aver sempre detto alla nonna di tenere lo spray in un posto sicuro invece di lasciarlo sempre di qua e di là...

Alzai la cornetta e chiamai i soccorsi. Riuscii a sembrare spaventato e disperato – forse perché in parte lo ero. Non ero un mostro. Quello che avevo appena fatto mi scioccava.

Ma mi dava anche una profonda soddisfazione.

«Mia nonna... per favore... venite presto... asma... non respira più. Credo che sia morta!»

Giovedì, 19 dicembre

1

Anna si era data di nuovo malata e Dalina cominciava ad averne abbastanza. Aveva solo lei e la pagava bene, almeno così pensava. Ma non per ammalarsi in continuazione o avere una crisi di nervi dopo l'altra. Quel mattino, dopo aver ricevuto un messaggio su Whats App confuso e spaventato – *Sto proprio male, ho la febbre, le palpitazioni, non so, oggi non posso venire* – decise di andare a casa della sua collaboratrice. In quella buffa casetta di Harwood Dale. Com'era possibile vivere in quel modo? In realtà rivelava tutto del carattere di Anna. Nessuna giovane donna normale si sarebbe nascosta in un posto sperduto come quello. E pensare che aveva pure un ragazzo, Samuel Harris, e Dalina si domandava come mai Anna non si decidesse a trasferirsi da lui. In città, in mezzo alla gente. In mezzo alla vita. Ma forse era Sam a preferire che abitassero separati. Perché non sopportava Anna ventiquattr'ore al giorno, cosa che Dalina poteva capire benissimo. Nessuno riusciva a sopportare Anna troppo a lungo. Con la sua depressione, i suoi attacchi di panico, le sue continue proiezioni catastrofiche. Dalina si chiedeva perché avesse assunto Anna nella sua azienda. In nome di una vecchia amicizia. Perché Anna aveva perso il lavoro. Perché non sapeva come tirare avanti. Perché in certi casi si offre il proprio aiuto. Ma Anna era adatta a lavorare in un'agenzia di incontri quanto un pechinese, che con tutte quelle rughe in faccia ha sempre un'espressione corrucciata e non infonde coraggio a nessuno. Per gettare i single nelle braccia gli uni degli altri bisognava emanare fiducia, buonumore, ottimistica visione del destino. Anna era l'esatto contrario. Di rughe non ne aveva ancora, ma aveva sempre un'aria mesta. Tormentata e malinconica.

E come se non bastasse, adesso era sempre assente.

Le cose non potevano continuare così.

Non nevicava più, ma un manto liscio imbiancava il paesaggio. I rami spogli e neri invece somigliavano a scheletri che si innalzavano desolati verso il cielo nuvoloso. Un'altra bufera di neve si preparava da est.

Dalina superò il punto in cui era avvenuto il delitto. Gettò una breve occhiata di lato: la macchina era stata portata via, uno stanco nastro di sbarramento della polizia era rimasto appeso al paletto di una recinzione.

In quella giornata cupa, ammantata di neve e senza vento il cottage di Anna aveva un aspetto ancora più triste del solito. Dalina lasciò la macchina all'inizio del viottolo sterrato che portava alla casa, non essendo sicura di riuscire a passare. Arrancò sulla neve con il viso nascosto nella sciarpa. Faceva un freddo micidiale. Un gabbiano lanciò il suo richiamo stridulo sopra di lei.

Anche lui sembrava disperato.

Anna aprì dopo che Dalina ebbe bussato ripetutamente e con impeto alla porta. Aveva un aspetto pietoso, questo bisognava ammetterlo. Era ancora in pigiama e saltellava sui piedi nudi a causa del pavimento gelato. Aveva le labbra screpolate e i capelli in disordine, tuttavia non dava l'impressione di avere la febbre. Il suo malessere sembrava più psicologico che fisico, ma nel caso di Anna i due ambiti erano sempre strettamente collegati.

«Posso entrare?» chiese Dalina facendo un passo avanti senza aspettare una risposta. Dentro non faceva molto più caldo che fuori. «Santo cielo, Anna, dovresti accendere il riscaldamento!»

«Sì. Ero solo… ero ancora a letto» balbettò Anna.

Precedette l'amica – e datrice di lavoro – in salotto dove in un angolo campeggiava una stufa spenta. Accanto c'erano alcuni ciocchi di legna ma Anna non aveva trovato l'energia di accenderci il fuoco.

Dalina si lasciò cadere sul divano. Per sicurezza non si tolse il pesante piumino.

«Anna, non possiamo continuare così» annunciò. «Oggi non puoi mancare. Stasera c'è in programma un giro della città con i clienti più anziani. Dovevi occupartene tu.»

Anna sembrava sul punto di scoppiare a piangere alla prospettiva di passare la serata con una dozzina di single ultrasessantenni a girare per la città bevendo vin brulé.

«Sono malata, Dalina. Sul serio.»

«Che cos'hai? Mi sembri perfettamente sana!» Non era vero. Anna aveva un aspetto orribile. Viceversa, per lei era quasi normale.

«Credo di avere la febbre.»

Dalina si sporse in avanti e le appoggiò una mano sulla fronte. «Non è vero.»

Anna si rannicchiò sul pavimento stringendosi le braccia attorno alle gambe. «Questa storia mi ha devastato. La povera Diane.»

«Siamo rimasti tutti sconvolti. Ma questo non significa che possiamo starcene tutti a letto per diversi giorni» disse Dalina. «Voglio dire... anch'io sono nervosa. Molto nervosa. Nel frattempo la polizia ha scoperto, evidentemente dai documenti di Diane, che era iscritta al nostro corso di cucina. Se la notizia arriverà ai media... Una pessima pubblicità che potremmo risparmiarci.»

Dalina sospirò. «Ieri è venuta a trovarmi una poliziotta» proseguì. «Ha interrogato tutti i partecipanti del corso.»

«È stata anche da me» disse Anna.

«E? Che cosa le hai raccontato?»

«Cosa potevo raccontarle? Conoscevo a malapena Diane. Si è segnata il mio indirizzo. Le ho detto che a volte sto da Sam. Ha voluto sapere anche il suo nome e dove abita.» Anna si strinse nelle spalle. «Non c'era altro da dire.»

«Ha mostrato anche a te l'identikit dell'amico o del fidanzato di Diane? È stato realizzato seguendo le indicazioni dei suoi padroni di casa.»

«Sì, certo.»

«Ti ha fatto venire in mente qualcosa?»

Anna girò la testa di lato. Dalina non aveva dubbi: aveva notato qualcosa.

«Somigliava a Logan» disse.

Anna protestò immediatamente. «Non mi sembra proprio. Dici?» Era chiaro che anche lei aveva pensato la stessa cosa.

«Sì, senza alcun dubbio. Pare anche che fosse molto alto. Logan è alto quasi due metri, come ben sai. E poi... gli occhi. I capelli folti.»

«Ma Logan è tornato a vivere nel Sud dell'Inghilterra. A Bath.»

«Forse è tornato.»

«Lo seguo su Facebook» disse Anna. «Non ha mai accennato al fatto di voler tornare.»

«Forse voleva tenerselo per sé.»

«E arrivato qui fa amicizia con Diane Bristow?»

«Perché no?»

«Frequenta il mio corso. Una strana coincidenza.»

Dalina si strinse nelle spalle. «Le coincidenze possono accadere.»

«Ma se davvero è a Scarborough... perché non si è fatto vivo con noi?»

«Forse non ne aveva voglia?»

«Non credo che sia lui» disse Anna senza troppa convinzione.

«Secondo la polizia Diane è stata uccisa dall'uomo con cui usciva. Quindi forse da Logan.»

«Perché Logan avrebbe dovuto ucciderla?»

«Gelosia? Magari Diane voleva lasciarlo. Dopotutto frequentava un corso di cucina per single. Cercava attivamente un partner, pur avendocelo già.»

«Non riesco proprio a capire» proruppe Anna sconsolata.

«In ogni caso» osservò Dalina, «sembra che quel tizio abbia fatto perdere le proprie tracce. Altrimenti si sarebbe rivolto già da un pezzo alla polizia. Sa che la sua amica è stata pugnalata. Sarebbe naturale contribuire alle indagini, fare una dichiarazione, cercare di arrivare a un chiarimento. A meno che...»

«Sia lui il colpevole» concluse Anna.

Le due donne si scambiarono un'occhiata.

«È Logan» dichiarò Dalina. «E ha ammazzato una donna.»

Le labbra di Anna cominciarono a tremare.

«Ma perché?» mormorò. «Perché?»

2

Mentre Kate era diretta a casa di Caleb Hale, il suo cellulare suonò. Rispose alla chiamata con il vivavoce.

«Colin?» chiese.

«Ciao, Kate. Come va?» Come suo solito Colin si sforzava di avere un tono disinvolto, spensierato e tranquillo, ma Kate oramai sapeva che era solo una facciata dietro la quale si nascondeva un uomo tormentato dai dubbi, che non riusciva a essere all'altezza dell'immagine che voleva dare di sé. Si erano conosciuti qualche anno prima a un appuntamento di Parship, ma tra di loro non era sbocciata nessuna storia d'amore. Era nata tuttavia una strana amicizia tra due persone che si sentivano un po' sperdute nella vita.

«Bene, grazie. Siamo alle prese con un caso difficile. Così a ridosso di Natale. È molto sconcertante.»

«Sì, l'ho letto sui giornali» rispose Colin. Continuava ad abitare a Londra, ma seguiva con grande interesse i casi criminali del North Yorkshire. Se c'era qualcosa che invidiava profondamente a Kate era la sua professione. Lui era consulente informatico presso un'azienda e si annoiava ogni giorno di più. «La donna pugnalata nella sua macchina...»

«Già, una brutta storia.»

«Ti chiamo per sapere di Natale» disse Colin. Negli ultimi due anni aveva trascorso il Natale da Kate. Lui all'epoca non aveva nessuno, lei neppure. A volte Kate lo trovava insopportabile, ma in molte occasioni l'aveva aiutata a superare con successo il periodo più brutto dell'anno. Gli era affezionata.

«Per via di Xenia» proseguì Colin. Aveva conosciuto la giovane russa in occasione dell'ultima indagine di Kate e tra di loro era nata una storia. Xenia era in attesa di processo per un delitto avvenuto molti anni prima; aveva contribuito a coprire un infanticidio, ma la sua posizione di dipendente le garantiva una pena piuttosto mite. Si era trasferita a vivere con Colin a Londra e non poteva lasciare la città senza autorizzazione.

Kate quindi immaginò quello che stava per arrivare. «Quest'anno non vieni per Natale?»

«È tutto così complicato. Xenia non può lasciare la città. Però potresti venire tu da noi. Dico sul serio.»

Kate sapeva che era sincero, ma era convinta che sarebbe stata il terzo incomodo con una coppia innamorata che passava insieme il suo primo Natale.

«No, festeggiatelo tra di voi. Io me la caverò.»

«Non voglio che tu rimanga sola» disse Colin rattristato.

«Troverò qualcuno» dichiarò Kate.

«Notizie di Caleb Hale?»

«Sto andando da lui proprio in questo momento.»

«Se con lui non va in porto, verrai da noi?»

«Vedremo» disse Kate.

Caleb abitava in Wheatcroft Avenue, sopra la scogliera meridionale con vista sul mare dalle finestre del piano superiore. Una zona residenziale di lusso che superava anche le possibilità di un funzionario di polizia di rango elevato come era stato Caleb Hale prima di dare le dimissioni. Dopo aver lasciato il servizio, le sue entrate non potevano essere migliorate. Kate sapeva che la casa era di proprietà della ex moglie, che proveniva da una ricca famiglia. Dal divorzio Caleb le pagava l'affitto, e ormai doveva risultargli molto oneroso. Erano settimane che Kate non lo vedeva, lui non aveva risposto ai suoi SMS e lei aveva accettato il fatto che avesse bisogno di stare un po' da solo. Non aveva idea di come campasse. Di sicuro non poteva mantenere ancora a lungo quella grande casa.

La strada ammantata di neve sembrava un paesaggio fiabesco di zucchero filato. Quando Kate si fermò davanti alla casa di Caleb, notò che dal comignolo usciva del fumo. Non significava necessariamente che Caleb fosse in casa, ma escludeva il fatto che fosse partito per una lunga assenza. Kate avrebbe ritenuto possibile anche questo. I tragici avvenimenti dell'estate precedente lo avevano fatto sprofondare in uno stato psichico catastrofico. D'altra parte, da anni il suo metodo per compensare lo stress non era tanto scappare via, quanto ricorrere a un compagno fidato: l'alcol. Sfortunatamente era la concausa della spirale discendente in cui si trovava adesso. Con l'aiuto dell'alcol cercava di tollerare la propria vita, ma ovviamente la distruggeva ancora di più. Si sentiva intrappolato nella spirale disperata della dipendenza e Kate era terrorizzata all'idea di vederlo cominciare a rinunciare a se stesso. La perdita del lavoro aveva lasciato le sue giornate senza una struttura, quella che avrebbe rappresentato l'unica possibilità di salvezza per lui.

Il manto di neve sul vialetto era intonso, quindi Caleb non doveva più essere uscito di casa dal giorno precedente. Kate suonò il campanello. Era pronta a tutto, anche di vederselo comparire davanti ubriaco fradicio.

In realtà lui aveva un aspetto quasi normale quando le aprì: le era capitato di vederlo in condizioni peggiori. Non era trasandato e in disordine. Portava un paio di jeans e una vecchia felpa e aveva i capelli impolverati, ma questo dava l'impressione che fosse indaffarato in qualche angolo non proprio pulito di casa, magari in cantina o in soffitta.

«Ah, Kate» disse. Aveva un tono neutro. Né contento né contrariato.

«Salve, Caleb. È da parecchio che non ci vediamo.»

«È vero. Vuole accomodarsi?» Fece un passo indietro. Kate entrò. Notò subito una gran quantità di scatoloni ammucchiati lungo le pareti.

«Trasloca?»

«Sì, non posso più permettermi il costo dell'affitto. E comunque questa casa è troppo grande per me solo.» Lo disse in tono lapidario, ma Kate intuì che quella decisione gli costava molto. Era affezionato alla casa.

Lo seguì in salotto, dove regnava il caos: dappertutto scatoloni, alle pareti i riquadri ingialliti dov'erano stati appesi i quadri, un tappeto arrotolato.

«Caffè?» le chiese.

Lei annuì e lo osservò accendere la caffettiera automatica sul bancone della cucina a vista. Si mise seduta senza aspettare l'invito al grande tavolo da pranzo. «Ha già trovato un nuovo appartamento?»

Lui annuì. «Nella baia settentrionale. Uno dei palazzi di Queen's Parade. Se non altro anche lì avrò vista mare.»

Kate conosceva la strada. Nonostante il nome altisonante, era una zona depressa. Un paio di fabbricati nuovi, ma soprattutto vecchie case umide. La vista sul mare però era stupenda.

«Perché non ha cercato una casetta con giardino da qualche altra parte?»

«Non amo il giardinaggio.» Portò due tazzine di espresso a tavola e si mise seduto. «Che cosa la porta da me, Kate?»

Non aveva bevuto. O non così tanto da essere evidente. L'espressione dei suoi occhi era limpida.

«Il nostro nuovo caso...»

«L'omicidio della giovane donna a Harwood Dale?»

«Esattamente.»

«L'ho letto sui giornali. Ho pensato a lei. Qualche pista?»

«Poca roba. Però c'è stato uno sviluppo singolare...» Lo informò delle impronte digitali trovate nella macchina che corrispondevano a quelle sulla scena dell'aggressione ad Alvin Malory. Caleb l'ascoltò con crescente interesse.

«È davvero...» Si alzò, si passò una mano tra i capelli, tornò a sedersi. Si capiva che la cosa lo turbava ancora.

«Fu una cosa orribile» disse, «raccapricciante.»

«Il referto medico in effetti è agghiacciante.»

«Quel povero ragazzo... era stato conciato proprio male. Qualcuno si era sfogato su di lui. In maniera brutale. Sa bene che vediamo tante cose nella nostra professione, ma quel caso fu veramente spaventoso.»

«Nel corso delle indagini siete mai arrivati a qualche sospetto più concreto?»

«No. Abbiamo indagato in tutte le direzioni. Il problema era che il giorno prima c'era stato quel compleanno con tanti ospiti in casa. La situazione delle impronte era catastrofica.»

«La madre di Alvin mi ha raccontato che il figlio era stato bullizzato fin da piccolo.»

Caleb annuì. «A causa della sua obesità. Non se la passava troppo bene, ma non abbiamo trovato indizi che lasciassero pensare a vere e proprie aggressioni. Abbiamo parlato con tutti i suoi insegnanti dalle elementari in su. Alla Graham School c'è un incaricato esperto nel riconoscere e affrontare i casi di bullismo. Ha detto che Alvin veniva emarginato, che ridevano di lui e a volte gli facevano il verso. Quando i compagni organizzavano un incontro in spiaggia, non lo invitavano. L'ora di ballo per lui era una tortura, perché ovviamente non trovava una compagna. C'erano anche battute pesanti, ragazze che gli davano appuntamento ma poi si presentavano in compagnia di altre amiche e lo deridevano. Le sue giornate erano costellate da questi episodi e senza dubbio ha sofferto molto. Ma non abbiamo trovato prove di violenza. Quantomeno non di una violenza così efferata. Il disgorgante...»

«È inconcepibile.»

«È da tempo che non ho più contatti con la famiglia.»

Kate lo informò della sua visita dai Malory. Caleb scosse la testa rattristato. «Che tragedia. Avevo intuito già all'epoca che il padre non avrebbe resistito a lungo. Non aveva mai avuto un buon rapporto con il figlio che per lui era una grande delusione. E non poteva accettare il modo in cui la moglie lo aveva trasformato nella sua ragione di vita.»

«È comprensibile» osservò Kate. «Quella donna non ha più una vita sua.»

Tirò fuori dalla borsa un foglio stampato a computer e lo mostrò a Caleb. «Questo è l'identikit fornito dai padroni di casa di Diane Bristow. A quanto pare la vittima frequentava quest'uomo. Supponiamo che le impronte trovate nella sua macchina e a casa di Alvin Malory appartengano a lui.»

«Pensate che sia lui il colpevole?»

«È comunque strano che dopo il delitto abbia fatto perdere le proprie tracce. La sua amica viene assassinata e lui, che potrebbe aiutarci con la sua testimonianza, sembra sparire dalla faccia della terra.»

«In effetti non depone a suo favore.» Caleb osservò pensieroso l'identikit. «Mi spiace, ma questa faccia non mi dice niente. Non credo di aver mai visto quest'uomo.»

«A quanto pare è molto alto. Più di un metro e novanta.»

«No.» Caleb le restituì il foglio. «Credo che mi ricorderei di un uomo alto più della media con una criniera di capelli del genere se lo avessi incontrato durante le indagini.»

«È probabile» concordò delusa Kate. «Ho letto i rapporti del caso. Ha davvero passato al setaccio tutto l'ambiente del ragazzo.»

«Esatto. Soprattutto la scuola, come ho già detto. Le classi sopra e sotto la sua. La cerchia dei genitori, i clienti dell'autofficina, i conoscenti di lavoro. I vicini. Abbiamo esaminato tutte le chat sul computer di Alvin. Abbiamo parlato con tutti quelli che avevano partecipato alla festa di compleanno della madre. Non abbiamo tralasciato niente e nessuno. Ma senza alcun risultato. Il niente più assoluto. C'era da impazzire.»

«La cosa strana è che esaminando i documenti di allora ho avuto la sensazione che ci fosse qualcosa di stonato. Che fosse stato tralasciato qualcosa.»

«Tralasciato?»

«Mi sembrava che mancasse qualcosa. Ma è stata l'intuizione di un attimo, e non riesco più a ritrovarla.» Kate scosse la testa. «Di sicuro mi tornerà in mente.»

Lui annuì. Sapeva che non aveva senso insistere adesso.

«Quale fu la sua prima ipotesi?» domandò Kate pragmatica.

Caleb alzò le spalle impotente. «Vendetta. È stato il mio primo pensiero. Chi può fare una cosa del genere a un altro essere umano, se non spinto dall'odio?»

«Ha pensato a uno o più colpevoli?»

«Difficile a dirsi. Alvin Malory non era un avversario facile, almeno a livello di corporatura. Atterrare centosettanta chili non è così semplice e può darsi che proprio a causa della sua pinguedine non si sia difeso. Vale a dire che è possibile avvalorare entrambe le ipotesi: un colpevole singolo o più d'uno.»

«Il nome Diane Bristow non spuntò mai da nessuna parte?»

«No. Tuttavia, data l'età, non è escluso che all'epoca frequentasse la stessa scuola di Alvin. Può darsi che il nome fosse stato in uno degli interminabili elenchi che lessi all'epoca, ma me ne ricorderei se mi avesse portato da qualche parte.»

«Capisco. Oggi l'ispettore Graybourne stabilirà quale scuola avesse frequentato Diane e se ci fosse un collegamento con Alvin.»

Lui la osservò con attenzione. «Sì, ho sentito parlare dell'ispettore investigativo Graybourne. Che ora dirige il dipartimento.»

«La conosce?»

«Diversi anni fa abbiamo partecipato a un corso di aggiornamento di una settimana. A Brighton. Graybourne si era messa in luce per la sua bravura. Di sicuro non è una scelta sbagliata. Ma io avrei preferito vedere lei al suo posto, Kate.»

Kate finì di bere l'espresso e si alzò. «Era poco probabile» disse. «Dopo l'estate scorsa.»

Anche Caleb si alzò. «Ha ragione» concordò, poi rimasero entrambi in silenzio per qualche istante a ripensare ai fatti dell'estate, al terrore, a ciò che erano riusciti a fare ma anche a ciò che era andato storto e di cui non avrebbero mai potuto sapere se un'altra strada sarebbe stata migliore. Nella loro professione le decisioni sbagliate potevano scatenare delle catastrofi. Era uno dei motivi che avevano spinto Caleb ad andarsene.

Fu Kate a rompere per prima il silenzio. «Si trasferirà prima di Natale?»

«Lunedì prossimo» rispose Caleb. Le sarebbe piaciuto chiedergli come pensava di trascorrere le feste, ma non osò farlo, perché un rifiuto le avrebbe fatto troppo male. Ovviamente sarebbe stato occupato a svuotare gli scatoloni, a spostare i mobili. Avrebbe avuto molto da fare.

Gli rivolse però un'altra domanda. Che si trascinava dietro da tantissimo tempo.

«Ha... ha trovato un nuovo lavoro?» In fondo doveva pur mantenersi in qualche modo. Essendosi dimesso, non aveva ottenuto una buonuscita.

«Lavoro al Sailor's Inn» rispose Caleb con un tono che tradiva lo sforzo per sembrare indifferente.

Kate aggrottò la fronte. «Al Sailor's Inn? È un pub.»

«Già.»

«È... adatto a lei?» Si morse la lingua, con la sensazione di aver oltrepassato un limite.

Caleb rise, ma senza allegria. «Se non altro me ne intendo» dichiarò.

Da parte sua Kate comprese perché non si fosse più fatto sentire con lei: non era ansioso di informarla della nuova direzione presa dalla sua vita.

Caleb Hale barista.

Se non fosse stato tragico, ci sarebbe stato da ridere.

3

Mentre era sulla via del ritorno in ufficio, Kate ricevette una telefonata da Pamela.

«Potrebbe venire direttamente a Runswick Bay? Ai Runswick Bay Cottages. C'è qualcosa.» Detto questo riagganciò, senza dare a Kate il tempo di formulare nessuna domanda.

Devo ancora abituarmi a questo approccio, pensò facendo manovra.

Individuò subito la casa interessata quando si avvicinò ai cottage, perché davanti c'erano già due autopattuglie e un'altra macchina insieme a diversi poliziotti che camminavano su e giù. Kate non era più stata a Runswick Bay da parecchio tempo, ma ricordava quando da bambina ci veniva d'estate con i genitori a passare le domeniche pomeriggio. La spiaggia era singolarmente bella, la sabbia soffice e bianchissima. Adesso era tutto imbiancato di neve che cominciava già a sciogliersi sulle strade lasciando intravedere l'asfalto nero e lucido. I cumuli sul ciglio della via avevano una tonalità grigio sporco.

Pamela le andò incontro. Calzava stivali invernali e un ampio cappotto svolazzante. Si era infilata guanti monouso.

«Finalmente è arrivata!» Lo disse come se Kate fosse sempre e comunque in ritardo. «Qualcuno si è introdotto in uno di questi appartamenti per le vacanze. Il proprietario ha avvisato la polizia un'ora fa.»

Doveva esserci sotto qualcos'altro, altrimenti non sarebbe arrivata anche la squadra omicidi.

«Ero passata dall'ispettore capo Hale» disse Kate attribuendo involontariamente a Caleb il grado che non gli spettava più. «Gli ho chiesto informazioni sul caso Alvin Malory.»

Si rese conto di essersi messa sulla difensiva, solo perché aveva creduto di cogliere una sfumatura critica nelle parole di Pamela.

«Ci hanno avvisato i colleghi di pattuglia» disse Pamela senza fare commenti sulla risposta di Kate. «A prima vista sembra una normale effrazione. Il proprietario è arrivato oggi perché doveva prendere degli attrezzi di cucina che pensava fossero qui. Aprendo la porta ha sorpreso un uomo che a quanto pare si era stabilito nel cottage, con tutte le comodità. Lo sconosciuto è scappato dalla finestra che poi si è scoperto era stata precedentemente forzata. Nella fuga ha lasciato qui lo zaino.»

Mentre parlava Pamela si era incamminata verso l'abitazione seguita da Kate. Entrarono nel basso edificio con le pareti intonacate e la porta tinteggiata di rosso. L'interno era pulito, essenziale e gradevole. Il classico cottage dove trascorrevano le vacanze le coppie o le famiglie poco numerose.

La scientifica era già al lavoro. In mezzo alla stanza c'era un uomo che doveva essere il proprietario, perché continuava a ripetere «Fate attenzione!» e «È proprio necessario spostare tutto?» Aveva l'aria nervosa e stressata.

«Mr. Balton» mormorò Pamela sottovoce a Kate. «Il proprietario del cottage.»

Raccolse uno zaino appoggiato a una sedia. «I colleghi lo hanno rinvenuto prima e lo hanno esaminato. E hanno trovato questo...» Tirò fuori una fotografia, di quelle vere, che oramai si vedevano raramente nell'epoca degli smartphone. Kate riconobbe subito la persona ritratta: Diane Bristow.

«Ah!» esclamò sorpresa.

Pamela girò la foto. *Per Logan* stava scritto sopra con l'aggiunta di tre crocette a simboleggiare altrettanti baci.

«L'amico introvabile?» chiese Kate.

«È probabile. È riuscito a portare via il portafoglio con i documenti e il cellulare, ma abbiamo trovato la lettera di licenziamento di un distributore di benzina intestata a Logan Awbrey, residente a Bath.»

«A Bath?»

«Già. Non proprio dietro l'angolo. Chiederemo l'aiuto dei colleghi del posto.»

«Sarebbe sensato.»

«Sono ansiosa di avere i risultati della scientifica. Se troveremo le stesse impronte rinvenute sulla macchina di Diane e nel suo appartamento, avremo la certezza che si tratta del misterioso amico.»

«Che evidentemente è in fuga.»

«Sì, altrimenti non si nasconderebbe in una casa di vacanza. E si sarebbe fatto vivo già prima.»

«Potrebbe anche essere innocente» disse Kate, «ma convinto di essere sospettato di qualcosa.»

«Può darsi. Ma è improbabile.»

Uscirono dal cottage.

«Il proprietario è stato in grado di descrivere Awbrey?» chiese Kate.

«Non ha saputo fornire indicazioni dettagliate» rispose Pamela. «Era buio ed è successo tutto molto in fretta. Ha notato soltanto che era un uomo di statura insolita. Di sicuro più di un metro e novanta. Due agenti stanno interrogando i vicini. Un paio di queste case sono abitate tutto l'anno. Forse qualcuno ha visto qualcosa.»

«Di statura insolita» ripeté Kate, «corrisponde a quanto dichiarato dai padroni di casa di Diane Bristow.»

«Venga» disse Pamela, «sediamoci per un attimo nella mia macchina.»

L'auto era molto pulita. Sul sedile posteriore c'era un paio di scarpe rosse con i tacchi.

Oh-oh pensò Kate.

Pamela si appoggiò allo schienale del sedile del guidatore. «Siamo a un punto morto. Ho controllato se Diane Bristow e Alvin Malory potessero conoscersi dai tempi di scuola, ma Diane ha studiato a Whitby prima di trasferirsi a Scarborough. Inoltre ho parlato con tutti gli iscritti al corso di cucina. Con la responsabile, Anna Carter, e persino con la proprietaria di Trouvemoi, Dalina Jennings. Anche Anna Carter abita a Harwood Dale, come Diane Bristow, nella prima casa che si incontra su Harwood Dale Road venendo da Scalby. Quella sera era sulla via del ritorno più o meno alla stessa ora di Diane, ma sostiene di non aver notato niente di strano. Ho parlato anche con i padroni di casa di Diane Bristow e di nuovo con sua madre. Con il personale del Crown Spa Hotel e infine con la sua amica Carmen.»

Kate doveva ammettere ammirata che Pamela era molto zelante. Un numero tale di incontri in così breve tempo… non doveva essersi concessa neppure un attimo di pausa. Ecco spiegata l'aria sfinita che aveva.

«Niente» concluse. «Nessun risultato utile. Questa Diane doveva essere stata davvero estremamente introversa. Non si confidava neppure con la sua amica Carmen, secondo la madre l'unica che aveva. E nessuno, assolutamente nessuno era al corrente dell'esistenza di un ragazzo, a parte i padroni di casa.»

«Forse non era proprio il suo ragazzo, ma soltanto un amico?»

«Si fermava spesso a dormire da lei, hanno detto i padroni di casa.»

«Non deve per forza significare qualcosa.»

«E questa foto? Per Logan. Con tre baci. Per un semplice amico?»

«Anche questo è possibile» ribatté Kate. «Anche se gli indizi porterebbero a pensare che per lei fosse più importante. Per qualche motivo, tuttavia, lui era anche il suo segreto meglio custodito.»

Pamela cambiò bruscamente argomento. «È stata da Caleb Hale?»

«Sì.»

«Era sobrio?»

Kate sussultò. Sapeva che era noto a tutti, ma la schiettezza di Pamela la colse alla sprovvista.

«Sì» rispose gelida.

«Aha. È stata fortunata.» Pamela sorrise. «E? Gli ha mostrato l'identikit? Gli diceva qualcosa?»

«No, non gli è capitato nessuno che corrispondesse alla descrizione durante le indagini per il caso di Alvin Malory. Ora gli indicherò anche il nome Logan Awbrey. Forse è venuto fuori da qualche parte. Purtroppo all'epoca non erano state trovate tracce. Di nessun tipo.»

Pamela tamburellò con le dita sul volante. «Già. C'è da diventar matti.»

«E finora sappiamo soltanto che le impronte del presunto assassino di Diane Bristow erano anche a casa dei Malory» disse Kate. «Non significa necessariamente che il colpevole sia lo stesso in entrambi i casi. Può darsi che l'omicida di Diane abbia partecipato alla festa di compleanno all'epoca, ma non abbia avuto niente a che fare con l'aggressione ad Alvin.»

Pamela sembrava un po' stizzita. «Sì, certo. Tutto è possibile. Ma siccome non siamo sommersi di indizi, dobbiamo basarci sul poco che abbiamo. Per il momento parto dal presupposto che avremo l'assassino di Diane se troveremo il colpevole del caso di Alvin e viceversa. Devo concentrarmi su qualcosa e, in mancanza di altre informazioni, lo faccio su questa circostanza.»

Nella sua esperienza professionale Kate aveva spesso visto che concentrarsi eccessivamente sulla prima teoria formulata impediva di prendere in considerazione altre possibilità, ma si affrettò a ricacciare indietro questa osservazione. In una cosa l'ispettore aveva ragione: brancolavano nel buio e dovevano aggrapparsi ai pochi appigli che il caso gettava loro, altrimenti non avrebbero fatto nemmeno un passo avanti.

«Lunedì sera allora parteciperà al corso di cucina?» proseguì Pamela. «Non mi aspetto granché, dato che ho già parlato con gli iscritti, ma forse riuscirà a scoprire qualcosa. A volte le persone sono più disposte a parlare quando non hanno a che fare con la polizia, e lei per il momento è sotto copertura.»

«Devo dire che la cosa non mi piace più di tanto» dichiarò Kate, riconoscendo tuttavia tra sé che era stata lei stessa a iscriversi dando una falsa identità professionale. Il che adesso si rivelava un presupposto vantaggioso.

«Non riesco a capire perché cerchi cose del genere» disse Pamela. «Incontri on-line, corsi di cucina per single... e tutto il resto. Secondo me è tempo sprecato.»

Kate detestava dover affrontare questo aspetto nella sua vita con il suo superiore. Era una questione privata, che non riguardava nessun altro.

«È la prima volta che lo faccio» rispose. Era una bugia, ma c'era un limite a ciò che poteva confidare a Pamela, dato che si erano appena conosciute. «Cerco solo compagnia. Magari si fa amicizia con qualcuno. Non deve essere necessariamente subito il grande amore.»

«Nemmeno il grande amore rende sempre felici» ribatté Pamela. «A volte è l'esatto contrario. A volte è meglio non incontrarlo affatto.»

Queste parole suggerivano che nella sua vita avesse avuto grandi delusioni, ma Kate non fece domande. Forse alla forte Pamela era successo qualcosa di simile a lei, quando due anni prima aveva incontrato l'uomo di cui si era innamorata perdutamente dal profondo del cuore. Si era immaginata un futuro felice, una vita condivisa, si era sentita arrivata al traguardo, dopo una lunga marcia solitaria. Di lì a poco aveva scoperto di essere stata usata e che i sentimenti di lui per lei erano una finta. I mesi successivi erano stati uno dei periodi più bui nella vita di Kate.

Rimasero in silenzio per un istante, entrambe con la sensazione di essersi avvicinate di un passo l'una all'altra, senza tuttavia sapere se desideravano veramente questa intimità.

Il trillo del cellulare di Pamela interruppe il momento di disagio che si era creato.

Ascoltò concentrata rispondendo con qualche «sì» e «capisco». Strappò un foglio da un blocco fissato al cruscotto e ci annotò sopra qualcosa. Quando ebbe concluso la telefonata, porse il biglietto a Kate.

«I colleghi di Bath. Gente sveglia. Sono appena stati nell'appartamento di Logan Awbrey. Come previsto non c'era nessuno, ma hanno potuto parlare con una vicina. Ha dichiarato che Awbrey aveva grossi problemi con il padrone di casa perché era in ritardo con l'affitto. A fine ottobre poi è scomparso da un giorno all'altro. I mobili li ha lasciati nell'appartamento, insieme a gran parte delle sue cose. Ho scritto il numero di telefono del padrone di casa. L'altro numero è quello di un distributore di carburante dove Logan Awbrey ha lavorato alla cassa. È da lì che proviene la lettera di licenziamento che abbiamo trovato. Chiami entrambi i numeri, magari otterremo qualche informazione. La polizia di Bath ha già preannunciato la sua chiamata.» Rivolse un cenno a Kate che lo interpretò sollevata come invito a scendere dalla macchina. Si mise al volante della propria e tirò fuori il cellulare. Tanto valeva occuparsene direttamente lì. Mentre aspettava che il padrone di casa le rispondesse, osservò i poliziotti fermi davanti al cottage, la spiaggia coperta di chiazze di neve, le onde scure del mare. C'era l'alta marea, più tardi il mare si sarebbe ritirato e la spiaggia sarebbe diventata vasta e costellata di alghe e detriti di legno. Da tempo non veniva più qui. Decise di farci una passeggiata il sabato successivo.

Mr. Howell, il padrone di casa, rispose lamentandosi del mancato pagamento di diverse mensilità, solo in parte coperte dalla cauzione, e di doversi accollare i costi dello sgombero dell'appartamento, dato che il suo inquilino aveva lasciato tutta la sua «paccottiglia» come la definì e così lui non aveva potuto affittare i locali. «Ha perso il lavoro a maggio. All'inizio non ha detto niente. Poi ha cominciato a non pagare l'affitto. L'ho chiamato. Ha detto di avere trovato un altro lavoro. Ma non era vero. Non ho visto l'ombra di un quattrino. Sono stato troppo generoso, mi sono fatto fregare troppo a lungo. Poi gli ho dato lo sfratto e lui non ha reagito. Ho minacciato di intraprendere azioni legali e allora lui se n'è andato. Di nascosto. È sparito senza lasciare tracce.»

Fece una pausa perché doveva riprendere fiato. Kate ne approfittò svelta. «Mi rincresce davvero molto. Ma anche noi lo stiamo cercando, e forse lei può darci informazioni utili.»

Mr. Howell si accalorò di nuovo. «Sarebbe ora. Sarebbe proprio ora che la polizia si occupi di certi individui!»

«Sa qualcosa dell'ambiente che frequentava, Mr. Howell? Amici? Conoscenti? Aveva una ragazza? Ha idea di dove potrebbe essere andato? Da chi?»

Mr. Howell sbuffò. «Non so niente. Certe cose dei miei inquilini non mi interessano. Aveva dimostrato di avere un lavoro fisso e per me bastava.»

«Sa perché ha perso il lavoro?»

«Macché. Voglio solo riavere i miei soldi. Quando pensate di rintracciarlo?»

Sarebbe piaciuto saperlo anche a Kate.

«Non sono in grado di dirglielo, Mr. Howell. La prego di contattarmi se le venisse in mente qualcosa di importante. Vuole prendere nota del mio numero?»

Mr. Howell acconsentì controvoglia a scrivere il numero di telefono, poi disse: «Veda di fare il suo lavoro da sola. Crede che a me mi aiuti qualcuno?»

Quindi riagganciò.

Che personcina simpatica, pensò Kate. Telefonò al distributore dove aveva lavorato Logan Awbrey. Le rispose una donna dalla voce giovane e allegra molto più simpatica del frustrato e collerico Mr. Howell. I colleghi della Somerset Police erano stati già da lei giusto tre quarti d'ora prima.

«Sì, lavorava qui» confermò alla domanda di Kate. «Abbiamo anche una tavola calda al distributore. Logan lavorava alla cassa, ma serviva anche ai tavoli. Lavoriamo su turni.»

«Ho saputo che è stato licenziato.»

«Sì...» rispose incerta la ragazza.

«Per quale motivo?»

Un sospiro. «Al suo collega non l'ho detto, ma tanto prima o poi verrete a saperlo. Aveva più volte sottratto denaro dalla cassa. C'erano sempre ammanchi nella contabilità e una volta è stato colto sul fatto. È stato licenziato in tronco.»

«Però nessuno lo ha denunciato?»

«No. Al capo Logan era simpatico, non voleva creargli problemi. Ma ovviamente non voleva più tenerlo a lavorare con lui.»

«Logan Awbrey era benvoluto in genere?»

«Sì, era sempre gentile. Mai lunatico o irritato o cose del genere. Tuttavia...»

«Sì?»

«Rimaneva sempre sulle sue. O meglio, si limitava a rapporti superficiali. Sì, esatto. Era gentile e superficiale. Con lui si poteva scambiare qualche battuta ma non rivelava mai niente di sé.»

Per certi versi simile a Diane, pensò Kate. Anche lei non diceva mai niente di sé. Che cosa legava quelle due persone? Erano stati una coppia? O piuttosto complici?

Perché Diane era stata ritrovata pugnalata nella sua macchina?

L'aveva uccisa Logan Awbrey?

«Logan ha mai nominato una certa Diane Bristow?» chiese Kate.

La ragazza dall'altra parte ci pensò su un attimo. «No» rispose quindi. «Non ho mai sentito questo nome.»

«In generale ha mai parlato di persone, cose, avvenimenti del suo passato?»

«Veramente no. A pensarci bene, non so proprio niente di lui. E probabilmente è lo stesso anche per tutti gli altri qui, dato che passavo molto tempo con lui. Spesso lavoravamo nello stesso turno.»

«Di qualcosa però avrete pur chiacchierato, no?»

«Sì, ma sempre cose di attualità. Mi raccontava che cosa cucinava. Che aveva scoperto un nuovo vino molto costoso. A volte si lamentava della casa reale. O del governo. Cose di questo tipo. Come ho detto, nessuno lo conosceva davvero bene.»

«Da quanto tempo lavorava al distributore? E sa che cosa facesse prima?»

«Era qui dall'inizio del 2018. Una volta gli ho chiesto che cosa avesse fatto prima e lui è stato abbastanza evasivo. Credo che si mantenesse con lavoretti occasionali, questa almeno è sempre stata la mia impressione.»

«Quindi non sa assolutamente niente del suo passato?»

«No. Niente. Una volta mi ha detto di non avere fratelli o sorelle. Nient'altro.»

«Ha mai parlato dello Yorkshire? Di Scarborough? Ha mai detto di conoscere qualcuno da queste parti?»

«No mai. Sembrava proprio spuntato dal nulla.»

E tu non ti sei certo sprecata a cercare di ottenere informazioni da lui, pensò Kate. Questa ragazza era uguale alla sua voce: gentile, allegra, superficiale, disinteressata.

«Ha detto che Logan Awbrey ha sottratto ripetutamente dei soldi dalla cassa. Aveva un debito consistente anche con il suo padrone di casa. Non navigava certo in buone acque. Lei ne sapeva qualcosa?»

«Non ne ha mai parlato. Ma credo che vivesse al di sopra delle sue possibilità. Come le ho già detto acquistava sempre vini costosi, ogni tanto andava a mangiare in ristoranti che io posso solo sognarmi. Nell'estate 2018 ha fatto un viaggio a Cuba. Io non me lo sarei potuto permettere. E prendevamo lo stesso stipendio.»

Forse era solo questo. Una vita un po' dispendiosa. Forse però era qualcosa di più pericoloso. Qualcuno ricattava Logan Awbrey? Era coinvolto in qualche attività criminale? La morte di Diane Bristow era in qualche modo collegata a tutto ciò?

Chiese alla ragazza di farsi viva con lei se le fosse venuto in mente qualcosa, quindi si congedò. Per un attimo ancora rimase a osservare i poliziotti e gli agenti della scientifica che si aggiravano intorno al cottage. Pamela era andata via già da un po'.

Districò la macchina dal parcheggio e si mise in viaggio. Avrebbe informato sia Caleb Hale sia Louise Malory, la madre di Alvin, dell'ultima scoperta: il nome di Logan Awbrey. Forse avrebbe fatto scattare qualcosa in uno dei due.

Per qualche motivo, però, Kate ne dubitava.

Come immaginavo, nessuno mi collegò all'atroce morte della nonna. A un certo punto la mamma trovò lo spray per l'asma nel cassetto della biancheria e si arrabbiò tantissimo. «Glielo abbiamo detto centinaia di volte che doveva tenerlo sempre con sé! Sempre. Invece lo lasciava di qua e di là e doveva cercarlo. Chi poteva immaginare che fosse finito in quel cassetto?»

Io ripetevo con le lacrime agli occhi che lo avevo cercato dappertutto e che quelli erano stati i momenti peggiori della mia vita. «Ho sbagliato a perdere tutto quel tempo per cercare lo spray» singhiozzai. «Avrei dovuto chiamare subito l'ambulanza.»

La mamma si adoperò per soffocare sul nascere ogni mio minimo rimorso. «Ma cosa dici, non devi sentirti in colpa! Tu non hai fatto niente di male. È già abbastanza che tu abbia dovuto vivere un'esperienza tanto spaventosa. Purtroppo era la nonna che prendeva troppo alla leggera il suo problema.»

Stavolta mi consolò persino mio padre. «Figliolo, tu non hai colpe. Avevamo avvisato tante volte la nonna. Ma lei non riusciva a tenere in ordine niente. Alla fine è stata la sua condanna.»

Mi piaceva interpretare il ruolo della vittima di quella tragedia. Avevo undici anni, ero stato testimone dell'agonia di mia nonna e tutti mi compativano. Mi ingozzavo di dolciumi a ogni occasione e lo facevo apertamente, dato che la mamma non osava rimproverarmi. Era il mio modo per elaborare il trauma. Quando mio padre provò a dire qualcosa di fronte al mio insaziabile consumo di cioccolato e orsetti gommosi, la mamma intervenne subito. «Lascialo fare. Ne ha bisogno. È il suo guscio di protezione.»

«Di guscio protettivo mi sembra ne abbia più che abbastanza» osservò mio padre, dando un'occhiata piena di disgusto al mio corpo.

«Non voglio che gli parli in questo modo!» lo rimproverò la mamma.

Da quella volta mio padre non parlò più, ma iniziò a trascorrere sempre meno tempo con noi, la sua famiglia. Aveva ereditato la barca a vela della nonna, oltre a una roulotte campeggiata da qualche parte nei boschi del Lincolnshire. Qualche volta ci aveva portato lì, ma era un posto noiosissimo. Mio padre era appassionato della flora e della fauna di quella regione, collezionava piante e fotografava animali, ma io non sapevo come occupare il tempo e non facevo altro che sbuffare. A un certo punto cominciò ad andarci da solo.

Io ne fui contento.

Sentivo un grande bisogno di appartenenza. Avrei voluto sentirmi parte della mia classe. Di una squadra, essere un membro apprezzato e prezioso di una comunità. E non sempre e solo deriso ed emarginato. E lasciato da parte.

Sentivo soprattutto bisogno di avere un amico o un'amica. Una persona con cui aprirmi, alla quale dire tutto. Avevo la mamma, che stava sempre dalla mia parte, ma era un'altra cosa. Era di un'altra generazione, a volte sembrava che parlassimo due lingue diverse. E poi: quanto era sfigato avere come unica amica la propria madre? Detestavo accompagnarla a fare la spesa o da qualunque altra parte, ma a volte lo facevo, per sfuggire alle quattro mura della mia camera. Però rimanevo sempre seduto in macchina, mentre lei sbrigava le sue commissioni. Avevo troppa paura di essere visto da qualche compagno di classe.

Avevo quattordici anni quando Mila arrivò in classe nostra.

Si era trasferita insieme alla mamma nella nostra città da Sheffield qualche settimana prima di Pasqua. Il padre era morto dopo una grave malattia, la mamma aveva trovato impiego presso il comune. Mila non era affatto appariscente. Piccola, timida. Aveva grandi occhi e un viso lungo, e questo le dava un'aria da topolino timoroso. I maschi la trovavano anonima, le femmine troppo timida, anche se aveva fatto amicizia con una di loro, Sue Haggan, una sempliciotta. Ma spesso stava da sola.

Forse era arrivato il momento che aspettavo di fare amicizia con qualcuno.

Dopo la scuola tornavo sempre a casa da solo, mai in compagnia come gli altri, e anche Mila stava per conto suo. Non abitava proprio vicino a me, ma un tratto di strada era lo stesso per entrambi. Mi feci coraggio e le rivolsi la parola. «Vogliamo andare insieme?»

Un altro sarebbe stato molto più brillante e sicuro di sé. Le sarebbe andato vicino, avrebbe cominciato a parlare di qualcosa, magari di un professore o dello stupido allenatore della squadra di pallamano, e si sarebbero incamminati insieme. Invece io ero stato come al solito goffo e impacciato. Vogliamo andare insieme? Era come quando un bambino di prima elementare chiede: vuoi essere mio amico?

A quest'ultima domanda mi ero sempre guadagnato un «no» e già pensavo quasi che sarebbe successo anche adesso. Invece, come avevo immaginato, Mila era troppo timida e troppo educata per respingermi senza motivo. Non era affatto entusiasta, si capiva chiaramente, ma era gentile e non voleva ferire un altro essere umano. Perciò fece cenno di sì.

Da quel giorno andai sempre con lei.

I nostri compagni ci guardavano con sarcastico stupore e questo sarebbe stato un motivo più che sufficiente per spingere Mila a liberarsi di me, ma non sapeva come farlo senza ferirmi. Di conseguenza continuavo a tornare a casa con lei e alla fine cominciai ad aspettarla nel punto dove le nostre vie si univano per stare insieme anche all'andata. Dato che camminavo piuttosto piano, era costretta a adattarsi al mio passo. Se non altro però mi muovevo a piedi. Di solito, infatti, era la mamma a portarmi in macchina. Grazie a questo esercizio cominciai a perdere qualche chilo, ma non abbastanza perché si notasse da fuori.

La mamma raccontava a tutti che avevo un'amica, e la maggior parte delle persone reagiva con incredulità e stupore. Da parte sua Mila non si sarebbe mai definita mia amica. Piuttosto forse come vittima. La sua crescente antipatia era palpabile. Un paio di volte riuscì a evitarmi per andare da sola. Fece un percorso alternativo e io l'aspettai invano all'angolo della via. La cosa mi riempì di rabbia. Insomma, non ero poi così orribile. E a parte quella stupida di Sue non aveva altre amiche. Avrebbe dovuto essere contenta che volessi passare del tempo con lei.

Le raccontavo molte cose di me. Della spaventosa morte della nonna, per esempio, e di come avessi tentato tutto il possibile per salvarla. Invano.

«Che brutta cosa» rispondeva impietosita.

Le parlai anche della mia solitudine. Di come mi sentissi a essere lasciato sempre ai margini, a essere deriso. Di cosa provassi quando mi chiamavano Fatty.

Lei allora replicò cauta: «Però potresti fare qualcosa. Riguardo al nomignolo».

Non lo sopportavo quando la gente diceva così. Secondo loro sarebbe stata tutta colpa mia e mi sarebbe bastato dimagrire per rimettere tutto a posto. E dimagrire sarebbe stata anche una cosa facile. Una persona magra come Mila non riesce a capire come sia possibile mangiare tanto.

Lei non conosce la fame. Non conosce il vuoto.

«Non posso farci niente, invece» ribattei brusco.

Qualcosa nel mio sguardo doveva averla spaventata, perché diventò subito remissiva.

«Come vuoi tu» si limitò a rispondere, e nella sua voce, nei suoi occhi era scritto chiaro quello che pensava veramente: fa' come ti pare. È un problema tuo. È la tua vita.

La cosa mi provocò un inaspettato e intenso dolore. Com'era possibile che fosse così indifferente? Ovviamente, non avevo trovato giusto nemmeno quando aveva affermato che potevo fare qualcosa. Era stato indelicato da parte sua, parecchio indelicato.

Mi arrabbiai. Avevo pensato che Mila fosse più sensibile, e invece, possibile che fosse così tanto mediocre, più di quanto immaginassi?

Il mattino seguente non l'aspettai al solito posto, ma arrivato a scuola ebbi l'impressione che ne fosse sollevata. Quando mi avvicinai a lei per tornare a casa, mi parve sorpresa. Aveva sperato che me la fossi presa sul serio e che la cosa avesse messo fine alla nostra timida amicizia.

Nascosi la collera, che mi ghermì con artigli affilati.

Avrei voluto dirle che era una ragazza brutta e anonima, ma ricacciai indietro quelle parole. Mila era la mia unica, minuscola possibilità di non dover essere condannato a rimanere da solo per sempre. Non volevo rovinarla.

Ricominciai ad accompagnarla e stavo con lei anche all'intervallo, ignorando le sue scuse e i suoi tentativi di evitarmi. Prima o poi si sarebbe accorta che eravamo in sintonia, aveva solo bisogno di tempo per capirlo.

Arrivò l'estate, faceva molto caldo e il tragitto quotidiano a piedi mi risultava sempre più faticoso. A questo si aggiungeva il fatto che, nonostante la mia tenacia, l'atteggiamento di Mila mi irritava profondamente. Compensavo con l'unico metodo che conoscevo per affrontare il dolore, la delusione, il rifiuto: mangiavo più che mai.

Mila compiva gli anni a giugno. Purtroppo non organizzò una festa, anche se non ero sicuro che mi avrebbe invitato. Mi aveva detto che lei e sua madre sarebbero andate a trovare il prozio a Sheffield, e avrebbero mangiato la torta con lui. Mi aveva parlato spesso di questo prozio. Gli era molto affezionata.

Pensai a quale regalo farle. A Pasqua avevo ricevuto una mancia e per una volta ero riuscito a non spenderla tutta in dolciumi e a mettere da parte qualcosa. Andai in una gioielleria e acquistai una sottile catenina d'oro con un cuoricino. Era un gioiello molto delicato, proprio come Mila. Avvolsi la scatolina in carta rossa. La mattina del suo compleanno le feci gli auguri e lei li accettò socchiudendo gli occhi. Al termine delle lezioni, l'accompagnai fino a casa, cosa che normalmente non facevo perché per me era troppo lontano. Era una giornata molto calda, ma fortunatamente nuvolosa. Con il sole a picco non ce l'avrei fatta.

«Allora, arrivederci» mi disse formale, davanti all'orrendo condominio in cui abitava.

Sorrisi. «Ho una cosa per te.» Tirai fuori il pacchetto dalla tasca e glielo porsi. «Buon compleanno.»

Lei lo prese e lo scartò, ma sembrava nervosa e tutt'altro che felicemente sorpresa.

«Oh» disse alla vista del cuoricino d'oro. Il tono della sua voce era neutro.

Io ci provai. Le sorrisi raggiante, feci un passo verso di lei, l'abbracciai. E la baciai sulla bocca.

Lei rimase paralizzata per un istante, poi si liberò e indietreggiò. Per la prima volta vidi un lampo di collera nei suoi occhi.

«Ma sei matto?» esclamò. «Sei diventato completamente matto!»

«Be', oggi è il tuo compleanno e noi...»

«Non c'è nessun *noi* e non ci sarà mai» disse. Aveva parlato a bassa voce, ma la sua rabbia era palpabile. E la sua determinazione. «Non voglio questa... questa amicizia. Non voglio andare a scuola con te tutti i giorni. O tornare a casa con te. Non voglio che mi vieni vicino in cortile. Voglio solo che mi lasci in pace.»

La guardai perplesso. «Ma... non hai nessun altro. Hai soltanto me.»

«Non è vero, perché uscirei più spesso con Sue se tu non mi stessi sempre attaccato. A parte questo: preferisco non avere amici piuttosto che avere te!» mi gridò in faccia. Non avrei mai immaginato che potesse essere così crudele. Il mio bacio impacciato per qualche motivo aveva scatenato in lei un accesso di collera. In seguito se ne sarebbe pentita, ne ero sicuro, ma in quel momento era come se una diga fosse crollata dentro di lei.

«Ti rendi perfettamente conto che mi sento soffocata da te. E fai finta di niente. Preferisci non cogliere tutti i segnali che ti do. È una cosa malata. Non è normale!»

Mi sentii mancare per lo sgomento e chiusi gli occhi per un istante. Avrei voluto sedermi da qualche parte, ma non era possibile. Tastai con la mano verso la recinzione che avevamo accanto e mi appoggiai a uno dei pali di ferro.

«Smettila» bisbigliai.

«Non voglio più avere niente a che fare con te» disse Mila decisa. Mi restituì l'astuccio con la collanina d'oro. «Tieni. È stato un gesto carino, ma non lo voglio.»

«Ma è per te. Solo per te. Non c'è nessun altro a cui vorrei regalarla.»

«Io non la voglio» insistette Mila.

Presi l'astuccio. Pensai all'amore con cui avevo scelto il cuoricino d'oro per lei. Gli occhi mi bruciavano di lacrime.

«È perché... perché...» Non riuscivo nemmeno a dirlo. «Perché... sono così?»

«No» disse Mila, ma non sapevo se fosse sincera.

«Allora perché?»

Non rispose subito. «Insieme a te non mi sento a mio agio. Forse perché oltrepassi sempre i limiti.»

«Quando avrei oltrepassato i limiti?»

«Ti accorgi che una persona non vuole stare con te e la costringi a farlo. Per mesi. Non è piacevole. Mi fa paura.»

«Paura?»

«Sì» confermò con enfasi. «Ho paura di te.»

«Ma è ridicolo» risposi.

«Come ti pare. Pensa pure che sia ridicola. Ma per favore

lasciami in pace.» Fece un profondo respiro. «Per favore» ripeté in tono accorato.

Ero così sconvolto che non sapevo cosa dire. Compresi che faceva sul serio e che la nostra amicizia da quel giorno sarebbe stata acqua passata. Mi sembrava di non riuscire a respirare per la disperazione.

«Ti prego...» la implorai a mia volta, cogliendo il tono supplice della mia stessa voce.

Lei si girò e si incamminò verso il portone di casa, senza guardarmi neppure una volta. Lo aprì e lasciò che si richiudesse alle sue spalle. Sentii un tonfo sonoro. Come una conferma di tutto quello che aveva detto.

Infilai nello zaino l'astuccio con la catenina d'oro e mi incamminai faticosamente verso casa. Sudavo e cercavo disperatamente di trattenere le lacrime. Ma mentre arrancavo in quella tremenda giornata di giugno, afosa e senza sole, mi rendevo conto che il dolore pian piano mutava, a ogni passo. La bruciante disperazione, il tormento, la vergogna, l'impotenza, tutte quelle emozioni così familiari da quando ero venuto al mondo, e che Mila mi aveva rovesciato addosso tutte insieme in una vera cascata di raccapriccio, stavano prendendo una forma diversa.

La forma dell'odio. Della rabbia. Della sete di vendetta.

Era la forma di una furia assassina.

Domenica, 22 dicembre

1

La domenica sera Sam accompagnò a casa Anna e come sempre ci fu un momento di impacciata tristezza quando, arrivati davanti al cottage, si salutarono. Sam era andato a prenderla il venerdì sera e avevano passato il fine settimana nel suo appartamento. Era stato bello. Avevano comprato qualche regalino in città, Anna soprattutto per i partecipanti del suo corso di cucina e per Dalina, erano stati in spiaggia e avevano fatto un'escursione sul sentiero della scogliera a picco sul mare. Avevano cucinato insieme, bevuto un vino rosso francese, si erano seduti davanti al camino a chiacchierare. Avevano guardato un po' di tv. Era stato bello. Familiare, pieno di calore. Senza complicazioni. Almeno nel limite di quanto fosse possibile per Anna vivere senza complicazioni.

Si fermarono davanti alla casetta. Nessuna luce dietro le finestre, ovviamente. Non c'era nessuno ad aspettarla. Dentro sarebbe stato freddo, ci sarebbero volute ore prima che la stufa in salotto cominciasse a riscaldare la casa. Il cielo buio era solcato di nubi dietro le quali ogni tanto faceva capolino la luna, che allora faceva scintillare la neve. Un vento gelido soffiava dall'altopiano.

Notti d'inverno. Era il periodo in cui la disperazione della vita si acuiva fino a diventare insopportabile per Anna.

Sam spense il motore. «Vuoi che entri con te?» chiese.

Lei scosse la testa. «No, me la cavo da sola.»

Lui le posò la mano sul braccio con dolcezza. «Non devi cavartela, Anna. Vedo bene che ti pesa trascorrere le serate così isolata da sola. Perché…?»

«Sam...»

«Capisco benissimo che tu non voglia trasferirti nel mio appartamento, con l'ambulatorio annesso.» Aveva un appartamento molto grande da cui aveva ricavato anche lo studio, composto da un ufficio, la stanza per i trattamenti e una piccola sala d'attesa. I pazienti entravano dalla porta e dovevano passare per un corridoio superando la cucina e il salotto per raggiungere l'ambulatorio che si trovava sul retro dell'appartamento. Siccome Sam viveva da solo per lui non era un problema, ma se Anna si fosse trasferita da lui, si sarebbe ritrovata sempre in mezzo a degli sconosciuti. Non avrebbe potuto andarsene in giro con indosso solo un accappatoio o i pantaloncini da jogging.

«Però potrei trovare un altro posto in affitto. È da parecchio che dovrei separare appartamento e studio. Non l'ho mai fatto perché, sinceramente, era una soluzione troppo comoda per me. Ma posso sempre cambiare.»

Anna sospirò. Sam a volte ne parlava. Di andare a vivere insieme. Non era mai insistente, questo no. Ma per qualche motivo Anna si sentiva sotto pressione e nel frattempo era arrivata alla conclusione che lo stress era dentro di lei. Perché fondamentalmente detestava vivere da sola. Le capitava spessissimo di essere triste, malinconica, depressa, perché non si sentiva a proprio agio nella casetta ai margini del mondo. Quando ci si era trasferita, le era sembrato un porto sicuro, un rifugio lontano da tutto. C'erano solo lei e il silenzio e la vastità di quel bel paesaggio sul mare. Aveva creduto che la sua anima avrebbe trovato pace e consolazione. Nel frattempo si era resa conto che non era così. Non si sentiva tranquilla e serena, bensì sperduta e tormentata. Se non avesse avuto il lavoro da Dalina, che odiava, probabilmente sarebbe piombata già da parecchio in una grave depressione. Anche se le capitava comunque di sentirsi abbattuta. Vuota. Disperata.

Trasferirsi da Sam sarebbe stata un'ottima soluzione.

«Non riesco a capire che cosa vuoi di più» gli aveva detto Dalina una volta. «Perché non vi sposate, fate dei bambini e vi create una bella famiglia?»

Perché la felicità non è così semplice, avrebbe voluto rispondere Anna, ma si era trattenuta, sapendo già che Dalina avrebbe alzato gli occhi al cielo e borbottato qualcosa del tipo «certo che a volte la gente si crea i problemi da sola». Dalina pensava di dover convincere Anna di Sam, ma non era così. Probabilmente avrebbe dovuto piuttosto convincerla che era in grado di vivere insieme a qualcuno. Era Anna il problema, non Sam. Il che era molto peggio. Un uomo Anna avrebbe potuto sempre cambiarlo. Se stessa mai.

«Ho bisogno di tempo» disse ora. Era la frase che ripeteva da quando stavano insieme.

«Credi forse che sperare nel passaggio del tempo possa cambiare qualcosa?» le chiese Sam.

Era davvero un'ottima domanda.

Se solo avesse capito dove stava il suo blocco. Com'era possibile che una persona odiasse vivere da sola e nel contempo non riuscisse a trasferirsi a casa di chi amava? Era una contraddizione.

«Non lo so» rispose alla domanda di Sam. Guardò nella notte ventosa. Forse era solo a pezzi dentro. E Sam non poteva farci niente. Ciò che lei aveva distrutto risaliva a molto tempo prima che si conoscessero.

«A volte penso che nella tua vita ci siano cose con le quali non riesci a fare la pace» disse lui. «Non parli quasi mai del tuo passato, Anna. So pochissimo di te. Dove abitavi da bambina, quale scuola hai frequentato. So che i tuoi genitori non ci sono più. Che hai interrotto l'università quando sono morti. Che sei stata licenziata dal tuo ultimo posto di lavoro e che sei contenta di aver trovato un impiego da Dalina, anche se non fa per te. Ma dev'esserci dell'altro. Più avvenimenti, più emozioni, più amici, più uomini, più felicità, più tristezza… di queste cose non parli mai.»

Lei girò la testa cercando di trattenere le lacrime. «Lo so. Non ci riesco.»

«Va bene, va bene.»

Lei aprì la portiera, recuperò la borsa dal sedile posteriore e scese. «Rimani dove sei» disse quando Sam fece per scendere a sua volta. Non era semplicemente un capriccio premuroso. Non voleva che l'accompagnasse alla porta. Avrebbe reso tutto più difficile.

«Ci vediamo domani?» le chiese. «Prima o dopo il corso?»

«Te lo faccio sapere.» Gli rivolse un cenno con la mano, arrancò fino alla porta facendo scricchiolare la neve ghiacciata sotto i piedi. Il vento era così forte da bruciarle le guance. Arrivata all'uscio si girò e lo salutò. Lui ovviamente aspettò che fosse entrata. Lei girò la chiave, entrò, accese la luce. Dalla finestrella della porta lo vide fare manovra e andarsene. Per un po' continuò a vedere i fari posteriori dell'auto prima che venissero inghiottiti dall'oscurità.

A casa faceva freddo, come aveva immaginato. Se non addirittura più freddo. Si guardò intorno perplessa, gettò un'occhiata al corridoio. Il pavimento di pietra. La pesante passatoia gialla. Un paio di scarpe lasciate accanto al muro. Il guardaroba con i cappotti e le sciarpe. La scala di legno bianca che portava di sopra, così stretta da permettere il passaggio di una persona soltanto alla volta. La porta che scendeva in cantina. In fondo al corridoio la porta del salotto. Come sempre era aperta. Al di là regnava il buio. Il freddo proveniva da lì. Non era il freddo stantio di una casa rimasta chiusa quasi tre giorni. Era un freddo nuovo. Una corrente d'aria.

Anna aggrottò la fronte. Aveva forse lasciato aperta una finestra del soggiorno?

Sarebbe stato molto strano, perché quando andava via per il fine settimana controllava meticolosamente di aver chiuso tutte le finestre e la porta d'ingresso. A volte in maniera quasi compulsiva. Era consapevole della posizione isolata del cottage e anche che tutti nei paraggi sapevano che lì viveva da sola una donna giovane. Nei primi tempi, quando dopo il licenziamento si era sentita come un animale braccato, che doveva mettersi al sicuro, l'isolamento era stato proprio ciò che l'aveva attirata. In maniera magica, irresistibile, un rifugio, un nascondiglio, un posto che le permetteva di tenere lontani il mondo e le persone. Non aveva riflettuto che si sarebbe potuta insinuare un'altra paura, che un luogo così sperduto poteva rappresentare anche un pericolo. Non si poteva stare sicuri con gli esseri umani. Da nessuna parte.

Si avvicinò cauta alla porta del soggiorno, accese la luce. Si accorse subito che una delle due finestre era aperta. L'infisso si muoveva qua e là nella corrente d'aria che entrava. Nella stanza faceva un gran freddo.

Corse alla finestra per chiuderla ma scoprì il foro praticato nel vetro. Comprese quello che era accaduto ma nel contempo non voleva crederci. Qualcuno aveva sfondato il vetro, poi aveva infilato dentro la mano per aprire la maniglia.

Qualcuno era stato in casa sua.

Chiuse di scatto la finestra, ma la situazione del freddo non migliorò affatto. E neppure la sua angoscia: chiunque poteva entrare lì dentro quando voleva.

Che cosa era venuto a cercare l'intruso? Bastava dare un'occhiata all'esterno del cottage per rendersi conto che non potevano esserci ricchezze da arraffare. In una casupola così malmessa non abitava certo una persona con i soldi. Del resto, le persone venivano uccise o derubate anche per dieci sterline. Un tossico che aveva bisogno di soldi sarebbe entrato anche in una povera stamberga, soprattutto perché era decisamente più facile che penetrare in una villa dotata di videosorveglianza.

Udì uno scricchiolio sopra di sé e rimase paralizzata. Per qualche motivo aveva creduto che lo scasso risalisse al venerdì sera o al sabato, mentre all'improvviso si rendeva conto che non era così. Poteva essere successo anche nell'ultima ora.

E poteva darsi che il malvivente fosse ancora in casa.

Il cellulare l'aveva lasciato nella borsa che aveva appoggiato nell'ingresso. Doveva chiamare subito Sam. Di sicuro non era ancora troppo lontano, doveva tornare subito indietro. O forse era meglio chiamare direttamente la polizia?

Indugiò qualche istante prima di decidersi a lasciare la sua posizione che se non altro le garantiva una certa visuale, e avventurarsi nel corridoio che poteva dimostrarsi pericoloso. Poi partì di corsa. Prese la borsa, ci frugò dentro distrattamente. Dov'era finito il cellulare? Doveva liberarsi di quella enorme borsa dove non riusciva mai a trovare niente, né il portafoglio, né le chiavi, assolutamente niente. Neppure il telefono.

Un altro scricchiolio risuonò alle sue spalle. E poi una voce. «Anna?»

Sussultò e si voltò di scatto sempre a mani vuote.

C'era un uomo sulle scale. Doveva essere stato di sopra. Da quanto tempo? Da quanto tempo era in agguato lassù ad aspettarla?

Agendo d'istinto spalancò la porta, per scappare fuori nella notte, per mettersi al sicuro da qualche parte.

«Resta» disse l'uomo. «Ti prego. Non ti faccio niente. Non sapevo dove andare. Non volevo spaventarti.»

Ora riconobbe la voce. E riconobbe anche l'uomo. Nonostante la penombra sulla scala e nonostante gli anni passati.

«Logan?» chiese attonita.

2

Si sedettero in soggiorno, vicini alla stufa in ghisa che Anna aveva acceso e che molto lentamente spargeva un lieve tepore nella stanza gelata. Avevano tappato il buco nel vetro della finestra con della carta di giornale appallottolata e ci avevano appeso davanti un pesante scialle di lana. Ma anche così si resisteva solo nelle immediate vicinanze della stufa. Anna aveva preparato del tè e l'aveva corretto generosamente con il rum. Entrambi stringevano i boccali apprezzando il bruciore caldo in gola.

«Sei ricercato dalla polizia» disse Anna. La paura era scomparsa, ma lei si manteneva vigile e tesa. Era Logan, il buon vecchio Logan, che conosceva dai tempi di scuola. Ma Logan era ricercato con l'accusa di omicidio.

Era seduta in una casa isolata accanto a un uomo sospettato di omicidio. Non era una situazione proprio piacevole.

«Ho bisogno di aiuto, Anna» disse Logan. Era messo male, dimagrito, con i vestiti luridi. Si era comunque fatto la doccia, nel bagno di Anna, come ammise lui stesso. Si trovava lì dalla mattina di sabato. Era sfinito e aveva dormito per dodici ore di fila, poi si era scaldato diverse confezioni di cibi in scatola e li aveva divorati. Dopo la doccia aveva cominciato a sentirsi un po' meglio. E poi era rimasto in camera da letto ad aspettare il ritorno di Anna.

«Mi spiace tanto per il vetro rotto» disse. «Ovviamente te lo rimborserò. Quando riuscirò a raggranellare di nuovo qualche soldo.»

Ovvero probabilmente mai, dato che finirai per parecchio tempo in prigione, era stata sul punto di ribattere Anna, ma poi si era trattenuta. Sarebbe stato così crudele. E Logan sembrava davvero stremato.

Invece disse: «Hai corso un bel rischio a venire ad aspettare qui. Il mio ragazzo sarebbe potuto entrare».

«Non sapevo più che fare. Anna, sono disperato. Sono in fuga, non ho più un soldo, non ho un tetto sulla testa. Mi ero rifugiato in una villetta a Runswick Bay, ma il proprietario mi ha scoperto e sono riuscito a fuggire all'ultimo istante. Ho lasciato lì lo zaino. Poco dopo ho dovuto lasciare ferma anche la macchina perché ero senza benzina. Non avevo più soldi per pagarla, sarebbe stato troppo rischioso farmi vedere a un distributore. La mia foto è dappertutto. Grazie al contenuto dello zaino la polizia adesso sa chi sono, nel frattempo hanno una foto vera, al posto dell'identikit. Non avevo più niente da mangiare e rischiavo di finire congelato là fuori. Tu eri... tu sei la mia ultima risorsa.»

«Come facevi a sapere dove vivo?»

«Sono nei paraggi da diverso tempo. Avevo affittato una stanza a Scarborough. Ho rintracciato te e Dalina e ho scoperto dove abitate. Dalina reclamizza dappertutto la sua agenzia di incontri. Ci sono stato, ho visto che ci lavori anche tu. Ti ho seguito, così ho scoperto dove abiti.»

«Perché non sei venuto direttamente a parlare con me e Dalina?»

Lui distolse lo sguardo. «Non ne avevo il coraggio. Non avevo il coraggio di parlare con voi di quello che ho da dirvi.»

«Di che cosa si tratta?»

Lui fece un gesto con la mano. «Non ora. Non siamo... nessuno di noi è nelle condizioni giuste.»

«Ti ho visto» disse Anna. «Quella sera. Quando hai fermato la macchina di Diane e ci sei salito.»

Lui la guardò sorpreso. «Eri tu? La macchina dietro di noi, eri tu?»

«Sì. Però non ti ho riconosciuto. Mi sembrava una scena strana e anche un po' minacciosa.»

«Non hai detto niente alla polizia, vero? Sui giornali non c'era niente.»

Lei scosse la testa. «No. Ho visto la macchina nel parcheggio, dopo, ma non mi sono fermata. Ero schiacciata dai sensi di colpa, perché avevo un brutto presentimento ma non sono intervenuta. Poi ho saputo dell'omicidio di Diane e mi sono sentita mostruosamente vigliacca. Non... non ho avuto il coraggio di andare alla polizia.»

«Tanto non avrebbe fatto differenza. Pensano comunque che sia stato io.»

«Logan, ma come...?»

Lui la guardò. Aveva gli occhi rossi, come se gli bruciassero. «Non sono stato io, Anna. Lo giuro. Non sono stato io a uccidere Diane!»

«Ma allora... che cos'era la storia di quella sera?»

Lui alzò entrambe le braccia in un gesto impotente. «Volevo parlare con lei. Non rispondeva più ai miei messaggi. Non rispondeva al telefono. Voleva lasciarmi.»

«Stavate insieme?»

«Sì, da qualche settimana.»

«Dove l'avevi conosciuta?»

«Davanti all'agenzia di Dalina, mentre bazzicavo da quelle parti... volevo parlare con Dalina, ma non osavo farlo. E una sera ho conosciuto Diane. È stato dopo il corso di cucina. Gli altri erano già andati via tutti, mentre lei si trovava nei guai perché non le partiva la macchina. Era buio, faceva freddo e lei era disperata. L'ho aiutata con i cavi per la batteria. Si sentiva in debito e due sere dopo mi ha invitato a cena. Insomma... lei era sola come me. La trovavo simpatica e attraente... ci siamo messi insieme.»

E avevi anche bisogno di qualcuno che ti aiutasse ad andare avanti, pensò Anna. Eri squattrinato, eri finito a Scarborough senza un progetto, come al solito. E hai trovato una ragazza simpatica e disponibile come Diane, chissà se era il grande amore.

Ma forse non era abbastanza obiettiva per poterlo giudicare. Anche lei era stata innamorata di Logan, innamorata pazza. Prima, quando erano entrambi ragazzi. Lo aveva conosciuto attraverso Dalina, lo adorava, si struggeva per lui, aveva sognato a occhi aperti un meraviglioso futuro per loro. Logan non si era nemmeno accorto dei suoi sentimenti, né tantomeno li aveva ricambiati, e a un certo punto se ne era resa conto anche lei. Ardeva di passione per Dalina. Anna avrebbe potuto gettarsi ai suoi piedi nuda e lui non avrebbe reagito.

Poi se ne erano andati tutti da Scarborough, per molti anni, e si erano persi di vista.

Fino a ora.

«Perché sei tornato?» gli chiese.

Lui si strinse nelle spalle. «A Bath le cose non giravano più. Ho perso il lavoro. Mi hanno sfrattato. Volevo fare un tentativo qui. A casa.»

Tipico di Logan. Le cose gli andavano sempre storte. Era un bell'uomo, dal carattere brillante, che conquistava la maggior parte delle persone e suscitava istintivamente fiducia. Finché la gente non scopriva che non aveva una gran voglia di lavorare – per usare un eufemismo. In compenso aveva un debole per la bella vita dispendiosa. Voleva vivere nel lusso, ma senza fare il minimo sforzo. E prima o poi si cacciava nei guai per questo.

«Volevo cercare un lavoro. Finora ho vissuto con gli ultimi soldi che avevo. Ma sono finiti. Non ho più niente. Assolutamente niente, a parte i vestiti che ho addosso.»

Anche per questo per lui era stata una catastrofe che Diane volesse lasciarlo, pensò Anna.

«E quella sera...?» disse.

«Avevo bisogno di parlarle. Qualche giorno prima mi aveva detto che tra di noi era finita. Poi si era resa irraggiungibile. Lunedì scorso l'ho aspettata davanti all'agenzia di Dalina dal corso di cucina. Ma è uscita insieme agli altri e non ho avuto modo di avvicinarmi. Mi sono allontanato, sono corso via, in realtà. Sapevo quale strada avrebbe preso. Sono passato da Scalby ed ero sicuro che sarei arrivato all'incrocio prima di lei. Di notte guidava sempre pianissimo – per paura di investire qualche animale. Ho aspettato che arrivasse.»

«In pratica le hai teso un agguato» osservò Anna. «L'hai costretta a frenare.»

«Che cos'altro avrei potuto fare? Ero stato già due volte a casa sua ma non mi aveva aperto.»

«Avresti potuto rispettare la sua decisione.»

«Io... mah» rispose vago.

Proprio come aveva immaginato lei. Al verde e senza un piano. Aveva avuto bisogno di Diane.

Lui proseguì. «Lei si è fermata poco dopo in quel parcheggio e mi ha detto di scendere. Ho tentato di farle cambiare idea. Di dare un'altra possibilità a noi due. Ho cercato di blandirla, ma lei continuava a scuotere la testa e basta. Ripeteva che dovevo scendere. E alla fine me ne sono andato.»

«E poi?»

«Sono tornato alla mia macchina. L'avevo parcheggiata a poca distanza dall'incrocio. Ho camminato per un quarto d'ora. Una volta arrivato nella mia camera sono andato a letto.»

«Quando l'hai lasciata, Diane era ancora viva?»

«Sì, certo. Era viva e vegeta. Anna, devi credermi. Non l'ho nemmeno sfiorata. Volevo solo parlare con lei. Non volevo che gettasse al vento i nostri sentimenti, ma quando mi sono reso conto che era inutile, ci ho rinunciato.»

«L'hanno trovata il giorno dopo uccisa da numerose pugnalate.»

«Lo so. E quando l'ho letto, ho subito capito che sarei stato il primo sulla lista dei sospettati. Ero sicuro che i suoi padroni di casa sapessero di noi e non potevo escludere che lo avesse raccontato anche a sua madre o a qualcun altro. Ero salito sulla sua macchina. E mi ero accorto che c'era qualcuno dietro di noi, solo che non sapevo che fossi tu. Immaginavo che mi avessero visto. Ovviamente c'erano le mie impronte sulla portiera e nell'abitacolo. Ho subito preso le mie cose e mi sono nascosto a Runswick Bay.»

«Perché lo hai fatto, se sei innocente?»

«Troppo rischioso» disse. «Date le circostanze.»

«La cosa che mi stupisce è che tu dica che vi siete fermati al parcheggio. È lì che vi ho visto anch'io. Però la macchina di Diane è stata rinvenuta poco più avanti sulla strada sterrata. Impantanata. Perché ci sarebbe dovuta andare? In quel pantano? Che cosa cercava?»

«È un mistero anche per me» disse Logan. «L'ho letto anch'io. Ma sono certo che la macchina era nel parcheggio, quando sono sceso. Invece di girare a destra per tornare sulla strada, è andata a sinistra. Ma non ha senso.»

«Una storia ingarbugliatissima» disse Anna. Lo guardò assorta. «Perché voleva lasciarti? Dopotutto è alla ricerca di qualcuno, altrimenti non si sarebbe iscritta all'agenzia di Dalina.»

«Non saprei. Diceva di non amarmi abbastanza.»

Lo disse senza guardarla negli occhi e Anna intuì che non le stava dicendo tutta la verità.

Stava tacendo la parte decisiva.

Lunedì, 23 dicembre

1

Kate stava per uscire di casa per andare al corso di cucina, quando il cellulare squillò. Imprecò non perché fosse di fretta, ma perché aveva i nervi a fior di pelle. Si era amaramente pentita di essersi iscritta a Trouvemoi. L'indomani avrebbe dovuto rivelarlo ai colleghi e tutto il commissariato avrebbe riso di lei. Avrebbe potuto benissimo andare in giro con un manifesto in cui annunciava di essere alla ricerca di un partner.

«Sì?» rispose irritata.

«Sergente Linville? Sono Eleonore Walters. La figlia di Patricia Walters.»

Ci mancava pure questa.

«Sì, Mrs. Walters. Mi dica.»

«Veramente è lei che deve dirmi qualcosa! Vorrei sapere se state ancora indagando sull'omicidio di mia madre.»

«Mrs. Walters, non si tratta di omicidio, al massimo di omissione di soccorso, e come le ho già detto sono in corso le ricerche di Mila Henderson. Stiamo facendo del nostro meglio…»

Eleonore la interruppe. «Il vostro meglio, che cosa significa? Se davvero faceste del vostro meglio, avreste già rintracciato quella stronza. Non può stare nascosta all'infinito, non ha soldi, non ha amici, dove potrebbe andare?»

«Come fa a sapere che non ha amici?»

Per un attimo Eleonore parve colta alla sprovvista. «In ogni caso so che non ha famiglia. E una volta mia madre disse che non usciva mai con nessuno.»

«Ciò nonostante potrebbe avere amici o conoscenti che le danno ospitalità. La troveremo. Si fidi di noi.»

«Io credo che il caso di mia madre sia stato messo da parte da quando è stata rinvenuta quella ragazza pugnalata in mezzo alla campagna. Vi interessa soltanto trovare quel colpevole. Perché la vittima è una giovane donna. Di mia madre invece pensate che tanto sarebbe morta comunque presto e che non è poi così grave.»

«Mrs. Walters, la pregherei di astenersi dal formulare ipotesi su ciò che penso e su come valuto la situazione» disse Kate severa. «Ci occupiamo del caso di sua madre con lo stesso impegno che mettiamo in qualunque indagine di nostra competenza. Ma non possiamo fare miracoli.»

Eleonore trattenne rumorosamente il fiato e poi riagganciò senza dire altro.

Stupida donna, pensò Kate.

Accarezzò Messy che si era già acciambellata sul divano in vista di una bella serata di coccole e tv e ora la guardò indignata, perché Kate aveva già stivali e cappotto. Messy non era abituata a rimanere a casa da sola di sera.

«Lo so» disse Kate. «Mi spiace.»

Messy miagolò.

Mentre era diretta in città, Kate ripensò alle indagini degli ultimi giorni. Alcuni dettagli erano stati dimostrati, ma non c'era stata nessuna svolta decisiva.

Impossibile stabilire alcun legame tra Alvin Malory e Diane Bristow. La scientifica aveva confermato che le impronte dell'intruso nel cottage di Runswick Bay corrispondevano a quelle rinvenute nella macchina di Diane Bristow e nella casa della famiglia Malory nove anni prima. Il venerdì sera si era fatto vivo un uomo che aveva riconosciuto Logan Awbrey dall'identikit e aveva dichiarato di avergli affittato una stanza nel suo appartamento nella zona pedonale di Scarborough. Awbrey però era scomparso da diversi giorni senza pagare il conto. Una pattuglia era stata sul posto il sabato, senza tuttavia rinvenire informazioni che potessero essere utili a determinare l'attuale luogo di soggiorno di Logan Awbrey. Era stata però confermata la corrispondenza delle impronte digitali. Non esistevano dunque più dubbi che l'uomo ricercato era Logan

Awbrey e che su di lui pesava il sospetto di aver ucciso la fidanzata Diane Bristow.

Kate era stata ancora una volta a casa di Louise Malory per chiederle se conoscesse un certo Logan Awbrey, e la donna aveva riflettuto in maniera così spasmodica che le si leggeva in faccia il disperato desiderio di riconoscere il nome, ma dopo un po' aveva scrollato la testa rassegnata. «Non ho mai sentito questo nome. Mi spiace tanto. Vorrei...» Si era morsa il labbro, era chiaro quello che desiderava. Alle sue spalle Kate vide Alvin immobile nel suo letto. L'aria nella stanza era calda e appiccicosa. La vita distrutta di un'intera famiglia.

«Chiederò anche al mio ex marito» disse Louise, ma dal suo tono già si capiva che non nutriva troppe speranze. I Malory non conoscevano nessun Logan Awbrey.

Eppure è stato a casa vostra, pensò Kate, *questo è un dato di fatto.*

Aveva chiamato anche Caleb ma neppure lui aveva saputo dirle niente. Durante le indagini non si era imbattuto in quel nome, di questo era sicuro.

«Sa, a un certo punto» aveva detto, «mi ero convinto che il o la colpevole non appartenesse alla cerchia di conoscenti della famiglia. Che si trattasse di un crimine casuale. Colpevole casuale, vittima casuale. E come sa bene...»

Lei lo sapeva. Non c'era niente di peggio che una costellazione casuale in certi casi. Si brancolava nel buio più assoluto. Non c'erano legami tra colpevoli e vittime. Non c'era nessun appiglio.

Nella maggior parte dei casi, quando capitava, l'unico aiuto poteva venire dal caso. Come adesso. A molti anni di distanza si rinvenivano su una scena del delitto le stesse impronte di una precedente.

Non era dato sapere se questo avrebbe condotto a qualche risultato. Se non altro era un punto di partenza. Un nome. Un volto.

Un colpevole?

Si mise a riflettere su Logan Awbrey. Il fidanzato di Diane Bristow, della cui esistenza erano quasi tutti all'oscuro. Se non fosse stato per i padroni di casa di Diane, che abitavano nello stesso edificio e lo avevano visto, nessuno ne sarebbe stato a conoscenza. Neppure la madre di Diane sapeva niente. E nemmeno la sua amica Carmen.

«Perché lo hai tenuto nascosto, Diane?» chiese Kate a voce alta. «Non eri sicura? Non volevi presentarti di fronte a tutti con un uomo al tuo fianco perché intuivi che le cose sarebbero finite male? Non provavi i sentimenti giusti per lui, però ti ci sei messa lo stesso. Perché?»

In fondo poteva capirla. Si accettava una relazione quando si era stati da soli troppo a lungo. Perché si diceva a se stessi che, per la miseria, bisognava trovare il coraggio di superare le proprie remore. Perché una cerchia di conoscenti benintenzionati aveva contribuito più che abbastanza a instillare insicurezza. Si veniva giudicati troppo esigenti, alla ricerca dell'uomo perfetto, oppure troppo timidi, oppure... in realtà non si desiderava nessuno? Arrivava il momento di osare. Era meglio prendere il toro per le corna, mettersi insieme a un uomo attraente e simpatico, uno che piaceva, ma i sentimenti non c'erano. Ci si chiedeva disperati che cosa non andava. In realtà non si era fatti l'uno per l'altra, ma oramai l'abitudine a cercare l'errore dentro di sé non permetteva di considerare obiettivamente le cose.

Era successo così a Diane? Un senso di disagio l'aveva resa introversa? Addirittura più del solito?

C'era stato dell'altro? Logan era stato davvero implicato in un orribile crimine tanti anni prima? Diane aveva scoperto qualcosa al riguardo? Per questo aveva pagato con la vita?

Era arrivata davanti all'edificio che ospitava la sede dell'agenzia. Dalle finestre del pianterreno usciva una luce intensa. A causa dell'inaspettata chiamata, e avendo guidato troppo piano, Kate era arrivata con un paio di minuti di ritardo. Di sicuro c'erano già tutti.

Si diede un'ultima occhiata nello specchietto. Aveva l'aria tesa. Perché le labbra dovevano sempre sparirle quando era stressata? Si sforzò di sorridere, ma era persino peggio. Sembrava così artificiale.

Sono qui a titolo professionale, si disse, per svolgere il mio lavoro.

Scese dall'auto e fece un profondo respiro.

2

Era già ora di cena quando Mila tornò nell'appartamento del prozio. Era stata a lungo in giro in città, in mezzo alle persone si sentiva un po' meglio. Aveva comprato un pullover per James perché doveva pur fargli un regalo di Natale, dal momento che era tanto gentile da ospitarla. Ma dover sborsare il denaro le aveva provocato una specie di sofferenza fisica. Il suo conto in banca era quasi a zero, non sapeva proprio per quanto tempo sarebbe riuscita ad andare avanti. Finché rimaneva da James non doveva preoccuparsi, ma non era certo la soluzione adatta per il resto della sua vita. Voleva tornare a essere autonoma, voleva lavorare. Guadagnare soldi. Vivere.

Costituirsi alla polizia? Non aveva idea di che cosa l'aspettasse, dopo che Patricia Walters aveva perso la vita per colpa sua. Aveva letto sul giornale della morte della vecchia signora e anche di essere ricercata. Di sicuro sarebbe stata accusata. Forse omicidio colposo? Chissà, ma forse sarebbe stato meglio che tentare una fuga senza speranza. Che non sarebbe mai finita.

James le aveva dato dei soldi per fare la spesa per cena.

«Prendi anche una bottiglia di vino» le aveva detto. Senza dubbio gli piaceva avere compagnia. I servizi sociali gli portavano un pasto caldo ogni giorno, ma per il resto il frigorifero era desolatamente vuoto. Un paio di vasetti di marmellata aperti, uno dei quali già ammuffito. Da quando era arrivata Mila, lui aveva ritrovato l'appetito e il gusto per le buone cose. La sua pensione era modesta, ma vivendo in maniera molto spartana aveva messo da parte un piccolo gruzzolo. Aveva dato a Mila il bancomat dicendole di prelevare tutto ciò che le occorreva. Mila aveva scoperto che aveva tremila sterline. Ai suoi occhi un patrimonio. Quando aveva prelevato i soldi per la spesa, aveva avuto la tentazione di aggiungere cinquecento sterline per sé, ma poi non ci era riuscita. James si fidava di lei. Non doveva approfittarne.

Aveva acquistato il vino, delle insalate pronte, una baguette, formaggi assortiti, uva e olive. Da parte sua non aveva fame, ma James ne sarebbe stato contento. Anche del pullover. E soprattutto di non dover trascorrere il Natale da solo.

Mila aveva preso l'autobus e ora scese nello squallido quartiere di palazzoni dove abitava James. Sheffield non le era mai piaciuta, ma qui era semplicemente un incubo. In passato era stata a trovare zio James con i genitori, poi solo con la madre, e tutte le volte aveva deriso il quartiere e gli orribili condomini.

«È orrendo. Questi casermoni. I balconi minuscoli. Come si fa a vivere così?»

In realtà, il posto dove stavano loro non era poi tanto meglio. Il condominio con gli appartamenti che aspettavano da decenni di essere ristrutturati. Rubinetti che gocciolavano, assi del parquet che si staccavano, finestre piene di spifferi. Umidità sulle pareti. Ma se non altro casa sua era circondata da un giardino rigoglioso. In estate il profumo di lillà risultava quasi inebriante.

Doveva attraversare uno spiazzo verde per arrivare al condominio dove abitava James e da giorni quel tratto di strada le creava una profonda inquietudine. Nelle sere d'estate sicuramente era un posto pieno di gente, bambini che giocavano e ragazzi che chiacchieravano, fumavano e lanciavano lattine di birra sul prato. Ma d'inverno, con la neve che si scioglieva ai margini del vialetto e le pozzanghere dovunque, non c'era nessuno là fuori. Dei tre lampioni presenti, due erano rotti. La luce era davvero fioca, molti angoli rimanevano bui e in ombra. Nell'alone del lampione sopravvissuto, Mila vide che aveva iniziato a cadere una pioggerellina fine e gelida che le pungeva il viso. Era ovvio che con un tempo del genere chiunque preferisse restarsene in salotto.

Se non altro c'erano molte finestre illuminate, la maggior parte delle quali addobbate anche con candele, fili di lucine e festoni natalizi. Sotto un balcone era appeso un Babbo Natale gonfiabile che si arrampicava su una scaletta. Un altro era decorato di lucine colorate che si accendevano a intermittenza di colori sempre diversi. Mila fissò lo sguardo su quelle luci.

Va tutto bene, si disse, tutto bene.

Non c'era nessuno. Nessuno la seguiva. Nessuno davanti o dietro di lei. E non c'era nessuno neppure in agguato tra i cespugli. Pensò fugacemente che nessuno si sarebbe accorto se fosse stata aggredita... Ma scacciò subito l'idea.

Niente da fare. C'era da impazzire.

Arrivò al portone, l'aprì, ci si appoggiò dall'interno tirando un sospiro di sollievo. Era andato tutto bene. Ma in futuro la sua vita sarebbe stata questa? Tormentata dall'ansia, sempre in fuga, spaventata da ogni minimo rumore...

Non posso andare avanti così, pensò, non posso vivere così.

Se solo fosse riuscita a individuare una soluzione.

Prese l'ascensore e salì al quinto piano dove abitava James. In pratica ormai non usciva quasi più di casa.

«Dove potrei andare con questo affare?» aveva chiesto la sera prima indicando il deambulatore grazie al quale si muoveva nel piccolo appartamento. «E poi uscire da solo non è divertente.» Aveva sorriso. «Magari possiamo fare una gita in primavera. Che ne dici? Sarebbe bello.»

Mila aveva cercato di mascherare il raccapriccio. Lo zio pensava che in primavera lei sarebbe stata ancora lì? Per allora doveva trovare un'altra soluzione, per allora doveva essere tutto a posto. Ma mentre saliva con l'ascensore, si chiese: che cosa dovrebbe cambiare per allora? Sono bloccata in questa situazione disperata. Ho la fortuna che James è disposto a ospitarmi tutto il tempo che vorrò e che lo fa volentieri. Senza di lui sarei perduta.

Si asciugò le lacrime che le erano spuntate improvvisamente negli occhi. Non voleva farsi vedere piangere da James. La prima sera aveva iniziato a singhiozzare e ricordava ancora la reazione sconvolta e impotente di James. Era uno di quegli uomini che si sentivano annichiliti di fronte a una donna in lacrime.

Entrata nell'appartamento, si accorse che lui la stava già aspettando. Aveva apparecchiato in salotto e aveva acceso le candele.

«Ti sei ricordata del vino?» le domandò e lei annuì riuscendo addirittura a sorridere.

«Ma certo. Vino rosso francese. Me lo ha consigliato il negoziante.»

Sistemò le insalate e i formaggi su piattini e vassoi, versò olive e uva in due ciotoline, tagliò a fette la baguette. Non aveva mangiato niente da colazione e si rese conto di avere un po' di appetito. Per la prima volta da giorni. Un vago accenno di rilassamento.

Forse, se riuscirò a resistere qui per un po', tutta la faccenda sarà dimenticata.

«Di solito non mi telefona mai nessuno» disse James servendosi di un bel pezzo di formaggio. «Oggi invece mi hanno chiamato due volte.»

«Davvero?» chiese Mila distratta. Il vino le faceva bene. Le annebbiava un po' la mente. Il mondo assumeva un aspetto più positivo. «E chi era?»

«Una volta mi ha chiamato il parroco» disse James. «Per i miei ottant'anni.»

«Ma oggi non è il tuo compleanno» disse Mila. «Gli anni li compi in marzo.»

James sorrise. «Sì, in primavera.»

«E allora chi ti ha chiamato oggi?»

«È stata una cosa strana. Perché non era nessuno.»

Lei abbassò la forchetta che stava portandosi alla bocca. «In che senso?»

«Sì, che dall'altra parte non hanno detto niente. Sentivo respirare, ma nessuno ha parlato. Ho chiesto chi fosse, ma non ho ottenuto risposta.»

Mila ebbe l'impressione che la seggiola su cui stava avesse iniziato a ondeggiare. «C'era qualcuno che non ha detto niente?»

«Esatto. Strano, no?»

«Come hai risposto? Dicendo il tuo nome?» Mila si accorse che la sua voce suonava diversa, ma James non sembrò accorgersi.

«La prima volta ho detto solo 'Pronto'. La seconda volta, vedendo che quell'altro rimaneva in silenzio, ho detto: 'Qui James Henderson. Chi parla e cosa vuole?'» James era fiero di sé. Aveva reagito in maniera decisa a chi si era permesso di fargli uno stupido scherzo telefonico.

Mila fu assalita dalla nausea. «Hai detto il tuo nome?» ripeté, anche se era evidente.

«Certo. Perché no?»

Due chiamate. Qualcuno aveva scoperto il numero di telefono di James Henderson. Si era accertato telefonicamente della sua identità. Aveva scoperto anche l'indirizzo? Era assai probabile.

«Quando è stato?» chiese con un filo di voce.

«Poco prima che tu tornassi a casa.» A questo punto anche James cominciò a preoccuparsi. «Sei molto pallida. È successo qualcosa?»

Mila si alzò. Le tremavano le gambe. «Non posso rimanere qui, zio.»

«Cosa?»

«Non posso rimanere qui. È troppo pericoloso.»

«Solo perché qualche ragazzaccio mi ha fatto uno scherzo telefonico?» James aveva l'aria sconcertata.

«Non erano ragazzacci, zio James.»

«E tu come fai a saperlo?»

Si guardò intorno con aria allarmata, quasi si aspettasse che qualcuno spuntasse all'improvviso da un angolo. «Non lo so. Ma è troppo rischioso.»

Anche James si alzò, sorreggendosi al tavolo. «Mila! Da chi o da che cosa fuggi?»

«Meglio che tu non lo sappia, zio. È... è una situazione terribile e io non ho fatto che peggiorare le cose. Devo... devo proprio andarmene. Stasera stessa.»

«Stasera? Dove vuoi andare?»

«Non saprei. Puoi prestarmi un po' di soldi? Te li restituirò.»

«Puoi prendere tutti quelli che vuoi, Mila, ma non riesco a capire. Cioè...» Scosse la testa confuso. «Volevamo passare il Natale insieme» disse infine con aria mesta.

Lei girò intorno al tavolo e lo abbracciò. «Tornerò, zio James. E quando sarà tutto finito, vedrò di trasferirmi a vivere vicino a te.»

Quando sarà tutto finito? Ovvero mai, no?

«Non capisco» ripeté l'uomo. «Chi era oggi al telefono?» Era evidente che si pentiva di aver accennato alle due strane chiamate.

«Meglio che tu non sappia niente.» Mila si staccò da lui. «Vado a prendere le mie cose.»

Avrebbe fatto in fretta. Non si era portata dietro quasi nulla. «Posso avere dei soldi?»

«Ho duecento sterline in contanti. Puoi prenderle.»

«Sei molto generoso, grazie.» Con quella somma non sarebbe andata lontano, ma sapeva che era molto per il prozio. Le lacrime tornarono a riempirle gli occhi e stavolta non cercò di trattenerle. «Grazie. Di tutto.»

«Grazie di essere stata qui. Ti prego, tienimi aggiornato, va bene? Fatti sentire, mi raccomando!» La sua infelicità rischiò di spezzarle il cuore. Ma non c'era tempo per consolarlo, per occuparsi di lui. Per convincerlo. Doveva andarsene. Tutti i campanelli d'allarme dentro di lei si erano messi a suonare.

Bastarono tre o quattro gesti per riempire la piccola borsa da viaggio. I soldi di James li mise nel portafoglio. Il pullover che voleva regalargli per Natale lo appoggiò sul letto.

James fece un ultimo tentativo. «Perché proprio adesso? È buio e fa freddo. Dove passerai la notte?»

«Mi arrangerò. Troverò un motel o un b&b.» L'importante era andarsene da lì.

Era quasi uscita quando si girò ancora una volta verso il vecchio che la guardava confuso e turbato. «Un'altra cosa, zio James. Non aprire la porta a nessuno.»

«Ma i servizi sociali? Quelli che mi portano da mangiare?»

«Conosci i loro orari. Ma per il resto, ti prego, non aprire. Per favore. Promettilo.»

«Va bene» mormorò James.

Lei sperava che avesse colto la gravità della situazione. Poi si richiuse la porta alle spalle.

Martedì, 24 dicembre

1

Di solito sono le persone che portano a spasso il cane a fare scoperte raccapriccianti: un cadavere o quantomeno ciò che ne resta. Oppure un capo d'abbigliamento, una bicicletta, una borsa, oggetti che appartengono a qualcuno di cui è stata denunciata la scomparsa, il cui atroce destino diventa più tangibile alla luce dei ritrovamenti e nella maggior parte dei casi è confermato nel giro di breve tempo.

La mattina di quel 24 dicembre Lucy Regan di Sleaford nel Lincolnshire fece una scoperta raccapricciante, sebbene non fosse in giro con un cane. Avrebbe voluto convincere Era, la smunta randagia che aveva raccolto anni prima ad Atene e alla quale aveva dato l'altisonante nome della regina degli dei, ad accompagnarla, ma la vecchia cagna con gli occhi ormai velati non ne aveva voluto sapere. Con il freddo non le piaceva uscire di casa, di solito si accontentava di fare i bisogni in giardino per poi rintanarsi nella sua cesta accanto al camino.

Neppure Fred, il marito di Lucy, era voluto uscire, perciò lei era da sola. Il 24 dicembre. Amava il silenzio di quelle mattine invernali. La neve si era trasformata in una poltiglia sporca sul ciglio della strada, ma quando Lucy imboccò il viottolo di campagna che usciva dall'abitato, il panorama si fece più bello, la neve lì era ancora bianca e la brina aveva coperto d'argento i prati e la vegetazione spontanea lungo il fiume Slea. Nel corso del pomeriggio i quattro figli di Lucy e Fred sarebbero arrivati con le famiglie, e la vecchia casa che Lucy aveva addobbato a festa si sarebbe riempita di vita, di voci e di risate.

Ci sarebbero state anche le lacrime, e le discussioni, ma per Lucy facevano parte della vita. Come l'albero di Natale, l'apertura dei regali di primo mattino, il sontuoso pranzo e il discorso della regina il pomeriggio del 25 dicembre.

Siccome i giorni successivi sarebbero stati frenetici, Lucy gustava la serenità della sua passeggiata solitaria. Le nuvole si rincorrevano in cielo, l'erba gelata scricchiolava sotto i suoi piedi. In lontananza sentì il richiamo di alcune pernici bianche. Per il resto silenzio e pace.

Si fermò per decidere se prendere lo stretto sentiero lungo il fiume. Ce n'era uno più ampio un po' più in alto, di solito quello maggiormente battuto dagli escursionisti. Il percorso in riva al fiume risultava molto scomodo, in certi punti scosceso e pericoloso, e ostruito dai salici, ma l'atmosfera era incredibilmente idilliaca, perché si camminava in riva all'acqua e si potevano ammirare i lunghi rami dei salici immergersi nella corrente. Era un luogo incantato secondo Lucy.

Imboccò il sentiero.

Dopo pochi passi si rese conto dell'errore che aveva commesso. Per di più in quella stagione. L'acqua aveva trascinato via il tracciato o lo aveva sommerso qua e là, il terreno era viscido e scivoloso ed enormi rovi intralciavano quel poco che rimaneva del sentiero. Siccome non lo calpestava quasi nessuno, la vegetazione se ne era impossessata di nuovo. Lucy arrancava tra gli arbusti, aggrappandosi spesso a rami e cespugli per cercare un appiglio e non finire in acqua. Come aveva potuto essere così avventata? Se le fosse successo qualcosa, sarebbe passato del tempo prima che qualcuno la trovasse. E se si fosse rotta una caviglia o un polso, si sarebbe rovinata il Natale.

Che idiota sono stata, si disse.

Si fermò e si guardò alle spalle. Valutò se fosse il caso di tornare indietro, ma il tragitto appena superato appariva ostico tanto quanto quello che le stava davanti. Sapeva che a pochi metri da lei c'era una pista nel bosco che risaliva il pendio fino al sentiero più ampio. Se ci fosse arrivata, si sarebbe potuta mettere al sicuro. Non sarebbe stato facile arrampicarsi per la scarpata, ma forse era meglio che affrontare di nuovo gli ostacoli appena superati.

Ma si poteva essere così sciocchi?

Oramai la tranquilla passeggiata non aveva più niente di piacevole. Lucy aveva il batticuore, era sudata e le tremavano le ginocchia. Avrebbe voluto imprecare a gran voce, ma soffocò l'impulso. Non a Natale. Doveva mantenere la calma, i nervi saldi e cercare una via d'uscita.

A parte il fatto che il pericolo di finire in acqua era sempre in agguato, era un luogo davvero pittoresco. Il fiume appariva profondo e scuro. Si perdeva all'orizzonte tra le nuvole cariche di neve. I molti salici che la fiancheggiavano sembravano fatti d'argento. Una splendida giornata d'inverno. Lucy provò di nuovo un senso di gratitudine per il posto dove viveva. Com'era bello vivere a Sleaford, quel paesino in mezzo al Lincolnshire dove il tempo sembrava essersi fermato. A volte Lucy aveva l'impressione che il male del mondo non potesse entrare lì. Lei e Fred avevano scoperto quel paradiso diversi decenni prima. Si era conservato intatto da allora.

Continuò ad avanzare cauta, scostando di lato rami, scavalcando radici, schivando buche nel terreno. Il tracciato era un po' migliorato, ma lei non aveva nessuna intenzione di essere avventata. Una volta il fango su cui stava era scivolato verso il basso ma lei si era aggrappata per tempo a un albero. Una volta superata questa prova, avrebbe ringraziato il cielo.

Individuò il punto in cui partiva la pista che risaliva verso il sentiero. I suoi figli da ragazzi l'avevano usata spesso per scendere al fiume. Adesso era stato piantato un cartello che ne proibiva l'accesso. Argine sdrucciolevole e pericoloso, si pregava di non lasciare la strada. Probabilmente la maggior parte della gente rispettava questo divieto. Oppure no? Lucy si accorse del terreno smosso ai piedi della pista solo quando c'era quasi arrivata. Da lontano le era sembrato che si trattasse di una serie di radici aeree intrecciate ad arte, ma ora si rese conto che si trattava di terra scavata e ammucchiata. Dapprincipio pensò che qualcuno avesse provocato un piccolo smottamento scendendo lungo il pendio, ma a guardare meglio non sembrava il risultato di una frana. Qualcuno aveva scavato di proposito. Forse uno o più animali. Cinghiali? Volpi?

Avrebbe dovuto costeggiare la zona con la terra smossa per raggiungere il sentiero più in alto, ma era tutt'altro che semplice. Lucy ricominciò a sudare.

Com'era possibile che si fosse cacciata in una situazione tanto pericolosa?

Vide una gamba e pensò: assurdo!

C'era una gamba che spuntava dal terreno. Probabilmente una radice che somigliava a una gamba.

Lucy scoppiò in una risata stridula che risuonò nel silenzio del mattino.

Ci mancava solo questa. Scambiava le radici per gambe.

Ma perché le volpi o i cinghiali o chiunque fosse stato aveva scavato in maniera tanto forsennata? Con la coda dell'occhio scorse un oggetto rimasto impigliato in mezzo ai rovi proprio in riva all'acqua. Era una scarpa.

Non c'erano dubbi.

Lucy si aggrappò al ramo di un salice cercando di non farsi prendere dall'isteria. Una scarpa a poca distanza da quella che le era sembrata una gamba non era buon segno. Confermava che la gamba fosse veramente tale e non una radice. In più: se lì c'era una scarpa, allora l'arto non poteva essere la zampa di un animale, per esempio di un cerbiatto. I cerbiatti non portavano le scarpe. E nemmeno gli altri animali del bosco.

Solo gli esseri umani le usavano.

Lucy si avvicinò circospetta. Avrebbe preferito girarsi e scappare via, ma lo stato del sentiero glielo impediva. Doveva salire sulla strada più in alto. Per farlo doveva avvicinarsi al… punto.

Girò la testa dall'altra parte. Non voleva vedere la gamba. Non voleva vedere niente, per amor del cielo.

Invece la guardò. Quando ci fu proprio davanti e fu costretta a fermarsi perché non c'era modo di proseguire, perché doveva riflettere su come fare a superare quel coso lì davanti, quel cumulo di terra. Guardò la gamba. Era una gamba umana. Vide un braccio, con la mano marcita o strappata via. Vide del tessuto. Un vestito…

Gli animali del bosco avevano dissotterrato un cadavere.

Lucy lanciò un urlo a cui risposero da tutte le parti le strida degli uccelli acquatici spaventati e che parve salire fino alle nuvole. Era come se tutti gridassero di sgomento. Perché era successo qualcosa di terribile, proprio lì, nel paradiso di Lucy.

2

Quando quel mattino Kate aveva chiamato Eleonore Walters per chiederle se poteva passare da lei, la donna le aveva risposto con la sua consueta antipatia. «Ah be'. Dovrei essere contenta che la polizia faccia qualcosa, vero?»

Kate lo prese per un sì e riagganciò senza aggiungere altro.

Il corso di cucina della sera prima non le aveva fornito nuove informazioni, ma era stata un'esperienza sorprendentemente piacevole. Kate aveva scoperto stupita che era molto divertente cucinare insieme ad altre persone.

Anna Carter, l'insegnante del corso, le era sembrata molto stanca, ma era stata gentile e aveva spiegato con pazienza tutti i passaggi del menù di Natale previsto per quella lezione. Un uomo irruento, molto sicuro di sé, che si era presentato come Burt Gilligan, aveva pelato le carote insieme a Kate e ne aveva approfittato per lamentarsi di Anna.

«Una persona nevrotica. Sempre depressa. Pare che debba scoppiare a piangere da un momento all'altro. Mi domando come faccia a sopportarla il suo ragazzo. Un tipo attraente. Potrebbe trovarne molte altre.»

Kate si era sforzata di portare la conversazione su Diane Bristow, e Burt era stato più che disponibile a darle informazioni. Anche Diane, come Anna, gli era sembrata abbattuta e chiusa in se stessa.

«L'ho conosciuta solo all'inizio di novembre. Pertanto non so dire se fosse la sua condizione naturale… essere un tipo malinconico. Ma mi dava l'impressione che il suo carattere chiuso avesse a che fare anche con un peso che si portava dietro.»

«C'erano indizi concreti?»

Burt scosse la testa. «No, era solo una sensazione.»

«Magari c'entrava quell'uomo? Quell'amico che aveva tenuto nascosto e che adesso è ricercato?»

«Non ne ho idea. Col senno di poi… può darsi. Ma potrebbe essere qualunque cosa. Per me aveva qualcosa che le pesava sull'anima. Ma che cosa fosse non lo so.»

Quel mattino Kate pensava che le indagini fossero davvero sul punto di arenarsi, di impantanarsi come la macchina che Diane

Bristow aveva spinto in maniera del tutto incomprensibile in una stradina piena di fango.

Era assai improbabile che durante le feste di Natale potessero emergere nuovi particolari, perciò decise di dedicarsi alle ricerche sul caso di Mila Henderson per poi lanciarsi nella sua festa di Natale che, almeno questo lo aveva capito dopo tanti anni, nonostante tutto passava abbastanza in fretta.

Eleonore Walters la fece accomodare in salotto, senza tuttavia offrirle né un caffè né un bicchiere d'acqua. Davanti alla finestra c'era un albero di Natale addobbato. Eleonore dichiarò che, nonostante l'orribile morte di sua madre, voleva festeggiare.

«Naturalmente in circostanze del tutto diverse da quelle programmate. Non avrei mai creduto di dover preparare nello stesso tempo anche un funerale!»

Come al solito nelle parole di Eleonore e nella sua voce traspariva la stizza per quella seccatura piuttosto che un vero dolore per la perdita della madre, ma Kate sapeva che poteva anche sbagliarsi. Quando le persone cercano di nascondere le proprie emozioni, a volte persino a se stessi, si rifugiano spesso nei comportamenti più bizzarri.

«Quando ci sarà il funerale?»

«Ancora non lo so. Voleva essere cremata. Sto aspettando che mi diano notizie dal crematorio.» Eleonore alzò gli occhi al cielo. «Il fatto che sia Natale non migliora le cose. È tutto rallentato.»

«Mi dispiace veramente molto per sua madre, Mrs. Walters.»

Eleonore sbuffò. «E allora trovi questa Mila. Mi sarebbe molto più utile delle sue condoglianze.»

«Mrs. Walters, deve capire che non è come se cercassimo un'assassina fuggiasca. Probabilmente Mila Henderson ha agito in maniera avventata e colposa, dovrà assumersi le proprie responsabilità, ma le sue ricerche non richiedono una mobilitazione in massa di agenti.»

«Mah!» esclamò Eleonore indignata.

Prima che potesse lanciarsi in una lunga tirata, Kate la bloccò. «Mrs. Walters, durante la nostra ultima telefonata ha dichiarato che Mila Henderson non avrebbe amici, né contatti con nessuno. Questo è ciò che sapeva da sua madre. Significa che non abbiamo indizi per ipotizzare che possa essersi incontrata con qualcuno.»

«No.»

«In sostanza quindi non sappiamo per quale motivo sia scomparsa. L'unico fatto certo è che una donna trentenne è sparita senza lasciare tracce da un momento all'altro.»

Non era più possibile chiedere alla defunta Mrs. Walters che cosa fosse successo prima della scomparsa di Mila. Un litigio? Forse Mila le aveva addirittura detto dove voleva andare.

«Se Mila avesse chiesto regolarmente di assentarsi per un breve periodo» disse Kate, «ipotesi che non possiamo escludere a priori, sua madre si sarebbe messa in contatto con lei? Oppure non avrebbe detto niente a nessuno, convinta di potersela cavare da sola per qualche giorno?»

«Non l'avrebbe lasciata andare via così. Mia madre aveva molto bisogno di aiuto. Non le avrebbe dato il permesso di allontanarsi per tutto il fine settimana. Se Mila avesse avuto urgenza di assentarsi, mia madre mi avrebbe telefonato per avvertirmi di andare da lei.»

«Mila Henderson sapeva che sua madre non poteva essere lasciata da sola nemmeno un giorno?»

«Certo che lo sapeva. La mamma faticava a muoversi persino dentro casa. Non era in grado di badare a se stessa ed era evidente che fosse pericoloso se ci avesse provato.»

«Ha mai pensato che potrebbe essere accaduto qualcosa anche a Mila?»

Eleonore aggrottò la fronte. «Intende dire… Come quella donna che è stata ritrovata morta dentro la sua macchina?»

«Dico solo che è una possibilità. Magari se n'è andata senza pensarci su. Ma può benissimo darsi che le sia capitato qualcosa. Dobbiamo cercarla anche partendo da questa ipotesi.»

«Non saprei…» mormorò Eleonore, ma si capiva che era dubbiosa. Faticava ad abbandonare l'idea ostile che si era fatta da giorni.

«Non c'è bisogno che mi accompagni» disse Kate alzandosi per andare via. «Le auguro Buon Natale.»

Una volta in strada fece un profondo respiro. L'istinto le diceva che Mila Henderson probabilmente non era scappata e basta, ma che dietro c'era qualcosa di serio, e che era necessario rintracciarla al più presto. Avrebbe cercato di risalire alla cerchia di conoscenti della giovane badante. Doveva pur essercene una. Negli ultimi giorni si era occupata troppo poco di questa storia, in questo doveva dare ragione a Eleonore, in quanto l'orrendo delitto di Diane Bristow aveva catalizzato tutta la sua attenzione.

Due donne. Una venticinquenne, l'altra trentenne.

Scacciò l'idea che i due casi potessero essere collegati. Era una possibilità, ma piuttosto remota, e finora non c'erano indizi che la suffragassero.

Kate si strinse nelle spalle con un brivido. Il freddo veniva dal vento, ma era anche dentro di lei. Doveva fare qualcosa per sé.

Decise di comprare un albero di Natale.

3

La sera prima Anna era andata da Sam subito dopo il corso di cucina e lui aveva reagito con grande gioia all'annuncio che sarebbe stata da lui a partire da quel lunedì sera per tutte le vacanze di Natale. Lui voleva andare a trovare il padre a Londra il 26 dicembre, ma per il resto potevano stare insieme. Anna sapeva che gli sarebbe piaciuto che lei acconsentisse ad accompagnarlo, ma il momento non avrebbe potuto essere più sbagliato. Era terribilmente tesa. Logan era sempre a casa sua e non sapeva dove andare, e Anna si era trasferita da Sam principalmente per evitare che lui andasse a trovarla a sorpresa e si imbattesse nel vecchio amico. Come avrebbe potuto spiegargli la sua presenza lì? Sam lo avrebbe subito riconosciuto come l'uomo ricercato dalla polizia per l'omicidio di Diane Bristow, dato che il suo nome e la sua foto erano su tutti i giornali. Sarebbe rimasto sconcertato che Anna offrisse protezione a un probabile criminale e assassino.

Avrebbe dovuto raccontargli tutto? Sperare nella sua comprensione?

Siamo vecchi amici. Da ragazza ero follemente innamorata di lui, che purtroppo amava solo Dalina. Abbiamo fatto tante, tantissime cose insieme. Giura di non essere stato lui a uccidere Diane e non so perché... ma gli credo.

Si rendeva conto da sola dell'effetto che potevano avere le sue parole. Di sicuro non avrebbero convinto Sam. Probabilmente lo avrebbero sconvolto. E c'era il serio pericolo che non lo trattenessero dall'informare subito la polizia.

Sam non doveva sapere niente di Logan, e Logan doveva sparire.

Non sono responsabile per lui, pensò quel mattino dopo aver fatto colazione con Sam, mentre lui era uscito a fare le ultime compere. Aveva insistito perché lei l'accompagnasse, ma Anna era tormentata da una micidiale emicrania, la sua tipica reazione quando era molto stressata.

«Riordino la cucina» disse, «vai pure senza di me.»

Lui la guardò preoccupato. «Non hai per niente un bell'aspetto.»

Lei si sforzò di sorridere. «Ieri il corso è stato faticoso. Il Natale è faticoso. Mi riprenderò presto.»

«Be', per quanto riguarda il Natale non ti devi preoccupare. Penserò a tutto io. Tanto per cominciare adesso vado a comprare un albero. Sdraiati sul divano e prova a dormire un po'.»

Lei gli aveva promesso di provarci. Ma adesso che era uscito, si rese conto che non sarebbe riuscita a chiudere occhio. Anche se si sentiva spossata. Ma era una spossatezza in cui si agitavano emozioni sotterranee e che non le dava pace. Fu questa stanchezza, questa sensazione di essere prosciugata senza rimedio che la indusse a pensare: non sono io responsabile. Maledizione, non sono io responsabile per Logan.

Era un pensiero quasi liberatorio che per un attimo alleviò addirittura l'emicrania.

Lo aveva amato disperatamente. Era sempre stata pronta a fare tutto per lui, in cambio di un sorriso, un attimo di attenzione esclusiva, uno sguardo riconoscente. Qualunque cosa. E tutte le volte si era scontrata con la sua gentilezza superficiale. Certo, la trovava simpatica, era Anna, la sua amica. Anna, che esaudiva ogni sua richiesta. Anna che c'era sempre quando aveva bisogno di qualcuno. Per parlare, per lamentarsi. Perché si consumava per Dalina, che a sua volta godeva della sua venerazione ed era sempre abbastanza accondiscendente per evitare che lui si stufasse. Ma niente di più. Lo lasciava sempre a bocca asciutta per poi richiamarlo a sé con uno schiocco di dita tutte le volte che, dopo interminabili colloqui con Anna, lui aveva trovato il coraggio di liberarsi definitivamente da quell'amore non corrisposto. Era alla sua mercé. Lei ne approfittava, senza nutrire alcun vero interesse per lui.

Da parte sua Anna si sentiva la vera sconfitta in questo gioco.

In fondo la situazione si stava ripetendo identica anche stavolta. Logan era nei guai fino al collo. E a chi si era rivolto? Ad Anna. L'aveva messa in pericolo. La sfruttava. Si comportava senza scrupoli partendo dal presupposto che lei lo avrebbe aiutato.

Come aveva sempre fatto.

Ma non era più Anna, il topolino. Era una donna adulta. Aveva un lavoro e un fidanzato attraente. Erano anni che si era strappata Logan dal cuore.

Non poteva più contare su di lei.

Che andasse pure da Dalina. Che ovviamente non sarebbe stata tanto stupida da rischiare per lui neppure per un secondo.

La sera prima, subito dopo il corso, aveva cercato di contattare Logan per due volte. Nonostante fosse in fuga, aveva salvato almeno il cellulare e lei si era annotata il numero. Lo aveva chiamato solo per sapere se fosse tutto a posto. Provava pena per lui, ma si opponeva a questa emozione. Dopotutto era sempre lui a cacciarsi in quelle spiacevoli situazioni.

Non le aveva risposto, nemmeno a tarda notte, quando Sam dormiva e Anna si era chiusa in bagno con il cellulare per fare un altro tentativo. Lo aveva fatto squillare a lungo, ma nessuno aveva risposto. Possibile che dormisse di già? Che avesse il sonno tanto pesante?

Oppure era così stanco, depresso, apatico, da restare a fissare il cellulare che squillava senza trovare la forza di rispondere?

Adesso che era mattina ci riprovò. Questa volta non voleva solo chiedergli come stava. Voleva dirgli che doveva essersene andato quando lei sarebbe tornata a casa sua dopo Natale. Gli avrebbe concesso quei giorni di vacanza, ma nel frattempo bisognava che si cercasse un'altra sistemazione perché lei non voleva incontrarlo.

Compose il numero. Di nuovo nessuna risposta.

Cominciava a darle proprio sui nervi. Nemmeno una persona disperata e sprofondata nella depressione si sarebbe comportata come lui. Si era introdotto in casa sua di nascosto e lei gli aveva concesso ospitalità. Poteva svuotarle il frigo e scaldarsi con la stufa in salotto.

Era andata a casa del suo fidanzato con un giorno di anticipo sul previsto per tenere nascosta la presenza di Logan casomai Sam fosse andato a trovarla. Stava facendo tantissimo per lui, e questo la rendeva perseguibile. Il minimo che lui potesse fare era di rispondere al telefono quando lo chiamava, anche se non ne aveva voglia. Avevano salvato i rispettivi numeri di telefono, lui doveva sapere che era lei.

Provò un paio di volte ancora, lo chiamò anche sul numero di casa, sebbene gli avesse vietato di rispondere. Come prevedibile non lo fece.

Anna cominciava a trovarlo strano. Che non si fosse fatto vivo la sera precedente poteva essere plausibile, magari era andato a dormire molto presto e aveva spento il cellulare. Ma ora, il mattino dopo, in pieno giorno… c'era qualcosa che non andava.

Gli mandò un messaggio su WhatsApp: *Per favore Logan, fatti vivo. Altrimenti vengo a vedere che succede!*

Il messaggio non fu letto.

Anna si infilò gli stivali e il cappotto. Prese le chiavi dell'auto e di casa dalla borsa e decise di andare a controllare. E se Logan non avesse avuto una spiegazione più che soddisfacente per il suo comportamento, poteva sparire anche subito.

La casa era tranquilla e silenziosa nella fioca luce di quella giornata invernale. Non c'era fumo che usciva dal comignolo, il che stava a indicare che la stufa in salotto era spenta. Molto strano. Come faceva Logan a sopportare il freddo?

Oppure era ancora a letto? Erano le undici passate.

Sul viottolo che conduceva fino alla casa e sullo spiazzo sterrato non c'era più neve. C'erano però grandi pozzanghere melmose dai bordi gelati. I campi tutt'intorno erano invece ricoperti da un sottile strato bianco. Il vento che soffiava dalle colline era spietato. Anna scese dall'auto e finì direttamente in una pozzanghera. L'acqua gelida le penetrò negli stivali di camoscio. Calzature sbagliate ma anche spiazzo sbagliato. Se avesse avuto più denaro, lo avrebbe fatto lastricare. Avrebbe fatto mettere una recinzione, piantato un giardino. Ma con i quattro soldi che prendeva da Dalina non poteva permettersi grandi spese. Ne aveva a sufficienza solo per l'affitto e per vivere.

Ignorando il fastidio del piede bagnato, raggiunse la porta di casa e stava per aprirla quando si accorse che non era chiusa a chiave. Era solo accostata.

Aggrottò la fronte. Questo era decisamente inspiegabile. Logan era in fuga e aveva paura. Non si sarebbe accampato in una casa senza chiudere a chiave la porta. Oppure se n'era già andato? Si era trasferito altrove, per non pesare ulteriormente su Anna, e per questo non rispondeva alle sue chiamate? Aveva dimenticato di chiudersi la porta alle spalle?

Provò una fitta di dolore, che le risultava familiare, la vecchia e nota delusione. Avrebbe voluto mandarlo via, ma, all'idea che se ne fosse andato veramente, fu assalita da una impetuosa quanto inaspettata tristezza. Logan, il suo Logan.

Non devi ragionare così, si disse, non devi provare certe cose.

Non solo per via di Sam. Ma soprattutto perché con Logan non c'erano chance. Non ce ne erano né ce ne sarebbero mai state.

Spinse cauta la porta. L'aria fredda e stantia la colpì in faccia. E qualcos'altro... un altro odore...

Vide Logan sul pavimento. Il suo corpo massiccio occupava quasi tutto l'ingresso, copriva completamente la passatoia gialla e anche le lastre di pietra. Era riverso sulla pancia. Le gambe piegate in maniera innaturale, il pullover sollevato a scoprire una striscia di pelle sulla schiena. Un braccio era proteso in avanti, quasi cercasse di raggiungere qualcosa o di strisciare via.

Era immobile e rigido.

Anna si inginocchiò accanto a lui. «Logan!» Gli toccò la testa, gli accarezzò la schiena. «Logan!»

Non ottenne alcuna reazione.

Cercò di girarlo delicatamente. Il corpo era freddo, sembrava congelato e non si muoveva. Per un attimo la mente di Anna si rifiutò di accettare qualcosa che in realtà le era stato chiaro fin dall'inizio: l'uomo davanti a lei non era più vivo. Da quando? Il suo corpo mostrava tutti i segni del rigor mortis. Anna sapeva che questa condizione subentrava all'incirca a partire da due ore dopo la morte e perdurava per almeno ventiquattr'ore, a volte più a lungo. Significava che Logan poteva essere morto dalla sera prima. Da quando lei aveva tentato inutilmente di mettersi in contatto con lui.

Non riuscì a muovere il pesante corpo, ma quando estrasse la mano da sotto il suo petto, vide che era rossa e appiccicosa e comprese di aver toccato il sangue di Logan. Qualcuno gli aveva… sparato? Lo aveva pugnalato?

Oppure era semplicemente caduto?

Dalla posizione del cadavere non poteva essere rotolato giù dalle scale, al massimo era inciampato sui propri piedi. Come mai tutto quel sangue, non sarebbe stato più logico se avesse riportato delle lesioni interne?

Balzò in piedi. Tirò fuori il cellulare dalla tasca dei jeans, si guardò le dita, che cercavano di aprire la rubrica scosse da un tremito irrefrenabile. Oltre che insanguinate.

Non ci riuscì. Il sangue scivolava sullo schermo, il touch screen era bloccato. Anna barcollò in cucina. Nel lavabo erano ammucchiate le stoviglie sporche, sul tavolo c'era un barattolo vuoto di sugo di pomodoro. La sua testa elaborò le immagini e formulò una teoria logica: si era preparato qualcosa da mangiare. La sera prima, dopo che lei se n'era andata. Aveva mangiato. Aveva sparecchiato. Prima che avesse avuto il tempo di lavare i piatti era… successo qualcosa di terribile.

Si sciacquò le mani sotto l'acqua corrente. Il rosso del sangue si mescolò a quello del pomodoro. Lei osservò il rivolo quasi con indifferenza. Il sangue di Logan.

Si asciugò le mani. Adesso erano più calme, non tremavano più così tanto. Anche Anna si sentiva più calma, ma intuiva che non era una calma reale. Era come se una campana fosse scesa su di lei a separarla dal mondo reale, dall'uomo morto nell'ingresso, dal suo stesso raccapriccio.

Con lo strofinaccio pulì anche il cellulare, poi selezionò il numero di Sam. Le dita adesso erano asciutte e pulite.

Sam rispose al quarto squillo. In sottofondo lei udì rumore di traffico e di voci, doveva essere da qualche parte in città. Un radicale contrasto con il silenzio assoluto della casa, con quella cucina disordinata, oltre la porta della quale vedeva le gambe inerti di Logan.

«Sam?» La sua stessa voce le risultava estranea. Alta e stridula. Carica di tutto il suo sgomento.

«Anna? Ho appena comprato l'albero di Natale. È enorme. Temo che non entri in salotto, ma è bellissimo. Dovresti aiutarmi a portarlo fino all'appartamento...»

«Sam, devi subito venire qui. Ti prego. Subito.»

«Dove? A casa?»

«Da me. A Harwood Dale. Fai in fretta, presto!»

«D'accordo. Che cosa ci fai lì? Anna, devo caricare l'albero in macchina, poi...»

Lei se lo vide davanti. In piedi in mezzo agli alberi di Natale e alle persone. Che stringeva con una mano un enorme abete e con l'altra il cellulare. Con aria interdetta.

«Lascia stare l'albero! Vieni subito!»

«Anna, non posso lasciarlo in mezzo alla strada. D'accordo, faccio prima che posso, ok? Che cosa è successo?»

«Vieni e basta» disse lei, poi riagganciò.

In attesa dell'arrivo di Sam Anna rimase in cucina, perché non aveva la forza di uscire e avvicinarsi di nuovo al cadavere di Logan. Sebbene non avesse più alcuna importanza, riordinò puntigliosamente la cucina, lavò i piatti, strofinò tutti i piani, ripose bicchieri e posate in ordine negli armadietti e spazzò il pavimento. A un certo punto si rese conto che stava facendo esattamente ciò che non bisognerebbe fare sulla scena di un delitto, ovvero ripulire tutto, ma tanto non aveva nessuna intenzione di chiamare la polizia. Era giunta quantomeno a questa conclusione mentre si faceva scorrere sulle mani grandi quantità di acqua calda e molto detersivo, come se le fossero rimaste attaccate alle dita ancora tracce del sangue di Logan. La polizia non doveva sapere niente. Aveva ospitato un uomo ricercato per omicidio. Forse avrebbe potuto appellarsi al fatto che erano amici da quando erano ragazzi. Ma in quel caso... una cosa tira l'altra... non era pensabile.

Niente polizia.

Ma come sbarazzarsi del corpo?

È una situazione surreale, pensò.

Dopo una mezza eternità vide la macchina di Sam risalire lungo la strada e imboccare il vialetto che portava alla casa. Dal portabagagli spuntava un abete a cui era stato legato il cartello bianco e rosso di carico sporgente. Si era davvero portato dietro l'albero di

Natale, per questo ci aveva messo tanto. Per un attimo Anna provò una rabbia incontenibile – che cosa c'era di tanto difficile da capire in «vieni subito per favore»? – ma poi si rese conto che non avrebbe potuto lasciare in mezzo alla strada l'abete che Sam aveva già comperato. E d'altra parte non poteva certo immaginare l'urgenza di quella richiesta. Forse aveva pensato che si fosse rotto un tubo o qualcosa del genere.

L'auto si fermò e Sam scese. Anna non voleva che fosse colto di sorpresa e spalancò la finestra della cucina.

«Sam?»

«Anna! Che succede?»

«Sam, sono in cucina» gli spiegò anche se era superfluo, dato che lui conosceva la casa. «Non ti spaventare. Nell'ingresso c'è un uomo morto.»

«Come?»

«Sì. Credo che sia stato ucciso.»

Sam la fissò come se temesse che fosse impazzita. «Dentro casa tua c'è un uomo assassinato?»

«Sì.»

«Ma... come?»

«Non lo so. Qualcuno deve averlo ucciso.»

Per un attimo Sam rimase indeciso, senza sapere se entrare o no in casa.

«Ne sei proprio sicura?» si accertò.

«Sicurissima.»

Era profondamente sgomento e perplesso e Anna non poteva certo biasimarlo.

«Chi è?» le chiese.

Mentre lavava i piatti e spazzava Anna aveva pensato anche alla strategia da seguire. All'inizio aveva deciso di fingere di cadere dalle nuvole con Sam. Era tornata a casa a prendere un altro paio di stivali più adatti al maltempo, aveva visto che la porta era accostata, era entrata e si era trovata davanti il morto. Non aveva idea di chi fosse né di come fosse entrato in casa. Men che meno di chi l'avesse ammazzato.

Ma si era resa conto che in questo caso Sam avrebbe subito chiamato la polizia e che lei non avrebbe potuto obiettare con nessun argomento valido per convincerlo a non farlo. Sarebbe stato comunque difficile impedirglielo. Doveva dirgli la verità, almeno in parte.

«È Logan» disse. Era sempre affacciata alla finestra della cucina e Sam era all'esterno. Più o meno tra di loro, nell'ingresso, c'era Logan.

«Chi è Logan?»

«Logan Awbrey.»

«Chi è...?» ripeté Sam, poi se ne rese conto. «Logan Awbrey? Ho letto il suo nome sul giornale. Non è l'uomo che... che ha ucciso la donna del tuo corso di cucina?»

«Diane. Sì.»

«E si trova morto in casa tua?»

Anna scoppiò improvvisamente a piangere. Era una situazione grottesca e spaventosa, si rendeva conto che la sua vita sarebbe cambiata e che non sarebbe stato un bel cambiamento.

«Adesso entro» disse Sam deciso.

4

Non c'erano più molti alberi da comprare su a St. Nicholas Cliff. Ormai quasi tutti avevano addobbato la casa già da settimane, con tanto di abete scintillante e luccicante in salotto. Ne era rimasto ancora qualcuno e quel 24 dicembre diverse persone li avevano cercati per dare all'ultimo istante la giusta atmosfera natalizia alle loro case.

Kate ne aveva scelto uno abbastanza piccolo che avrebbe dovuto mettere sul tavolo perché non si perdesse nella stanza, ma era convinta di non aver bisogno di niente di gigantesco per sé sola, dato che tanto se ne sarebbe disfatta nel giro di pochi giorni. Constatò che, nonostante le dimensioni ridotte, non era così semplice da caricare in macchina. Mentre armeggiava per infilarcelo, udì una voce alle proprie spalle.

«Kate? È lei?»

Si voltò. Le bruciavano le mani a furia di toccare gli aghi pungenti.

Dietro di lei c'era un uomo che inizialmente non riuscì a identificare, ma poi le tornò in mente: Burt Gilligan. Dal corso della sera prima.

Lui si era accorto della sua momentanea confusione. «Le carote» disse. «Abbiamo pelato insieme le carote.»

«Ma sì, certo. Mi scusi. Ero troppo impegnata con quest'albero. È minuscolo, ma per qualche ragione non riesco a caricarlo in macchina.»

Burt indicò alle proprie spalle una macchina a cui era appoggiato un abete decisamente più grande. «Anch'io ho lo stesso problema. Vogliamo cercare di caricare prima il suo e poi il mio?»

«In due faremo certamente meglio» disse Kate, pensando che era una frase incredibilmente scontata per i partecipanti a un corso di cucina per single. Tutta quella situazione era un cliché. Dalina sarebbe stata soddisfatta e sicuramente avrebbe fatto stampare un poster sul tema.

In due riuscirono effettivamente a sistemare l'albero di Kate. La punta sporgeva leggermente, ma non così tanto da richiedere l'uso di un cartello per carichi sporgenti. Finito da lei passarono alla macchina di Burt. Il suo albero era molto più pesante e difficile da manovrare.

«Non so nemmeno io perché ho comprato un albero di Natale così grande» disse lui. «Passerò il Natale da solo. Chissà perché pensavo di avere bisogno di un colosso del genere in salotto?»

Unendo le forze riuscirono a caricarlo in macchina, con le radici sul sedile del passeggero, il tronco appoggiato allo schienale abbassato e la punta fuori dal portabagagli. Burton si era munito di un segnale appropriato che fissò ai rami.

«Così riuscirò a tornare a casa» disse.

Si guardarono un po' impacciati.

«Allora, Buon Natale» le augurò Burt.

«Buon Natale» ricambiò Kate.

«Festeggerà con la famiglia?» si informò Burt.

Kate scosse la testa. «In realtà una famiglia non ce l'ho più. Me ne starò sola soletta. Con la mia gatta.» Sorrise. «Le donne single hanno sempre dei gatti.»

«I gatti sono fantastici» disse Burt. «Io però preferirei un cane. Ma da solo sarebbe troppo.»

«Che lavoro fa?»

«L'agente immobiliare.»

Per qualche motivo Kate rimase sorpresa. «L'agente immobiliare? Un agente immobiliare che frequenta un corso di cucina per single?»

«E perché no?»

«Ecco… credevo che incontrasse già moltissime persone nel suo lavoro. Anche donne.»

Lui si strinse nelle spalle. «È vero. E se devo essere sincero, molte manifestano anche interesse per me.»

Il tono era un po' da sbruffone. Burt Gilligan di certo non soffriva di una mancanza di autostima.

«Ma dopo il divorzio otto anni fa, non ho più incontrato nessuna che interessasse a me» aggiunse.

«È difficile» disse Kate.

Che conversazione intelligente, pensò rassegnata.

Burt le sorrise. «Sì, è vero, ma bisogna cogliere tutte le opportunità al volo, secondo me. Le andrebbe di cenare insieme stasera? Da Gianni?»

Kate era perplessa. Un uomo che voleva portarla fuori a cena? Era un appuntamento? Così, all'improvviso, la vigilia di Natale?

«Be'… volentieri, sì. Non ho altri impegni.» Le sembrava di parlare balbettando. Tipico. Le succedeva tutte le volte che un uomo si rivolgeva a lei al di fuori dell'ambito professionale.

Burt annuì soddisfatto. «Per le otto? Prenoto un tavolo.»

Lei confermò con un cenno del capo. «D'accordo. Volentieri. Ci sarò.»

Sempre meglio di niente. Si sentiva un pochino esaltata quando salì in macchina e fece manovra. A causa dell'albero aveva una visuale ridotta. Non sarebbe stato un Natale così desolato. Continuava a non avere nessuno con cui aprire i regali al mattino, pranzare insieme e contemplare le luci sull'albero di Natale, ma aveva qualcuno per quella sera ed era molto più di quanto avesse immaginato giusto un'ora prima. Burt non era un uomo di cui si sarebbe innamorata a prima vista, ma era simpatico e inoltre non era detto che dovesse venirne fuori qualcosa. L'importante era l'oggi. A volte non aveva senso preoccuparsi troppo per il domani.

Era quasi arrivata a casa quando il suo cellulare squillò. Il suo primo impulso fu di ignorarlo. Non aveva voglia di parlare con nessuno, voleva scaricare l'abete, sistemarlo in salotto, poi tornare in ufficio, controllare che cosa rimanesse da fare... Ma le bastò uno sguardo al display per vedere che era il suo capo. Rispose con il vivavoce.

«Sergente Linville.»

«Sergente?» Pamela aveva una voce diversa. Non fredda come al solito. Sembrava agitata. Più emotiva. «Sergente, potrebbe venire subito in centrale?»

Kate provò un tuffo al cuore. Finalmente si profilava una svolta? Logan Awbrey era stato catturato? Oppure era spuntato un altro indizio decisivo?

«Che cosa è successo?»

«È stata ritrovata Sophia Lewis» disse Pamela.

Tornò a tutta velocità in ufficio, con il portabagagli aperto da cui spuntava l'albero di Natale, ma non aveva importanza. Il cuore le batteva all'impazzata.

Sophia Lewis era stata ritrovata.

Il caso dell'estate precedente. Una giovane donna vittima di uno psicopatico e delle sue folli fantasie di vendetta. Le aveva teso un agguato, lasciandola gravemente ferita e condannata a una vita sulla sedia a rotelle, ma come se non bastasse, l'aveva successivamente rapita dall'ospedale. Kate e Caleb avevano cercato di salvarle la vita con un'azione spericolata, dopo che il sequestratore aveva minacciato di seppellirla viva. L'impresa non era riuscita, il colpevole era morto per una ferita d'arma da fuoco prima che potesse rivelare il luogo dove aveva nascosto la sua vittima. Kate era sempre convinta che in ogni caso non avrebbe mai parlato, ma ovviamente il dubbio rimaneva. Se Kate e Caleb non avessero agito di loro iniziativa, creando così una situazione in cui Kate aveva dovuto sparare per salvarsi la vita, chissà che non sarebbe stato possibile indurlo a collaborare. Quella storia aveva spinto Caleb ad abbandonare la sua carriera di poliziotto. Kate era riuscita a superare le settimane successive, nonostante le insistenti occhiate dei colleghi in corridoio e la consapevolezza di dover accantonare per il momento eventuali ambizioni di carriera. Il soprintendente glielo aveva lasciato intendere. O meglio: glielo aveva detto chiaramente.

Le ricerche di Sophia Lewis erano proseguite per settimane, impegnando centinaia di poliziotti in una disperata corsa contro il tempo perché era chiaro a tutti quanto fossero scarse le possibilità di sopravvivenza di Sophia imprigionata sottoterra. L'estate era passata, era arrivato l'autunno senza che ci fossero stati progressi. Le ricerche erano state sospese, essendo ormai evidente che non c'erano più speranze.

E adesso l'avevano trovata. Di sicuro non poteva essere viva. Ma se non altro il caso avrebbe potuto essere chiuso. Kate sapeva fin troppo bene che a volte era tutto ciò che rimaneva: la possibilità di smettere di sperare. Di cercare. Di aspettare. Di mettere un punto fermo, per quanto agghiacciante.

In centrale l'attività era meno frenetica del solito. Buona parte del personale era già andata via per le festività, chi a far visita ai parenti, chi a comprare i regali dell'ultimo minuto. Da una stanza usciva una musica natalizia. L'ingresso era rischiarato dalle luci intermittenti di un albero di Natale.

Pamela era nel suo ufficio quando Kate si precipitò dentro senza bussare. Le rivolse uno sguardo indignato. «Mi fa piacere che sia venuta. In realtà l'aspettavo qui stamattina.»

«Ero da Eleonore Walters » spiegò Kate. «Il caso di Mila Henderson sembra più complicato del previsto…»

Tralasciò l'acquisto dell'albero di Natale. Ovviamente non avrebbe dovuto farlo durante l'orario di lavoro.

«Ah. Capisco.» Era evidente che il caso Walters non interessava minimamente a Pamela. «Si sieda, sergente. Si tratta di Sophia Lewis.»

Kate ubbidì. Non si era tolta nemmeno il cappotto e la sciarpa. «È stata ritrovata?»

«Sì. Ovviamente morta.»

Naturale. Lo aveva immaginato. Tuttavia la notizia le provocò una fitta di dolore. In fondo le era rimasto ancora un barlume di speranza. Un minuscolo, anacronistico barlume di speranza.

«Dove?»

Pamela consultò i documenti. «La località si chiama Sleaford. Poco più di un villaggio. Nel Lincolnshire.»

«Raggiungibile da…»

«Nottingham. Sì. Giusto un'ora di viaggio.»

Ian Slade era partito da Nottingham con la sua vittima. Alla luce delle informazioni disponibili, era stato possibile calcolare fin dove si sarebbe potuto spingere con Sophia. Sleaford chiaramente rientrava nel raggio delle possibilità.

«L'ha trovata stamattina una anziana signora» proseguì Pamela. «Stava facendo una passeggiata in riva al fiume Slea. Su un sentiero dissestato interdetto al passaggio da diverso tempo. Gli animali selvatici avevano dissotterrato qualcosa in un punto. Ha guardato meglio e ha scoperto che si trattava di un cadavere.»

Kate sentì un ronzio alle orecchie. Lui l'aveva sepolta. Aveva dato seguito alle sue minacce.

«E… è sicuro che…?» chiese. La sua voce le sembrava lontanissima.

«Si tratta di Sophia Lewis, sì.» Pamela annuì. «Sono stati rinvenuti una scarpa e un brandello dell'abito che indossava. Confrontati con le foto archiviate all'epoca durante le ricerche, la corrispondenza è indubbia. L'esame del DNA non è stato ancora concluso, ma presumo che ci darà la conferma definitiva.»

Era come se un trauma accuratamente tenuto sotto chiave si fosse improvvisamente liberato, dandole per qualche secondo una violenta vertigine.

Sophia Lewis era stata trovata. Lui lo aveva fatto per davvero. Ian Slade. L'aveva sepolta viva.

Kate parlò come se la voce non le appartenesse. «La cassa di legno… voleva seppellirla viva in una cassa di legno.»

Pamela scosse il capo. «Non c'era nessuna cassa.»

«No?»

«No. E forse la conforterà, sergente, sapere che le ha sparato. Non ci sono dubbi. Non l'ha sepolta viva. Le ha sparato direttamente lì in riva al fiume e poi l'ha sotterrata.»

Per un attimo nell'ufficio regnò un silenzio assoluto, come se persino le due donne avessero smesso di respirare. La musica natalizia che proveniva da fuori era stridula e inopportuna. Con la coda dell'occhio Kate vide che aveva iniziato a piovere, non era neve, ma pioggia gelata. Le strade si sarebbero ghiacciate.

Quando ricominciò a respirare disse: «Significa… cioè…»

Non osava dirlo a voce alta. Non si fidava dei propri pensieri, cercava di proteggersi dalla delusione.

Ma Pamela indovinò che cosa avrebbe voluto dire. «Sì. Probabilmente le alleggerisce la coscienza, anche se non cambia il fatto che lei ha agito infrangendo tutti i regolamenti. Quando lei e l'ispettore capo Hale avete cercato di tendere una trappola a Ian Slade per seguirlo fino al nascondiglio di Sophia Lewis, lei era già morta. Quindi non avrebbe fatto nessuna differenza. Qualunque azione aveste intrapreso, non sareste riusciti a salvarla.»

Qualunque azione aveste intrapreso, non sareste riusciti a salvarla.

Kate non soffriva di problemi cardiocircolatori, ma fu assalita da un senso di vertigine.

«Oddio» disse. «Oddio.»

«Forse adesso dovrebbe tornare a casa» disse Pamela. «È sicuramente una notizia molto difficile da elaborare. Tanto qui oggi non succederà più niente. L'aggiornerò per quanto riguarda i risultati dell'esame del DNA.»

«Sì, la ringrazio. Grazie.» Kate si alzò e prese la borsa che aveva lasciato cadere per terra accanto a sé.

«Buon Natale» disse Pamela con un sorriso.

Dopo un attimo di sorpresa, Kate ricambiò timidamente il sorriso. «Buon Natale» disse.

5

Aveva iniziato a cadere una pioggia gelata, il vento si era rinforzato e loro erano sempre seduti nella casetta in mezzo al nulla, nel salotto freddo con la finestra rotta. Sam era scioccato, soprattutto perché Anna l'aveva supplicato di non chiamare la polizia, come era stato invece il suo primo pensiero. Anna però era di nuovo scoppiata a piangere.

«Non farlo. Sam, ti prego. Non chiamare la polizia!»

Lui l'aveva guardata allibito. «In casa tua c'è un uomo morto, ricercato per omicidio, e tu non vuoi chiamare la polizia?»

«Entra. Vieni. Ti spiego tutto!»

Sam era stato costretto a scavalcare il cadavere, perché Logan occupava il corridoio quasi per tutta la larghezza e la lunghezza.

«Sei sicura che sia morto?»

«È rigido. E sotto di lui c'è molto sangue.»

«Sangue?»

«Credo che sia stato pugnalato.»

«Qui, dentro casa tua?»

«Così pare, no?»

Entrato in salotto Sam notò la riparazione di fortuna della finestra. «Aha» osservò, «ecco da dove è entrato. Presumo che volesse nascondersi qui. Ma chi è stato a ucciderlo?»

«Era qui da sabato» mormorò Anna. «Quando sono rientrata domenica sera, c'era già.»

«Quando ti ho riaccompagnato? Era dentro casa?»

«Sì.»

Sam impallidì per lo sgomento. «Lo sapevo che sarei dovuto entrare con te. La prossima volta non mi farò convincere, Anna. Questa casa è troppo isolata. È pericoloso.»

«Sam, Logan non era un pericolo per me. Ci conoscevamo da un sacco di tempo. Era venuto qui perché aveva bisogno di aiuto.»

Sam appariva sempre più scioccato. «Siete vecchi amici? Tu e questo... assassino?»

«Mi ha giurato di non aver ucciso Diane.»

Sam si mise a sedere sul divano e guardò Anna come se avesse perso il senno. «Te lo ha giurato? Be', lo farei anch'io se fossi in fuga dalla polizia e cercassi ospitalità da te...» Ci pensò su un attimo e aggiunse: «Quindi tu conosci entrambi i protagonisti di questo caso. Vittima e colpevole».

«Sì. Diane però la conoscevo solo dall'inizio di novembre. E nemmeno troppo bene. Logan invece da quando eravamo ragazzi.»

«E quando l'avevi visto l'ultima volta?»

«Otto... o nove anni fa.»

Sam si alzò, troppo nervoso per restare seduto. «Nel frattempo potrebbe aver imboccato una brutta strada. Come fai a sapere com'è stata la sua vita in tutto questo tempo?»

«Forse però è veramente innocente.»

«Sarà la polizia a stabilirlo. In ogni caso adesso è morto. E a quanto pare non di morte naturale. Anna, dobbiamo chiamare la polizia. Che cosa vorresti fare altrimenti?»

«Non lo so.»

«Quello che non capisco» proseguì Sam, «quello che proprio non riesco a capire è perché tu non mi abbia detto niente. Da giorni sapevi che il presunto omicida ricercato era un tuo vecchio amico. La sua foto era dovunque, e anche il suo nome. Lo trovi qui dentro casa tua, un soggetto sospettato di omicidio e in fuga. Gli dai ospitalità. E non mi dici nemmeno una parola di tutto questo?»

«Perché tu saresti andato subito alla polizia» rispose Anna ricominciando davvero a piangere. Era un unico grande incubo. Oltre la porta si vedevano il braccio proteso di Logan e un pezzo della sua testa. I capelli scuri spiccavano sulla passatoia chiara.

«È naturale che sarei andato subito alla polizia» confermò Sam. «Ed è quello che farò adesso. Anna, per favore. Sii ragionevole.»

«Mi accuseranno di averlo ospitato qui.»

«Era un tuo vecchio amico. Ti sentivi obbligata.»

«E se mi accusassero di averlo ucciso?»

«Ma per favore, perché avresti dovuto farlo? E poi è un gigante. Non ci saresti riuscita in nessun modo.»

«Niente polizia, Sam. Ti prego!»

Lui le andò vicino, la prese per le spalle. «Che succede, Anna? Perché hai tanta paura?»

Lei si limitò a scuotere la testa. «Per favore, Sam. Niente polizia.»

Lui la lasciò e fece un passo indietro. Aveva l'aria sfinita e – Anna constatò spaventata – indispettita. Stava perdendo la pazienza. Era una situazione grottesca e stressante anche per lui, avrebbe preferito affidarla fin dall'inizio a mani professionali. Anna intuiva che non riusciva a capirla e si sentiva ferito. Lei non si era confidata. E anche adesso gli nascondeva qualcosa.

«Che succede, Anna? C'è dell'altro, vero? Che storia c'è tra questo Logan e te?»

Lei girò la testa sempre piangendo. Percepì chiaramente il suo desiderio di scuoterla.

«Maledizione, Anna, perché mi hai chiamato, allora? Per non lasciarmi all'oscuro e contemporaneamente per trascinarmi in un assurdo pasticcio?»

Lei cercò di parlare. Le riuscì solo al terzo tentativo. «Noi... dobbiamo... liberarcene.»

«In che senso?»
«Dobbiamo nasconderlo da qualche parte.»
Sam era sempre in preda alla disperazione. «Vorresti che lo caricassimo in macchina e lo trascinassimo da qualche parte? È questo che intendi? Dio, Anna, ti rendi conto di quello che pretendi da me?»
Lei lo guardò. «Ti prego. Ti prego, aiutami.»
«Di che cosa hai tanta paura?»
«Ti prego.»
Lui si passò una mano tra i capelli in un gesto impetuoso. Aveva l'aria di essere intrappolato in un tornado. Anna immaginava che si sentisse anche così.
«No» le disse. «No, non intendo accettare una cosa del genere. Non capisco. Stammi a sentire, Anna, quello che vuoi fare devi farlo da sola. Io me ne tiro fuori.»
Sarebbe voluto uscire dal salotto, ma si fermò perché non ce la faceva a scavalcare di nuovo il cadavere in corridoio. Anna lo afferrò per le braccia.
«Ti prego. Non andartene. Da sola non ce la faccio. Non ce la faccio!»
«Infatti non c'è niente da fare. È una pazzia.» Cercò di scrollarsela di dosso, ma lei vi rimase attaccata a peso morto.
«Per favore. Ti prego, Sam.»
«Dimmi almeno perché. Maledizione, dimmelo, Anna. Perché non vuoi coinvolgere la polizia?»
«Te lo spiegherò. Te lo prometto. Sul serio. Ma ti prego… adesso aiutami. Non abbiamo più molto tempo. Se dovesse arrivare qualcuno… ti prego, Sam.»
Lui si girò a guardarla.
«È una vera follia» disse, ma lei sentì che la sua resistenza iniziava a cedere.
L'avrebbe aiutata.
Ma poi avrebbe preteso una spiegazione.

Sam era contrario a gettare in mare il cadavere di Logan, perché prima o poi sarebbe stato spinto a riva dalle correnti e temeva che, sulla base di eventuali tracce rimaste su di lui, gli inquirenti sarebbero potuti risalire alla casa di Anna e quindi ad Anna stessa. Presumeva che l'acqua avrebbe distrutto tutto, ma non ne era certo.

«Dopo tutto quello che si sente e si legge, hanno sviluppato dei metodi... sarebbe meglio che non lo trovassero.»

«Sì, va bene» piagnucolò Anna. Era seduta in un angolo, quasi apatica, aveva ceduto a Sam la responsabilità di tutto quanto e si era chiusa in se stessa. Sam era stressato, ma aveva la sensazione che uno di loro dovesse rimanere lucido, perché non potevano starsene lì con le mani in mano.

«Dimmi una cosa, sei consapevole di quello che stiamo facendo?» le chiese per accertarsene. «Se non chiamiamo la polizia e... ci sbarazziamo del cadavere, in seguito sarà molto difficile dimostrare che non siamo coinvolti nella sua morte. Potrebbe essere ritrovato, non importa quanto lo nascondiamo bene. E allora salteranno fuori tracce di fibre e altre cose. La polizia potrebbe addirittura stabilire un collegamento con te. Che cosa dirai per giustificare il fatto di non aver denunciato tutto questo?»

«In ogni caso mi sospetterebbero fin da ora.»

«No. E poi eri da me. Posso testimoniarlo.»

«Potrei averlo ucciso lunedì. Prima di andare al corso e poi venire da te.»

«Presumo che sarà possibile stabilire l'ora della morte e verificare che eravamo insieme.»

Avevano continuato il tira e molla ancora per un po', ma alla fine Sam aveva ceduto, sebbene Anna avesse temuto per tutto il tempo che potesse cambiare idea. Era un azzardo, lo stava coinvolgendo in una cosa... ma non sapeva dove sbattere la testa, era disorientata e anche spaventata.

Sam uscì di casa e rientrò poco dopo. «Ho dato un'occhiata alla tua macchina, Anna. Non è possibile caricarcelo, è troppo piccola. Dovremo prendere la mia. Ma prima bisogna tirare fuori l'albero di Natale. Mi dai una mano?»

Lei annuì e lo seguì fuori. Pioveva ancora, piccoli cristalli affilati. Tirando e spingendo qua e là scaricarono l'abete dalla macchina di Sam. Era gigantesco. Anna si chiese come avrebbero fatto a portarlo su per le scale fino all'appartamento di Sam. E poi non era più alto del soffitto? Ma forse non avrebbero nemmeno festeggiato il Natale, a questo punto. Con l'albero addobbato e tutto il resto. Le bastava pensarci per trovarlo assurdo.

Sam insistette affinché portassero l'albero dietro la casa, per precauzione, nel caso qualcuno fosse passato da quelle parti per fare gli auguri di Natale ad Anna e si fosse sorpreso di un abete monumentale lasciato in mezzo al passaggio.

«Non dobbiamo destare curiosità. Deve sembrare tutto normale.»

Erano fradici di pioggia e madidi di sudore quando finalmente lo ebbero trasportato dietro il cottage. Tornarono dentro casa e Sam cercò una coperta. Dovevano avvolgere Logan in qualche modo, per non lasciare una scia di sangue fino alla macchina e per non sporcare i sedili. La passatoia dell'ingresso su cui era steso Logan era troppo stretta e troppo rigida. Anna alla fine prese una vecchia coperta di lana. Cercarono di farla scivolare sotto il cadavere, cosa che si rivelò estremamente difficile, perché Logan era molto pesante e quasi inamovibile. Avevano entrambi le mani sporche di sangue dopo averle fatte scorrere sotto l'addome del morto.

Quando Sam riuscì finalmente a girare il corpo, videro che aveva il torace insanguinato. Sam trasalì. «Mio Dio.»

Nonostante il macello di sangue essiccato, era evidente che Logan fosse stato ucciso da numerose pugnalate. Qualcuno lo aveva colpito come un forsennato.

«Come Diane» disse Anna. «Anche Diane doveva essere ridotta così.»

«È l'ultima occasione per chiamare la polizia» dchiarò Sam. «Non credo che gli agenti potrebbero attribuirti questo delitto, Anna. Sicuramente Logan si è difeso. Come ci saresti riuscita?»

Lei tornò subito sulla difensiva. «No, è escluso. No!»

«D'accordo. Allora vediamo di arrotolarlo in questa coperta e poi lo trascineremo fino alla macchina. Temo che sia troppo pesante per sollevarlo. Proviamo a girarlo ancora una volta.»

In un modo o nell'altro riuscirono ad avvolgere Logan nella coperta per poi portarlo fuori. Erano oramai entrambi stremati. Anna aveva la faccia grondante di sudore. Nonostante il freddo che regnava dentro casa, avrebbe voluto spogliarsi da quanto sentiva caldo. Le bastò darsi un'occhiata per capire che lo avrebbe dovuto fare comunque: era tutta sporca di sangue.

Lo stesso valeva per Sam. Anche lui aveva un'aria stravolta e ansimava per lo sforzo. Aveva afferrato le braccia di Logan che uscivano dalla coperta e si spostava all'indietro a piccoli passi. Continuava a girarsi e a guardare verso la strada. Se qualcuno avesse imboccato il viottolo di campagna, si sarebbero dovuti precipitare di nuovo dentro casa, perché non c'erano spiegazioni per quello che stavano facendo. Ma erano ben visibili anche dalla provinciale; chiunque fosse passato davanti alla strada sterrata e avesse dato un'occhiata di lato li avrebbe visti. Sam sperava che da lontano sembrassero due persone intente a trasportare un oggetto voluminoso. Non il cadavere di un uomo assassinato.

Quando finalmente finirono di caricare Logan in macchina, si era fatto buio. Continuava a piovere incessantemente e l'impresa era stata più faticosa di qualunque altra cosa Anna avesse fatto in vita sua. Logan occupava lo stesso spazio dell'albero di Natale, ma se non altro non spuntava fuori dal portabagagli. La testa era appoggiata al sedile del passeggero, le braccia allungate in avanti. Il resto del corpo e le gambe toccavano il portellone posteriore. La coperta lo nascondeva in parte, lasciando però visibili i piedi e le braccia.

«Spero solo che non incontreremo un posto di blocco» disse Sam. «Quello che stiamo facendo non ha spiegazioni plausibili.»

«Dobbiamo cambiarci» stabilì Anna. «Siamo sporchi di sangue. Sarebbe un problema se dovessimo incrociare qualcuno.»

«Il problema ce l'abbiamo comunque» mormorò Sam, ma chiuse la macchina e seguì Anna dentro casa. Quella mattina presto era uscito pieno di entusiasmo, per comprare un albero di Natale, del buon cibo e gli ultimi regali. Anna immaginò che dovesse sentirsi come se fosse finito in un brutto film.

Dovevano fare qualcosa per il corridoio insanguinato. Arrotolarono la passatoia che non era troppo voluminosa ma molto pesante e la nascosero dietro la porta della cantina, in cima alla scala di pietra che scendeva di sotto. Se ne sarebbero occupati in seguito, al momento non avevano le energie sufficienti. Le ultime forze gli sarebbero servite per sbarazzarsi del cadavere.

Anna prese un secchio e uno spazzolone e sciacquò le ultime tracce di sangue dal pavimento, ridando così un aspetto passabile al corridoio. Salirono di sopra, si tolsero i vestiti insanguinati e li infilarono nella cesta del bucato in bagno. Avrebbero voluto farsi una doccia, ma avrebbero sprecato del tempo prezioso. Nella macchina parcheggiata davanti a casa c'era un morto. Dovevano sbrigarsi.

Siccome Sam a volte trascorreva il weekend da Anna, aveva lasciato da lei un paio di jeans e una felpa. Si cambiarono tornando ad avere un aspetto presentabile, anche se entrambi vedevano rispecchiato uno nel viso dell'altra lo sgomento e la fatica, l'aria sconvolta, spossata e sfinita.

Si sedettero per un attimo sul letto di Anna e si abbracciarono.

«Dov'è il suo cellulare?» chiese Anna sottovoce.

«Aveva un cellulare?»

«Sì. Ci siamo scambiati il numero. Ho tentato più volte di chiamarlo.»

«Dobbiamo assolutamente trovarlo prima che finisca nelle mani di qualcuno, nel peggiore dei casi quelle della polizia.»

Cercarono in tutta casa, ma del cellulare non c'era traccia. Sam imprecò sottovoce. «Magari ce l'ha ancora addosso. Dopo dovremo controllare.»

«Ok» bisbigliò Anna. Erano tornati di sopra in camera da letto, dove diedero un'ultima occhiata senza alcun risultato.

«Dobbiamo andare» annunciò nervoso Sam.

In quello stesso istante la luce di due fari fu proiettata sul soffitto seguita dal rombo del motore di un'auto.

Anna trattenne il respiro. «Arriva qualcuno» disse.

6

Kate era arrivata a casa sbandando sulle strade sempre più scivolose. Aveva provato a mettersi in contatto con Caleb Hale per ben due volte, ma lui non le aveva risposto. Si fermò e gli scrisse un messaggio su WhatsApp: *Mi richiami subito. Ho una notizia importante!*

A casa tentò di chiamarlo un'altra volta. Senza successo.

Si può sapere che cosa sta facendo? si domandò spazientita.

Con un po' di fatica portò l'albero di Natale in salotto e lo fissò al treppiede. Tirò fuori dall'armadio di quella che un tempo era la camera dei genitori la scatola degli addobbi e iniziò ad attaccarli all'abete, ma procedeva in maniera meccanica e con la testa altrove. Non riusciva a smettere di pensare a Sophia Lewis e alla necessità di informare Caleb. Il prima possibile.

Alla fine sentì squillare il telefono e rispose nella speranza che fosse lui. Invece era Pamela.

«Il mio ultimo atto ufficiale prima di Natale» annunciò. «La macchina di Logan Awbrey è stata ritrovata. Non troppo lontano da lei. Alla periferia di Scalby.»

«Questo significa che potrebbe ancora essere nei paraggi» dedusse Kate. «Come è stata notata?»

«Un abitante del luogo ha chiamato in centrale. La macchina bloccava parzialmente il suo vialetto. Doveva faticare per entrare e uscire. Siccome nessuno veniva a prenderla, alla fine ci ha chiamato.»

«Da quanto tempo era ferma lì?»

«Lui se n'è accorto sabato mattina, quando è uscito per andare a fare la spesa. Il venerdì sera non c'era ancora, lui e la moglie sono tornati tardi da una cena di Natale e non hanno avuto problemi a entrare nel vialetto.»

«Questo significa che era ancora in giro nella notte tra venerdì e sabato. Da quel momento in poi avrebbe usato i mezzi pubblici per spostarsi, correndo parecchi rischi, dato che la sua faccia è su tutti i giornali. Secondo me è più logico che si nasconda da qualche parte.»

«Già, in questa stagione ci sono molte seconde case vuote» concordò Pamela. «Ha già fatto irruzione in una villetta. Potrebbe anche aver rubato una macchina, ma finora non sono stati segnalati furti. Tra l'altro la sua è completamente a secco, deve aver usato le ultime gocce di benzina per piazzarla dove l'ha lasciata. Forse non ha più soldi, oppure non si fida a farsi vedere da un benzinaio.»

«La sua situazione è sempre più difficile» mormorò Kate.

«Non può resistere ancora a lungo» concordò Pamela. «Non senza un aiuto. È nato da queste parti. Forse ha ancora dei contatti.»

«È ricercato per omicidio. Direi che per la maggior parte delle persone questo mette fine all'amicizia» disse Kate.

«Lo spero» osservò Pamela. «La tengo aggiornata. E ora, sul serio, Buon Natale, sergente. Ci vediamo in ufficio venerdì mattina. Nel pomeriggio parto e starò via per tutto il fine settimana.»

Strano che non se ne andasse per Natale, ma subito dopo. Ovviamente Kate non aveva il diritto di fare domande al riguardo. «Buon Natale» si limitò a rispondere. «A venerdì.» Chiuse la chiamata e provò di nuovo a telefonare a Caleb. Anche stavolta non ottenne risposta.

Probabilmente sta lavorando, pensò, e in mezzo al frastuono del pub non sente il telefono.

Fuori stava già facendo buio. Le quattro e mezzo. Aveva ancora del tempo prima dell'appuntamento con Burt Gilligan da Gianni.

«Devo uscire di nuovo» disse a Messy. «A più tardi!»

La gatta dormiva acciambellata sul divano e aprì solo un occhio. Kate lasciò la luce accesa per lei e uscì di casa.

Nel breve tragitto fino alla macchina rischiò di cadere due volte. Le strade erano ghiacciate e lei sarebbe dovuta rimanere a casa. Avrebbe già faticato abbastanza a raggiungere il ristorante più tardi. Doveva guidare con grande prudenza.

I mezzi spargisale erano già al lavoro e Kate arrivò al porto più in fretta di quanto avesse immaginato. Diverse macchine erano parcheggiate davanti al Sailor's Inn, ma dopo una breve ricerca trovò un posto. Già da lontano si accorse che il pub era in piena attività. Molta gente aveva l'abitudine di festeggiare allegramente la sera della vigilia, e di riservare il raccoglimento e la meditazione al 25 dicembre. Kate di solito trascorreva entrambe le giornate a casa.

Il pub era pieno all'inverosimile, faceva molto caldo e c'era un gran rumore. Una musica natalizia usciva dagli altoparlanti. La maggior parte dei clienti portava cappellini di carta e sembrava piuttosto ubriaca. L'atmosfera era rilassata e chiassosa. Kate si fece largo tra la calca verso il bancone del bar. Qualcuno la prese per un braccio e le chiese se le andasse di festeggiare insieme, e lei si liberò all'istante. Voleva soltanto trovare Caleb. Sedersi con lui in un angolino tranquillo e raccontargli di Sophia Lewis. Ardeva dal desiderio di vedere la sua faccia.

Al bar non c'era, ma dopo un po' Kate riuscì a intercettare l'attenzione del barista che faticava a star dietro alle ordinazioni.

«Caleb Hale!» gridò per superare il frastuono delle voci. «È qui da qualche parte?»

L'espressione del giovanotto dietro il bancone si oscurò all'istante. «Hale? È una sua amica?»

«Sì.»

«Allora gli dica che può ritenersi fortunato se manterrà il lavoro! Sono incazzato con lui. Può dirgli anche questo!»

«Come mai? Che cosa è successo?»

Il barista avvicinò il viso al suo e le alitò in faccia. Sapeva di vaniglia. Strano per un posto del genere.

«Stasera sto facendo io il suo lavoro, ecco che cosa è successo. Non si è fatto vedere e il capo alla fine ha chiamato me. Vede anche lei il casino che c'è. Oggi era il mio giorno libero, adesso sarei a casa con mia moglie e i miei figli. Mia moglie è fuori di sé, io trascorrerò una notte di Natale del cazzo. Perché Hale… non lo so. Forse dorme o è ubriaco o si è buttato a mare. In quest'ultimo caso ne sarei solo felice!»

Il giovanotto era decisamente arrabbiato.

Kate iniziò a preoccuparsi. Caleb Hale era sempre stato ligio al dovere, nonostante i problemi che si portava dietro.

«Per caso sa dove abita?» chiese al barista.

L'altro la guardò diffidente. «Pensavo che lo conoscesse.»

«Sì, ma si è appena trasferito. Queen's Parade. Non conosco il numero civico.»

«Nemmeno io» tagliò corto il barista piantandola in asso.

Kate riuscì a individuare la casa giusta di Queen's Parade perché riconobbe la macchina parcheggiata davanti. La macchina di Caleb. Era stata lasciata lì di fretta, con una ruota per metà sul marciapiede che non avrebbe resistito a lungo così senza danni. Kate parcheggiò subito dietro e guardò la facciata dell'edificio. Al secondo piano c'era una luce accesa, tutte le altre finestre erano buie. Sperava che si trattasse del nuovo appartamento di Caleb. In quel caso se non altro sarebbe stato a casa.

Gli altri alloggi sembravano in parte disabitati, quantomeno alla luce dei lampioni Kate vide che le stanze dietro le finestre erano vuote. Uno dei vetri aveva una brutta scheggiatura. Il palazzo dava un'impressione abbandonata, ma era chiaro che Caleb non guadagnasse molto lavorando al bar. Non poteva permettersi niente più di questo.

Il portone d'ingresso si aprì a spinta e Kate entrò. Pigiò l'interruttore della luce aspettandosi che non funzionasse, invece fu piacevolmente sorpresa: dappertutto si accesero piccole lampadine che rischiararono una bella scala di legno con il corrimano intagliato e il soffitto con stucchi decorativi. A Kate tornò in mente che un tempo le case lungo Queen's Parade erano state lussuose, costruite con cura e in posizione meravigliosa con una splendida vista sul mare. La recessione e la crescente disoccupazione avevano colpito duramente il Nord dell'Inghilterra e Scarborough non era stata risparmiata. Gli inquilini avevano smesso di pagare l'affitto e i proprietari delle case non avevano più investito nella manutenzione. Gli edifici tanto eleganti erano andati in rovina. Lo splendore dei tempi passati era ancora visibile, ma sembrava irrimediabilmente perduto sotto la patina di trasandatezza.

Kate salì fino al secondo piano. Sul pianerottolo con il bel pavimento di legno si aprivano quattro porte e secondo i calcoli di Kate quella giusta doveva essere quella tutta a sinistra. Ammesso che le finestre illuminate appartenessero all'alloggio di Caleb.

C'era un campanello ma senza nome e lei suonò sperando in un colpo di fortuna. Pochi secondi più tardi la porta si aprì. Davanti a lei c'era Caleb.

Kate era così sollevata che le spuntarono quasi le lacrime agli occhi. «Grazie al cielo l'ho trovata. Non ascolta mai i messaggi in segreteria?»

Lui portava un paio di jeans, una camicia sporca che un tempo era stata bianca ed era a piedi nudi. Aveva l'aria di chi sta sistemando un nuovo appartamento e sposta scatoloni e mobili sparsi qua e là.

Sembrava sobrio.

Kate inviò una silenziosa preghiera di ringraziamento al cielo. Non si era assentato dal lavoro perché era ubriaco fradicio, ma perché aveva perso la cognizione del tempo.

«Segreteria?» le chiese ora, con un tono come se non capisse a cosa si riferiva Kate. «Ah, sì, è tutto il giorno che non sento il telefono. Sinceramente non so nemmeno dove l'ho messo. Qui regna il caos più assoluto. Vuole accomodarsi lo stesso?»

«Volentieri. Ho delle novità.» Kate entrò nel minuscolo ingresso dove erano ammucchiati scatoloni fino al soffitto. Per fortuna era di corporatura minuta, altrimenti non sarebbe riuscita a muoversi. «Accidenti. Vedo che ha ancora parecchio lavoro da fare, vero?»

«È una tragedia. Se ne accorgerà. La precedo.» Caleb si fece largo tra gli scatoloni e Kate lo seguì. «Su questo piano in origine c'era un unico grande appartamento, ma negli anni Ottanta qualche squalo di immobiliarista ha pensato bene di ricavarci quattro minuscoli alloggi dove non c'è spazio. D'altronde non posso permettermi niente di più grande.»

Erano arrivati in salotto. Almeno Kate presumeva che lo fosse. Era occupato completamente dal grande tavolo da pranzo di Caleb che nella casa sulla scogliera era stato un elegante pezzo di arredamento nella cucina a vista. Per questo appartamento era come minimo tre volte troppo grande. Sfiorava su tutti i lati le pareti, al punto che non c'era più spazio per le sedie. I traslocatori le avevano lasciate per l'appunto sopra il tavolo. In pratica la stanza era un unico grande tavolo.

«Oh» fece Kate.

Caleb annuì. «Ottimo, vero? Insinuandosi sul lato sinistro, si arriva in cucina, ma non è così semplice. E dall'altro lato della stanza c'è il balcone. Da lì si gode la vista meravigliosa che mi ha conquistato. Adesso è troppo buio, il mare s'intuisce soltanto più che vederlo. E poi è difficile raggiungere la porta finestra.»

«Prima del trasloco non aveva preso le misure?» ipotizzò Kate.

Caleb scosse la testa. «Una sciocchezza imperdonabile, vero? Non so perché ma non ci ho pensato. Nella vecchia casa il tavolo non sembrava così grande, e pensavo che...» Scosse la testa. «Dovrò farlo portar via e andare a comprarmi qualcosa di più piccolo all'Ikea. A lei per caso non serve?»

«Purtroppo è troppo grande anche per la mia piccola sala da pranzo. Ma provi a venderlo. È davvero molto bello.»

«Vedremo.» Caleb guardò il tavolo, quel reperto della sua vecchia vita che non entrava in quella nuova, e Kate intuì che in quel momento si stava rendendo conto che la scelta radicale di lasciare il lavoro aveva una portata più profonda e più ampia di quanto avesse immaginato all'inizio. E conseguenze ben più vaste.

«Sono stata al Sailor's Inn» disse lei. «Avrebbe dovuto essere di turno.»

Lui sospirò. «Oh, merda. Me l'ero completamente scordato.»
«Il tizio che l'ha sostituita sembrava parecchio incavolato.»
«È comprensibile. Ma non mi preoccupo. Il proprietario mi è riconoscente perché l'ho aiutato quando una banda di motociclisti lo aveva minacciato e ricattato. È successo prima che entrassi nella squadra omicidi. Sono nelle sue grazie.»
«Una bella fortuna» disse Kate. E poi annunciò: «Hanno ritrovato Sophia Lewis. È per questo che sono venuta da lei».

Si accomodarono ciascuno su uno scatolone nell'ingresso strapieno sotto la luce abbagliante e spietata di una lampadina che sarebbe stata adatta per un interrogatorio ai tempi della guerra fredda.

Kate aveva raccontato a Caleb tutta la storia e lui l'aveva ascoltata incredulo, poi era riuscito a raggiungere la cucina ed era tornato con due bicchieri e una bottiglia di whisky. Avevano cercato invano un posto dove sedersi e alla fine avevano preso due scatoloni di libri da quelli ammucchiati e li avevano sistemati uno accanto all'altro sotto quella luce crudele. Caleb aveva riempito i bicchieri fino all'orlo e ne aveva dato uno a Kate. Lei aveva tentennato, pensando che poi sarebbe dovuta tornare a casa in macchina, ma alla fine l'aveva svuotato tutto d'un fiato perché aveva avuto l'impressione di dover fare qualcosa per i nervi.

Dopo di che si era sentita strana.

Non aveva importanza.

Sapeva che Caleb era crollato sotto il peso del caso di Sophia Lewis. Nonostante non ricadesse nemmeno nella sua giurisdizione. L'incerto destino di Sophia e l'interrogativo se e in che misura Kate e Caleb avessero commesso un errore fatale non erano stati l'unico motivo delle sue dimissioni dalla polizia, ma la goccia che aveva fatto traboccare il vaso. Caleb aveva perso tutto il proprio coraggio e, cosa ancora peggiore, tutta la fiducia nelle proprie capacità. Non si sentiva più all'altezza della responsabilità richiesta dalla sua posizione. Gli errori che commetteva potevano ripercuotersi con conseguenze catastrofiche su altre persone. Caleb riconduceva i suoi problemi con l'alcol alla pressione del suo lavoro.

«Non avremmo potuto salvarla» disse Kate. «Qualunque cosa avessimo fatto, qualunque decisione avessimo preso. Troppo tardi. Era già morta.»

«Mi domando perché l'abbia fatto» disse Caleb. Guardò il whisky nel bicchiere, come se cercasse una risposta. «Ian Slade. Perché l'ha uccisa? Un gesto di pietà? È stato meno crudele che sotterrarla viva.»

Kate ripensò a Ian Slade. In tutti i suoi anni da poliziotta non si era mai imbattuta in una persona tanto malvagia. Quell'individuo l'aveva fatta rabbrividire. Nel suo sguardo non c'era altro che il gelo assoluto.

«Credo che volesse assistere alla sua morte» disse Kate. «Ne aveva bisogno. Voleva determinarla attivamente, stabilire lui il momento. Nella sua mente perversa, lasciare Sophia al suo destino sepolta da qualche parte sarebbe stato come rinunciare al potere. Voleva essere il suo destino, fino all'ultimo secondo. Per questo alla fine si è piegato a un gesto misericordioso.»

«Inconcepibile» mormorò Caleb. «Inconcepibile.»

Non sembrava sollevato. Kate non se l'era aspettato, d'altronde. Erano ferite troppo profonde, non guarivano nel giro di pochi minuti.

Rimasero entrambi in silenzio, riempirono di nuovo i bicchieri, li svuotarono. Kate non aveva quasi toccato cibo in tutto il giorno. Era consapevole che nelle sue condizioni non poteva guidare. Merda, pensò confusa.

In realtà non c'era più niente da dire. Nei giorni e nelle settimane successive entrambi avrebbero dovuto interiorizzare il fatto che erano stati liberati da una responsabilità, ma che l'ingranaggio degli avvenimenti non sarebbe comunque tornato indietro: Kate poteva seppellire ogni velleità di carriera per gli anni a venire. E Caleb non sarebbe tornato al lavoro. Il passo compiuto era irreversibile. Avrebbero continuato a vivere con le conseguenze di tutto ciò che era successo quell'estate.

Alla fine Kate disse: «Adesso dovrei proprio andare. Ero venuta solo a portarle la notizia».

Lui sussultò. «No. Per favore non se ne vada. Credo che» si guardò intorno nel caos che lo circondava, «credo che potrei impazzire qua dentro.»

«Dovrebbe mangiare qualcosa» gli consigliò. «La cucina è utilizzabile?»

«Veramente no. Ci sono scatoloni dovunque. Ho troppe cose per questo appartamento.»

«Vado a dare un'occhiata» disse Kate alzandosi. Fu assalita da un capogiro. Barcollando leggermente, si insinuò oltre il tavolo da pranzo fino in cucina. Effettivamente c'erano scatoloni sui fornelli, sul frigorifero, sul piano di lavoro. Se non altro lo sportello del frigorifero si apriva in parte. L'interno era desolatamente vuoto, a parte un vasetto di yogurt. Kate lo tirò fuori e constatò che era scaduto da quasi sei settimane. Avrebbe voluto buttarlo via, ma c'erano scatoloni anche sul bidone della spazzatura. Dato che tutto il salotto era occupato dal tavolo, non era possibile accedere a credenze e ripiani e Caleb non aveva la possibilità di svuotare gli scatoloni.

Tornò nell'ingresso, dove lui fissava cupo la bottiglia di whisky.

«Caleb, deve... far portare via il tavolo il prima possibile. Altrimenti non potrà mai sistemarsi.»

«Peccato che sia Natale» mormorò Caleb. «Ne passerà del tempo prima che qualcuno venga a prenderlo.»

«Ce l'ha un'altra stanza? Dovrebbe spostare gli scatoloni dalla cucina, in modo che possa usarla. Almeno per farsi un caffè.»

«C'è la camera da letto, ma...» Si alzò. «Guardi lei stessa.»

Una seconda porta nell'ingresso dava sulla camera da letto. Kate trasalì: la stanza non era in condizioni migliori delle altre. L'unica differenza era che invece del tavolo era occupata dal letto. Non c'era posto per nient'altro. Sulla parete erano appoggiate alcune assi laccate di bianco.

«Il suo armadio?»

«Esatto. Ma non posso montarlo perché non c'è posto.» Si strinse nelle spalle con aria rassegnata. «In più c'è solo il bagno. Ma anche quello è pieno di scatoloni.»

«La situazione è davvero difficile per adesso» osservò Kate. Faticava a concentrarsi. Non era abituata a bere alcol. «Vuole trasferirsi da me per Natale?»

Lui scosse la testa. «No, devo cavarmela qui.»

Rimasero fermi sulla porta, a osservare l'enorme letto che nella vecchia casa doveva essere sembrato del tutto normale, come il tavolo, e che adesso gettava una luce un po' particolare sull'inquilino dell'appartamento. Kate sapeva che in questo ambito la vita di Caleb era sempre stata problematica. Brevi relazioni appassionate con donne troppo giovani. Niente di duraturo. Niente che l'avesse liberato dalla sua solitudine. C'era riuscito solo con l'alcol.

«F-forse dovrebbe andare al Sailor's Inn» gli consigliò. «Così starebbe in mezzo alla gente.»

«Ed è proprio quello che non voglio fare adesso» ribatté lui. «Voglio stare qui, ma non da solo.»

«Caleb...»

Appoggiò il bicchiere e si girò verso di lei. Qualcosa nel suo sguardo era cambiato.

«Vuoi rimanere qui stanotte?» bisbigliò.

7

Era Dalina, che fermò la macchina accanto a quella di Sam e scese. Anna e Sam la osservarono dalla finestra del piano di sopra.

«Maledizione» bisbigliò Sam. «Cos'è venuta a fare qui?»

Anna sapeva che non gli era simpatica. L'aveva incontrata un paio di volte, quando era andato a prenderla al corso di cucina, e in un'occasione Dalina li aveva invitati entrambi a cena a casa sua. Il tema principale della conversazione era stato *Dalina*. Aveva raccontato con tale trasporto di sé e dei propri successi da non accorgersi che né Anna né Sam avevano spiccicato parola e si erano limitati a mangiare in silenzio. Sam aveva continuato a guardare l'ora di nascosto per potersene andare non appena la buona educazione glielo avesse permesso. Successivamente aveva detto che era stata una delle serate peggiori della sua vita e che capiva perché Anna detestasse tanto il lavoro all'agenzia.

«E tu sei amica di quella donna da quando eri ragazzina?» le aveva chiesto incredulo.

Anna aveva annuito mesta. «Sì. Era così... forte. Insieme a lei mi sentivo sicura. Facevamo cose fantastiche. Non si lasciava intimidire da nessuno. Era esattamente... come avrei sempre voluto essere io.»

«È una persona insopportabilmente egocentrica» aveva osservato Sam. «Una narcisista in tutto e per tutto. Ciò che tu ritieni forza in realtà è espressione di un disturbo. E con l'età non farà che peggiorare.»

Anna avrebbe voluto credere che esagerasse, ma purtroppo Sam aveva solo espresso ciò che anche lei pensava. E questo non faceva che accrescere in lei la sensazione di essere una perdente. Solo una persona debole poteva essere amica di una come Dalina. E solo una persona che non aveva altre possibilità avrebbe accettato di lavorare per lei.

«Non so nemmeno io che cosa voglia» disse ora. «Ma temo che dovremo aprirle. Ha visto le nostre auto davanti a casa.»

«E non è il caso che sbirci dentro la mia» mormorò Sam. Sembrava addirittura più stressato di prima. Doveva essersi pentito amaramente di quasi tutto quello che era capitato quel giorno.

Dalina bussò energicamente alla porta e Anna scese di corsa le scale per andare ad aprirle. Gettò un'ultima occhiata in corridoio: tutto a posto. Aveva pulito in maniera soddisfacente.

Dalina non aspettò che la porta fosse aperta del tutto per entrare. «Dio che freddo fa fuori. C'è un umido insopportabile. E le strade sono tutte ghiacciate!» Si scrollò, quindi dichiarò: «Qua dentro però non è molto meglio. Non hai acceso la stufa? Perché te ne stai qui al freddo? Dov'è Sam? Ho visto la sua macchina fuori».

Tipico di Dalina. Sparare domande a raffica senza lasciare all'interlocutore il tempo di rispondere.

Quando fece una pausa Anna disse: «Una finestra in salotto è rotta. Non ha senso accendere la stufa. E Sam è di sopra».

In quel momento lui scese le scale. «Ciao, Dalina» disse.

«Ah, ciao, Sam. Ero passata dal tuo appartamento, pensando che foste lì. Ma siccome non c'era nessuno sono venuta qui. Volete passare il Natale in questo frigorifero?»

«Torniamo da me» disse Sam. «Anna si era dimenticata alcune cose.»

«Ah, capisco. Volevo darle un regalo e augurare a entrambi Buon Natale.» Dalina frugò nella borsa che aveva a tracolla e tirò fuori un pacchetto piuttosto ammaccato. Lo porse ad Anna. «È una sciocchezza. Per te.»

Anna prese il regalo con un sorriso tormentato. «Grazie davvero. È un peccato che abbia lasciato il mio per te a casa di Sam.»

«Me lo darai un'altra volta. Oppure possiamo tornare insieme da Sam e berci un bicchiere di vino in compagnia?» Autoinvitarsi da qualcuno la vigilia di Natale era un comportamento sfacciato anche per gli standard di Dalina. Anna intuì che era stato questo il suo scopo fin dal principio. Ecco il motivo del regalo. Dalina era da sola. Ed evidentemente gli unici a cui aveva pensato erano Anna e Sam.

Purtroppo però a questo punto non sarebbero potuti tornare a casa subito. Dovevano ancora sbarazzarsi di un cadavere.

«Dalina, non avertene a male, ma non posso proprio bere» disse Anna. «Ho un gran mal di testa e temo di essermi presa qualcosa. Vorrei solo andare a letto.»

Dalina la guardò diffidente. «Non hai l'aria di essere malata, però!»

«Non mi sento bene, davvero.»

«Come vuoi, era solo un'idea.» Dalina era contrariata, ma si rendeva conto che la conversazione finiva lì. «Allora Buon Natale a entrambi!»

«Buon Natale» disse Sam aprendole la porta di casa. «Ti accompagno alla macchina.»

Anna notò che, mentre andavano verso la macchina di Dalina, Sam faceva in modo di coprire sempre la visuale della sua auto, riuscendo a tenere la donna a distanza.

Una volta che fu salita e ripartita, lui tornò di corsa dentro casa. Pioveva sempre, e aveva il viso tutto bagnato. «Sarà meglio sbrigarci. Prima che arrivino altre persone. Non voglio tenere quel Logan più a lungo del necessario dentro la mia macchina.»

Si inoltrarono nella brughiera al tramonto, imboccando le stradine più strette e isolate che riuscirono a trovare, e si azzardarono a fermarsi dopo che era passata più di un'ora senza incrociare nessun altro veicolo. Avevano sbandato un paio di volte con grande apprensione: un incidente sarebbe stato la classica ciliegina sulla torta. Anna, rannicchiata in un angolo del sedile posteriore, continuava a controllare il cellulare, constatando che per lunghi tratti non c'era campo. Se fosse capitato qualcosa, non avrebbero avuto solo il problema del cadavere in macchina, ma non sarebbero riusciti nemmeno a chiamare i soccorsi. Una notte in macchina nella brughiera con temperature artiche, in compagnia del defunto Logan. Anna non avrebbe potuto immaginare un incubo più terribile.

«D'altra parte questo ci dà una certa sicurezza» osservò Sam. «Nessun altro, a parte noi, è così folle da spingersi da queste parti.»

Si fermarono in un punto che ritennero idoneo: un piccolo slargo nella strada permetteva il passaggio di due macchine. A destra e a sinistra si estendevano prati, ma nel punto in cui si era fermato Sam c'era una ripida scarpata.

«E se lo facessimo rotolare giù da lì?» domandò.

«Non saprei» rispose Anna titubante.

Sam scese, girò intorno alla macchina e illuminò il pendio con una torcia. «Cespugli» disse. «Laggiù è pieno di arbusti e cespugli. Non credo che lo troverebbero.»

Anche Anna scese, intirizzita dal freddo e dalla pioggia. Dall'oscurità e dal silenzio. Dall'orrore che si era impossessato della sua vita.

Sbirciò lungo la scarpata, seguendo il fascio luminoso della torcia. Vide dei cespugli bassi, battuti dal vento, addossati in una piccola conca.

«Non è molto profondo» osservò. «Di sicuro non sparirebbe completamente, vero?»

«Secondo me sì. E poi chi potrebbe vederlo lì? In questa stagione nessuno si ferma quassù. La scarpata è troppo ripida per scendere a piedi. E prima che arrivi l'estate...» Tacque. Anna intuì che cosa avrebbe voluto dire: prima che arrivasse l'estate forse non sarebbe rimasto più molto del cadavere di Logan.

«È una follia» disse.

Sam girò il viso verso di lei. Anna vide riflessa nei suoi occhi tutta la sua collera.

«Certo» proruppe lui con foga, «è una follia. L'unica cosa ragionevole sarebbe stata di chiamare la polizia. Ma tu sei quasi uscita di testa all'idea.»

«Lo so. Io...»

«E adesso» proseguì Sam, «dobbiamo portare a termine la cosa. Qualunque altra decisione provocherebbe degli interrogativi, domande alle quali non potremmo rispondere. Ci siamo spinti troppo in là, Anna. Non possiamo più tornare indietro.»

Lei annuì. Aveva ragione. Adesso sarebbe stato peggio che rivelare la cosa all'inizio. E già in quel caso sarebbe stato problematico.

«Aiutami» disse Sam tornando verso la macchina.

Utilizzando le loro ultime forze trascinarono fuori dall'auto il corpo avvolto nella coperta. O Logan era sempre più pesante, oppure loro erano sempre più fiacchi. Sembrava quasi che il morto si rifiutasse di essere spostato e buttato tra i cespugli da qualche parte nelle brughiere dello Yorkshire.

Non te lo meriti neppure, pensò Anna, una cosa del genere non sarebbe dovuta accadere.

Quando furono riusciti a scaricarlo dalla macchina, lo fecero rotolare fino al ciglio della scarpata. Poi tolsero la coperta, perché Sam temeva che potesse dare nell'occhio.

«È grande e di colore chiaro» disse. «Magari qualcuno potrebbe notarla.»

Logan portava jeans scuri e un pullover nero. Secondo Sam si sarebbe confuso abbastanza bene con l'ambiente circostante.

Gli frugarono nelle tasche in cerca del cellulare, ma non lo trovarono.

L'assassino se l'era portato via? si chiese Anna turbata. Sul telefono erano registrate le sue chiamate. Questo le faceva temere che potesse essere stabilito un collegamento tra di loro.

Spinsero Logan oltre il ciglio. Rotolò lungo il pendio scomparendo alla loro vista. Sam illuminò il fondo della scarpata con la torcia.

«È rimasto impigliato tra i cespugli. Ci è finito sopra.»

Era un mistero come fosse possibile che un uomo tanto alto e pesante non avesse spezzato i cespugli finendo in mezzo ai rami, ma in effetti era ancora ben visibile.

«Cazzo!» Sam consegnò la torcia ad Anna. «Fammi luce. Provo a scendere.»

«Ma è pericoloso, se…»

«Hai un'idea migliore?» le chiese lui brusco.

Lei non osò dire altro. Lui era in collera. E non poteva biasimarlo.

Più che scendere, Sam scivolò lungo la scarpata. I piedi non avevano appiglio tra le chiazze di neve, l'erba bagnata e la terra soffice. Arrivò velocemente in fondo e si mise a strattonare Logan, ma i rami dei bassi arbusti si dimostrarono incredibilmente tenaci e sostenevano il corpo di Logan come una solida amaca. Anna continuò a tenere stretta la torcia per tutto il tempo, anche se aveva le mani intirizzite e ormai insensibili. Si era dimenticata di prendere i guanti. E una sciarpa. Un berretto. La pioggia ghiacciata la sferzava implacabile.

Devi resistere, mormorò a se stessa, devi resistere.

Alla fine Sam riuscì a spostare Logan tra i cespugli in modo che fosse invisibile dall'alto. Se non altro non si capiva che la massa sottostante era il corpo di un uomo. Anna non sapeva se sarebbe stato così anche di giorno. Potevano solo sperare che il cadavere non venisse ritrovato. E, se invece fosse successo, che non ci fossero tracce da seguire.

Sam iniziò la risalita, che si rivelò estremamente difficile. Continuava a perdere la presa sul terreno fangoso e a scivolare all'indietro. Cercava di aggrapparsi a ciuffi d'erba, rami e sassi, ma spesso cedevano oppure gli scivolavano tra le dita. Anna lo sentiva ansimare. Doveva essere sfinito. Insieme alla paura, il freddo e lo sgomento, lei era tormentata dai sensi di colpa. Non avrebbe mai dovuto trascinarlo in quella storia.

Quando dopo un tempo interminabile raggiunse la strada, cadde a terra dove rimase immobile per qualche secondo. Aveva il respiro affannato. Cercò di alzarsi per ben due volte, crollando a ogni tentativo. Quando finalmente si rimise in piedi, disse soltanto: «Andiamocene da qui».

Anna si mise al volante, perché Sam era troppo debilitato. Si sentiva un po' più libera, perché non c'era più un morto in macchina. Ma sapeva che non erano ancora arrivati alla fine della storia. Sam avrebbe preteso di sapere perché l'idea di chiamare la polizia la terrorizzasse tanto. Avrebbe preteso una spiegazione. E lei che cosa avrebbe dovuto dirgli?

Dopo essersi sbarazzati della coperta insanguinata lanciandola dietro una siepe, proseguirono fino a casa di Sam. Di tacito accordo avevano deciso di lasciare l'albero di Natale appoggiato sul retro della casa di Anna, perché nessuno di loro aveva la forza di fare qualcosa, men che meno di trasportare un pesante abete. Giunti all'appartamento, Sam si chiuse in bagno a fare una doccia bollente. Quando uscì Anna vide i graffi che aveva sulle guance e le tracce di sangue sulle mani e le braccia causate dai rami spinosi dei cespugli. Era stanco morto.

«Due persone assassinate» disse. «Diane e questo Logan. Deve esserci un collegamento e tu lo conosci e ne sei terrorizzata. Anna, in questo momento sono sfinito, ma domattina voglio sapere tutto. Capito? Era il nostro accordo e mi racconterai tutto.»

Lei annuì.

Mercoledì, 25 dicembre

1

Si svegliò senza sapere dove fosse né che cosa fosse successo, ma il momento di beata incoscienza passò nel giro di pochi secondi. I fatti allora si presentarono chiari davanti ai suoi occhi facendola drizzare a sedere e boccheggiare sgomenta.

Era nel letto di Caleb.

Al di là della finestra regnava il buio e Kate pensò che fosse ancora sera, ma quando trovò il cellulare, sul pavimento, mezzo nascosto sotto il letto, ebbe la prova che il nuovo giorno era già iniziato: erano le sei e mezzo del mattino. Il mattino di Natale.

Kate percepì un respiro regolare accanto a sé. I suoi occhi erano così abituati all'oscurità che riconobbe la forma di Caleb. Era di schiena, le braccia incrociate dietro la testa, in un gesto di abbandono e fiducia completi. Dormiva profondamente.

Kate era tormentata da una leggera emicrania e ripensò al whisky bevuto troppo in fretta e per di più a stomaco quasi vuoto. In realtà non aveva dimenticato del tutto gli avvenimenti della serata, ma li ricordava in maniera un po' annebbiata. Era l'unica spiegazione per quello che era successo…

Erano andati a letto insieme. Lei e Caleb.

Se c'era qualcosa nella sua vita che aveva archiviato con l'etichetta *impossibile* era questo: la speranza che un giorno Caleb vedesse in lei qualcosa di diverso da un'abile collega, che la potesse considerare una persona importante, a cui affezionarsi.

La speranza di poter essere per lui una donna desiderabile.

E adesso era successo per davvero, e se qualcuno avesse chiesto a Kate come fosse stato per lei, avrebbe risposto: «Sono state le ore più belle della mia vita».

Ma nello stesso tempo era sconvolta. Verso se stessa e verso Caleb. Perché entrambi avevano ceduto alla tentazione di un attimo, dopo aver bevuto troppo, e perché si rendeva perfettamente conto che Caleb si sarebbe pentito del proprio gesto e che il rimorso sarebbe stato la più mite delle sue emozioni. Lui avrebbe avuto soprattutto paura. Che Kate potesse fraintendere, che si aspettasse troppo, che si immaginasse la presenza di sentimenti autentici laddove da parte sua c'erano solamente solitudine, paura del futuro, insicurezza. Lui aveva avuto bisogno di una compagna la sera prima. Kate non si faceva illusioni: qualunque donna che per qualche motivo si fosse imbattuta nel suo orribile nuovo appartamento, lui avrebbe cercato di portarsela a letto. E avrebbe avuto successo nella stragrande maggioranza dei casi.

Doveva andarsene. Il prima possibile e soprattutto prima che lui si svegliasse. Non voleva vedere il lampo di paura nei suoi occhi, non voleva sentirlo farfugliare mentre cercava di mettere in chiaro che quanto successo quella notte non era la base di una relazione seria. Lo sapeva, ma non voleva sentirselo dire da lui. Non nel modo che avrebbe usato. Perché le voleva bene. Perché sicuramente non avrebbe voluto ferirla.

La situazione sarebbe stata intollerabile.

Cercando di non fare rumore tastò il pavimento accanto al letto dove prima aveva raccolto il cellulare e si ritrovò tra le mani qualcosa che sperava fossero i suoi vestiti. Poi si spostò in bagno. Rinunciò a una doccia, da una parte perché avrebbe fatto troppo rumore, dall'altra perché avrebbe dovuto spostare dalla cabina tutta una serie di scatoloni. Per fortuna aveva recuperato tutti i propri indumenti e si rivestì a tempo di record. Si guardò nello specchio: il viso era stravolto, ma non così stanco e gonfio come le capitava normalmente di mattina presto. Anzi, era... fresco e vigile.

«Oddioddio» mormorò facendo involontariamente un sorriso. Aveva una sensazione liquida nel corpo e anche il cuore sembrava sul punto di sciogliersi, ed era proprio qui che si annidava il pericolo.

Smettila di sogghignare come un'ebete, si ordinò.

Non trovando spazzole o pettini, si sistemò i capelli alla meno peggio con le dita. Poi uscì di soppiatto dal bagno. Con la torcia del cellulare si fece largo nel labirinto degli scatoloni fino alla porta d'ingresso. Tirò un sospiro di sollievo quando fu fuori.

Caleb non si era accorto di niente.

Il parabrezza dell'auto era ghiacciato e perse una decina di minuti per grattare via lo strato di brina. Tutto era immobile e silenzioso. A parte i gabbiani che si libravano in un cielo che si andava rischiarando molto lentamente. E a parte il lieve sospiro delle onde che si infrangevano sulla spiaggia. Le case tutt'intorno erano buie. Una mattina di Natale che non era ancora iniziata.

Guidò per le strade deserte analizzando le proprie emozioni. Un misto di incredulità e stupore. E anche felicità.

«Non saprei proprio» disse alla propria immagine nello specchietto.

Nel momento esatto in cui imboccava il vialetto di casa, le tornò in mente con sgomento Burt Gilligan.

Merda, se ne era completamente dimenticata. La sera prima lui doveva averla aspettata invano da Gianni, dove si erano dati appuntamento per le otto. Sotto gli sguardi impietositi dei camerieri. Kate, che era già stata scaricata diverse volte, sapeva bene quanto fosse spaventoso. Per lei era inaccettabile non presentarsi a un appuntamento senza avvisare, ed era sempre stata convinta che non lo avrebbe mai fatto a nessuno. Adesso invece era successo. Così.

«Non sei più normale» disse.

Lei non aveva il numero di Burt né lui il suo e questo rendeva la situazione ancora più imbarazzante. Non sapeva neppure dove abitasse. Ma essendo un partecipante del corso come Diane, sicuramente i suoi dati erano stati annotati in centrale.

Me ne occuperò più tardi, pensò.

Aprì la porta di casa e Messy le andò incontro miagolando a gran voce. Kate si inginocchiò ad accarezzarla.

«Buon Natale, Messy» disse. «E scusami tanto. La mia vita in questo momento è un po' sottosopra.»

Accese le luci dell'albero di Natale in salotto e girò la manopola del termostato. Andò in cucina, riempì le ciotole di Messy e si preparò un caffè. Salì in bagno con la tazza fumante, si spogliò, osservò il proprio corpo nello specchio e si sorrise di nuovo.

Non ti innamorare, per amor del cielo, si ammonì.

Fece una lunga doccia calda, poi indossò vestiti puliti. Scese di sotto con i capelli ancora bagnati. La casa le dava un senso di calore e sicurezza. Le era capitato spesso di viverla come un luogo di solitudine, ma quella mattina non c'era traccia di tale sensazione.

E come se non bastasse, non riusciva a provare nemmeno la solita stizza natalizia.

Tutti i campanelli d'allarme dentro di lei cominciarono a suonare.

Doveva fare qualcosa di sensato, soprattutto non doveva pensare alla notte appena trascorsa e a Caleb. Doveva mettersi in contatto con Burt e scusarsi con lui. Ovviamente non poteva dirgli la verità. La macchina aveva avuto un guasto? Aveva fatto un incidente a causa del ghiaccio? In quel caso avrebbe potuto almeno chiamare al ristorante e fargli riferire la cosa.

Era molto imbarazzante e penoso, ma sperava che nel momento decisivo le sarebbe venuto in mente qualcosa di plausibile. Di sicuro poteva scordarsi un'amicizia con Burt. Lui non avrebbe mai accettato di chiederle un secondo appuntamento.

Valutò se fosse il caso di andare in centrale a rintracciare l'indirizzo, ma poi ci ripensò con un certo sgomento. L'agente di turno avrebbe cercato senza dubbio di intavolare una conversazione, e inoltre non sapeva come avrebbe risposto se le fosse stato chiesto come mai non passasse il Natale a casa con la famiglia (quale famiglia?) invece di lavorare… e preferiva non dover dare spiegazioni. Tantomeno dire la verità.

Alla fine si disse che poteva fare un salto da Anna. Ricordava ancora quello che aveva detto Pamela. Anna viveva a Harwood Dale, lo stesso paese di Diane Bristow. *La prima casa venendo da Scalby per la Harwood Dale Road*, aveva detto l'ispettore. Doveva essere facile. La cosa positiva era che finora Anna la conosceva solo come una iscritta al corso e non come poliziotta. Poteva raccontarle della gaffe con Burt – senza accennare alla storia con Caleb – e magari Anna l'avrebbe invitata a bere un tè e le avrebbe fornito qualche informazione. Su Diane e sul suo misterioso amico.

Ovviamente la mattina di Natale non era il momento migliore per una visita a sorpresa, ma alla peggio Anna avrebbe potuto darle l'indirizzo di Burt dalla porta.

Infilò stivali e cappotto e tornò verso la macchina. Nel frattempo la luce del giorno era un po' più forte. Anche le finestre delle altre case erano illuminate. Dappertutto in città i bambini scartavano con ansia i loro regali. Poi sarebbero state consumate esorbitanti quantità di cibo e fino a sera nessuno si sarebbe più mosso. Kate non aveva idea di che cosa avrebbe mangiato quel giorno, ma non aveva fame e non era triste.

Quel giorno si sentiva fluttuare. Sì, era proprio questa la sensazione che aveva. Di fluttuare nell'aria.

La macchina di Anna era parcheggiata di fronte a casa, quindi doveva esserci. Quando scese dall'auto proprio davanti alla catapecchia malandata, che nessuno avrebbe potuto definire casa, si ritrovò a pensare che tutto lì aveva un'aria trasandata, provvisoria, priva di calore. Il fango gelato sullo spiazzo anteriore, i pochi arbusti di conifere. Non c'erano vasi di fiori da seminare d'estate, niente che potesse essere usato come terrazza dove collocare qualche mobile da giardino. Sul tetto mancavano diverse tegole, la vernice sulla porta di casa era scrostata. Gli infissi sembravano pieni di spifferi. Nell'aria risuonavano le strida degli uccelli e la brughiera spoglia e scura sembrava estendersi a perdita d'occhio. Forse d'estate era meglio. Ma la sensazione di ricovero di fortuna e non di casa vera e propria sarebbe comunque rimasta.

Non sembrava che Anna ci tenesse, a questa dimora.

Ma forse, si disse Kate, sto esagerando.

Bussò alla porta ma non ottenne risposta. Bussò di nuovo, stavolta più forte. La porta si mosse.

In realtà non era venuto ad aprirle nessuno. Non era stata chiusa a chiave, ed essendo solo accostata, si era aperta da sola per la spinta dei colpi di Kate.

Kate infilò dentro la testa. Faceva un gran freddo, la casa era buia e silenziosa.

«Anna?»

Nessuna risposta. Sembrava che non ci fosse nessuno. Lo stato di abbandono pareva rimbombare dalle pareti.

Dov'era Anna? Burt Gilligan aveva accennato all'esistenza di un fidanzato. Probabile che Anna passasse il Natale da lui.

Ma perché non aveva chiuso a chiave la porta? Kate aggrottò la fronte. Sapeva che spesso la gente che abitava in campagna non chiudeva a chiave, nemmeno quando andava via, ma succedeva soprattutto alle persone più anziane, animate da un'irrazionale fiducia nel prossimo, e alle quali andava tutto incredibilmente bene.

Ma Anna? Non le sembrava una persona del genere.

Kate uscì, richiuse la porta e girò intorno alla casa. Sul retro c'era un grande albero di Natale.

Una scoperta singolare, perché non si trattava di un vecchio abete secco e senza aghi, di cui ci si era sbarazzati il Natale precedente e che poi si era semplicemente dimenticato lì. Era un bell'abete, nuovo. Doveva essere stato acquistato per questo Natale. Come mai allora si trovava sul retro della casa? Quasi buttato via, in maniera frettolosa, come se non servisse più. Perché acquistare un albero così grande e sicuramente costoso per poi disfarsene così?

Kate si guardò intorno e si soffermò su una finestra al pianterreno. Erano tutte finestre a riquadri e in quella in particolare c'era un buco in uno dei vetri che era stato tappato con un panno o una coperta appallottolata per isolare almeno parzialmente dal freddo.

Kate provò un brivido in tutto il corpo, la reazione familiare che subentrava quando aveva la sensazione che ci fosse qualcosa di sbagliato.

Cercò di tranquillizzarsi: sicuramente doveva esserci una banale spiegazione. Per esempio la finestra poteva essersi rotta per sbaglio, cosa tutt'altro che improbabile dato lo stato generale di quella stamberga, e allora Anna e il suo ragazzo avevano deciso di passare il Natale da lui. Non avevano avuto voglia di caricare di nuovo in macchina l'enorme albero... o forse il fidanzato ne aveva già uno a casa... Anna aveva lasciato la porta di casa aperta per distrazione.

Kate tuttavia decise di dare un'occhiata all'interno. Come poliziotta non avrebbe avuto il diritto di farlo, ma essendo ufficialmente una delle partecipanti al corso di cucina di Anna, in un caso del genere era naturale dare un'occhiata in via amichevole.

Girò intorno alla casa e socchiuse la porta.

«Anna?»

Silenzio. Davanti a lei c'era uno stretto corridoio con alcune paia di scarpe in fila lungo una parete. Sulla destra si apriva la cucina. Era pulita e ordinata, ma nessuno aveva portato fuori l'immondizia. Il secchio aperto era pieno di barattoli di conserve e nell'aria aleggiava un odore sgradevole.

Kate andò in fondo al corridoio ed entrò in salotto, una stanza bassa e piccola con un divano, un tavolo da pranzo con due sedie, una libreria. Sul ripiano c'era la fotografia incorniciata di un uomo di bell'aspetto con un sorriso aperto. Probabilmente il fidanzato. Quello di cui Burt Gilligan si chiedeva che cosa ci facesse con una nevrotica come Anna.

Kate aprì lo sportello della stufa di ghisa in un angolo: la cenere era fredda. Nessuno l'aveva accesa da un bel po'.

Poi esaminò il vetro della finestra rotto, senza tuttavia riuscire a trovare la causa del danno. I margini dentellati del vetro erano ancora nell'infisso, il che lasciava supporre che vi era stato lanciato contro qualcosa, una pietra, una palla. Strano in una zona del genere, dove non c'erano bambini che giocavano all'aperto, e poco plausibile anche che qualcuno per divertimento avesse attraversato quei campi desolati per avvicinarsi al retro della casa.

Di nuovo quel brivido, lungo la schiena di Kate, sulle spalle, sulla nuca. Qualcuno poteva aver rotto il vetro di proposito, per aprire la finestra. La casa certo non attirava i ladri come una calamita, ma Kate sapeva che c'era gente pronta a rubare anche dieci sterline e forse meno. C'era chi uccideva addirittura per simili somme. E Anna abitava in un posto molto isolato.

Salì le scale. Di sopra c'erano una camera da letto e un bagno, entrambi minuscoli sotto le falde spioventi del tetto. La camera da letto era a posto e anche il bagno. La cesta del bucato era stracolma, come di sotto il bidone della spazzatura.

Ma il fatto che Anna non fosse così precisa con l'immondizia e il bucato non stava certo a significare che fosse successo qualcosa.

La finestra rotta? La porta di casa aperta? L'albero di Natale?

Kate scese di sotto e aprì la porticina sotto le scale che portava in cantina. Non era possibile scendere di sotto perché la scala era ostruita da un tappeto infilato appena dietro l'uscio. Kate girò l'interruttore della luce. La lampadina abbagliante indicava che la scala terminava in una stanza murata quadrangolare che doveva rappresentare l'intera cantina e dove a Kate non parve di notare nessun'altra porta. Vide uno scaffale di legno con alcuni barattoli di conserva. Per il resto non c'era niente di insolito o strano. L'aria sapeva di marcio, ma era abbastanza normale in quella stanza senza finestre.

Richiuse la porta, valutando il da farsi, quando fu interrotta dallo squillo del cellulare. Si aspettava che fosse Caleb e il cuore cominciò a batterle più forte, ma vide che il numero era quello di Pamela. Molto strano, la mattina del 25 dicembre.

Rispose. «Sergente Linville. Ispettore Graybourne, che cosa succede?»

Pamela aveva una voce stressata. «Mi rincresce chiamarla il giorno di Natale, sergente. Spero di non averla buttata giù dal letto.»

Nel suo caso sarebbe stato il letto di Caleb Hale, circostanza assai singolare da abbinare a una chiamata del suo capo. Invece era a casa di Anna Carter, tormentata da un crescente senso di inquietudine.

«Non si preoccupi, sono sveglia già da un bel po'.» Questo se non altro era la verità.

«Sergente, ho ricevuto una chiamata dai colleghi della South Yorkshire Police. C'è stato un omicidio a Sheffield. Un uomo anziano ritrovato nel suo appartamento. Di solito non avrebbe niente a che fare con noi, ma il cognome dell'uomo è Henderson. Come quello della giovane scomparsa, Mila Henderson. Potrebbe comunque trattarsi di una coincidenza, ma negli ultimi giorni i vicini avevano notato una giovane donna che presumibilmente alloggiava da lui. La descrizione corrisponde a Mila Henderson.»

«Oh...» commentò Kate. I suoi presentimenti nel caso di Mila Henderson sembravano così confermati.

«I colleghi di Sheffield stanno cercando di stabilire se il morto, James Henderson, fosse imparentato con Mila Henderson» proseguì Pamela. «Se così fosse, possiamo supporre con notevole probabilità che negli ultimi giorni avesse abitato da lui. Il fatto che sia stato assassinato rende il caso più scottante. A questo punto viene da dubitare che abbiamo a che fare semplicemente con una donna che ha tralasciato i propri doveri e non ha il coraggio di tornare a casa.»

«È quello che temo anch'io» concordò Kate. Temevo già da diverso tempo che ci fosse sotto ben altro, pensò, senza tuttavia dirlo.

«Vorrei recarmi di persona sulla scena del crimine» disse Pamela. «Avrebbe tempo di accompagnarmi a Sheffield?»

Dal momento che Caleb non sembrava intenzionato a tempestarla di telefonate per supplicarla di trascorrere il giorno di Natale insieme, tanto valeva lavorare. Forse era la cosa migliore.

«Ma certo» rispose.

2

James Henderson era stato annegato in un catino di plastica, una morte terribile contro la quale il vecchio con difficoltà di deambulazione non aveva potuto difendersi. Il catino, sempre mezzo pieno d'acqua, era in cucina, il cadavere lì accanto. Gli agenti della South Yorkshire Police non avevano toccato nulla sulla scena, ma un patologo aveva già esaminato il cadavere quando Pamela e Kate arrivarono. Kate era andata a prendere l'ispettore con la sua macchina. L'aveva trovata che l'aspettava infreddolita per strada davanti a un vecchio caseggiato del centro di Scarborough. Non sembrava in alcun modo contrariata per il giorno di Natale rovinato.

Notarono subito la gran quantità di auto della polizia davanti al palazzo alla periferia di Sheffield e faticarono a raggiungere la scena anche a causa dei nastri che delimitavano l'area. Nonostante fosse il giorno di Natale, c'erano molte persone radunate davanti al fabbricato e anche sulle scale. Quello che stava succedendo era più emozionante che scartare i regali e cuocere il tacchino. Un omicidio in mezzo a loro. Tutt'a un tratto avevano l'impressione di essere finiti nel bel mezzo di una serie poliziesca.

Pamela e Kate si fecero largo e salirono di sopra. L'ascensore era bloccato, perciò furono costrette a usare le scale. Arrivate al quinto piano furono accolte da un poliziotto che si presentò come ispettore Brian Burden della South Yorkshire Police.

«Venite» disse loro, «il morto è in cucina. Non è un bello spettacolo. Ma purtroppo fa parte del nostro lavoro.»

L'appartamento aveva un'aria trasandata e squallida e in cucina sembrava che il tempo si fosse fermato. Una cucina a gas antiquata, una madia vecchissima, un tavolo di plastica degli anni Cinquanta del secolo precedente, due sedie con l'imbottitura che fuoriusciva dal rivestimento di plastica. Un bollitore a immersione la cui vista bastava a evocare immagini di incendi. Una caffettiera di smalto.

In mezzo a tutto questo c'era James Henderson, riverso sul pavimento di linoleum coperto di grosse chiazze d'acqua. Era un uomo anziano, di corporatura esile, rannicchiato in posizione fetale con un paio di calzoni di velluto troppo grandi e un bel pullover nuovo. Al piede destro portava una pantofola di feltro logora, l'altra era finita sotto il tavolino. I radi capelli gli sparavano in tutte le direzioni. Dava l'impressione di essere inciampato e caduto in terra, non sembrava una persona priva di vita.

Accanto a lui c'era un catino pieno d'acqua. In un angolo un deambulatore.

Kate provò una stretta al cuore e dovette deglutire. Per un attimo fu assalita da un capogiro e si appoggiò alla parete per sostenersi. Erano passati quasi sei anni da quando il suo stesso padre era stato assassinato, di notte, nella cucina di casa sua. La casa dove adesso abitava Kate. Era stata la vicina a trovarlo. Kate non aveva mai visto di persona la scena del crimine, nemmeno in fotografia: Caleb Hale, all'epoca incaricato delle indagini, glielo aveva impedito e lei gliene era stata sempre grata. Anche suo padre era vecchio e impotente.

Ricacciò indietro i succhi gastrici che le erano risaliti nell'esofago. Per fortuna non aveva ancora mangiato niente, altrimenti avrebbe vomitato. Pamela le rivolse un'occhiata penetrante. «Sergente? Tutto bene?»

Lei si riscosse, scacciò energicamente l'immagine del padre che continuava a sovrapporsi alla scena reale che aveva davanti. Era qui per lavorare. In quel momento, in quel luogo la sua storia non aveva alcuna importanza.

«Tutto bene» confermò. Immaginava di essere sbiancata in viso, ma per fortuna Pamela non fece altre domande.

«Il nostro medico legale ha stabilito come causa della morte l'annegamento» disse Burden. «Presumiamo che la testa di Henderson sia stata spinta sott'acqua. A quanto sembra ripetutamente, e solo alla fine il colpevole ce lo ha tenuto fino alla morte.»

«Per fare una cosa del genere occorre molta forza» osservò Pamela.
Burden annuì. «Proprio così. Pur essendo anziano e fragile, Henderson deve avere opposto una resistenza disperata. La cucina è inondata, come vedete. È stata un'ardua lotta.»
«Crede che fossero in più d'uno?» chiese Pamela.
Burden inclinò la testa pensieroso. «O erano in molti, oppure era uno solo ma molto forte.»
«Chi lo ha trovato?» si informò Kate.
«L'incaricato che distribuisce il cibo oggi è passato presto» spiegò Burden. «In genere consegnano nel tardo pomeriggio, ma siccome oggi è Natale… Henderson non ha aperto. Dapprincipio l'addetto ha pensato che fosse andato via per Natale, ma non era mai successo, e poi non aveva avvisato per cancellare la consegna del cibo. Allora ha suonato all'appartamento vicino. La giovane coppia che ci vive ha avvisato il custode che ha aperto l'appartamento. E… ecco.»
«Secondo il medico legale, a quando risale la morte?» chiese Kate.
«Sicuramente a ieri» rispose Burden. «Ieri intorno a mezzogiorno. Alle dieci e mezzo del mattino era ancora vivo. Quando gli hanno portato da mangiare era tutto a posto. Deve essere successo poco dopo.»
«Secondo lei la scomparsa Mila Henderson potrebbe aver soggiornato qui?» Il cognome Henderson era molto comune. Kate sapeva che poteva benissimo trattarsi di una semplice omonimia. Tuttavia aveva la sensazione che ci fosse un legame.
Burden annuì. «Due inquilini del palazzo hanno riferito che negli ultimi giorni c'era una giovane donna che viveva a casa di Henderson. L'hanno incontrata per le scale. La descrizione corrisponde a quella della donna che state cercando.»
«Vorrei mostrare a quelle persone una foto di Mila Henderson» intervenne Pamela.
Burden rivolse un cenno a un giovane agente in uniforme che era sulla soglia dell'appartamento. «Costing, accompagni l'ispettore Graybourne dai due testimoni. Si tratta di un riconoscimento per foto.»
Pamela e il giovane poliziotto uscirono dall'appartamento.
Kate rimase a esaminare la scena. Quella natura morta che raccontava la storia di una fine atroce.

«Avete già raccolto le impronte?» chiese.

«Non abbiamo ancora terminato» rispose Burden. «Nell'appartamento ci sono impronte che non appartengono a Henderson. È probabile che si tratti dell'addetto dei servizi sociali, ma dobbiamo fare un confronto. E della giovane visitatrice di Henderson, qualunque sia la sua identità. Sulla tinozza ci sono solo le impronte di Henderson. Ha afferrato il bordo probabilmente nel disperato tentativo di liberarsi. Per il resto non abbiamo trovato nient'altro. Direi che il colpevole indossava dei guanti.»

«Se Henderson non è stato subito annegato, ma spinto più volte sott'acqua, potrebbe trattarsi di una specie di tortura?» chiese Kate.

«È possibile.»

«Forse per farlo soffrire. Oppure per ottenere da lui delle informazioni.»

Burden si strinse nelle spalle. «Praticamente non sappiamo niente.»

«I vicini hanno detto qualcosa sulla durata del soggiorno della ragazza?»

«Sono entrambi sicuri di averla vista già all'inizio della settimana scorsa. Questo ovviamente non esclude che si trovasse qui anche da prima. I miei agenti stanno ancora interrogando gli inquilini del palazzo.»

Kate annuì pensierosa. «Se ne va da Scarborough. Senza alcun preavviso. Non torna più indietro. Se James Henderson era davvero un suo parente, forse era venuta a nascondersi qui. Ma perché?»

«Stando a quello che ho letto» disse Burden, «l'anziana signora che accudiva è caduta ed è morta per le ferite perché Mila Henderson non era in casa. La vostra ipotesi non è che non si sia più fatta viva per questo? Perché non voleva essere accusata.»

«È possibile. Ma resta la domanda del perché se ne sia andata. Qualcosa o qualcuno l'ha fatta allontanare?»

«Intende una specie di fuga?»

«È probabile che sia stata qui. Ora è scomparsa. Chi la ospitava è stato ucciso. A me non sembra più che cerchiamo una giovane donna che ha trascurato i propri doveri e vuole sfuggire alle conseguenze del proprio gesto» ragionò Kate.

Pamela tornò accompagnata da una giovane con leggings e felpa, i capelli lilla e un piercing al naso. Aveva gli occhi così cerchiati di kajal che sembrava impossibile riuscisse a vedere qualcosa. Teneva in braccio un neonato dall'aria apatica.

«Sergente, lei è Bonnie Wallister» disse l'ispettore. «Ha identificato Mila Henderson dalla foto come la donna che ha abitato qui per almeno una settimana.»

Bonnie annuì zelante. Si capiva che questa mattina di Natale corrispondeva proprio ai suoi gusti. «Era sicuramente la donna della foto. L'ho incontrata più volte sulle scale.»

«Le ha anche parlato?»

Bonnie scosse la testa dispiaciuta. «Ci siamo solo scambiate un saluto. Nient'altro. L'ho sempre trovata piuttosto buffa.»

«In che senso?» la incalzò subito Kate.

La giovane fece un'esclamazione sprezzante. «Era sempre così timida. Non guardava nessuno negli occhi. Se ne andava in giro sempre a testa bassa, mugugnava un saluto senza nemmeno fermarsi... era strana. Non voleva entrare in contatto con nessuno.»

«A lei che impressione ha fatto?»

Bonnie guardò Kate. «Come?»

«Sì, che cosa ne pensava? Che era timida? Oppure voleva stare per conto suo? Che aveva qualcosa da nascondere... In che modo si spiegava un simile comportamento?»

Bonnie ci pensò su con grande concentrazione. Era chiaro che voleva dare la risposta giusta. «Sinceramente ho sempre pensato che fosse scema» disse alla fine. «Ma a ben vedere...»

Tutti la fissavano trepidanti.

«Aveva paura» proseguì Bonnie. «Credo che avrebbe preferito essere invisibile. Avrebbe voluto rintanarsi da qualche parte dove non c'è anima viva. Sì» annuì per sottolineare e confermare ciò che stava dicendo. «Aveva una paura fottuta!»

Kate e Pamela erano sedute nella macchina di Kate nel parcheggio davanti ai palazzoni. Avevano preferito non ostacolare gli agenti della scientifica che erano ancora al lavoro nell'appartamento. Si erano messe d'accordo con Burden per tenersi in stretto contatto.

«Una singolare costante» osservò Pamela. «Tutte le volte che questa Mila Henderson scompare da un posto, si lascia dietro una persona anziana morta.»

«Non mi sembra così lineare» obiettò Kate. «Patricia Walters è caduta. Perché girava per casa da sola. Persino la figlia ne è convinta. James Henderson al contrario è stato torturato a morte.»

«La causa della morte di Patricia Walters è sembrata evidente fin dal principio» ragionò Pamela. «Ma come facciamo a sapere che non sia stata spinta giù dalle scale da qualcuno?»

«Non lo sappiamo» riconobbe Kate. «Ma il medico che ha firmato il certificato di morte...»

Pamela la interruppe. «Lo so, ha dichiarato che si è trattato di un incidente. Perché sembrava plausibile. Patricia Walters era disabile. Non si sarebbe dovuta avvicinare da sola alle scale. La sua badante l'aveva piantata in asso, lei aveva fame e sete. Per questo ha tentato di scendere di sotto e le cose sono andate storte. Con un tragico esito. Nessuno ha messo in discussione questa ricostruzione, neppure noi.»

«Non saremmo neppure stati informati» osservò Kate, «se la figlia non avesse voluto che la badante venisse arrestata e processata a qualunque costo.»

«La scientifica non ha mai raccolto prove in quel caso» disse Pamela.

«E adesso non avrebbe molto senso. La figlia abita in quella casa e sta sistemando e spostando roba di qua e di là. Non otterremmo più indizi utili.»

«Se ammettiamo che la morte di Patricia Walters non sia stata accidentale» proseguì Pamela, «allora rimangono solo due possibilità: o si è trattato di uno sconosciuto, e allora sorge spontanea la domanda: come è entrato in casa? Dovremmo mandare degli agenti per verificare se ci sono tracce di scasso. Può darsi che la figlia non se ne sia accorta. A proposito: come è entrato a casa di Henderson lo sconosciuto?»

«Ha suonato il campanello» disse Kate. «Henderson gli ha aperto ignaro di tutto. Soprattutto se il colpevole si è presentato subito dopo l'addetto alla distribuzione dei pasti. Forse ha pensato che si fosse dimenticato qualcosa.»

«D'accordo. E ora la seconda possibilità: l'assassina è Mila.»

«Mila ha spinto Patricia Walters giù dalle scale e poi ha brutalmente annegato il suo parente dopo essere stata sua ospite in tutta tranquillità per una settimana?» chiese perplessa Kate. «Perché? E ne avrebbe avuto la forza?»

«Potrebbe aver avuto un complice.»

«E questo come si concilia con la sua paura? La coinquilina è stata molto convincente al riguardo.»

«In ogni caso è bizzarro, non trova? Una vecchia morta. Un vecchio morto. E Mila sempre sulla scena in precedenza, per poi scomparire senza lasciare tracce. Dubito che tornerà in questo appartamento. Non abbiamo trovato niente che fosse riconducibile a lei... È svanita nel nulla. Come è successo a Scarborough.»

«Perché voleva fuggire?» ipotizzò Kate. «Perché chi la cerca l'ha quasi trovata?»

«Oppure perché è lei l'assassina» disse Pamela.

Le due donne si scambiarono un'occhiata. «Stiamo cercando una pericolosa assassina» disse l'ispettore, «oppure...»

«Oppure una donna la cui vita è in pericolo» concluse Kate. «Dobbiamo risalire all'ambiente di Mila Henderson. Parenti, amici. Dove potrebbe cercare riparo adesso? Esiste la possibilità che anche chi la ospita sia in pericolo.»

Pamela annuì. «Torniamo indietro. Qui per il momento abbiamo finito.»

Kate accese il motore. «Tra l'altro avrei bisogno di un numero di telefono» disse in tono casuale. «Di uno dei partecipanti al corso di cucina. Burt Gilligan.»

«Come mai?»

«Un'idea che vorrei verificare. Probabilmente non porta da nessuna parte.»

Pamela tirò fuori dalla borsa il portatile. «Ho qui tutti gli indirizzi e i numeri di telefono. Glielo mando per mail.»

«Grazie. Per caso ha anche quello di Anna Carter?»

«Sì.»

«Ne avrei bisogno. E anche l'indirizzo del suo fidanzato.»

Pamela le rivolse un'occhiata scettica. «Mi terrà informata, vero sergente?»

«Certamente» la tranquillizzò Kate.

Le strade erano deserte. In tutte le case le luminarie natalizie erano accese, ma ciò che di notte sarebbe sembrato festoso e accogliente nella livida luce di un giorno che non era né luminoso, né buio, assumeva un'aria tetra. Kate pensò alla serata che l'attendeva. Pensò a quella precedente e avvertì una fitta di nostalgia simile a un lieve dolore. Non era sua intenzione soffrire, ma probabilmente la cosa non era più sotto il suo controllo.

Dopo aver lasciato Pamela, rimase ancora un po' ferma sul ciglio della strada a controllare il telefono. La mail di Pamela con i numeri di telefono di Burt e Anna e l'indirizzo di un certo Samuel Harris di Scarborough era arrivata. Insieme ad altre due meno importanti. C'era anche un messaggio WhatsApp di Colin, che le augurava Buon Natale con un selfie che lo ritraeva insieme alla sua fidanzata Xenia davanti a un abete sontuosamente addobbato.

Nient'altro.

Come aveva previsto, Caleb Hale non si era fatto vivo.

Dopo l'incidente con la catenina, Mila aveva iniziato a evitarmi in tutti i modi possibili. Non andavamo più insieme a scuola, perché per il compleanno aveva ricevuto in regalo una bicicletta e mi sfrecciava davanti tutte le volte che l'aspettavo al solito incrocio. Non riuscivo a intercettarla nemmeno alla fine delle lezioni. Sarei dovuto andare in bicicletta anch'io, ma a causa della mia stazza era uno sport impossibile per me e preferivo non immaginare che aspetto avrei avuto in sella a un coso del genere. Per la frustrazione mangiavo più che mai e avevo preso altri dieci chili. Il medico di famiglia mi aveva parlato con estrema preoccupazione della gravità del mio stato, ma a parte instillarmi una collera feroce nei suoi confronti, non era servito a niente. Che cosa si credeva? Che la sua lezioncina mi avesse insegnato qualcosa di nuovo? Che senza di lui non avrei saputo quanto fosse negativa l'obesità per tutto il mio sistema? Organi, articolazioni, circolazione. Credeva che dopo la sua ramanzina sarei tornato a casa dicendo «Toh, che strano, non lo sapevo, il mio stile di vita è malsano. Santo cielo, se qualcuno me lo avesse detto prima! D'ora in poi cambierò. Basta dolci, niente. Da oggi dimagrirò!»

Maledizione, se ci fossi riuscito, se ci fosse stato un modo per riuscirci, avrei fatto di tutto per trasformarmi in un principe bellissimo inseguito da uno stuolo di ragazze, e di cui tutti volevano essere amici.

Ma non funzionava così. Avevo provato senza troppa convinzione a iniziare qualche dieta, avevo tentato con la zuppa di cavolo, con intrugli disgustosi della farmacia, con le proteine, senza carboidrati, senza grassi... E nel giro di breve tempo fallivo daccapo, nonostante il sostegno incrollabile della mamma. Comprava tutte quelle porcherie che promettevano magrezza eterna, e non si stancava mai di prepararmi le insipide ricette che mi erano concesse. Non perdeva mai la fiducia in me, e io continuavo a deluderla. Mio padre assisteva a tutto quanto in silenzio. Non si illuse neppure per un istante che potessi farcela. Purtroppo alla fine aveva sempre ragione lui.

Un paio di volte riuscii a incrociare Mila in un angolo del cortile e a piazzarmi davanti a lei senza lasciarle via di fuga.

«Non avrei dovuto baciarti» le dissi. «Ti ho spaventata. Sono stato troppo impulsivo.»

«Non mi hai spaventato» rispose. «Ma non mi va. Non con te. Non voglio esserti amica né avere una storia con te.»

Ogni sua parola era uno schiaffo.

«Ma ti ho chiesto scusa» dissi.

«Sì, va bene. Ma non mi va lo stesso. Non l'ho mai voluto.»

«Ah, non l'hai mai voluto?» Ero piuttosto risentito. «Andavamo a scuola sempre insieme. E anche al ritorno. Tutte le mattine mi aspettavi. Ho avuto l'impressione che ti interessassi.»

«Hai frainteso tutto» disse. «Volevo solo essere gentile. Purtroppo mi hanno educata così. Chiaramente non è sempre un vantaggio.»

Fece per superarmi ma, con un gesto disperato, l'afferrai per un braccio.

«E se dimagrissi?» le chiesi. «Sul serio, per te lo farei. Per te ci riuscirei.»

Lei cercò di liberare il braccio, senza successo. La mia stretta era troppo salda.

«Non mi interessa se dimagrisci o no» disse. «Non ti voglio e basta. Ti prego di rispettare la mia decisione una volta per tutte. E lasciami il braccio!»

Nel frattempo qualcuno ci stava guardando. La lasciai libera controvoglia.

«Rimarrai da sola» le predissi. «Per tutta la vita. Tu dai una speranza alle persone e poi le deludi. Questo ti rende molto antipatica. Nessuno ama le persone così.»

«Non ti ho mai dato nessuna speranza!» mi gridò piena di rabbia.

Il fatto che si difendesse con tanta violenza ai miei occhi dimostrava i suoi sensi di colpa.

«Finirà molto male per te» le dissi.

Lei scappò via. Io colsi occhiate impietosite e sarcastiche da parte di un gruppo di studenti poco distanti.

«Fatty è convinto sul serio di poter rimorchiare una ragazza» disse uno di loro. «Ma nessuna ha gusti così orribili.»

Risate di scherno. Finsi di non essermi accorto di niente, ma mi sentii avvampare in faccia. Non sapevo chi odiassi di più: Mila, la mia compagna dal cuore di pietra, la vita, me stesso. Probabilmente tutti allo stesso modo. Dentro di me ribolliva un unico grande miscuglio di disperazione, dolore e odio, una miscela travolgente, esplosiva. Mi accorsi di percepire in modo particolare l'odio, era il catalizzatore di tutte le altre emozioni.

Cominciai a potenziarlo, per soffocare il dolore. Dopo una lunga estate calda, durante la quale compii quindici anni - una ricorrenza che come al solito festeggiai solo con i miei genitori e una grande torta alla panna sulla quale mio padre fece battute allusive - in autunno tornai a scuola. Più grasso che mai, più pieno di odio che mai.

Mila non c'era più.

All'inizio pensai che fosse malata, ma il quarto giorno, vedendo che era sempre assente, chiesi notizie alla nostra referente di classe. «Che cosa è successo a Mila? È malata?»

Madame du Lavandou (era anche la nostra professoressa di francese e io la trovavo orribile, ma non era popolare neanche tra gli altri compagni di classe) mi guardò con freddezza. Faticava sempre a nascondere il ribrezzo che provava per me.

«No, Mila non è malata. Si è trasferita insieme a sua madre.»

«Cosa?» Ero sconvolto. Mila era andata via? Così, senza dirmi niente? Non poteva essere vero.

«Non ci credo» dissi.

Madame du Lavandou non mi degnò neppure di un sorriso. «Puoi crederci oppure no. Resta comunque il fatto che Mila non tornerà.»

«A me l'avrebbe detto» insistetti.

«Non ha detto niente a nessuno» replicò la professoressa.

«E come mai?»

«Probabilmente puoi arrivarci da solo.»

Non capivo che cosa volesse dire. «Lei sa dov'è andata?»

«Mi è stato chiesto di non dare informazioni al riguardo.»

«Ma perché… non capisco… perché se ne sono andate?»

«Sua madre ha ricevuto un'ottima offerta di lavoro» disse Madame du Lavandou e, per dimostrare che la nostra conversazione era terminata, cominciò a sfogliare un quaderno sulla cattedra.

«Ma… madame… non potrebbe darmi…?»

Lei scosse la testa. «No, non posso. Mrs. Henderson, la madre di Mila, e io abbiamo parlato a lungo. Da quando è qui Mila si sente perseguitata e infastidita da te. Mi ha fatto capire chiaramente che non vuole la tua amicizia, né tantomeno una relazione più profonda con te. Tu non hai mai rispettato i suoi desideri, hai continuato a importunarla. È contenta di aver avuto la possibilità di andarsene da qui, e ha chiesto espressamente che nessuno venga a sapere dove abitano adesso.»

Sentivo il sangue scrosciarmi nelle vene. «Io non l'ho importunata.»

Madame du Lavandou mi guardò spietata e senza la minima comprensione. «Certo che lo hai fatto. A tale proposito do pieno credito alla versione di Mila e di sua madre. Per te è molto difficile trovare degli amici, o meglio: è praticamente impossibile. Mila è una ragazza simpatica, timida e molto educata. Tu hai approfittato di queste sue caratteristiche e le hai sfruttate a tuo vantaggio. Mila era troppo gentile per respingerti subito in maniera decisa e tu non hai voluto cogliere i suoi segnali. Probabilmente a un certo punto ti sei convinto da solo che provasse qualcosa per te, ma credimi: non è affatto così.»

«Lei... questo non lo può sapere...»

«Ti conosco. E conosco altri come te. Tipi che non sanno accettare di essere respinti. Purtroppo però è quello che ti succede sempre. Con Mila hai potuto fingere per un po' che stavolta le cose sarebbero andate diversamente, ma soltanto perché hai fatto finta di non notare tutte le sue caute allusioni. Ora che è chiaro che lei non ti vuole, non riesci ad accettarlo. Stai pur certo che non ti rivelerò il luogo dove si è trasferita. Non escluderei...» Si bloccò.

«Cosa?» chiesi. Stordito. Colpito. Attonito.

«Non escluderei che potresti rappresentare un pericolo per lei» dichiarò la professoressa.

Io la guardai sconcertato. Ma di che cosa parlava?

Però in effetti aveva colto nel segno e non impiegai molto tempo a capirlo: io rappresentavo un pericolo per Mila.

Da quel momento cominciai a darle la caccia.

Seconda parte

Giovedì, 26 dicembre

1

Sue Raymond era furibonda, ma cercò di mantenere la calma, per non dare in escandescenze. Sapeva che aveva la tendenza a farlo, anche se si trattava di Wayne, al quale in realtà voleva bene.

Soprattutto se si trattava di Wayne.

Il 24 dicembre erano usciti a cena con i genitori di lui e il 25 avevano passato la giornata in casa: lei, Wayne e la piccola Ruby, che compiva giusto sei mesi quel giorno. Si erano seduti intorno all'albero a scartare i regali, e fin dal mattino Sue e Wayne avevano bevuto spumante mangiando tramezzini al salmone. A mezzogiorno avevano pranzato con tacchino e patate arrosto e altro spumante, e il pomeriggio avevano ascoltato il discorso della regina alla televisione mangiando plum pudding, sebbene fossero già nauseati da tutta quella abbuffata. Le candeline elettriche sull'albero erano rimaste accese per tutto il giorno e Ruby aveva ciangottato allegra tra sé, ma a partire dal discorso della sovrana Wayne non era più riuscito a nascondere il cattivo umore che lo tormentava fin dal mattino. Non era particolarmente amante del Natale e quando la vita in famiglia si faceva troppo soffocante, si innervosiva. In un modo o nell'altro aveva superato la ricorrenza, ma quel giorno aveva annunciato di buonora la sua intenzione di andare alla baracca con i ragazzi. Sue supponeva che non si trattasse di una decisione impulsiva, ma di una cosa pianificata da tempo.

«Un paio di giorni solo per noi uomini» le disse, con l'aria di chi avrebbe tanto preferito darsi alla fuga all'istante.

I ragazzi erano tre ex compagni di scuola, con i quali Wayne aveva condiviso gioie e dolori e che erano una spina nel fianco per Sue, dal momento che in loro compagnia Wayne beveva troppo, guidava troppo veloce e bazzicava locali notturni di dubbia fama. Quasi locali a luci rosse. Sue detestava che ci andasse. Questa volta però, lui aveva parlato della baracca. Era una capanna in legno nelle Yorkshire Dales che apparteneva al padre di uno degli amici. Sue non si faceva illusioni: Wayne si sarebbe sbronzato fino a perdere i sensi anche lì, ma se non altro non ci sarebbero stati bar o night-club nei dintorni. Avrebbero giocato a carte, bevuto, dormito. Il tutto sentendosi come tre avventurieri che sfidavano i pericoli della natura, incuranti del fatto che non si poteva paragonare una comoda e ampia casetta di legno con una cantina ben fornita, un grande camino e morbidi letti con un corso di sopravvivenza in mezzo alla natura selvaggia. Ma loro la pensavano diversamente.

Com'è possibile convincersi di simili baggianate, pensò furibonda, e crederci davvero!

Aveva cercato di persuadere Wayne a rimandare «l'avventura» di qualche giorno almeno.

«In fondo è ancora Natale» gli aveva detto, constatando scioccata di avere già le lacrime agli occhi. «È giusto passarlo in famiglia!»

«Oggi è Santo Stefano» aveva obiettato Wayne. «Tecnicamente non è più Natale.»

«Ma fa sempre parte delle feste!»

«Per la miseria, Sue, non farmi arrabbiare. Ho celebrato il Natale per due giorni, più di così non ce la faccio. L'albero, la musica, tutti i festeggiamenti… a un certo punto arriva il momento di dire basta!»

Aveva fatto i bagagli, sollevato in aria Ruby facendola ridere di felicità e dato un bacio fugace a Sue. «Ciao, tesori miei. Ci rivediamo domenica!» Detto questo era uscito. Sue aveva sentito il rombo del SUV. Wayne si era regalato quella macchina pacchiana a settembre per il suo compleanno, chiedendo un prestito che avrebbe rimborsato nel giro di qualche anno.

Sue prese in braccio Ruby e la dondolò qua e là cercando di trattenere le lacrime e soffocare sul nascere la rabbia. Farsi consumare dalla collera mentre Wayne era irraggiungibile nelle Dales, dove i cellulari non avevano campo, a godersi una vita da scapolo, sarebbe stato deleterio per lei, e non per lui. Lui non se ne sarebbe reso conto e lei si sarebbe mangiata il fegato invano fino allo sfinimento. Farla finita una volta per tutte, andarsene via con Ruby e non farsi trovare al suo ritorno, questa sarebbe stata la mossa giusta! Ma dove andare? E voleva davvero distruggere il suo matrimonio? Wayne era il suo amore di ragazza e spesso vivere con lui le dava felicità. Ed era bello essere una donna sposata con una figlia e una casa di proprietà. D'accordo, la casa dovevano ancora finire di pagarla, ci sarebbe voluto molto più tempo che per il SUV, all'incirca quasi fino all'ultimo respiro, ma era casa sua, con il suo giardino. Era la sua vita.

Non voleva essere una donna fallita, separata, che viveva da sola e da sola allevava una figlia in un appartamento in affitto.

Depose Ruby sul letto, dove per fortuna si addormentò subito, e si mise a riordinare il salotto e la cucina. Raccolse la carta dei regali, sminuzzò le scatole di cartone, separò la plastica, suddivise tutto quanto nei bidoni accanto al garage. Caricò la lavastoviglie, ripulì i piani di lavoro, mise in lavatrice tovaglioli e strofinacci sporchi. Attizzò il fuoco nel camino. Era una giornata fredda e buia ma se la sarebbe goduta, insieme a Ruby, e al diavolo Wayne.

Era avanzata ancora della verdura dal giorno prima, ma non aveva più un aspetto appetibile, così la mise in un cestino per gettarla nel cassonetto dell'umido. Mentre andava verso il garage rabbrividì per il freddo. La bruma del mattino ammantava il quartiere, l'aria era umida e appiccicosa. Sue voleva tornare dentro casa il più in fretta possibile, ma notò una figura ferma sul cancello. Se ne stava lì a osservare la casa. Sue socchiuse gli occhi. Era una donna.

«Desidera?» chiese da lontano. Il 26 dicembre era tradizione distribuire piccole somme di denaro in giro, forse questa donna raccoglieva fondi per una buona causa.

«Sue?» la chiamò la donna con voce flebile e arrochita.

Sue si avvicinò, le braccia strette intorno al corpo per proteggersi dal freddo. La sconosciuta le risultava per qualche motivo familiare, ma non riusciva a collocarla da nessuna parte.

«Ci conosciamo?» chiese.

«Sono io» rispose la donna. Sue si accorse che aveva profonde occhiaie, come se non dormisse da diversi giorni. Sotto il cappotto traspariva la sua magrezza. «Mila Henderson. Eravamo compagne di scuola.»

«Mila?» chiese incredula Sue. Erano passati quindici anni dall'ultima volta che si erano viste. All'epoca erano entrambe teenager e per qualche tempo avevano frequentato la stessa classe. Finché Mila all'improvviso si era trasferita e nessuno aveva più avuto sue notizie.

Mila tremava. Sue si rese conto che, nonostante il cappotto, era intirizzita.

«Vuoi entrare in casa?» le chiese.

Mila aveva bevuto una tazza di tè bollente e raccontato il motivo della sua presenza. Sue le aveva preparato il letto nella camera degli ospiti e Mila si era addormentata nel giro di pochi istanti.

Sue tornò in salotto, dando un'occhiata pensierosa fuori dalla finestra. Era giusto aver accolto in casa una sconosciuta e averle offerto un letto nella camera degli ospiti al piano di sopra? Ma l'aveva vista in condizioni così pietose e mezza congelata che non se l'era sentita di cacciarla via. Soprattutto a Natale.

Sue era stata amica di Mila, ma la loro non era stata un'amicizia particolarmente profonda. Mila era una ragazza un po' introversa e inoltre aveva frequentato la scuola solo per sei mesi, prima di trasferirsi con la madre. Era però capitato che si incontrassero qualche volta di pomeriggio, a mangiare un gelato o fare compere. Andavano d'accordo, ma poi Mila se n'era andata, all'improvviso dopo le vacanze estive, e non si era più fatta viva. In tutta sincerità, Sue doveva ammettere di essersela quasi dimenticata.

Adesso le era comparsa davanti, dopo tanti anni, affamata e infreddolita, e le aveva raccontato una storia un po' bislacca: faceva la badante da un'anziana signora di Scarborough ma non andava d'accordo con la figlia e si era ritrovata per strada da un giorno all'altro. Nemmeno un soldo in banca, nella borsa da viaggio solo gli effetti personali di prima necessità.

«Posso restare da te per qualche giorno?» le aveva chiesto sgranando gli occhi. «Non so proprio dove andare. Ho vissuto per una settimana dallo zio, ma non poteva ospitarmi più a lungo.»

Sue era stata sul punto di chiederle come mai, ma aveva ricacciato indietro la domanda. Sarebbe sembrata antipatica.

«Ma certo che puoi restare» aveva detto, in tono più disinvolto di quanto si sentisse in realtà. La storia di Mila le risultava strana: era davvero possibile cacciare di casa una persona così, di punto in bianco? Licenziarla da un giorno all'altro, senza doverle pagare un mese di preavviso?

C'è qualcosa che non quadra, pensò, mentre guardava fuori dalla finestra, c'è qualcosa di molto strano.

Comunque era evidente che Mila se la passasse male. Era smunta e trascurata.

«Ho passato tre notti all'addiaccio» aveva detto, «sulle panche alle fermate degli autobus. Faceva un gran freddo e avevo tanta paura.»

Sue non faticava a crederci. Doveva essere stato spaventoso.

«Come mi hai rintracciato?» le chiese.

«Da Facebook. Ho scoperto che abitavi a Richmond. Hai postato molte foto di casa tua, su alcune si leggeva anche il nome della via. Non è stato difficile.»

Sue doveva ammettere che Wayne, quel vecchio brontolone, forse a volte aveva ragione. Le aveva sempre rimproverato di caricare troppe informazioni personali in rete e troppe foto, di sé, Wayne, la bambina, la casa, la macchina, la via, il giardino. Guardate che vita fantastica che ho! Guardate dove sono arrivata! Per lei era così importante far sapere a tutti queste cose che in effetti era stata un po' avventata. Tant'è che una sua vecchia conoscente era riuscita a rintracciarla senza problemi.

Da questo punto di vista era una fortuna che Wayne non fosse in casa. Avrebbe fatto un mucchio di storie, come succedeva sempre quando c'erano ospiti che non fossero i suoi amici. Avrebbe brontolato e sbuffato e chiesto continuamente quando se ne sarebbe andata Mila e avrebbe trattato la povera donna in maniera sgarbata e brusca. Era quindi chiaro che Mila poteva restare al massimo fino a domenica. Doveva andarsene prima che Wayne tornasse a casa.

Sue ricordò che ai tempi della scuola Mila era già senza padre, ed era vissuta con la madre.

«Perché non puoi andare da lei?» le aveva chiesto, ma Mila aveva scrollato la testa. «Vive in California. Si è risposata.» Poi aggiunse: «Con uno stronzo totale».

«Ma allora che cosa pensi di fare? Cioè, puoi rimanere qui qualche giorno, ma… non è una soluzione definitiva…»

«Mi verrà in mente qualcosa» rispose lei. Sue non riusciva a immaginare che cosa potesse essere, ma in fondo non era un problema suo.

Tuttavia non riusciva a scrollarsi di dosso un brutto presentimento. Ripensò alle parole di Wayne, che ripeteva sempre che era possibile scoprire qualcosa su chiunque cercando in rete. Bastava anche un semplice accenno nei post su Facebook, Instagram o LinkedIn. Secondo lui non esisteva più nessuno che non spuntasse da qualche parte nel Web.

L'occasione era propizia, dato che Mila dormiva. Anche Ruby era tranquilla. Sue si sedette sul divano con il portatile sulle ginocchia, lo aprì e l'accese. Inserì il nome Mila Henderson e sussultò immediatamente per la sorpresa: lo schermo le mostrò diversi articoli e diverse foto della ragazza. In realtà si trattava sempre della stessa foto. Non c'erano dubbi che fosse Mila.

Aprì il primo articolo.

Deglutì. L'intuito non l'aveva ingannata sul fatto che ci fosse qualcosa che non andava.

Mila era ricercata dalla polizia.

2

Da quando si erano sbarazzati del cadavere di Logan, l'atmosfera tra di loro era cambiata. Era solo una sfumatura impercettibile, ma Anna aveva colto la distanza di Sam. Continuava a essere disponibile come sempre, ma era diverso da prima. L'impresa di trasportare Logan nella brughiera quella sera lo aveva sfinito, lo aveva prosciugato, fisicamente e mentalmente. Mentre Anna era rimasta sveglia per tutta la notte, tormentata da immagini raccapriccianti, lui si era sdraiato e si era addormentato nel giro di pochi secondi.

Chi aveva ucciso Logan?

Evitare di chiamare la polizia era stata davvero la decisione giusta?

La cosa peggiore, tuttavia, era che lei non gli aveva raccontato perché e di cosa avesse tanta paura. Pur avendoglielo promesso. La mattina di Natale lui si era seduto davanti a lei a colazione, una tazza di caffè in mano, e l'aveva guardata serissimo.

«Allora?»

Lei era scoppiata a piangere. «Non ce la faccio, Sam. Non riesco a parlarne.»

«Me l'avevi promesso, Anna!»

«Lo so.»

«Anna, così non va. Mi coinvolgi in una storia assurda e poi ti rifiuti di darmi spiegazioni. Ti rendi conto che non è un comportamento giusto? Verso nessuno?»

«Lo so.» Lei aveva evitato di guardarlo.

Sam aveva trascorso il giorno di Natale chiuso nel suo studio, a scrivere fatture, come aveva detto, ma si capiva che era arrabbiato. Come sempre non lo manifestava apertamente – Sam non gridava e non si alterava mai – ma si allontanava, sembrava che avesse alzato una barriera tra di sé e Anna. Anna si era trascinata tutto il giorno per l'appartamento, inquieta, avvolta in una coperta, senza avere la forza di vestirsi. Alla fine aveva acceso la televisione in salotto e fatto zapping, ma non aveva trovato niente che la interessasse neanche lontanamente. Il salotto aveva un'aria sconsolata, senza regali, senz'albero. L'albero, quell'abete gigantesco, che Sam aveva scelto con tanta cura, era rimasto dietro casa sua a Harwood Dale e lì sarebbe marcito. Tra cent'anni, o quanto impiegavano gli alberi a morire?

Anna ricominciò a piangere pensando all'albero, così bello e ora buttato via.

Come Logan. Il bel Logan. Scaricato tra gli arbusti nella brughiera. Che fine indegna. Come un sacco di spazzatura.

Sam preparò comunque la cena e stappò una bottiglia di vino, Anna accese qualche candela. Spiluccarono entrambi il cibo, poi Sam tornò a chiudersi nello studio e lei andò a letto, prese un sonnifero e se non altro riuscì a dormire.

Il mattino successivo Sam partì per andare a trovare il padre a Londra. Per la prima volta, quando salutò Anna, non le chiese se volesse accompagnarlo. Nascose a stento il sollievo di potersi sottrarre per un paio di giorni all'atmosfera tesa e alla presenza di Anna nell'appartamento.

«Fa' come fossi a casa tua» le disse. «Date le circostanze, almeno. Penso che sia meglio che tu rimanga qui. Casa tua non è abitabile, finché non avremo fatto sostituire il vetro.»

«Quando torni?»

«Tra uno o due giorni» rispose lui vago.

Una volta che fu partito, lei scoppiò a piangere. All'improvviso si sentiva molto sola. Nonostante l'atmosfera desolata del giorno di Natale, se non altro erano stati in due. In due anche con quello che avevano fatto. Adesso aveva l'impressione che Sam in qualche modo le avesse voltato le spalle. L'aveva aiutata in un momento di estremo bisogno, ma in realtà Logan non era affar suo. Tutto ciò che era capitato all'improvviso nella sua vita, una donna uccisa, un amico ricercato come colpevole e poi a sua volta morto e che era stato necessario nascondere, tutto ciò non riguardava Sam. E lui non voleva nemmeno averne a che fare. Non l'aveva detto apertamente, ma ad Anna era sembrato di percepirlo. Qualunque cosa fosse successo adesso, quantomeno nei giorni successivi, avrebbe dovuto affrontarla da sola.

A un certo punto trovò la forza di farsi una doccia e di vestirsi. Guardò il proprio volto pallido nello specchio del bagno. Aveva un aspetto orribile. E altrettanto orribilmente si sentiva.

Da quando aveva trovato il cadavere di Logan a casa sua non aveva quasi toccato cibo e si rese conto che non aveva senso indebolirsi ancora. Si preparò un tè in cucina e sbocconcellò svogliatamente un paio di biscotti natalizi che aveva trovato in uno degli armadietti. Non era un vero e proprio pasto, ma sempre meglio di niente. Mentre valutava come avrebbe fatto a superare la giornata che l'aspettava, il citofono improvvisamente suonò.

Rischiò di far cadere a terra la tazza di tè. In un primo momento pensò che fosse arrivata la polizia. Avevano trovato Logan. Erano riusciti a risalire a lei. La consideravano la principale sospettata. E adesso venivano ad arrestarla.

Oppure qualcuno aveva pedinato lei e Sam? E ora li aveva denunciati?

Ma poi si rilassò almeno in parte. Se qualcuno li avesse tenuti d'occhio, la polizia sarebbe arrivata molto prima.

E se Logan fosse stato ritrovato, chi avrebbe potuto risalire a lei e a casa di Sam tanto in fretta?

Valutò se fosse il caso di non aprire, poi pensò che non poteva rinchiudersi lì dentro fino al ritorno di Sam. Andò alla porta, pigiò il tasto sul citofono e sentì il portone di sotto aprirsi. Riconobbe la donna che saliva le scale: si chiamava Kate. Non ricordava il cognome. Aveva partecipato al corso di cucina quel lunedì, prendendo il posto di Diane.

Kate le sorrise un po' impacciata. «Mi scusi, Anna. So che è il giorno di Santo Stefano. Ma sono venuta a trovarla perché ero preoccupata.»

«Preoccupata?» chiese Anna in allarme. Il cuore cominciò a batterle furiosamente, anche se cercava di convincersi che non aveva senso. Com'era possibile che questa donna sapesse qualcosa di Logan?

«Sì.» Kate intanto era arrivata sul pianerottolo e si fermò. Aveva le guance arrossate dal freddo. «È solo che... ieri sono passata da casa sua.»

Anna fece un passo indietro. «Si accomodi pure.» Non era necessario che tutti ascoltassero ciò che Kate era andata a cercare e forse aveva trovato a casa sua.

Di certo non un morto, si tranquillizzò, il giorno prima non c'era già più stato.

Condusse Kate in cucina e le offrì un tè, anche se avrebbe preferito sbarazzarsi il prima possibile di lei. Ma doveva sapere di che cosa si trattava.

«Perché non mi ha chiamato? E come faceva a sapere dove abito? Come faceva a sapere del mio ragazzo e che vive qui?»

Kate, che aveva stretto le mani intorno alla tazza calda con visibile sollievo, si strinse nelle spalle. «Che ha un fidanzato e che abita qui lo aveva accennato qualcuno del corso. E anche il suo indirizzo. Credo sia stato Burt Gilligan. Non l'ho chiamata... perché volevo accertarmi di persona che fosse tutto a posto.»

«Perché non dovrebbe esserlo?»

«Come ho detto ieri sono stata a casa sua. Mi serviva il numero di telefono di uno degli altri partecipanti del corso, ma lei non c'era.»

«No. Passo le feste insieme al mio fidanzato.»

«Sì, certo. Sono rimasta un po' perplessa... dietro casa sua ho visto un grande albero di Natale. E una delle finestre aveva il vetro rotto.»

Anna la fissò. *Perché ficchi il naso in casa mia? Cosa eri andata a cercare sul retro?*

Non era nelle condizioni di permettersi domande sfacciate. Chissà che cosa aveva notato questa Kate e che cosa si nascondeva dietro il suo sorriso amichevole?

Anna si sforzò di sorridere a sua volta. «Ah, sì. Volevamo passare il Natale da me. Per questo avevamo già portato l'albero. Ma poi si è rotto il vetro della finestra. Sono finestre vecchissime, sa. Una raffica di vento ed è andato in mille pezzi. Probabilmente c'era già una crepa.»

Stai parlando troppo e in maniera troppo frenetica, si ammonì.

«Insomma, ovviamente sarebbe stato impossibile trovare un vetraio in questi giorni» concluse. «Quindi ci siamo trasferiti qui. Ed eravamo troppo stanchi per trasportare anche l'albero.» Fece una risata innaturale e stridula. «Il mio fidanzato ha comprato un albero davvero troppo grande. Era un'impresa impossibile.»

«Meglio così» disse Kate, «allora è tutto a posto. A proposito, non ha chiuso la porta di casa. Si è aperta quando ho bussato.»

«Cosa?»

«Sì, probabilmente una svista.»

«Certo, una svista.» Avevano caricato Logan in macchina. Si erano cambiati. Avevano cercato invano il cellulare di Logan. Avevano allontanato Dalina con una scusa. Erano partiti, entrambi distrutti, tesi e in preda al panico. In effetti non ricordava di aver chiuso a chiave la porta di casa. Maledizione, Kate era entrata e aveva ficcanasato in giro?

La guardò attentamente, ma non notò niente di strano. Pensò alla passatoia insanguinata che avevano arrotolato in cima alla scala della cantina e ai vestiti altrettanto insanguinati che avevano buttato nella cesta del bucato.

Ma questa donna avrebbe avuto un'aria tanto tranquilla se avesse scoperto certe cose?

«È entrata in casa?» chiese nel tono più disinvolto possibile.

Kate scosse la testa. «Però mi sembrava giusto che lo sapesse. Ed ero un po' preoccupata.»

Non dovresti impicciarti delle faccende altrui, pensò Anna risentita. Ma a dire il vero le era riconoscente. Chiunque sarebbe potuto entrare a casa sua e raccogliere materiale incriminante di ogni genere. Doveva rimediare subito.

«Le spiacerebbe accompagnarmi a Harwood Dale?» chiese. «Non ho qui la macchina e il mio fidanzato oggi è andato a Londra a trovare il padre che sta in una casa di riposo.»

«Nessun problema» rispose Kate disponibile, appoggiando sul tavolo la tazza di tè.

Le due donne uscirono dall'appartamento. Durante il viaggio non parlarono molto, ma Anna aveva l'impressione che Kate rimuginasse molto. Per qualche motivo quella donna non le sembrava così ingenua come voleva apparire. Aveva sempre una faccia innocente, ma nel suo sguardo c'era un'intensità che Anna trovava inquietante. Non si fidava di lei, anche se non sapeva dare una spiegazione logica alla cosa. Era solo una sensazione… forse del tutto sbagliata.

Arrivate davanti al cottage, Kate si offrì di accompagnarla dentro, nel caso avesse paura a entrare in una casa che era rimasta aperta per quasi due giorni, ma Anna rifiutò categoricamente. «No, no, ci mancherebbe. Ha già perso abbastanza tempo. La ringrazio di avermi accompagnata. Ora posso cavarmela da sola.»

«È sicura?»

«Sicurissima.» Anna fu irremovibile. L'ultimo suo desiderio era che quella donna entrasse in casa con lei.

Seguì con lo sguardo la macchina di Kate finché la vide imboccare la provinciale, e solo allora aprì la porta. Maledizione, si era proprio dimenticata di chiudere a chiave.

Come previsto dentro casa faceva un freddo polare e l'atmosfera era quanto mai inospitale. Anna si domandò fugacemente se sarebbe più riuscita a sentirsi a casa lì dentro d'ora in poi. Il cadavere di Logan era stato sul pavimento. Continuava a vedere la sua immagine davanti a sé.

Alla fine si riscosse, salì di sopra e andò in bagno. Tolse gli indumenti insanguinati dal cesto del bucato e li portò in cucina dov'era la lavatrice. Versò nella vaschetta una gran quantità di detersivo. Anche questo era stato un errore, esattamente come la porta lasciata aperta. Avrebbe dovuto lavare subito tutto quanto. Il sangue era difficile da mandare via, e adesso aveva avuto pure tempo di seccarsi per due giorni… Per un po' rimase a fissare dall'oblò i vestiti che giravano nel cestello, finché furono completamente ricoperti di schiuma bianca. Se non si fossero ripuliti, se ne sarebbe sbarazzata. Era troppo pericoloso tenerli in casa.

In secondo luogo doveva liberarsi della passatoia. Non poteva lavarla e presumeva che anche con un prodotto specifico sarebbero rimaste delle macchie rossastre. Dopo tutto quello che aveva letto nei romanzi polizieschi, sapeva che oggigiorno la polizia disponeva di metodi che potevano evidenziare anche la minima traccia di sangue da una qualsiasi superficie. Non c'era altro da fare che caricare la passatoia in macchina. L'avrebbe buttata da qualche parte nella brughiera. Esattamente come aveva fatto con Logan.

Accompagnata dalla sensazione che la sua vita si stesse trasformando sempre di più in un incubo assurdo, issò la passatoia dal primo gradino della scala e la portò in corridoio. Era terribilmente pesante. Già in due avevano faticato a spostarla e adesso Anna doveva cavarsela da sola. Come se non bastasse, una volta in corridoio la passatoia, che lei e Sam avevano arrotolato alla meno peggio, si aprì di nuovo. Era completamente sporca di sangue. Se Anna avesse nutrito ancora dei dubbi, ora erano superati: doveva liberarsene.

L'arrotolò di nuovo, sudando e ansimando per lo sforzo, perché era l'unico modo per farla entrare in macchina, e cercò di bloccarla con dello spago da pacchi, ma per due volte fallì. Solo al terzo tentativo riuscì a stringere un nodo prima che la stuoia si srotolasse di nuovo. Per qualche minuto rimase seduta sul pavimento, in un bagno di sudore.

Alla fine si rialzò. Ora le toccava trascinarla passo passo dal corridoio fino all'auto, trovando da qualche parte la forza per farlo. E poi la passatoia sarebbe sparita e così le macchie sui vestiti e Logan comunque non ci sarebbe stato più... allora avrebbe dimenticato tutto e con il passare del tempo il ricordo sarebbe sbiadito. Succedeva sempre. A un certo punto prendeva i contorni sfocati di una cosa surreale.

Sbuffando trascinò la passatoia in corridoio, aprì la porta di casa, la fece scivolare nella melma, perché a questo punto non le importava se si fosse sporcata ancora di più, né se le avesse infangato la macchina.

Fece una pausa per asciugarsi il sudore dalla fronte e una voce la fece sussultare.

«Anna! Non si spaventi. Sono tornata.»

Si voltò di scatto. Davanti a lei c'era Kate Linville. La sua macchina era parcheggiata un po' più indietro lungo la strada. Aveva fatto manovra ed era tornata indietro ma Anna era stata così occupata da non accorgersene.

Per lo spavento lasciò cadere la stuoia. Lo spago si strappò, la passatoia si srotolò e si aprì sul terreno. Inequivocabilmente sporca di sangue.

Kate e Anna rimasero a fissarla in silenzio, poi Anna gridò: «Perché è tornata indietro? Perché mi spia?»

«Ho intuito che aveva dei problemi» disse Kate. «Ed ero preoccupata. La finestra rotta. Lei qua fuori tutta sola...»

«Sono perfettamente in grado di badare a me stessa» ribatté rabbiosa Anna.

Kate indicò il tappeto. «Quello è sangue. Una quantità notevole. Da dove proviene? E dove voleva portare il tappeto?»

«In lavanderia.»

«Il 26 dicembre?»

Le due donne si scambiarono un'occhiata. Alla fine Anna scoppiò a piangere. Immobile, con le braccia lungo i fianchi, lasciò che le lacrime le rigassero le guance. Non sentiva il freddo pungente né il terreno fangoso che cedeva sotto i suoi piedi inzaccherandole gli stivali. Se ne stava lì a piangere, ossuta e smunta per la stanchezza.

«Che succede, Anna?» chiese Kate. «Non me lo vuole raccontare?»

Anna continuava a piangere.

Kate le accarezzò dolcemente il braccio. Poi tirò fuori il distintivo e glielo mostrò. «Sono una poliziotta, Anna. Sergente investigativo Linville, North Yorkshire Police. Dovrebbe dirmi che cosa è successo con questo tappeto. Da dove proviene il sangue. Anna, che cosa sta succedendo?»

Anna osservò il distintivo. Non sembrava turbata dal fatto che l'assistente di una casa di riposo Kate Linville in realtà fosse un'agente della polizia criminale. Non sembrava esserci più niente che la sconcertasse. Era come se le mancasse la forza di meravigliarsi, di agitarsi, di indignarsi, di spaventarsi. Aveva esaurito le riserve. Non solo quel giorno lottando con il tappeto. Già da tempo era allo stremo delle forze. Ma fu in quel momento che rinunciò a combattere.

«Sarà più facile se mi racconta tutto» disse Kate. «Mi creda. E io l'aiuterò a trovare una via d'uscita.»

Anna assentì.

3

Il fatto che fosse il 26 dicembre non impedì a Pamela Graybourne di lavorare. I colleghi della South Yorkshire Police avevano raccolto particolari utili, nonostante la carenza di organico del periodo festivo. L'ispettore Burden era più che disposto a condividere le informazioni con lei. Il caso dell'annegamento di James Henderson e della giovane donna scomparsa che aveva alloggiato da lui era estremamente ingarbugliato e l'interesse e l'aiuto dei colleghi del Nord gli risultava oltremodo benvenuto.

Al mattino chiamò Pamela, che era già in ufficio. In centrale non c'era quasi nessuno, tranne i pochi agenti tanto sfortunati da essere stati assegnati a coprire i turni per quella giornata.

Burden andò al sodo senza troppi giri di parole.

«Ho incaricato delle ricerche una collaboratrice che in effetti ha raggiunto qualche risultato, cosa tutt'altro che scontata, dato che a Natale è difficile trovare chi possa dare informazioni. Comunque abbiamo potuto stabilire che Mila Henderson è la pronipote di James Henderson. Lui era lo zio del defunto padre.»

Pamela prese qualche appunto su un foglio di carta che aveva davanti.

«Dunque» proseguì Burden, «come ho detto il padre di Mila Henderson è morto da tempo. La madre ha lasciato l'Inghilterra quattro anni fa e si è trasferita negli Stati Uniti con il nuovo marito, un americano. Adesso vive in California. Mila ha studiato come assistente geriatrica…»

«Dove?» lo interruppe Pamela.

«A Londra. Prima viveva con la madre a Liverpool, dove ha frequentato la scuola. Precedentemente avevano abitato a Leeds, ma solo per sei mesi. Prima ancora a Sheffield.»

La collaboratrice di Burden doveva essere fenomenale, pensò Pamela, per riuscire a raccogliere tutte quelle informazioni proprio nei due giorni in cui l'intero paese era immerso nell'ebbrezza natalizia e tutti gli uffici pubblici erano chiusi o avevano personale ridotto.

«Questi sono i dati essenziali» disse Burden. «Purtroppo non sappiamo dove abbia lavorato al termine degli studi. A un certo punto è finita dalla vecchia signora di Scarborough che ora ha perso la vita.»

«Già...» disse pensierosa Pamela. «Che ora ha perso la vita...» Poi aggiunse: «Come ha fatto la sua collaboratrice a risalire alla carriera scolastica di Mila Henderson?»

Burden ebbe un attimo di esitazione. «Non lo dica a nessuno» rispose poi, «ma questa poliziotta ha contatti incredibili con persone che hanno accesso a siti di ogni tipo, mi capisce, uffici pubblici e simili, e può contattarli anche nei giorni di festa. Diciamo che non sempre la ricerca segue iter del tutto legali, ma a volte lo scopo giustifica i mezzi, giusto? Inoltre ha setacciato su Internet gli articoli relativi alle feste di fine anno delle diverse scuole fino a trovare Mila. Cose di questo tipo.»

Pamela intuì che la donna doveva aver trascorso tutta la notte davanti al pc. Fantastico. Burden era da invidiare.

«Come ho detto, prima di concludere la scuola a Liverpool, Mila Henderson era stata per qualche mese a Leeds» riprese Burden. «E siamo riusciti addirittura a risalire alla scuola. Ma da lì in poi non abbiamo più trovato informazioni rilevanti.»

«È comunque moltissimo. Davvero.»

«C'è ancora una cosa...» aggiunse Burden esitante, «ma ovviamente non so se sia importante per il nostro caso.»

«Mi dica.»

«Quando ho sentito dove aveva studiato Mila Henderson a Leeds, mi sono ricordato che circa due anni e mezzo fa quella scuola era stata la scena dell'efferato omicidio di una insegnante.»

«Di sicuro sarebbe rientrato nell'area di mia competenza. Ma all'epoca io non ero ancora qui.»

«Si trattava di una francese. Isabelle du Lavandou. Insegnava alla Grammar School di Leeds, ma non so se Mila Henderson fosse stata una sua allieva. Alla fine di maggio del 2017, per il ponte di Spring Bank Holiday, aveva organizzato un'escursione nelle Yorkshire Dales. Da sola. Lo faceva spesso, da anni. Soprattutto sfruttando i fine settimana lunghi. Pernottava nei rifugi. Quella volta però non tornò a casa e il marito avvisò la polizia. Le ricerche nella zona proseguirono per settimane.»

Pamela cominciò a ricordare vagamente. Il caso era finito sui giornali.

«Alla fine fu ritrovata» disse Burden. «In un rifugio completamente fuori mano rispetto all'itinerario che aveva programmato. Era stata uccisa, con numerose coltellate. Sul corpo c'erano tracce di pesanti torture. Il colpevole doveva averla tenuta sequestrata e seviziata per almeno due giorni e due notti.»

«Un delitto a sfondo sessuale?»

«Nessuna traccia di stupro. Ma questo non esclude che le sevizie avessero una componente sessuale.»

«Non è detto che il delitto sia collegato a Mila Henderson» commentò Pamela.

«Questo è vero» confermò Burden. «Ma si tratta di un avvenimento in ogni caso legato alla scuola frequentata da Mila Henderson. Volevo soltanto farglielo presente. Probabilmente non vale la pena approfondire la cosa. Per quanto mi riguarda trovo più interessante il fatto che in questo modo siamo risaliti al nome di un'insegnante che lavorava in quella scuola all'epoca in cui l'ha frequentata Mila. E il cui marito probabilmente è ancora vivo. Alla luce del fatto che attualmente non abbiamo scoperto altro…»

«La ringrazio, ispettore» disse Pamela. «So cosa vuol dire. Valuterò come utilizzare queste informazioni.»

A mezzogiorno decise di andare a Leeds dal marito di Isabelle du Lavandou. Mentre usciva dalla centrale, incrociò in corridoio Kate che era arrivata in compagnia di una Anna Carter pallida come un fantasma. Pamela le rivolse un'occhiata interrogativa alzando le sopracciglia, ma Kate le fece capire che non era il momento per un colloquio esplicativo. Pamela comprese: sarebbe stata aggiornata in seguito.

Trovò l'indirizzo di Lavandou sull'elenco telefonico in rete. Il cognome compariva una volta sola. Jean-Michel du Lavandou. Doveva essere lui.

Ebbe un attimo di esitazione. Presentarsi senza preavviso dal vedovo, sicuramente ancora in lutto, proprio durante i giorni di Natale non era particolarmente delicato, e con ogni probabilità il suo era solo un tentativo alla cieca. Avevano così pochi indizi tra le mani, il Natale rallentava ogni cosa e tuttavia bisognava andare avanti in un modo o nell'altro. Lavandou avrebbe potuto chiuderle la porta in faccia se si fosse sentito troppo a disagio.

Spense il telefono. Era un giorno di vacanza. La sua era un'iniziativa personale.

A Leeds regnava la tranquillità di un giorno festivo, il traffico era scarso. Grazie al navigatore Pamela trovò velocemente l'indirizzo inserito. Una casetta a un piano ai margini della città. Quando scese dalla macchina aveva ricominciato a piovere. Si alzò sulla testa il cappuccio della giacca a vento e si affrettò lungo la via.

Non c'erano luci natalizie a casa di Monsieur du Lavandou, quantomeno nessuna visibile dall'esterno. Forse l'uomo non aveva più voglia di festeggiare dopo la tragedia che gli aveva distrutto la vita due anni e mezzo prima. Le finestre erano tutte buie e Pamela pensò che Lavandou potesse essere via. Ma dopo aver suonato il campanello, sentì dei passi dietro la porta, qualcuno le aprì e lei si trovò davanti un uomo alto, dai capelli scuri, di bell'aspetto.

«Desidera?» La voce non era ostile. Parlava con un forte accento francese.

Pamela gli mostrò il distintivo. «Ispettore investigativo Pamela Graybourne, North Yorkshire Police. Lei è Jean-Michel du Lavandou?»

«Sì, sono io. Si tratta di mia moglie?»

Era abbastanza tipico, per le persone vittima di un qualche genere di crimine irrisolto, che l'arrivo della polizia suscitasse sempre una certa speranza. Pamela lo sapeva. In questo caso però brancolava totalmente nel buio ed era assai improbabile che ci sarebbero stati sviluppi utili nel caso di Mila Henderson o in quello di Isabelle du Lavandou. Le dispiaceva molto per quest'uomo, ma doveva comunque sfruttare quel poco che aveva.

«Si tratta di una giovane donna ricercata che forse è stata studentessa di sua moglie.»

Jean-Michel parve afflosciarsi a queste parole. «Quindi non ci sono stati progressi nelle indagini per l'assassinio di mia moglie?»

«Non conosco lo stato delle indagini dei colleghi di Leeds» disse Pamela. «Io vengo dal CID di Scarborough.»

«Non saprei in che modo posso aiutarla» disse Jean-Michel.

«Potrei entrare? Mi rendo conto che il 26 dicembre è un giorno poco adatto, ma…»

Lavandou fece un passo indietro. «No. Mi scusi. Si accomodi. Per me non è un giorno particolare.» Poi aggiunse: «Non più».

Il salotto era privo di addobbi come il giardino e le finestre. Una stanza accogliente, dall'arredamento molto semplice, con due divani, un tavolino basso e librerie alle pareti. I Lavandou dovevano essere persone molto colte. I libri sembravano costituire una parte rilevante della loro esistenza.

«Si accomodi la prego» disse Jean-Michel. «Posso offrirle un caffè?»

«Molto volentieri, grazie.»

Mentre l'uomo spariva in cucina, Pamela si guardò intorno e notò su un ripiano la fotografia incorniciata di una donna. Isabelle du Lavandou presumibilmente. Si alzò e si avvicinò. Isabelle aveva un viso molto intelligente, acuto, un po' freddo. Una donna che diceva ciò che pensava, che non girava intorno alle cose. Forse si era fatta dei nemici? Oppure era stata la vittima casuale di uno psicopatico che si aggirava per le Dales nella speranza di imbattersi in escursioniste solitarie?

«Lei è Isabelle» disse una voce alle sue spalle. Jean-Michel era sulla porta, un vassoio con le tazzine da caffè tra le mani. «La foto è stata scattata poche settimane prima della sua morte.»

«Era benvoluta tra gli studenti?» chiese Pamela.

«Me lo hanno chiesto anche i suoi colleghi. Cosa vuole che le dica, credo che non fosse l'insegnante più amata della scuola, questo no. Isabelle poteva essere molto schietta, diceva sempre a tutti la sua opinione, anche quando non era piacevole per gli altri. C'erano studenti che temevano le sue battute taglienti. E colleghi per i quali era lo stesso. Ma quello che le è stato fatto… ha oltrepassato ogni misura. È stata una reazione spropositata nei confronti di qualcuno che è stato un po' sgarbato nel dire la propria opinione. È inimmaginabile.»

«Che cosa pensavano gli inquirenti?»

«Hanno indagato nel suo ambiente, ma ritenevano che si trattasse di un incontro casuale. Uno psicopatico, che forse aveva già commesso altre aggressioni. Lei si è trovata nel posto sbagliato al momento sbagliato… le avevo detto spesso che era troppo pericoloso girare da sola in luoghi così isolati, ma…» Si strinse nelle spalle. «Isabelle non era una donna che si facesse convincere facilmente.»

«Si erano verificate aggressioni simili nella zona?»

«No. Ma l'ispettore era convinto che potesse trattarsi comunque di un omicida seriale che aveva agito in altre parti del paese.»

«Sua moglie è stata torturata, ma non violentata.»

«Esatto. Però questo non escludeva il movente sessuale del crimine. Almeno secondo l'ispettore.»

Pamela intuì a quali conclusioni fossero giunti i colleghi: un tipo fuori di testa, che aggrediva le donne quando le sorprendeva in luoghi isolati. Che non seguiva sempre lo stesso schema e per questo era ancora più difficile da acciuffare. Il caso di Isabelle du Lavandou non era stato ancora archiviato, ma per il momento le indagini erano state sospese. In attesa di una svolta inaspettata. Se non fosse sopraggiunta, il delitto sarebbe rimasto irrisolto, come molti dello stesso tipo.

«Sua moglie le aveva mai fatto il nome di *Mila Henderson*?» chiese.

Jean-Michel appoggiò le tazze sul tavolino, ma intanto si capiva che cercava di ricordare. «Non credo, no. O almeno non ricordo.»

«Posso chiederle che lavoro fa?»

«Sono professore all'Università di York. Francese e storia.»

«Capisco. Quindi lei e sua moglie non frequentavate gli stessi ambienti professionali.»

«No. E mia moglie non mi parlava molto del lavoro. Colpa mia. Non mi interessavano particolarmente gli aneddoti scolastici.» Rivolse un'occhiata nervosa a Pamela. «Questa Mila Henderson ha qualcosa a che fare con l'omicidio di mia moglie? È una studentessa?»

«Probabilmente no» rispose Pamela.

«Di sopra in camera di mia moglie ci sono gli annuari scolastici» disse Jean-Michel. «Di tutte le classi nelle quali ha insegnato. Se vuole può dargli un'occhiata.»

«Sarebbe fantastico» rispose grata Pamela.

Jean-Michel portò in salotto il mucchio di annuari e Pamela trascorse l'ora successiva a esaminarli scrupolosamente. Una gran quantità di visi, schede anagrafiche, materie preferite, insegnanti preferiti, sogni per il futuro, amicizie, eventi scolastici... A un certo punto iniziò a girarle la testa. Jean-Michel si era ritirato, lasciandole una caffettiera e un piatto di biscotti natalizi. Pamela constatò che in effetti Isabelle non era tra i professori più popolari. Era stata indicata solo due volte come insegnante preferita e in entrambi i casi da parte di due ragazze che, a giudicare dai nomi, erano a loro volta francesi. Questo doveva aver creato un certo legame.

Dopo tre quarti d'ora Pamela finalmente trovò qualcosa.

Una foto di Mila Henderson.

Era decisamente lei. Molto più giovane della foto attuale, ma pur sempre lei... inconfondibile. Una ragazza timida, poco appariscente, dal viso simpatico. Un viso dolce. Non certo da assassina, ma Pamela sapeva bene che l'apparenza poteva ingannare. Erano proprio gli animi più dolci, le persone che troppo spesso incassavano, ingoiavano, si adeguavano, quelle che a volte potevano esplodere all'improvviso. Ma nel caso di Mila sembrava estremamente improbabile. Magari aveva problemi di autostima, ma dava l'impressione di essere equilibrata e centrata. Non certo di avere gravi problemi psichici.

Isabelle du Lavandou era stata la sua coordinatrice di classe.

Neanche Mila l'aveva scelta come insegnante preferita. Per il resto la ragazza aveva indicato un gruppo pop che Pamela non conosceva come cantanti preferiti, e un titolo che a Pamela non diceva niente come libro preferito. Voleva diventare infermiera e trasferirsi a Londra. Si era un po' allontanata da questo sogno con la professione di assistente geriatrica, ma era comunque rimasta nell'ambito della cura alla persona. Scarborough al posto di Londra: la vita seguiva strade sue.

Tutto molto banale.

Quello che sapevano finora era che all'età di quattordici anni Mila Henderson aveva avuto come coordinatrice di classe alla Grammar School di Leeds una professoressa che anni dopo era stata assassinata nelle solitarie Yorkshire Dales. Da parte sua Mila era in fuga e in tutti i luoghi dove aveva soggiornato si era lasciata dietro dei morti, in tutto due. Nel primo caso, l'anziana signora poteva essere stata vittima di un incidente, mentre nel secondo l'uomo era stato senza dubbio assassinato.

Era possibile trarre qualche conclusione da questi dati?

Pamela sospirò. Non c'era nulla di soddisfacente. Un po' troppi morti nella cerchia di Mila Henderson. Ma nessun legame evidente.

Mila indicava come sua migliore amica Sue Haggan. Pamela la trovò più in basso sulla stessa pagina. Un viso tondo e sorridente, capelli biondi. Una ragazza piuttosto semplice. Gentile. Di sicuro non una secchiona intellettuale.

Era l'unico nome che aveva al momento. Delle eventuali altre conoscenze di Mila Henderson non c'era traccia. Era molto probabile che avesse amicizie più recenti, del periodo di Liverpool e degli anni del corso professionale. Ma siccome per ora Pamela non aveva fatto altri progressi in tale direzione, doveva prendere quello che aveva.

Sue Haggan.

Mila era chiaramente in fuga e alla ricerca di qualcuno che le desse rifugio. Parenti, amici. A parte il vecchio zio di Sheffield non sembravano esserci altri parenti in Inghilterra, la madre in California era troppo distante, e Mila era ricercata, non poteva prendere un aereo e lasciare il paese. Doveva restare sull'isola.

«Amici» disse Pamela a voce alta. «Sue Haggan.»

Avrebbe chiamato l'ispettore Burden e gli avrebbe chiesto di mettere al lavoro la sua geniale collaboratrice per raccogliere notizie su Sue Haggan. Magari si era sposata e aveva cambiato nome. Ma doveva comunque essere possibile risalire al suo domicilio.

Un unico esile filo in una matassa terribilmente intricata, pensò Pamela.

Si alzò e uscì dal salotto, tenendo sottobraccio l'annuario. Lavandou l'aveva sentita e la raggiunse dalla cucina. «Ha trovato qualcosa?» chiese.

Lei annuì. «Forse. Posso prendere questo annuario? Glielo restituirò in seguito.»

Lui rispose con un cenno della mano. «Certo, lo prenda pure.» Dopo una pausa aggiunse: «Ispettore, esiste la possibilità che l'omicidio di mia moglie venga risolto? Che il colpevole paghi per quello che ha fatto?»

Lei lo guardò, la sua tristezza era palpabile, si capiva che la sua vita era priva di qualsiasi gioia.

«Proverò a indagare» disse. «Glielo prometto.»

4

Anna era riuscita a descrivere solo in maniera approssimativa il punto in cui avevano scaricato il cadavere di Logan, ma verso sera la squadra che Kate aveva messo in azione lo trovò, nonostante il buio. Notarono il piccolo parcheggio ai margini di una scarpata all'interno della zona indicata da Anna, e soprattutto le tracce di pneumatici. Illuminarono la zona con potenti torce e alla fine uno degli agenti gridò: «Credo che là sotto ci sia qualcosa!»

Kate, che era rimasta nel suo ufficio con Anna, venne a saperlo da una telefonata.

«Ho capito» disse, poi riagganciò e si rivolse ad Anna. «Lo hanno trovato. Verrà fatto un esame accurato. Immagino non ci sia bisogno di farle notare come abbia reso tutto molto più complicato trasportando il cadavere all'aperto e ripulendo accuratamente la scena del delitto.»

Anna assentì. Stava rannicchiata attonita sulla sedia di fronte alla scrivania di Kate, completamente chiusa in se stessa. Si era rifiutata di togliersi il cappotto e si aggrappava convulsamente alla stoffa di lana, come se fosse l'ultimo appiglio sulla terra per lei. Era esausta.

Alla fine aveva raccontato tutto. Della sera in cui, a tarda ora, aveva visto uno sconosciuto salire d'impeto sulla macchina di una donna che guidava davanti a lei. Di come avesse scoperto in seguito che si trattava di Diane e di Logan, un suo vecchio amico. Aveva parlato dell'omicidio di Diane. Dei suoi terribili sensi di colpa per essere passata davanti alla sua macchina senza fermarsi, nonostante avesse avuto un brutto presentimento. Di come avesse poi scoperto Logan a casa sua. Era sconvolto, disperato e aveva giurato di non avere niente a che fare con la morte di Diane. Di come gli avesse dato ospitalità. Di come l'avesse trovato morto in corridoio quando era tornata a

Harwood Dale il giorno prima di Natale, preoccupata perché non le rispondeva al telefono.

«Era lì sul pavimento. Morto. Accoltellato. È stato agghiacciante. Ero sconvolta. Ho subito telefonato a Sam che era in città a comprare l'albero di Natale. Mi ha raggiunto. Per questo l'albero è rimasto dietro casa mia...»

«E il suo fidanzato – Samuel Harris – non ha pensato che la cosa migliore fosse di chiamare subito la polizia?» le chiese Kate.

Anna assentì. «Certo. Naturalmente. Ma io l'ho dissuaso.»

«Perché, Anna? Perché?»

Anna abbassò lo sguardo. «Avevo paura. Che mi sospettassero.»

«Di aver ucciso quel gigante alto due metri in casa sua? Ma per favore!»

Anna rimase in silenzio.

«Non riesco a capire» insistette Kate. «Il suo comportamento mi risulta inspiegabile. Una donna viene ritrovata pugnalata a bordo della sua macchina ai margini di una stradina di campagna. La sera precedente lei ha assistito a una scena estremamente significativa e ormai deve aver capito che quello che ha visto – a prescindere dal fatto che non sapesse che si trattava di Logan Awbrey – era l'assassino. E non avvisa la polizia? Non dice niente nemmeno quando gli agenti iniziano a indagare al corso di cucina e vengono a interrogarla direttamente. Perché?»

«Mi vergognavo troppo. Perché quella sera non mi sono fermata.»

«Capisco che non si sentisse particolarmente fiera del suo comportamento. Ma non aveva commesso nessun reato. Nessuno l'avrebbe rimproverata. La sua paura sarebbe stata più che comprensibile.»

«Avrei potuto chiamare Sam e chiedergli di accompagnarmi di nuovo sul posto.»

«Certo. Avrebbe potuto anche chiamare direttamente la polizia e raccontare la strana scena a cui aveva assistito. A volte, però, nel momento decisivo non ci si comporta come sarebbe meglio. L'insicurezza, il desiderio di non creare allarme, di non essere considerati isterici, la paura, qualunque reazione, sono tutte emozioni perfettamente umane e comprensibili. Non sono niente di particolare. E non sono negative.»

Anna non rispose.

«Ma a partire da un certo momento doveva esserle diventato chiaro che il suo silenzio non era più accettabile. Nel frattempo il nome dell'uomo che Diane Bristow frequentava era stato reso noto. Logan Awbrey. Lei lo conosce. È un suo amico di quando eravate ragazzi. E continua a non farsi avanti?»

Anna tacque. Che cosa avrebbe potuto dire?

«Si è cacciata in un grosso guaio con il suo silenzio. Se ne rende conto, vero?» disse Kate.

Anna fece un cenno affermativo e mormorò senza alzare gli occhi: «Per questo a un certo punto non ho più potuto fare marcia indietro. Che cosa avrei dovuto dire, come avrei spiegato la presenza di Logan a casa mia? Il fatto che l'avessi ospitato? Era ricercato dalla polizia, il suo nome era sui giornali. E io non mi ero fatta avanti per dire che lo conoscevo».

«Meglio trascinare un cadavere nella brughiera nel cuore della notte e nasconderlo in un cespuglio. Samuel Harris era a conoscenza del fatto che lei e Logan vi conoscevate?»

«All'inizio no. Non gli avevo raccontato niente. Non gli avevo nemmeno detto che era comparso a casa mia e che gli avevo dato ospitalità. Ha saputo queste cose solo quando l'ho chiamato dopo che Logan era morto.»

«Gli aveva raccontato della scena a cui aveva assistito la prima sera?»

«Sì, e lui mi aveva consigliato già allora di andare alla polizia. Ma io non l'ho ascoltato.»

«Mi sorprende che Harris l'abbia aiutata a sbarazzarsi di un uomo assassinato» osservò Kate.

Anna si strinse nelle spalle. «Gli ho detto che avevo paura di essere sospettata. Proprio perché avevo taciuto. Sono scoppiata a piangere e temo di essere diventata isterica. Lui allora ha deciso di aiutarmi. Mi ama.» Fece una breve pausa poi aggiunse in tono impaurito: «Finirà nei guai anche lui?»

Kate annuì. «Sì.»

Anna si ripiegò su se stessa.

Kate era arrabbiata, la donna davanti a lei non aveva fatto altro che mentire e aveva cercato di insabbiare tutto, aveva taciuto importanti informazioni, dato rifugio a un presunto assassino latitante e aveva lasciato che le ricerche per rintracciarlo proseguissero quando sapeva bene che il suo cadavere era tra i cespugli delle Dales. L'uomo era stato ucciso in casa sua e questo metteva a repentaglio lei stessa.

Si sforzò tuttavia di mantenere un tono relativamente amichevole. Aveva esortato Anna ad aprirsi con lei, e ora non voleva darle l'impressione di doversi pentire amaramente del passo compiuto. Ma faticava a nascondere la crescente irritazione. Le indagini sarebbero progredite in maniera molto più rapida se Anna avesse giocato a carte scoperte. Inoltre si era venuta a creare una nuova situazione della quale avrebbero potuto essere informati con largo anticipo: il presunto colpevole era diventato a sua volta una vittima. Una circostanza che poteva implicare, sebbene non necessariamente, la sua innocenza e che la questione avesse dimensioni più ampie di quanto immaginato. Logan e Diane, la coppia di fidanzati uccisi allo stesso modo.

Dobbiamo ricominciare tutto daccapo, pensò Kate rassegnata.

«Anna, mi ha detto che Logan Awbrey era un suo amico. So che è amica da molti anni anche di Dalina Jennings. Posso supporre che anche Mrs. Jennings conoscesse Logan Awbrey?»

Anna confermò impacciata. Le toccava denunciare anche la sua datrice di lavoro adesso. «Sì» bisbigliò. Si schiarì la voce e ripeté: «Sì, ci conoscevamo da ragazzi».

«Però neppure Mrs. Jennings ha ritenuto opportuno darci questa informazione quando il nome di Logan Awbrey è stato reso noto.»

«In realtà non avrebbe potuto dare nessun contributo concreto» replicò Anna in difesa della sua capa. «Avrebbe potuto affermare soltanto di conoscerlo. Ma non lo vedeva da moltissimi anni e non sapeva che fosse tornato a Scarborough. Voleva soltanto evitare che la sua agenzia fosse messa in cattiva luce. La sua testimonianza non vi avrebbe aiutato in nessun modo, questo è sicuro.»

«La prego di lasciare che sia io a stabilirlo» disse Kate. Si mise a riflettere. «Anche lei non vedeva Awbrey da anni?» chiese. «Aveva perso i contatti con lui?»

Anna scosse la testa. «Da Facebook sapevo che abitava a Bath. Però non l'ho mai contattato. Non sapevo che fosse tornato.»

«La sera in cui è salito sulla macchina di Diane Bristow, lei dunque non lo ha riconosciuto?»

«No. Era buio e aveva il cappuccio della felpa calato sul viso. Avrei dovuto notare la statura insolita, ma non avrei mai pensato a Logan. Come ho già detto, non sapevo che fosse da queste parti.»

«Le ha raccontato perché era tornato?»

Anna si strinse nelle spalle. «Non c'era un motivo preciso. A Bath le cose non gli andavano troppo bene. E allora è tornato qui.»

«Senza farsi vivo né con lei né con Dalina Jennings? Le sue due vecchie amiche?»

«Oramai non eravamo più così amici. Ci eravamo persi di vista. Non ci scrivevamo nemmeno a Natale. Né per i compleanni.»

«Perché?»

«Come… perché?»

«Be', ecco, è strano. Eravate amici. Per anni. Poi uno di voi si trasferisce a Bath e taglia di netto tutti i ponti? Oggigiorno non c'è niente di più facile che mantenere i contatti. Per mail, WhatsApp, ogni genere di canale social. Perché questa rottura completa?»

«È andata così» disse Anna.

«Ha detto che lui le ha raccontato di aver conosciuto Diane Bristow fuori dall'agenzia di Dalina Jennings mentre aspettava Dalina. Quindi voleva riprendere i contatti?»

«Sì, è probabile.»

Kate appoggiò i gomiti sulla scrivania e si sporse in avanti guardando Anna con espressione grave. «Anna, c'è qualcosa che non mi quadra. Logan Awbrey torna qui dopo tanti anni. Invece di presentarsi apertamente alle sue vecchie amiche, si apposta fuori dal luogo di lavoro di entrambe. Vuole incontrarle ma per qualche motivo è indeciso. Ambiguo. Non si fida. Evidentemente deve essere successo qualcosa. Tra voi tre?»

«È solo che ci eravamo persi di vista» mormorò Anna.

«È una spiegazione che non mi basta.»

Anna tacque. Kate aveva la sensazione che per quel giorno non sarebbe riuscita a fare altri progressi. Avrebbe chiamato Pamela e l'avrebbe aggiornata sulle novità. L'indomani avrebbero ripreso l'interrogatorio.

«Basta, riprendiamo domani» concluse. «Anche Mrs. Jennings dovrà rilasciare una testimonianza. Adesso l'accompagno a casa del suo fidanzato. La sua è sotto sequestro per i rilievi della scientifica.»

«D'accordo» disse Anna.

«Nel frattempo è riuscita ad avvisare il suo fidanzato? Quando rientrerà da Londra?»

«Gli ho mandato un SMS, ma non mi ha ancora risposto. Dovrebbe tornare domani o dopodomani.»

«Bene. Anche lui dovrà darmi qualche spiegazione.»

Anna fece un profondo respiro. Kate intuì che cosa le passasse per la testa: aveva trascinato il fidanzato in un gran casino che lui aveva previsto e dal quale aveva tentato in tutti i modi di tenersi alla larga. Di sicuro la svolta negli eventi non avrebbe fatto bene alla relazione. Ammesso che superasse il colpo.

Kate si alzò decisa. Era stanca e vigile allo stesso tempo, sfinita ed elettrizzata. Depressa e galvanizzata.

Non sarebbe stato facile riuscire a dormire quella notte.

«Andiamo» disse.

5

Riconobbe la macchina di Caleb parcheggiata davanti a casa sua e, sebbene avesse continuato a temere che lui non si sarebbe più fatto vivo, in quel momento era tutt'altro che felice della sua presenza. Sapeva di avere un aspetto esausto e spento, aveva fame, freddo, non si sentiva pronta ad affrontare proprio adesso l'ennesimo problema. Pamela l'aveva informata per telefono degli ultimi sviluppi. L'unico suo desiderio era di mangiare qualcosa e andare subito a letto.

Imboccò il vialetto, fermò la macchina e scese. Caleb era di fronte alla porta di casa.

«Finalmente. Sono qui da un'eternità!»

«Perché non hai aspettato in macchina?»

«Faceva troppo freddo. E mi annoiavo. Per questo mi sono piazzato stupidamente davanti alla porta.» Anche lui aveva un'aria sfinita. Kate se ne accorse andandogli più vicina. Ed era infreddolito. «Dove sei stata?»

«Al lavoro.»

«Ma è Santo Stefano oggi!»

«Lo so.» Lo raggiunse e aprì la porta d'ingresso. Messy si precipitò verso di loro e saltò letteralmente in braccio a Caleb. Lo adorava, e Kate ne era un po' gelosa. Dopotutto era la sua gatta.

In casa faceva un bel calduccio e dal salotto proveniva il bagliore delle luci di Natale. Avrebbe potuto essere una scena serena e accogliente: due persone che tornano a casa per trascorrere una piacevole serata insieme. E invece la tensione tra di loro era palpabile. Non era una buona serata, non era un buon momento.

Kate si fermò in corridoio. «Che cosa vuoi?» chiese.

Lui la guardò stupito. «Che cosa voglio?»

«Sì. Perché sei qui?»

«Io pensavo…» Lasciò la frase a metà per chiedere invece senza preamboli: «Perché te ne sei andata di nascosto?»

«Quando?» domandò Kate, pur sapendo benissimo a che cosa si riferiva.

«Ieri. Ieri mattina. Sei sparita.»

Lei si tolse il cappotto e gli stivali. «C'è bisogno che ti dia una spiegazione?»

«Dopo quello che c'è stato… direi di sì.»

«Che cosa c'è stato?»

Il suo atteggiamento scontroso lo lasciava perplesso. «E me lo chiedi?»

«Sì. Te lo chiedo. Che cosa è stato? Un'altra delle tue avventure da una sera. A quanto si dice di te, è il tuo hobby preferito. Stavolta è capitato con me. Per caso. Passavo giusto di lì. Nient'altro. E non ci sarà altro.»

«Kate…»

«È tutto quello che ho da dire» tagliò corto lei.

La sua barriera difensiva di ostilità e asprezza lo rendeva indifeso. «Ho forse sbagliato qualcosa?» domandò.

«No. Era la situazione a essere sbagliata. Caleb, l'altra sera avevamo bevuto entrambi troppo. Tutto qui. Lasciamo perdere.»

«Io non ero ubriaco.»

«Io però sì.»

Rimasero a fissarsi per un attimo in silenzio.

«Vuoi che me ne vada?» le chiese poi Caleb.

Tutt'a un tratto Kate ebbe l'impressione che le si sarebbe spezzato il cuore se lui fosse sparito ora nell'oscurità. Come le si sarebbe spezzato il cuore se si fosse abbandonata a qualche emozione proprio ora. Lo aveva fatto una volta, tanto tempo prima, con David: si era aperta senza remore, si era abbandonata all'amore, e in vita sua non aveva mai subito una delusione tanto cocente. Probabilmente Caleb era persino più pericoloso di David. Non perché fosse una persona peggiore, ma perché non era in grado di portare avanti una relazione. Ogni potenziale compagna era destinata a fallire con lui e Kate non voleva soffrire di nuovo. Non se poteva evitarlo in qualche modo.

«Devo assolutamente mangiare qualcosa» disse. «Non ho più toccato cibo da stamattina a colazione. Visto che nel tuo appartamento non puoi cucinare e non puoi nemmeno sederti a tavola, puoi rimanere qui.»

«D'accordo, sempre meglio che ordinare una pizza da solo» rispose Caleb rassegnato. Seguì Kate in cucina dove lei cominciò a frugare in tutti gli armadietti. Le sue scorte di cibo erano leggendariamente pessime, ma alla fine scovò un pacchetto di spaghetti e un barattolo di pelati e mise a bollire l'acqua.

«Ti va bene?» chiese.

«Ottimo» disse Caleb.

Mangiarono al piccolo tavolo da pranzo accanto alla cucina. Kate accese una candela e stappò una bottiglia di vino rosso. L'atmosfera si rilassò.

Caleb era seduto di fronte a lei. Si conoscevano da anni. Era tutto a posto. Avevano fatto un colpo di testa, tutto qui, ma stavano per tornare presto alla loro familiare e affiatata amicizia.

Durante la cena lei lo informò degli ultimi sviluppi del caso. Lui l'ascoltò con attenzione e, sebbene in quel momento l'indagine l'affliggesse, Kate era felice che avessero trovato un tema neutrale.

«Questo cambia tutto, giusto?» domandò Caleb. «Il presunto assassino è lui stesso una vittima. Ucciso in maniera identica alla sua presunta vittima. Logan e Diane.»

«Una coppia che, stando alle mie informazioni, si conosceva da circa sei settimane» disse Kate. «Non potevano avere certo lunghi precedenti drammatici.»

«Magari lui l'aveva soffiata a qualcun altro?»

«Che poi ha dato fuori di matto e ha massacrato prima lei e poi lui? Nella vita di Diane non c'era nessuno. Su questo concordano tutti. Conduceva un'esistenza solitaria e appartata, tranne per il lavoro al Crown Spa. Era un lavoro che non le piaceva, ma che svolgeva scrupolosamente. Difficile immaginare una vita più anonima della sua.»

«Oppure una vita in cui le cose restavano molto nascoste. Nessuno sapeva della presenza di Logan Awbrey, tanto per dire.»

«Una cosa è tenere nascosto per sei settimane di avere qualcuno con cui ci si incontra occasionalmente. Ma qualcuno che la uccide perché lei lo ha lasciato è più difficile. È una cosa più grossa. Sarebbe riuscita a tenerla completamente segreta?»

Caleb si strinse nelle spalle. «Teoricamente è plausibile, nonostante tutto. Ma difficile da immaginare. E inoltre partecipava a un'iniziativa destinata a chi è in cerca di un partner. L'avrebbe fatto se ci fosse stato già qualcuno?»

«Forse c'era qualcuno. Da cui voleva separarsi a qualunque costo, ma che non voleva accettarlo.»

«Devi passare al setaccio la vita di Diane» disse Caleb. «Da qualche parte c'è un appiglio. Deve esserci per forza.»

«Oppure la vita di Logan Awbrey, l'uomo le cui impronte erano sulla scena del crimine di Alvin Malory. Per qualche motivo credo che sia lui la chiave. O quantomeno il punto che ci permetterà di progredire nelle indagini.»

«La testimonianza di questa Anna Carter non ti è d'aiuto ?»

«Purtroppo no, perché nasconde la verità. O tace su qualcosa di importante. Caleb, ho la sensazione che ci sia una nota stonata. Questo strano rapporto tra amici che all'improvviso non lo sono più, senza una spiegazione plausibile. Perché Logan Awbrey era tornato a Scarborough? Perché non si era messo direttamente in contatto con le due amiche? Si aggira di nascosto intorno all'agenzia, conosce un'altra donna e poco dopo lei muore e poi anche lui. Le due amiche nascondono qualcosa in grande stile... Qual è il legame tra queste cose?»

«Una giungla» disse Caleb. «Mi capitava spesso. Di avere la sensazione di trovarmi di fronte a una giungla impenetrabile.»

«Già, eppure da qualche parte in mezzo a questo intrico c'è una storia chiara» ribatté Kate. «Forse persino banale. Il primo filo. Se solo riuscissimo a individuarlo!»

Sparecchiarono la tavola, si fecero un espresso e si spostarono in salotto accanto all'albero di Natale. Kate lo fissò come se non lo vedesse. «Chi ha aggredito Alvin Malory lasciandolo moribondo? E perché? E qual è stato il ruolo di Logan Awbrey in quella storia?»

«Forse nessuno.»

«Lui era lì. Non ci sono dubbi. Anche se nessuno della famiglia lo conosce.»

«I genitori non lo conoscono» puntualizzò Caleb. «Forse Alvin lo conosceva. Ma non possiamo chiederglielo.»

«Tutto è stato passato al setaccio. Tutti i contatti. Tutta la vita della famiglia Malory.»

«Conosci anche tu gli interminabili elenchi di nomi. I protocolli d'interrogatorio. L'ambiente della famiglia è stato analizzato puntigliosamente, senza tralasciare nulla. I genitori tra l'altro furono molto collaborativi. Mi fecero i nomi di tutte le persone che venivano loro in mente. Nell'ambito professionale come in quello privato. Abbiamo interrogato tutti. Abbiamo praticamente messo a soqquadro la scuola di Alvin. Non credo che ci sia sfuggito qualcuno.»

«Ora che conosciamo il collegamento tra Anna Carter e Dalina Jennings con Logan, forse sarebbe il caso di verificare se le due avessero rapporti scolastici con Alvin.»

«Non potevano frequentare la stessa classe» disse Caleb. «Hanno diversi anni più di lui.»

«All'epoca arrivasti alla conclusione che si fosse trattato di un'aggressione casuale?» chiese Kate.

Caleb annuì. «Sì, perché non c'erano altre spiegazioni. Alvin Malory era stato vittima di mobbing, per tutta la vita, ma non era odiato, non era mai stato perseguitato in una maniera che si avvicinasse neanche lontanamente alle sevizie che gli furono inferte. Era obeso e attirava su di sé scherno e derisione. Purtroppo. Ma non ci siamo mai imbattuti, da nessuna parte, in qualcuno che provasse un vero odio verso di lui. Era del tutto indifferente alla maggior parte delle persone intorno a lui. Già questo era un dramma. Poi c'erano quelli che lo stuzzicavano. Perché lui gliene offriva il pretesto. Ma niente di più.»

«E un giorno passa lì davanti qualcuno, si introduce in casa oppure suona alla porta e viene fatto entrare… e tortura quasi a morte il ragazzo ciccione che ci abita? Ti sembra logico?»

«No» riconobbe Caleb. «Ma non è stato possibile trovare niente di più logico.»

«Una storia abbastanza semplice» disse Kate riallacciandosi alla riflessione che aveva già espresso prima. «Probabilmente addirittura banale. Infarcita da un groviglio di insignificanti particolari. Come sempre.»

Si alzò. «Mi ero stampata l'elenco dei nomi. Vado a prenderlo.»

«Ma è Natale» obiettò Caleb, anche se Kate era già uscita dalla stanza. Quando tornò aveva con sé un voluminoso plico di documenti.

«Nomi, indirizzi, numeri di telefono delle persone che in qualche modo erano collegate alla famiglia Malory.»

«Sì. E abbiamo interpellato tutti. Kate, c'eravamo davvero intestarditi sul caso di Alvin Malory. Tutta la squadra. Eravamo rimasti molto turbati dalla storia. Abbiamo fatto straordinari senza fine. Volevamo beccare il colpevole. Ma ogni minima traccia finiva in un vicolo cieco.»

Kate esaminò gli elenchi. «Fin dalla prima volta che ho studiato questi documenti» disse, «ho avuto la sensazione che mancasse qualcosa. Non so che cosa. Non riesco a individuarlo…»

Caleb annuì. «È vero, lo hai detto subito. Ma non manca niente.»

Kate non lo stava ascoltando. Continuava a fissare i fogli ma il suo sguardo era rivolto dentro di sé. Caleb conosceva bene quest'espressione, questa concentrazione totale, questo isolarsi dal mondo esterno, immergersi dentro di sé e il proprio istinto. Le sue intuizioni erano la sua dote più grande, ma non sempre era facile trovarle, afferrarle, farle risalire in superficie dall'inconscio. Spesso Kate sembrava più stanca di altre persone e a volte Caleb pensava che dipendesse da questo: dalla sua instancabile vita interiore che doveva indirizzare e ordinare come il mondo esterno e con la quale doveva continuamente provare a mantenere un arduo contatto.

Alzò gli occhi e lo mise di nuovo a fuoco. «Che cosa hai detto prima? Meglio mangiare qui da me che ordinare una pizza da solo?»

«Sì» confermò Caleb, nemmeno troppo stupito. Sapeva quanto fossero inspiegabili i suoi ragionamenti, che tuttavia sfociavano sempre in un risultato logico.

«Ecco cos'era» annunciò Kate. «Ecco cosa manca. Fra tutti i contatti e gli elenchi telefonici non c'è nemmeno un servizio di pizza a domicilio!»

Caleb annuì. «In effetti all'epoca lo avevo notato. Molto insolito al giorno d'oggi. Ma Mrs. Malory mi aveva spiegato che avevano sempre evitato quel genere di cibi. A causa di Alvin, per non peggiorare ulteriormente le cose. Mrs. Malory cucinava piatti molto sani, solo con ingredienti freschi e controllati. E comunque suo marito non avrebbe permesso diversamente.»

«Allora perché Alvin non riusciva a dimagrire?»

«Perché si rimpinzava di dolciumi lungo il tragitto di scuola o tutte le volte che era in città. Li nascondeva in camera sua, in parte sotto il materasso. Nell'armadio, dappertutto. All'epoca il padre lo raccontò pieno di collera, nonostante quanto accaduto. A volte perquisiva la camera del figlio quando non c'era e trovava questo genere di cose. Buttava tutto nella spazzatura, ma Alvin ovviamente non rinunciava a procurarsene una nuova scorta. Non poteva fare altrimenti.»

«Caleb» disse Kate, «quando non andava a scuola, Alvin era sempre a casa da solo. I genitori erano molto impegnati con l'autofficina. A mezzogiorno mangiava alla mensa, probabilmente trattenendosi per non essere deriso ancora di più. Durante le vacanze sua madre gli preparava sempre qualcosa, sicuramente qualcosa di sano. Possibile che poi gli bastasse rimpinzarsi di tavolette di cioccolato e caramelle fino a sera, quando mangiava di nuovo qualcosa di sano sotto l'occhio vigile dei genitori? Non ci credo!»

«Abbiamo controllato i tabulati telefonici di tutta la famiglia. Anche la rete fissa. Non c'era niente.»

Kate si prese la testa tra le mani. «Sono sicurissima che ordinava pizza. Hamburger. Piatti di pasta. In gran quantità. Probabilmente ogni giorno. Centosessantotto chili non si raggiungono solo per qualche pacchetto di caramelle nascosto sotto il materasso.»

«Ammesso che fosse così» disse Caleb, «non è detto che il fattorino, o più fattorini, abbiano a che fare con l'aggressione.»

«Certo che no. Ma sarebbe una pista che finora non è stata battuta. Potrebbe trattarsi di un contatto regolare, del quale tutti erano all'oscuro. Qualcuno che Alvin vedeva praticamente quasi ogni giorno, o almeno un paio di volte a settimana. E che sapeva che era quasi sempre a casa da solo.»

«Hm» fece Caleb.

«E se avesse avuto un secondo cellulare?» ipotizzò Kate.

«Alvin?»

«Sì, uno di quelli prepagati. Nessuno doveva scoprire i suoi traffici.»

«Lo avremmo trovato. Abbiamo setacciato tutta la casa. Dato che Alvin non poteva immaginare che sarebbe finito in uno stato vegetativo, non avrebbe nascosto in maniera introvabile l'oggetto, ammesso che l'avesse.»

«Lui sicuramente no» concordò Kate. «E invece sua madre?»

«Sua madre?»

«Forse era al corrente. Qualcuno doveva pur sbarazzarsi delle confezioni e dei contenitori di polistirolo – fuori da casa e dal giardino. Inoltre Alvin aveva bisogno di un sacco di soldi per questo suo hobby decisamente costoso. Più di quelli che di solito spettano ai figli che appartengono a famiglie non privilegiate. È impossibile che abbia fatto tutto da solo, senza aiuto.»

«Sua madre avrebbe contribuito attivamente alla sua infelicità?»

«Perché non era possibile fare altro. Lui aveva una vera e propria dipendenza da cibo. Forse non era la cosa migliore per lui dargli dei soldi, ma piantarlo in asso forse sarebbe stato anche peggio. È già capitato che delle madri diano ai figli i soldi per droghe o alcol, perché non possono fare altro.»

«Ma perché allora avrebbe taciuto questa circostanza con la polizia? Proprio lei, che desidera più di ogni altra cosa che il colpevole venga arrestato?»

«Deve averlo fatto soprattutto a causa del marito. Che non è mai stato tenero con Alvin, lo ha sempre criticato, rimproverato, attaccato. Persino in una situazione del genere Mrs. Malory voleva evitare che il marito venisse a conoscenza della vera entità del disturbo alimentare di Alvin. Che si dedicava al binge eating, quotidianamente. Non vuole che l'opinione del padre di Alvin diventi ancora più negativa di quanto già non sia. Tace sull'utilizzo di un servizio di cibo a domicilio e fa sparire il cellulare.»

«Una teoria che potrebbe stare in piedi» dovette riconoscere Caleb.

«Si convince che la probabilità che il colpevole sia lì è minima e che non sta nascondendo niente di cruciale. Quantomeno ritiene più importante salvaguardare il segreto di Alvin di fronte all'uomo che lo ha sempre perseguitato con il suo disprezzo e le battute sarcastiche: suo padre.»

«Brillante ragionamento, Kate» approvò Caleb. «Immagino che domani andrai a trovare Mrs. Malory?»

«Sì.»

Appoggiò la tazzina sul tavolo del divano e si alzò. «Adesso torno a casa. Grazie della cena, Kate. Grazie della serata.»

Lei si alzò per accompagnarlo fino alla porta. Qui lui si girò. «Non sei stata l'avventura di una notte, Kate. Almeno non per quello che mi riguarda.»

«Buonanotte, Caleb» rispose lei.

Lo guardò raggiungere la macchina nella notte buia e nebbiosa. I fari si accesero quando azionò l'apriporta centralizzato. Tutt'a un tratto desiderò che si girasse ancora una volta verso di lei, e invece lui non la degnò di uno sguardo.

Quando richiuse la porta di casa, le tornò in mente che non aveva ancora chiamato Burt Gilligan.

6

Sam finalmente richiamò a tarda sera, dopo che Anna gli aveva lasciato almeno otto messaggi allarmati in segreteria. Aveva la voce stanca. «Che cosa c'è? Perché mi hai chiamato?»

Lei era così tesa che scoppiò a piangere. «Dov'eri? Perché non mi hai risposto?»

«Ero con mio padre, Anna, avevo spento il cellulare. Una volta tanto volevo essere non raggiungibile per potermi concentrare un paio d'ore soltanto su di lui, che tra l'altro sta parecchio male. Si può sapere che cosa succede?»

«Lo sanno, Sam. La polizia. Che Logan è morto e che noi l'abbiamo fatto sparire.»

«Come dici?»

Il pianto di Anna diventò più intenso. «Kate è stata qui da me. Quella nuova del corso. Aveva preso il posto di Diane. È una poliziotta, Sam. Non lo sapevo.»

«Maledizione» disse Sam, «ti avevano infilato una talpa nel corso, o cosa?»

«Era stata a casa mia. Ha notato la finestra rotta e l'albero di Natale appoggiato sul retro. Inoltre si è accorta che mi ero dimenticata di chiudere a chiave la porta.»

«Perché era andata a ficcare il naso in giro?»

«Perché è una poliziotta.»

«Non fa differenza. Perché... non importa. E tu allora le hai raccontato tutto?» Dal suo tono di voce sembrava che gli fosse venuto mal di testa, e Anna poteva capirlo.

«Me la sono trovata alle spalle di colpo. Mentre cercavo di caricare in macchina la passatoia sporca di sangue.»

Lo sentì sospirare piano. «Perché non hai aspettato che tornassi io?»

«Perché avevo paura. Tutt'a un tratto mi sono resa conto di quanto fossimo stati avventati. Lasciare la passatoia dentro casa, insieme ai nostri vestiti insanguinati... E poi la porta aperta. Chiunque avrebbe potuto trovarli.»

«D'accordo. E cosa le hai raccontato?»

«Come sono andate le cose. Praticamente tutto.»

«Mio Dio, Anna, adesso ci troviamo in guai belli grossi» osservò Sam scioccato. «Abbiamo infranto la legge.»

«Mi spiace tanto, Sam. Sul serio. Ma non abbiamo fatto niente di troppo grave, no? Non siamo stati noi a uccidere Logan. Abbiamo reagito in maniera sbagliata quando l'abbiamo trovato.»

«Ed è proprio questo che la polizia troverà insolito. Se fossimo innocenti e ignari, perché non l'abbiamo chiamata subito? Per amor di Dio, Anna, ci hai messo in una situazione davvero brutta.»

Sembrava molto arrabbiato, soprattutto con se stesso. Perché si era lasciato convincere a portare a termine quella missione notturna in mezzo alla brughiera, contro il suo istinto, contro il buonsenso, contro il presentimento che non ne sarebbe uscito niente di buono.

«Puoi anticipare il rientro?» gli chiese con voce piagnucolosa.

Si rese conto anche al telefono che lui non aveva nessuna voglia di vederla, ed era una sensazione completamente nuova. Di solito era lei quella che si sottraeva: che aveva insistito perché continuassero a vivere separati, che voleva tenere le distanze, che parlava di spazi e ambiti personali. Adesso, per la prima volta da quando lo conosceva, qualcosa era cambiato. Non era più il Sam sempre affettuoso, che accettava le sue manie e le sue nevrosi, che nonostante tutto le faceva capire di voler trascorrere la vita insieme a lei. Era indispettito, arrabbiato. E per qualche motivo non sembrava trattarsi di uno stato d'animo passeggero, anche se Anna non avrebbe saputo dire da cosa lo intuisse. Lo sentiva e basta. Aveva superato i limiti. Si era spinta troppo in là con quella storia.

Sam non sembrava più sicuro di desiderarla. Il distacco era iniziato quando aveva visto il cadavere di Logan nel corridoio di casa sua ed era proseguito quando, al buio e con un freddo polare, era dovuto scendere giù da una scarpata per nascondere un morto tra gli arbusti. Si era definitivamente accentuato quando Anna si era rifiutata di raccontargli tutta la storia, di dirgli la verità. E come se non bastasse, adesso lei aveva fatto un ulteriore passo avanti e aveva coinvolto anche la polizia. La faccenda stava prendendo proporzioni sempre più esagerate, diventando ingestibile, ed era assai probabile che Sam si domandasse se voleva davvero continuare a vivere con una persona che non riusciva ad avere il controllo della propria vita e trascinava gli altri inesorabilmente nel baratro con sé.

Cominciò a piangere ancora più forte, perché questo non l'avrebbe mai creduto: di poterlo perdere.

«Per stasera non ce la faccio a tornare a casa» le disse. «Sono stanco morto. Voglio solo andare in hotel e mettermi a letto.» Fece un altro sospiro, profondo e accorato. «In realtà avevo pensato di tornare sabato.»

«La polizia sa che sei a Londra e che tornerai domani o dopodomani. Dovrai presentarti alla centrale.»

«Sì. Fantastico. Se non altro ho un po' di tempo per pensare a cosa dire sul perché mi sono fatto trascinare in questa follia.»

«Sam, mi spiace tanto.»

«Spiace anche a me» tagliò corto lui prima di riattaccare.

Anna rimase a piangere seduta in mezzo al salotto finché non ne poté più. Si alzò, si trascinò in bagno e osservò la donna che la guardava dallo specchio. Una donna con gli occhi gonfi e rossi che stava vivendo la crisi peggiore della sua vita.

L'interrogatorio sarebbe continuato l'indomani. Quella piccola, esile Kate Linville era una persona tenace, Anna l'aveva già capito. Non si sarebbe fatta fregare. Non aveva creduto alle motivazioni addotte da Anna per spiegare come mai si fosse sbarazzata del cadavere di Logan invece di chiamare la polizia. Sospettava che dietro ci fosse qualcos'altro e non avrebbe mollato finché non l'avesse scoperto. Probabilmente non sarebbe stata sola. L'avrebbero messa sotto torchio...

Non ce la posso fare. Non ce la posso fare. Non ce la posso fare.

Avrebbe detto cose che non poteva rivelare per nessun motivo. Perché i nervi non l'avrebbero sorretta per più di mezz'ora in un confronto con la polizia.

Sarebbe stato meglio se l'indomani non ci fosse più stata.

Ma dove poteva andare? Casa sua era stata messa sotto sequestro dagli agenti. E in ogni caso era così fredda e vuota che l'avrebbe sfibrata. Non rappresentava più un rifugio. Era diventata un luogo dell'orrore.

L'unica soluzione era andare da Sam. L'unico punto fermo della sua vita. Forse non l'avrebbe salvata, ma le avrebbe dato la sensazione di non essere completamente in balia degli eventi. Che c'era qualcuno al suo fianco pronto ad afferrarla se fosse caduta.

Aveva programmato di tornare sabato, ma alla luce degli eventi magari avrebbe anticipato il rientro all'indomani. Sarebbe stato comunque troppo tardi. Forse lei non sarebbe stata più a casa, ma nella stanza degli interrogatori alla centrale di polizia. Da ore. Ormai crollata. Anche Sam sarebbe stato portato lì. Dubitava che prima ci sarebbe stato tempo per un colloquio a quattrocchi.

Doveva recarsi a Londra. Doveva vederlo e parlare con lui.

Non sapeva in quale hotel alloggiasse e intuiva che non avrebbe avuto senso chiamarlo per chiederglielo. Al momento non era interessato a incontrarla.

Non conosceva nemmeno l'indirizzo preciso della casa di riposo dove era ricoverato il padre – oddio, quante volte l'aveva pregata di accompagnarlo – ma ricordava di averlo sentito dire che era in centro, a poca distanza da Shepherd's Bush Green. Poteva bastare? Quante case di riposo potevano esserci nella zona?

Lo avrebbe scoperto. L'importante era partire. Aveva bisogno di allontanarsi. Di tranquillità. Doveva riflettere. Non poteva rimanere lì nell'appartamento, che senza Sam era dolorosamente vuoto. Non avrebbe superato la notte. Sarebbe partita per Londra e poi avrebbe deciso il da farsi.

Una vocina le diceva che non era affatto un buon piano e che non avrebbe migliorato la sua situazione se l'indomani Kate Linville avesse suonato alla porta e non l'avesse trovata. Ciononostante prese il cappotto, la borsa, compose il numero del radiotaxi e prenotò subito una vettura. Lasciò l'appartamento, scese le scale e uscì sulla strada buia. Per un attimo aveva temuto che ci fosse un poliziotto appostato fuori, ma la via era deserta e silenziosa, non c'era anima viva in giro. Anna rabbrividì per il freddo e l'umidità.

Che cosa aveva fatto della propria vita? Com'era potuta arrivare fino a questo punto? Era in giro a tarda sera, aspettando un taxi che l'avrebbe portata fino a casa sua, sigillata dalla polizia, a recuperare la macchina, a sua volta confiscata, per recarsi a Londra e chiedere aiuto all'uomo che grazie a lei si trovava nella situazione più precaria della sua vita.

Si sentì salire di nuovo le lacrime agli occhi ma le ricacciò faticosamente indietro. Aveva un lungo viaggio davanti a sé e comunque non vedeva molto bene di notte. Non doveva piangere più di quanto avesse già fatto quella sera.

Il taxi arrivò. L'autista, un laconico indiano, non fece commenti quando gli disse di voler essere portata nella campagna più desolata la sera del 26 dicembre, e di questo lei gli fu grata. Non avrebbe sopportato un tassista ciarliero e curioso nelle sue condizioni. E non avrebbe avuto risposte da dare alle sue domande.

Si fece lasciare sulla strada e non davanti a casa, perché non sapeva se fosse delimitata dal nastro della polizia, e non voleva che il tassista si insospettisse. Si incamminò sul viottolo melmoso. C'erano tantissime tracce di pneumatici… La polizia era stata lì nel pomeriggio con diversi mezzi. La casa era stata la scena di un omicidio, l'omicidio di Logan Awbrey. Continuava a sembrarle un'idea bizzarra e assurda. Chi aveva ucciso Logan?

E perché?

Un enigma fitto e intricato.

Il cottage era buio e ostile, esattamente come lo sentiva lei. L'auto era ancora dove l'aveva parcheggiata. Solo mentre camminava verso casa, dopo aver lasciato ripartire il taxi, Anna si era resa conto che la polizia avrebbe potuto averla portata via. In quel caso sarebbe stata bloccata lì. Ma per fortuna c'era, anche se le portiere erano chiuse con dei sigilli. Come la porta di casa.

Prese le chiavi dalla borsa, strappò il sigillo e salì al posto di guida. Probabilmente stava commettendo un altro reato.

Ma ormai era del tutto irrilevante.

Mia madre parlava spesso di un intervento allo stomaco e per questo la odiavo. Più precisamente di un bendaggio gastrico. Aveva visto un servizio alla tivù sull'argomento e da allora lo riteneva la chiave per risolvere tutti i miei problemi. In poche parole, una parte dello stomaco veniva legata e per così dire messa a riposo e la restante ovviamente aveva la capacità di assumere solo quantità ridotte di cibo. In questo modo si raggiungeva velocemente un senso di completa sazietà che portava a mangiare di meno e quindi alla perdita di peso. Questa almeno era la teoria. Nessuno poteva dire se funzionasse davvero anche nella pratica. L'intervento comportava alcuni rischi, e potevano insorgere complicazioni anche nel periodo successivo al bendaggio gastrico. Si trattava di un'operazione importante a livello di tutto l'organismo. C'erano medici che la sconsigliavano categoricamente. Altri la consideravano la salvezza e argomentavano che vivere con un indice di massa corporea eccessivo alla lunga poteva rappresentare un rischio maggiore.

Tanto per cambiare mio padre non interveniva nella discussione. Soltanto una volta dichiarò di non capire come mai non riuscissi a dimagrire con la forza di volontà, perché avessi bisogno di assurdi interventi di trasformazione del mio organismo. Ovviamente era il suo modo per rimarcare ancora una volta la scarsa opinione che aveva di me.

Mia madre al contrario continuava a tirar fuori la storia dell'intervento. Ed era per questo che la odiavo: sebbene indicasse una strada da seguire, mi metteva anche alle strette perché alla fine avrei dovuto prendere una decisione. Perché non poteva accettarmi semplicemente per quello che ero? La sua ricerca di alternative era anche una critica nei miei confronti, in questo non era migliore di mio padre. Solo che lui lo diceva apertamente, mentre lei si nascondeva dietro false premure e preoccupazioni per me. Alla fine l'approccio diretto di mio padre mi faceva arrabbiare meno della perfidia di mia madre.

Dov'era in realtà la sua comprensione? Dove cercava le cause della mia frenesia alimentare? A lei interessava solo combattere i sintomi. Non si curava minimamente di me. Per quale motivo ero sempre alla ricerca di appagamento attraverso il cibo?

In bagno avevamo un armadietto dove mia madre teneva i medicinali. Aspirine e cose del genere, ma anche roba più pesante, rimasta dalle volte in cui qualcuno di noi si era ammalato seriamente. Siccome non buttava via mai niente, avevamo raccolto una imponente collezione. Tanto per cominciare scelsi alcune scatole interessanti e me le presi. Cortisone, che mio padre aveva dovuto prendere per un lungo periodo a causa di una dolorosa infiammazione della cuffia dei rotatori. Diversi antibiotici di quando mia madre combatteva contro una bronchite persistente. Enormi capsule che non avevo la minima idea a che cosa servissero o che cosa dovessero eliminare. Spray antiasma. Un farmaco contro l'infiammazione delle mucose. E altra roba ancora. Incredibile la quantità di medicinali che si ingeriscono nel corso degli anni.

Per fortuna nessuno si accorse che mancava qualcosa. L'armadietto era troppo disordinato e caotico.

Cominciai a mescolare qualche farmaco al cibo di mia madre per divertimento, tutte le volte che mio padre non era in casa e mangiavamo da soli. Sbriciolavo le compresse o rovesciavo i granuli dalle capsule più grandi. Oppure versavo qualche goccia dello spray nasale. Il più delle volte riuscivo a infilarle qualcosa nel piatto perché durante i pasti si alzava continuamente per andare a prendere qualcosa in cucina. Mia madre interpretava con grande zelo la parte della vittima sfruttata in famiglia. Correva e prendeva e portava, si asciugava la fronte... sospirando forte.

Nessuno era in grado di sospirare in maniera così teatrale come mia madre.

Siccome dovevo trovare un modo per sfogare la mia aggressività, a ogni occasione lei si ritrovava servito un bel cocktail di farmaci. Per me era fonte di diabolico divertimento guardarla trangugiare ignara forchettate di cibo. All'inizio non ci fu alcuna reazione, ma poi cominciò a lamentare un malessere generale.

«Non so proprio che cosa mi stia succedendo negli ultimi tempi. Ho sempre le vertigini e la nausea.»

«Dovresti andare dal medico» le dicevo premuroso.

«Non ho tempo» rispondeva come previsto.

«Non hai affatto una bella cera» notavo. Il che era vero. Aveva un velo di sudore sulla fronte sebbene le temperature fossero miti.

«Non me lo so spiegare» mormorava.

A un certo punto andò dal dottore, che tuttavia non riuscì a trovare niente. Le furono prescritte compresse vitaminiche e ricostituenti, ma non servì a molto. Spesso si lamentava di avere dolori allo stomaco. Per un paio di settimane il bianco degli occhi assunse un colore stranamente giallastro. Probabilmente il fegato era messo male. Con tutto quel lavoro di disintossicazione...

Vedere mia madre che soffriva mi compensava in parte delle mie stesse sofferenze, ma ovviamente non modificò affatto la mia situazione. Continuavo a essere escluso, disprezzato e nei casi migliori compatito. Nessuno voleva avere niente a che fare con me. Io ero Fatty. Gli altri non mi notavano oppure mi deridevano, con le parole o le occhiate.

Per me non c'era altro.

Mi mancava molto Mila. Si era comportata in maniera orribile e meschina verso di me, ma in qualche modo era diventata parte della mia vita quotidiana. Nei miei sogni a occhi aperti immaginavo un meraviglioso futuro per noi due insieme e a un certo punto avevo iniziato a credere che si sarebbe realizzato. Per il semplice fatto che eravamo destinati l'uno all'altra e un giorno anche Mila lo avrebbe compreso. Non avevo messo in conto neppure lontanamente la possibilità che lei sparisse. Che si dissolvesse letteralmente nell'aria.

Un giorno mi rivolsi addirittura alla sua amica Sue, pensando che lei sapesse dove si erano trasferite Mila e sua madre.

«Non lo so» mi rispose invece. Siccome l'aveva detto con un lampo di delusione negli occhi, ero abbastanza sicuro che fosse la verità. Mila non aveva detto niente. Per non correre rischi aveva sacrificato addirittura quell'amicizia. Ne rimasi scioccato: fino a che punto si era spinta per evitare che la potessi rintracciare.

Per qualche secondo provai quasi un senso di complicità con Sue. Entrambi eravamo stati abbandonati dalla stessa ragazza. Era una cosa bella, un senso di appartenenza, il dolore condiviso di due persone a cui era capitata la stessa disgrazia nello stesso momento. Ma Sue distrusse questa sensazione nel giro di trenta secondi. Tutt'a un tratto smise di essere addolorata e diventò furiosa.

«È scappata per colpa tua!» esclamò. Disgustata. «Non ti sopportava più. I tuoi appostamenti, la tua insistenza. Aveva paura di te!»

«Paura?» chiesi sinceramente stupito. Perché doveva avere paura dell'uomo che amava?

«Mi diceva spesso che le facevi paura. Che non hai tutte le rotelle a posto. Che hai qualcosa di problematico. Si sentiva molto a disagio vicino a te. Una volta mi ha detto...» Sue si bloccò.

«Che cosa?» le domandai, anche se ero così sconvolto che faticavo addirittura a respirare. Per amor del cielo, che cosa andava raccontando Sue? Erano tutte sciocchezze, pure e semplici sciocchezze. Probabilmente era invidiosa. Perché Mila era amata da un uomo. Mentre a quanto ne sapevo nessuno si interessava a Sue.

«Una volta mi ha detto che secondo lei sarebbe successo qualcosa di brutto. Che le avresti fatto qualcosa. Avevi un'espressione così stramba, ha detto. Di chi fa cose brutte quando viene respinto.»

«Non è vero» bisbigliai. Avrei voluto alzare la voce, ma si era trasformata in un sibilo roco. «Non può aver detto così.»

«Invece sì» confermò Sue crudele. «E sai una cosa: aveva ragione. Capisco perché se ne è andata e credo che sia stata la cosa migliore che poteva fare. Mettersi al sicuro.»

«Smettila» gracchiai.

Lei fece un sorrisetto malvagio. Non c'era rimasto più niente della nostra momentanea complicità, probabilmente me l'ero immaginata solo io. «Sei grasso e brutto, Fatty, ed è ridicolo che tu abbia creduto che una ragazza come Mila fosse interessata a te. Sai una cosa, però? Il tuo aspetto non sarebbe la cosa peggiore. Se avessi un bel carattere e fossi un tipo simpatico. Ma Mila ha ragione: c'è qualcosa che non va in te. Hai il cervello bacato e le ragazze ti eviteranno per tutta la vita. Perché si vede. Si vede, guardandoti negli occhi.»

Le sue parole mi lasciarono allibito. Come osava parlarmi in quel modo? Come osava sbattermi in faccia simili impudenze? In fondo allo stomaco cominciò ad agitarsi questo fremito, questo senso di bruciore con cui cominciava sempre l'odio, la collera, una collera assassina. Non so che cosa sarebbe successo se Sue e io fossimo stati da soli. Ma ci trovavamo a scuola, in un angolo di uno dei lunghi corridoi ed eravamo circondati da altre persone. Purtroppo non mi fu possibile fare le cose che avrei tanto voluto farle.

Allora dissi soltanto: «Ci si incontra sempre due volte nella vita, Sue. Non credere che dimenticherò quello che è successo oggi. Te ne pentirai amaramente».

Lei mi fece un sorrisetto insolente e se ne andò a testa alta. Avevo subito un'altra sconfitta e continuavo a non sapere dove fosse finita Mila.

Madame du Lavandou lo sapeva, insieme forse a un paio di altri colleghi, ma nessuno di loro me l'avrebbe detto. Provavo la stessa rabbia che avevo per Sue anche per Madame du Lavandou. Pure lei mi aveva trattato male. Non me lo sarei dimenticato. Speravo che il destino mi avrebbe dato l'occasione di fargliela pagare molto, molto cara.

Trascorrevo molto tempo su Internet, passavo in rassegna città e scuole, cercavo di ottenere elenchi di nomi e di manifestazioni, cercavo Mila, e a volte sua madre. Sapevo che aveva un prozio a Sheffield, quindi concentrai le mie ricerche in quella regione, ma Sheffield era grande e circondata da numerosi sobborghi. Avrebbe potuto essere dovunque, in un punto qualsiasi del paese. Magari aveva addirittura lasciato la Gran Bretagna e questa prospettiva mi faceva stare così male che cercavo di scacciarla. Il destino non poteva essere tanto malvagio con me. Ma a un certo punto anche le mie ricerche si arenarono. Dagli elenchi dell'anagrafe non ottenni niente, e neppure da quelli telefonici. Mila e sua madre avevano oscurato ogni loro dato. Quale motivazione avevano addotto? Di essere perseguitate da un pericoloso psicopatico?

Mi resi conto che avevo bisogno di calma, pazienza e un lungo respiro, ma che un giorno sarei riuscito a rintracciare Mila. Nessuno può nascondersi per sempre, tutti lasciamo delle tracce, nell'epoca di Internet ancora di più. Nell'attesa però potevo sfruttare il tempo a mio vantaggio: potevo dimagrire.

Può sembrare strano che il desiderio di dimagrire si fosse risvegliato per la prima volta dentro di me in relazione a Mila e alle mie ricerche. Ovviamente non fu così. La nostalgia di un corpo bello e slanciato, di agilità, di tutto ciò che a quel punto sarebbe cambiato nella mia vita, era sempre stato un punto fisso per me fin dall'infanzia. Non c'era niente che mi facesse soffrire così tanto quanto il mio corpo. Mi ero tormentato con le diete, ero stato da medici, trascorso le vacanze estive in cliniche specializzate invece che sulla spiaggia o in acqua come tutti gli altri. Tuttavia stavolta era diverso. Non so descriverlo chiaramente. Al pensiero di cercare Mila, rintracciarla e presentarmi di fronte a lei dimagrito, ero pervaso da un'energia improvvisa mai provata prima. Tutte le volte che avevo intrapreso un nuovo piano di dimagrimento, mi ero sentito contemporaneamente scoraggiato, stressato, triste, avevo avuto l'impressione di trovarmi di fronte a una montagna insormontabile, che non avrei mai scalato. Ogni volta era come se dentro di me sapessi di essere destinato al fallimento e che mi sarei potuto risparmiare la fatica di iniziare. Adesso invece era diverso. Ero animato da una grande determinazione. Da un grande slancio. La visione di me che mi presentavo da Mila, magro e forte, e di come lei mi guardasse stupefatta e piena di gioia scatenava in me un'ondata di energia, determinazione e fiducia.

Ce l'avrei fatta.

Ma certo. Non avevo più bisogno di operazioni, di bendaggi gastrici, di cliniche, di psicologi. Lo sapevo. Non ero mai stato più sicuro di così in vita mia.

Avrei cambiato la mia vita.

Venerdì, 27 dicembre

1

Kate sapeva che era un orario inopportuno per una visita a sorpresa, ma aveva così tanto da fare quel giorno che non poteva permettersi di sprecare mezza mattinata prima di cominciare dal punto più importante. E comunque presumeva che Louise Malory fosse sveglia. Le cure del figlio sicuramente la costringevano ad alzarsi molto presto tutti i giorni.

Mentre attraversava la città, Kate fece due telefonate. Chiamò Anna, per informarla che sarebbe arrivata da lei per le dieci. Le rispose la segreteria telefonica sulla quale lasciò un messaggio. Forse dormiva ancora. Il giorno precedente doveva averle causato sicuramente un pesante stress.

Poi finalmente si decise a chiamare Burt Gilligan. Quella telefonata le provocava una notevole ansia. Non solo si era comportata da gran maleducata, aveva anche lasciato passare troppo tempo prima di farsi viva. Probabilmente le avrebbe sbattuto la cornetta in faccia, e non avrebbe potuto biasimarlo.

Lui rispose al secondo squillo. «Pronto?»

«Pronto. Sono Kate. Kate Linville.»

Ci fu una pausa di silenzio.

«Buongiorno» disse poi Burt. Aveva un tono molto riservato.

Kate fece un profondo respiro. «Burt, mi spiace davvero tanto. La sera del nostro appuntamento ho avuto un contrattempo, ma ovviamente avrei dovuto avvisare al ristorante. La prego di perdonarmi.»

«Non c'è problema.» Sembrava molto offeso.

«Ci eravamo dimenticati di scambiarci i numeri di telefono» disse Kate. «Ho faticato a recuperare il suo. Per questo la chiamo soltanto adesso.»

«Davvero, non c'è problema» ripeté Burt.

«Vorrei farmi perdonare. Le andrebbe di riprovare con una cena da Gianni? Stasera? E stavolta sono io a invitarla.»

Burt esitò. «Kate...»

«La prego. Per me è importante.»

«E va bene» disse Burt. «Facciamo un secondo tentativo. Alle otto?»

«Prenoto un tavolo. Mi fa molto piacere. Grazie, Burt.» Chiuse la telefonata. Per i suoi standard era stata insolitamente attiva, aveva organizzato un appuntamento con un uomo. Anche se lo scopo era di farsi perdonare. Dubitava che tra di loro potesse nascere qualcos'altro.

A casa della famiglia Malory la luce era accesa, perciò Kate osò suonare il campanello. Louise aprì quasi subito. Teneva in mano una scatola di medicine e, nonostante l'ora, aveva già l'aria esausta come altre persone dopo una lunga giornata di lavoro.

«Ah, sergente» disse. «Ci sono novità?»

«È spuntato un interrogativo importante» rispose Kate. «Posso entrare?»

«Ma certo.» Louise fece un passo indietro e Kate entrò. Come le era accaduto la prima volta, notò il cattivo odore – l'aria era soffocante, troppo calda, stantia, sapeva di malattia. Di umidità. Kate immaginò che ci fosse della muffa in giro. Louise in pratica si occupava esclusivamente del figlio, e anche se la casa le fosse crollata addosso, non se ne sarebbe accorta.

Alvin era sdraiato nel suo letto, nella stessa posizione della volta precedente. Portava solo una tuta di un colore diverso. Il suo sguardo fissava il vuoto. Come sempre, da nove anni.

In un angolo c'era un piccolo albero di Natale con palline colorate e candeline elettriche. Louise aveva seguito lo sguardo di Kate. «Non so che cosa riesca a percepire» ammise. «Forse sa che è Natale. Forse è felice per l'albero.»

«Di sicuro gli fa bene essere circondato da un ambiente stimolante» disse Kate dolcemente. «Perché è possibile che dentro di lui succedano più cose di quanto si immagini.»

Louise annuì riconoscente.

«Posso offrirle un caffè?» chiese.

«Molto volentieri.»

Louise sparì in cucina. Kate si avvicinò al letto di Alvin. Osservò il giovane uomo la cui vita era stata troncata all'età di sedici anni. Oggi ne aveva venticinque e trascorreva la sua esistenza sospeso su quella strana linea tra la vita e la morte.

«A che cosa pensi?» gli chiese. «Che cosa provi? Riesci a sentirci? Se è così, allora sai che sto cercando la persona che ti ha fatto questo. Sai come si chiama?»

Sguardo fisso e respiro. Sguardo fisso e respiro.

«Logan Awbrey» disse Kate.

Nessuna reazione.

Louise rientrò con il caffè e le due donne si accomodarono sul divano di fronte al letto.

«Mrs. Malory, ci ho pensato su. E sono quasi sicura che all'epoca non fornì all'ispettore Hale tutti i contatti della sua famiglia.»

Un breve lampo si accese negli occhi di Louise. «In che senso? Certo che li abbiamo forniti tutti. Non c'era né c'è niente di più importante per me e anche per mio marito della cattura di colui che ha causato tante sofferenze a nostro figlio!»

«C'è una cosa che mi meraviglia» proseguì Kate fissando Louise negli occhi. «Il fatto che nel suo elenco non c'era neppure un numero di un servizio di cibi da asporto. Pizza, hamburger, cucina asiatica. Indiana. Cinese. O che so io.»

Comprese immediatamente di aver fatto centro. Louise chinò lo sguardo sulla tazza mentre sulle sue guance comparivano delle chiazze rosse.

«Cibi da asporto?» ripeté. Quasi che non capisse quale legame potessero avere con lei.

«È strano che una famiglia non utilizzi mai un servizio del genere.»

«Mio marito era contrario. A causa di Alvin. Lo dissi anche all'ispettore Hale.»

«Louise, suo figlio all'epoca pesava quasi centosettanta chili. E nonostante facesse di tutto per dargli pasti ragionevoli ed equilibrati. È evidente che consumasse anche cibi che si procurava in altro modo.»

«Sì, mangiava tantissimi dolci. Se li comprava andando a scuola. Cioccolata, caramelle, orsetti gommosi – in gran quantità. Li nascondeva sotto il materasso.»

«Non basta» disse Kate. «Non giustifica un grado di obesità così grave.»

Louise posò lo sguardo di lato.

Kate le toccò il braccio. «Louise, immagino che voglia proteggere suo figlio. Ma può darsi che così protegga anche il colpevole.»

Louise si rifiutò di guardarla. «Mio marito gli ha reso la vita così difficile. Non doveva saperlo. Era già abbastanza problematico che gli trovasse sempre quei dolciumi nascosti in camera quando faceva controlli a sorpresa. Allora diventava crudele, feroce, offensivo, cinico. Più di una volta ha fatto piangere Alvin. Se avesse saputo tutto quello che mangiava di nascosto... non si sarebbe più trattenuto.»

«Lei dava dei soldi ad Alvin?»

«Sì, in contanti. Prelevavo delle piccole somme dal nostro conto. Facevo in modo che mio marito non si accorgesse di niente. Avevo pregato il nostro vicino, Mr. Fagan, che era al corrente, di non dire niente.»

«Immagino quindi che esista un secondo cellulare oltre a quello di suo figlio?»

Louise annuì.

«All'epoca lo fece sparire?»

«Volevo proteggere Alvin. Ovviamente non poteva più sentire le critiche di suo padre. Però... non me la sentivo di tradirlo. Non volevo che suo padre si facesse un'opinione persino peggiore su di lui. Lei mi capisce?»

«Certo» disse Kate. «La capisco, ma non è stata una mossa molto furba da parte sua.»

A questo punto Louise si decise a guardarla di nuovo. «Crede davvero che possa esserci una pista lì?»

«Non lo so. Ma non credo che l'aggressione a suo figlio sia stata casuale. Credo che chi gli ha fatto questo lo conoscesse. E fosse anche informato sulle abitudini della famiglia, per esempio sul fatto che Alvin di solito rimaneva a casa da solo per tutto il giorno. Che faticava a muoversi. Che non si sarebbe difeso, perché per carattere non è un tipo che si difende. Un fattorino abituale che gli portava il cibo avrebbe potuto essere a conoscenza di tutti questi particolari.»

«Ma perché?» chiese Louise. «Perché qualcuno avrebbe dovuto fare una cosa del genere?»

«Louise, quello che è stato fatto a suo figlio è inconcepibile. Esistono solo due possibilità: o Alvin per qualche motivo ha attirato su di sé un odio violentissimo. Oppure qualcuno cercava una vittima. E l'ha trovata.»

A Louise spuntarono le lacrime agli occhi. Si prese la testa tra le mani e cominciò a piangere in silenzio.

«Posso avere il secondo cellulare?» chiese Kate.

Louise si alzò e uscì dal salotto. Impiegò diverso tempo a tornare. Non piangeva più, ma aveva ancora il viso bagnato di lacrime. Con sé aveva un cellulare e un caricabatterie.

«Ecco, è scarico, ma può metterlo sotto carica. I numeri sono nella rubrica. Sotto i nomi dei servizi di cibo da asporto che utilizzava Alvin. In tutto erano cinque. Non so se siano ancora esistenti. Sono passati nove anni.»

Kate si alzò e prese il cellulare e il caricabatterie. «La ringrazio, Louise. Darò un'occhiata. Potrebbe essere una pista che non porta a niente, e in quel caso lo sapremo solo noi due.»

«Grazie» bisbigliò Louise.

Dopo un attimo di esitazione Kate disse cauta: «Louise, prima ho accennato all'ipotesi che Alvin si fosse attirato l'odio di qualcuno per qualcosa che aveva fatto. Se ho capito bene, Alvin è sempre stato considerato come vittima nell'ambito delle indagini. Vittima di un crimine, ovviamente, ma anche vittima della sua vita. Vittima di bullismo, di emarginazione, vittima di sguardi sprezzanti, osservazioni crudeli, vittima della solitudine. In pratica vittima in ogni aspetto della vita. Non è mai stata presa in considerazione l'ipotesi che potesse essere anche il carnefice».

«Carnefice?» ripeté Louise aggrottando la fronte.

«Il fattore scatenante avrebbe potuto essere il suo ruolo di vittima. Sarebbe ipotizzabile che abbia fatto qualcosa di male a un'altra persona? Un tradimento, una denuncia, qualcosa del genere. Potrebbe aver rovinato la carriera scolastica a qualcuno, oppure una relazione o altro. Per difendersi, per reagire una volta nella vita. Ma può darsi che così facendo abbia distrutto dei progetti molto promettenti di qualcun altro, un'intera vita di pianificazione. Raggiungendo così un risultato che forse superava addirittura l'obiettivo che si era dato.»

«Non capisco cosa voglia dire» bisbigliò Louise. «Alvin come carnefice?» Era profondamente sconcertata.

«Potrebbe essersi difeso. E la cosa potrebbe aver preso una dinamica propria che ha distrutto un'altra persona più di quanto fosse nelle intenzioni di Alvin.»

Louise si raddrizzò in tutta la sua altezza. Gli anni di preoccupazioni l'avevano rimpicciolita, riducendola a una creatura piegata su se stessa. Ora per un istante Kate ebbe di fronte l'ombra della donna alta, magra e attraente che un tempo era stata.

«Mai nella vita» dichiarò. «Alvin non ha mai arrecato danno a nessuno nella sua vita. È inconcepibile. Alvin è una persona buona, generosa, benintenzionata. Nonostante tutto quello che gli hanno fatto, non ha mai parlato male di nessuno. Non avrebbe potuto far male a una mosca. Non nutriva pensieri di odio o di vendetta. Erano emozioni a lui del tutto estranee. No, sergente Linville, in questo si sbaglia completamente. Alvin è la vittima. Non ribalti la cosa. Non è il carnefice.»

Le due donne si guardarono in silenzio per qualche istante.

«Devo prendere in considerazione tutte le ipotesi» disse poi Kate.

Louise scrollò la testa. «Questa ipotesi è solo una perdita di tempo.»

«Arrivederci. La terrò informata di tutto.»

Louise l'accompagnò alla porta. Kate uscì nell'aria gelida. Era una giornata buia e umida, ma dopo l'atmosfera nel salotto di casa Malory, a Kate sembrava paradisiaca. Fresca e vasta e piena di possibilità. Probabilmente Louise non perdeva mai di vista il figlio. Probabilmente aveva dimenticato come fosse fare una passeggiata al mare, sentire la pioggia sulla pelle e il vento estivo tra i capelli. Non era poi tanto lontana dallo stato comatoso di Alvin.

Kate salì in macchina e mise subito in carica il telefono che le aveva dato Louise Malory. Nel momento stesso in cui voleva ripartire, il suo cellulare suonò. Era Pamela.

«Sono arrivati in ufficio diversi referti autoptici stamattina» annunciò senza perdersi in chiacchiere, neppure per augurare buona giornata. Sembrava avere fretta. «Quello di Sophia Lewis. Il confronto del DNA ha fugato anche gli ultimi dubbi. Il cadavere trovato a Sleaford appartiene proprio a Sophia Lewis. È stata uccisa con due proiettili, al cuore e al polmone. Deve essere morta sul colpo.»

«Una magra consolazione» disse Kate. «Ma pur sempre una consolazione.»

«Il secondo referto» proseguì Pamela «è quello di Logan Awbrey. È stato pugnalato dodici volte al torace. Due ferite sono state certamente mortali. I colpi sono stati inferti con grande violenza. E ora l'elemento decisivo: l'arma è la stessa che ha ucciso Diane Bristow.»

«Bingo» disse Kate. «Stesso colpevole.»

«È assai probabile. Sì.»

«Possiamo quindi presumere che Logan Awbrey avesse detto la verità ad Anna. Diane era ancora viva quando è sceso dalla macchina.»

«Subito dopo deve essere arrivato qualcun altro» disse Pamela. «A tarda sera, in quella zona isolata. Sembra davvero improbabile. Se Awbrey non fosse stato ucciso a sua volta, non accetterei mai una ipotesi del genere.»

«Qualcuno passa di lì per caso. Vede la macchina nel parcheggio. Si ferma, magari inizialmente per offrire aiuto. E poi la situazione degenera.»

«Pugnala la donna che trova in macchina e pochi giorni dopo ammazza allo stesso modo anche il suo amico. O ex amico. Non mi sembra un comportamento casuale. Piuttosto il gesto di qualcuno che conosceva Diane e Logan.»

«Anna Carter conosceva entrambi» disse Kate. «E da ragazza era perdutamente innamorata di Logan Awbrey. Me lo ha detto ieri nella sua dichiarazione. Awbrey però l'ha sempre considerata solo un'amica.»

«Anna Carter torna indietro e uccide Diane, perché, contrariamente a ciò che afferma, sapeva che Logan Awbrey era tornato e che Diane aveva una storia con lui» disse Pamela, ma nella sua voce trasparivano chiaramente dei dubbi. «E poi uccide anche Logan, perché, nonostante tutto, si rifiuta di iniziare una storia con lei. Mi sembra un'ipotesi molto azzardata.»

«Soprattutto per quanto riguarda Logan Awbrey» confermò Kate. «Un uomo alto due metri e una donna minuta come Anna.

Awbrey non è stato pugnalato nel sonno, bensì nel corridoio del cottage, subito dietro la porta. Probabilmente in piedi e nel pieno possesso della sua non irrilevante forza fisica. E Anna sarebbe riuscita a infliggergli dodici pugnalate con grande violenza? E lui inoltre non si sarebbe nemmeno difeso, dal momento che Anna non ha sul viso né sulle mani tracce di lotta.»

«Inimmaginabile.»

«È stata stabilita l'ora della morte?» chiese Kate.

«Lunedì sera. Tra le diciassette e le ventuno.»

«A quell'ora Anna era al corso di cucina. E poi dal suo fidanzato.»

«Alle diciassette era già al corso?»

«Per occuparsi dei preparativi. Ma non ci sono testimoni.»

«Che mi dice del fidanzato?» chiese Pamela. «Samuel Harris. Dopotutto l'ha aiutata a trascinare il cadavere nella brughiera. Potrebbe averle dato una mano anche per il delitto?»

«Perché avrebbe dovuto?»

«Perché Awbrey era un rivale.»

«E Diane? Inoltre, perché avrebbero aspettato più di dodici ore prima di sbarazzarsi del corpo? Oppure l'autopsia rivela un'altra tempistica?»

«No. Sicuramente il corpo non si trovava all'aperto da lunedì.»

«Uccidono insieme un uomo e lo lasciano per tutta la notte e quasi un giorno intero nel corridoio di casa prima di portarlo via?»

«Erano sotto shock. Non era pianificato.»

«Ma avevano con sé un coltello con il quale avevano già ucciso Diane Bristow. Mi sembra un comportamento troppo premeditato, perché poi due persone di colpo siano assalite dallo shock. No, anche se credo che Anna Carter nasconda qualcosa di decisivo, sono convinta che le cose siano andate come ha testimoniato lei. Ha trovato il corpo di Logan Awbrey nella tarda mattinata del 24 dicembre e poi ha chiamato il fidanzato. In tal senso ha detto la verità.»

«È stata lei a interrogare Anna Carter» disse Pamela, «di sicuro il suo istinto è più affidabile. A proposito: dove si trova adesso? Sta andando da lei?»

Per il momento Kate non desiderava rivelarle niente della nuova pista che riguardava il caso di Alvin Malory.

«Sì» rispose pertanto. «Probabilmente però la porterò di nuovo in centrale.»

«D'accordo. Mi affido al suo intuito perché conduca un abile interrogatorio. Adesso vado a casa di Patricia Walters con una squadra della scientifica. Bisogna stabilire se ci sia stata una effrazione.»

«Buona fortuna» disse Kate. «Con la figlia. È capace di rendere la vita impossibile a chiunque.»

«Sopravvivrò» rispose Pamela riagganciando.

2

Non erano ancora le nove quando Kate arrivò davanti all'appartamento di Sam Harris, scese dalla macchina e suonò alla porta. Non ottenne risposta. Suonò altre due volte, ma tutto rimase immobile.

Sembrava che Anna Carter non fosse in casa.

Magari era uscita presto per andare a fare la spesa, oppure una passeggiata sulla spiaggia, ma per qualche motivo Kate ne dubitava. Il giorno prima Anna le era apparsa così sconvolta, così turbata e disperata che non se la immaginava a camminare in riva al mare o al supermercato. Era più probabile che si dimenticasse del tutto di mangiare e di bere e si crogiolasse nell'autocommiserazione rannicchiata sul divano.

Kate prese il cellulare per provare a chiamarla, ma in quello stesso momento ricevette una telefonata. Sullo schermo lesse il nome del sergente Helen Bennett.

«Sergente Bennett?»

«Sergente Linville, ha telefonato Samuel Harris. Sa che Anna Carter ha confessato di essersi sbarazzata insieme a lui del cadavere di Logan Awbrey. Adesso si trova ancora da suo padre a Londra, ma tornerà domani e verrà in centrale.»

«Molto bene. C'è altro?»

Helen sospirò. «La responsabile della squadra che sta raccogliendo le prove a casa di Anna Carter a Harwood Dale mi ha informato che la macchina di Anna Carter è sparita.»

«Cosa?» esclamò Kate.

«Sì. Ieri era ancora lì, ovviamente era stata messa in sicurezza, e stamattina era sparita.»

«Messa in sicurezza?»

«Le serrature erano state sigillate. È un modello molto vecchio, non ha ancora la chiusura centralizzata.»

«Nessuno ha pensato a mettere delle ganasce?»

«No. Nessuno immaginava che…»

«Capisco. Ok. Grazie dell'informazione.» Kate era furibonda, non tanto con qualcuno in particolare quanto con se stessa. Avrebbe dovuto insistere perché la macchina fosse immobilizzata, aveva avuto a che fare con Anna! Quella donna era in uno stato pietoso, per di più separata dal suo fidanzato. Kate avrebbe dovuto immaginare che si sarebbe data alla fuga. Non avrebbe dovuto lasciarla senza sorveglianza. Ma non c'erano validi motivi per un fermo cautelare. Avrebbe potuto farlo se l'avesse sospettata di aver ucciso Logan Awbrey, ma era un'ipotesi così assurda da non essere nemmeno presa in considerazione.

«Che idiota!» esclamò a voce alta, ma era completamente sola su Victoria Road e nessuno la sentì. Provò a comporre il numero di cellulare di Anna, ma come previsto dopo un po' le rispose la segreteria. Anna se n'era andata e non voleva essere rintracciata. Era probabile che volesse raggiungere il suo fidanzato. Kate sperava che Samuel Harris fosse abbastanza ragionevole da convincerla a tornare indietro. Lui stesso si era già fatto vivo. Sembrava aver compreso la necessità di affrontare i problemi che aveva creato.

Kate salì in macchina e si diresse verso la centrale. Avrebbe contattato i diversi servizi da asporto i cui numeri erano salvati nel telefono segreto di Alvin…

In ufficio non c'era grande attività. Molti avevano approfittato del ponte natalizio per fare una breve vacanza e si erano presi il venerdì di ferie. L'albero di Natale luccicava ancora nell'atrio. Come capitava tutti gli anni, Kate riteneva che gli addobbi, gli alberi, le lucine fossero fuori luogo fin dal giorno dopo.

Gettò uno sguardo nell'ufficio di Pamela, ma era vuoto. Sapeva che l'ispettore voleva andare da Eleonore Walters. Probabilmente sarebbe andata direttamente a casa da lì.

Kate accese il riscaldamento nel suo ufficio, prese un caffè dal distributore automatico in corridoio e controllò poi i nomi e i numeri di telefono dei fattorini che trovò nel cellulare. Louise aveva detto che Alvin ne utilizzava cinque. Essendo lei a pagare, era presumibile che sarebbe stata al corrente se ce ne fossero stati altri.

Da una ricerca su Google risultò che due dei servizi di consegna non esistevano più. Eventualmente sarebbe stato necessario risalire ai gestori dell'epoca, ma avrebbe potuto rivelarsi un compito complesso. Gli altri tre invece erano ancora attivi. Da uno di loro, un ristorante indiano, la stessa Kate ordinava volentieri qualcosa di tanto in tanto.

Siccome non aveva senso chiamare i numeri verdi, tanto meno a quell'ora del giorno, Kate si fece cercare da Helen nomi, indirizzi e numeri telefonici dei rispettivi proprietari. In un caso si trattava di una catena presente in tutto il paese, quindi le ricerche sarebbero state più lunghe, mentre gli altri due contatti appartenevano ad altrettanti ristoranti e Helen trovò in fretta i risultati. Kate chiamò entrambi i numeri e parlò con due uomini dei quali uno sembrava essere stato strappato da un profondo sonno.

«Sono il sergente Kate Linville della North Yorkshire Police» si presentò. «Avrei bisogno con urgenza di un'informazione.»

Nominare la polizia se non altro ebbe l'effetto che i due uomini, dapprima scontrosi e diffidenti, diventassero più disponibili.

«Avrei bisogno di notizie sui vostri fattorini» spiegò Kate. «Nel periodo compreso tra il 2009 e il 2010.»

Entrambi ebbero una reazione quanto mai contrariata. «Ma è passato un secolo!» esclamò l'uno, mentre l'altro dichiarò subito di non avere più i documenti relativi a quell'epoca. «Come faccio a sapere chi lavorava per me tanto tempo fa?»

«Come imprenditore saprà certamente che ha l'obbligo di conservare la documentazione dei suoi dipendenti per dieci anni» spiegò gentile Kate.

Alla fine si dichiararono disposti a dare un'occhiata. Si capiva chiaramente che la telefonata di Kate aveva rovinato la giornata a entrambi.

«Sarò da lei tra due ore» dichiarò a ciascuno. «Per confermare la mia identità e prendere l'elenco dei suoi collaboratori. Devo venire in negozio oppure al suo domicilio?»

Il primo preferiva che andasse a casa sua, il secondo nel suo ufficio. Kate si augurava che non ci fossero troppi collaboratori in nero. In quel caso sarebbe stato un problema.

Arrivò Helen con il terzo nome e un indirizzo. Nonostante la sua qualifica di psicologa, era davvero bravissima a districarsi tra i compiti più diversi che le venivano appioppati a causa della cronica carenza di organico. Era veloce e precisa. Kate l'ammirava soprattutto per la disinvoltura con cui si occupava di incarichi per i quali era sovraqualificata. Si sarebbe potuta lamentare spesso, e invece non lo faceva. Era una collaboratrice preziosa e non si dava mai delle arie. Kate era del parere che Pamela, e prima di lei l'ultimo ispettore, Robert Stewart, lo dessero troppo per scontato.

«Phil Sullivan. È il capo area di Biggestpizza per Scarborough e fino a Whitby. Per fortuna il suo ufficio è qui a Scarborough, nella zona pedonale.»

Kate prese il foglio con nome e indirizzo. «Chissà se oggi ci sarà...»

Helen annuì. «Ho telefonato. È in ufficio.»

«Helen, è fantastica» esclamò Kate, alzandosi e prendendo la borsa. «Davvero. Impagabile.»

Helen arrossì. «Faccio solo il mio lavoro.»

«Fa molto più di questo. Vado subito da Mr. Sullivan e più tardi passerò dagli altri due. Non so ancora come risolvere la questione dei posti che non esistono più. Spero che troveremo qualcosa prima.»

«Che cosa cerca, esattamente?» chiese Helen.

Kate si strinse nelle spalle. «Non glielo so dire con certezza. Un nome, un nome che mi faccia andare avanti.»

Mentre scendeva le scale, provò a raggiungere telefonicamente Anna Carter, ma anche stavolta le rispose la segreteria. Kate chiamava con il numero oscurato, quindi Anna non sapeva che si trattava della polizia. Ma probabilmente lo sospettava e per questo preferiva non rispondere.

Appena salita in macchina il cellulare suonò. Per un attimo sperò che Anna Carter si fosse ravveduta, invece era di nuovo Pamela.

«Sono a casa della defunta Mrs. Walters» la informò. «La scientifica ha trovato una finestra forzata nel seminterrato. Conduce in un ripostiglio dove la figlia non era ancora entrata da quando è qui, per questo non se n'era accorta. Ovviamente potrebbe anche trattarsi di un danno precedente.»

«Non credo» disse Kate pensierosa. «Se qualcuno si è introdotto in casa e ha causato la morte dell'anziana Mrs. Walters, possiamo scagionare completamente Mila Henderson. Lei abitava lì. Non avrebbe avuto bisogno di rompere una finestra per entrare.»

«È vero» riconobbe suo malgrado Pamela. Era più incline a sostenere l'ipotesi di una Mila in fuga che si lasciava alle spalle una scia di sangue, ma c'erano diversi elementi che non combaciavano con questa teoria.

«Abbiamo agito frettolosamente in questo caso» proseguì. «Più precisamente, non abbiamo agito affatto. Abbiamo accettato ciecamente l'ipotesi della figlia e non abbiamo pensato a un atto criminoso.»

«Non c'erano prove evidenti. Ma avremmo dovuto essere più aperti alle varie possibilità» riconobbe Kate. Quando Eleonore Walters aveva denunciato alla polizia la morte della madre e la negligenza di Mila, Pamela non era ancora entrata in servizio. Kate si era lasciata condurre su una falsa pista senza metterla in discussione. Era gentile da parte di Pamela non farlo presente.

«Gli agenti stanno controllando tutta la casa» disse l'ispettore, «ma ovviamente siamo di fronte a una scena gravemente compromessa. È improbabile che trovino qualcosa di utilizzabile, ma dobbiamo provarci.»

Kate sospirò. La situazione rispetto al caso di Patricia Walters non avrebbe potuto essere peggiore di così.

«Io ho finito per il momento» disse Pamela. «Nei prossimi giorni non sarò raggiungibile e tutto è affidato alle sue mani, Kate. Pensa di farcela?»

«Sì.»

«Benissimo. Ci vediamo lunedì.» Pamela riagganciò in quel suo tipico modo brusco e Kate fu contenta che non le avesse chiesto niente di Anna Carter. Si sarebbe potuta informare sull'avanzamento dell'interrogatorio e Kate allora avrebbe dovuto rivelare che Anna era sparita. Perché Kate non l'aveva presa in custodia… insieme alla vicenda di Mila, Pamela avrebbe potuto concludere che Kate agisse in maniera troppo avventata.

Prese a pugni il volante. «Merda, merda, merda!» imprecò.

Non era stata abbastanza vigile. Nelle ultime settimane aveva pensato più a come superare il Natale che al lavoro. Non andava bene, poteva avere conseguenze addirittura fatali. La cosa non si sarebbe dovuta ripetere con l'anno nuovo. Era improbabile che per allora sarebbe cambiato qualcosa nella sua vita. Anche se... Caleb si era presentato da lei, ferito dalla sua muta sparizione. Aveva sottolineato che per lui non si era trattata dell'avventura di una notte...

Ma lei lo sentiva. Lo intuiva. Caleb adesso poteva pensare quello che gli pareva, avere le intenzioni che voleva: non era in grado di mantenere una relazione. Era un difetto della sua vita, del suo carattere. Avrebbe voluto che non fosse così, probabilmente, ma non ne era capace. Se fossero diventati una coppia, si sarebbero trovati di fronte a grossi problemi nel giro di breve tempo. Lui si sarebbe sentito imprigionato, lei avrebbe percepito il suo anelito a liberarsi. Prima o poi entrambi sarebbero stati disperati.

Si riscosse. Stava di nuovo pensando alla sua vita privata. E non era proprio il caso di farlo.

Parcheggiò a Nicholas Cliff e da lì entrò nella zona pedonale. Non c'era un gran viavai, i negozi erano per la maggior parte ancora chiusi e il clima non invitava a passeggiare. Le persone in giro erano quelle che dovevano andare a lavorare ed erano dirette in ufficio. Due gabbiani si contendevano un tozzo di pane che qualcuno aveva buttato via. La sirena di un mercantile al largo risuonava malinconica nella nebbia.

L'ufficio di Phil Sullivan era sopra una boutique con le vetrine addobbate per Natale. Kate suonò il campanello con le iniziali P.S. e subito dopo il portone fu aperto. Entrò in un atrio angusto con una ripida scala che portava di sopra.

«Quassù!» disse una voce. Kate salì. In cima al pianerottolo c'era ad attenderla un cinquantenne che le porse la mano e la salutò presentandosi, quindi la condusse nel proprio ufficio. Il tutto contemporaneamente. Trasmetteva un enorme nervosismo. Il prototipo del workaholic, che non riesce a stare fermo neppure un minuto.

«Sergente investigativo Kate Linville» esordì Kate, mostrando il distintivo.

Phil Sullivan gli gettò solo un'occhiata distratta. «Sì, la sua collega mi ha preannunciato la sua visita. Riguarda i fattorini che lavoravano per Biggestpizza tra il 2009 e il 2010, giusto?»

«Esatto» confermò Kate. Evidentemente Phil non perdeva mai tempo.

Si sedette alla sua scrivania davanti allo schermo del computer e disse: «Si accomodi. Ho già recuperato le informazioni che le interessano».

Kate si sistemò su una poltrona di pelle marrone. L'ambiente era ampio e arredato in maniera funzionale. Scaffali e armadi lungo le pareti. La poltrona per i visitatori, un'altra sedia pieghevole sotto la finestra, nel caso ci fossero due visitatori, niente piante, niente foto. Niente addobbi natalizi, cosa che Kate apprezzò. Appenderli per una manciata di giorni l'anno doveva sembrare sicuramente un'inutile perdita di tempo a Phil Sullivan.

Dalla finestra si vedeva il tetto della casa dirimpetto. Sul comignolo si accalcavano dei gabbiani intirizziti.

La stampante sotto la scrivania si animò.

«Le stampo la lista dei nomi» disse Sullivan. «Quasi nessuno di loro lavora più per noi, comunque. C'è sempre molto viavai.»

«Il nome *Alvin Malory* le dice qualcosa?» chiese Kate.

Sullivan aggrottò la fronte. «No. Lavorava qui da noi?»

«No. Era un cliente. Uno studente. Venne aggredito nove anni fa a casa dei genitori e torturato con tale ferocia che da allora è in stato vegetativo.»

Sullivan annuì. «Ora mi ricordo. All'epoca non si parlò d'altro qui a Scarborough per diverse settimane. I giornali se ne occuparono a lungo. Una vicenda agghiacciante. E la vittima era un nostro cliente?»

«Sì, e di altri servizi a domicilio. Soffriva di una grave forma di obesità, ordinava cibo tutti i giorni. Stiamo facendo dei controlli sui fattorini che gli portavano il cibo a casa.»

«A nove anni di distanza?»

«Purtroppo sono emerse soltanto ora informazioni che rendono necessario questo passo» rispose evasiva Kate.

«Sta dicendo che il colpevole potrebbe essere un fattorino della pizza?» chiese Sullivan con una nota di incredulità nella voce.

«Non sto dicendo proprio niente, Mr. Sullivan. Stiamo valutando una possibilità fra tante.»

Le porse un plico di fogli. «Tenga. I nostri impiegati di allora. Escluderei che qualcuno di loro possa aver commesso un crimine del genere.»

«Infatti non è detto che sia così» confermò Kate, poi si alzò e prese i fogli. «La ringrazio della sua immediata e totale disponibilità. Un'altra cosa: se notassimo un nome, è possibile verificare se abbia fatto consegne ad Alvin Malory e in quali giorni?»

Sullivan sembrava tutt'altro che entusiasta. «Non so perché, ma temevo mi facesse questa domanda… sì, sarebbe possibile, ma sarebbe complicato e ci vorrebbe del tempo.»

«Grazie, Mr. Sullivan. Spero di poterle risparmiare la fatica.» Non era del tutto vero. Era ovvio che Kate si augurava di trovare qualcosa. E questo avrebbe portato necessariamente al passo successivo.

Sullivan l'accompagnò alla porta, le rivolse un saluto sbrigativo e tornò di corsa, e come immaginò Kate stressato, nel suo ufficio.

La lista era lunghissima. Molti dei nomi tradivano origini indiane o pachistane. Ce n'erano altri che suonavano arabi e persino alcuni cinesi o giapponesi. Lavorare come fattorino era la classica soluzione temporanea per molti immigrati appena giunti nel paese, prima che si orientassero e trovassero un vero impiego. Ovviamente c'erano anche persone originarie dell'Inghilterra, seppure in minoranza. Ogni nome era corredato da un numero di telefono e dalla data di assunzione. Per quasi tutti c'era anche l'indicazione della cessazione del contratto. Per i nomi inglesi la durata della collaborazione non superava qualche settimana, ma molti tornavano ciclicamente per periodi altrettanto brevi. Doveva trattarsi di studenti delle superiori e universitari. Se avesse confrontato le date con quelle delle vacanze scolastiche dell'epoca, ne avrebbe avuto la conferma. Studenti che volevano guadagnare qualche soldo.

L'aspetto desolante dell'analizzare tutti quei nomi era che Kate non sapeva se il soggetto che cercava potesse essere rintracciato tra i fattorini a domicilio. Inoltre per il momento era in possesso dei documenti di uno soltanto dei cinque servizi coinvolti. Due di essi non esistevano più e quindi sarebbe stato impossibile risalire ai nomi dei loro collaboratori. E soprattutto: anche se il colpevole fosse stato nascosto in uno degli elenchi che era riuscita a ottenere, come lo avrebbe identificato? Che probabilità esisteva che conoscesse il suo nome?

«È come cercare un ago in un pagliaio» disse a voce alta nel silenzio dell'abitacolo. «Phil Sullivan lo definirebbe una totale perdita di tempo e temo che abbia ragione.»

Sconfortata, guardò fuori dal finestrino la fila di auto parcheggiate sull'altro lato della via. Si rendeva conto di quanto fosse improbabile arrivare a un risultato procedendo in questo modo.

D'accordo. Non c'era altro da fare. Poteva solo andare avanti, esaminando quel primo elenco e anche i successivi che avrebbe ottenuto, e se non ne fosse emerso niente, avrebbe avuto almeno la sensazione di aver battuto tutte le strade possibili.

Abbassò lo sguardo sui fogli. E trattenne il fiato.

«Non è possibile!» esclamò.

3

Anna si chiedeva come avesse potuto pensare che sarebbe stato semplice. Guidare fino a Londra e rintracciare una casa di riposo di cui non conosceva il nome, ma sapeva soltanto che si trovava in Shepherd's Bush, nei pressi dello Shepherd's Bush Green. Come ci sarebbe riuscita?

Aveva guidato per oltre sei ore, più a lungo del tempo normalmente necessario per andare da Scarborough a Londra, ma l'oscurità e i frequenti banchi di nebbia l'avevano costretta a tenere un'andatura lenta e prudente. Verso le cinque del mattino era arrivata alla periferia della capitale, stremata e senza energie. Si era fermata nel parcheggio di una zona industriale di un sobborgo ancora addormentato e si era raggomitolata sul sedile posteriore per riposare un paio d'ore. Le bruciavano gli occhi per la stanchezza, era esausta. Ma una profonda inquietudine si agitava dentro di lei.

Riuscì ad appisolarsi per una mezz'ora, ma poi si ridestò per il freddo e la scomodità della posizione. Per un po' l'abitacolo aveva conservato il tepore del riscaldamento, ma il gelo si era insinuato velocemente all'interno, umido e fastidioso. La macchina era piccola e il sedile posteriore troppo corto. Anna era costretta a tenere le gambe piegate, con le ginocchia quasi in bocca. Quando si raddrizzò, emise un gemito di dolore: aveva le membra anchilosate, le dolevano tutte le ossa. Non poteva certo dire di essersi riposata. Si sentiva peggio di prima dopo il sonnellino.

Era ancora circondata dall'oscurità della notte, interrotta solo dall'alone biancastro dei lampioni. Un'occhiata al cellulare le rivelò che erano le sei meno un quarto.

Scese dalla macchina e si accovacciò dietro uno degli edifici per fare pipì su una striscia d'erba. Le era capitato raramente di sentirsi tanto sola. Tornò zoppicando all'auto, si mise al volante, si appoggiò all'indietro. Fuori iniziava lentamente ad albeggiare.

Per amor del cielo, che cosa ci faceva lì?

Era scappata. Come al solito. Come faceva da anni. Scappava, scappava e scappava nella speranza di trovare un luogo dove mettere a tacere i pensieri che la tormentavano, le immagini, i ricordi. Ma quel luogo non esisteva. Non era riuscita a trovarlo neppure con Sam. Le aveva offerto calore e affetto, ma lei non era riuscita a prendere niente di tutto ciò. Si era lasciata accompagnare, sostenere, consolare, sorreggere da lui, ma non lo aveva accolto veramente. Non poteva farlo, perché avrebbe significato fermarsi, e ne aveva paura.

E se adesso avesse davvero rintracciato Sam alla casa di riposo dove cercava di occuparsi del padre, che cosa ne avrebbe ricavato? Lo avrebbe solo stressato. E non ci avrebbe guadagnato niente.

Si nascose il viso tra le mani.

Nessuno era stato in grado di aiutarla. Né i terapeuti, né i farmaci. Era sempre stata solo una parentesi temporanea. E poi le immagini tornavano, agghiaccianti e nitide. E che cosa aveva ottenuto, fuggendo continuamente, cercando di cancellare i ricordi? Aveva rovinato il rapporto con un uomo che amava, probabilmente in maniera così grave da escludere un riavvicinamento. Lavorava per Dalina, che in fondo al cuore detestava. Odiava anche il lavoro in sé: abitava in una catapecchia vecchia e cadente, che le dava l'impressione di dover crollare al primo nubifragio, dove non si era mai sentita veramente a casa.

Doveva smetterla di scappare.

Che idea grandiosa, pensò, proprio dopo essersi sottratta a un interrogatorio ed essere arrivata fin quasi a Londra, cacciandosi in un guaio enorme.

Era così infreddolita che accese il motore e girò al massimo il riscaldamento. Poi ripartì, cercando un caffè in quel buco di paese di cui ancora non sapeva il nome. Trovò un piccolo McDonald's già aperto, parcheggiò, scese e ordinò un caffè nero e un muffin al cioccolato. Il tipo dietro il bancone la guardò diffidente. Doveva avere un aspetto terribile, i capelli spettinati, il cappotto stropicciato, gli occhi ancora gonfi di pianto. Non le importava. Che pensasse pure ciò che voleva di lei.

Appena risalita in macchina, sentì squillare il telefono. Per un attimo sperò fosse Sam, ma il numero era oscurato. Probabilmente Kate Linville, l'iscritta al corso di cucina che si era rivelata una poliziotta. Anna esitò. La cosa più giusta da fare sarebbe stato di rispondere, ammettere di aver avuto una specie di cortocircuito che l'aveva spinta a fuggire a Londra. Ma che sarebbe tornata indietro e avrebbe raccontato tutto.

Era ciò che voleva?

Il cellulare tacque.

La strada cominciava ad animarsi. Qualche macchina. Qualche passante. Non c'era un gran movimento, così a ridosso di Natale, così a ridosso di Capodanno. In pochissimi lavoravano quel giorno. Tutto sembrava schiacciato sotto una coltre plumbea, ma forse era solo colpa del brutto tempo. Che faceva già presagire che non ci sarebbe stata molta luce per tutto il giorno. Forse dipendeva dalla gran quantità di giorni festivi. Troppo tempo libero, troppe mangiate, troppi regali. Troppa inattività.

Si domandò se avrebbe avuto il coraggio di fare il passo che sapeva essere l'unico davvero giusto.

4

Dalina aveva un aspetto disfatto e stropicciato quando aprì la porta della sua piccola villetta affacciata sulla baia settentrionale. Da lì godeva di una vista simile a quella del nuovo appartamento di Caleb, ma il quartiere era più curato, le case graziose e ben tenute. Piccoli giardini idilliaci, dove d'estate fiorivano le rose al posto delle renne e dei Babbo Natale illuminati che campeggiavano ora. Non da Dalina, però. Il suo giardino era vuoto. Nessuna traccia di atmosfera natalizia.

«Mrs. Jennings, buongiorno» disse Kate. Le piazzò il distintivo davanti al naso. «Sergente investigativo Kate Linville. North Yorkshire Police.»

Si capiva che Dalina era ancora mezzo addormentata, sebbene fossero le dieci del mattino. Fissò il distintivo, poi Kate. Gradualmente le affiorò alla mente che conosceva la donna che stava sul vialetto davanti a lei.

«Mrs. Linville? Non è...»

«Mi ero iscritta al corso di cucina di gennaio, e poi all'inizio della settimana ho preso il posto di Diane Bristow.»

Dalina fece uno sforzo di concentrazione. «Sì, ma... non aveva detto di lavorare come assistente geriatrica?»

«Sì.»

«Oh, però...» Dalina socchiuse gli occhi. Si stava svegliando completamente. «Capisco. Diciamo che agiva sotto copertura. Si è introdotta nella mia azienda come assistente geriatrica, mentre controllava la situazione come poliziotta. È una prassi autorizzata?»

«Quando mi sono iscritta al corso di gennaio, il caso di Diane Bristow non c'era ancora» ribatté Kate. «E ovviamente riguarda solamente me quante e quali informazioni voglio rivelare sulla mia persona.»

Dopo aver pronunciato queste parole si stizzì con se stessa. Perché sentiva il bisogno di giustificarsi di fronte a questa ruffiana? Indubbiamente Dalina era una donna di tutt'altro calibro rispetto alla sua amica Anna. Aggressiva e arrogante.

«Che cosa vuole?» chiese Dalina con freddezza stringendosi in vita la cintura dell'accappatoio.

«Posso entrare? Dovrei farle qualche domanda.»

«A quale proposito?»

«Riguardo a un vecchio caso che abbiamo riaperto» rispose Kate osservando attentamente la donna. Le parve di scorgere un fugace fremito nelle sue palpebre, ma per il resto Dalina rimase impassibile. Forse non aveva niente da nascondere.

«D'accordo» disse Dalina controvoglia. «Si accomodi. Ma non ho riordinato.»

«La cosa non mi disturba affatto» le assicurò Kate entrando in casa.

Dalina la precedette in salotto. Niente decorazioni natalizie neppure qui, né albero, né candele, ma diverse bottiglie di vino vuote sul tavolo e alcuni bicchieri con impronte di rossetto sul bordo, sparsi in tutta la stanza. C'era puzzo di fumo di sigaretta stantio e sudore, mescolato alla fragranza di un penetrante profumo.

«Oh, ha avuto visite.»

«No» replicò Dalina.

Un Natale solitario, con troppo alcol e sigarette davanti alla tivù.

«Si accomodi» disse Dalina rimanendo in piedi.

Kate si sedette sul divano e tirò fuori dalla borsa un foglio dell'elenco ricevuto da Biggestpizza.

«Ho trovato il suo nome» disse. «Dal 2009 al 2010 ha lavorato come fattorina per la consegna delle pizze per Biggestpizza.»

Dalina si strinse nelle spalle. «Sì, e allora?»

«All'epoca aveva diciotto o diciannove anni?»

«Sì. Mi sono diplomata nel 2010. Prima lavoravo per Biggestpizza durante le vacanze. È forse un reato?»

«Certo che no. Poi ha smesso?»

«Mi ero trasferita a Manchester. All'università.»

«Quale corso di laurea?»

«Economia aziendale. Ma non ho portato a termine gli studi.»

«Quando li ha interrotti?»

«Nel 2012. Mi venne fatta la proposta di entrare in un'agenzia matrimoniale a Manchester. Come collaboratrice. Ci sono stata per due anni, poi sono tornata a Scarborough e mi sono messa in proprio.» L'espressione di Dalina si fece circospetta. «Di che cosa si tratta veramente? Perché mi fa domande su un periodo così lontano?»

«Sarà anche un periodo lontano, come dice lei, ma ci sono persone per le quali gli effetti degli avvenimenti di allora perdurano ancora oggi. Il nome *Alvin Malory* le dice qualcosa?»

Dalina era una persona estremamente padrona di sé, ma per qualche secondo perse il controllo. Le palpebre ebbero di nuovo un fremito. Le labbra si serrarono per un attimo. Poi riacquistò la sua espressione imperscrutabile.

«No, dovrebbe?»

«Stando ai documenti in mio possesso, faceva regolarmente consegne ad Alvin Malory, che all'epoca aveva quindici o sedici anni. Era cliente fisso di Biggestpizza.» Kate ovviamente stava bluffando. Sapeva che Dalina aveva lavorato per il servizio di consegne a domicilio, ma non aveva prove che avesse servito anche Alvin. Aveva telefonato a Phil Sullivan, pregandolo di verificare la cosa e lui le aveva promesso di occuparsene. Finora le mancava questa informazione, ma era quasi sicura che Dalina e Alvin avessero avuto dei contatti.

«Non posso certo ricordarmi tutti i miei clienti di allora» obiettò Dalina. «Erano davvero molti. Consegnavamo in un'area molto vasta intorno a Scarborough. Ed è passato tanto tempo.»

Kate notò che era un po' nervosa.

«Ciò nonostante mi stupirei se non ricordasse Alvin Malory» insistette Kate. «Il suo nome fu su tutti i giornali per diversi mesi. A livello nazionale. A causa sua fu istituita la squadra speciale più numerosa di tutti i tempi qui a Scarborough. Nel luglio del 2010 il ragazzo fu assalito a casa dei genitori e brutalmente seviziato. Alla fine gli aggressori gli fecero bere un disgorgante. È un miracolo che sia sopravvissuto. Da allora è in stato vegetativo.»

«Mi ricordo» ammise Dalina contrariata. Sapeva che non aveva senso sostenere di non aver mai sentito quella storia. «Una cosa raccapricciante. Sì.»

«Ricorda solo il caso? Oppure anche di aver fatto delle consegne ad Alvin Malory?»

«Sì, ora lo rammento. Di tanto in tanto gli portavo il cibo. Ordinava sempre grandi quantità.»

«Era obeso.»

«Sì, è vero.» Dalina aveva cambiato strategia e si dimostrava più collaborativa, nella convinzione che Kate avesse comunque in mano delle prove. «Poveraccio. A volte ordinava due menù XXL alla volta. A mio parere peggiorava solo le cose. Ma non spettava a me impedire alle persone di ordinare e di mangiare. Al contrario. Perciò mi limitavo a consegnare quanto richiesto.»

«Certo.» Kate cambiò bruscamente argomento. «Conosce un certo Logan Awbrey?»

Dalina sembrò valutare per un attimo che cosa sapesse Kate e se avrebbe avuto senso negare, e infine decise di dire la verità. «Sì, da prima.»

«Da quando era ragazza?»

«Sì.»

«Andavate a scuola insieme?»

Dalina scosse la testa. «No. Ha un paio di anni più di me. Lo conobbi una sera in un locale e da allora mi si incollò addosso. Ci sono uomini fatti così, di cui non ci si libera più una volta che si è flirtato un po' con loro. Immagino che mi capisca...»

Kate non capiva, non le era mai capitato che un uomo le si fosse incollato addosso, tuttavia non frequentava nemmeno i night club e non flirtava. Non era quel tipo di donna.

«Quanti anni aveva quando lo conobbe?»

Dalina esitò. «Quattordici» rispose poi.

«A quattordici anni frequentava già i night club?»

«Conoscevo il buttafuori. A volte chiudeva un occhio.»

«Capisco. Così lei e Logan Awbrey diventaste amici?»

«Era perdutamente innamorato di me. Io invece no. La nostra non si poteva certo definire un'amicizia.»

«Grazie a lei Logan conobbe la sua amica Anna Carter. Anna definisce il suo rapporto con lui come di amicizia.»

Dalina socchiuse di nuovo gli occhi. Aveva l'aria di un animale selvatico in agguato. Kate intuì che poteva diventare pericolosa se si entrava troppo nella sua sfera personale.

«Ha parlato con Anna?»

«A lungo. Logan Awbrey, sospettato di aver ucciso Diane Bristow, aveva trovato rifugio a casa sua. Ne era al corrente?»

Dalina si mostrò sorpresa. «No! Anna lo ha nascosto a casa sua?»

«Già. Disgraziatamente è stato assassinato proprio lì mentre Anna non c'era.»

«Cosa?» La donna sembrava sconcertata, ma Kate sapeva che poteva anche trattarsi di una tattica. Certe persone rivelavano ottime doti di recitazione, proprio quando si trattava di fingersi ignari di tutto. Sicuramente Dalina aveva i nervi ben saldi e una straordinaria capacità di autocontrollo.

«Sì. Qualcuno ha ucciso Logan Awbrey con lo stesso metodo usato per Diane Bristow. Con numerose coltellate. L'arma del delitto è la stessa.»

«Oddio!» esclamò Dalina. «Logan è morto?»

«Sì. Sono sicura che a partire da un dato momento anche lei era al corrente che era lui l'uomo ricercato per l'omicidio Bristow, giusto? La sua foto era su tutti i giornali.»

Dalina si lasciò cadere sulla poltrona vicino a lei. «Sì, lo sapevo. O quantomeno lo presumevo. In un secondo tempo è emerso anche il suo nome.»

«La mia collega, l'ispettore Graybourne, l'ha interrogata invitandola a mettersi in contatto casomai avesse nuove informazioni. Perché non ci ha chiamato dopo che si è resa conto di conoscere il ricercato?»

Dalina alzò le spalle in un gesto rassegnato. «A che cosa sarebbe servito? Erano secoli che non lo vedevo. Non avevamo più contatti da molti anni. Non avrei saputo dire niente di utile alla polizia.»

«In ogni caso sarebbe stato suo dovere farlo. Spetta a noi decidere come procedere con le informazioni. Però nemmeno la sua amica Anna ce ne ha parlato. Lo trovo molto singolare.»

«A quanto ne so nemmeno lei aveva più contatti con lui.»

«Non importa. Una iscritta al corso di cucina della sua agenzia viene assassinata. Lei la conosce. Anna Carter è addirittura l'insegnante del corso, la conosce persino meglio. La descrizione dell'uomo su cui si concentrano le ricerche per l'omicidio ricorda a entrambe il vostro amico di quando eravate ragazzi Logan Awbrey. Poco dopo viene confermato persino il suo nome. E nessuna di voi fiata. Perché, Mrs. Jennings? Perché vi siete ostinate a mantenere il silenzio?»

«L'ho già detto. Non c'era niente da dire.»

«C'era da dire che conoscevate un presunto assassino. Che ovviamente sapevate delle cose su di lui. Qualunque informazione ci sarebbe stata utile. È molto insolito, Mrs. Jennings, che in circostanze del genere si preferisca tacere. A meno che…»

«Sì?» la interruppe Dalina. Vigile e attenta. Tesa. Kate pensò di nuovo a un felino in agguato.

«A meno che non si voglia nascondere qualcosa di più grave» concluse.

«In che senso?»

«Le impronte di Logan Awbrey furono rinvenute a casa Malory. Sulla scena del crimine. Ma all'epoca non fu possibile attribuirle a nessuno. Solo grazie alle impronte raccolte sull'auto di Diane Bristow, che poi abbiamo confrontato con quelle nella stanza in affitto che Awbrey aveva preso a Scarborough, abbiamo potuto stabilire definitivamente a chi appartenessero. L'ultima conferma l'abbiamo avuta con la verifica sul cadavere di Logan Awbrey. È ormai assodato che fosse stato a casa Malory.»

«Sì, e allora? Io che cosa c'entro?»

«Non credo che si tratti di una coincidenza.»

«Io consegno pizze e vado anche da Alvin Malory. E Logan Awbrey, che non era mio amico, ma più che altro un ammiratore piuttosto molesto, a un certo punto è stato in quella casa. Non capisco che cosa voglia da me!»

«Logan Awbrey non lavorava per Biggestpizza, ma forse per un altro servizio di consegne a domicilio. Lo scoprirò, ma lei potrebbe risparmiarmi la fatica se mi dicesse quello che sa. È possibile che anche Logan Awbrey facesse consegne alla famiglia Malory?»

Dalina si strinse nelle spalle. «Non ne ho idea. Certo, è possibile. Ma non ero in rapporti così stretti con Logan. Lui mi idolatrava e mi dava sui nervi. Non abbiamo mai passato molto tempo insieme.»

«Che cosa pensava di Anna?»

«Non ne ho idea.»

«Voi tre eravate amici. E lei non ha idea di niente?»

«Non eravamo così affiatati. Non so chi le abbia raccontato della nostra amicizia. Eravamo conoscenti. Ma non ci frequentavamo spesso.»

«Nemmeno lei e Anna?»

«No. Non è una mia vera amica.»

«Però le ha offerto un lavoro.»

«Perché sono generosa. Perché è venuta da me piangendo. Aveva perso il lavoro ed era stata ricoverata tre mesi in una clinica psichiatrica. E non sapeva come tirare avanti. Io allora le ho detto, d'accordo, puoi lavorare per me. Anche se non era particolarmente adatta per questa attività – con la sua eterna depressione e la sua perenne faccia da funerale. Se non altro è brava ai fornelli ed è molto utile per i corsi di cucina, che godono di molta popolarità. Ma non certo grazie ad Anna. Più che altro perché la cucina va molto di moda.»

«Anna Carter è stata ricoverata in una clinica psichiatrica?» chiese Kate.

Dalina annuì. «Due volte, persino. Una volta dopo la morte dei genitori. E poi quando ha avuto problemi sul posto di lavoro. Era impiegata in un'agenzia immobiliare e, se vuole saperlo, era persino meno indicata per quel lavoro che per l'agenzia.»

«Quando sono morti i suoi genitori?»

«Era all'università. Studiava anglistica e romanistica. Non so che cosa volesse farci. In ogni caso i suoi genitori avevano intrapreso un lungo viaggio negli Stati Uniti. Di diverse settimane. Avevano in programma anche un giro in elicottero sopra il Grand Canyon in California. L'elicottero precipitò. Non ci furono superstiti.»

«Che trauma scioccante.»

«Sì. Anna ne rimase sconvolta. Credo che non abbia mai superato il lutto, da allora è un relitto emotivo. Smise di studiare, ciondolava qua e là, si tagliava le braccia e cose del genere… alla fine i compagni di università la convinsero a farsi curare, aveva tendenze suicide. E così fu ricoverata in clinica.»

«Eravate in contatto all'epoca?»

«In maniera discontinua. Come ho detto io studiavo a Manchester. Lei invece era a Southampton. Ma dopo quella storia mi chiamò. Quindi ero informata.»

«E poi…»

«Non riprese più gli studi. Si accontentava di lavoretti saltuari. Alla fine trovò l'agenzia immobiliare a Norwich. Non riuscì mai ad ambientarsi, non sopportava i ritmi di lavoro stressanti. Quindi tornò in clinica, stavolta per un grave burn-out. Quando uscì, venne a cercarmi.»

«Capisco. Dove e quando ha conosciuto il suo fidanzato? Samuel Harris?»

Dalina fece una smorfia sprezzante. «Il lato peggiore di Anna è il suo continuo lamentarsi. E l'ingratitudine. Sam è un coach. Specializzato in consulenza professionale. Lo aveva consultato perché era infelice anche lavorando per me. Non si trovava bene, voleva farsi consigliare sulla strada da intraprendere. Ma evidentemente non le è servito. Alla fine è ancora qui. Be', in compenso ha rimorchiato un bel tipo. Non riesco a capire che cosa ci trovi lui in lei, ma d'altronde... sono affari suoi.»

Kate gettò un'occhiata all'elenco che teneva in mano e cambiò bruscamente argomento.

«Ha smesso di lavorare per Biggestpizza poco tempo dopo l'aggressione ad Alvin Malory. Per sempre.»

«Sì, cominciai a studiare a Manchester. Gliel'ho già detto» replicò Dalina impaziente.

«Ha smesso esattamente tre giorni dopo, il 29 luglio 2010. I corsi universitari iniziano in ottobre.»

«Santo cielo, non ricordo più le date con esattezza. Sono passati tanti anni!»

«Avrebbe potuto continuare a lavorare ancora per settimane» insistette Kate.

«Forse volevo fare un viaggio. Anzi, è probabile. È normale al termine della scuola, no?» Gli occhi di Dalina lampeggiarono furiosi. «Di che cosa sta cercando di accusarmi?» chiese.

«Conosceva bene Alvin Malory?»

«Come si conosce un cliente che si vede spesso. Non da vicino. Però lo conoscevo.»

«Era mai entrata in casa sua? Oppure lasciava sempre le consegne sulla porta?»

A Kate sembrava di vedere la testa di Dalina che lavorava furiosamente. Era chiaro che stava valutando a velocità vertiginosa le sue opzioni e quali conseguenze avrebbero avuto le sue risposte.

«Ci entrai un paio di volte» disse alla fine.

«Come mai? È piuttosto insolito, no?»

Dalina si strinse nelle spalle. «Per qualche tempo aveva usato il deambulatore. Non so che cosa avesse alle articolazioni. Gli portai la roba in cucina. Tutto qui.»

«Avete mai parlato?»

«No. Ero sempre di fretta.»

«Anche se Alvin Malory faceva le ordinazioni quasi sempre di pomeriggio. Presumo nel tardo pomeriggio. A partire da che ora consegnava Biggestpizza?»

Dalina era sempre più nervosa. «Dalle quattro.»
«Presumibilmente era l'orario di Alvin.»
«Sì.»
«Ed era già così di fretta? Il volume delle richieste era già così elevato?»
«Il grosso iniziava alle sei. Io dovevo tornare indietro. E poi non c'era niente di cui parlare con Alvin Malory. Un povero ragazzo obeso. Mi faceva pena, ma, santo cielo, di che cosa avrei dovuto parlare con lui?»
«Sa se aveva dei nemici? Se c'erano persone con le quali aveva litigato?»
«No, non so né sapevo niente di lui.»
Kate annuì. «Mrs. Jennings, sarebbe così gentile da seguirmi in centrale? Dobbiamo prenderle le impronte.»
«E come mai?»
«Banale routine.»
Dalina sembrava sul punto di opporsi a questa richiesta, ma probabilmente si rendeva conto che non aveva alternative e non avrebbe migliorato la sua posizione se lo avesse fatto.
«Posso almeno vestirmi?» chiese stizzita. «Oppure vuole schiaffarmi in cella con addosso l'accappatoio?»
«Nessuno ha parlato di schiaffarla in cella» replicò paziente Kate. «Ed è naturale che possa vestirsi.»
Dalina uscì dal soggiorno borbottando qualcosa tra sé, di cui Kate colse solo le parole *stato di polizia* e *sopruso*. Si guardò intorno nello squallore della stanza, dopo che l'altra si fu allontanata, ma non individuò niente di utile. Tutti gli indizi portavano a concludere che Dalina consumasse troppi alcolici. Una donna di successo, che tuttavia era infelice e non trovava il posto che cercava nella vita.
Ma questo non implicava necessariamente che fosse coinvolta in un orribile crimine perpetrato nove anni prima.
Non è una coincidenza, si disse nuovamente Kate, non può essere una coincidenza! Le impronte digitali di Logan Awbrey a casa di Alvin. La sua ragazza, o quantomeno quella di cui è innamorato, che consegna regolarmente cibo proprio ad Alvin. A molti anni di distanza Logan Awbrey viene assassinato. Doveva esserci un collegamento!

Tuttavia non poteva contarci troppo. Alla fin fine poteva benissimo trattarsi di un caso. Kate ne era consapevole.

E quella Dalina aveva nervi d'acciaio. Se ci fosse stato qualcosa, sarebbe stato difficile, se non impossibile, carpirle delle informazioni. Avrebbe resistito all'interrogatorio per ore. Al contrario di Anna, che nel giro di cinque minuti era crollata. Anna era una noce che si poteva spezzare.

Ma Anna se l'era filata, e per il momento nessuno sapeva dove fosse.

Avrei dovuto scoprire prima che era stata ricoverata ripetutamente in una clinica psichiatrica, pensò Kate. Che era gravemente depressa e instabile.

Non avrebbe dovuto lasciarla senza sorveglianza nemmeno per una notte.

Passi sulle scale. Dalina infilò la testa oltre la porta del salotto. Si era spazzolata i capelli, ma non si era truccata. Il pullover che indossava era infeltrito.

«Possiamo andare? Avrei alcune cose da fare oggi.»

«Ma certo» rispose Kate. Rimise nella borsa l'elenco dei collaboratori di Sullivan e prese le chiavi dell'auto. «Andiamo pure.»

5

Il cellulare di Pamela suonò quando era all'altezza di Thornaby. Si era lasciata la costa alle spalle e aveva svoltato verso l'entroterra. Stava cominciando a nevicare, anche se i fiocchi erano molto bagnati e si scioglievano toccando terra. La strada davanti a lei era un nastro nero e lucido. Le nuvole basse non facevano filtrare neppure un raggio di sole. Gli alberi all'orizzonte somigliavano a sagome scure ritagliate nella carta. Uno spettacolo malinconico.

Pamela si sentiva tesa. Aveva infilato nel lettore il suo CD preferito e ascoltava Lewis Capaldi. *Grace*. Intanto cantava, gettando occhiate al proprio viso nello specchietto per controllare se si vedesse che, come al solito, non provava solo gioia, ma anche paura per ciò che l'aspettava.

«*I'm not ready to be just another of your mistakes*» stava cantando quando squillò il telefono.

Gettando un'occhiata allo schermo vide che si trattava dell'ispettore Burden, il collega della South Yorkshire Police. L'omicidio di James Henderson.

Per un attimo ebbe la tentazione di non rispondere. Dopotutto era in ferie. Ma il senso del dovere alla fine ebbe il sopravvento. Abbassò la musica e prese la chiamata.

«Ispettore Burden? Sono l'ispettore Graybourne.»

«Sì, salve ispettore, ho pensato di chiamarla subito.» Evidentemente Burden la considerava a tutti gli effetti una partner nella faccenda Henderson. «Ieri mi aveva chiesto di Sue Haggan, la compagna di scuola di Mila Henderson.»

«Sì, esatto. Pensavo che Mila Henderson potesse aver cercato ospitalità presso di lei. È riuscito a scoprire qualcosa su di lei?»

«Sì. Ed è stato anche semplice. È bastato cercare su Facebook. È sposata, si chiama Sue Raymond e vive a Richmond. Ho persino l'indirizzo preciso.»

«Richmond? Sono diretta a Carlisle, quindi ci passerò vicino.»

Se anche Burden si meravigliava che qualcuno fosse in viaggio verso una località quasi al confine scozzese in quella stagione, non lo diede a vedere. «Ah, che bella coincidenza. Avrebbe tempo di dare un'occhiata?»

Pamela si fermò in una piazzola di sosta.

Aveva tempo? In realtà no. Viceversa, forse non sarebbe stato così sbagliato essere in ritardo, una volta tanto. Altrimenti era sempre, sempre Leo ad arrivare tardi e lei lo aspettava per ore nel piccolo ristorante dell'hotel, a bere un caffè dopo l'altro, tormentata dalla paura che all'ultimo istante lui annullasse l'appuntamento. Era già successo ed era stato come morire.

«Mi segno l'indirizzo» disse all'ispettore Burden, «e poi vedo se riesco a farci un salto.»

Burden glielo dettò, poi le augurò buon weekend e riagganciò.

Ottima mossa per delegare, pensò Pamela, ma doveva riconoscere che Mila Henderson era il suo caso e finora Burden si era mostrato estremamente disponibile e utile.

Inserì l'indirizzo di Sue Raymond nel navigatore. La deviazione le avrebbe preso molto tempo. Arrivata a Middleton avrebbe dovuto deviare verso sud, invece di proseguire nelle North Pennines, e viaggiare altri quaranta minuti fino a Richmond. C'era da sperare che l'incontro con Sue sarebbe stato veloce. E poi altri quaranta minuti per tornare sulla sua strada.

In totale come minimo un'ora e mezzo.

Le era già successo di aspettare Leo quattro ore.

D'altronde, se Mila Henderson fosse stata davvero a casa della ex compagna di scuola, la faccenda non sarebbe filata via tanto liscia. Avrebbe dovuto chiamare rinforzi, Mila sarebbe stata presa temporaneamente in custodia e interrogata…

«Che seccatura!» esclamò ad alta voce.

Mancava ancora un po' a Middleton, bisognava che prendesse una decisione, ma una volta arrivata lì, imboccò controvoglia e rabbiosamente la strada di Richmond. Era in ferie, ma era il capo, ed era ambiziosa… Avrebbe fatto un salto lì sperando per il meglio. Secondo il regolamento avrebbe dovuto comunicare la deviazione in centrale, nessuno era autorizzato a fare un controllo o un interrogatorio senza avvertire i colleghi su dove si trovasse a una data ora. Era una delle misure di sicurezza imprescindibili. Tuttavia Pamela la tralasciò. Non voleva spiegare a nessuno perché si trovasse proprio in quella zona, non voleva essere costretta a riferire nuovamente in un secondo tempo. Voleva scambiare due chiacchiere veloci con Sue Raymond, con la speranza di non trovare niente di significativo, e poi proseguire il viaggio il prima possibile.

Arrivò a Richmond quaranta minuti più tardi e il navigatore le fece attraversare tutta la città prima di raggiungere il quartiere periferico dove abitavano i Raymond. Le case erano praticamente identiche: erano le tipiche villette unifamiliari per giovani famiglie. Nella maggior parte dei giardini vide altalene e strutture da arrampicata. In estate c'erano sicuramente schiere di bambini che affollavano le vie senza traffico, sfrecciavano sulle loro biciclette e tracciavano sull'asfalto il disegno per giocare a campana. Nel frattempo i padri allestivano i barbecue sulle terrazze e le madri preparavano le insalate… Pamela sorrise, sorprendendosi a immaginare queste situazioni stereotipate. Erano pensieri che le suscitavano anche un impeto di nostalgia. Un quartiere come quello, bambini che giocavano, padri che accendevano i barbecue e lei in cucina, che si prendeva cura di tutti – nella sua vita non sarebbe più successo. Da giovane avrebbe respinto con foga una simile prospettiva. Anche adesso non era del tutto sicura di desiderarla. Tuttavia provava una specie di struggimento, una tristezza che non era tanto facile accantonare. La sua vita non era brutta. Aveva fatto carriera e sapeva di poter avanzare ulteriormente. Era un successo di cui andava orgogliosa e da cui traeva forza e fiducia in se stessa. Tuttavia c'era qualcosa… qualcosa che mancava. Andava tutto bene, ma c'era un vuoto che a volte metteva in ombra tutte le cose che funzionavano.

Smettila di pensarci, si intimò.

La casa di Sue Raymond era l'ultima di una via senza uscita, all'estremità superiore dello slargo di manovra e pertanto con un po' più di spazio intorno rispetto alle altre villette. Nel giardino una renna tirava la slitta, ma le luci erano spente. Anche la casa sembrava buia, almeno nelle stanze che davano verso la strada. Sul vialetto non vide automobili, ma questo non stava a significare niente, dato che c'era un garage con la saracinesca abbassata.

Pamela lasciò la macchina sul ciglio della strada e attraversò il giardino fino alla porta d'ingresso. Suonò e rimase in attesa. Nessun movimento.

Perché non c'era nessuno in casa? O perché Mila si trovava lì e quindi tutti fingevano che non ci fosse nessuno?

Pamela suonò una seconda e una terza volta. Mentre si girava per andarsene, sentì dei passi dall'interno. Poi la porta si aprì.

Sulla soglia c'era una donna. Fissava Pamela. Era pallida come un fantasma, con i capelli in disordine e gli occhi arrossati.

«Desidera?» domandò con un filo di voce.

«Mrs. Raymond?» chiese Pamela mentre mostrava il distintivo. «Sono l'ispettore investigativo Graybourne della North Yorkshire Police.»

«Sì?»

«Lei è Mrs. Raymond?»

«Sì.»

«Conosce una certa Mila Henderson? Una sua ex compagna di scuola?»

«Sì» pigolò Sue. Finora non aveva pronunciato nient'altro che questo monosillabo.

«Mrs. Raymond, devo farle una sola domanda. Negli ultimi tempi Mila Henderson si è fatta viva con lei, oppure è addirittura venuta a trovarla? La polizia avrebbe bisogno di interrogarla con urgenza.»

Sue sembrò sul punto di dire qualcosa, poi emise una specie di gracidio e si schiarì la voce. «No. No, non ho sue notizie.»

«E non l'ha nemmeno vista qui?»

«No.» Sue era immobile come una statua sulla porta. Non dava l'impressione di voler far accomodare Pamela in casa. In effetti era tutto già chiarito.

In effetti.

Pamela aveva una strana sensazione. Quella donna le sembrava profondamente sconvolta, stremata, e agiva come un robot telecomandato. Si tormentava nervosamente le mani. Pamela notò un velo di sudore sulla fronte pallida.

«Mrs. Raymond, è tutto a posto?»

«Sì» disse Sue. «Sì.» Non sembrava neanche lontanamente vero.

«Sembra malata. È sicura che sia tutto a posto?»

«Sì!» esclamò Sue gettandole un'occhiata implorante.

«Suo marito è in casa?»

«No. È... È via per il fine settimana con i suoi amici. Tornerà domenica.»

«È da sola in casa?»

«Mia figlia...» farfugliò Sue. «C'è mia figlia con me. Ha sei mesi.»

Una donna e una bimba piccola. E la donna era un fascio di nervi e visibilmente allo stremo delle forze.

«Mi sembra molto nervosa» insistette Pamela. «Entro volentieri a bere una tazza di tè, così magari potrà raccontarmi qualcosa di Mila Henderson.»

Una catastrofe per la sua tabella di marcia, ma c'era qualcosa che non andava in quella donna.

«No!» strillò Sue con voce acuta. «La mia bambina... si è appena addormentata. Se si svegliasse... è stata sveglia tutta la notte...»

Forse era questa la causa della profonda stanchezza di Sue. Una bambina che piangeva giorno e notte, tante notti insonni. Il marito che la lasciava da sola con il problema e se la spassava altrove.

«Capisco» disse Pamela in tono conciliante. Tirò fuori un biglietto da visita e glielo porse.

«La prego di contattarmi se Mila Henderson dovesse farsi viva con lei. Non le permetta di entrare in casa sua. Sia prudente e mi avverta. Ha capito?»

«Sì» mormorò Sue prendendo il biglietto da visita. Le tremava la mano.

«Arrivederci» disse Pamela.

Sue non rispose e richiuse la porta.

Pamela tornò verso la sua macchina scuotendo la testa e accese il motore. Lasciò il quartiere e ben presto si trovò nel centro di Richmond. Vedendo un posto che si liberava proprio davanti a un caffè, si fermò, scese, ordinò un cappuccino e risalì in macchina. Lo bevve osservando i passanti frettolosi, intenti allo shopping del fine settimana o a cambiare i regali ricevuti. La neve, che aveva smesso di cadere, ricominciò a scendere fitta. I fiocchi erano più grossi. In città non attaccavano, ma prima di sera campi e boschi sarebbero stati imbiancati. Pensò al piccolo hotel che l'aspettava. La camera accogliente. Una cena a lume di candela. Ma l'immagine di Sue Raymond continuava ad affiorarle alla mente.

L'estremo pallore. L'espressione alienata. Inquieta.

Semplicemente una giovane mamma in debito di sonno?

Pamela bevve un bel sorso di cappuccino, si bruciò la lingua e imprecò. «Dannazione!» La sua rabbia non era rivolta alla bevanda troppo calda, bensì alla situazione in cui si era cacciata. Da mesi anelava a questo fine settimana. E adesso stava per mandare tutto all'aria perché il caso a cui lavorava aveva deciso di avvicinarsi a una svolta proprio quel venerdì pomeriggio, con improvvisa urgenza. Oppure era soltanto lei a immaginare che così fosse?

Non riusciva a togliersi dalla testa quella Sue. Era stata decisamente fuori di sé. Pamela aveva la netta sensazione che fosse stata in preda alla paura. Una paura folle. E poi quell'impressione che fosse telecomandata.

Come un robot, le era venuto da pensare.

E se Mila fosse stata invece a casa sua? Se l'avesse minacciata? Se l'avesse messa sotto pressione?

Sue aveva una bambina di sei mesi. A Mila sarebbe bastato piazzarsi accanto alla culla con un'arma, magari un coltello, in mano. Sue avrebbe fatto qualunque cosa per allontanare dei visitatori indesiderati, evitando di invitarli dentro casa. Ed era ovvio che avrebbe sostenuto che fosse tutto a posto. In realtà era in uno stato di panico e disperazione, proprio quello percepito da Pamela.

Se Mila Henderson aveva ucciso Patricia Walters e James Henderson, si trattava di un individuo estremamente pericoloso, e in quel caso Sue Raymond e sua figlia erano in grave pericolo.

Pamela era consapevole che, come poliziotta, non poteva voltare le spalle come se niente fosse e partire per il suo fine settimana romantico.

Finì di bere il cappuccino e scrisse un messaggio WhatsApp a Leo: *È probabile che farò tardi... Non vedo l'ora di essere con te. Pam.* Ci aggiunse un cuoricino. Poi accese il motore e partì.

Dieci minuti più tardi era di nuovo davanti alla villetta in fondo alla strada senza uscita. Scese dalla macchina. Nel tragitto fino alla porta, i capelli e il cappotto le si coprirono di neve. Suonò. Continuava a non aver avvisato nessuno in centrale. In realtà non ci aveva neanche pensato prima di effettuare questo secondo tentativo. Si rendeva conto che non solo agiva contro il regolamento, ma si stava mettendo in una situazione rischiosa. Mentre cercava il cellulare nella borsa per chiamare l'ufficio, la porta si aprì. Sue era sulla porta con la stessa espressione stravolta di prima.

«Ispettore...» mormorò con voce rotta.

«Sì, Mrs. Raymond, sono tornata» disse rinunciando a cercare il cellulare. Avrebbe dovuto fare affidamento solo su se stessa a questo punto. «Ho pensato che sarebbe opportuno che scambiassi qualche parola con lei su Mila Henderson. Potrei entrare un momento?»

Sue si fece da parte. «Prego.»

Pamela si era aspettata una maggiore resistenza. Ebbe un attimo di esitazione. «Cercherò di non far rumore, per non disturbare sua figlia.»

«Sì» disse Sue. Aveva il viso impietrito, l'incarnato cereo.

Pamela entrò nell'angusto corridoio. Percepì un odore fastidioso, che non riusciva a identificare. Cibo avariato? Urina? Escrementi? Sì, sembrava l'ipotesi più probabile. Pannolini usati che non erano stati buttati via da un po'?

O questa donna era così esausta e stressata da trascurare la cura della casa.

Oppure c'era qualcosa che non andava.

«Prego» mormorò apatica. «Qui c'è il salotto.»

Pamela notò un albero di Natale, un gruppo di poltrone e divani chiari, giocattoli ammucchiati in un angolo, un televisore enorme, un tavolo con un piatto di dolcetti natalizi. Davanti a una delle finestre ondeggiava lenta una decorazione mobile con angeli e palline natalizie. Era tutto ordinato, curato, addobbato con attenzione. Tutto il contrario di una vita sfuggita di mano per lo stress. Il salotto di Sue Raymond non combaciava con l'odore che aleggiava in casa.

Pamela entrò. Si girò per metà verso Sue e disse: «Deve sapere che Mila Henderson...»

Non riuscì a proseguire. Con la coda dell'occhio notò la sagoma appostata nell'ombra giusto dietro la porta, ma non ebbe il tempo di reagire. Qualcosa la colpì alla fronte, un dolore lancinante le esplose in testa, le scese lungo la spina dorsale e in una frazione di secondo si propagò a tutto il corpo.

Pensò: sto per morire.

Poi scese il buio e lei perse i sensi.

6

Tornò in sé lentamente e all'inizio non aveva la minima idea di che cosa fosse successo. Aveva dolori in tutto il corpo, le ossa e i muscoli, ma il peggiore era alla testa. Le sembrava che continuassero a colpirla alle tempie con un martello, una fitta ritmica, acuta, che provocava un'ondata di sofferenza nel suo cervello. Faceva freddo ed era buio. C'era un odore strano, non proprio cattivo, ma bizzarro e difficile da identificare.

Dove si trovava?

E che cosa era successo?

Qualcosa di bagnato, appiccicoso le ricopriva il viso e Pamela fece per alzare la mano e toccarsi le guance, il naso, la bocca. Voleva strofinarsi via quella sensazione tanto spiacevole, ma non riusciva a muovere le braccia. Pian piano si rese conto di avere le mani legate dietro la schiena. Doveva essere il lancinante dolore alla testa che le annebbiava la mente. Quasi che la ragione fosse tanto impegnata con il dolore da non riuscire a pensare con lucidità.

Faceva un gran freddo e la superficie su cui era sdraiata era durissima.

Pamela sbatté energicamente le palpebre, sentiva gli occhi gonfi. C'era una fessura nella stanza, proprio sotto il soffitto, come si accorse ora, da cui filtrava una lama di luce. Il termine luce era esagerato: si trattava più che altro di una vaga striscia di chiarore. Riusciva a distinguere gli oggetti solo in maniera approssimativa: scaffali fino al soffitto occupati da cose che non era in grado di riconoscere. Doveva essere sdraiata sul pavimento. Semplici mattonelle, gelide, senza il minimo isolamento contro il freddo invernale. Le tornò in mente all'improvviso che aveva nevicato. Fuori faceva un gran freddo. Ora si trovava al chiuso, ma in un vano non riscaldato.

«Oddio» mormorò sottovoce. Aveva la bocca secca, sembrava che fosse piena di ovatta o di segatura.

Cercò di sollevarsi, riuscendo a farlo solo di pochi millimetri a causa del gran male alla testa. Era tutta pesta, ma l'emicrania la torturava. Doveva avere una commozione cerebrale. Una frattura cranica? D'un tratto ricordò un'ombra, un'ombra contro una parete... era l'ultima cosa che aveva visto. Poi era piombata nell'oscurità.

Prima però c'era stato il dolore... un dolore indescrivibile... chiuse gli occhi, vide una sbarra piombarle sul viso. Una sbarra di metallo... qualcuno era stato in agguato dietro una porta e l'aveva colpita sulla fronte con una sbarra di ferro.

Il suo cervello si stava rimettendo in moto velocemente. Richmond, era a Richmond. Era stata a trovare quella donna... come si chiamava? Sue. Sue Raymond. La donna con la figlia piccola. La compagna di scuola di Mila Henderson.

Quando nella sua testa affiorò il nome di Mila Henderson, anche tutti gli altri particolari si rovesciarono su di lei, come una cascata, come se una diga fosse crollata di colpo. Il tanto anelato fine settimana. Leo. La telefonata dell'ispettore Burden. La sua decisione di fare una deviazione fino a Richmond per controllare se Sue Raymond avesse dato rifugio a Mila Henderson. Lo strano comportamento di Sue, la paura che promanava da lei... Era tornata indietro per ricontrollare. Era entrata in casa. La prima volta Sue glielo aveva impedito. La seconda volta aveva ceduto subito. Ovviamente era una trappola. Con lei c'era Mila. Aveva preso il controllo. Quando Pamela si era ripresentata, aveva capito che non si sarebbe arresa. Che aveva annusato qualcosa, che avrebbe chiamato rinforzi.

L'aveva messa fuori gioco.

E Sue l'aveva assecondata. Suo malgrado. Era terrorizzata per la sua bambina. Era pronta a fare qualunque cosa, purché Mila la lasciasse in pace.

E lei, Pamela, aveva contravvenuto a tutti i regolamenti. Non aveva detto a nessuno quali fossero le sue intenzioni. La sua più stretta collaboratrice, il sergente Linville, non aveva idea di cosa stava succedendo. Come nessun altro del suo dipartimento. Fino al lunedì mattina nessuno si sarebbe accorto della sua sparizione.

L'unico al corrente era l'ispettore Burden della South Yorkshire Police. Non aveva collegamenti con gli altri. Sarebbe passato molto tempo prima che si accorgesse che qualcosa non andava. A meno che non cercasse di scoprire quale fosse stato l'esito del colloquio con Sue. Molto probabilmente, però, non avendo sue notizie, avrebbe presunto che non fosse emerso niente di nuovo.

In ogni caso non avrebbe provato a contattarla fino al lunedì. Ammesso che lo facesse.

Leo. Ovviamente Leo si sarebbe accorto della sua assenza.

E poi? Non si sarebbe mai rivolto alla polizia. Non si sarebbe rivolto a nessuno, terrorizzato com'era che la loro relazione potesse essere scoperta.

Che cosa avrebbe pensato? Nell'ultimo messaggio lei gli aveva scritto che avrebbe ritardato. Ci aveva messo un cuoricino. Difficile che lui credesse che avesse cambiato idea e volesse troncare la loro storia. Oppure sì? A fine novembre avevano litigato per telefono. Lei aveva saputo che avrebbe passato da sola tutta la vigilia e anche il Natale e la prospettiva le aveva causato una crisi di pianto in un piovoso fine settimana. Per questo aveva lottato per avere almeno quello subito dopo Natale. Era stata una conversazione tesa, aggressiva, lei aveva capito quanto lo infastidissero le sue lacrime. Avrebbe preferito riagganciare e sottrarsi a quella situazione. Solo la buona educazione glielo aveva impedito. Forse adesso pensava che lei fosse stufa. Di stare da sola, di aspettare. Di avere una relazione eppure di essere single. Serate di solitudine, fine settimana interminabili, tuttavia impossibilitata a trovare qualcuno che fosse disposto a darle di più.

Leo avrebbe pensato così? Che lei non si era fatta viva per fargli capire che la storia tra di loro era finita? Non era quel genere di persona. Non usava mai scorciatoie comode o vigliacche. Aveva il fegato per affrontarlo apertamente e lasciarlo con parole chiare.

Ma era possibile che lui non la pensasse così. Alla fine forse ne sarebbe stato addirittura contento. Che fosse finita. Che non dovesse più avere rimorsi nei confronti della moglie, né discussioni con l'amante. Sarebbe stato felice che fosse stata lei a troncare. Perché da parte sua non avrebbe mai compiuto un passo del genere. Detestava le situazioni conflittuali quanto il diavolo l'acqua santa.

In ogni caso non poteva affidarsi a Leo e questo rendeva la sua situazione ancora più critica.

Nel frattempo era riuscita a mettersi seduta, tra gemiti di dolore. I suoi occhi si erano abituati alla penombra, nonostante le dolessero e le bruciassero. Riconobbe che quelli sugli scaffali erano generi alimentari. Scatole di corn-flakes, bottiglie di succo d'arancia, vasetti di omogeneizzati. Doveva essere una dispensa. Probabilmente in cantina, con davanti un pozzo luce.

Pamela aveva una gran sete, ma sarebbe stata un'impresa laboriosa riuscire a prendere una bottiglia di succo d'arancia con le mani legate dietro la schiena e poi aprirla. Ci avrebbe provato prima di disidratarsi, per il momento però voleva risparmiare le forze. Sarebbe stato assurdo morire di fame e di sete in una dispensa ben rifornita. Un nemico ancora peggiore tuttavia era il freddo. Era scossa da violenti brividi. Si guardò intorno, alla ricerca di qualcosa che potesse scaldarla, una coperta, dei cuscini, ma non c'era niente. Si rese conto che le era anche stato tolto il cappotto che aveva indosso quando era entrata in salotto. Portava jeans e un pullover nero a collo alto di lana pelosa che tuttavia non bastava a proteggerla dal freddo intenso. Se non altro le erano stati lasciati gli stivali.

Si domandò se fosse sola in casa. Mila non poteva sapere che Pamela non aveva informato nessuno. Doveva aspettarsi l'arrivo di altri agenti. Probabilmente si era data alla fuga. Con Sue e la bambina? Con la macchina di Pamela?

Vide la sua borsetta, a pochi passi da lei, e per un attimo ebbe la speranza che contenesse il suo cellulare. Poi però si disse che Mila probabilmente non era stata tanto stupida. Comunque strisciò fino alla borsa. Non poteva utilizzare le mani, ma riuscì ad aprire la chiusura magnetica con il mento. Nonostante la scarsa luce, si accorse che il contenuto era stato brutalmente rovistato. Con i denti tirò fuori l'annuario che le aveva dato Lavandou. Evidentemente a Mila non interessava. Lo lasciò cadere sul pavimento accanto a sé. Poi si girò, per avere la borsa alle proprie spalle, e ci infilò le mani legate tastando i singoli oggetti. Trovò il portafoglio, il pacchetto di fazzoletti di carta, la boccetta con i globuli che prendeva quando si sentiva raffreddata. Qualche scontrino, l'astuccio degli occhiali da lettura, delle monete sparse. Ma come aveva immaginato il cellulare mancava. E anche le chiavi della macchina.

Avrebbe voluto pulirsi la faccia impiastricciata con un fazzoletto, ma finché non riusciva a liberare le mani, non le sarebbe stato possibile. Nel frattempo aveva capito che ciò che le incrostava le guance, la fronte, gli angoli degli occhi, le labbra era sangue. Doveva avere un aspetto orribile. Il colpo in testa doveva averle provocato una brutta ferita. Se non altro però le sembrava di non sanguinare più.

«Ok» disse a voce alta. Sentirla le diede conforto. «Come sono messa?»

La sua situazione al momento non era delle migliori, ma nemmeno del tutto disperata. Le venne in mente ciò che aveva detto Sue, che il marito sarebbe tornato a casa la domenica. Se Mila era fuggita con Sue e la bambina con la macchina di Pamela, almeno non gli sarebbe successo niente. Avrebbe cercato la moglie e la figlia per tutta la casa e Pamela avrebbe urlato con quanto fiato aveva in gola. Una volta liberata, lei avrebbe subito allertato gli agenti affinché cercassero la sua macchina. Mila tuttavia avrebbe avuto un notevole vantaggio: era solo venerdì pomeriggio. Prima che il marito di Sue tornasse a casa, probabilmente la domenica sera, Mila avrebbe guadagnato quarantotto ore per dileguarsi in una direzione qualsiasi.

Oppure era ancora in casa con i suoi ostaggi. Era la versione peggiore, perché anche il marito di Sue la domenica sarebbe finito in trappola e sarebbe stato messo fuori gioco. Allora sì che le cose sarebbero precipitate.

Pamela trattenne il fiato e rimase in ascolto immaginando la casa sopra di sé. Era anche possibile che si trovasse rinchiusa al pianterreno accanto alla cucina. In ogni caso non sentì neppure un rumore. Regnava un silenzio di tomba. La bimba non avrebbe dovuto piangere di tanto in tanto? Forse però dalla cantina non si sentiva.

Le tornò in mente il disgustoso puzzo nell'ingresso per il quale finora non aveva trovato una vera spiegazione. Nella dispensa dove si trovava c'era odore di muffa e aria stantia, ma nient'altro.

Pamela non sapeva con cosa le fossero stati legati i polsi, ma sperava che non si trattasse di fascette fermacavo. In quel caso non le sarebbe stato possibile liberarsi. Tuttavia, al tatto le sembrava che il materiale sulla pelle fosse ruvido, come una corda o uno spago robusto. Strisciò via dalla inutile borsa e si avvicinò con la schiena a uno dei montanti di legno degli scaffali. Alzando leggermente le mani iniziò a strofinarle su e giù contro il legno. Con un po' di fortuna forse sarebbe riuscita a liberare le mani. Non sarebbe bastato per uscire dalla sua prigione, ma avrebbe potuto bere e mangiare e non sarebbe stata completamente inerme nel caso Mila fosse tornata.

Si rendeva conto di essersi comportata da principiante assoluta, se non peggio. I principianti in genere rispettavano scrupolosamente le regole, erano piuttosto gli agenti esperti ad agire in maniera più disinvolta, perché avevano una lunga esperienza che spesso era molto più importante delle nozioni imparate sui libri.

L'errore che aveva commesso lei, però, era imperdonabile. Era stata consapevole che Mila Henderson poteva essere in quella casa. C'era andata apposta. Sapeva che Mila era sospettata di aver ucciso a sangue freddo due persone. Aveva sostenuto questa tesi persino con più convinzione del sergente Linville, che l'aveva sempre rigettata. Kate non si era convinta nemmeno dopo che era stata scoperta la finestra rotta a casa di Patricia Walters. Chiaramente Mila non avrebbe avuto bisogno di introdursi di nascosto. Come si poteva stabilire che il vetro rotto avesse davvero a che fare con lei? Poteva benissimo trattarsi di una prova di coraggio di qualche ragazzino, una pallonata tirata male. Proprio perché era stata così convinta della pericolosità di Mila Henderson, non si sarebbe mai dovuta esporre in quel modo senza avvisare la centrale.

Mai.

Interruppe momentaneamente il tentativo di liberarsi e cercò di trovare una posizione più comoda sul pavimento di pietra, cosa che risultò impossibile. Com'era impossibile sottrarsi al freddo implacabile. Si sarebbe beccata una brutta polmonite, ma con ogni probabilità sarebbe stato l'ultimo dei suoi problemi.

Con un sospiro sollevò di nuovo i polsi e strofinò la corda contro il montante di legno. All'improvviso sopra di lei riecheggiò un grido agghiacciante. Assordante, tormentato, come quello di un animale moribondo. E poi qualcuno urlò «No! No! No, per favore! Non farlo! Per favore! No!»

Pamela si irrigidì.

Era stata Sue a gridare. Era ancora in casa. Con la sua carceriera. Ed era in gravissimo pericolo.

Mentre in cantina era bloccata una poliziotta che non poteva intervenire.

Cominciò a strattonare i polsi imprigionati. Mancò poco che si mettesse a gridare anche lei. Non poteva fare niente. Maledizione, non poteva fare assolutamente niente.

Sue lanciò un altro grido. Un suono sordo, disperato.

Mila non era scappata con i suoi ostaggi. Voleva liquidarli.

E a quanto pareva aveva appena cominciato.

7

Anna arrivò a Scarborough che erano le sei di sera e faceva già buio. Era rimasta per diverse ore in quel sobborgo di Londra di cui continuava a non conoscere il nome, anche se non aveva alcuna importanza. Seduta in macchina, si era presa altri due caffè, guardando fuori dal finestrino e ripercorrendo incessantemente la propria vita. L'esito del suo rimuginare era sempre cupo, nero, sconfortante. A tarda mattina era ripartita in direzione nord, ma aveva fatto due lunghe soste nelle aree di servizio. Durante una di esse era persino riuscita ad appisolarsi.

Quando si era rimessa in viaggio, aveva iniziato a piovere e a metà strada la pioggia si era trasformata in neve. Aveva fatto buio presto e Anna aveva guidato molto piano. La visibilità era scarsissima.

Il suo cellulare aveva suonato a ripetizione. Un paio di volte il numero era nascosto. Di sicuro il sergente Linville. Ma anche Dalina aveva fatto diversi tentativi e le aveva anche scritto vari messaggi su WhatsApp.

Anna superò il cartello con la scritta SCARBOROUGH in mezzo a una bufera di neve. Solo allora si era domandata dove dovesse andare. A Harwood Dale, nella sua casa gelida, sigillata dalla polizia?

Nell'appartamento di Sam? Probabilmente nel frattempo era rientrato. Contrariato e stressato.

Accostò e si fermò sul ciglio della strada. Non appena le spatole del tergicristallo si fermarono, il parabrezza fu ricoperto da uno spesso strato di neve. Tirò fuori il cellulare, aprì la pagina con l'elenco degli indirizzi dei partecipanti al corso di cucina. In quello del corso appena concluso Kate non compariva, dato che era subentrata all'ultimo momento, ma Anna la trovò nell'elenco del corso che avrebbe avuto inizio a gennaio. Kate Linville. Abitava a Scalby, un sobborgo di Scarborough. Anna guardò l'ora. Erano da poco passate le sei di venerdì. Di sicuro Kate non era più in ufficio. Anna comunque non ci sarebbe andata per niente al mondo. In quella sconfortante atmosfera poliziesca… sarebbe andata a casa di Kate. Le avrebbe raccontato tutto.

Stava per appoggiare il cellulare sul sedile accanto a sé quando spuntò la notifica di un messaggio di WhatsApp. Era di Dalina. Era il quinto o il sesto.

Anna, maledizione, è una cosa seria. Dove ti sei cacciata? Perché non rispondi? Dobbiamo parlare. SUBITO! Chiamami, o meglio scrivimi dove sei. Verrò subito. È importante. Molto!!!

Dalina avrebbe visto che aveva letto il messaggio e si sarebbe imbestialita per non ricevere una risposta. Ma lei non si sognava neppure di andare da Dalina in una situazione del genere. Sapeva benissimo che cosa voleva. E non glielo avrebbe permesso.

Inserì l'indirizzo di Kate nel navigatore e partì. Sentì arrivare altri messaggi di WhatsApp, a ripetizione. Non li guardò, ma avrebbe scommesso che erano di Dalina, la quale si era accorta che Anna aveva letto quello precedente senza rispondere. Che andasse al diavolo. Che la minacciasse pure, la licenziasse, la insultasse – la cosa non la toccava più. Aveva smesso di piangere. Oramai non aveva più lacrime. Una strana calma si era impossessata di lei, mentre guidava per le strade buie di Scarborough. La neve ricopriva ogni cosa.

Anna non aveva più niente da perdere.

Non avrebbe mai pensato che tale consapevolezza l'avrebbe fatta sentire così bene.

Passò davanti all'appartamento di Sam e guardò verso le finestre. Erano buie. Non c'era nemmeno la sua macchina per strada. Non era tornato. Forse aveva deciso di restare a Londra fino a sabato come previsto, nonostante tutto. Oppure era già alla centrale di polizia. Questo però avrebbe implicato che Kate non fosse a casa.

Lo avrebbe scoperto subito.

Quando raggiunse l'indirizzo, vide le finestre illuminate e una macchina coperta di neve nel vialetto. Parcheggiò accanto alla staccionata del giardino e scese. I suoi stivali affondarono nella neve. Alzò lo sguardo verso l'incantevole turbinio di miliardi di fiocchi che scendevano dal cielo buio.

Poi raddrizzò le spalle e si incamminò verso la porta.

Kate era in camera da letto a cercare di decidere cosa indossare per l'appuntamento con Burt. Il problema era che le capitava così di rado di uscire per questioni private – praticamente non lo faceva quasi mai – che le mancava del tutto il guardaroba adeguato. In realtà aveva solo il vestito blu che si era comprata durante l'infelice storia con David Chapman, che lei aveva amato dal profondo del cuore mentre lui l'aveva ingannata e tradita a ogni occasione. Non lo aveva più indossato, perché era legato a ricordi troppo dolorosi. Ora invece lo tirò fuori dall'armadio.

Perché no?

Lo provò. Era molto corto e molto aderente, ma le stava proprio bene. Le dava un aspetto insolito. Con calze e stivali neri sarebbe stata perfetta per l'occasione.

Stava rovistando con crescente disperazione in un cassetto alla ricerca di un paio di calze senza smagliature quando suonarono alla porta.

Forse era Burt? Che era venuto a prenderla a causa del maltempo, per non farla guidare da sola? Kate alzò gli occhi al cielo in un moto di stizza. Non era abituata a essere trattata con tante premure dagli uomini e non le piaceva neppure molto. Scombinava i suoi piani. Adesso, per esempio, non aveva ancora finito di prepararsi.

A piedi nudi corse in bagno, la cui finestra si affacciava direttamente sopra la porta di casa. La spalancò e si sporse. Grossi fiocchi di neve le si posarono immediatamente sul viso.

«Non sono ancora pronta!» gridò.

Una figura si staccò dalla porta, facendo un passo indietro sul vialetto. «Kate... Sergente Linville? Sono io!»

Kate riconobbe subito la voce. «Anna?»

«Sì.»

«Un momento. Arrivo.» Richiuse la finestra e scese di corsa le scale, a piedi nudi e senza calze, con il vestito ridicolmente corto che a ogni passo le risaliva sulle gambe. Non voleva far aspettare Anna neppure un istante. Con quella donna non si poteva mai prevedere con quale velocità avrebbe cambiato idea e sarebbe sparita di nuovo.

Aprì di slancio la porta. Anna era ancora lì.

«Prego» disse Kate, «è tutto il giorno che provo a telefonarle.»

«Lo so.» Anna entrò in corridoio. Aveva i capelli coperti di neve. Kate le tolse il cappotto e la sospinse in salotto, dove il camino elettrico era acceso insieme alle candele dell'albero di Natale.

«Si accomodi. Posso offrirle un tè?»

«Sì, grazie» rispose Anna. Appariva incredibilmente calma. Non c'era più traccia della creatura nervosa, piagnucolosa, inquieta che Kate aveva incontrato il giorno prima. Sembrava invece essersi rifugiata dentro se stessa e per questo era più serena. Distaccata dal mondo e dalle sue sciagure.

Si sedette sul divano e accarezzò Messy che si mise subito a fare le fusa. Kate andò in cucina a mettere a bollire l'acqua per il tè. Accanto alla porta che dava in terrazza c'erano gli zoccoli di legno che a volte usava d'estate per lavorare in giardino. Se li infilò, senza curarsi di apparire ancora più stramba. Era irrilevante. Adesso doveva pensare ad Anna.

Prese due tazze, mise una bustina di tè in ciascuna, ci versò sopra l'acqua, le posò su un vassoio insieme a latte e zucchero e tornò in salotto. Messy si era acciambellata in grembo ad Anna. La gatta trasmetteva tranquillità, calore e pace. Kate nutriva già da molto tempo la convinzione che sarebbe stato opportuno permettere la presenza di animali domestici durante gli interrogatori. Moltissime persone si rilassavano visibilmente in loro compagnia. Gli animali erano in grado di sciogliere blocchi psicologici, di spezzare barriere, come lo stare a piedi nudi sull'erba, oppure abbracciare un albero o sentire i fiocchi di neve in faccia, anzi, molto meglio. Ristabilivano il legame con le origini. Con ciò che contava davvero.

«Anna, mi fa piacere che abbia deciso di venire da me» disse Kate. Sapeva che avrebbe dovuto portarla in centrale, invece di condurre quel confronto lì a casa sua, accanto all'albero di Natale. L'istinto però le diceva che il filo di fiducia si sarebbe spezzato se ora si fosse cambiata, avesse caricato Anna in macchina e l'avesse trascinata in ufficio. In una stanza anonima e fredda, con il riscaldamento da accendere in quel venerdì sera, per poi condurre l'interrogatorio rispettando le norme corrette.

Per questo sarebbero rimaste lì. Con un tè, il camino acceso e una gatta.

«Dov'è stata oggi?» chiese pragmatica.

«A Londra. Quantomeno nelle vicinanze.»

«Nelle vicinanze di Londra? Presumo che volesse andare da Mr. Harris?»

«Esatto. Ma non so dove si trova l'istituto in cui è ricoverato il padre. E inoltre...»

«Sì?»

«Non era possibile. Prima dovevo chiarire delle cose.»

«Con me?»

«Sì.»

«D'accordo.»

Anna si fissò le mani che teneva strette intorno alla tazza di tè. «Sam l'ha contattata?»

«Sì. Verrà domani.»

«Capisco.» Sam non era sparito dalla faccia della terra, ovviamente no. Preferiva solo non farsi vivo con lei.

«Oggi ho parlato con Dalina Jennings» disse Kate cambiando argomento. «So che lavorava per il servizio di consegne a domicilio che serviva Alvin Malory. Il ragazzo aggredito nove anni fa che da allora è in coma.»

Anna assentì. «Lo so.»

«Non siamo ancora riusciti a verificare tutti gli elementi, e Mrs. Jennings non è stata molto collaborativa. Lei sa se anche Logan Awbrey lavorava come fattorino per le pizze?»

Anna scosse la testa. «Lui no. E nemmeno io. Ci lavorava solo Dalina.»

«Capisco. Allora è ancora più strano. Le impronte di Logan Awbrey sono state trovate a casa dei Malory. Subito dopo l'aggressione. Ma abbiamo potuto attribuirle a lui solo dopo l'omicidio di Diane Bristow. Anna, Logan deve essere stato dai Malory. Dentro casa.»

«Sì» rispose Anna. Aveva appoggiato la mano destra su Messy. Sembrava volersi letteralmente aggrappare alla gatta. «Sì. È stato in quella casa. Anche Dalina. Anch'io.»

Kate si sporse in avanti trattenendo il fiato. «Quando?»

«Il 26 luglio 2010.»

«È il giorno in cui...»

«Sì.»

«Anna, devo informarla che ha il diritto di chiamare un avvocato.» Kate dovette fare uno sforzo tremendo per pronunciare queste parole. Era a un passo da una confessione. Se Anna adesso avesse richiesto un avvocato, il momento sarebbe passato. Non erano state trovate prove per l'aggressione ad Alvin Malory, l'unica possibilità sarebbe stata una confessione, e un avvocato lo avrebbe capito subito. Avrebbe fatto di tutto per impedire alla propria assistita di parlare.

Anna però scosse la testa. «Non voglio un avvocato. Voglio raccontarle quello che è successo.»

«D'accordo» disse Kate. Per quanto temesse che qualunque formalità potesse minare la decisione di Anna a parlare, non aveva senso ascoltare una confessione senza i mezzi opportuni. Doveva risultare inoppugnabile in tribunale.

Per questo disse dolcemente: «Ora appoggio il mio telefono qui sul tavolo, va bene? Per registrare la nostra conversazione. È d'accordo?»

«Sì.»

Anna sembrava pronta a concedere qualunque cosa, pur di poter parlare.

Kate sistemò lo smartphone sul tavolino e accese il registratore. Specificò il luogo, la data e l'ora, indicando inoltre il proprio nome e il proprio grado e il nome di Anna. Le fece presenti i suoi diritti e le chiese di nuovo se volesse un avvocato. Anna confermò di non volerlo.

«Mrs. Carter rinuncia espressamente alla presenza di un legale» ripeté Kate. Poi proseguì. «Mrs. Carter, ha detto che lei, Mrs. Dalina Jennings e Mr. Logan Awbrey siete stati a casa della famiglia Malory a Scarborough il 26 luglio 2010. Mi può descrivere che cosa eravate andati a fare? E che cosa accadde?»

«Sì» rispose Anna.

Lunedì, 26 luglio 2010

1

Faceva un caldo micidiale. Più di trenta gradi all'ombra, e pur essendo sul mare, non tirava un filo di brezza. Fin dal mattino a colazione il telegiornale aveva annunciato che l'alta pressione che da giorni insisteva sulle isole britanniche sarebbe continuata anche quel giorno. Il consiglio era di stare il più possibile all'ombra e, in caso di esposizione al sole, di usare una crema con un alto fattore di protezione solare. La popolazione inglese ha per la maggior parte la pelle molto chiara e sogna per tutta la vita di riuscire ad avere almeno una volta l'abbronzatura liscia e intensa dei francesi del Sud. Questo li spinge a sottoporsi a eccessivi bagni di sole quando l'estate inglese raggiunge improvvisamente temperature mediterranee. Il problema è che non si abbronzano mai e invece si scottano. E si ritrovano con le lentiggini di prima.

Eravamo sulla spiaggia della baia meridionale, ai piedi dello Scarborough Spa. C'era la bassa marea, eravamo seduti sui ciottoli piatti che il mare aveva lasciato dapprima umidi e lucidi ma che nel frattempo si erano asciugati. Tutt'intorno a noi le ultime pozze d'acqua si ritiravano in mezzo ad alghe, conchiglie e minuscoli granchi. Eravamo seduti in pieno sole perché Dalina voleva abbronzarsi, dato che aveva il tipo di pelle giusta. Al contrario io cercavo di proteggermi il più possibile con una maglietta a maniche lunghe e un cappello di paglia e continuavo a spalmarmi la crema protettiva. Avrei preferito mettermi all'ombra, ma quando Dalina decideva che dovevamo stare al sole, non si poteva obiettare. La spiaggia era meno affollata di turisti del solito. La maggior parte aveva cercato l'ombra o faceva il bagno lontano nel mare che si era ritirato.

«Dio che noia» sbuffò Dalina, «mi domando perché non ho dei genitori pieni di soldi. Insomma, abbiamo fatto la maturità, ci sarebbe stato bene un viaggio, no? Saint-Tropez o Montecarlo. Darei qualunque cosa per essere lì!»

«Qui in ogni caso fa altrettanto caldo» osservò Logan. Era seduto vicino a Dalina e come sempre era in adorazione. Questo mi addolorava molto, ma cercavo di non pensarci. Sapevo che si struggeva di desiderio e che lei non lo ricambiava neanche lontanamente. Si limitava a giocare con lui e poi lo dimenticava per settimane di fila, lo ignorava del tutto. Lui allora veniva da me. Stavo ad ascoltarlo per ore e lo consolavo. Ero la spalla su cui piangere. In realtà passava più tempo con me che con Dalina e questo riaccendeva sempre le mie speranze.

Era più grande di noi, aveva finito la scuola già da un pezzo e si manteneva con lavoretti saltuari. Già questo per Dalina lo avrebbe escluso dal novero dei possibili pretendenti. Per lei un uomo doveva «rappresentare qualcosa» e soprattutto guadagnare tanti soldi. Quando parlava di Logan in sua assenza lo definiva *perdente*.

Dalina e io avevamo finito la scuola quell'anno. Per me quell'estate calda passata a casa, con la scuola ormai alle spalle, la promessa dell'università in autunno non avrebbe potuto essere più bella di così, ma Dalina non faceva altro che lamentarsi che non succedeva mai niente. E poi fantasticava di Saint-Tropez. Delle spiagge, i bar, i club, le barche dei ricchi ormeggiate lì. Lavorava di nuovo per Biggestpizza, una catena di pizzerie che faceva consegne a domicilio. Diceva che con i soldi guadagnati voleva andare nella Francia meridionale l'anno successivo. Quel pomeriggio doveva lavorare e questo non faceva che peggiorare il suo umore.

Per Dalina la noia era la cosa peggiore. Avrebbe reagito meglio a una malattia grave o un incidente, ma non sopportava la monotonia. Non era in grado di stare con se stessa, trovare dentro di sé qualcosa che l'appagasse. Io al contrario potevo camminare per ore lungo il sentiero sulla scogliera e sognare, oppure seguire i miei pensieri, mi sentivo felice quando passeggiavo sulla battigia a piedi nudi. Potevo leggere, riflettere o semplicemente guardare il mare. A ben vedere non mi annoiavo mai. E non avevo neanche bisogno di tutta quella attività, di quella spasmodica ricerca di altre persone che potessero distrarmi. Credo che Dalina non abbia vita interiore. Lei vive esclusivamente all'esterno. E quando non capita niente, è spacciata, presa alla sprovvista.

La cosa peggiore è che questo la fa diventare aggressiva. Dapprima è inquieta e impaziente, poi sempre più violenta. In certi momenti Logan e io avevamo paura di lei. Logan perché era cotto di lei e soffriva quando lei lo trattava persino peggio del solito. E io perché sono molto sensibile. Dalina sapeva bene dove scagliare le sue frecce. Conosceva i miei punti deboli, le mie incertezze e i miei complessi. Era a quelli che mirava quando non le veniva in mente nient'altro. E io purtroppo credevo a tutte le critiche che mi venivano mosse da altri. Ero così insicura di me che davo ragione a chiunque puntasse il dito su uno dei miei numerosi difetti.

Logan aveva una borsa frigo con delle lattine di birra. Ne aveva già bevute due, una follia con quel caldo. Aveva la faccia paonazza e lucida di sudore. Il suo sguardo era un po' velato.

«Vuoi una birra, Dalina?» domandò per l'ennesima volta. Per Logan l'alcol era sempre un rimedio infallibile contro la noia.

Finora Dalina aveva saggiamente rifiutato, ma adesso fece un lungo sospiro stizzito. «Ok. Da' qua. Altrimenti rischio di morire in mezzo a questo squallore!»

Ben presto furono entrambi su di giri, e il sole non faceva che aumentare l'effetto dell'alcol. Devo riconoscere purtroppo che Logan somigliava sempre di più a un cagnolino che scodinzola accucciato davanti a una cagnetta e non riesce più a trattenersi. Dalina al contrario ritrovò un po' di buonumore e cominciò a pensare a come ingannare il tempo invece di continuare a lamentarsi e basta.

«Potremmo impicciarci di qualcuno da qualche parte» propose, senza specificare esattamente che cosa intendesse.

«Potremmo fare il bagno» proposi, ma Dalina scoppiò a ridere e Logan la imitò solerte.

«Fa' pure. Del resto si adatta a una tipa tranquilla come te!»

Detto da lei l'aggettivo *tranquillo* diventava un insulto, e come al solito abbassai subito la testa mortificata.

«Volete che vi faccia vedere la persona più grassa del mondo?» disse dopo un silenzio assorto e un'altra mezza lattina di birra.

«La persona più grassa del mondo?» ripeté Logan impressionato. Faceva sempre così, come se le proposte di Dalina lo esaltassero da matti. Si sforzava così tanto di piacerle! Per me, che li osservavo da fuori, era chiaro che questo l'annoiasse, e a questo punto ci si poteva aspettare di tutto.

Dalina balzò in piedi. Era ancora incredibilmente stabile sulle gambe. «Sì! Venite. Non ci crederete!»

Logan si alzò. Barcollò paurosamente, ma riuscì a ritrovare l'equilibrio. «Fico! Ci sto!»

Anch'io li seguii. Ero l'unica sobria. La proposta di Dalina mi sembrava del tutto idiota. Andare a vedere una persona grassa? Come lo avrebbe fatto sentire? E poi: quale divertimento si poteva ricavare da un'idea tanto stupida, per amor del cielo?

Oggi rimpiango amaramente di non essermi sganciata in quel momento. Avrei dovuto lasciarli andare e proseguire per la mia strada. Perché li avevo seguiti, pur intuendo che non ne sarebbe uscito niente di buono? Ero innamorata di Logan, certo, ma sapevo di non avere nessuna chance. Però volevo far parte del gruppo. Volevo esserci anch'io e rimasi.

E fu così che prese avvio la disgrazia.

I Malory abitavano nella baia settentrionale, nei pressi del Cross Lane Hospital. Un quartiere dove le case si somigliavano tutte. Un ambiente curato e ben tenuto. Graziosi cottage, graziosi giardini. Quello dei Malory però appariva un po' trascurato. L'erba troppo alta e i cespugli che crescevano disordinati da tutte le parti. Ciuffi di dente di leone spuntavano oltre la staccionata verso la strada. Tuttavia non dava l'impressione di essere abbandonato. Era solo diverso dagli altri giardini dove la gente tagliava con le forbici l'erba intorno alle aiuole.

In quella giornata rovente il quartiere sembrava addormentato. Erano le prime ore del pomeriggio e si faticava a respirare per il gran caldo.

«Si chiamano Malory?» chiese Logan quando ci fermammo davanti alla casa. Si era portato dietro la borsa frigo con le birre. Dalina ci aveva appena rivelato il nome del ragazzo più grasso del mondo: Alvin Malory. «Non credo di conoscerlo.»

«Non puoi mica conoscere tutti» obiettò Dalina.

Durante il tragitto in autobus ci aveva spiegato che gli consegnava regolarmente da mangiare. Di solito ordinava due menù XXL, che comprendevano hamburger, patatine fritte e un bicchiere di cola formato gigante. Insieme a una pizza famiglia esagerata. «E finisce tutto in un pomeriggio.»

«Pazzesco!» esclamò Logan.

Dalina fece un risolino. «Si capisce che si vergogna. Allora finge che i suoi genitori siano in casa e che abbia ordinato per tutti. Ma io so che loro non ci sono. Hanno un'officina sulla A64, accanto alla Lidl. Ci passano tutto il giorno. Lo so perché a volte per coincidenza consegno anche a loro. Porzioni normali però.»

Quando ci fermammo davanti all'anonima casetta con la porta verde, mi resi conto che era la mia ultima occasione di andarmene. Di spiegare che non avevo voglia di entrare in casa di una persona che non conoscevo, che avevo troppo caldo, oppure che avevo promesso alla mamma di andare a fare la spesa con lei. Qualunque cosa. L'istinto mi diceva che sarebbe stato meglio andare via. Forse agli altri due non sarebbe importato niente. Logan in ogni caso aveva occhi solo per Dalina. E Dalina sprigionava aggressività come un cattivo odore. L'aggressività della noia. L'avevo sperimentata abbastanza spesso. Questa volta però non era diretta a me. Aveva preso di mira quel ragazzo obeso. Probabilmente sarei riuscita ad andarmene per davvero senza che lei ci facesse troppo caso.

Ma non ne ebbi il coraggio. La paura di essere esclusa per sempre me lo impedì.

Dalina suonò il campanello.

Passò un bel po' di tempo e già speravo che non ci fosse nessuno in casa, ma poi la porta si aprì. Il ragazzo che ci stava davanti era davvero obeso. Una faccia gonfia, un addome enorme, su cui si tendeva una maglietta con una scritta sbiadita che non si leggeva più. Le gambe erano infilate in un paio di calzoni della tuta lilla di un tessuto sintetico che mi fece rabbrividire al solo vederlo. Come faceva a resistere con quel caldo?

«Ciao, Alvin» disse Dalina.

Lui sembrava sorpreso. «Oggi non ho ordinato niente. Cioè, ho ordinato altrove.»

«Nessun problema» disse Dalina. «Sono passata a trovarti. Stai sempre qui a casa tutto solo e allora ho pensato di farti svagare un po'.» Gli sorrise. Come uno squalo che gira intorno alla sua preda.

Alvin non sembrava affatto contento, ma sentiva di dover essere educato. Credo che avvertisse l'ostilità che sprigionava Dalina.

Lei lo spintonò da una parte ed entrò in casa decisa. «Non vuoi offrirci niente? Con questo caldo? Loro sono i miei amici. Logan e Anna.»

«Ciao» disse Logan. Aveva un aspetto spaventoso. Il caldo e l'alcol lo avevano devastato. Non era rimasto più molto della sua bellezza.

«Ciao.» Alvin ricambiò il saluto, era chiaro che non ci voleva in casa sua, ma non sapeva come mandarci via.

«I miei genitori non ci sono» disse timido.

Dalina rise. «Ma sei un ragazzo cresciuto, no? Puoi invitare a casa degli amici anche quando mamma e papà non ci sono, vero?»

Ovviamente non eravamo suoi amici. Dalina gli aveva portato da mangiare qualche volta. Logan e io eravamo dei perfetti sconosciuti.

Dalina sbirciò in cucina. Sul tavolo c'era un pezzo di carta. «Oh, le ordinazioni di oggi? Allora la consegna è già arrivata. Vediamo... hm. Cucina indiana. Una gran bella quantità. Solo per te?»

Alvin non rispose. A questo punto anche Logan entrò in casa. Io lo seguii. Nessuno dei due era stato invitato a farlo. Ma chiaramente Dalina sapeva di avere campo libero. I genitori di Alvin erano al lavoro e ora sapeva che il fattorino era già passato. Alvin sarebbe stato da solo con noi per un bel po' di tempo.

Dalina percorse lo stretto corridoio d'ingresso fino al salotto. Alvin la seguì con passo strascicato. Aveva la tipica andatura delle persone molto grasse, perché le cosce strisciavano troppo l'una contro l'altra.

In salotto, dove c'era una gran quantità di bellissimi fiori in vaso, Dalina si accomodò su un divano e si guardò intorno. «Carino qui. Un po' buio. E antiquato, vero? I tuoi genitori non possono permettersi di cambiare arredamento?»

«Non abbiamo tanti soldi» mormorò Alvin.

Anche Logan entrò in salotto. «Fico» commentò, ma non si capiva bene a che cosa si riferisse. Probabilmente non lo sapeva nemmeno lui.

«Guarda lì, un minibar!» esclamò Dalina.

Su un carrello portavivande c'erano diverse bottiglie. Gin, porto, whisky, un paio di grappe. Proprio quello che Dalina e Logan non avrebbero dovuto bere nelle loro condizioni.

«Non preferite dell'acqua?» chiese Alvin. Mi lanciò un'occhiata implorante. Io ero dietro di lui, ancora in corridoio. Si era accorto che non ero ubriaca. Evitai il suo sguardo. Che cosa avrei potuto fare?

Già, questa domanda continua a perseguitarmi ancora oggi. Che cosa avrei potuto fare? Che cosa avrei dovuto fare mentre la situazione precipitava irrimediabilmente? Scappare? Chiamare la polizia? Provare a frenare Dalina e Logan che a un certo punto avevano perso completamente il controllo?

Mi avrebbero ascoltato?

Che devo dire, che cosa accadde poi? Le immagini sono impresse per sempre nella mia memoria ma hanno perso nitidezza. Probabilmente perché oppongo resistenza tutte le volte che affiorano alla mia mente. Non voglio più vederle, non voglio più ricordarle. Eppure sono parte della mia vita e spuntano fuori in continuazione, di notte in sogno, ma anche di giorno, all'improvviso, nei momenti più impensabili.

Dalina, che beve gin e whisky a canna come se fossero acqua.

Logan, che la imita, pur essendo ormai cianotico e non reggendosi in piedi.

Dalina che si accende una sigaretta e lascia cadere la cenere sbadatamente sul pavimento.

Logan, che come è ovvio fuma a sua volta, e spegne la sigaretta sul rivestimento del divano.

Alvin che protesta impotente. «Non potete fare così! Smettetela, per favore!»

Logan, sdraiato in poltrona, con i piedi appoggiati sull'altra poltrona, che rovescia sul pavimento una bottiglia intera di distillato al lampone con le parole «Cos'è questa merda, mi fa vomitare!»

Logan che prende una bracciata di birre dal frigorifero, ne beve una parte e rovescia il resto in giro per la stanza rompendo i colli delle bottiglie contro il tavolo.

Dalina che ride con voce stridula.

Alvin che combatte contro le lacrime.

E a un certo punto domanda: «Per favore, che cosa volete?»

Dalina che gli fa il verso con voce cantilenante. «Che cosa volete? Che cosa volete? Che cosa volete?»

«Per favore» ripete Alvin, «ora andate via!» Cerca di sembrare determinato, categorico. Ovviamente non ci riesce. Somiglia piuttosto a un bambino disperato che implora che nessuno gli faccia del male. Somiglia a una vittima.

Gli altri due ne sono aizzati. È evidente. Più Alvin supplica e prega, più i suoi occhi si riempiono di lacrime, più loro diventano aggressivi.

«Per favore, per favore» cantilena Dalina, «per favore, per favore, andate via!»

«Per favore, per favore» biascica Logan.

«Cerca di farglielo dire un'altra volta!» pretende Dalina.

Logan si alza dalla poltrona barcollando. Ha lo sguardo vitreo. Ma riesce ancora a comprendere quello che dice Dalina e a stare in piedi. Si piazza davanti ad Alvin. È molto alto, quasi due metri. Alvin è più basso. E molto più grasso.

«Di' per favore, per favore» gli ordina Logan. «Forza, ciccione di merda, dillo!»

Il briciolo di dignità che ancora gli resta impedisce ad Alvin di accontentarlo. Stringe le labbra. Tace. Ma oramai piange senza ritegno.

«Devi dire *per favore, per favore*» ripete Logan. «Hai capito?»

Alvin piange. Non parla.

«Non riesci a farti ubbidire, Logan?» chiede Dalina. Anche lei ha bevuto molto, ma dalla sua voce non sembrerebbe. Nemmeno dal suo aspetto. Appare perfettamente lucida.

«Certo che no» ribatte Logan. Protende il braccio all'indietro e colpisce a ripetizione l'addome di Alvin con diversi violenti pugni. Alvin si piega su se stesso e cade in ginocchio e poi per terra. Vomita sul tappeto.

«Cazzo!» esclama Logan. «Il ciccione di merda vomita!»

Lo prende a calci con foga, colpendolo all'addome, la schiena, le costole, la testa. Alvin cerca di rannicchiarsi su se stesso e di proteggersi in qualche modo. È troppo massiccio per riuscirci. Si dimena nel suo vomito, attaccato dai calci feroci e rabbiosi del suo aguzzino che non sa più bene quello che fa. Che lo vuole uccidere, se qualcuno non glielo impedirà. Logan colpisce come una furia, con tutta la mostruosa forza di un ragazzo alto quasi due metri.

«Smettila!» grido.

Non lo riconosco. Prima d'ora non l'ho mai visto così. Nel suo carattere, nella sua aura non c'è mai stato niente di tanto violento. Deve essere colpa dell'alcol. E degli ormoni. È sempre molto eccitato in presenza di Dalina. È pazzo di lei. Potrebbe uccidere se glielo chiedesse.

Alla fine Dalina impone «Smettila, Logan». Il tono è quello che si userebbe per dare un ordine a un cane. Seduto! A cuccia! Vieni qui!

Logan si stacca immediatamente da Alvin, che rimane a terra immobile.

«Abbiamo tutti bisogno di un sorso d'acqua» dichiara lei.

Io veramente no. Però li seguo in cucina, stordita. Getto un'occhiata verso il salotto. È un disastro. Cicche di sigaretta e cenere dappertutto. Buchi di bruciatura nella fodera del divano e delle poltrone. Bottiglie mezze vuote, rotte, rovesciate sul pavimento, il loro contenuto che gocciola fuori lentamente. La cornice di vetro di una foto su un ripiano è in frantumi, le schegge sparse sul tappeto. Fiori per terra, vasi ribaltati. Cuscini gettati dappertutto. Quanto tempo siamo stati a devastare la stanza, bevendo, fumando, lanciando oggetti? Avevo perso completamente la cognizione del tempo. In seguito ho ricostruito che doveva essere passata almeno un'ora. Un'ora di una giornata rovente che tre giovani non sapevano come passare. Perché sì, c'ero anch'io. Anche se ero rimasta in disparte. È altrettanto grave.

Forse addirittura peggio.

2

In cucina Dalina bevve l'acqua direttamente dal rubinetto, invitando Logan a fare lo stesso. Com'è ovvio Logan le ubbidì. Tutte le volte che voleva smettere, lei lo esortava ad andare avanti. Prima in salotto

Dalina aveva bevuto, urlato e cantato a squarciagola, ma come avevo già constatato, sembrava straordinariamente sobria. E ora, dopo un paio di sorsate d'acqua, lo era ancora di più. Sapeva perfettamente che ci eravamo cacciati tutti in guai grossi.

Mi accorsi che rifletteva alacremente.

Dopo aver tracannato almeno un litro d'acqua, Logan aveva un aspetto vagamente più umano. La faccia era sempre paonazza, ma lo sguardo era un pochino più limpido.

«Dio, mi sento male» disse. Anche la sua parlata era migliorata. Non biascicava più. In ogni caso dava l'impressione di stare veramente da cani.

«Guarda di non vomitare» gli intimò aspra Dalina. «Non dobbiamo lasciare qui altro DNA!»

Logan non capiva. «DNA?»

«Abbiamo bevuto a canna e abbiamo toccato un sacco di roba.»

«È vero» concordò Logan.

«Tuttavia nessuno di noi è schedato, giusto?» proseguì lei. «Nel senso della polizia. Nessuno ha dovuto lasciare le impronte e tutto il resto.»

Logan e io scuotemmo la testa.

«Così è già meglio» commentò Dalina. «Le nostre impronte digitali possono essere utili solo se ce le hanno in archivio. E qui ne troveranno a bizzeffe. Ieri è stato il compleanno della mamma di Alvin e sono venute tantissime persone.» Indicò i bicchieri sparsi in cucina. I piatti e i vassoi di avanzi ordinatamente coperti. I cestini di posate. Proprio così. Finora non me n'ero accorta. L'aria era quella del giorno successivo a una grande festa. Ora capivo anche la quantità di fiori che c'erano in salotto.

«Come fai a sapere che era il compleanno di sua madre?» chiese Logan.

«Alvin me lo ha raccontato la settimana scorsa. Quando ho fatto una consegna.» Osservò Logan, quasi aspettandosi che trovasse l'inghippo. O il problema. Lui però la guardava incantato, cercando di resistere alla nausea.

Io invece avevo capito dove stava l'intoppo.

«Alvin ti conosce» dissi. «E conosce le nostre facce e i nostri nomi di battesimo.»

«Oh, cazzo» gemette Logan.

«Già, che seccatura» disse Dalina. Sapevo che le scocciava molto essersi lasciata andare senza controllo. Aveva la tendenza a fare cose pericolose, ma non perdeva mai di vista l'esito finale. Anche quando sembrava che si dedicasse senza ritegno a ciò che la divertiva, calcolava sempre i rischi e valutava fino a dove poteva spingersi. Questa volta aveva perso totalmente il controllo. Si era voluta soltanto divertire un po' a spese del povero Alvin, ma senza che finissimo tutti alla polizia. La situazione le era sfuggita di mano. Forse ce la saremmo cavata con poco se ci fossimo limitati alle bottiglie bevute o rovesciate, i vasi rotti e i tappeti macchiati, le bruciature sui rivestimenti, anche se entrambe potevamo immaginare fin troppo bene l'entusiasmo dei nostri genitori di fronte al conto per il risarcimento dei danni. Logan viveva già da solo, ma essendo sempre al verde, sarebbe finito nei guai se avesse dovuto pagare per il disastro che aveva causato. Da quando aveva atterrato Alvin, però, e poi lo aveva picchiato selvaggiamente, la situazione non poteva più essere considerata una bravata di un gruppo di ragazzi ubriachi. Ora si trattava di lesioni aggravate.

«Vogliamo vedere come sta Alvin?» chiese Logan pallido in viso.

«D'accordo» concordò Dalina.

Tornammo in salotto. Alvin non era più dove l'avevamo lasciato. Era strisciato fino alla porta finestra che dava in terrazza. Qui le forze lo avevano abbandonato, perché era riverso per terra immobile, una massa di ciccia che tuttavia respirava ancora. Anzi, che soffiava. Gli mancava l'aria.

Nella stanza c'era un puzzo bestiale. Di vomito, di alcol e sigarette.

«È vivo» sospirò sollevato Logan.

Dalina si avvicinò ad Alvin, con espressione disgustata.

«Ehi, Alvin» disse in tono gioviale. «Dai, alzati. Era solo uno scherzo. Sorry. Abbiamo un po' esagerato. Tutto a posto?»

Alvin alzò faticosamente la testa. Si capiva che non era per niente a posto. Doveva aver ricevuto diversi calci in faccia, perché aveva il labbro superiore tagliato, l'occhio destro che iniziava a gonfiarsi e un rivolo di sangue che gli usciva dall'orecchio destro. Gli occhi gli si rovesciarono improvvisamente nelle orbite, ma poi tornarono nella posizione normale. Lanciai un grido soffocato di sgomento. Era plausibile che quel poveretto avesse qualche grave lesione interna.

Anche Dalina se n'era accorta. «Tutto a posto?» chiese di nuovo.

Alvin provò di nuovo a dire qualcosa. Al terzo tentativo riuscì a pronunciare qualche parola incomprensibile. «Aria.» E «non respiro...»

«Ma certo che respiri» gli disse incoraggiante Dalina. Il suo viso però aveva un'espressione terrorizzata.

«Dobbiamo chiamare i soccorsi» dissi. Alvin era conciato davvero male. Quanto fossero gravi le sue condizioni non ero in grado di giudicarlo, ma di sicuro non era una cosa da poco.

«Ma sei pazza?» esclamò Dalina.

Alvin aveva appoggiato nuovamente la testa per terra.

«Così rischiamo di finire in prigione» intervenne Logan. Di colpo sembrava tornato perfettamente sobrio.

Con delle lesioni gravi il carcere era sicuro. Almeno per Logan. Ecco perché era quello che aveva più paura. Aveva preso a pugni e a calci Alvin. Ma Dalina era stata la vera fomentatrice. Avrebbero potuto accusarla di istigazione. Da parte mia mi ero unita al gruppo e li avevo guardati agire. Di cosa potevo essere accusata? Omissione di soccorso?

Dalina e Logan si scambiarono una lunga occhiata senza curarsi di me.

«Io non voglio finire in galera» dichiarò Dalina.

«Nemmeno io» confermò Logan.

Allora avreste dovuto pensarci prima, gridai dentro di me. Ma non riuscii a pronunciare neppure una parola.

«Che ne dite di girarlo?» chiese Logan.

«Ok» concordò Dalina.

Unendo le forze voltarono Alvin sulla schiena. Lui gemette di dolore. Aveva il busto completamente impiastricciato di vomito. L'orecchio continuava a sanguinargli. Faticava a respirare.

«Deve avere qualche costola rotta» disse Logan.

«Il sangue dall'orecchio non mi piace» osservò Dalina.

«Per favore» li implorai, «dobbiamo chiamare i soccorsi.»

«No!» esclamò aspra Dalina. «Ci andremo di mezzo tutti. Anche tu. Sei nostra complice!»

«Ma non possiamo lasciarlo qui a morire» protestai in preda al panico.

Dalina non rispose. Però mi accorsi che era ciò che pensava: quella sarebbe stata la soluzione a tutti i problemi.

Si girò verso Logan. «Cerca qualcosa!»

Logan non capiva. «Che cosa dovrei cercare?»

«Non essere tanto zuccone, per la miseria!» sbraitò lei.

Logan comprese. Sul suo viso comparve un'espressione di totale raccapriccio. «Non… non possiamo farlo.»

«Tu che cosa proporresti? Di finire in galera?»

Lui tacque.

«Non abbiamo alternative» disse Dalina.

Logan si guardò in giro per la stanza. Con la testa indicò verso il camino. «Gli attrezzi per il camino…»

«Sarebbe una possibilità» osservò Dalina con aria indecisa. Era chiaro che l'idea di colpire Alvin con l'attizzatoio o la pala andava al di là delle sue forze. Prima lei e Logan erano stati in preda all'ebbrezza, in particolare Logan. Se Dalina non fosse intervenuta, con ogni probabilità lui avrebbe continuato a picchiarlo fino a ucciderlo. Probabilmente adesso rimpiangeva di averlo fatto. Perché ora erano entrambi sobri e si rendevano conto di trovarsi in una situazione critica per la quale esisteva solo una via d'uscita – almeno dal loro punto di vista e se volevano cavarsela senza conseguenze.

«Mi è venuta un'idea» disse Logan uscendo dal salotto.

Dalina e io rimanemmo accanto ad Alvin che non si muoveva più e somigliava a una balena spiaggiata davanti alla porta della terrazza.

«Ti prego, Dalina» la implorai disperata. «Non peggiorare le cose. Ti prego, lasciami chiamare i soccorsi!»

«Distruggerai le nostre vite» disse Dalina. «A tutti quanti.»

«Anche quello che volete fare voi le distruggerà!» dissi.

Lei scosse la testa. «L'importante è che non finiamo in prigione. E prima o poi ci dimenticheremo di tutto quanto.»

«Perché, perché l'avete fatto?» domandai.

Lei si strinse nelle spalle. «Era una giornata così noiosa.»

Mentre la fissavo attonita, Logan tornò in salotto. Teneva in mano una bottiglia verde. In un primo momento pensai che si trattasse di una birra e che, per motivi incomprensibili, volesse ubriacarsi di nuovo. Ma poi riconobbi il teschio nero e la parola *Pericolo!*

«Che cos'è, per amor del cielo?»

«Disgorgante per scarichi» rispose Logan.

«Ok» disse Dalina.

Fui assalita dalla nausea. «Non potete farlo!»

«È meno violento che con la pala» osservò Logan.

Lui e Dalina si inginocchiarono accanto ad Alvin, come una squadra ben affiatata, che eseguiva un compito familiare.

«Io gli tengo aperta la bocca» disse Dalina. Era incredibilmente determinata. Sapeva di essere con un piede già in galera e nella sua vita aveva sempre badato a una sola persona, ovvero se stessa. All'occorrenza non guardava in faccia nessuno. In questo caso era letteralmente pronta a uccidere.

La bottiglia aveva il tappo di sicurezza e Logan impiegò diverso tempo per aprirla. Alla fine ci riuscì. Dalina afferrò la bocca di Alvin e gli abbassò la mandibola. Aveva un'aria disgustata, ma non esitò neppure un istante a fare ciò che reputava necessario.

Logan versò il liquido altamente tossico nella bocca di Alvin. Alvin cercò istintivamente di opporsi. Girò la testa di lato e tossì con forza, dimenando braccia e gambe. Una parte del liquido finì sul tappeto.

«Devi tenerlo fermo» sbraitò Logan.

«Ci sto provando» disse Dalina. Guardò verso di me. «Anna, tienigli ferme le gambe.»

Io feci subito un passo indietro, sconvolta. «Non ce la faccio. È impossibile!»

Mi lanciò un'occhiata sprezzante, poi evidentemente decise che avrebbe perso troppo tempo per convincermi. Si girò nuovamente verso Alvin.

«Sbrigati, Logan. Versagli in bocca tutta la bottiglia. Spicciati. C'è qualcuno là fuori.»

«Cosa?» chiese Logan atterrito.

«Un vecchio. Sta lavorando in giardino. Non guarda verso di noi. Ma dobbiamo andarcene prima che lo faccia.»

Mi girai dall'altra parte quando Dalina abbassò di nuovo la mandibola di Alvin e Logan rovesciò il contenuto della bottiglia nella bocca spalancata, stavolta con grande decisione. Alvin emise una specie di gorgoglio, tossì e sputacchiò, ricominciò a dimenarsi.

«Certo che c'ha una bella vitalità» ansimò Logan.

L'ultima cosa che vidi fu Logan che chiudeva la bocca di Alvin e nello stesso tempo lo schiacciava con il proprio peso. Alvin sembrava sul punto di soffocare. Non poté fare a meno che deglutire e il prodotto corrosivo gli bruciò la mucosa della bocca, l'esofago, le vie respiratorie, lo stomaco. Sarebbe stata una morte orribile, dolorosa e straziante.

Nascosi il viso tra le mani. Mi sembrava di essere precipitata in mezzo all'inferno.

«Non si muove più» disse Logan.

«È morto?» chiese Dalina.

Passò qualche istante poi sentii Logan dire: «Respira ancora. Piano».

«D'accordo, dobbiamo andarcene da qui» decise Dalina. «Non sopravvivrà. Cerchiamo di eliminare qualche traccia.»

Lei e Logan strapparono dei pezzi di carta da cucina, li bagnarono con l'acqua e iniziarono a pulire tutte le bottiglie, le maniglie, i piani di lavoro in cucina. Il rubinetto. La bottiglia vuota di disgorgante.

«Speriamo che basti così» disse Dalina. Gettò un'occhiata in giardino. «Il vecchio è sempre in giro.»

«Sicuramente ci sono altre nostre impronte in giro» disse Logan.

«Te l'ho già spiegato» ribatté spazientita Dalina. «Non possono identificarle. Qui ci sono centinaia di impronte.»

Restammo in silenzio per qualche istante. Girai timidamente lo sguardo verso Alvin, che era sempre immobile sul pavimento. Se non altro non sembrava che fosse in atroce agonia. O aveva perso i sensi oppure era già morto.

Logan prese la borsa frigo. Non ci eravamo portati dietro altro. Uscimmo di casa in fila. La strada era deserta, proprio come quando eravamo arrivati. Ovviamente non si poteva mai sapere chi fosse nascosto dietro le tendine a sbirciare fuori. Camminando a testa bassa ci augurammo che nessuno ci vedesse lasciare casa Malory. E che nessuno ci avesse visto entrare. Adesso eravamo tre ragazzi che camminavano lungo la via. Con apparente tranquillità, lentamente, come era giusto in quella giornata calda.

«Comportatevi con la massima naturalezza» ci aveva bisbigliato Dalina. «Niente fretta, niente che possa attirare l'attenzione.»

Mi girai indietro una volta sola. La casa era immobile sotto il sole. I raggi si riflettevano sui vetri delle finestre. Niente indicava la devastazione che avevamo lasciato all'interno.

Niente avrebbe preannunciato ai genitori di Alvin ciò che li aspettava quando fossero rientrati.

Sapevo che nessuno di noi avrebbe più dimenticato quella giornata, come aveva detto Dalina. Neppure lei.

D'ora in poi avrebbe determinato la vita di ciascuno di noi. Niente sarebbe stato più normale. O bello. O sereno.

Niente ci avrebbe liberato da ciò che avevamo fatto.

Sabato, 28 dicembre 2019

1

Non erano ancora le sette di quel sabato mattina quando Kate si presentò a casa di Dalina Jennings accompagnata da due agenti in uniforme e aspettò che le venisse aperta la porta dopo aver suonato. All'interno era tutto silenzioso, le luci erano spente, anche se in un giorno prefestivo e a quell'ora non era del tutto insolito. Più strano era il fatto che le tapparelle non fossero state abbassate né le imposte chiuse. Non dava l'impressione che i residenti la sera prima fossero andati a dormire e stessero ancora pacifici nei loro letti.

Kate cercò di sbirciare dalla finestra del salotto che era proprio accanto alla porta. La stanza era buia, ma il lampione più vicino gettava un po' di luce all'interno. Kate riconobbe sagome di mobili, il tavolo, le poltrone, il divano. Un quadro appeso al muro. C'erano ancora bottiglie dappertutto come quando Kate era stata lì il giorno prima. Bicchieri, posacenere. Non era cambiato niente.

«Sergente, che cosa facciamo?» chiese uno degli agenti. Era intirizzito e assonnato. Si capiva chiaramente che non gli piaceva stare ad aspettare al freddo e al buio davanti a quella casa muta.

Kate valutò la situazione. Non aveva un mandato, non c'era stato tempo di procurarselo tra la confessione di Anna la sera prima e questa incursione mattutina. Voleva eseguire un fermo preventivo per il quale sapeva di non avere prove solide. L'avrebbe giustificato con un pericolo di fuga, ma nelle ore successive avrebbe avuto assoluto bisogno di un giudice disponibile che emanasse un mandato di cattura. Dalina avrebbe preteso un avvocato e avrebbe negato ogni addebito.

Kate però era assolutamente convinta che Anna avesse detto la verità.

«Non possiamo entrare» disse l'altro agente. «Senza mandato di arresto o di perquisizione.»

«Non abbiamo niente» aggiunse il primo lanciando un'occhiata di rimprovero a Kate.

Kate provò a suonare di nuovo.

Niente da fare.

La porta della casa vicina si aprì e una donna anziana con una vestaglia a fiori sbiadita fece un passo fuori. «Cercate Mrs. Jennings?»

Kate le mostrò il distintivo. «Sì, sergente investigativo Linville, North Yorkshire Police. Sa se Mrs. Jennings è in casa?»

L'anziana donna osservò il distintivo con soggezione. «Oh... la polizia... sono Mrs. Mitchell.»

«Buongiorno, Mrs. Mitchell. Ci rincresce disturbarla così presto. Dobbiamo parlare urgentemente con Mrs. Jennings.»

«È partita ieri pomeriggio presto. E non credo che sia tornata.» Mrs. Mitchell fece una smorfia sprezzante. «La sento sempre quando è in casa, sa. Purtroppo è molto rumorosa. Tiene la televisione accesa con il volume altissimo per tutta la sera, e poi la musica. Fino a tarda notte. A parte quando è nella sua agenzia. Allora sto tranquilla.»

«Ieri sera invece non ha sentito niente?»

«Silenzio di tomba. Di sicuro non è stata neanche all'agenzia. Durante le vacanze di Natale non c'è gran movimento.»

«Hm.» Kate guardò la facciata dell'abitazione di Dalina. «Di solito Mrs. Jennings ha l'abitudine di chiudere le imposte? Di notte?»

«D'inverno sì. È molto parsimoniosa. E le imposte chiuse riducono sensibilmente i costi del riscaldamento.»

La casa sembrava abbandonata. Kate ebbe la certezza che Dalina Jennings fosse fuggita. Il giorno prima aveva lasciato le proprie impronte digitali, poi si era fatta riaccompagnare a casa da un poliziotto. Anna aveva riferito che aveva continuato a cercarla sul cellulare.

E adesso era sparita.

«Perché non date un'occhiata in garage?» suggerì Mrs. Mitchell. «Non è chiuso a chiave.»

Kate alzò la saracinesca e diede un'occhiata all'interno. Il box era vuoto.

«Lo sapevo che non era qui» constatò Mrs. Mitchell.

Kate annuì. Dalina era scappata. Ma il giorno prima non c'erano stati elementi per trattenerla.

«E ora?» chiese uno degli agenti soffiandosi l'aria calda sulle mani. Si era dimenticato i guanti a casa.

«Andiamo alla sede di Trouvemoi. Per non tralasciare niente, anche se sono sicura che non la troveremo lì. È troppo furba.»

«Che cosa sta succedendo?» domandò Mrs. Mitchell. «Perché la cercate?»

«Un controllo di routine» rispose evasiva Kate.

Non c'era bisogno che la vicina di casa curiosa sapesse altro.

La confessione di Anna era una cosa. Quanto avrebbe pesato per accusare Dalina Jennings di istigazione a lesioni personali gravi ai danni di Alvin Malory rimaneva incerto.

Ma non era questo il vero problema che aveva fatto alzare Kate così presto. Adesso era convinta di sapere chi avesse ucciso Diane Bristow e Logan Awbrey.

E si rendeva conto che altre persone erano in pericolo di vita se non fosse riuscita a rintracciare Dalina.

Il prima possibile.

2

Pamela non lo avrebbe ritenuto possibile, ma in effetti era riuscita a addormentarsi. Stremata dal laborioso tentativo di liberarsi i polsi. Imprigionata in quella piccola dispensa gelata, appoggiata al montante degli scaffali, che le premeva dolorosamente contro le scapole, non avrebbe mai immaginato di poter dormire in quella posizione. A un certo punto la stanza era piombata nell'oscurità, perché dalla finestrella non proveniva più alcun chiarore esterno. Il crepuscolo invernale aveva lasciato il posto alla notte. E Pamela aveva continuato a lottare con le corde ai polsi.

Quando si svegliò, cominciava già ad albeggiare. Era iniziato un nuovo giorno e il freddo era sempre pungente. Pamela spostò con cautela la testa e lanciò un grido di dolore soffocato: aveva le spalle e la nuca completamente contratti a causa della scomoda posizione e del freddo. Era indolenzita anche nel resto del corpo. Doveva assolutamente alzarsi e muoversi, nonostante la sensazione di essere congelata. Si spinse pian piano verso l'alto con la schiena lungo il montante. Con un rumore sordo i legacci intorno ai polsi si lacerarono.

Pamela spostò cauta le braccia in avanti, provocandosi delle fitte lancinanti alle spalle e si guardò meravigliata le mani. Intorno ai polsi era rimasto lo spago con cui era stata legata. Il giorno prima doveva essere stata a un soffio dal riuscire a recidere la corda. Subito prima di addormentarsi.

Peccato. In ogni caso adesso era libera.

Si alzò, ignorando i dolori che l'assalirono, e zoppicò fino alla finestra. Non era abbastanza alta per affacciarsi, ma lì accanto c'era una cassa di patate che rovesciò per salirci sopra. Fuori non era ancora giorno, ma riconobbe neve, alberi, una staccionata. Si rese conto di due cose: si trovava in una specie di scantinato. Probabilmente proprio la cantina, ma la casa doveva essere costruita su un lieve pendio, perché la parte posteriore della cantina era a livello del terreno. Quello di fuori era chiaramente il giardino. In fondo sembrava iniziare un bosco, ma a destra e a sinistra dovevano esserci altri giardini e altre case. E delle persone. Peccato che in quella stagione uscissero al massimo per fare qualche passeggiata, e non tosassero il prato né preparassero grigliate all'aperto.

Cercò di aprire la finestrella. C'era una maniglia, ma probabilmente non veniva usata da anni ed era arrugginita. Pamela la forzò in ogni modo, ma alla fine ci rinunciò. Per il momento. Si rendeva conto di avere le mani ancora intorpidite dopo che erano rimaste immobilizzate tanto a lungo, inoltre aveva dolori in tutto il corpo. Aveva fame, era sfinita e intirizzita. Avrebbe mangiato e bevuto qualcosa, si sarebbe massaggiata con cura i polsi e poi avrebbe tentato di nuovo di aprire la finestra.

Trovò l'interruttore della luce accanto alla porta e lo girò. Una lampadina appesa al soffitto gettò una luce abbagliante nella stanza. Pamela chiuse gli occhi accecata. Provò a scuotere la porta che naturalmente era chiusa a chiave. Ascoltò eventuali rumori dall'altra parte. Dopo le orribili grida di Sue la sera prima, non aveva più sentito niente. Erano state grida agghiaccianti, ma erano finite bruscamente come erano iniziate. Da allora c'era stato solo silenzio.

«Sue?» chiamò. «Mila?»

Come immaginava non le rispose nessuno.

Se non altro c'erano provviste sufficienti nella dispensa. Pamela aprì una bottiglia di succo d'arancia e la svuotò quasi in un colpo solo. Trovò un pacchetto di pancarrè, lo aprì e ne divorò una fetta. Si sentì subito meglio. Sapeva che poi sarebbe dovuta andare al gabinetto, ma vide un secchio sotto uno degli scaffali e si disse che poteva andare bene.

Le tornò in mente l'odore nauseabondo che aveva sentito dentro casa. Anche Sue aveva dovuto utilizzare un secchio? Anche lei era stata legata? Questo avrebbe spiegato come mai le fosse sembrato di riconoscere puzzo di escrementi.

Doveva uscire da lì. Doveva fare qualcosa a qualunque costo. Ammesso che Sue fosse ancora viva, era in grave pericolo. E chissà chi avrebbe preso di mira Mila dopo di lei.

Rinfrancata, Pamela si rimise a forzare la finestrella. Ci rinunciò due volte, esausta, ma ci riprovò di nuovo. Alla fine, con un cigolio e uno scricchiolio, la maniglia si mosse. L'aria fredda e umida di neve entrò subito all'interno. Impossibile che Pamela potesse uscire da lì, non riusciva a infilare nella fessura nemmeno la testa. Ma si mise a gridare con quanto fiato aveva in gola. «Ehi! C'è qualcuno? Qualcuno mi sente? Aiuto! Ho bisogno di aiuto!»

Rimase in ascolto. A parte un uccello che rispose con uno stridulo cinguettio, il silenzio era totale. Assoluto. Era quel genere di silenzio innaturale dopo una forte nevicata, quando la neve copre tutto, ovatta tutto. All'orecchio di Pamela non giungeva neppure un suono, anche se la città non era molto distante. Non sentiva né auto, né passi, né voci. D'altronde quello era un quartiere residenziale, piuttosto ai margini. Tuttavia era circondata da altre abitazioni.

Gridò di nuovo. E un'altra volta.

Niente.

Per evitare che la stanza diventasse ancora più fredda, richiuse la fessura e saltò giù dalla cassetta. Avrebbe avuto voglia di piangere da quanto era gelata. Decise di aprire la finestra a intervalli regolari di qualche minuto per chiamare aiuto. Se Mila fosse stata ancora in casa ovviamente l'avrebbe sentita. Avrebbe capito che era riuscita a liberarsi. Sarebbe scesa da lei? Era una possibilità. Ma probabilmente avrebbe preferito non correre questo rischio. Sapeva che Pamela non poteva uscire. Però poteva gridare a squarciagola.

Lei tuttavia era convinta che Mila non fosse più in casa. Doveva essere scappata, forse con Sue e la bambina. Oppure da sola. Pamela preferiva non pensare in quali condizioni si trovasse Sue. Sicuramente non tali da permetterle di chiamare aiuto.

Cercò nuovamente di attirare l'attenzione gridando forte, ma non ottenne alcun risultato. Alla fine cedette allo stimolo della vescica e utilizzò il secchio che poi coprì con una cassetta da frutta. Da mangiare e da bere ne aveva abbastanza, per il momento il nemico peggiore era il freddo.

E l'incertezza.

Avendo la luce frugò di nuovo nella borsetta, senza tuttavia trovare niente che potesse esserle utile. Con una biro armeggiò per aprire la serratura della porta, ma i suoi sforzi furono vani. A quanto pareva avrebbe dovuto aspettare il ritorno del marito di Sue fino a domenica sera.

«Porca puttana!» imprecò.

Si sedette per terra, piegò le gambe vicino al corpo e le circondò con le braccia. Le battevano i denti da quanto aveva freddo.

Come aveva fatto a essere così stupida, così sconsiderata.

Questo era forse l'aspetto peggiore di tutti: l'essersi cacciata da sola in quella situazione.

3

Caleb aveva risolto il problema del suo tavolo da pranzo troppo grande spingendolo completamente contro il muro. Dall'altra parte era riuscito a sistemare tre sedie in fila. Non si poteva stare seduti uno di fronte all'altro, e non c'era nemmeno posto per una poltrona o un divano. In compenso però si riusciva ad arrivare in cucina quasi senza intoppi. Qui c'era sempre una pila di scatoloni da trasloco ammucchiati in un angolo, ma altri erano stati svuotati perché i fornelli erano liberi, c'era addirittura uno spazio sul piano di lavoro, e sopra il frigorifero era collocata la macchina per il caffè cromata. Caleb poteva prepararsi il caffè e cucinare. A Kate sembrò un progresso incoraggiante, anche se per il resto l'appartamento continuava a essere estremamente scomodo. Il riscaldamento gorgogliava e frusciava, irradiando poco calore. Non per niente Caleb portava un pesante maglione di lana e una sciarpa attorcigliata due volte intorno al collo. Aveva un'aria intirizzita e depressa e Kate non ne rimase sorpresa. L'unica cosa bella dell'appartamento era il balcone con il parapetto di mattoni coperto di neve. E la vista sul mare. Quel giorno aveva un colore antracite e anche il cielo era plumbeo, con i gabbiani che sfrecciavano stridendo sotto le nubi basse. La cupa atmosfera invernale aveva un suo fascino, ma non era certo rasserenante. Non poteva migliorare lo stato d'animo chiaramente abbattuto di Caleb.

Kate aveva suonato alla sua porta alle dieci del mattino e Caleb per fortuna era già sveglio. L'aveva fatta entrare in soggiorno, poi era andato in cucina ed era tornato con due espressi.

«Se non altro oggi non ho solo whisky da offrirti» disse appoggiando le tazzine sul tavolo. «Siediti. C'è qualche novità?»

Lei annuì. «Forse in seguito avremo bisogno di qualcosa di più robusto. Tieniti forte: ho una confessione per il caso di Alvin Malory.»

Caleb la guardò attonito. «Cosa?»

Lei annuì e si sedette all'enorme tavolo da pranzo. Strinse le dita intorno alla tazzina da caffè. Era pur sempre una fonte di calore.

Poi gli riferì ciò che Anna le aveva confessato la sera prima.

«Pazzesco» commentò Caleb al termine, «semplicemente pazzesco. Hai risolto il caso. In pratica in quattro e quattr'otto. E pensare che all'epoca non avevamo saputo dove sbattere la testa.»

Kate scrollò il capo. «Senza una confessione non ne sarei venuta a capo. Era irrisolvibile. Per fortuna che Anna Carter non ha avuto la forza di resistere alle mie domande. Con Dalina al contrario non avrei ottenuto niente.»

«Avete identificato le sue impronte digitali?»

«Sì, erano state prelevate all'epoca sulla scena del crimine. Ma siccome consegnava il cibo lì e, quantomeno stando alle sue dichiarazioni, entrava addirittura in casa, non sarebbero bastate per un mandato d'arresto.»

«È stata una mossa molto abile indagare sulla pista delle consegne a domicilio» commentò Caleb. «All'epoca io mi ero lasciato ingannare. Quando la madre di Alvin mi disse che non ordinavano mai niente, ci avevo creduto. Tu invece ti sei fissata su questo punto. E avevi ragione.»

«Non sarei arrivata da nessuna parte, se le impronte di Logan Awbrey non fossero state sul luogo. E se non fossero spuntate anche nelle indagini per la morte di Diane Bristow. In quel caso il nome di Dalina sull'elenco dei fattorini sarebbe stato uno tra i tanti, nient'altro. Avevo nuove piste, di cui tu all'epoca non disponevi.»

«Non cercare di sminuirti» disse Caleb, «hai fatto davvero un ottimo lavoro. A prescindere dai nuovi indizi.»

Lei sorrise.

Lui la guardò. C'erano così tante cose non dette tra di loro che entrambi trattennero il fiato per un istante.

Kate poi si schiarì la voce. «C'è un problema. Dalina Jennings è scomparsa.»

«Dopo aver depositato le sue impronte?»

«Sì. Dopo averlo fatto ovviamente è potuta tornare a casa. A seguito della confessione di Anna Carter ieri notte, stamattina presto siamo andati da lei per un fermo. Non ha aperto. La sua auto non c'era e la vicina ha detto di averla vista partire ieri pomeriggio. Anche in agenzia non c'è nessuno.»

«Potrebbe essere andata a trovare qualcuno. Genitori, amici...»

«Le avevo chiesto espressamente di tenersi a disposizione, ma non è certo il tipo che si attiene a simili prescrizioni. Inoltre ha lasciato tantissimi messaggi sul cellulare di Anna. Chiaramente Dalina aveva paura che Anna parlasse e voleva incontrarla a qualunque costo.»

«Secondo te è scappata?»

Kate si strinse nelle spalle. «È da ieri sera che rifletto sull'omicidio di Logan Awbrey. Ha tutta l'aria di essere una vendetta della vittima, ma Alvin Malory è in stato vegetativo da anni. Non può nemmeno girarsi autonomamente, è impossibile che abbia ucciso due persone. Sua madre? Ovviamente anche lei avrebbe un movente, ma come faceva a conoscere i colpevoli? E perché avrebbe ucciso anche Diane, che non era coinvolta? Lo stesso dicasi per il padre. Inoltre... non credo che siano capaci di un gesto del genere.»

«Lo penso anch'io» concordò Caleb. Aveva capito dove volesse andare a parare. «Quindi ritieni che...»

«Ritengo che il movente probabilmente non fosse la vendetta.»

«Ma la paura?»

«Finora non sappiamo per quale motivo all'improvviso Logan Awbrey fosse tornato a Scarborough. Probabilmente era tormentato dai rimorsi di coscienza. Forse soffriva di incubi... cose del genere. E sai che cosa penso abbia fatto? Che abbia raccontato tutta la storia a Diane Bristow.»

«È impossibile!»

«E perché? Magari in un momento di debolezza. L'alcol, un'atmosfera romantica, la coscienza che lo tormenta da anni... si confessa. Tra l'altro combacerebbe con quello che hanno riferito i testimoni: che Diane sembrava più turbata da quando stava con Logan. Non era una donna raggiante, innamorata. Era chiusa in se stessa, tormentata. E questo si spiegherebbe ipotizzando che il suo nuovo fidanzato le avesse raccontato quanto successo anni prima.»

«In questo modo Diane è diventata un grosso pericolo per Dalina. Ma come aveva fatto a scoprirlo lei?»

Kate scosse la testa. «Non lo so. In ogni caso Diane era una cliente di Trouvemoi. Forse aveva accennato a qualcosa.»

«Con la principale colpevole?»

«Oppure è stato Logan a farlo? Abbiamo solo la versione di Dalina, che afferma che non c'erano più stati contatti tra di loro. Non è detto che sia vero.»

«Pertanto...»

«... Dalina vede un'unica via d'uscita: deve mettere a tacere Diane. È così sconvolta che esiste la concreta possibilità che prima o poi si confidi con qualcuno.»

«Quella sera la segue e vede Logan Awbrey salire in macchina con lei.»

«Per ricucire il rapporto interrotto, come ha dichiarato Anna. Un imprevisto per Dalina, che tuttavia non cambia i propri progetti.»

«A questo punto il giuramento fatto da Logan ad Anna Carter di aver lasciato Diane Bristow incolume quando era sceso dalla macchina in quel parcheggio ed era tornato alla sua auto corrispondeva alla verità. L'aggressione avvenne quando lei era rimasta sola.» Caleb annuì assorto. «Dalina è spuntata all'improvviso» proseguì. «E ovviamente Diane l'ha fatta salire in macchina senza insospettirsi.»

«Anna ha riferito di aver visto dei fari in lontananza quella notte, dopo essere passata davanti al parcheggio. Poteva trattarsi di Dalina.»

«La ritieni capace di commettere un omicidio?»

Kate confermò con un cenno del capo. «Sì.»

«E poi Logan...»

«Ovviamente era un pericolo anche lui. Anche perché era sospettato dell'omicidio di Diane ed era in fuga. Prima o poi avrebbe confessato tutto, se non altro per tirarsi fuori dalla storia con Diane. Dalina non poteva lasciarlo in vita.»

«Non è cosa da poco, uccidere a coltellate quell'uomo grande e grosso.»

«No. Però lui era indifeso. In entrambi i casi Dalina aveva l'elemento sorpresa dalla sua parte. Le due vittime devono essere rimaste attonite quando l'hanno vista con un coltello in mano.»

«Dov'è Anna Carter adesso?» chiese allarmato Caleb.

Kate annuì. Aveva avuto lo stesso timore. «Dalina non sa che Anna ha già confessato tutto, e che quindi è in grave pericolo. Ieri ha cercato in tutti i modi di incontrarla. Il viaggio a Londra potrebbe averle salvato la vita. Adesso è in custodia cautelare. Non è una bella situazione, ma almeno è al sicuro. Ho diramato un mandato di cattura per Dalina.»

«Grazie al cielo» disse Caleb.

«Ho piazzato un uomo di guardia davanti alla casa dei Malory. A ben vedere Alvin costituisce da anni un enorme rischio per Dalina e gli altri. Se si svegliasse, per loro sarebbe la fine. Finora Dalina ha sperato che non succedesse, ma è possibile che ora non voglia più correre rischi. Alvin ha bisogno di protezione finché non la arresteremo.»

«Già, fai bene a essere tanto prudente.»

«Nonostante tutto sono contenta che il caso di Alvin Malory sia risolto. Forse così i genitori riusciranno a trovare un po' di pace. Dopo tutto questo tempo. Anche se rivivranno daccapo la tragedia. La... l'insensatezza di quel terribile gesto.»

«Io lo avevo già detto» osservò Caleb, «che forse si trattava di una storia banale. Niente di complicato, niente di intricato. Né vendetta né ritorsione, neppure gelosia e nemmeno avidità o rapina. Qualcosa di molto meno spettacolare. Tre ragazzi che si annoiano. In un'afosa giornata estiva a Scarborough. Non ci sono sotto altre motivazioni. Solo la noia.»

Si scambiarono un'occhiata, pensando ad Alvin Malory immobilizzato nel salotto a casa dei genitori, incapace di parlare, di muoversi, di farsi capire. Forse in grado di pensare, di sentire, di sognare, ma non potevano saperlo. Pensarono a sua madre, quella donna devastata, la cui esistenza ruotava soltanto intorno al figlio, che non conosceva più una vita propria, né la voleva, forse. La casa che si disfaceva a poco a poco. Pensarono al padre, che si era trasferito da un'altra parte del paese, perché non riusciva ad accettare quanto era successo alla sua famiglia.

Tre persone, la cui vita era stata distrutta.

Perché tre ragazzi si annoiavano.

«D'accordo» disse Caleb. «Che facciamo? Ti va una passeggiata sulla spiaggia con me? In realtà avrei un'idea migliore su come passare questa giornata fredda e umida, ma scommetto di non poterci alludere nemmeno lontanamente, giusto?»

Per un attimo Kate pensò a quanto sarebbe stato bello se fosse stata più disinvolta e meno complicata e fosse riuscita a saltare nel letto di Caleb adesso, senza remore, senza pensare al dopo, sprofondare nel suo abbraccio, nel calore di due corpi, di due cuori che battevano all'unisono, nell'intrico di braccia e gambe e anime.

Ciò che la paralizzava era la paura. Non riusciva ad accantonarla. Erano anni che si struggeva per lui, senza aver ricevuto in cambio mai niente più dell'amicizia. Solo quando entrambi erano stati ubriachi e lui profondamente disperato, all'improvviso l'aveva scoperta come donna e non solo come abile poliziotta e brava collega. Ma Kate non lo riteneva sincero. Non che lui la volesse ingannare, di questo era sicura, ma non si rendeva conto di essere in una situazione fuori dal normale. Dopo essersi dimesso dalla polizia, dopo essersi trasferito in quell'orrendo appartamento. Si aggrappava a Kate come aveva fatto prima con l'alcol, un problema che attualmente aveva sotto controllo, almeno a quanto poteva giudicare lei. Ma le cose sarebbero cambiate. Lui si sarebbe ambientato nel nuovo appartamento e nel nuovo lavoro al bar. E avrebbe ricominciato a notare le belle donne giovani dai lunghi capelli biondi che gli erano sempre piaciute. Poteva sempre avere tutte quelle che voleva. Kate lo guardò e accettò con rassegnazione quanto fosse bello, con la barba lunga, la sciarpa intorno al collo, l'espressione triste negli occhi.

Era il genere d'uomo che tutte le donne volevano salvare.

Si alzò. «Mi spiace. Non posso nemmeno venire a passeggio. Devo contattare il giudice. Per ottenere un mandato di cattura per Dalina. E per Anna. Altrimenti non posso trattenerla più a lungo, e sai anche tu che sarebbe estremamente rischioso per lei. Oggi è sabato e per di più siamo a fine anno e non sarà facile.»

Anche Caleb si alzò. «Kate...»

«E dobbiamo trovare Dalina Jennings. Il prima possibile.»

«Sei in servizio continuato ormai da giorni. Anche a Natale. Concedici un'ora. Oppure due.» Le prese la mano, ma lei la sottrasse.

«Caleb...»

«Kate, perché no? Che cos'hai contro di me?»

«Niente.»

«Ma...»

«Devo lavorare. Non ho tempo, tutto qui.»

Lui fece un sorriso amaro. «Tanto non saresti rimasta comunque» disse.

4

Pamela aveva continuato ad aprire la finestra ogni dieci minuti per chiamare aiuto. Dato che in casa non si sentivano rumori e nessuno era venuto a impedirle di gridare, si era convinta che l'avessero lasciata lì da sola.

Oramai doveva essere mezzogiorno. Aveva smesso di nevicare, ma il cielo era sempre rannuvolato e di sicuro sarebbe caduta altra neve. Aprì la finestra per l'ennesima volta, senza badare al freddo, e gridò nella speranza che qualcuno la sentisse. «C'è nessuno? Ehi! Qualcuno mi sente?»

Stava già per ritirarsi rassegnata quando udì uno scricchiolio. Dei passi? Sembrava che qualcuno camminasse sulla neve.

«Ehi!» gridò di nuovo. «Sono qui. La finestra della cantina!»

I passi si fermarono, quindi si mossero di nuovo. Pamela vide un paio di piccoli scarponi, dei jeans. Poi qualcuno si chinò. Un viso spuntò davanti a lei. Una bambina. Doveva avere dieci anni.

«Ciao» disse.

Pamela, che ormai aveva quasi perso le speranze di vedere un essere umano, rimase per qualche istante muta a fissare la bambina. Poi si riscosse. «Ciao. Da dove vieni?»

La bambina indicò alle proprie spalle. «Abito due case più in là. Volevo fare un pupazzo di neve in giardino, poi ho sentito qualcuno che gridava. Ho scavalcato la staccionata.»

«Sei stata bravissima!» disse Pamela di getto.

«Mi chiamo Ivy.»

«Ma che bel nome. Io sono Pamela.»

«Non riesci a uscire dalla cantina?»

«Sono chiusa qui dentro. Ivy, i tuoi genitori sono in casa?»

Ivy scrollò il capo. «Sono andati in città a fare spese. E rimarranno a mangiare lì. Io non avevo voglia di andare con loro. Mi annoio.»

«Ti capisco. Per caso hai un cellulare, Ivy?» Pamela dubitava che una bambina che poteva avere al massimo dieci anni ne possedesse uno, ma con sua sorpresa Ivy annuì. «Me l'hanno regalato per Natale.»

«Ivy, devo fare una telefonata urgente. Pensi che potresti prestarmi il tuo cellulare? È un vero cellulare, giusto?» si accertò Pamela.

«Certo» confermò Ivy. «Ho anche WhatsApp. Posso mandare messaggi e foto alla mia amica.»

«Bene, è fantastico. Me lo potresti portare?»

«Ma certo!» Ivy annuì.

«Mi raccomando, Ivy, non posso spiegartelo adesso, ma devi essere molto prudente. Non passare dal davanti, va bene? Torna a casa da dietro. Rimani vicino alle case, non attraversare i giardini. Pensi di poterlo fare?»

«Certo» ripeté Ivy. Si girò e si allontanò.

Pamela trovava spaventoso mettere in pericolo proprio una bambina, ma non aveva scelta. Con ogni probabilità Mila era già andata via da tempo, ma non poteva esserne sicura al cento per cento, quindi era necessaria la massima prudenza.

Meno di dieci minuti più tardi Ivy tornò. Aveva corso ed era trafelata. Si inginocchiò davanti alla finestra e consegnò un cellulare rosa a Pamela. «Ecco. L'ho già sbloccato.»

«Ivy, sei un tesoro. Stammi a sentire, adesso devo chiamare la polizia. Voglio che torni a casa e ci rimani. D'accordo?»

«Ma io volevo fare un pupazzo di neve.»

«E lo farai. Più tardi. Adesso è molto importante che resti a casa e chiudi tutte le porte.»

«E il mio cellulare?»

«Lo riavrai. Presto. Te lo prometto.»

Ivy rimase incerta per un istante, poi però annuì. Si alzò e se ne andò.

Pamela fece un profondo respiro. Aspettò ancora un attimo: voleva che Ivy fosse fuori dalla linea di tiro.

Poi digitò il numero di Kate. Per fortuna aveva buona memoria per i numeri e lo ricordava con precisione.

Per favore, rispondi, pensò.

Quaranta minuti più tardi Pamela era libera, la casa messa in sicurezza. Non si era limitata a chiamare il commissariato più vicino, bensì aveva incaricato Kate, che era a conoscenza del caso, di organizzare l'intervento.

«È possibile che in casa ci sia una sequestratrice. Con due ostaggi. Una giovane donna e una bambina di sei mesi.»

Era chiaro che fosse necessaria la massima cautela. Non potevano intervenire degli agenti qualunque da Richmond. C'era bisogno di una squadra speciale.

«Di sopra c'è una donna morta» annunciò il capo della squadra mentre Pamela, accompagnata da un agente, saliva le scale dalla cantina. «Nessuna traccia di una bambina.»

«Merda» imprecò Pamela. Era così infreddolita da avere l'impressione che a ogni passo le ossa le scricchiolassero come se fossero di ghiaccio. Stringeva ancora in mano il cellulare rosa di Ivy. Nell'altra teneva la borsa. Il piano di sopra brulicava di agenti. C'era sempre quel ripugnante odore di escrementi umani.

«Dove si trova la morta?» chiese Pamela.

L'agente la condusse in salotto. L'accogliente salotto di Sue, impeccabile, con l'albero di Natale, la decorazione sospesa, i biglietti di Natale sulla mensola del camino e la ciotola di dolcetti sul tavolo. Adesso aveva perso per sempre la sua serenità, il suo ordine un po' pedante, la sua atmosfera idilliaca. A causa della donna morta seduta con la schiena appoggiata al tavolino basso. Sue. Con le mani legate dietro la schiena a una gamba del tavolo. Il busto era inclinato in avanti, la testa piegata sul petto. E c'era sangue dappertutto. Sul corpo della donna, sul tappeto, sul tavolo. Era finito persino sulle pareti. E sul piatto dei biscotti.

«È stata...» disse Pamela.

«... accoltellata» concluse il capo della squadra speciale. «Numerose coltellate in tutto il corpo. Alla fine le hanno reciso la gola.»

«Gli altri colpi non sono stati mortali?»

«Dovrà stabilirlo il medico legale.»

Pensò alle grida di Sue, alle sue implorazioni. «E della piccola nessuna traccia?»

«Niente. Abbiamo perquisito tutta la casa fino all'ultimo angolo. Persino il garage. Non c'è nessun altro. Nessuna bambina.»

Pamela gettò un'occhiata fuori dalla finestra verso la strada dove aveva parcheggiato la macchina. Era sparita. «È fuggita con la mia macchina. E a quanto pare ha portato con sé la bambina.»

«Mila Henderson?»

«Sì.»

«Mi dia il numero di targa, per favore. Diramo subito la segnalazione.»

Pamela glielo diede. «Mi raccomando, massima prudenza. In macchina c'è una bambina di sei mesi.»

La sua presenza rendeva tutto più complicato. Era una situazione rischiosissima.

«Il sergente Linville sta venendo qui» disse l'uomo. «E anche la scientifica dovrebbe arrivare da un momento all'altro.»

«Bene.» Pamela aveva una micidiale emicrania, avrebbe avuto bisogno di un tè caldo, avrebbe desiderato un bel bagno, qualunque cosa la liberasse dal freddo che aveva nelle ossa, ma non era ancora il momento. Doveva fare tutto il possibile per la povera Sue. Per la sua bambina, che era in pericolo di vita. E c'era una vocina che le mormorava, in apparenza implacabile: è stata tutta colpa tua. Avresti dovuto portare con te degli agenti la seconda volta che ti sei presentata. Non saresti finita in trappola come una patetica novellina. Sue sarebbe stata ancora viva. Mila sarebbe stata catturata. La bambina non si sarebbe trovata nelle mani di una pericolosa psicopatica.

Soffocò un gemito.

«Ispettore?» chiese preoccupato l'agente al comando.

«Niente, niente.» Raddrizzò la schiena. Avrebbe avuto tempo per rimproverarsi più tardi. Doveva restituire il cellulare alla piccola Ivy. Telefonare a Leo. Archiviare definitivamente il fine settimana. Guardò il cadavere di Sue. Aveva già visto tante persone uccise.

Questa volta fu sul punto di piangere.

Quaranta minuti più tardi arrivò Kate, e Pamela non si era mai sentita tanto sollevata alla vista di una collega, e così esausta che le sembrava di non essere all'altezza della situazione - circostanza che non le era mai capitata prima d'ora. Le ventiquattr'ore trascorse nella cantina l'avevano sfibrata e anche demoralizzata. Sperava che il caldo e il sonno l'avrebbero rimessa in sesto.

In piedi accanto al responsabile della squadra speciale, osservava il luogo in cui chiaramente era stata tenuta prigioniera Sue. Per massacrarla la sua aguzzina l'aveva portata in salotto, mentre prima l'aveva bloccata in sala da pranzo, proprio accanto alla cucina. Il pesante tavolo di quercia le aveva impedito di muoversi. Accanto a una delle gambe c'erano delle corde. Sul tappeto avanzi di cibo. Croste di pane, una mela, della zuppa rovesciata. In due angoli della stanza, che aveva le pesanti tende a fiori chiuse, il tappeto era intriso di urina e altri escrementi.

«Probabilmente la slegava per permetterle di fare i bisogni» disse l'agente, «ma non le aveva lasciato né un secchio, né altro. Mi chiedo per quanto tempo sia durata questa prigionia.»

«Ha detto che suo marito era partito per trascorrere il fine settimana con degli amici» disse Pamela. «Presumo che il giorno di Natale fosse ancora qui con la famiglia. Deve essere iniziato tutto ieri. Al massimo due giorni fa. Non prima.»

«Hm» fece l'altro.

Pamela lo guardò con aria interrogativa. «Sì?»

«Può sembrare un po' macabro, ispettore, ma se vuole saperlo, mi sembra che ci siano troppe feci per uno o due giorni.»

«Ecco...» rispose Pamela, ma in quel momento la voce di Kate risuonò alle sue spalle.

«Ispettore? Tutto bene?»

Pamela si girò di scatto e si trattenne all'ultimo istante dal gettare le braccia al collo di Kate. «Tutto a posto, grazie. Ha fatto bene a venire. Ci troviamo in una situazione davvero molto difficile.»

«Che cosa ci fa lei qui?» si informò Kate. «Non si era presa due giorni di ferie?»

«Sì. E avrei davvero preferito farle.» Pamela le riferì succintamente della telefonata ricevuta dall'ispettore Burden proprio mentre era in viaggio nella zona di Richmond.

«Avevo trovato la foto di Sue Raymond in un annuario della scuola di Leeds dei tempi di Mila Henderson. Erano state compagne di classe. Allora ho pensato che Mila potesse aver chiesto ospitalità alla vecchia amica. Burden aveva rintracciato il suo indirizzo. Volevo fare un veloce controllo.»

«Capisco.» Pamela era la sua superiore e Kate evitò di esprimere ciò che pensava, ma lei lo capì ugualmente.

«Lo so, avrei dovuto avvisare qualcuno. È stato uno sbaglio imperdonabile. Non ho alcuna attenuante.»

«Come aveva ottenuto un annuario in cui appariva Mila Henderson?» chiese Kate.

«Già, non glielo avevo ancora detto. Gli ultimi giorni sono stati un po' frenetici.» Pamela le raccontò dell'omicidio della professoressa di francese Isabelle du Lavandou e di come fosse andata a trovare il marito.

«Un numero stranamente alto di morti - ammazzati - nell'ambiente di Mila Henderson, vero? L'insegnante di francese, Patricia Walters , James Henderson. E adesso Sue Raymond, la sua ex compagna di classe.»

«Quello che mi manca» osservò Kate, «è il filo rosso.»

«Forse è soltanto malata. E non c'è nessun filo rosso. Si fa ospitare in giro e dopo un po' uccide chi l'ha accolta e si trasferisce altrove.»

«Lei però non sa con certezza che Mila sia stata qui, vero?»

Pamela la guardò perplessa. «Ne dubita, forse? Dopo la scia di sangue che Mila si è lasciata alle spalle?»

«Dico soltanto che non lo sappiamo con assoluta certezza.»

«Secondo lei allora che cosa sarebbe successo qui?»

Kate sollevò le mani in un gesto conciliante, perché Pamela aveva alzato così tanto la voce da attirare l'attenzione degli agenti della squadra speciale. «Sicuramente è successo qualcosa di spaventoso. Ed esiste la concreta possibilità che l'artefice sia Mila Henderson. Ma per il momento non abbiamo informazioni abbastanza precise. Non dobbiamo fare ipotesi azzardate.»

«Sono sicura al cento per cento che troveremo le sue impronte qui» dichiarò Pamela.

Intanto era arrivata la squadra della scientifica e si era messa al lavoro. Nonostante il freddo, i vicini si erano radunati sullo spiazzo davanti alla casa. Due agenti li tenevano a distanza. Nel giro di breve tempo sarebbe accorsa anche la stampa.

«Si scatenerà un putiferio quando si saprà che è stata rapita una bambina di sei mesi» disse Pamela. «Mentre una funzionaria della squadra omicidi era imprigionata in cantina.» Il suo tono non era più aggressivo, quanto piuttosto avvilito. Anche se non sarebbe successo subito, di sicuro prima o poi qualche giornalista avrebbe scoperto che lei aveva agito incurante dei regolamenti e con leggerezza. Se la piccola fosse stata ferita o peggio, l'avrebbero fatta saltare in aria. Preferiva non pensare al confronto con il soprintendente capo. Era impensabile che la lasciassero al suo posto.

«Abbiamo ottenuto anche un successo» le comunicò Kate, sapendo benissimo a che cosa stava pensando Pamela. «Il caso di Alvin Malory è risolto.»

«Come?»

In poche parole Kate le raccontò della confessione di Anna Carter. «È in custodia cautelare. In altre circostanze adesso sarei dal giudice. Ho incaricato il sergente Helen Bennett di farlo per me.»

«Che storia» commentò Pamela. «Che trio. Logan, Dalina e Anna. Senza alcun movente.»

«La noia e una situazione che gli è sfuggita di mano. Tanto semplice quanto agghiacciante» disse Kate.

«A questo punto l'omicidio di Logan Awbrey non è più un mistero» disse Pamela. «Ritorsione. Se la vittima non fosse in coma.»

«Abbiamo diramato un ordine di cattura per Dalina Jennings.»

«Jennings?»

«Penso che ci sia lei dietro gli omicidi di Diane Bristow e Logan Awbrey. Credo che Awbrey si fosse confidato con Diane. Diane aveva dei rimorsi di coscienza e Dalina Jennings temeva che andasse alla polizia. Come pure Logan Awbrey. Né lui né Anna erano spietati quanto Dalina. Logan era stato l'esecutore materiale del delitto e Anna aveva assistito, ma in ultima analisi era stata Dalina a pilotare tutto. Era anche quella che si faceva meno scrupoli. Gli altri invece erano un'incognita, tanto più da quando all'improvviso una quarta persona, Diane Bristow, era risultata informata dei fatti. Per Jennings la situazione era diventata estremamente pericolosa.»

«Per il momento però è solo una supposizione» osservò Pamela.

«Combacia tutto, però» ribatté Kate. «Anche il fatto che Dalina Jennings sia scomparsa ieri senza lasciare tracce.»

Pamela annuì lentamente. «È vero, combacia. Tuttavia, in questo caso Jennings doveva sapere che Diane o Logan oppure entrambi si sarebbero rivolti alla polizia. O che Diane era al corrente di ogni cosa.»

«Logan è rimasto appostato per giorni davanti all'agenzia. Può darsi che alla fine abbia incontrato Dalina. Ovviamente lei non ce lo avrebbe mai confermato. Però si è resa conto del pericolo. E ha agito di conseguenza.»

Pamela sospirò. «E pensare che questo dovrebbe essere il periodo più tranquillo dell'anno...» Aveva un aspetto patetico e intirizzito e sembrava reggersi in piedi a stento. Kate le sfiorò il braccio.

«Ispettore, se posso permettermi, vedo che è sfinita. Non c'è da sorprendersi. Ha una ferita incrostata di sangue sulla fronte e ha passato ventiquattr'ore imprigionata in cantina. Adesso dovrebbe andare da un medico e poi mangiare e bere qualcosa e coricarsi.»

«Ma...»

«Prendo in mano io le cose qui. La segnalazione relativa alla sua macchina come probabile veicolo di fuga è stata diramata. Rimango qui ad aspettare i risultati della scientifica e dell'autopsia e poi cercherò di rintracciare il marito di Sue Raymond. Lei si faccia accompagnare a casa da un agente e si rimetta in forze. Non servirà a nessuno se ha un collasso.»

Bastarono le parole di Kate per far cedere le gambe di Pamela. Aveva un travolgente desiderio di mettersi a letto. La testa le faceva così male! Era come se qualcuno le martellasse incessantemente dietro le tempie.

«Grazie, sergente. Tra un paio d'ore mi sarò ripresa. Potrebbe prestarmi il suo cellulare? Il mio non è saltato fuori qui in casa, è probabile che lo abbia preso Mila Henderson. Devo cancellare il mio appuntamento per il fine settimana.»

«Ma certo!» Kate le passò il telefono. Mentre lo faceva lanciò un gemito. «Oh no» disse. «Di nuovo!»

«Che succede?» chiese Pamela mentre digitava il numero di Leo e si allontanava discretamente di qualche passo. Le rispose la segreteria telefonica. Pamela riagganciò. A Leo non piaceva ricevere messaggi.

«Niente» rispose Kate. In quelle circostanze era ovviamente una banalità di poco conto. Ma le era appena tornato in mente che l'arrivo di Anna e la sua confessione la sera prima le avevano fatto scordare di nuovo l'appuntamento con Burt Gilligan.

Doveva averla aspettata invano davanti a Gianni per la seconda volta.

Tornando a Scarborough quella sera Kate provò a telefonargli, ma lui riagganciò sentendo il suo nome. Non poteva certo biasimarlo per la sua reazione stizzita.

Era stanca morta, ma nella sua mente si agitavano tanti pensieri. I primi esami sul cadavere avevano rivelato che Sue Raymond era stata seviziata con delle coltellate, ma nessuna era stata mortale. Qualcuno l'aveva torturata, le aveva inflitto atroci sofferenze e a un certo punto l'aveva assassinata recidendole la gola. Kate pensò a James Henderson, che era stato spinto sott'acqua ripetutamente. In entrambi i casi non era stata una morte immediata. Il modus operandi rivelava elementi di sadismo e di gioia perversa. Nel caso di Patricia Walters, invece, questo elemento non c'era – ammesso che fosse stata assassinata. Nessuno in apparenza si era sfogato su di lei.

Il filo rosso, pensò Kate, maledizione, dov'è il filo rosso?

L'unico punto di contatto evidente che Pamela continuava a sottolineare era che tutte le vittime avevano avuto un rapporto con Mila

Henderson. Patricia Walters era stata la sua datrice di lavoro, James Henderson era il suo prozio, Sue Raymond un'amica dei tempi di scuola. Ma mentre per Walters e Henderson era assodato che Mila si trovasse a casa loro subito prima dei delitti, nel caso di Sue Raymond finora non c'erano prove della presenza di Mila. Avevano chiesto ai vicini, avevano mostrato anche la foto di Mila, ma nessuno aveva notato una visitatrice o un visitatore, così come nessuno si era accorto della tragedia che si stava svolgendo a poca distanza.

Se non altro uno dei vicini aveva visto Wayne Raymond partire la mattina del 26 dicembre.

«Era sempre in giro» aveva riferito con evidente disapprovazione. «Aveva degli amici strani, sa. Preferiva la loro compagnia a quella della moglie e della figlioletta. Sue ci soffriva molto.»

«Che genere di amici?» chiese Kate.

«Mah, tutti figli di papà. Hanno macchinoni e molti soldi e non sanno come ingannare il tempo. Wayne in realtà non può competere con loro perché è molto meno ricco. Si è comprato un enorme SUV a rate, per sentirsi all'altezza. Anche questo aveva turbato profondamente Sue. All'esterno fingeva sempre che fossero la famiglia perfetta, tutta gioia e armonia, ma una volta stava così male che si è confidata con mia moglie. Piangeva a causa dei problemi di denaro e perché il marito andava sempre via senza di lei.»

Aveva tutta l'aria di essere un matrimonio infelice, ma non c'erano indizi che facessero pensare che Wayne o uno dei suoi amici fossero coinvolti nella morte di Sue.

«Sue le ha mai fatto il nome *Mila*?» aveva chiesto ancora Kate.

Il vicino ci aveva pensato su, poi aveva scosso la testa. «No. Non mi pare.»

Kate era riuscita a scoprire che la bambina si chiamava Ruby e la zona in cui era ubicata la capanna nella quale probabilmente soggiornavano Wayne e i suoi amici. Lui ne aveva parlato con un altro vicino. Il quale tuttavia aggiunse subito che in quella zona i cellulari non prendevano.

«Non riuscirà a contattarlo. Dovrà andarci qualcuno di persona.»

Nel frattempo due agenti si erano messi in viaggio, nella speranza di riuscire a raggiungere, nonostante la neve alta e l'oscurità, una capanna in mezzo ai boschi dove un gruppo di uomini celebrava una trincata di tre giorni. Se non altro, una volta che gli agenti avessero trovato Wayne Raymond e i suoi amici, sarebbe stato possibile escluderlo dall'elenco dei sospettati. Con quelle condizioni atmosferiche era impossibile che fosse riuscito ad andare e tornare. In generale Kate riteneva assai improbabile un coinvolgimento di Wayne nel delitto.

Nel corso del pomeriggio c'era stato un po' di trambusto perché all'improvviso la macchina di Pamela era comparsa a tre vie di distanza. Era stata lasciata in una stradina senza uscita, le chiavi ancora inserite nel cruscotto. L'uomo che abitava nella casa dirimpetto aveva visto l'auto parcheggiata praticamente di fronte alla finestra della sua cucina e, avendo sentito del terribile dramma accaduto a poca distanza – la storia si era sparsa in un baleno per tutta Richmond –, aveva avvisato la polizia. Si trattava proprio della macchina di Pamela, ma non c'erano tracce del rapitore o della rapitrice né della piccola Ruby.

Molto astuto, pensò Kate. Il colpevole parcheggia a poca distanza e così ci indirizza su una falsa pista e aumenta il proprio vantaggio. La macchina di Pamela è ricercata in lungo e in largo, invece non è coinvolta.

Ciò significava tuttavia che il colpevole disponeva di un proprio mezzo di trasporto.

Mila non ce l'aveva. Il che non escludeva che nel frattempo non se lo fosse procurato.

La macchina di Sue era sempre in garage. Wayne era partito con il SUV. Nessuno aveva visto un veicolo sconosciuto di fronte a casa Raymond, a parte quello di Pamela. Ma anche questo non significava niente. L'assassino poteva aver parcheggiato a una certa distanza sulla via principale, dove la sua macchina non avrebbe dato nell'occhio.

La scientifica esaminò l'auto di Pamela, oltre ovviamente a tutta la casa. I risultati non erano ancora disponibili. Sue era stata trasportata all'obitorio. A questo punto Kate aveva dichiarato conclusa la giornata e stava tornando verso casa. Quel pomeriggio era stata costretta a delegare a Helen tutto ciò di cui avrebbe voluto occuparsi: il colloquio con il giudice e l'incontro con i genitori di Alvin. Un caso era risolto, un altro aveva preso una direzione inimmaginabile.

Quando sentì squillare il telefono, trasalì. Per quella serata aveva sperato di starsene un po' in pace.

Era Helen. «Salve, sergente. È ancora in giro?»

«Sto tornando a casa da Richmond. Le strade sono in pessime condizioni. Qualche novità nelle ricerche di Dalina Jennings?»

«No, purtroppo. Sembra sparita dalla faccia della terra. La casa di Alvin Malory comunque è sorvegliata giorno e notte. Il giudice ci ha concesso un appuntamento per domani pomeriggio, nonostante sia domenica, in modo che possiamo rimanere all'interno delle quarantott'ore che abbiamo per trattenere Anna Carter. Per il momento dunque è al sicuro. Per il resto niente di nuovo.»

Grazie. Vada a casa anche lei per oggi. Io sono quasi arrivata.»

«Buonanotte, sergente.»

«Buonanotte.» Kate chiuse la conversazione.

Era così sfinita da dubitare che sarebbe riuscita a dormire.

Domenica, 29 dicembre

1

Quando Pamela si svegliò fuori c'era già luce. Quella che poteva esserci alla fine di dicembre. Vide densi nuvoloni e fiocchi di neve che danzavano nell'aria. Aveva ricominciato a nevicare. Pensò immediatamente alla figlia di Sue. Dove si trovava adesso? A bordo di una macchina? In qualche catapecchia? In una cantina? C'era chi si prendeva cura di lei, le dava da mangiare? Era al caldo?

Affondò la testa nel cuscino con un gemito. Continuava a essere tormentata dai dolori. Dietro la fronte e sulle tempie. Si augurava che il colpo non le avesse causato danni più seri.

Se non altro era riuscita a dormire. Per la stanchezza si era trascinata sotto la doccia e poi si era buttata sul letto. Non aveva avuto nemmeno la forza di prepararsi un tè. L'unica cosa che era riuscita a fare era stata di chiamare Leo con il telefono fisso.

«Non devi chiamarmi» aveva bisbigliato lui. «Eravamo d'accordo di comunicare per SMS.»

Lo hai deciso tu, aveva pensato Pamela, esattamente come hai stabilito tutte le regole del gioco. Io dovevo rimanere il tuo più grande segreto. E ho sempre abbassato la testa ubbidiente restando invisibile e in silenzio.

«Non ho più il cellulare. Per questo non posso mandarti un messaggio.»

«Come mai non ce l'hai più?»

«È una lunga storia. Volevo solo dirti che mi dispiace di non essermi fatta vedere.»

«Ti ho aspettato per ore!» si lamentò Leo parlando sempre sottovoce. «Almeno avresti potuto avvisarmi. Dopotutto corro un enorme rischio, maledizione.»

In tutti quegli anni non si era mai stancato di sottolineare quanto rischiasse per lei. Adesso Pamela aveva l'impressione di essere stanca di sentirselo ripetere.

«Non era possibile» disse. Gli aveva telefonato pensando di spiegargli quello che era successo, ma era troppo esausta. E lui troppo sbrigativo e stressato.

«Già» le rispose in tono offeso.

«Ora devo andare a dormire. Ho passato due giorni d'inferno.»

«Fatti viva quando avrai di nuovo un cellulare» rispose lui prima di riagganciare.

Si era lasciata cadere sul letto, aspettando che arrivassero l'angoscia, il dolore per l'indifferenza e la freddezza di Leo, e invece non c'erano stati: la stanchezza aveva inghiottito tutto il resto. Nel dormiveglia aveva pensato che adesso sarebbe stata terribilmente triste se il fine settimana fosse andato come previsto. In un modo o nell'altro, infatti, sarebbe stata nel suo letto con il cuore straziato perché il secondo giorno, il sabato mattina, Leo avrebbe lanciato occhiate furtive all'orologio mentre passaggiava di fianco a lei, poi sarebbero rientrati per pranzo e la conversazione si sarebbe fatta stentata, a monosillabi, con Pamela che si sforzava sempre di più e Leo che diventava via via più taciturno, perché in realtà voleva andarsene. Alla fine avrebbe pagato lui – pagava sempre il pranzo del sabato mentre a lei spettava la cena del venerdì – e sarebbero tornati in albergo a radunare le loro poche cose. Lui frettolosamente, perché voleva tornare a casa, lei con calma, perché non voleva rincasare. Le avrebbe detto che si sarebbe fatto vivo e che era stato bello. Poi si sarebbe messo al volante e via: persino la sua macchina avrebbe sprigionato un senso di sollievo man mano che si allontanava. Probabilmente lei sarebbe andata a correre un po', per non ripartire in uno stato emotivamente troppo turbato, ma alla fine avrebbe dovuto imboccare la via del ritorno. Del ritorno a una vita senza di lui.

Quella domenica mattina invece non stava proprio male. Certo, aveva una violenta emicrania, era piena di rimorsi e molto preoccupata, ma stavolta non a causa della sua relazione – ammesso che la si potesse definire tale – bensì per il caso di Mila Henderson.

Si alzò e andò in bagno a prendere un antidolorifico che mandò giù con un po' d'acqua. Dall'appartamento di sotto le arrivarono delle voci di bambini. I muri della casa erano molto sottili, ma a Pamela piaceva. Non sopportava troppo bene il silenzio.

Mentre era in cucina a caricare la caffettiera, sentì squillare il cordless. Dal display vide che era il sergente Linville che la chiamava.

Pamela rispose. «Sergente?»

«Buongiorno, ispettore. Spero di non averla svegliata.»

Lei guardò l'ora. Le nove e mezzo. Santo Dio, non le era mai capitato di dormire così a lungo. «Assolutamente no. Ci sono novità?»

«Qualcuna. Ho sentito la scientifica. Aveva ragione lei: a casa di Sue Raymond sono state trovate le impronte di Mila Henderson, se non altro le stesse che abbiamo raccolto anche da James Henderson e Patricia Walters e che abbiamo attribuito a Mila. Ufficialmente però non ce le abbiamo nel sistema.»

Finalmente! Dopo il pasticcio che aveva combinato, almeno su questo punto aveva ragione! Pamela fece un profondo respiro. «Credo che possiamo ritenere Mila Henderson autrice dei delitti» disse.

Kate sospirò. «Ecco, qui c'è un po' di confusione. Il coltello con cui è stata uccisa Sue Raymond è lo stesso degli omicidi di Diane Bristow e Logan Awbrey.»

Pamela rimase in silenzio per un secondo. «Come dice?» chiese poi.

«Anch'io sono molto perplessa» confessò Kate.

«Che cosa c'entra allora Mila Henderson con gli omicidi di Diane Bristow e Logan Awbrey?»

«Che cosa c'entra Dalina Jennings con Sue Raymond e Mila Henderson?» chiese di rimando Kate. «Ispettore, sono quasi sicura che sia stata Dalina a uccidere Diane e Logan. Aveva il movente ed è sparita nel nulla. Ma l'arma del delitto scompagina tutte le ipotesi.»

«Può darsi che Dalina Jennings sia sparita a causa dell'aggressione ad Alvin Malory» disse Pamela. «Lei è andata a trovarla. Le ha fatto domande. Sa che consegnava regolarmente la pizza a casa Malory. Il terreno cominciava a scottarle sotto i piedi.»

«Dobbiamo ricominciare daccapo» disse Kate stizzita. «Parlerò di nuovo con Anna Carter. Le chiederò se i nomi Sue Raymond e Mila Henderson le dicono qualcosa. Mila potrebbe essere stata cliente di Trouvemoi. Avrei bisogno di un mandato di perquisizione per la sede dell'agenzia. E per il sequestro del computer.»

«Sarà difficile, sergente» disse Pamela. «Ma possiamo provarci.»

«Le ricerche di Mila Henderson e della piccola Ruby Raymond continuano» riferì Kate. «E anche quelle di Dalina Jennings. Inoltre abbiamo rintracciato il marito di Sue Raymond. È tornato a casa. Non conosce Mila, non l'ha mai vista. Di sicuro non c'era a casa loro giovedì, quando è partito per il suo lungo weekend con gli amici. Negli ultimi anni le due donne non erano più in contatto.»

«Il marito è sotto shock, vero? Voglio dire, magari gli verrà in mente qualcosa di utile una volta che si sarà calmato.»

«È completamente sconvolto» confermò Kate. «Parte per un fine settimana all'insegna dell'allegria, e si vede arrivare la polizia che lo informa che sua moglie è stata uccisa e sua figlia è stata rapita. Presumibilmente da una donna di cui non ha mai sentito nemmeno il nome. L'agente che è rimasta con lui dice che sembra impietrito. Paralizzato.»

Rimasero in silenzio, turbate. Il dolore dei parenti delle vittime di gravi delitti... era impossibile abituarcisi. Era impossibile rimanerne immuni.

«È in ufficio?» chiese alla fine Pamela.

«Sì.»

«Bene. Bevo un caffè al volo poi la raggiungo.»

Non sarebbe stata una domenica di riposo. Non era il momento giusto.

Portò con sé in salotto la tazza di caffè, si mise seduta al tavolo e osservò la bufera di neve fuori dalla finestra. Che cosa spingeva Mila Henderson? Aveva ucciso la sua datrice di lavoro. Poi Diane Bristow, la cameriera del Crown Spa Hotel. Logan Awbrey, che si portava dietro una colpa tremenda, a cui lei era estranea. Suo zio James, un anziano dalla vita pacifica e tranquilla. La sua vecchia compagna di scuola Sue.

La sua ex professoressa Isabelle du Lavandou?

La domanda che Kate si poneva sempre era più che giustificata: dov'era il filo rosso?

D'altronde, che cosa poteva spingere Dalina Jennings, ammesso che fosse lei la colpevole? Aveva un movente nel caso di Diane Bristow e Logan Awbrey, a patto di accettare quanto affermava Kate, che quei due fossero diventati un pericolo per lei, perché non volevano più rimanere in silenzio.

Ma cosa c'entrava l'anziana Mrs. Walters ? Perché James Henderson? Perché Sue Raymond?

Non aveva senso.

Oppure sì? C'era un legame, chiaro, netto, che finora era rimasto invece invisibile?

Senza badare all'emicrania che, nonostante l'antidolorifico, sembrava aumentata, avvicinò a sé la borsetta che la sera prima aveva gettato distrattamente su una poltrona. Dentro c'era sempre il grosso annuario rosso che si era fatta dare da Monsieur du Lavandou. Lo tirò fuori, lo sfogliò fino alla pagina con Mila Henderson. Esaminò la faccia rotonda con gli occhi vivaci, il sorriso un po' timido. Le mollette sulle tempie che tenevano fermi i capelli pettinati con la riga in mezzo.

Quella ragazza un'omicida seriale?

Pamela però sapeva bene quanto potesse ingannare l'aspetto esteriore, l'aura. Aveva conosciuto sadici assassini che avevano un viso angelico.

Osservò anche la foto di Sue. Una ragazza po' sprovveduta, ingenua. Simpatica. Quand'era stata scattata, non immaginava neppure lontanamente che se ne sarebbe andata a trent'anni di una morte spaventosa, violenta.

«Perché?» mormorò Pamela. «Perché?»

Sapeva anche che a volte non c'era un perché. C'erano assassini che uccidevano per il gusto di farlo. Senza una componente sessuale, senza volontà di vendetta. In apparenza senza motivo. Alla fine in genere il motivo aveva a che fare con il potere.

Passò alla pagina successiva. Erano sempre alunni della stessa classe. Fece scorrere lo sguardo sulle foto fino a bloccarsi di colpo. Fissò il ritratto di un ragazzo. Un ragazzo incredibilmente grasso. Era una foto a mezzo busto ma già si intuivano le dimensioni voluminose del corpo. Spalle e braccia possenti. Un collo corto e tozzo che si univa direttamente al viso paffuto. Sorrideva, ma era un sorriso teso, falso. I suoi occhi erano fissi. Vuoti.

Ma alla base dello stupore di Pamela c'era un'altra cosa: il nome scritto sotto la fotografia.

«È davvero strano» si disse.

2

Sicuramente il capo della scientifica si era immaginato di trascorrere un weekend diverso da quello. Kate lo intuì sentendo la sua voce al telefono. Stanca e un po' irritata.

«Non ci sono dubbi» disse. «Gli escrementi in soggiorno provengono da due persone diverse.»

«Significa che c'erano due persone prigioniere in quella stanza?»

«Oppure che anche la colpevole ha usato la stanza come gabinetto, cosa che mi sembrerebbe alquanto bizzarra. In generale direi: due prigionieri.»

«I risultati dell'esame del DNA non sono ancora pronti?»

«Purtroppo no. Ci vorrà del tempo. E il fatto che sia domenica non accelera le cose. E dopodomani è l'ultimo dell'anno.»

«Due prigionieri...» mormorò Kate. Si mise a pensare. E se fosse stata Dalina l'aggressore? In quel caso Mila e Sue erano gli ostaggi e questo avrebbe confermato i risultati della scientifica: c'erano due persone tenute prigioniere in soggiorno. Dalina aveva poi ucciso Sue ed era scappata con Mila e la bambina.

Perché, perché, perché?

«La ringrazio» disse all'esperto della scientifica. «Mi raccomando, mi tenga aggiornata. Il caso deve avere la massima precedenza. C'è in gioco la vita di una bimba piccola.»

«Naturalmente.»

Si congedarono. Kate si mise a pensare alacremente.

Doveva stabilire una linea temporale, una successione precisa dei fatti. A che ora era uscita dalla centrale Dalina, dopo aver lasciato le impronte digitali? A che ora Pamela aveva suonato la prima volta a casa Raymond? Era possibile, da un punto di vista puramente temporale, che Dalina fosse andata da Scarborough a Richmond e avesse preso in ostaggio due persone? Per riuscirci doveva aver viaggiato a folle velocità.

«Che cosa c'è che non vedo?» mormorò Kate.

Pamela entrò dalla porta, con sciarpa e cappotto, portando con sé l'odore di neve e freddo nella stanza calda. Aveva un cerotto sulla fronte con un livido molto esteso tutt'intorno. Nonostante il riposo aveva una cera persino peggiore del giorno prima. Doveva avere ancora forti dolori e nel contempo sembrava estremamente tesa. Teneva in mano un grosso quaderno rosso. Lo appoggiò aperto sulla scrivania di Kate.

«Guardi qua!»

Kate si trovò davanti le foto in bianco e nero di visi molto giovani che all'inizio non le dissero niente.

«Che cos'è?»

«Un annuario. Ecco» Pamela indicò una delle foto, «questa è Mila Henderson. A quattordici anni.»

«È vero.»

«E questa qui è Sue Raymond. All'epoca Sue Haggan.»

Kate lesse la didascalia sotto la foto di Mila: «Migliore amica: Sue Haggan. Capisco. Ecco stabilito il legame».

«E adesso» Pamela girò la pagina, «adesso guardi qui!»

Kate vide la faccia di un adolescente obeso. «Ma chi è? Alvin Malory?» esclamò stupita. Alvin era stato compagno di classe di Mila? A Leeds?

«Legga!» la incitò Pamela.

Kate lesse il nome scritto sotto la foto che nella sorpresa iniziale aveva tralasciato.

«Samuel Harris.» Alzò gli occhi incredula verso il suo capo. «Cosa?»

«Il fidanzato di Anna Carter. Anch'io stentavo a crederci. Purtroppo l'ho scoperto solo poco fa. Se avessi sfogliato le pagine prima… Samuel Harris e Mila Henderson erano compagni di classe a Leeds. Prima che lei si trasferisse.»

«Una coincidenza?» chiese Kate.

Pamela si strinse nelle spalle.

Kate si mise a pensare. «Dopo la morte di Patricia Walters sono comparsi in rete molti post riguardanti le ricerche di Mila Henderson. Il suo nome è stato pubblicato anche su qualche giornale. Samuel Harris non avrebbe dovuto ricordarsi di lei e contattarci?»

«Magari all'inizio non aveva letto niente. Il suo nome è stato strombazzato solo dopo l'omicidio di James Henderson.»

Kate continuò a riflettere a voce alta. «Samuel Harris frequenta la stessa classe con una ragazza ricercata a livello nazionale. È fidanzato con un'altra che nove anni prima è stata coinvolta in un crimine mostruoso.» Ripeté la sua domanda: «Una coincidenza?»

«Al momento non possiamo arrivare a nessuna conclusione» ammise Pamela.

Kate tornò a osservare Samuel Harris. «È incredibile. Ho visto una sua foto a casa di Anna. Almeno sono abbastanza sicura che si trattasse di lui. Un uomo attraente, slanciato, la stessa descrizione che mi hanno fatto di lui altre persone. Come minimo un quintale in meno di questo ragazzo qui.»

«Sul serio? Oggi è magro? Quando le persone dimagriscono, cambiano drasticamente» osservò Pamela. «Tutta la fisionomia muta. Diventano del tutto diversi.»

Kate si concentrò sulla foto. «Mio Dio, quanta forza di volontà c'è tra questo ragazzo e l'uomo di oggi!»

Lesse la descrizione sotto il ritratto. «Migliore amico: nessuno. Insegnante preferito/a: nessuno. Materia preferita: nessuna. Hobby: nessuno.» Alzò lo sguardo. «Non è normale.»

«A me sembra molto triste» disse Pamela.

«Un'infanzia e un'adolescenza come quelle che deve aver avuto Alvin. Escluso. Deriso.» Scosse la testa. «Oggi non più. È davvero un bell'uomo. Sicuramente ha molto successo con le donne. Con le persone in generale.» Si alzò. «Dov'è finito? Aveva detto che sarebbe passato da noi ieri. Dopo il suo ritorno da Londra.»

«Il sergente Bennett non ha accennato a niente in proposito?»

«No. Ma se fosse stato qui, me lo avrebbe comunicato. Evidentemente non si è fatto vivo.» Kate scosse rabbiosamente la testa. «Non ci ho fatto caso. È stata una giornata così frenetica!»

«Io sono venuta in taxi. La mia macchina ce l'ha ancora la scientifica» disse Pamela. «Ma lungo il tragitto sono passata davanti a casa sua. Ho suonato. O non mi ha voluto aprire, oppure non è in casa.»

«Secondo lei è ancora Londra?»

«È possibile, certo. Tuttavia è strano che non abbia avvisato. Nella sua situazione dovrebbe cercare di tenerci dalla sua parte.»

«Il padre» disse Kate. «Può darsi che stia male. Harris non si è potuto allontanare e si è dimenticato di avvisarci.»

«È possibile» riconobbe Pamela. Era sempre molto pallida.

Kate la osservò attentamente. «Si sente bene, ispettore?»

Pamela fece un sorriso forzato. «Ho dei tremendi dolori alla testa. Ho già preso due antidolorifici, ma non fanno effetto.»

«Si è fatta visitare? Dopo l'aggressione?»

«No. Non c'era tempo. Ero troppo stanca.»

Kate guardò la faccia del suo capo. «Adesso la porto al pronto soccorso del General Hospital. Deve farsi visitare. Ha ricevuto un violento colpo in testa, potrebbe avere una commozione cerebrale. Bisogna verificare la cosa.»

«D'accordo» mormorò Pamela.

Kate non la conosceva ancora da molto tempo, ma la reputava una persona tutt'altro che lamentosa e non troppo attenta a prendersi cura di se stessa. Il fatto che adesso accettasse senza protestare di farsi accompagnare al pronto soccorso dell'ospedale principale di Scarborough la domenica mattina, dimostrava che doveva sentirsi proprio male.

Cercò sul computer il numero di cellulare di Harris, poi uscirono dall'ufficio.

Una volta in macchina, mentre affrontavano la bufera di neve, Pamela disse: «È possibile che anche Harris sia in pericolo?»

«Perché conosce Mila dai tempi di scuola?»

«Be', per Sue Raymond è stata la sua condanna.»

«In ogni caso è giusto rintracciarlo» disse Kate. Si accorse di avere la voce tesa. «Non mi piace che sembri scomparso...»

Proseguì senza pause: «A proposito, gli escrementi nel soggiorno a Richmond appartenevano a due persone diverse. Me l'ha detto poco fa il responsabile della scientifica».

Pamela la guardò senza capire. «E questo che cosa significa?»

«Che c'erano probabilmente due ostaggi. Legati al tavolo. L'esame del DNA sui frammenti di corda trovati sparsi nella stanza non è ancora concluso. Può darsi che ci riservi una sorpresa.»

«Due prigionieri? Sue... e Mila?»

«Questo suffragherebbe la tesi che la colpevole sia Dalina.»

«Ma quando sono arrivata a Richmond lei era ancora a Scarborough, no?»

«È possibile che sia riuscita a raggiungere Richmond. Dovremmo stabilire un'esatta linea temporale. Ma solo dopo che lei sarà stata visitata.»

Intanto erano arrivate davanti all'ospedale. Kate si fermò. Pamela scese. Era mortalmente cerea in viso. Non era buon segno che si lasciasse mettere da parte a quel punto delle indagini. Doveva stare proprio malissimo.

«Non capisco» mormorò, «non stavo così male nemmeno quando ero imprigionata in quella cantina.»

«L'adrenalina» disse Kate. «Ne aveva tanta in circolazione. Quando poi si smaltisce, il fisico crolla.»

Pamela fece un sorriso storto. «L'avviso quando avrò finito. Sia prudente, Kate. Non commetta sciocchezze come ho fatto io.»

«Stia tranquilla.» Kate la guardò arrancare nella neve verso l'ingresso. Poi ripartì. Parcheggiò davanti alla casa dove abitava Samuel Harris. Non c'era molto traffico quel mattino neppure su Victoria Road, di solito sempre molto transitata. Nevicava troppo forte. La gente preferiva rimanere a casa.

Kate provò a chiamare Sam Harris due volte al cellulare ma le rispose sempre la segreteria. Scese dalla macchina, diede un'occhiata alla facciata liscia dell'anonimo condominio. L'appartamento di Harris era al terzo piano, come sapeva dal suo colloquio con Anna. Le finestre erano buie e immobili.

Quasi le undici di domenica mattina. Che fosse a casa e dormisse ancora?

Suonò il campanello accanto alla targhetta *Harris Coaching* ma non successe niente. Il citofono rimase muto.

Kate selezionò il numero del sergente Helen Bennett. Rispose al terzo squillo e per fortuna non aveva la voce di chi è stato svegliato da un sonno profondo.

«Mi scusi, sergente, ma ho bisogno di lei. E sì, lo so che è domenica.»

«Non c'è problema» le assicurò Helen.

«Sarebbe in grado di individuare la casa di riposo a Londra dove è ricoverato il padre di Samuel Harris? L'unico indizio è che si trova a Shepherd's Bush, nei pressi dello Shepherd's Bush Green. Altro purtroppo non so.»

«D'accordo. Che cosa è successo?»

«Harris non si è presentato da noi ieri, nonostante ci fossimo messi d'accordo. Ho bisogno di parlargli con urgenza. Penso che potrebbe...»

Helen comprese. «Potrebbe essere stato trattenuto dal padre. Tutto chiaro. La chiamo appena scopro qualcosa.»

Conclusero la telefonata.

Kate tornò in macchina e decise di rimanere ad aspettare lì finché il freddo glielo avesse consentito. Forse Harris era tornato a casa a tarda ora la sera prima e stava facendo colazione o un brunch da qualche parte. Oppure sarebbe tornato da Londra nel giro di una o due ore.

Il freddo era pungente e Kate doveva azionare continuamente il tergicristallo per spazzare via la neve dal parabrezza. Ogni tanto accendeva il riscaldamento per un paio di minuti, ma temeva che la batteria si scaricasse. Se fosse rimasta bloccata proprio adesso, in quella situazione, di domenica mattina, sarebbe stato un bel guaio. Si strinse nel cappotto, si soffiò sulle mani.

Quando era sul punto di ripartire, convinta che fosse inutile aspettare più a lungo, vide qualcuno avvicinarsi lungo la via. La prima persona da più di un'ora. Un uomo. Per qualche secondo Kate pensò che si trattasse di Samuel, ma poi notò che era troppo anziano. Zoppicava leggermente. Comunque si fermò davanti al portone di Harris e cominciò a frugarsi nelle tasche alla ricerca della chiave.

Senza pensarci su troppo, Kate scese dalla macchina e lo raggiunse, mettendogli il distintivo davanti al naso.

«Sergente investigativo Linville. North Yorkshire Police. Devo andare da Mr. Samuel Harris.»

Il vecchio osservò diffidente il distintivo. «Polizia?»

«Sì.»

«Mr. Harris non è in casa?»

«Non so, ma non apre la porta. È molto importante.» Kate non aveva nessun legittimo motivo per entrare nel palazzo. Se l'uomo non glielo avesse permesso, non avrebbe potuto opporsi. Per fortuna l'altro non ne sembrava al corrente.

«Be', se è della polizia...» Finalmente aveva trovato la chiave e aprì il portone. «Allora può entrare. Prego!» Le tenne aperta la porta.

Kate lo ringraziò ed entrò nell'atrio. Il vecchio indugiò per scrollarsi la neve dalle scarpe, e lei, senza dover dare altre informazioni, ne approfittò per salire le scale e sparire di sopra.

Era entrata. Ma non era ancora nell'appartamento.

Suonò un'altra volta il campanello, ma come immaginava nessuno le aprì. Avvicinò l'orecchio alla porta, ma dall'altra parte non si sentiva niente, né passi, né assi che scricchiolavano.

Si mise seduta sui gradini che salivano al piano superiore. Era domenica, quindi era impossibile che Samuel stesse facendo la spesa da qualche parte. Al massimo sarebbe potuto andare a un distributore, a procurarsi lo stretto necessario, ma non ci avrebbe messo molto tempo. Continuava a nevicare senza sosta. Con un tempo del genere a chi sarebbe venuta voglia di passeggiare lungo il mare? Però non si poteva escludere. Harris aveva molte cose su cui riflettere, senza dubbio stava vivendo un momento di profonda crisi. Forse non sopportava di stare al chiuso nel silenzio del suo appartamento.

Dopo essere rimasta seduta sugli scomodi gradini per una mezz'ora, mentre cominciava a chiedersi se non fosse meglio andarsene, il suo cellulare squillò. Era Helen.

«Sergente, ho contattato tutte le case di riposo nel quartiere di Shepherd's Bush. E ho scoperto qualcosa riguardo al padre di Samuel Harris.»

«Dov'è ricoverato?»

Helen sospirò. «Ecco, è una situazione strana. Il padre di Samuel Harris, Patrick Harris, non vive più in istituto. Perché non c'è più. È morto cinque anni fa.»

3

La nebbia si andava diradando faticosamente, ma a un certo punto Mila ebbe la sensazione di riuscire a pensare con più lucidità. Chissà che cosa era stato mescolato nella disgustosa bevanda che aveva dovuto bere prima del viaggio. Un liquido lattiginoso, che da principio si era rifiutata di ingerire.

«Non ho sete. Non voglio bere.»

Lui le aveva sbattuto il bordo del bicchiere contro le labbra con tale violenza da strapparle un grido di dolore.

«Bevi!» le ordinò.

Era sempre più nervoso.

Bevve. Aveva sentito le grida di Sue. Intuiva di cosa fosse capace lui. Lo aveva sempre intuito.

Erano diverse ore che non sentiva più niente di Sue. E non era buon segno.

Aveva dovuto svuotare il bicchiere, una nauseabonda pappa viscosa che le aveva provocato la nausea al terzo sorso. Tuttavia aveva dovuto berla tutta.

Poco dopo la sua testa aveva iniziato a confondersi in maniera bizzarra. Era come se il mondo avesse perso i suoi contorni. Tutto era diventato indefinito. I rumori si erano fatti distanti. Le sue gambe molli e leggere.

Maledizione, che cosa le aveva fatto bere? si era chiesta, ed era stato l'ultimo pensiero vagamente razionale che aveva avuto. Era seduta legata alla gamba del tavolo da pranzo e sarebbe caduta di lato se le corde non l'avessero trattenuta. Sue era stata prelevata da ore. Aveva gridato, implorato per la propria vita… ma anche questa preoccupazione non la tormentava più. Il ricordo delle urla si era sciolto come tutto il resto.

Poi era stata portata fuori di casa in uno stato di trance e caricata su una macchina. Appena sdraiata sul sedile posteriore, si era addormentata. Ricordava poi vagamente di essere stata scaricata dall'auto. Faceva un gran freddo. C'era la neve. Sì, aveva sentito i fiocchi di neve sul viso. E non solo… c'era stato qualcos'altro. Che cosa? Ce la mise tutta per ricordare, ma l'immagine sfocata continuava a sfuggirle. Istintivamente, era convinta che fosse estremamente importante riportare alla mente ogni singolo dettaglio, pur non capendone il motivo. Si sarebbe messa a piangere, perché non ci riusciva, ma si sforzò di trattenere le lacrime. Non sarebbe servito a niente. Avrebbe sprecato solo delle preziose risorse.

Stava ancora malissimo, ma pian piano sentiva tornare la lucidità. Non aveva fame, anche se era passato del tempo dall'ultima volta che aveva mangiato qualcosa. Probabilmente era colpa di quel ripugnante intruglio che aveva dovuto bere. Le aveva tolto del tutto l'appetito.

Provò a muovere mani, braccia e gambe, con cautela. Non era legata, un miracolo e un sollievo dopo le tante ore trascorse bloccata contro la gamba del tavolo. Ma questo significava molto probabilmente che era in una stanza dalla quale non sarebbe potuta uscire.

L'oscurità era completa, non riusciva a scorgere assolutamente niente intorno a sé. Forse però i suoi occhi si sarebbero abituati al buio e avrebbe intravisto qualcosa.

Si alzò e stirò le membra intorpidite. Aveva male ai muscoli. Scrollò braccia e gambe. Doveva rimettere in circolazione il sangue.

Fece un passo in avanti e andò a sbattere dolorosamente con l'anca contro uno spigolo. Si affrettò a tastare con le mani l'oggetto di fronte a lei. Forse era un tavolo.

Subito dopo la sua testa urtò qualcosa appeso al soffitto, in apparenza un lampadario. Doveva trovarsi in una specie di salotto. Un appartamento? Una baracca?

Dov'era, maledizione?

Aveva paura. Il terrore si era risvegliato man mano che l'effetto dell'anestetico diminuiva, e stava aumentando. Mila cercò di combatterlo con tutte le proprie forze. La paura era utile quanto le lacrime. Sua madre lo diceva sempre. «Non avere paura e non piangere. Sono due cose che ti indeboliscono.»

Ma di sicuro sua madre non si era immaginata nemmeno nei suoi sogni più agghiaccianti che la figlia finisse nella situazione in cui si trovava in quel momento.

Dovunque io sia, pensò, deve esserci una porta. Da qualche parte devo essere entrata. Perciò dev'essere anche possibile uscire.

Continuava a non vedere niente. Non aveva idea se fuori fosse giorno oppure notte. Nemmeno la notte più buia poteva essere scura come quella stanza, quindi significava che: o non c'erano finestre, oppure erano state tappate ermeticamente. Con le mani tastò cauta intorno a sé. Forse avrebbe trovato una candela… dei fiammiferi… qualcosa…

Urtò qualcosa che cadde e si ruppe tintinnando. Sentì dell'acqua sulle dita. Peccato. Lui le aveva lasciato un bicchiere d'acqua. Lei lo aveva rovesciato.

All'improvviso la paura la travolse, tenace e impetuosa. Non aveva più acqua. E se lui non fosse più tornato? O se lo avesse fatto solo dopo diverse settimane? Se avesse avuto intenzione di torturarla, lasciandola morire lentamente di fame e di sete?

Si costrinse a respirare con calma. C'era bisogno di due persone per portare a termine il piano. Lui, che l'aveva ideato. Lei, che lo subiva passivamente. Neanche per sogno! Sarebbe uscita da lì. Ce l'avrebbe fatta, perché esisteva sempre un modo. Sempre.

Sembrava una frase da calendario, ne era consapevole lei stessa. Ma in quel momento non aveva nient'altro che frasi da calendario.

Avanzò di nuovo, sbattendo contro ogni genere di oggetto che non era in grado di identificare, poi all'improvviso percepì un suono: uno strano flebile piagnucolio. Non veniva da fuori.

Proveniva da dentro. Dalla stessa stanza dov'era lei. Era vicinissimo.

Mila impietrì.

Continuò a tastare, inciampò, si rialzò. Se non altro aveva capito una cosa: la stanza era minuscola, ed era ingombra degli oggetti più disparati. E non era da sola.

Di nuovo quel gemito.

Probabilmente non aveva ancora smaltito del tutto il narcotico di prima, altrimenti avrebbe reagito con maggiore prontezza. Adesso infatti lo capì: era Ruby. La bambina di Sue. Lui si era portato via anche la bambina.

Si fece largo con maggior impeto in mezzo al caos nella direzione da cui sentiva provenire quel piagnucolare. Ciò che la spaventava era quanto fosse flebile. Il primo giorno a casa di Sue la bambina aveva gridato, con forza. Adesso sembrava esausta. Quando aveva mangiato per l'ultima volta?

Le mani che tastavano nella tenebra toccarono qualcosa che sembrava cartone. Una scatola? Il bordo di una scatola?

Spostò lentamente le mani in avanti. Sentì qualcosa di morbido. Lana? Poi pelle. Calore umano. Il calore di un corpo. Il corpo gemeva.

La bambina.

Mila prese in braccio il fagotto con la massima delicatezza. Ruby lanciò un lieve vagito.

Si era davvero portato via la bambina. Aveva massacrato la madre, rapito la piccola. Che cosa voleva fare a quella innocente creatura?

La voleva utilizzare come ostaggio? Come scudo umano nel caso la polizia avesse trovato il nascondiglio?

Era uno psicopatico. Lo aveva sempre saputo. Fondamentalmente fin dal primo istante. Non per niente all'epoca aveva convinto sua madre a levare le tende da Leeds. A trasferirsi lontano. A ricominciare daccapo. Una nuova scuola per lei, un nuovo lavoro per sua madre. Tanta fatica a causa di un suo compagno di classe obeso che si era innamorato di lei. Ammesso che si potesse parlare d'amore. Era stata piuttosto un'ossessione, patologica, folle. Una persona che non era in grado di accettare un *no*. Che non sapeva metabolizzare un rifiuto, forse perché era sempre stato rifiutato.

Non si sarebbe mai dovuta rifugiare da Sue. Era morta per causa sua. Anche se non riusciva a capirne il motivo: che cosa gli aveva fatto Sue?

Forse tutti gli avevano fatto qualcosa. Tutta la classe. I professori. L'ambiente circostante. Tutto il genere umano. Forse lo avevano deriso e schernito troppo spesso. Avevano fatto battute stupide, avevano sghignazzato alle sue spalle. Nessuno gli si era mai avvicinato. C'era sempre stato quel muro. Spietato. Fatty. Con Fatty non si giocava. Con Fatty non si usciva. Con Fatty non ci si ritrovava dietro la scuola a fumare di nascosto. Fatty non veniva invitato ai compleanni, con Fatty non ci si trovava per andare in piscina, con Fatty non si stava seduti intorno al falò e con Fatty non si andava in giro per i centri commerciali, scambiandosi consigli sui jeans più alla moda bevendo un caffè da qualche parte. Con Fatty non si usciva neppure per compassione, per paura di ritrovarsi a propria volta emarginati dalla comunità.

L'interrogativo era: Fatty era diventato uno psicopatico perché era sempre stato escluso?

Oppure l'esclusione, il rifiuto erano in qualche modo derivati dal fatto che era già uno psicopatico?

Dov'era iniziata quella nefasta spirale?

Accarezzò la bambina che teneva tra le braccia, leggera come una piuma, troppo leggera. Chissà se da qualche parte c'era del latte? Come avrebbe potuto trovarlo?

Era così immersa nei propri pensieri da udire lo scricchiolio dei passi sulla neve solo quando furono vicinissimi. La porta fu spalancata, un raggio di luce abbagliante costrinse Mila a chiudere gli occhi. Sentì qualcuno battere i piedi per scrollarsi la neve. Riaprì gli occhi. Vide Fatty.

Nella sua mente continuava a chiamarsi così, anche se il nome non aveva più niente a che fare con lui. Era snello. Né troppo magro, né flaccido, bensì slanciato. Una figura muscolosa, atletica, senza un grammo di grasso di troppo. Niente pancia. Spalle larghe, braccia possenti. Gambe lunghe. Un corpo perfetto.

Entrò portando con sé una ventata d'aria fredda e il lieve aroma di aghi di pino. Di colpo Mila comprese ciò che aveva colto prima, quando era stata trascinata fuori dalla macchina ancora intontita: l'odore di bosco. Era questo il particolare che la sua mente continuava a cercare. Si trovava da qualche parte vicino o dentro un bosco.

Per il momento non era un'informazione poi così utile. Al contrario.

«Ciao, Mila» disse Fatty che reggeva una confezione da sei bottiglie di acqua minerale.

Il potente fascio della torcia elettrica si spostò lontano da lei, che finalmente riuscì a vedere normalmente. Cercò di scoprire dove si trovasse. Una stanza minuscola, strapiena. Un angolo cottura. Un tavolo e un divanetto. Un'alcova separata con un letto matrimoniale. Armadietti lungo le pareti sotto il soffitto.

Una roulotte? Un camper? Sembrava una cosa del genere.

«Ciao» rispose con voce arrochita.

Ripensò alle grida di Sue.

Provò paura. Una paura tremenda.

Lui si richiuse la porta alle spalle. Solo adesso Mila si accorse di quanto facesse freddo lì dentro. E del puzzo di muffa che permeava l'aria.

La torcia intanto era stata messa su un ripiano. Era stata abbassata e creava un alone tondo e chiaro sul soffitto gettando una luce diffusa in tutto l'ambiente.

Lei si schiarì la voce. Da qualche parte aveva letto che era meglio non manifestare la propria paura a uno psicopatico. Ne erano aizzati, ne ricavavano appagamento, erano spinti ad agire con più sadismo. Temeva tuttavia che della sua paura si sentisse letteralmente l'odore. Non sarebbe comunque riuscita a mascherarla.

«La bambina» disse «ha bisogno di mangiare subito qualcosa.»

Lui guardò Ruby con la massima indifferenza, come se quello che Mila teneva tra le braccia fosse un pacchetto o un sasso o un altro oggetto inanimato.

«Che cosa mangia una bambina così?» domandò.

«Latte. Semolino. Omogeneizzati. Si comprano nei vasetti.»

«Oggi non posso più comprare niente.»

«Rischia di morire. È molto deperita e molto debole.»

Lui si strinse nelle spalle. «Non posso farci niente.»

Mila si guardò intorno. «Non ci sono provviste qui dentro?»

«No. Volevo andare al supermercato domani.»

«Non so se sopravvivrà così a lungo.»

«Sono andato apposta a comprare dell'acqua» disse. «A un distributore.»

Mila guardò le bottiglie appoggiate sull'angolo cottura. «Meglio di niente. Andrebbe bollita.»

«Stronzate. È acqua confezionata. Chiusa ermeticamente. Va bene.»

Prese una bottiglia dall'involucro di plastica, svitò il tappo e la porse a Mila. Lei depose Ruby nella scatola di cartone, si versò dell'acqua sul palmo della mano, ci intinse il dito e bagnò le labbra della piccola. Ruby non reagì. Teneva gli occhi chiusi. Sotto la pelle delicata si vedeva il reticolo azzurro delle vene. Aveva il respiro debole.

«Credo che abbia bisogno di un dottore» disse Mila.

«Sciocchezze. Domani compriamo qualcosa da mangiare e andrà tutto bene.»

«Dove siamo?»

Lui fece un sorriso malvagio. «Non c'è bisogno che tu lo sappia.»

Ormai era sicura che si trovassero a bordo di una roulotte. La finestra era stata oscurata ermeticamente con un'imposta. Non c'era riscaldamento né corrente elettrica. E lei era lì da sola con uno psicopatico e una bimba in fin di vita.

Ricacciò indietro le lacrime.

«Perché Sue?» chiese. «Perché è dovuta morire?»

«Mi ha offeso» spiegò lui in tono indifferente. «Poco dopo la tua fuga. Avevo deciso già allora che sarebbe morta. Proprio come Lavandou, quella troia!» Sputò letteralmente fuori quella parola.

«Madame du Lavandou? La professoressa?»

«Anche lei mi ha offeso. Ma adesso è morta.»

Era completamente pazzo. Un folle.

«Non… non puoi uccidere tutti quelli che non ti vanno a genio.»

«E perché no?»

Dal suo punto di vista una domanda legittima. Poteva e lo faceva.

«Questa bambina… Ruby, lei non ti ha fatto niente.»

«E? L'ho forse uccisa?»

«Ma qui non possiamo prenderci cura di lei.»

Le scoccò un'occhiata crudele. Gli dava sui nervi, lei se ne accorse. «Smettila con queste lamentele» disse. «I bambini così piccoli sono robusti. Vedrai. Lei deve rimanere con noi. Così siamo una vera famiglia.»

L'accostamento tra il concetto di famiglia, Fatty e quella roulotte fredda, disordinata e buia le provocò quasi la nausea, ma si disse che lui non avrebbe potuto tenerla prigioniera per sempre. Prima o poi si sarebbe presentata l'occasione di fuggire. La domanda era se per Ruby fosse già troppo tardi.

Oppure lui era così malato da riuscire a tenerla sottochiave per tutta la vita?

Nonostante il freddo ammuffito intorno a lei, cominciò a sudare.

«Non ho idea di che ore siano» disse. Aveva visto la luce del giorno alle spalle di Fatty quando era entrato.

«È domenica mattina tardi» rispose lui. «Sono a pezzi. Dovremmo dormire.»

Mila lo guardò sconcertata.

Lui indicò il letto. «Qui abbiamo tutto quello che ci occorre.»

Lei deglutì. Le sembrava di avere qualcosa di duro e rovente in gola.

«Non posso…» Deglutì un'altra volta. «Non dormirò nello stesso letto con te, Fa…» Si interruppe appena in tempo. Lui tornò a sorridere. Era lo stesso ghigno che lei gli aveva già visto qualche volta in passato. Aveva un che di perfido.

«Fatty» finì la parola. «Già, per te sono rimasto sempre quello, vero? Non devi più chiamarmi in quel modo, hai capito? Mai più!»

Lei annuì.

«Ed è naturale che dormirai in questo letto con me» aggiunse.

Sorrise di nuovo, con più dolcezza. Era quasi peggio del suo ghigno spietato. «Dopotutto aspetto questo momento da tantissimi anni.»

4

Kate rimase in silenzio per qualche secondo. Il padre di Samuel Harris era morto cinque anni prima.

«Cosa?» domandò poi.

«Sì. L'ho saputo direttamente dalla direttrice dell'istituto.»

«Ma...» Kate balzò in piedi. Si sforzò di non parlare a voce troppo alta. Probabilmente il palazzo era pieno di persone. «È proprio sicura che si tratti del Mr. Harris giusto? È un nome abbastanza comune e...»

«Sicurissima. Conoscevano anche il figlio. Samuel Harris. Ogni tanto andava a trovare suo padre.»

«Non è possibile. Perché mentire? Mentire alla sua compagna, e alla polizia. Proprio adesso che si è già cacciato in grossi guai.»

«La versione innocua sarebbe che Sam Harris non è il partner fedele che vuole far credere ad Anna Carter. Potrebbe essere una persona che agisce su due fronti. Forse ha una relazione segreta. E adesso cerca di fare tutto il possibile perché non venga scoperta.»

«L'alternativa meno innocua sarebbe...»

«... che nasconde qualcosa di più grave» concluse Helen.

«Devo assolutamente entrare nel suo appartamento» dichiarò Kate.

«Non riusciremo a ottenere un mandato» obiettò Helen. «Non abbiamo prove abbastanza solide.»

«Lo so.»

«Che cosa ne pensa l'ispettore Graybourne?»

«L'ho accompagnata in ospedale. Dopo l'aggressione a Richmond non era stata nemmeno dal dottore. Deve farsi visitare per scoprire l'origine dei suoi dolori alla testa.»

«È ragionevole» commentò Helen, «ma…»

«Ora tocca a me decidere, da sola.»

«Io rimango reperibile.»

«Grazie, sergente.» Chiusero la telefonata. Kate fissò la porta bianca dell'appartamento. Doveva riuscire a entrare a qualunque costo, ma legalmente non sarebbe stato possibile. Anna di sicuro aveva una chiave, ma Anna era in cella. I suoi oggetti personali erano stati confiscati. Kate non poteva addurre nessuna motivazione ufficiale per chiedere se ci fosse anche una chiave. Avrebbe solo alzato un polverone.

Agendo d'impulso, suonò alla porta vicina. Passò un po' di tempo poi una giovane signora le aprì. Aveva l'aria stanca e disfatta.

«Sì?»

«Buongiorno. Mi scusi per il disturbo. Sono una cliente di Mr. Harris dell'appartamento qui accanto. Ho dimenticato il mio portafoglio durante l'ultima seduta. Devo recuperarlo in tutti i modi.»

«E io come posso aiutarla? Non c'è nessuno?»

«No.» Kate si sforzò di fare un sorriso innocente e accattivante. «Un signore molto gentile mi ha fatto entrare. Sono qui che aspetto già da un'eternità. Speravo che Mr. Harris fosse solo andato a fare una passeggiata. Ma vedo che non ritorna.»

La giovane donna era titubante.

«Allora ho pensato che lei, essendo sua vicina di casa, forse aveva la chiave» si affrettò ad aggiungere Kate. «Per bagnare i fiori o che so io…»

«Sam non ha fiori» disse la donna, «ma a volte gli ritiro la posta. E poi in caso di emergenza… casomai rimanesse chiuso fuori…»

Aveva una chiave.

«È estremamente importante» ribadì Kate. «Dentro il portafoglio ho i soldi, le carte di credito. I documenti. Tutto quanto.»

La donna la scrutò diffidente. «Quando è stata da Sam? È da giorni che non c'è nessuno.»

«Mr. Harris è tornato ieri da Londra» dichiarò Kate. La donna a questo punto si sarebbe detta che non se n'era accorta. «Sono stata un'ora da lui. Ieri nel tardo pomeriggio. Era un'emergenza.»

«Be', non mi sono accorta di niente.»

Kate fremeva. Tira fuori questa benedetta chiave!

«Non so se posso farla entrare...» Una voce maschile risuonò da dentro il suo appartamento. «Che succede? Vieni o no?»

«Stiamo facendo colazione» disse la donna.

Tanto meglio, pensò Kate, così non avrai il tempo di intrufolarti dentro con me.

«È questione di un attimo, devo solo recuperare il portafoglio. Se mi desse la chiave... gliela riporto subito.»

La donna infilò la mano in una ciotola che era su un tavolino accanto alla porta. «E va bene. Ma me la restituisce subito, d'accordo? Non posso accompagnarla, perché il mio compagno...»

Il suo compagno avrebbe reagito in maniera stizzita, si capiva già dalla voce. Kate riconobbe che era stata molto fortunata, ma aveva pochissimo tempo. Prese la chiave. «La ringrazio. Faccio subito.»

«Quando ha finito suoni pure» disse la giovane donna rientrando in casa.

Cinque minuti, pensò Kate, non di più.

Entrò nell'appartamento e richiuse la porta dietro di sé. In questo modo la vicina non avrebbe potuto sorprenderla spuntandole di colpo alle spalle. E avrebbe potuto sempre dire che la porta si era chiusa da sola.

La temperatura era bassa e non c'era un odore particolarmente buono. In cucina Kate vide degli avanzi di un pasto sparsi direttamente sul tavolo. Probabilmente Anna aveva mangiato qui prima di partire per Londra.

Un'occhiata in salotto. Niente albero di Natale – era rimasto dietro la casa di Anna a Harwood Dale. Qualche candela consumata sul tavolo. Un batuffolo di polvere sopra il tappeto.

Doveva entrare nello studio di Samuel. Era lì che avrebbe avuto più probabilità di trovare informazioni utili. Raggiunse l'estremità opposta del corridoio, da una porta aperta gettò un'occhiata alla camera con il letto disfatto. La stanza successiva era il bagno. Di fronte si apriva un ampio locale che si affacciava sul retro del palazzo, con un cortile innevato delimitato da un muro di mattoni dietro cui sorgeva un altro condominio. Nella stanza c'erano diverse poltrone e un tavolo, al muro era appeso un grande quadro astratto in diverse tonalità di blu. Doveva essere qui che riceveva i clienti. Subito accanto c'era lo studio. Anch'esso dava sul cortile. Era una stanzetta minuta e sovraccarica. Scaffali pieni di raccoglitori, libri e mucchi di documenti. Una piccola scrivania ingombra di carte e quaderni. Riviste sparse sul pavimento. Persino il davanzale era così zeppo di carte che era impossibile aprire la finestra.

Non c'era un computer. Evidentemente Sam utilizzava un portatile che doveva avere con sé.

Cinque minuti. Come avrebbe fatto a trovare qualcosa di utile in mezzo a quel caos in cinque minuti? Tra l'altro non sapendo neppure che cosa cercare.

Si avvicinò alla scrivania, diede un'occhiata alle carte lasciate lì sopra. Ricevute, fatture, estratti conto. Sembrava che durante le vacanze di Natale Samuel avesse cominciato a raccogliere documenti per la dichiarazione dei redditi. Molto normale. Non c'era niente di strano.

Una fotografia incorniciata. Anna e un uomo di bell'aspetto che le teneva il braccio intorno alle spalle. Lo stesso uomo che compariva sulla foto a casa di lei. Samuel Harris. Sorrideva. Lei sembrava turbata.

Lo sguardo di Kate si spostò sui documenti appoggiati sul davanzale della finestra. Altre ricevute ed estratti conto. Prese a casaccio un paio di fogli per esaminarli meglio. C'era la ricevuta per l'acquisto di una seggiola da scrivania ergonomica, un'altra per una serie di nuovi raccoglitori, e ancora per un calendario nuovo. Tutte cose normali per un ufficio. Assolutamente niente di particolare.

Bene, avanti. Le restavano forse tre minuti ancora.

Si girò verso gli scaffali. Libri. Molti testi di psicologia. Manuali, per la maggior parte divulgativi, a quanto poteva giudicare Kate.

Vivi il tuo sogno. I dieci segreti delle persone forti. Come diventare più grande, più intelligente, più forte.

I libri avevano tutti un'aria molto professionale, ma per qualche motivo Kate aveva la sensazione che Samuel Harris si interessasse anche molto al miglioramento personale. Così su due piedi non vide nessun libro che parlasse di diete. L'argomento era concluso. Il passo più grande e più difficile nella vita di Samuel. Il dimagrimento, la sua completa trasformazione. Quando c'era riuscito? Quanta determinazione, quanta crudeltà verso se stesso si nascondeva in quell'uomo? Crudeltà anche verso gli altri?

Forse aveva mentito sulla morte del padre per motivi banali. Forse era soltanto un fedifrago. Ma era anche possibile che dietro si nascondesse dell'altro. Che cosa, però?

Si avvicinò allo scaffale successivo. Era pieno zeppo di raccoglitori di colori diversi.

Trasalì quando sentì bussare alla porta d'ingresso. La voce della vicina di casa le arrivò ovattata.

«Ehi? È ancora lì?»

«Un attimo!» esclamò Kate.

Scorse freneticamente i titoli sui dorsi dei raccoglitori. Erano cognomi.

Flynn, Myer, Goldsmith, Baldwin, Scott, Fletcher, Bristow, Burton, Cain…

I colpi sulla porta diventarono più insistenti. «Apra subito!»

Kate si bloccò. Tornò indietro con lo sguardo.

Bristow?

Tirò fuori il raccoglitore e lo aprì.

Bristow, Diane stava scritto sul primo foglio. E subito dopo data di nascita, indirizzo e numero di telefono.

Trattenne il respiro. Lui conosceva Diane. Samuel Harris aveva conosciuto Diane Bristow, vittima di un omicidio.

Una voce maschile risuonò dal pianerottolo. La vicina doveva aver chiamato il compagno per farsi dare man forte.

«Se non apre subito la porta, chiamiamo la polizia!»

Tirò fuori il portafoglio dalla borsa, dove infilò il raccoglitore. Spuntava fuori per un pezzo. Sperava che nessuno se ne accorgesse. Si precipitò quindi verso la porta d'ingresso, la spalancò. Si trovò davanti la donna emaciata e il compagno, un uomo di aspetto tutt'altro che piacevole.

Kate agitò il portafoglio. «Trovato!»

«Perché aveva chiuso la porta?» domandò la donna.

«Dev'essersi chiusa da sola» rispose Kate.

«Quello è veramente il suo portafoglio?» chiese diffidente l'uomo.

«Ma certo» rispose Kate indignata. Consegnò la chiave alla donna. «La ringrazio, mi è stata molto utile.»

Superò entrambi diretta verso le scale, facendo il più in fretta possibile prima che a uno dei due venisse l'idea di dare un'occhiata più da vicino alla sua borsa. Una volta in macchina resistette all'impulso di sfogliare subito il fascicolo, ma ripartì e si fermò a un paio di strade di distanza. Qui estrasse dalla borsa il raccoglitore e lo aprì. In realtà non conteneva ulteriori informazioni. Solo una pagina di frontespizio con il nome, la data di nascita, l'indirizzo e il numero di telefono. Poi nient'altro.

Kate rimase un attimo a pensare quindi chiamò di nuovo Helen Bennett. «Helen, sono ancora io. Potrebbe scoprire se nell'appartamento di Diane Bristow c'erano fatture o bonifici intestati a Harris Coaching? Immagino che ce le avrebbero consegnate, ma preferisco avere la conferma.»

«D'accordo» disse Helen.

Kate rimase seduta in macchina. Il parabrezza era già ricoperto da uno strato di neve. Aveva la mente in subbuglio. Ripensò alla risposta che le aveva dato Anna alla domanda su come si fossero conosciuti lei e Sam. *Ero così infelice del mio lavoro. Per questo ho cercato un coach professionista. Sam Harris.*

E le tornò in mente anche la dichiarazione fatta alla polizia dall'amica e collega di Diane, Carmen. *Diane era molto scontenta del suo lavoro all'hotel.*

Diane Bristow era stata cliente di Sam Harris. Si era lasciata consigliare, aveva sondato quali altre strade professionali fossero percorribili per lei. Sam non l'aveva detto a nessuno. L'attività di coach non rientrava tra le categorie sottoposte al segreto professionale, come medici, sacerdoti, psicologi. Però agiva in una specie di zona grigia, dato che entrava in contatto anche con dichiarazioni dei suoi clienti non destinate a terzi. Di certo garantiva la massima discrezione. Tuttavia: siccome per legge non era tenuto a mantenere il silenzio, e dato che si era verificata una situazione straordinaria e una sua cliente era stata assassinata, avrebbe potuto parlare. In genere, di fronte a un conflitto tra beni giuridici, esisteva la possibilità di sospendere il segreto professionale.

Samuel aveva mantenuto un inflessibile silenzio. Con tutti. Kate era convinta che nemmeno Anna avesse saputo niente.

Perché?

Essendo abbastanza sicura che tra i documenti di Diane Bristow non fosse stato trovato niente che la collegasse a Samuel Harris, e alla luce del fascicolo vuoto relativo a lei, Kate presumeva che Harris l'avesse trattata senza emettere regolare fattura. Forse lo faceva anche con altri clienti e stavolta gli era capitata la sfortuna che una di loro fosse stata uccisa. Diane aveva ottenuto uno sconto sul costo della consulenza, il che combaciava con i suoi scarsi guadagni e il suo stile di vita modesto. Pagava al massimo due terzi della parcella normale e la cosa restava nascosta. Forse Harris frodava semplicemente il fisco. Se avesse rivelato alla polizia di aver avuto in terapia Diane, la sua truffa sarebbe stata scoperta.

Un evasore fiscale?

A questo si aggiungeva la storia del padre. Il vecchio che andava a trovare regolarmente a Londra. Che tuttavia era morto da anni. Era come la faccenda con Diane Bristow: nel migliore dei casi Sam era un individuo che truffava l'erario. Per quanto riguardava il padre: nel migliore dei casi era un uomo che aveva una storia segreta con un'altra donna. In ogni caso non era il tipo schietto, simpatico, diretto che si fingeva.

Ma forse nascondeva qualcosa di peggio. Molto peggio.

La corrispondenza dell'arma del delitto di Richmond con quella di Harwood Dale legava il caso di Mila Henderson ai casi di Diane Bristow e Logan Awbrey. E adesso che ci pensava, Kate riconosceva anche un filo rosso. Per il momento non la portava da nessuna parte, ma rappresentava comunque qualcosa che prima non c'era stato.

Il filo rosso era Samuel Harris.

Conosceva tutte le vittime, in maniera diretta o indiretta tramite le loro amicizie.

Conosceva Diane Bristow perché era stata sua cliente.

Presumibilmente conosceva Logan Awbrey, perché era stato il ragazzo di Diane.

Conosceva Mila Henderson dai tempi di scuola. Finora Mila non era una vittima, ma aveva lavorato per Patricia Walters, la prima vittima. Sam avrebbe potuto conoscere Patricia attraverso Mila.

Lo stesso valeva per James Henderson, il prozio di Mila. Anche nel suo caso, Sam poteva averlo conosciuto tramite Mila.

Conosceva Sue Raymond, dato che era stato anche suo compagno di classe.

E anche se per il momento non c'erano prove che collegassero la francese Isabelle du Lavandou agli altri omicidi, Samuel Harris aveva conosciuto anche lei.

«Non può trattarsi di semplici coincidenze» disse Kate a voce alta.

Il problema era che Harris era scomparso. Kate era sicura che la vicina di casa avesse avuto ragione dicendo che mancava dall'appartamento da diversi giorni.

Dove si era cacciato, maledizione?

E dove si erano cacciate Mila e la bambina?

5

Si sollevò cauta e osservò Sam che dormiva accanto a lei. Aveva il respiro profondo e regolare, era del tutto rilassato. Nel sonno appariva innocuo, inoffensivo. Il lato malato in lui era negli occhi. Se li teneva chiusi, sembrava una persona del tutto normale. Aveva lunghe ciglia setose. Mila rimase sorpresa di riuscire a notare questo particolare.

Scostò di lato la coperta e gettò le gambe oltre il letto. Il gelo le risalì addosso facendola rabbrividire. Le tornò in mente l'aria ammuffita, stantia, che le provocò un conato di vomito. Si era addormentata e per un po' si era sottratta alla realtà, in cambio adesso il freddo e l'odore di marcio la colpirono con più forza. Come aveva potuto dormire? Dopo che lui aveva cercato…

L'urto di vomito si fece più intenso quando pensò al suo abbraccio e ai suoi tentativi sempre più insistenti di entrare in intimità con lei, grazie al cielo senza riuscirci. Lei però era schifata, aveva odiato il suo odore, il suo respiro, i suoi movimenti. E ovviamente lui era esploso.

«È colpa tua!» l'aveva accusata. «Di solito ci riesco sempre. Sempre!»

In quel momento aveva provato un odio abissale nei suoi confronti, ma terrorizzata che potesse diventare violento, aveva cercato di tranquillizzarlo.

«È naturale. È colpa dello stress. È stato un periodo difficile per te.»

Hai aggredito una famiglia, accoltellato una donna. E hai tramortito una poliziotta. Mi hai rapito. Insieme a me c'è una bambina che forse morirà. C'è da chiedersi se la parola stress sia quella adatta!

Lui si era un po' calmato. «Sì, è stato un po' troppo. Anche se di solito ho sempre la situazione sotto controllo.»

«Ci credo.»

«Sarà meglio dormire. Abbiamo anni e decenni di tempo per conoscerci meglio.»

Lui si era addormentato in fretta mentre lei era rimasta a lungo sveglia con gli occhi sbarrati. Anni e decenni... continua a sognare! Avrebbe trovato un'occasione per scappare. Lui non era il buon Dio, anche se lo credeva.

Adesso, passate poche ore da quando lui era arrivato nella roulotte, lei si sentiva più scoraggiata di prima. Se non altro riusciva a vedere qualcosa, perché la torcia era rimasta accesa per tutto il tempo. C'era sempre quel cerchio di luce sul soffitto e il chiarore soffuso intorno a lei.

Si alzò, lentamente e senza fare rumore. Il letto cigolò lieve. Lei trattenne il fiato.

Niente. Sam non si era svegliato. Non si muoveva.

Mila si avvicinò alla scatola dove era sdraiata Ruby. L'aveva coperta con i propri vestiti, per proteggerla dal freddo micidiale lì dentro. Tastò piena di apprensione sotto la lana e constatò con sollievo che era più o meno tiepida. Ruby respirava, ma era quasi trasparente e sembrava fragile come vetro. Non piangeva, era rimasta in silenzio per tutto il tempo, anche se doveva avere una gran fame. Era un pessimo indizio.

Dovevano andarsene da lì.

Mila si guardò intorno. Sapeva di avere una chance. La porta era chiusa a chiave e Sam aveva infilato la chiave sotto il cuscino, perciò lei non avrebbe potuto recuperarla finché dormiva, ma c'era la possibilità di renderlo inoffensivo. Non sapeva come, né se ne avrebbe avuto il coraggio o la forza. Di solito spostava insetti e lombrichi che per strada correvano il pericolo di essere calpestati, portava i ragni fuori di casa prima di passare l'aspirapolvere. Dubitava che sarebbe riuscita a uccidere un uomo nel suo letto.

Inoltre non le veniva in mente nessun attrezzo adatto. L'arredamento di quella roulotte era quanto mai spartano. Tavolo, panca, una credenza con le antine scorrevoli. Armadietti pensili. Fornelli. Un frigorifero che non funzionava. Il letto. Accanto altri armadietti per i vestiti: Non c'era niente che potesse essere usato per fracassare la testa di una persona.

Aprì lo sportello del frigorifero e ansimò quando una zaffata puzzolente la avvolse. Chiunque lo avesse usato l'ultima volta lo aveva spento senza prima svuotarlo. Riconobbe una bottiglia di latte aperto da cui spuntava una muffa verdastra, e diversi contenitori senza coperchio con dentro ammassi indefinibili oramai putrefatti.

Richiuse con forza il frigorifero e cominciò a sudare. Era ripugnante. Non erano condizioni in cui si potesse vivere.

All'improvviso si rese conto di aver bisogno di andare in bagno. Da quando erano partiti da Richmond ed era stata costretta a trangugiare quella disgustosa bevanda con l'anestetico, non aveva bevuto né mangiato altro. Tuttavia le scappava con urgenza. Lui aveva pensato a una soluzione per quel problema? Lì dentro non c'era il gabinetto. Le avrebbe dato un secchio? Oppure l'avrebbe condotta fuori in mezzo alla neve?

E comunque dove si trovavano?

Aprì uno dei cassetti accanto al frigorifero. Conteneva le posate. Prese un coltello. Sarebbe bastato per uccidere un uomo? Aveva il manico di plastica, la lama sottile. Escluso.

Provò con il cassetto successivo. C'erano coltelli più grandi e affilati, per tagliare il pane o la carne. Ne tirò fuori uno.

«Non pensarci nemmeno» le intimò una voce alle sue spalle.

Si voltò di scatto. Sam le si era avvicinato in silenzio. Le tolse di mano il coltello. «Non sei il tipo» disse dolcemente.

Lei si accorse di tremare, di freddo e di paura. «Io...» iniziò, poi tacque. Non sapeva che cosa dire.

«Torna a letto. Lì fa caldo.»

Lei non si mosse. «Devo andare al gabinetto.»

Lui la guardò costernato, come se avesse fatto una richiesta del tutto assurda. «Al gabinetto?»

«Sì. E ho sete. Ho bisogno di bere. Ruby ha bisogno con urgenza di mangiare. È molto debole.»

«Ti rendi conto che non fai che avanzare delle pretese?» chiese Sam stizzito.

Che cosa c'è di strano nel voler mangiare, bere e fare pipì, avrebbe voluto gridare Mila, ma ricacciò indietro ogni risposta.

«Io volevo crearmi una famiglia con Anna» disse lui di punto in bianco, «ma era una persona difficile. Così difficile.»

Mila non sapeva chi fosse Anna. Probabilmente una donna che aveva avuto la fortuna di non essere stata tormentata come lei da Sam.

«E comunque non era la stessa cosa che con te» proseguì. «Era una soluzione di emergenza. Faticosa, spiacevole. Anna era debole. E non ha saputo tenere la bocca chiusa. Con la polizia. A causa di Logan. È così che mi ha messo alle calcagna gli sbirri.»

Mila non sapeva cosa dire. Non aveva idea di chi o cosa stesse parlando.

Lui sorrise. Era quasi un sorriso triste. «Siamo sempre vittime. Alla fine. Le persone come me. Perché siamo grasse.»

«Tu non sei più grasso» disse Mila.

Il suo sorriso si deformò leggermente. Con il dito si indicò la testa. «Qui dentro. Qui dentro lo sono ancora. E non cambierà mai. Sono anni che aspetto che cambi. Invece continuo a essere Fatty. Non riesco a liberarmi di Fatty!»

Lei si schiarì la voce. «Sam…»

Aveva la gola secca. «Ho proprio bisogno di andare al gabinetto, Sam.»

«D'accordo.» Parve rendersi conto che non avrebbe potuto rimandare all'infinito quel problema. «Ti farò uscire. Ma non cercare di fare scherzi, hai capito? Altrimenti posso diventare molto antipatico.»

Su questo lei non aveva dubbi. Annuì.

Tornò verso il letto, prese la chiave da sotto il cuscino. Lei pensò rassegnata che riuscire a fuggire era escluso. Non sarebbe stato possibile recuperare la chiave da sotto la sua testa di notte senza che se ne accorgesse.

Lui aprì la porta esterna. Chiarore. Gelo. Aria pulita. Mila la inspirò a grandi boccate.

«Su, vai, e sbrigati.»

Lei portava solo mutandine e maglietta. Aveva usato i pantaloni e il pullover per coprire Ruby. Si infilò velocemente gli stivali e il cappotto. Il freddo la colpì in maniera quasi dolorosa sul viso quando mise fuori la testa. La neve l'accecò. Era rimasta per così tanto tempo al buio, nel fioco chiarore della torcia tascabile.

«E dai» la spronò impaziente Sam alle sue spalle.

Lei si guardò intorno.

Neve. Nubi basse in cielo che promettevano altre nevicate. Una fitta abetaia. I rami carichi di neve. Cespugli aggrovigliati.

In quale completa solitudine era finita?

Scese cauta gli scalini della roulotte. Era una scaletta di ferro estraibile, arrugginita e dall'aria per niente solida. I suoi piedi poi affondarono nella neve alta e soffice. Ringraziò di avere gli stivali imbottiti.

Si accorse allora che a una certa distanza da loro c'erano altre roulotte piazzate tra gli alberi. Tre, a prima vista, ma dovevano essere di più. Provò un tuffo al cuore. Un campeggio? Altre persone?

Arrancò fino a un grosso arbusto spinoso che le avrebbe dato un po' di riparo. Era consapevole della presenza di Sam che osservava ogni suo movimento dalla porta della roulotte.

Si accovacciò nella neve dietro un cespuglio. Mentre era lì si guardò intorno freneticamente, cercando di scoprire il maggior numero possibile di particolari sul luogo in cui era finita. Molto bosco. Le altre roulotte erano buie e sigillate, due di loro così malandate che le risultava difficile pensare che fossero ancora utilizzate. Poteva benissimo trattarsi di un campeggio abbandonato, chiuso ormai da tempo. La speranza dentro di lei si spense. Ce n'erano dappertutto, negli ultimi anni erano spuntati come funghi. Molti al mare, con accesso diretto alla spiaggia, scivoli d'acqua ed enormi parchi divertimenti. Molti altri anche nell'entroterra, in genere curatissimi e attrezzati. Questo invece sembrava del tutto trascurato. Mila si convinse che dovesse essere lontano dalla costa. L'odore salmastro che conosceva da Scarborough qui mancava del tutto, come pure le strida dei gabbiani. La domanda era: si trovavano ancora nello Yorkshire? Nei pressi di Richmond? O da tutt'altra parte?

E comunque, che importanza aveva?

Una volta terminato, si tirò su le mutandine. Le venne quasi la nausea al pensiero di dover tornare nella roulotte dal suo sequestratore squilibrato. Valutò brevemente la situazione. Era ad almeno cinquanta passi dalla roulotte, se si fosse messa a correre, avrebbe avuto un piccolo vantaggio. La neve l'avrebbe ostacolata, ma sarebbe stata d'impiccio anche per Sam. E Sam era a piedi scalzi, portava solo le mutande, non aveva nemmeno una maglietta. Era una buona occasione. Minima, ovviamente. Lui era più sportivo di lei, se n'era accorta guardandogli il fisico. Si capiva che si allenava regolarmente in palestra, cosa che Mila non poteva certo dire di sé. Non avrebbe mai pensato che un giorno si sarebbe trovata in una situazione del genere: dover temere di non essere all'altezza della velocità e della resistenza di Fatty. Fatty, che si trascinava per la via ciondolando lento sulle gambe malferme. Che doveva sempre fermarsi a riposare perché gli mancava il respiro. Per il quale le lezioni di educazione fisica erano sempre state un tormento, che già aveva avuto problemi a salire la rampa di scale fino in classe. Era un mistero assoluto come avesse fatto a trasformarsi in quell'uomo asciutto e sportivo. Con qualunque altra persona la forza di volontà che si nascondeva dietro una simile impresa le avrebbe suscitato ammirazione e rispetto. Con Fatty non faceva che accrescere il suo orrore. Perché la sua forza di volontà era alimentata dalla sua mente malata, perché aveva sviluppato questa forza incredibile dall'ossessione con la quale aveva eletto lei, Mila, a donna della sua vita. La sua radicale trasformazione fisica non testimoniava in primo luogo la sua ambizione e la sua disciplina, bensì il grado della sua follia.

Si riscosse dai propri pensieri. Non poteva indugiare lì per sempre. Doveva prendere una decisione.

«Hai finito?» chiese la voce di lui. Sospettosa. Autoritaria.

«Sì, subito!» esclamò lei. Per quanto fosse spaventoso stare lì con le gambe nude, gli stivali ai piedi, in mezzo alla neve dietro un cespuglio, da qualche parte in un luogo dimenticato da Dio, con un freddo polare, voleva rimandare il più possibile il momento del ritorno. Tutto, qualunque cosa era meglio della roulotte buia, orribile, puzzolente in compagnia di quel pazzo.

Scappare adesso, o tornare indietro. Non poteva rimandare oltre.

Scappa, le diceva una voce interiore, è la tua occasione. È giorno. La prossima volta che ti farà uscire probabilmente sarà buio. Scappa!

«Torna subito qui» ordinò lui. La sua voce tagliò nitida e affilata il silenzio invernale. «So benissimo quali oscuri pensieri ti si agitano in testa. Ma sarebbe stupido. Molto stupido.» Fece una pausa. Lei trattenne il fiato.

«Pensa a Ruby» proseguì. Il tono era quasi indifferente. Placido. «Pagherebbe per la tua fuga. Non so se è ciò che vuoi veramente.»

Un singhiozzo le salì in gola, e lei lo ricacciò indietro con la forza della disperazione. La teneva in pugno. Non poteva correre quel rischio, perché non metteva a repentaglio solo la propria vita, bensì anche quella di una bambina di sei mesi. Non nutriva il minimo dubbio che lui avrebbe dato seguito alla propria minaccia, perché non nutriva il minimo dubbio circa la sua totale mancanza di una coscienza. Le avrebbe fatto qualcosa, oppure non l'avrebbe più accudita. Ruby sarebbe morta. Stava già molto male. Senza Mila che cercava di prendersi cura di lei, sarebbe stata perduta.

Sbucò da dietro il cespuglio e tornò verso la roulotte. Un vecchio ammasso di ferraglia, orribile tanto fuori quanto dentro.

E sulla porta un uomo che sorrideva.

«Lo sapevo che avresti preso la decisione giusta» le disse.

6

Kate uscì da Askham Grange, la prigione femminile nei pressi di York. Era lì che Anna era stata rinchiusa temporaneamente. Nel pomeriggio sarebbe stata condotta davanti al gip. Kate pregava che lui ordinasse la custodia cautelare. In quel momento la prigione sembrava l'unico luogo davvero sicuro per Anna.

Tornò al parcheggio camminando in mezzo alla neve. Anna le aveva dato l'impressione di non aver chiuso occhio, tuttavia era apparsa più calma di come l'avesse mai vista Kate. Si era liberata di tutto ciò che le gravava sulla coscienza. Aveva confessato l'orribile crimine. Si era alleggerita di un enorme peso.

Kate l'aveva informata della fuga di Dalina e della sparizione di Samuel.

«Che cosa significa?» aveva chiesto Anna.

Kate era stata molto cauta nel formulare la sua risposta. «Ancora non lo so con precisione. Sinceramente devo ammettere che sospettavo di Dalina Jennings come autrice degli omicidi di Diana Bristow e Logan Awbrey. Non sono ancora del tutto sicura di poterla escludere definitivamente dalla lista degli indiziati.»

«Dalina?»

«Avrebbe avuto un movente. Forse Logan si era confidato con Diane dei fatti avvenuti anni prima e lei voleva rivolgersi alla polizia. Dalina ha dovuto agire.»

«Mi sembra spaventoso» disse Anna, ma non dava l'impressione di aver appena ascoltato un'ipotesi che reputava completamente fuori dalla realtà.

«Spaventoso ma non privo di logica. Tuttavia è emerso che l'arma del delitto era stata utilizzata in un altro caso di omicidio, un caso che finora non avevamo collegato a quelli di Awbrey e Bristow.»

«Ah...»

Aveva esaminato attentamente Anna. «Il nome *Mila Henderson* le dice qualcosa?»

«Mila Henderson?»

«Potrebbe trattarsi di una cliente di Trouvemoi?»

Anna ci pensò su. «No. Quantomeno non partecipava ai miei corsi. Ho una buona memoria per i nomi, in quel caso lo ricorderei. Ma ovviamente c'erano anche manifestazioni delle quali si occupava solo Dalina.»

«Il suo fidanzato le ha mai fatto quel nome?»

«Sam? No. Che cosa c'entra lui? Ha detto che è scomparso?»

«Ieri avrebbe dovuto presentarsi in centrale. Invece non si è fatto vedere. E dalle nostre ricerche risulta che...» Fece una pausa.

Anna sgranò gli occhi. «Sì?»

«Mrs. Carter, secondo le informazioni ottenute dalla casa di riposo dove era ricoverato, il padre di Samuel Harris, Patrick Harris, è morto cinque anni fa.»

«Cosa?»

Il suo sgomento impietosì Kate. «Sì. Temo che sia un'informazione incontrovertibile.»

«Ma… ma Sam andava a trovarlo regolarmente!»

Kate rimase in silenzio.

«Oh…» disse Anna lentamente. «Secondo lei…»

«Io cerco di non pensare a niente, ma di aprirmi a tutte le ipotesi.»

«Aveva una relazione? Fin dal principio?»

«Lei aveva colto qualche indizio?»

«No.» Scrollò la testa confusa e scioccata. «No. Affatto. Anzi… insisteva perché io mi trasferissi a vivere da lui. Me lo chiedeva continuamente. Parlava di matrimonio. Di avere dei figli. Questo avrebbe dovuto rendergli le cose molto più difficili, no? Riuscire a mantenere una storia segreta, intendo.»

«È probabile.»

«E mi ha chiesto più volte se non volessi accompagnarlo a conoscere suo padre. A me non andava. A un certo punto ha smesso di chiedermelo, ovviamente. Ma che cosa avrebbe fatto se avessi accettato?»

«Era convinto che non sarebbe successo» rispose Kate. «E in caso contrario… avrebbe trovato una scusa. Che il padre era troppo malato per ricevere due visitatori, o qualcosa del genere.»

Anna era sempre più frastornata. «Ma… non è possibile. Non è possibile che avesse una relazione da tempo. Non corrisponde al suo comportamento nei miei confronti.»

Kate si era piegata in avanti. «Sappiamo che Diane Bristow era una sua cliente.»

«Cosa?»

«Non ne era al corrente?»

«No. Certo che no.» Lo smarrimento di Anna crebbe ulteriormente ed era chiaro che si domandava quali rivelazioni l'aspettassero ancora. «Cosa… cosa significa tutto questo?»

«Che conosceva direttamente o indirettamente tutte le vittime degli omicidi» rispose Kate.

Arrivò alla sua macchina. Alla domanda se sapeva dove era presumibile che Sam si trovasse adesso, Anna aveva continuato a scuotere la testa.

Un capanno di caccia? Una seconda casa? Un garage? Qualunque cosa?

No. No. No.

Non era saltato fuori niente. O quantomeno niente di cui fosse informata Anna.

Kate salì in macchina. Era appena partita quando il suo cellulare squillò. Si fermò sul ciglio della strada.

«Pronto? Christy?»

Christy McMarrow era una sua ex collega di Scotland Yard. Avevano lavorato spesso insieme, ma non erano mai state amiche. Erano diversissime, come il giorno e la notte, e a parte il fatto di non avere un compagno e di vivere con un gatto, non avevano altri punti in comune. Kate le aveva telefonato in mattinata, prima di partire per York. Essendo domenica, l'aveva svegliata e Christy era stata tutt'altro che entusiasta quando Kate le aveva chiesto un piacere. Ma quando aveva saputo che una bambina di sei mesi era in pericolo di vita, era balzata fuori dal letto e aveva risposto «Ok. Lo faccio».

Adesso l'aveva richiamata. La voce era molto più sveglia di due ore prima. «Allora, sono stata all'istituto di Shepherd's Bush. Ho parlato con la direttrice e con due assistenti.»

«E? Hai trovato qualche informazione utile?»

«Non saprei... Ma è pur sempre una traccia... Insomma, il vecchio Patrick Harris, prima di diventare del tutto demente, parlava a volte della sua barca.»

«La sua barca?»

«Sì, possedeva una barca a vela dove trascorreva i fine settimana nella Manica. La barca era ormeggiata nel porto di Grimsby.»

«Grimsby... Da qui sarebbe all'incirca un'ora e mezzo di macchina. Sai che fine ha fatto la barca dopo la sua morte?»

«Purtroppo no. Non lo sapevano neanche all'istituto. In ogni caso l'erede universale era il figlio. Samuel. Nessuno ha saputo dirmi se abbia tenuto la barca o l'abbia venduta subito.»

«Hm.» Kate si mise a pensare. Una traccia, piccola e fragile, ma l'unica che avevano. Se Sam avesse parlato della barca ad Anna, lei se ne sarebbe ricordata; di sicuro non ci era mai andato insieme a lei.

Tuttavia poteva averla tenuta – come rifugio. Da qualche parte doveva pur essere stato tutte le volte che affermava con Anna di andare a trovare il padre.

«Sai come si chiama la barca?»

«*Camelot.*»

«*Camelot* a Grimsby... Vale la pena tentare.»

«Il tizio che cerchi» osservò Christy «potrebbe non essere più il proprietario della barca. Oppure averla portata altrove.»

«Lo so. Farò controllare anche tutti i proprietari di natanti registrati. Ma oggi è domenica, dopodomani è l'ultimo dell'anno... non so se riusciremo a fare progressi velocemente.»

«Capisco. Allora vai a Grimsby. Kate...» Christy fece una pausa.

«Sì?»

«Salva quella bimba» disse la collega poi riagganciò.

Kate si stirò e si guardò nello specchietto. Le abbondanti nevicate rendevano la giornata incolore, la luce fioca e livida. Il suo viso era pallido, stanco. Troppo affilato.

Rimase ancora un attimo a pensare. Avrebbe dovuto informare in centrale del suo viaggio a Grimsby. Il problema era che questo avrebbe suscitato inevitabilmente delle domande su come mai sospettasse di Samuel Harris. La prova principale su cui si basavano i suoi sospetti – il contatto con la prima vittima, Diane Bristow – l'aveva ottenuta in maniera del tutto illegale: non si sarebbe mai dovuta introdurre nell'appartamento di Harris e frugare tra i suoi documenti senza un mandato. Se avesse lavorato ancora con Caleb, glielo avrebbe detto, sapendo che lui avrebbe chiuso un occhio o addirittura tutti e due, dato che, come nel suo caso, agire contro i regolamenti era un male secondario rispetto ai benefici che ne potevano derivare. Tuttavia, fin dal loro primo incontro, Pamela aveva messo in chiaro che non tollerava la minima infrazione alle regole. Kate ricordava bene l'avvertimento che il nuovo ispettore le aveva lanciato a tale proposito. Se alla fine Harris si fosse rivelato relativamente innocuo (un evasore fiscale fedifrago invece che un assassino e sequestratore) non sarebbe stata costretta a rivelare ai suoi superiori come si fosse intrufolata nel suo appartamento.

Pamela tra l'altro non si era ancora fatta viva. Forse l'avevano trattenuta in ospedale. Del resto stava piuttosto male. E questo la rendeva ancora meno consultabile riguardo alla sua violazione del regolamento.

Pensare a Caleb tuttavia le fece venire un'idea.

Compose il suo numero, nella speranza che le rispondesse. In precedenza era sempre stato disponibile, anche dopo la sospensione e le successive dimissioni volontarie. Da quando si era trasferito nel nuovo appartamento, sembrava invece che la sua vita andasse piuttosto a rotoli.

Per sua fortuna le rispose. Aveva la voce arrochita.

«Sì?»

«Caleb? Scusa. Dormivi?»

«Sì, ma non c'è problema. Ho lavorato al pub fino a mezzanotte.»

Se non altro aveva ricominciato ad andare al lavoro. Kate lo notò con sollievo. Il suo atteggiamento nei confronti di Caleb somigliava a quello di una madre che controlla puntigliosamente che il suo bambino vada a scuola con regolarità.

«Caleb, devo andare a Grimsby. Sono venuti fuori nuovi indizi. Devo cercare una barca che potrebbe essere ormeggiata lì. Si chiama *Camelot.* Il proprietario è Samuel Harris.»

Grazie a Kate, Caleb conosceva abbastanza bene il caso da riuscire a orientarsi tra i nomi. «Harris? Non è...»

«Sì, il fidanzato di Anna Carter.»

«Qual è il suo coinvolgimento nei fatti? A parte l'aver dato una mano a sbarazzarsi del cadavere di Logan Awbrey?»

«È probabile che sia più coinvolto di quanto pensassimo. Devo fare questo controllo. Forse non risulterà niente di importante.»

«Capisco. Come stanno le cose con Dalina Jennings? La tua principale sospettata?»

Non era il momento per aggiornarlo sui nuovi risvolti delle indagini.

«È sempre ricercata. Ma nel frattempo sono subentrate altre prove. Ti spiegherò più tardi.»

«Va bene.»

«Caleb, non informerò la centrale del mio viaggio a Grimsby. Sono entrata in possesso in maniera un po' personale di informazioni su Harris. E se la pista non portasse a niente, preferirei far passare sotto silenzio questa mia iniziativa.»

Lo sentì ridere piano. «Come al solito. Tu e i regolamenti non siete mai andati d'accordo.»

«Adesso sono fuori dalla prigione di Askham Grange e sto per partire. Manca poco alle due. Con questo tempo impiegherò probabilmente un'ora e mezza fino a Grimsby. Poi dovrò orientarmi al porto... se non avrai mie notizie entro stasera alle sei, ti prego di informare il sergente Helen Bennett perché mandi degli agenti al porto.»

«D'accordo. Non correre troppi rischi, Kate.»

Per un attimo Kate si domandò se fosse il caso di chiedergli di accompagnarla. Ma lui non era più in servizio e sarebbe stata una violazione del regolamento ancora più radicale di quella già commessa. Inoltre forse avrebbe dovuto offrirsi lui. Ma non lo fece. Era possibile che, essendosi appena svegliato, la telefonata di Kate e tutte le informazioni che gli aveva dato lo avessero colto alla sprovvista.

«Ora devo andare.»

«Stai attenta» disse lui.

7

Per tutta la durata dell'assenza di Sam, Mila cercò disperatamente un modo per uscire dalla roulotte insieme a Ruby. Provò a forzare la serratura con dei coltelli, si lanciò con tutta la forza che aveva contro il rivestimento della parete, si spezzò le unghie nelle cerniere delle imposte. Niente da fare. Eppure aveva visto da fuori quella carcassa arrugginita e aveva avuto l'impressione che dovesse disfarsi da un momento all'altro. Com'era possibile che fosse così solida?

Le imposte erano bloccate da un lucchetto nuovo di zecca, impossibile da forzare, ma le cerniere ai lati dovevano essere vecchissime. Perché non cedevano?

«Maledizione!» esclamò alla fine frustrata.

Ruby lanciò un flebile vagito.

Mila si girò verso di lei. L'aveva avvolta nel proprio cappotto, perché si era rimessa i jeans e il pesante pullover. Altrimenti sarebbe stato impossibile resistere con quel freddo. Le avrebbe fatto comodo anche il cappotto, in realtà, ma non voleva che Ruby prendesse freddo. La coperta era troppo ingombrante per avvolgercela e riporla nella scatola di cartone.

Sam era uscito per cercare qualcosa di commestibile, soprattutto per la bimba, ma anche per sé e per Mila. Non era un'impresa facile di domenica pomeriggio, tant'è che lui avrebbe preferito pensarci il giorno successivo. Mila però aveva insistito, soprattutto per il bene della piccola. Ruby doveva assolutamente mangiare, ma Mila sperava che lui rimanesse fuori. Visto il luogo isolato in cui si trovavano, aveva dovuto percorrere un lungo tragitto in auto, tra l'altro su strade in pessime condizioni.

Mila scostò un lembo del cappotto e osservò il faccino di Ruby. Era avvizzito, appariva rimpicciolito e più grigio. Invece di essere tonda e rosea, sembrava invecchiare a vista d'occhio.

«Ehi, Ruby!» Le accarezzò le guance. Le lunghe ciglia ebbero un fremito. «Resisti. Riuscirò a farci uscire da qui.»

Tornò ad armeggiare con la serratura della porta. Non c'erano lucchetti nuovi, si trattava di un vecchio modello. Perché allora resisteva tanto tenacemente a tutti i suoi tentativi di forzarla?

Diede una manata alla porta. «C'è da impazzire» esclamò.

Da fuori le giunse un rumore. Sembravano dei passi sulla neve ghiacciata.

Sam era già di ritorno?

Rimise a posto il coltello nel cassetto. Non voleva che lui vedesse come aveva passato il tempo, altrimenti la prossima volta che fosse uscito l'avrebbe legata.

«Ehi?» bisbigliò una voce all'esterno. Non sembrava quella di Sam.

Mila fece un passo avanti, cauta. «Ehi?» mormorò di rimando.

Silenzio.

«C'è nessuno?» chiese Mila.

«Chi è là?» domandò l'altro.

«Siamo rinchiuse qui dentro. Potrebbe cercare di farci uscire?» domandò Mila.

«Rinchiuse?»

«Sì, una bambina e io.»

Silenzio.

«Ehi?»

Silenzio.

«La prego, non se ne vada» implorò Mila. «Non abbiamo niente da mangiare e fa molto freddo. La bambina sta male, potrebbe morire. Riuscirebbe a farci uscire?»

Silenzio.

Mila si domandò se fuori ci fosse Sam che si stava prendendo gioco di lei. O che voleva metterla perfidamente alla prova. Ma la voce non era la sua. Possibile che fosse tanto bravo a camuffarla?

«Ehi?» tentò di nuovo. «Abbiamo bisogno di aiuto. Dobbiamo uscire da qui. Ci hanno rinchiuso dentro.»

«Rinchiuso?»

La stessa domanda che aveva già posto prima. Quel tizio era un po' tardo, ubriaco o idiota?

«Sì. Siamo prigioniere. Sono qui con una bambina piccola. Dobbiamo uscire, altrimenti morirà di fame.»

Silenzio. Poi un rumore di passi che si allontanavano sulla neve. Mila prese a pugni la porta, disperata. «Non se ne vada! La prego! Ci aiuti. Ci faccia uscire da qui, oppure chiami la polizia!»

I passi si affievolirono fino a scomparire. Mila scoppiò a piangere. Erano in mezzo al nulla più assoluto, era un miracolo che qualcuno fosse passato da lì. Ma evidentemente non aveva tutte le rotelle a posto e non serviva a niente. Sam sarebbe tornato presto e un'occasione del genere non si sarebbe ripresentata tanto in fretta. L'idea della notte imminente, da trascorrere insieme a lui tra le lenzuola umide e puzzolenti, la prospettiva dei suoi approcci e della sua collera rischiarono di farla piombare nella disperazione. Doveva andarsene da lì.

Si girò e fece un altro tentativo di forzare l'imposta della finestra, ma riuscì soltanto a infilarsi una scheggia di legno sotto un'unghia. Lanciò un grido di dolore. Non aveva senso. Con le sue sole forze non ce l'avrebbe fatta a liberarsi.

Mentre cercava in giro un pezzo di stoffa o di carta per fasciare le dita insanguinate, udì di nuovo dei passi. Si bloccò. Probabilmente stavolta era Sam.

Sentì invece qualcuno che armeggiava sulla porta con un oggetto voluminoso. Di sicuro non sembrava il rumore di una chiave infilata nella serratura. Come avrebbe fatto Sam. Sembrava piuttosto un piede di porco o una sbarra di ferro.

Mila rimase immobile. Chiunque ci fosse là fuori, non voleva disturbarlo, confonderlo, impaurirlo.

Per favore, pregò in silenzio, per favore, apri questa porta!

I rumori erano sempre più forti, più aggressivi e minacciosi. Doveva essere chiaro anche a chilometri di distanza che qualcuno stava cercando di rompere qualcosa. Che colpiva una roulotte con un piede di porco. Mila si augurò con tutto il cuore che Sam fosse ancora lontano. Se fosse tornato troppo presto, tutto sarebbe stato perduto. Dopo ciò che aveva visto, non dubitava neppure per un attimo che avrebbe ucciso lo sconosciuto seppellendolo da qualche parte in mezzo alla neve. L'altro non aveva idea del pericolo in cui si trovava, ma se lo avesse avvertito, era probabile che sarebbe scappato via.

«Sbrigati» mormorò sottovoce, «sbrigati.»

La porta ondeggiò sui cardini e con uno schianto il legno si spezzò e ricadde verso l'interno. Mila si era messa al sicuro facendo un salto di lato. L'aria fredda la colpì come una lama. Scorse le ultime luci del giorno, la neve, il cielo, gli alberi. E un volto.

Un uomo che le sorrideva.

Pelle rossa e butterata. Un naso gonfio, che tradiva la passione per l'alcol. Vestiti strappati, incrostati di sporco, che lo avvolgevano dalla testa ai piedi.

Il suo ghigno aveva qualcosa di inquietante.

All'improvviso Mila ebbe la sensazione di essere caduta dalla padella alla brace.

E avrebbe dovuto cavarsela da sola.

8

Erano quasi le quattro e mezzo quando Kate arrivò a Grimsby. Aveva impiegato molto più del previsto. Le strade erano in condizioni catastrofiche. Anche se aveva smesso di nevicare, gli spazzaneve non riuscivano a sgombrare abbastanza celermente la neve che con il calare della sera si stava ghiacciando. Non c'era molto traffico, ma le poche auto in circolazione procedevano a passo d'uomo. Cosa del tutto ragionevole. Anche se fosse stata da sola, Kate non avrebbe potuto viaggiare a velocità superiore.

Era nervosa e inquieta, consapevole che le ricerche della piccola Ruby Raymond erano una vera e propria corsa contro il tempo. Non sapeva se era sulla pista giusta – a essere sinceri riteneva molto esigua la probabilità che così fosse – eppure le sembrava di avvertire un pericolo crescente con il passare dei minuti. Come se, per quanto non sapesse spiegarselo, fosse più vicina alla meta di quanto immaginasse, e nel contempo troppo lontana per potersi permettere di esitare. Viceversa non aveva senso lanciarsi in rischiose manovre di sorpasso sulle strade ghiacciate. Se avesse avuto un incidente, non sarebbe più arrivata da nessuna parte in tempo.

Nonostante l'estrema tensione del momento, Kate notò il meraviglioso panorama che le si offrì quando attraversò il fiume Humber poco prima di arrivare a Grimsby. L'estuario era smisurato, l'acqua grigia si fondeva in maniera singolare con il grigio del cielo e la neve lungo le rive. Il paesaggio sembrava infinito, la sua malinconia di una bellezza drammatica. Stava scendendo il crepuscolo, che inghiottiva abitazioni e alberi e dava l'impressione di un silenzio assoluto. Kate avrebbe voluto fermarsi a scattare una foto. Ma non era il momento.

Quando raggiunse la zona del porto era già buio. Notò con sgomento quanto fosse vasto e deserto in quel tardo pomeriggio di domenica. Nei giorni feriali e in estate doveva regnare una frenetica attività, ma oggi non sembrava esserci in giro nessuno a parte lei. Parcheggiò la macchina accanto a un magazzino e scese. Una serie di lunghe strade fiancheggiate da capannoni, baracche, container. Gru abbandonate. Motrici di camion staccate. Lampioni neri che si andavano accendendo, facendo scintillare la neve. Senza la neve sarebbe stato uno spettacolo di inconcepibile tristezza e desolazione. C'era odore di olio per motori e alghe. I gabbiani stridevano, e i loro richiami erano l'unica nota di vita in quel deserto. L'alta e slanciata Dock Tower, l'emblema del porto, svettava su tutto quanto.

Kate si incamminò verso l'acqua. Il freddo le tagliava le guance. Si domandò se con un clima del genere qualcuno potesse vivere su una barca.

Raggiunse il molo. Una fila interminabile di banchine, non tutte occupate, ma comunque c'era un gran numero di barche a vela, a motore, piccole chiatte. Fu assalita da una vertigine. Era come cercare un ago in un pagliaio.

Tuttavia iniziò a percorrere le banchine. I nomi di alcune imbarcazioni erano perfettamente leggibili, con altri doveva avvicinarsi molto e lambiccarsi per capirci qualcosa. Per fortuna anche qui potenti lampioni illuminavano gran parte dei moli, solo la punta estrema era più buia e la costringeva a servirsi di una pila.

«*Camelot*» mormorò, «*Camelot*, dove sei?»

Non c'era nessuna barca con questo nome. Doveva trattarsi di una barca a vela, e questo le permetteva di saltare tutte quelle a motore, ma siccome erano sparse qua e là, doveva comunque passare in rassegna ogni fila. Illuminava e leggeva, illuminava e leggeva... nessuna maledetta *Camelot*.

Cominciava a non sentire più le dita dei piedi e delle mani. Tra l'altro si era dimenticata di prendere i guanti. Aveva il naso già completamente congelato. Era buio. Faceva un freddo micidiale. Anelava al suo accogliente salotto come le capitava di rado.

Ecco l'imbarcazione successiva. Era di legno. A vela. Dipinta di azzurro, a quanto le permetteva di riconoscere la luce della pila. *Mila* stava scritto a lettere rosse arabescate.

Si bloccò.

Mila?

Poteva trattarsi di una coincidenza. Forse non c'era nessun legame tra la barca, Samuel Harris o Mila Henderson. Tuttavia, era il primo piccolo indizio in tutta la serata. Una barca chiamata *Mila* nel porto dove il padre di Sam Harris teneva ormeggiata la sua imbarcazione.

Cercò di sbirciare in cabina, ma era chiusa ermeticamente con delle assi. Non sembrava che qualcuno vivesse su quella piccola imbarcazione, ma già che c'era non sarebbe tornata indietro senza fare un tentativo. L'importante era non scivolare, altrimenti sarebbe finita nell'acqua nera e gelida del porto. Si infilò la pila nella tasca del cappotto, appoggiò la borsa sulla banchina, tanto a quell'ora non passava nessuno, e spiccò il salto nel buio. Atterrò sulla prua, scivolò sulla superficie ghiacciata e ricadde sulle assi. Un dolore lancinante le percorse la gamba destra. Si mise seduta lentamente, provò a muovere le dita delle mani, poi quelle dei piedi. Aveva sbattuto il ginocchio ma per fortuna non si era rotta niente.

Strisciò cauta fino alla cabina. Immaginava che l'accesso fosse sigillato, invece spinse di lato la tavola di protezione senza problemi. Sbirciò nell'oscurità più completa.

Tirò fuori la pila e illuminò l'ambiente che aveva davanti. Un piccolo vano, attrezzato con due panche rivestite di tessuto a destra e a sinistra, armadietti di legno, scaffali laterali aperti che traboccavano di ogni genere di oggetto. Una cosa era certa: nessuno soggiornava lì. E non sembrava che ci fosse stato qualcuno di recente.

Doveva però cercare di scoprire a chi appartenesse la barca. Si intrufolò nell'apertura e con un salto atterrò sul fondo. La barca ondeggiò. Le onde lambivano lievi lo scafo.

Rischiarò i singoli scomparti uno dopo l'altro. Per la maggior parte contenevano attrezzatura nautica, remi smontati, teli, una ciambella gonfiabile. Giubbotti di salvataggio. Guanti come quelli per il giardinaggio.

Nessun indizio sul proprietario dell'imbarcazione.

Alzò i sedili delle panche imbottite e trovò indumenti, due flaconi di olio solare, occhialini da immersione, pinne. Un costume indubbiamente maschile.

Poi toccò agli armadietti pensili. Stoviglie da campeggio di plastica. Qualche pacco di spaghetti, un paio di barattoli di conserve.

«Possibile che non ci sia niente con su scritto un nome?» si domandò a voce alta.

Lo sguardo le cadde su uno scatolone lasciato sul pavimento in fondo alla cabina. Somigliava più che altro a una scatola da scarpe. Alzò il coperchio.

Documenti.

Prese il primo foglio. La ricevuta di lavori di manutenzione alla barca, con la data aprile 2002. Destinatario Patrick Harris. Il nome della barca era *Camelot*.

«Sì!» esultò.

Era la sua barca. La barca di Patrick Harris. Che dopo la sua morte era passata al figlio. Il quale l'aveva ribattezzata.

Mila.

Nella mente di Kate cominciò a formarsi un'idea, l'idea di una storia, uno svolgimento, ancora abbozzato e incompleto, ma era una vaga intuizione di come stessero le cose. Se la sua ipotesi era corretta,

Mila Henderson non era la carnefice. Bensì una vittima. E già da molto tempo.

Una cosa era comunque innegabile: lei non era qui e non c'era neppure Harris.

Uscì dalla cabina e chiuse lo sportello dietro di sé. Al pensiero di dover saltare sul molo, cominciò a sudare. Il ginocchio le faceva già molto male, non poteva permettersi un altro infortunio. Strisciò accanto alla balaustra e avvicinò la barca alla passerella tirando la cima con cui era ormeggiata. In questo modo dovette fare un passo decisamente più breve. Per fortuna non cadde in acqua. Fece un profondo respiro.

Tornare alla macchina. E poi pensare al passo successivo.

Ignorando come poteva il dolore alla gamba, ripercorse la vasta darsena e tornò nel punto in cui aveva parcheggiato.

Passando davanti alla capitaneria di porto notò un alone di luce dietro i vetri. O l'ufficio era sempre presidiato, oppure aveva avuto un colpo di fortuna. Si fermò e bussò energicamente alla porta. Solo al terzo tentativo udì dei passi e le fu aperto. Si trovò davanti un uomo anziano con i capelli scompigliati.

«Sì?» chiese scontroso.

Kate gli mostrò il distintivo. «Sergente investigativo Linville. North Yorkshire Police. Avrei bisogno di un'informazione.»

«Adesso?»

«Sì. Posso entrare?»

Lui la fece accomodare molto malvolentieri.

«Di norma non sarei più qui a quest'ora» disse. «Ma le scartoffie di fine anno non finiscono più. E quindi mi ritrovo qui invece di passare la domenica con mia moglie. Stavo per andare via.»

«Non la tratterrò a lungo» lo tranquillizzò Kate. «Vorrei solo farle un paio di domande.»

«Lo spero.» L'uomo non si sforzò minimamente di nascondere quanto fosse stizzito da questo contrattempo.

L'ufficio era piccolo, surriscaldato, con una scrivania che traboccava di documenti e raccoglitori aperti. L'uomo le offrì un posto su una seggiola da campeggio e si accomodò su uno sgabello. Kate annusò con nostalgia un buon aroma di caffè, ma lui non pensò neanche lontanamente di offrirgliene uno. Se non altro le mani e i piedi cominciarono a formicolarle per il calore. Già questo era fonte di felicità.

«Lei è il comandante del porto?»

«Sì.»

«Mister…?»

«Hibbert. Peter Hibbert.»

«Vorrei informazioni su una barca, Mr. Hibbert» gli spiegò. «E sul suo proprietario. Samuel Harris. E la *Mila*.»

Lui annuì. «Bene, e?»

«Lei conosce tutte le barche ormeggiate qui? E tutti i proprietari?»

«È il mio lavoro.»

«Samuel Harris ha ereditato la barca da suo padre, è corretto?»

«Sì. Patrick. Un tipo simpatico. Spesso andavamo al pub del porto a fare due chiacchiere. Erano sempre incontri piacevoli.»

«Con il figlio non è così?»

L'uomo esitò. «Non sono mai riuscito a legare con lui» disse poi. «È come se non volesse avere contatti. Paga regolarmente il posto barca e non ci sono mai stati problemi, ma…»

«Sì?»

«Non mi sta particolarmente simpatico.»

«Come mai?»

«Non so darle una spiegazione precisa. Non si è mai comportato male. È sempre educato. Non lascia la sua roba in giro, con altre persone ho molti più problemi. Ma in un certo senso…»

Kate aspettò. Peter Hibbert si strinse nelle spalle. «Non glielo so spiegare. C'è qualcosa nel suo sguardo.»

«Nel suo sguardo?»

«È strano. Ecco, è freddo. Anche quando le sorride. Quando saluta amichevole. Quando aiuta ad arrotolare una cima. Si ha sempre l'impressione che sia una facciata. Che dietro si nasconda un uomo del tutto diverso.»

«Che genere di uomo?»

«Uno che odia tutto il mondo» rispose Peter Hibbert. «Di un odio gelido.»

Kate lo guardò pensierosa. Hibbert non le sembrava un tipo che esagerasse. Era piuttosto una persona asciutta, laconica. Una dichiarazione del genere fatta da lui aveva un suo peso.

«La barca prima aveva un altro nome» disse cambiando argomento.

Hibbert annuì. «*Camelot.* Ma appena Patrick morì, Sam la ribattezzò. Da un giorno all'altro si chiamò *Mila.*»

«Le diede una spiegazione del motivo per cui lo fece?»

«Glielo chiesi, certo. Disse che Mila era il nome della donna del suo cuore.»

«La donna del suo cuore? Usò queste parole?»

«Testuali.»

«Le ha mai raccontato qualcosa su di lei? Oppure lei la conosceva?»

«No. Non me ne ha più parlato. E non l'ha mai portata qui. Sono arrivato a pensare che non esistesse affatto. O che fosse irraggiungibile. Un'attrice magari, o cose del genere.»

«È mai venuto qui con una donna?»

«No, era sempre solo. E veniva raramente.»

Kate rimase a pensare. Forse Sam andava lì quando diceva ad Anna che si recava da suo padre. Non era forse un uomo alla perenne ricerca di spazi per sé? Che tentava di allontanarsi dalla sua difficile compagna, una donna estremamente traumatizzata in continua lotta contro la depressione? Che bisognava saper sopportare, ma che forse lui non sempre riusciva a sopportare?

E qui c'era la *Mila*. Stando alle sue dichiarazioni, si trattava dell'amore della sua vita. La sua ex compagna di classe. Kate ripensò alla foto della studentessa timida e carina con la molletta tra i capelli. E alla foto del ragazzo obeso.

Ripensò a quello che la madre di Alvin aveva raccontato di suo figlio. Sempre escluso. Sempre ai margini. Spesso deriso. Oggetto di pettegolezzi e sorrisetti maliziosi. Niente amici. Niente ragazze.

Anche Sam Harris doveva aver subito le stesse cose. Cosa aveva scritto sotto la foto sull'annuario? Nessun amico. Nessun insegnante preferito. Nessun hobby.

Uno che odia il mondo intero, aveva appena detto di lui Peter Hibbert.

L'odio lo aveva trasformato in un uomo attraente. Un fisico slanciato, atletico, temprato. Che aveva perso più di cento chili.

Se la spinta che c'era dietro era l'odio, doveva essere incommensurabile.

«Mr. Hibbert, ho necessità di rintracciare con urgenza Samuel Harris» disse. «Speravo di trovarlo sulla sua barca. Ma non c'è nessuno, sembra disabitata. Le viene in mente un posto dove potrebbe essere?»

«Che cosa ha combinato?» chiese Hibbert.

«Probabilmente niente. Si tratta solo di verificare qualcosa.»

Hibbert ci pensò su. «Non lo conosco bene...»

«Però conosceva suo padre. Aveva un posto dove gli piaceva stare? Di cui le aveva parlato? Un luogo dove la famiglia trascorreva le vacanze? Una seconda casa? Un bungalow? Qualcosa del genere?»

Hibbert fece uno sforzo per ricordare. «Mi ha raccontato così tante cose. Dove passavano le ferie? Con sua moglie andava spesso in barca. Ma è morta presto.»

«Di cosa è morta?»

«Fu una faccenda abbastanza misteriosa. Aveva sintomi da avvelenamento. Reni e fegato erano in condizioni spaventose. Ha girato vari medici, ma nessuno è riuscito a capire di che cosa si trattasse. Alla fine è morta per una grave insufficienza renale.»

«E Patrick come era entrato in possesso della barca? L'aveva acquistata?»

«No. L'aveva ereditata da sua madre.»

«Aveva ereditato qualcos'altro da lei? Una casa?»

«Sì. Quella dove abitava. Ma è stata venduta. Però» il viso di Hibbert si illuminò, «ora che ci penso, una volta mi aveva parlato di un'altra cosa. A volte andavano in campeggio con la famiglia. Sì, esatto. Mi aveva detto così.»

Kate si sporse in avanti, soffocando un grido di dolore. All'improvviso era elettrizzata. «In campeggio? Forse avevano una roulotte?»

9

Arrancava tra la neve dietro il suo liberatore, stringendo al petto la piccola Ruby. Si era infilata il cappotto e aveva avvolto la bimba alla meno peggio in uno dei cuscini del letto. Aveva la sensazione che fosse meglio prendere il largo, ma stava facendo buio e, a quanto poteva capire, erano in un luogo completamente isolato. La temperatura doveva essere scesa sottozero. Se fosse fuggita e non avesse incontrato persone o un rifugio, non avrebbe superato la notte, e neppure Ruby.

Il tipo puzzava di alcol e sudore e sembrava imprevedibile, ma se non altro l'aveva fatta uscire dalla roulotte e l'aveva salvata da un'altra notte con Sam. Avrebbe voluto abbracciarlo per questo. Se non lo avesse trovato di per sé ripugnante.

Lo sconosciuto si fermò di scatto e si voltò verso di lei.

«Come ti chiami?» le chiese.

«Mila. E tu?»

«Io sono Olm.»

«Olm?»

«È tua figlia?»

«No. Sua madre è stata assassinata. Dall'uomo che ci ha rinchiuso nella roulotte. È molto pericoloso. Dobbiamo andarcene da qui. Il più in fretta possibile.»

Mila si accorse che le tremava la voce. Sam se n'era andato ormai da molto tempo e di sicuro doveva essere sulla via del ritorno. Non avendo idea della direzione in cui si muovevano, non sapeva se avrebbe sentito la sua macchina o visto i fari. Il problema era che lui comunque avrebbe scoperto nella neve le impronte che si allontanavano dalla roulotte, e gli sarebbe bastato seguirle.

«È davvero molto pericoloso» ripeté. «È pazzo. Uccide le persone senza il minimo scrupolo.»

Dubitava che Olm cogliesse fino in fondo la portata delle sue parole.

«Avanti!» ordinò lui in tono brusco.

Lei esitò. «Se c'è un parcheggio nei paraggi o un accesso alla strada, dobbiamo essere prudenti. Altrimenti finiremo tra le braccia di Sam.»

«Sam?»

«L'uomo che mi ha imprigionato. Che ha ucciso la madre di Ruby. Con un coltello.»

Olm sogghignò. «Che provi a venire!»

Mila dubitava che Olm sarebbe riuscito ad avere la meglio su Sam. Sbronzo com'era… al contrario di Sam, allenato e muscoloso, e inoltre armato di coltello.

Continuarono a camminare. Di tanto in tanto dovevano superare mucchi di sabbia soffiata dal vento tra gli alberi, dove Mila affondava fino al ginocchio. Nonostante il freddo, era madida di sudore e sfinita. Ma doveva andare avanti, doveva resistere.

Ogni tanto incontravano delle roulotte, per la maggior parte in stato di abbandono. Doveva trattarsi effettivamente di un campeggio, oramai dismesso da tempo. Era probabile che non fosse più indicato su nessun elenco. Ma poi, c'era qualcuno che la stava cercando?

Sapeva che una poliziotta aveva bussato alla porta di Sue, che Sam l'aveva tramortita e l'aveva imprigionata. Era stata liberata? I suoi colleghi sapevano dov'era?

E il marito di Sue, anche lui sarebbe tornato prima o poi. Mila non voleva nemmeno pensare alla scena agghiacciante che si sarebbe trovato davanti. Ma qualcuno sarebbe riuscito a ricostruire con esattezza la situazione? L'unica cosa chiara era che la bambina era sparita. Nessuno invece era al corrente della sua presenza in casa, solo la poliziotta era arrivata a Richmond per chiedere notizie su di lei. Glielo aveva sussurrato Sue.

C'era la speranza che riuscisse a ricomporre il puzzle. Ma poi?

Avrebbe saputo risalire a quel posto dimenticato da Dio, di cui Mila non sapeva neppure lontanamente dove si trovasse?

Un edificio si stagliò nella penombra. Il cuore di Mila fece un salto. Altre persone?

Ma avvicinandosi si accorse che la costruzione era semidiroccata e non ci abitava più nessuno. Niente luci, niente comignoli da cui uscisse un filo di fumo, simbolo di calore e di vita.

Olm si girò di nuovo. «Casa mia!»

Se Sam avesse seguito le loro tracce, li avrebbe sorpresi in trappola dentro quella casa, ma Mila sentiva di aver bisogno di una pausa. Per riprendere le forze e per riflettere. Decise quindi di seguire Olm oltre la porta sghemba nell'interno del gelido fabbricato. Un tempo doveva aver ospitato le docce e i bagni del campeggio. Le pareti erano piastrellate, anche se in molti punti le mattonelle si erano staccate.

Gettò un'occhiata in una stanza piena di cabine doccia ammuffite. Delle porte restavano solo frammenti di legno. Rubinetti arrugginiti, specchi crepati e lavandini ricoperti di calcare. Mila preferiva non pensare allo stato dei gabinetti. Né al pericolo in cui si trovavano. La notte stava scendendo velocemente. Ma dubitava che questo avrebbe rallentato Sam nella sua caccia.

Raggiunsero un ambiente posteriore dove Olm aveva allestito il proprio giaciglio. Mila riconobbe vagamente lo scarno arredamento. Qualche coperta, un sacco a pelo, un poster dagli angoli smangiati che rappresentava un tramonto sul mare. Bottiglie di grappa vuote lungo le pareti. In un angolo un piccolo fornelletto a gas con una pentola incrostata di sporco. Su un piatto lì accanto c'erano indescrivibili avanzi di cibo. Per quanto fossero ributtanti, di colpo Mila si rese conto di avere una gran fame. Ma la cosa ancora più importante era che Ruby mangiasse qualcosa. Stava inerte tra le sue braccia e respirava molto piano.

Olm accese una pila. Mila gettò una timida occhiata alla finestrella: Sam avrebbe visto la luce? Ma al buio non avrebbe potuto occuparsi di Ruby.

Si rivolse a Olm. «La bambina ha bisogno di mangiare. Altrimenti morirà. Hai qualcosa che possiamo darle?»

All'inizio sembrava non capire, poi scomparve in una stanza vicina e tornò con un barattolo già aperto. Secondo l'etichetta conteneva polpette al pomodoro.

«Non hai un barattolo ancora chiuso?» chiese Mila, ma Olm glielo piazzò in mano, brusco. «Prendi questo!»

Non era cibo adatto a una piccolina, ma era sempre meglio di niente.

«Possiamo riscaldarlo?»

Lui annuì, versò il contenuto del barattolo nella pentola incrostata degli avanzi di centinaia di pasti e accese il fornelletto. Poi si mise seduto sul sacco a pelo e bevve una lunga sorsata di grappa.

Mila mescolò il cibo con il dito. Una volta che fu caldo, spalmò un po' di salsa di pomodoro sulle labbra di Ruby. La bambina non reagì. Sembrava trasparente.

«Su, forza» bisbigliò Mila. «Ti prego. Mangia qualcosa.»

Alla fine le palpebre di Ruby ebbero un fremito. La bambina non aprì gli occhi, ma cominciò a muovere le labbra. Ingoiò un po' di salsa. Mila avrebbe voluto esultare. Intinse di nuovo il dito nella pentola. Ruby lo leccò avidamente.

Olm osservava la scena con sguardo sempre più velato. Trangugiava la grappa come se fosse acqua, e questo avrebbe potuto essere allarmante, ma dall'espressione sul suo viso si capiva che l'alcol lo inebetiva. Non sembrava farlo diventare violento, ma in ogni caso non le sarebbe più stato di aiuto. Mila doveva escogitare qualcosa. E non aveva la minima idea di come andarsene da lì.

Ruby aveva mangiato all'incirca una quantità pari a due cucchiaini e si era addormentata sfinita.

«Spero tanto di riuscire a salvarti» mormorò Mila.

La domanda adesso era che cosa fare. In un contesto normale sarebbe stato meglio trascorrere la notte in quel rifugio protetto alla meno peggio. Faceva molto freddo, ma lei era vestita pesante e con il fornelletto a gas poteva ottenere un minimo di calore. L'indomani mattina, appena avesse fatto chiaro, avrebbe potuto tentare di raggiungere la prima strada e sperare di incrociare una macchina.

In un contesto normale...

A parte il fatto che non c'era niente di normale nella sua attuale situazione, una vocina le ripeteva con urgenza crescente che non aveva a disposizione dodici o quattordici ore da passare lì. Che in realtà non aveva nemmeno un minuto. Il cuore le batteva impetuoso. L'istinto le consigliava di andarsene il prima possibile. Ammesso che fosse l'istinto. Poteva anche trattarsi della paura.

«Olm» bisbigliò. «Olm!»

Lui appoggiò la bottiglia accanto a sé. «Sì?»

«Olm, qui non siamo al sicuro. Il tipo che mi insegue... È davvero molto pericoloso. Non ci sta con la testa.»

Olm fece un ampio gesto con la mano a indicare la stanza e l'edificio. «Questa è casa mia!»

«Sì, ma lui può entrare. Sicuramente è tornato e si è accorto della nostra fuga. Gli basterà seguire le nostre tracce per arrivare qui.»

Invece di rispondere Olm sogghignò.

Mila non sapeva bene cosa pensare di lui. A volte le dava l'impressione di capire perfettamente ciò che gli diceva, e subito dopo le sembrava di non riuscire a farsi intendere. Di sicuro parti del suo cervello erano state distrutte dall'alcol. Inoltre era assai probabile che vivesse da anni in completa solitudine in quella landa desolata, senza nessuno con cui parlare. Mila era sicura che lei stessa sarebbe impazzita al più tardi nel giro di un anno.

Tuttavia…

«Dove prendi da mangiare?» chiese. «E le bottiglie? Qua fuori non c'è niente.»

Lui sorrise di nuovo, quasi orgoglioso di avere il controllo sulla propria vita.

«In paese. La gente mi dà qualche soldo. E anche l'uomo del negozio. Le cose che non vende.»

«Capisco.» Olm si procurava da mangiare nel paese più vicino dove doveva essere un personaggio conosciuto che qualche anima pia cercava di aiutare.

«Quanto ci vuole per arrivare in paese?» domandò.

Lui ci pensò su. «Due ore. Cammino due ore fino a lì. E due ore per tornare indietro.»

Sicuramente era una durata approssimativa, dato che Olm non aveva un orologio.

«Quindi è lontano?»

Un lampo di lucidità comparve sul suo viso malato. «Troppo lontano» disse deciso. «Troppo lontano per stanotte. Troppo freddo. Non ce la faremmo.»

«E domani?»

«Domani ci andremo.»

È troppo tardi, le disse la voce interiore, troppo tardi. Vi trovate in serio pericolo. Dovete andarvene subito e lo sai anche tu.

«Olm, esiste un'altra possibilità per nasconderci? A parte il campeggio?»

Lui scosse la testa. «No. C'è solo bosco. Moriremmo di freddo.»

«Qui ci troverà, siamo in trappola.»

«Io proteggerò te e la bambina» disse Olm.

Non si rendeva conto della pericolosità di Sam. Né di quanto fosse determinato e privo di scrupoli. «Olm, per favore, non puoi proteggerci. Lui è armato. Ha un coltello. Ha tagliato la gola a una donna. È pazzo.»

«Io sono forte!»

«È pericoloso» disse Mila, rendendosi però conto che Olm non l'ascoltava più. Era a casa sua. Si sentiva al sicuro.

Si mise in ascolto. Da fuori non giungeva alcun rumore. La notte ammantava silenziosa il mondo al di là della finestra, oltre quel rudere in cui si erano rifugiati. Avrebbe sentito Sam quando fosse arrivato? I passi di Olm fuori dalla roulotte avevano scricchiolato sulla neve. Ma in quel caso lei era stata più vicina. Adesso era sul retro dell'edificio, separata dalla porta d'ingresso da numerose stanze e corridoi. Probabilmente si sarebbe accorta di Sam solo quando l'avesse avuto davanti.

Si alzò in preda all'ansia. Olm si riscosse all'istante.

«Siediti!» le ordinò aspro.

«Olm, non...»

«Siediti!» ripeté.

Mila tornò ad accovacciarsi sul pavimento. Il cuore le martellava nel petto. Era come un animale, che coglie una vibrazione pericolosa.

«È arrivato» bisbigliò. «Lo sento.»

«Non c'è nessuno qui» disse Olm.

«È fuori, davanti alla casa.»

Lui piegò la testa di lato e rimase in ascolto. «Io non sento niente.»

«Avverto la sua presenza. Credimi. Dobbiamo andarcene. A qualunque costo.» Guardò verso la finestrella in alto. «Dobbiamo andarcene subito.»

«Vado a controllare» disse Olm alzandosi.

«Sii prudente. Non andare. Ha un coltello.»

Lui però era già uscito dalla porta. I suoi passi pesanti risuonarono sulle mattonelle.

Mila si alzò di nuovo, stringendo al petto Ruby, e si accorse di tremare dalla testa ai piedi. Avrebbe ritenuto impossibile che il cuore le accelerasse ulteriormente, ma era proprio così. Ricominciò anche a sudare, come prima mentre camminava sulla neve. Le sembrava che il suo cuore battesse tumultuosamente, squarciando il silenzio della notte.

Silenzio.

In effetti era tutto silenzioso. I passi di Olm non si sentivano più. Non si sentiva niente. Solo il suo cuore impazzito.

Perché Olm non tornava? Quanto tempo era passato?

Mosse qualche passo cauto verso la porta della stanza.

Rimase in ascolto. Niente. Udiva solo lo scroscio del sangue nelle orecchie.

Non osava chiamare Olm a voce alta. Aveva un presentimento sempre più forte di un pericolo imminente. Era strano che lui tardasse tanto, no? Che cosa stava facendo, forse un giro intorno all'edificio?

Trattenne il respiro. Se almeno avesse sentito qualcosa.

Si avvicinò ancora di più alla porta. Davanti a lei si apriva un buio impenetrabile, l'alone della torcia dentro la camera non arrivava fino ai corridoi. Viceversa, chi si fosse avvicinato dentro l'edificio avrebbe individuato senza fatica il suo nascondiglio. Tornò indietro e spense la luce.

L'oscurità era totale. Fuori dalla finestra si stagliava un rettangolo antracite, poco più chiaro che l'interno del fabbricato. Gli alberi erano troppo fitti, il cielo rannuvolato. Non si vedevano né la luna né le stelle.

Nonostante questo Mila sapeva di non essere affatto al sicuro senza luce. Sam avrebbe controllato una stanza dopo l'altra. Probabilmente aveva con sé una pila. L'avrebbe scovata senza problemi.

Possibile che fosse già vicino? Oppure il suo presunto istinto la ingannava, dato che era alimentato soprattutto dal terrore?

«Olm?» bisbigliò. Lui non poteva sentirla, ma lei non osava alzare la voce.

Le sembrò di udire di nuovo dei passi. Trattenne il respiro, maledisse il palpito del suo cuore e lo scroscio nelle orecchie.

Però, sì. C'erano dei passi. All'ingresso. Si muovevano, si fermavano. Si muovevano. Si fermavano.

Quelli di Olm erano stati diversi. Più rumorosi. Più goffi. Lui non era in grado di avanzare in maniera così guardinga, così controllata. Era troppo pesante, troppo ubriaco.

Chi si avvicinava poteva essere soltanto una persona. Ed era questione di minuti prima che entrasse in quella stanza.

Non c'era più tempo per riflettere, non c'era più tempo per indugiare.

Mila aprì la finestra, rapida, ma senza fare rumore. Da principio non cedette e lei pensò angosciata che fosse chiusa a chiave o del tutto arrugginita. Ma poi si spalancò, miracolosamente senza cigolare.

Salì sul davanzale, stringendo a sé Ruby, e in quel momento ringraziò il cielo che la bambina fosse troppo debole per gridare. Non era un'altezza pericolosa. Mila spiccò un salto, atterrò nella neve soffice. Si guardò intorno allarmata: se si fosse sbagliata con i passi? Se lui fosse stato lì fuori ad aspettarla?

Ma tutto rimase immobile. Nessun'ombra, nessun movimento. Nessuna voce. Nessuno che la afferrasse per un braccio.

Lì dietro non c'era nessuno.

Che fine aveva fatto Olm?

Non c'era tempo di pensarci su.

Mila e Ruby si allontanarono tra gli alberi.

10

Peter Hibbert aveva detto che da Grimsby a Wragby occorrevano tre quarti d'ora in macchina, ma con il buio e lo strato di ghiaccio sulle strade il tempo era aumentato. Kate doveva guidare così piano che impiegò più di un'ora a raggiungere la piccola località in mezzo ai campi e ai boschi del Lincolnshire. Prima di partire aveva cercato di mettersi in contatto con Caleb per informarlo degli ultimi sviluppi, ma lui non aveva risposto al telefono. Erano d'accordo che dopo le sei mandasse dei rinforzi nel porto di Grimsby, se non avesse ricevuto sue notizie. Lei gli lasciò un messaggio in segreteria.

«Ciao, Caleb, sono io. Come promesso ti confermo che va tutto bene. Non allertare ancora nessuno. Ho trovato la barca di Harris a Grimsby, ma lui non c'è. Ora sono in viaggio verso la Chambers Farm Wood, una vasta riserva naturale nel Lincolnshire. Il primo paese importante è Wragby. Da quelle parti deve esserci un campeggio ora dismesso dove la famiglia Harris aveva una roulotte. Voglio andare a dare un'occhiata. Mi faccio viva più avanti.»

Aveva ottenuto quelle informazioni da Peter Hibbert che, nel momento in cui lei aveva nominato una roulotte, si era illuminato.

«Esatto! Patrick me lo ha raccontato. A volte passavano le vacanze in roulotte.»

«Anche quella adesso è di proprietà di suo figlio Sam?»

«Questo non glielo so dire. Non ne ho idea.»

«Sa dove si trovava la roulotte?»

Hibbert si era lambiccato. «Mi sembrava che me lo avesse detto» aveva mormorato alla fine. «Credo fosse nel Lincolnshire. Lui è cresciuto a Grimsby. Era affezionato a questa zona.»

Il Lincolnshire era vasto e pieno di campeggi. Kate aveva già abbandonato la speranza di rintracciare in fretta la roulotte quando Hibbert aveva aggiunto di slancio: «Era a Chambers Farm Wood. Sì, ne sono sicurissimo. Era il nome che mi aveva fatto. La roulotte era lì». Scosse la testa. «Ricordo che mi ero detto che la gente può avere gusti molto diversi. Non avrei mai trascorso nemmeno un giorno in quei boschi fitti. Lui però si interessava della flora e della fauna locali. Chambers è famosa per piante e animali rari.»

«Il campeggio esiste ancora?»

Peter Hibbert aveva inserito Chambers Farm Wood sul computer e poi aveva cercato il campeggio, ma non lo aveva trovato. «Non è più segnato. Quindi non esiste più. Ormai è una grande riserva naturale. Presumo che non sia più consentito campeggiare. Devono essere passati almeno vent'anni da quando gli Harris trascorrevano le vacanze lì!»

«La roulotte però potrebbe esserci ancora.»

«Se non è stato smantellato tutto... ritengo che le chance siano molto scarse.»

Mentre viaggiava nell'oscurità, Kate rifletteva che le chance erano praticamente inesistenti, ma al momento non aveva nessun'altra pista da seguire. La ragione le diceva di contenere il più possibile le aspettative, ma una parte di lei era elettrizzata da una sensazione, un'intuizione. Era riuscita a trovare la barca. Ora sapeva dell'esistenza di una roulotte. Sentiva di essere sulle tracce di Harris, ma non l'avrebbe rivelato a nessuno. A parte Caleb. Lui aveva sempre preso sul serio il suo istinto, fin dal principio.

Quella sera non c'era nessuno sulle strade a parte Kate. Chi poteva evitarlo restava a casa per scongiurare incidenti o fratture sull'asfalto ghiacciato. Anche le strade di Wragby erano deserte. Sulla piazza principale svettava un grande albero di Natale addobbato con centinaia di candele elettriche. Anche dietro le finestre delle case le luci erano accese.

Kate si fermò e scese. Accanto all'abete trovò un cartellone con l'indicazione dei sentieri escursionistici dei dintorni. Individuò rapidamente Chambers Farm Wood, definito paradiso naturale con stupende possibilità di passaggiate. Non era indicato nessun campeggio. Ma all'ingresso dell'area boschiva era segnato un insieme di edifici e un parco delle farfalle che sicuramente era gestito da qualcuno. Forse avrebbe potuto chiedere lì informazioni sul campeggio.

Risalì in macchina e riprese il viaggio. In circostanze normali avrebbe impiegato un quarto d'ora per raggiungere la meta mentre ora le ci vollero più di trenta minuti. La strada passava tra vasti campi spogli spazzati dal vento gelido. Era completamente ghiacciata. Kate rischiò di sbandare più di una volta. Pregò di non rimanere bloccata e di non aver affrontato inutilmente il rischio di un simile viaggio.

In effetti ai margini della grande zona boschiva incontrò una serie di fabbricati. Solo uno era illuminato. A parte quella luce, i campi innevati e in apparenza sterminati tutt'intorno erano immersi nella più completa oscurità. E al di là si intravedeva una fitta foresta. Kate non era sicura di poter descrivere questo posto come idilliaco. Forse in estate. Forse in circostanze diverse.

Si fermò e suonò il campanello della casa illuminata. Venne ad aprirle una donna.

«Sì?» chiese.

Kate le mostrò il distintivo. «Sergente investigativo Kate Linville. North Yorkshire Police. Vorrei farle solo una domanda.»

«È fortunata ad avermi trovato qui. D'inverno non c'è nessuno. Che cosa desidera?»

«Cerco un campeggio. Probabilmente dismesso. Dovrebbe trovarsi da qualche parte a Chambers Farm Wood.»

«Sì, è all'estremità opposta. Oramai è chiuso da molto tempo. Ma ci sono rimaste alcune roulotte, in totale rovina. Aspetto sempre che succeda qualcosa. Che qualcuno si decida a portarle via. Ma evidentemente nessuno è responsabile della cosa.» Esaminò Kate. «Oppure è venuta per questo motivo?»

Poco probabile, dato che era domenica sera e le condizioni delle strade erano le peggiori di sempre, pensò Kate, ma si limitò a rispondere «Non direttamente, ma lo farò presente. Potrebbe indicarmi come ci arrivo?»

«Segua questa strada. Non ce ne sono altre. Si addentra sempre di più nel bosco. Dopo un po' fa una brusca curva a sinistra e poi dopo un breve tratto finisce. Molto prima del campeggio. Da lì ci sono solo sentieri. Un tempo erano percorribili anche con veicoli a motore, ma oramai sono stati inghiottiti dalla vegetazione. E ora naturalmente sono ricoperti di neve.»

«Capisco. La ringrazio.» Kate si girò e se ne andò. Ci mancavano solo i sentieri coperti di neve, ma era arrivata fino a questo punto e non si sarebbe arresa adesso. Un campeggio abbandonato, roulotte arrugginite. Una zona boscosa coperta di neve. Praticamente un nascondiglio perfetto.

Tornata in macchina controllò brevemente il cellulare. Non sapeva se Caleb avesse sentito il suo messaggio, di sicuro non le aveva risposto. Accantonò un senso di inquietudine: Caleb era affidabile.

La strada corrispondeva precisamente alla descrizione che le aveva fatto la donna: un lungo rettilineo, poi una brusca curva a sinistra e un altro rettilineo. Ai lati grandi alberi ammantati di neve. Lo spazzaneve non era passato, ma c'erano tracce di pneumatici che potevano aiutarla. Il cuore prese a batterle più forte. Chi era passato di lì? Siccome aveva nevicato fino a mezzogiorno, le impronte dovevano essere piuttosto fresche. Naturalmente poteva trattarsi benissimo di una guardia forestale che portava mangime agli animali. Oppure ispezionava i danni causati agli alberi dal peso della neve. Ma i forestali lavoravano di domenica? Non lo sapeva. Ovviamente poteva trattarsi anche di un escursionista. In ogni caso le impronte di pneumatici facilitavano la marcia a Kate. Le sembrava di addentrarsi in un tunnel… sempre più in profondità. Sempre più lontano da altri esseri umani.

A un certo punto la strada asfaltata terminò trasformandosi in uno stretto viottolo. La neve era sempre alta, e gli alberi tutt'a un tratto erano così vicini che doveva trattarsi del punto in cui partivano i sentieri escursionistici.

Kate si fermò. Fino a quel punto le gomme avevano avuto una buona presa, nonostante la neve. D'ora in poi non sarebbe più stato così. Finora aveva avuto una gran fortuna ma adesso correva seriamente il rischio di restare bloccata. Si accorse che l'automobilista che l'aveva preceduta non aveva avuto simili preoccupazioni, perché le sue tracce proseguivano lungo il viottolo perdendosi nell'oscurità. Forse era alla guida di un piccolo fuoristrada. Forse era più avventato di lei. Di sicuro conosceva meglio l'ambiente.

Controllò il cellulare e constatò di avere un segnale scarsissimo. Provò a richiamare Caleb ma le rispose di nuovo la segreteria.

«Ciao, Caleb. Spero ardentemente che ascolti questi messaggi. Adesso sono in mezzo al bosco.» Descrisse il tracciato che l'aveva portata fin lì. «D'ora in poi dovrò proseguire a piedi. C'è troppa neve per la mia macchina. Prima di me è già passato qualcuno, che deve trovarsi da qualche parte più avanti. Può essere innocuo, ma non è detto. Sono le sette e mezzo. Per favore, manda una squadra alle otto e mezzo, oppure incarica Helen di farlo. Se non mi faccio viva entro un'ora, vuol dire che ho bisogno di aiuto.»

Questo tuttavia significava che entro un'ora doveva essere tornata alla macchina, essendo convinta che nel giro di pochi passi il segnale telefonico l'avrebbe abbandonata del tutto.

Ovviamente continuava a essere senza guanti, il che era una disgrazia, ma non poteva farci niente. Infilò il cellulare nella tasca del cappotto, prese la pila con la mano destra. Poteva alternare le mani e scaldarne di volta in volta una. Si alzò sulla testa il cappuccio del cappotto e si strinse la sciarpa fino al mento. La stoffa del pantalone le era rimasta attaccata sul ginocchio destro. La ferita le bruciava. Per fortuna calzava un paio di scarponi imbottiti e impermeabili.

Si mise in marcia. Nell'oscurità.

Ogni tanto incontrava una biforcazione, e allora decideva di seguire le impronte degli pneumatici. Poteva anche essere sbagliato, ma sarebbe stato ancora più discutibile scegliere a caso lanciando una monetina. Teneva la luce della pila puntata per terra, e solo di tanto in tanto la spostava in giro. Non voleva annunciare il proprio arrivo. Se l'uomo in macchina era Sam Harris, se teneva prigioniera Mila Henderson e la piccola Ruby, non avrebbe certo esitato a commettere un gesto sanguinario nei confronti di un possibile inseguitore. Aveva visto come aveva ridotto Sue Raymond e James Henderson. Aveva visto il cadavere di Diane e sentito in che condizioni era stato Logan Awbrey. Se Harris era il colpevole, era un criminale sadico e privo di scrupoli. Non avrebbe avuto nessun problema a uccidere una poliziotta.

Quando già credeva di dover camminare per sempre, che quei boschi fossero infiniti e il campeggio dismesso non sarebbe mai spuntato, scoprì, nel chiarore della torcia che aveva alzato da terra per l'ennesima volta, una roulotte. Era inclinata di lato, come se le mancassero le ruote. Non aveva più vetri alle finestre, come Kate notò avvicinandosi. Era solo un relitto: vuota, scavata, non più utilizzata da chissà quando.

Era la roulotte di Harris? Di sicuro dovevano essercene altre nei paraggi, era alquanto improbabile che si fosse imbattuta in quella giusta al primo colpo. Se non altro doveva aver raggiunto il campeggio o almeno le sue propaggini. Da qui in avanti doveva procedere con la massima cautela.

Controllò il telefono, ma come previsto non c'era più segnale. Non le sarebbe stato possibile chiedere aiuto velocemente in caso di emergenza. Poteva contare solo su se stessa. E doveva confidare in Caleb.

Si avvicinò alla roulotte. Intanto aveva spento la pila. Grazie alla neve la notte non era completamente buia, nonostante gli alberi alti e fitti, e Kate riusciva più o meno a orientarsi. Raggiunse la carcassa, sbirciò all'interno dal telaio della finestra. Non si aspettava di trovare dentro nessuno, con quella temperatura sarebbe stato impossibile resistere. In effetti sembrava abbandonata. Riconobbe sagome di mobili in stato di completo degrado, e rifiuti indefinibili sparsi sul pavimento.

Lì non c'era nessuno.

Stava per voltarsi quando udì un rumore. Tanto lieve che in un primo momento pensò di essersi sbagliata. Le era sembrato il miagolio di un gatto.

Rimase ferma in ascolto.

Lo sentì di nuovo.

Un gatto? In un posto del genere?

Il suono non proveniva dalla roulotte ma comunque da lì vicino. Kate avrebbe voluto riaccendere la pila, ma era troppo rischioso. Fece qualche passo cauto nella direzione da cui aveva udito i rumori. Ora il silenzio era assoluto, interrotto solo dal breve richiamo di una civetta. Un silenzio di tomba.

Continuò ad avanzare, con l'impressione che la neve sotto i suoi piedi scricchiolasse troppo forte. Prima non ci aveva fatto caso, ma aveva camminato sulle impronte degli pneumatici. Ora si muoveva tra la vegetazione, la neve era gelata, frusciava a ogni movimento. Chiunque ci fosse, uomo o animale, di sicuro la sentiva avvicinarsi. Kate poteva solo sperare che non si trattasse di Sam Harris che le aveva teso un agguato.

Di colpo davanti a lei nell'oscurità si stagliò un oggetto, qualcosa di grosso, informe. Un'altra roulotte? Sembrava troppo piccola. Avvicinandosi vide che era una mangiatoia per gli animali selvatici, con una tettoia di legno e piena di paglia.

Forse aveva davvero seguito una guardia forestale?

Lì accanto, quasi sotto la mangiatoia, si muoveva qualcosa. Un animale? Sarebbe scappato via sentendola arrivare.

Invece, se fosse stato Harris l'avrebbe già attaccata.

«Chi c'è lì?» bisbigliò.

Un altro movimento. La figura rannicchiata si alzò.

«Chi è?» fu la risposta quasi impercettibile.

Kate resistette ancora all'impulso di accendere la pila. «Polizia» disse. «Sergente investigativo Kate Linville. North Yorkshire Police.»

Le sue parole furono seguite da un breve singulto. «Grazie a Dio, grazie a Dio!» Era sicuramente una voce femminile.

«Mila Henderson?» chiese Kate.

«Sì. Sì, sono io. Oddio, che bello... ho qui con me Ruby. La piccolina.»

Kate riconobbe il fagotto informe che Mila teneva in braccio.

«È ancora viva?»

«A stento. Ma poco fa ha piagnucolato.»

Il rumore che aveva sentito Kate. Altrimenti sarebbe passata oltre.

«Dove sono gli altri?» chiese Mila, sbirciando oltre Kate, quasi si aspettasse di trovare autopattuglie, agenti e cani.

«Sono sola» bisbigliò Kate. «Ma non si preoccupi. La porterò fuori di qui.»

«È sola?» chiese Mila allarmata. «Non c'è nessuno a parte lei?»

«I miei colleghi sanno dove mi trovo» la tranquillizzò Kate, sebbene non fosse vero. In caso di problemi, tutto sarebbe dipeso da Caleb. «È stato Samuel Harris a trascinarla qui?»

«Sì. Ha ucciso Sue, la mia amica. È pazzo. È pericoloso.»

Evidentemente non sapeva niente della morte di suo zio James. E degli altri.

«Credo che abbia ucciso Patricia» mormorò Mila. «La signora per cui lavoravo. Ho letto che è morta. Lui voleva me. Per questo era entrato in casa sua. Probabilmente lei lo ha colto di sorpresa.»

«Vi conoscevate dei tempi di scuola?»

«Sì, era ossessionato da me. Non mi lasciava mai in pace. Per questo mia mamma e io ci siamo trasferite.» Deglutì. Kate vide i suoi occhi luccicare spalancati e febbricitanti nel buio. «Era completamente fuori di testa. Già allora.»

«Ok. Mila, ce ne andremo da qui. Ha qualche idea di dove si trovi Sam adesso?»

«Non lo so. Poco fa era nell'edificio dove si trovano i gabinetti e le docce. Un rudere. Ci aveva portato lì un barbone. Prima ci aveva liberato dalla roulotte.»

«Un barbone che abita da queste parti?»

«Sì.»

«Adesso dov'è?» Kate sapeva che il tempo stringeva, mentre stavano lì accucciate accanto alla mangiatoia e si scambiavano informazioni sottovoce, ma doveva tentare di farsi un'idea generale della situazione. A quanto pareva c'erano due uomini nei dintorni. Uno era pericoloso. L'altro poteva diventarlo, se lo avessero incontrato nel momento sbagliato.

«Credo che sia morto» bisbigliò Mila.

«Però non ne è sicura?»

«Eravamo nell'edificio delle docce. È andato a vedere se Sam ci aveva seguito. Non è più tornato indietro. Invece ho sentito dei passi. Non erano quelli del barbone. Allora sono saltata da una finestra posteriore insieme a Ruby.»

La situazione non era certo promettente. Kate si mise a pensare. Se l'ipotesi di Mila era corretta, Harris l'aveva mancata per un soffio, ma nel frattempo aveva perso le sue tracce. Altrimenti avrebbe già colpito. Restava l'interrogativo di quali fossero le sue intenzioni. Kate valutò brevemente se avesse senso cercare la sua macchina, che di sicuro era da quelle parti, e utilizzarla per darsi alla fuga, ma i rischi erano troppi: tanto per cominciare era quasi sicuramente chiusa a chiave. E poi sarebbero potute rimanere bloccate nella neve alta. Con il motore acceso. A quel punto sarebbero state in trappola e lui le avrebbe trovate con facilità. Restava un'unica alternativa: tornare indietro fino alla macchina di Kate.

L'idea del lungo tragitto che le aspettava la fece rabbrividire. Lui avrebbe avuto tantissime occasioni per assalirle. Non potevano allontanarsi troppo dal sentiero, il rischio di perdersi in mezzo agli alberi in quella notte gelida era troppo grande.

«Non può chiamare aiuto per telefono?» chiese Mila. I denti avevano cominciato a batterle leggermente. Doveva essere rimasta accucciata dietro la mangiatoia per parecchio tempo. Cominciava a mostrare segni di ipotermia.

«Qui non c'è segnale. Dobbiamo raggiungere la mia auto. È lì che dobbiamo andare. C'è da camminare un po'. Pensa di farcela?»

Era una domanda retorica. Come se Mila avesse potuto scegliere.

«Lui sarà lì» piagnucolò, «sarà lì ad aspettarci.»

«Non può sapere che io sono qui. Probabilmente la sta cercando nelle altre roulotte. Non si preoccupi.»

«È astuto. E privo di scrupoli. E ha un coltello.»

«Ce la faremo lo stesso.» Guardò le cifre dell'orologio digitale. «Altri agenti stanno venendo qui. Non abbia paura, quando raggiungeremo la macchina, troveremo già dei rinforzi.»

Era necessario che Mila mantenesse i nervi saldi. Kate non era affatto sicura come fingeva di essere. Erano le otto e un quarto, Caleb avrebbe dato l'allarme entro quindici minuti. Aveva indizi sufficienti riguardo al luogo dove si trovava Kate. Ma lei era sempre più incerta. Gli aveva lasciato due messaggi in segreteria e lui non aveva reagito in alcun modo. Nessuna conferma, né per chiamata né per SMS. Probabilmente Caleb era dietro al bancone al pub e non aveva sentito il cellulare.

Però gli aveva parlato a mezzogiorno. Lui sapeva che era diretta a Grimsby. L'aveva esortata a essere prudente. Era impossibile che lasciasse da qualche parte il cellulare senza pensarci più. Non era da lui.

Mila sembrava un po' più tranquilla. Aveva il respiro più regolare.

«Bene» bisbigliò Kate, «adesso cerchiamo di raggiungere la macchina. È in fondo alla strada asfaltata, da lì ce ne andremo facilmente, nonostante la neve.»

Anche questa era una esagerazione per tranquillizzarla. Non c'era niente di semplice con quella neve, strada asfaltata o no. A partire dal fare manovra in uno spazio limitato.

«Sono arrivata qui passando da una strada sterrata, ma sarebbe meglio evitarla. Dobbiamo costeggiarla, per non perderci. Lei mi stia vicina, d'accordo? Ce la fa a reggere la bambina? In questo modo potrò usare entrambe le mani per aprirci un varco.»

«Sì, ce la faccio.» Mila pareva sfinita ma determinata. «Lei ce l'ha un'arma?»

«No.»

Mila non rispose e strinse le labbra.

Il tragitto di ritorno si rivelò ancora più laborioso di quanto avesse temuto Kate. Riuscì a mantenere la direzione, ma la lotta contro gli arbusti e il sottobosco mentre sprofondavano nella neve fino al ginocchio era logorante e interminabile. Inoltre facevano troppo rumore. Rami che si spezzavano, cespugli che frusciavano. Nel silenzio della foresta provocavano un fragore che a Kate sembrava quello di un tuono. Sam Harris doveva averle sentite, ma probabilmente faticava a localizzarle. La loro unica salvezza era raggiungere la macchina prima che lui le trovasse.

Kate ebbe l'impressione che il tragitto durasse il doppio che all'andata. Evitò di accendere la pila, ma i suoi occhi oramai si erano abituati all'oscurità, fiocamente rischiarata dalla neve. Procedeva parallela alla strada. Scostava di lato rami e cespugli, in modo che Mila e la bambina potessero avanzare senza ostacoli. Per fortuna Ruby continuava a essere silenziosa. Entrambe le donne tuttavia sapevano che non era affatto buon segno.

Dopo un tempo infinito, Kate vide la sua macchina da lontano. Si fermò.

«Laggiù c'è la mia macchina» bisbigliò girandosi verso Mila.

Lei si guardò intorno in preda al panico. «Dove sono gli altri agenti?»

Anche a Kate sarebbe tanto piaciuto saperlo. Nel frattempo avrebbero dovuto essere arrivati almeno gli agenti da Wragby, se Caleb aveva ricevuto tutte le informazioni. E invece non c'era nessuno da nessuna parte.

«Forse ho campo» mormorò Kate. «E posso verificare.»

Il suo cellulare però era sempre morto.

«Il segnale dovrebbe tornare da un momento all'altro. Quando sono arrivata c'era ancora vicino alla macchina.»

«Vorrei che fossimo già in macchina e potessimo ripartire» mormorò Mila. Ruby era come una bambola di pezza tra le sue braccia. Kate si augurava che fosse ancora viva.

«Dobbiamo continuare a essere prudenti» bisbigliò. «Potrebbe essere qui da queste parti.»

Mila la guardò sgomenta. «Qui?»

In effetti non c'erano indizi che lo confermassero, ma Kate aveva un brutto presentimento, e per l'esperienza raccolta in molti anni di servizio sapeva di doversi fidare dell'istinto. Tutto era filato troppo liscio finora. Sebbene fossero state tutt'altro che silenziose nel loro cammino. Sam era come un cacciatore, che aveva dato per certa una preda e adesso non avrebbe permesso per niente al mondo che gli venisse sottratta. Anche a lui doveva essere venuto in mente che Mila potesse raggiungere la strada e quindi uscire dal bosco. E doveva aver sentito qualcosa. Era impensabile che non fosse così. Avevano camminato nel sottobosco facendo molto rumore. Eppure non sembrava che le avesse seguite. Era improbabile che non fosse riuscito a raggiungerle. Erano in due, erano state rallentate dalla vegetazione e Mila, già sfinita, teneva in braccio una bambina.

Lui avrebbe dovuto essere più veloce. Aveva ogni vantaggio dalla sua parte.

Dov'era?

«Ci avviciniamo alla macchina facendo un cerchio» bisbigliò a Mila. «Nel caso sia da queste parti, dobbiamo farci vedere il più tardi possibile. Dobbiamo salire in macchina al volo e chiuderci dentro.»

«Lei pensa che possa essere qui nei dintorni?» chiese Mila nervosa.

«Non credo» rispose Kate. Non voleva che Mila si facesse prendere dall'ansia. «Ma dobbiamo essere prudenti.»

Invece di uscire sulla strada, rimasero in mezzo al bosco procedendo a tentoni. Kate si muoveva ancora più circospetta di prima per evitare di fare rumore.

Forse sto esagerando, pensò, forse ci sta cercando dall'altra parte del bosco.

Erano quasi all'altezza della macchina. Ce l'avevano di lato. Intorno a loro tutto era immobile. Tuttavia Kate si sentì rizzare i capelli sulla nuca. La macchina…

«Possiamo salire a bordo alla svelta?» mormorò Mila.

Il cofano. Al buio era difficile distinguerlo, ma il cofano era leggermente sollevato.

Kate non ricordava che fosse stato così. E comunque si poteva aprire solo da dentro. Qualcuno doveva aver forzato la portiera e aperto il cofano. Qualcuno aveva manomesso il motore. Probabilmente per fare in modo che la macchina non ripartisse.

Probabilmente qualcuno era ancora a bordo della macchina.

Qualcuno aspettava che salissero.

Merda, pensò.

Si girò verso Mila. «È lì dentro» mormorò muovendo le labbra con un filo di voce. «È dentro la macchina.»

Mila raggelò. Sembrò sul punto di dire qualcosa, ma rimase in silenzio.

«Non si è ancora accorto di noi. Dobbiamo addentrarci nel bosco.»

«Non ce la faccio più.»

«Invece sì. Deve farcela.» Kate la guardò intensamente. «La farò uscire da qui. Glielo prometto.»

Mila cominciò a tremare. «Non ce la faccio. Non ce la faccio.»

«Sì che ce la fa. Dobbiamo andarcene da qui. La prego, Mila. Non si arrenda proprio adesso.»

Mila tremava sempre più forte.

Buon Dio, fa' che non crolli adesso, pensò Kate.

In quell'istante il suo cellulare si animò. Squillò acuto nella notte. Erano tornate in un punto in cui c'era segnale. Kate lo tolse dalla tasca, lesse sullo schermo il nome *Burt Gilligan*, l'uomo che non aveva più voluto rivolgerle la parola per la collera ma che evidentemente ci aveva ripensato. Non avrebbe potuto scegliere un momento peggiore. Bloccò la chiamata, spense il cellulare, ma era troppo tardi.

Samuel Harris scese dalla macchina e andò verso di loro.

11

Quella sera Pamela decise di lasciare l'ospedale. Era stata ricoverata in reparto, perché le era stata diagnosticata una grave commozione cerebrale e il lunedì successivo sarebbe stata sottoposta a ulteriori accertamenti per escludere possibili complicazioni. Pamela lo riteneva inutile. La polizia era alla febbrile ricerca di una bambina rapita la cui madre era stata massacrata con un coltello nel salotto di casa sua, e lei era lì in un letto di ospedale in attesa di esami che comunque non avrebbero portato a niente. Avevano a che fare con un killer psicopatico. Pamela era sempre dell'avviso che si trattasse di Mila Henderson, ma era proprio quello il punto da chiarire, e soprattutto dovevano ritrovare la piccola Ruby Raymond. Nell'ora precedente aveva cercato più volte di raggiungere telefonicamente Kate, ma le aveva sempre risposto la segreteria. Che cosa stava succedendo? L'ultima cosa che sapeva era che Kate voleva rintracciare Samuel Harris. Improbabile che fosse tornata a casa per il fine settimana e avesse spento il cellulare.

Chiamò Helen Bennett, che se non altro le fornì nuove informazioni.

«Abbiamo scoperto che il padre di Samuel Harris è morto cinque anni fa» le riferì. «Quindi Harris non diceva la verità quando sosteneva di andarlo a trovare. Nessuno sa dove si recasse.»

«Il sergente Linville è riuscita a incontrarlo nel suo appartamento?»

Helen sembrava incerta. «Non lo so. L'ultima volta che si è fatta viva lo stava aspettando davanti a casa. Evidentemente non c'era. Se poi sia arrivato... non lo so.»

«Hm.» Pamela non era tranquilla. Harris era stato compagno di classe di Mila Henderson. Aveva mentito a proposito del padre ricoverato in una casa di riposo a Londra. Kate Linville lo aveva cercato a casa sua e non si era più messa in contatto con nessuno da diverse ore. Pamela si domandava se fosse davvero tanto stupida com'era stata lei: se si fosse esposta a un rischio imponderabile senza informare nessuno. Dopo tutto quello che era accaduto, lo riteneva improbabile.

In ogni caso, date le circostanze, non poteva restare lì ad aspettare.

Si alzò e si vestì. La testa le doleva ancora, ma in maniera più sopportabile di prima. Le avevano dato degli ottimi antidolorifici. Sperava che l'effetto durasse almeno per un po' ancora.

L'infermiera che la incrociò in corridoio protestò, ma Pamela liquidò sbrigativa le sue preoccupazioni. «Sto bene. Non ho più dolori.»

«Domani deve sottoporsi assolutamente a una TAC. Non c'è da scherzare con la testa. Non posso autorizzarla ad andarsene.»

Pamela continuò a camminare, mentre l'infermiera le gridava dietro qualcosa con voce stizzita, ma lei non ci badò.

Si fece chiamare un taxi e poi si fece portare in centrale. L'agente di guardia nell'atrio sussultò quando la vide entrare e sbatté rumorosamente i tacchi.

«Ispettore…?»

«Agente, ho un problema. Ho bisogno di un cellulare e di un'auto. Potrei prenderli in prestito da lei?»

L'uomo sembrava tutt'altro che entusiasta. «Ecco, veramente…»

«Glieli restituirò il prima possibile. Stia tranquillo che non mi interessa il contenuto del suo telefono, devo solo poter comunicare mentre sono via.»

L'agente sospirò. Era molto giovane, aveva appena iniziato a lavorare al commissariato di Scarborough e Pamela rivestiva un ruolo che per il momento lui poteva solo sognare. In pratica non aveva scelta.

Le consegnò le chiavi. «È la Mini in fondo al cortile. Ed ecco il mio telefono. Il codice di sblocco è la mia data di nascita.»

«Quale sarebbe?»

Lui rispose rassegnato. «25.10.95.»

«Me lo ricorderò. Grazie. Sono in debito con lei!» Pamela uscì nel parcheggio e individuò subito la Rover Mini. Probabilmente non era consigliabile mettersi al volante con una commozione cerebrale e altri danni non ancora definiti, ma per il momento doveva soprassedere.

Doveva parlare con Kate.

Raggiunse la casa del sergente, ma era buia e silenziosa. Pamela suonò diverse volte, senza ottenere risposta. L'auto di Kate non era nel vialetto.

Maledizione, dove si era cacciata? Di sicuro non era andata a trovare i parenti o a fare una gita vista la situazione scottante in cui si trovavano.

Risalì in macchina e raggiunse l'indirizzo di Sam Harris. Suonò anche da lui. Niente.

«Possibile che nessuno sia a casa propria?» esclamò irata.

Suonò dai vicini e finalmente ebbe fortuna. Una voce femminile rispose al citofono. «Sì, chi è?» Non sembrava troppo ben disposta.

«Ispettore investigativo Graybourne. North Yorkshire Police. Devo parlare con lei.»

La serratura del portone scattò e Pamela entrò. Al piano di sopra l'aspettava una donna dall'aria scontrosa. «Che succede? Stavamo guardando la tivù.»

Pamela le mostrò il distintivo. «Si tratta di uno degli inquilini del caseggiato. Samuel Harris.»

«Anche lei ha dimenticato il portafoglio a casa sua?» chiese sarcastica la donna.

«Il portafoglio?» ripeté Pamela confusa.

«Oggi è già venuta un'altra donna. Cercava Sam. Ha dichiarato di essere una paziente e ha detto di aver dimenticato il portafoglio da lui ieri. Ma ieri lui non era qui. Manca da giorni.»

«E la donna… non era una poliziotta?»

«No. Ma sinceramente siamo stati sul punto di chiamare la polizia. È stata una faccenda bizzarra. L'ho fatta entrare nell'appartamento perché ho la chiave… e lei si è chiusa dietro la porta e non usciva più. Il mio compagno le ha gridato che avrebbe chiamato gli sbirri se non apriva subito. Lei allora lo ha fatto. Teneva in mano il portafoglio e se n'è andata. Il mio compagno ha detto che c'era qualcosa di sospetto.»

«Sembra anche a me» concesse Pamela. Sarebbe stata pronta a scommettere che la paziente distratta era Kate, che in tal modo si era assicurata l'accesso all'appartamento. Senza averne l'autorizzazione aveva frugato tra le cose di Harris. E aveva trovato qualcosa, una pista che stava seguendo. Non aveva informato nessuno, perché aveva infranto tutti i regolamenti. Se la pista si fosse rivelata inconsistente, avrebbe potuto facilmente insabbiare ogni cosa.

«Non farebbe entrare anche me nell'appartamento?» chiese Pamela, ma la giovane scosse la testa energicamente. «Solo se ha un mandato. Non sono tanto sciocca da commettere due volte lo stesso errore.»

Sarebbe stato impossibile ottenere un mandato con tanta urgenza e soprattutto per l'appartamento di Harris. Pamela imprecò tra sé, scese le scale e risalì in macchina. Nel telefono dell'agente era salvato il numero del sergente Bennett. La chiamò.

«Sergente, Kate Linville è stata nell'appartamento di Harris. In maniera illegale... per questo nessuno di noi è stato informato. Presumo tuttavia che abbia rinvenuto qualcosa ed è per questo che risulta irraggiungibile da ore. Scommetto che lei non ne sa niente.»

«Esatto.» Helen sembrava turbata. «Sono preoccupata per lei.»

«Anch'io. Le ricerche di Mila Henderson e Ruby Raymond non hanno dato esito finora, immagino?»

«Niente. Nemmeno una traccia.»

«Indaghi sul numero di targa dell'auto di Harris. Dirameremo una segnalazione anche al riguardo. È possibile che sia implicato nella faccenda più di quanto immaginassimo finora.»

«Sarà fatto. Che cosa facciamo invece per il sergente Linville?»

Pamela ci pensò su. «Stento a credere che sia partita senza nessuna rete di sicurezza. Dopo quello che è appena capitato a me. Deve aver avvisato qualcuno.»

«Di sicuro nessun collega» osservò Helen. «Dato che non ha agito... in maniera corretta.»

«Dire che non ha agito in maniera corretta è un eufemismo» osservò Pamela. «Il suo comportamento potrebbe costarle un richiamo.»

«L'unica persona che mi viene in mente...» azzardò cauta Helen.

«Chi è?»

«Caleb Hale. Sono molto amici. E lui è del mestiere.»

«Hale? Non è in servizio da più di sei mesi. Non era autorizzata a rivelargli niente!»

«Era solo un'idea» disse impacciata Helen.

Pamela fece una breve pausa. «Ha il suo indirizzo?»

«Si è trasferito da poco. Ma aspetti. Da qualche parte ho il nuovo indirizzo.»

Pamela sentì dei fruscii indistinti e poi Helen che diceva: «Queen's Parade. È nella baia settentrionale».

«So dov'è. Qual è il numero civico?»

Helen glielo comunicò. Pamela accese il motore e partì.

La casa sembrava disabitata. Solo al pianterreno e al secondo piano c'era una luce accesa, per il resto le finestre erano tutte buie. Ma non era il buio che cala quando non c'è nessuno o le persone sono andate a dormire, era il buio della mancanza di inquilini. Nel chiarore dei lampioni Pamela vide il vuoto dietro i vetri. Niente mobili, niente tende. Tappezzeria a brandelli. In un posto del genere abitava solo chi non poteva permettersi di meglio.

Il portone d'ingresso non era chiuso. Pamela lo spinse ed entrò in un androne con una scala un tempo sontuosa.

Provò con l'appartamento al pianterreno. Le aprì una signora anziana che non comprese le parole di scusa che Pamela le rivolse per tre volte e le gridò dietro un «Come dice?» mentre l'ispettore era già al primo piano.

Si augurava che Hale occupasse l'altro appartamento e che potesse dirle qualcosa.

Quando suonò non ottenne risposta per parecchio tempo. Doveva trattarsi dell'appartamento con le finestre illuminate, perché anche da sotto la porta filtrava una lama di luce. Pamela suonò una seconda volta, poi una terza e una quarta. Bussò alla porta.

La prese a pugni.

Avanti, pensò spazientita. Si tratta di Kate.

Alla fine udì dei passi strascicati.

Non può essere Hale, si disse, è l'andatura di un vecchio.

Aveva conosciuto Hale qualche anno prima durante un corso di aggiornamento di una settimana a Brighton. Conosceva le sue capacità di poliziotto, ma anche tra i partecipanti al seminario, provenienti da tutti gli angoli della Gran Bretagna, era noto il suo problema con l'alcol.

«Potrebbe essere geniale» aveva detto un ispettore capo di Edimburgo, «ma un giorno la sua dipendenza segnerà la sua fine. Insieme alle sue storie di donne. Questi cambiamenti saranno la sua rovina. La moglie lo ha già lasciato.»

Ovviamente quelle parole erano state venate anche di invidia. Proprio perché Caleb Hale era un ottimo investigatore. Perché era un uomo attraente. Perché le donne non sapevano resistergli. Gli uomini non lo trovavano simpatico. E avevano cavalcato più che volentieri il suo problema con l'alcol. Pamela sapeva che era stato proprio un uomo a condurlo alla rovina professionale, il suo più stretto collaboratore, il sergente Robert Stewart. Il quale era morto in estate, per mano di uno psicopatico. Prima però aveva fatto in modo che Hale fosse sospeso dal servizio. Pamela era sicura che altrimenti Hale non si sarebbe dimesso e non avrebbe appeso al chiodo il distintivo. Il tradimento del sergente Stewart era stato l'inizio della fine.

La porta si aprì. Hale comparve davanti a lei.

Non lo avrebbe riconosciuto. Era in condizioni disastrose.

Portava un paio di boxer e una maglietta. Entrambi sporchi e stropicciati. Aveva i capelli ispidi che gli sparavano in tutte le direzioni. Doveva essersi appena alzato. Il puzzo di alcol che emanava fece indietreggiare involontariamente Pamela. Lui la guardò con occhi cerchiati di nero.

«Sì?» Aveva la voce impastata.

Pamela immaginava che non si ricordasse più di lei da quel seminario, senz'altro non nelle sue condizioni attuali. Gli mostrò il distintivo. «Ispettore investigativo Pamela Graybourne. CID Scarborough.»

Lui era ubriaco, ma non del tutto assente. «Lo so.»

«Posso entrare?»

«Prego. Mi sono appena trasferito. C'è... caos...»

Pamela si fece largo tra gli scatoloni che ingombravano il corridoio e si ritrovò in un salotto occupato per intero da un grande tavolo da pranzo. Sopra c'erano libri, fascicoli, carte, ma anche utensili da cucina, asciugamani, indumenti da jogging, album fotografici e una cassetta degli attrezzi. Il tutto inframezzato di bottiglie e bicchieri. Pamela non si faceva illusioni sul contenuto delle bottiglie prima che fossero state svuotate. Il loro odore pervadeva l'intero appartamento.

Caleb l'aveva seguita e si era fermato sulla soglia. Lei immaginò che avesse bisogno di appoggiarsi allo stipite per non cadere. «Mi sono appena...»

«Sì, l'ha già detto.» Pamela si domandò dove aveva intenzione di sistemare il contenuto degli scatoloni. In salotto c'era posto soltanto per l'imponente tavolo. Gettò un'occhiata in cucina. Qualche pensile. Di sicuro già stracolmo. «Un trasloco del genere è sfiancante.»

Lui stava tornando lentamente alla lucidità. «Mi scusi. Non pensavo... non sapevo che avrei avuto visite.» Per il livello di sbronza riusciva a essere sorprendentemente disinvolto.

Anni di pratica, pensò Pamela. Sapeva quanto fosse stato bravo in servizio – a prescindere dalle sue condizioni.

«Mr. Hale, sto cercando il sergente Linville. È molto importante.»

Lui fece un sorriso ironico. «Qui non c'è.»

«Lo so. Potrebbe essere in difficoltà, potrebbe essere in pericolo. Si tratta del caso di cui ci stiamo occupando.»

«In pericolo?»

«È probabile che sia sulle tracce di un uomo... purtroppo non so niente di più preciso. Sono stata in ospedale fino a un'ora fa. Una commozione cerebrale.»

«Mi spiace.»

«In ogni caso so che Linville si è introdotta senza autorizzazione nell'appartamento di quest'uomo. Ha usato l'inganno.»

«Tipico di Kate.»

«E forse ha trovato qualcosa che l'ha indotta a dargli la caccia di propria iniziativa. Non ha informato nessuno, probabilmente a causa del modo in cui è giunta in possesso delle sue informazioni. E adesso non riusciamo più a contattarla.»

Lo sguardo di Caleb si fece improvvisamente lucido. Atterrito.

«Merda» disse. «Merda! Io...»

«Il sergente si è messa in contatto con lei?»

«Sì. Era... per la miseria, dov'era? Non ha importanza. Dovevo mandare degli agenti a... dovevo mandarli da qualche parte...» Si capiva con quanta disperazione si sforzasse di concentrarsi. Di afferrare i brandelli di ricordo che fluttuavano nella sua mente annebbiata. «Dio. Mi ha chiamato, sì.»

«Quando è stato?»

«Non lo so. Stavo dormendo...» Non tentò neppure di spiegare che con ogni probabilità non stava dormendo in un orario normale, cioè di notte. Bensì nel bel mezzo del giorno, e che non aveva idea di che ore fossero.

«Il suo cellulare» disse Pamela. «Dov'è il suo cellulare?»

«Non lo so... perché?»

«Perché forse nel frattempo potrebbe essersi fatta viva. Hale, maledizione, è importante!»

«Lo so. Lo so. Poi mi sono alzato. Ho... bevuto qualcosa.»

«Dov'è il suo cellulare?» Pamela tirò fuori dalla tasca il telefono in prestito. «È in grado di ricordare il suo numero? Così provo a chiamarla!»

Lui riuscì a dettarle il numero. Lo squillo arrivò dal bagno. Pamela lo trovò sulla tavoletta del cesso. Lo porse a Caleb. «Per favore, mi sblocchi la segreteria!»

Caleb ci riuscì al secondo tentativo.

La voce di Kate risuonò per la stanza. Lo informava di essere a Grimsby e di aver trovato la barca. Ma che tuttavia non c'era a bordo nessuno. Era venuta a conoscenza di un campeggio dismesso nei boschi di Chambers Farm Wood. A Wragby, Lincolnshire. Stava andando lì. Si sarebbe fatta viva di nuovo.

Caleb lanciò un gemito.

Il secondo messaggio. «Ciao, Caleb, spero ardentemente che ascolti questi messaggi.»

Si trovava nel bosco... stava per proseguire a piedi... c'era qualcuno a poca distanza... da qualche parte davanti a lei... erano le sette e mezzo...

«Per favore manda degli agenti alle otto e mezzo.» La voce di Kate era tesa. «Se non mi farò viva entro un'ora, ho bisogno di aiuto.»

Pamela guardò l'ora. Erano da poco passate le nove.

«Oddio» disse Caleb. «Oddio.» Si voltò di scatto e corse in bagno. Pamela lo sentì vomitare.

Lei intanto si mise ad abbaiare ordini dal cellulare dell'agente. «Sì. Chambers Farm Wood... Non ne ho idea... Da qualche parte nel Lincolnshire. La località più vicina si chiama Wragby. Serve la massima cautela, potrebbero esserci degli ostaggi. Anche una bambina di sei mesi... sì. Vengo anch'io.»

Si girò tra gli scatoloni per tornare verso la porta. Caleb uscì barcollando dal bagno. Sembrava un fantasma. Pamela provò compassione per lui, ma che diamine, come aveva fatto Kate a scegliere un ex investigatore alcolizzato come contatto?

«Non stia a impazzire, Caleb» disse. «Questa storia... non è stata una mossa particolarmente astuta nemmeno da parte di Kate.»

Lui aprì la bocca come se volesse dire qualcosa. La richiuse senza parlare. Sembrava sotto shock.

«Un consiglio, Caleb» concluse Pamela. «Si compri un tavolo da pranzo più piccolo. Altrimenti non combinerà nulla in questo appartamento!»

In realtà quello che avrebbe voluto dirgli era: dia un taglio alla sua vecchia vita. Altrimenti non combinerà nulla in quella nuova.

Ma non era il momento per approfondire il discorso.

Pamela scese di corsa le scale e uscì nella notte.

12

Quando Sam s'incamminò a passo deciso verso di loro, Mila cominciò a gridare.

«No! No! No!»

«Scappi» le sussurrò Kate. «Ma rimanga vicina alla strada, altrimenti si perderà. Tenga ben stretta Ruby e scappi!»

«No. No.» Per quanto Mila fosse terrorizzata da Sam, l'idea di separarsi da Kate e tornare a vagare da sola in mezzo a quel bosco tenebroso le incuteva altrettanta paura. Sembrava paralizzata e continuava a ripetere soltanto «No. No. No».

Kate le diede una spinta. «Vada. Scappi. Raggiunga le case. Troverà ancora qualcuno. Chiami la polizia da lì.»

«Io...»

«È la nostra unica possibilità. Scappi!»

In quel momento Mila sembrò rendersi conto in un modo o nell'altro che non aveva scelta. Si allontanò barcollando.

Sam notò il movimento, si bloccò e poi accese la pila. Era un apparecchio potente che rischiarò a giorno il bosco. Sicuramente vide Mila allontanarsi con Ruby, ma vide anche Kate, e aveva sentito il trillo del cellulare. Siccome Mila non ce l'aveva più, doveva per forza trattarsi di quello di Kate. Gli doveva essere chiaro che c'era segnale e che lei avrebbe subito chiamato la polizia se lui avesse inseguito Mila.

In quel momento sembrò decidere di concentrarsi in primo luogo su Kate.

Si avvicinò. Kate tirò fuori il distintivo e lo alzò verso il fascio della pila. «Sergente investigativo Kate Linville, North Yorkshire Police. La dichiaro in arresto, Samuel Harris.»

Lui sogghignò. «Ah...» esclamò.

«Si arrenda, Harris. Ha già commesso molti crimini. I miei colleghi sono informati. E la prenderanno. L'omicidio di una poliziotta non migliorerà certo la sua situazione.»

Lui sogghignò di nuovo. «Se i suoi colleghi fossero al corrente, sergente Linville» pronunciò il suo grado in tono sarcastico, «sarebbero già qui. Lei allora non si aggirerebbe nel bosco tutta sola con Mila e la bambina. Nessuno sa niente, sergente. Nessuno. Dovrebbe preoccuparsi della sua situazione piuttosto che della mia.»

«Sappiamo che ha ucciso Diane Bristow e Logan Awbrey, Mr. Harris. E James Henderson. E Sue Raymond. Probabilmente anche Patricia Walters.»

«Dimentica Isabelle du Lavandou» disse Harris divertito. «Sa quanto ha impiegato a morire? Quasi due giorni. Alla fine mi ha implorato di finirla. Una persona senza cuore, ma a un certo punto non ce l'ha più fatta a sopportare il dolore. Be', avrebbe dovuto evitare di trattarmi come un sacco di merda tanti anni fa.»

Aveva appena ammesso sorridendo un altro omicidio. Kate capì che non aveva nessuna intenzione di risparmiarla.

Perché i rinforzi non arrivavano? Che cosa faceva Caleb, che cosa era andato storto? Aveva sempre potuto fidarsi ciecamente di lui.

Sam guardò nella direzione verso cui era fuggita Mila. Non si vedeva più, ma si sentiva lo schiocco dei rami e degli arbusti.

«Lei la raggiungerò facilmente» disse rilassato. «E in caso contrario... la troverò di nuovo. Dovunque vada. La troverò dovunque.»

«Finirà in prigione.»

«Sicuramente no.»

«Mr. Harris, si arrenda. Lasci in pace Mila. Ha già ottenuto tanto. Ho visto la sua foto di prima. Oggi è un uomo completamente diverso, un uomo attraente che non ha problemi a trovare una donna. Posso capire che da ragazzo...»

Lui la interruppe brusco. «Lei non può capire. La mia giovinezza è stata una catastrofe, e lei non ne sa niente, anche se non mi dà l'impressione di essere stata la ragazza più popolare della sua scuola. Era una cenerentola, vero? Invisibile.»

Lei non rispose. Come molti psicopatici, che non provavano empatia per il prossimo, ma erano dotati di una capacità analitica molto sviluppata, Sam aveva colto nel segno. Kate, la donna insignificante. Lo era sempre stata, lo sarebbe sempre rimasta.

«La cosa peggiore» proseguì Sam, «era che non ero affatto invisibile. Al contrario. Sa quanto pesavo a sedici anni?» Non aspettò la sua risposta. «Centottantadue chili. Riesce a immaginarlo?»

«Certamente» disse Kate.

«Le occhiate degli altri. La derisione. I bisbigli. Dovunque andassi. A scuola. Nei negozi. Per strada. Dappertutto. Per questo la sua giovinezza non è nemmeno paragonabile alla mia. A lei non ridevano dietro. Nessuno si accorgeva di lei.»

Kate non l'avrebbe giudicata necessariamente una variante molto più allegra, ma non era certo il momento di aprire un dibattito con Sam Harris su chi dei due avesse passato l'adolescenza più difficile. Comunque era positivo farlo parlare. Questo dava a Mila il tempo di raggiungere le case all'ingresso del parco. Kate tuttavia non si faceva troppe illusioni: a piedi era un tragitto molto lungo. Mila era esausta. E c'era anche il pericolo che si smarrisse.

Dov'erano i rinforzi che avrebbe dovuto chiamare Caleb?

«Avevo sempre freddo» disse Sam. «Per tutta l'infanzia e l'adolescenza. Sempre freddo. Verrebbe da pensare il contrario, no? Le persone obese di solito sudano sempre. A ogni movimento, perché devono trascinarsi dietro tutto quel grasso. Anch'io sudavo molto. In genere. Avevo la faccia congestionata, il sudore mi colava a fiotti.»

Fissò Kate. Che ricambiò serafica il suo sguardo.

«Ma dentro» riprese, «dentro mi sentivo gelare. La freddezza e il disprezzo di mio padre mi hanno raggelato. La crudeltà di mia nonna. La distanza dei miei compagni di scuola. Il rifiuto da parte di tutte le persone. Mila. Era soprattutto Mila a raggelarmi. La sua incapacità di amarmi. Io ero solo. Sempre. Ed era notte. Continuamente.»

«Lo capisco» disse Kate, tastando di nascosto il cellulare che teneva in mano. Se fosse riuscita a far partire una chiamata di emergenza... Ma lui si era accorto del suo impercettibile movimento.

«Butti via quell'affare. In mezzo alla neve. Ai miei piedi!»

Lei ubbidì. Si rendeva conto che non era il caso di sottovalutarlo, nemmeno per un istante.

Lui abbassò leggermente la pila. Lei vide che nell'altra mano stringeva un coltello.

Probabilmente l'arma del delitto degli omicidi Bristow, Awbrey e Raymond.

«Mr. Harris» lo implorò, «proviamo a parlare. Mi racconti che cosa l'ha spinta ad agire come ha fatto. Forse potrei chiedere le attenuanti in tribunale.» Mentre pronunciava queste parole, capì che non avrebbero avuto alcun effetto su di lui. Non c'erano attenuanti, neppure per adolescenti obesi, sempre gelati. Niente poteva giustificare un omicidio. Men che meno sei.

Sam era troppo furbo per non saperlo.

«Non dica stronzate» ribatté. «Che grandissima fesseria. Lei piuttosto vorrebbe vedermi rinchiuso in isolamento. Per il resto della vita.»

Kate tacque. Non avrebbe avuto senso controbattere.

«Adesso ti legherò a un albero» disse Sam, «e ti farò provare qualche spiacevole incontro con il mio coltello. Purtroppo non posso prendermi tutto il tempo che voglio come ho fatto con Lavandou. Dopotutto devo occuparmi di Mila. Alla fine ti taglierò la gola. Temo che non offrirai un bello spettacolo quando ti ritroveranno. Prima che succeda, qualche animale selvatico sicuramente si sarà sfamato con te.»

Lei si passò la lingua sulle labbra secche. Non voleva mostrare di avere paura. Ma, merda, era terrorizzata. Le era capitato spesso di pensare che nella sua professione sarebbe potuta finire in una situazione pericolosa e senza via d'uscita. Da quando il suo ex superiore, l'ispettore Stewart, era stramazzato a terra morto accanto a lei l'estate precedente, quel pensiero si era fatto ancora più insistente. Non accadeva sempre solo agli altri, poteva capitare anche a lei, in qualunque momento.

Adesso forse quel giorno era arrivato?

«Togliti il cappotto» ordinò Harris.

«Con questo freddo? Congelerò.» Un'obiezione ingenua. Ma l'importante era guadagnare tempo. In qualunque modo.

Lui sorrise di nuovo. Era un ghigno antipatico, pieno di odio. Il ghigno malato di chi si sente trattato ingiustamente dalla vita. E che addossa la responsabilità agli altri, tutti gli altri.

«Avrò finito con te prima che tu possa sentire freddo» disse. «Promesso.»

Lei esitò. Probabilmente lui aveva una corda in tasca. Ancora qualche minuto e l'avrebbe legata a un albero. E allora sarebbe stata finita. Sarebbe stata indifesa. Intanto non arrivava nessuno. E ormai era troppo tardi.

«Togliti il cappotto» ripeté aspro Sam. «E poi anche quello che hai sotto. Devi rimanere solo con la biancheria, sergente!»

Se c'era una cosa che Kate si rifiutava di fare era di spogliarsi e lasciarsi legare da lui. Valutò brevemente tutte le alternative. Avrebbe avuto la possibilità di raggiungere la macchina, ma se lui l'aveva manomessa, come lasciava intendere il cofano non perfettamente chiuso, non solo non sarebbe riuscita a metterla in moto, ma con ogni probabilità non avrebbe potuto azionare nemmeno la chiusura centralizzata. E allora si sarebbe messa in trappola da sola. A parte questo, ci sarebbe voluto un gran colpo di fortuna per riuscire a superarlo. Non aveva dubbi che fosse allenato, sportivo e veloce.

«Non ho intenzione di aspettare ancora a lungo» disse lui.

Lei fece uno scarto improvviso di lato e si mise a correre. Uscì dalla vegetazione e imboccò la strada. Gli arbusti, i rami e il sottobosco l'avrebbero rallentata troppo. Correva come se avesse il diavolo alle calcagna.

Aveva il diavolo alle calcagna.

Guadagnò un certo vantaggio, perché Sam era stato colto di sorpresa e impiegò un momento a decidere da quale dei due oggetti che stringeva in mano, coltello o pila, dovesse separarsi. Evidentemente scelse la pila, perché all'improvviso si fece buio. Era prevedibile. Il coltello gli serviva.

Poi sentì i suoi passi e il suo respiro affannato. Stava dando tutto se stesso. Lei lo sentiva avvicinarsi. Era troppo veloce. Il suo vantaggio si dissolse.

Il ginocchio offeso le faceva male. Avvertiva anche delle punture al fianco. Era da molto tempo che non si allenava più, troppo lavoro, troppo brutto tempo. Adesso ne pagava le conseguenze. Era in pessime condizioni.

L'esatto contrario di Sam Harris. Correva come una macchina. Spinto dall'odio. Mentre Kate era spinta dalla paura. Forse il suo odio era più grande. L'odio del ragazzo grasso, gelato, respinto.

Avvertì il suo respiro caldo nell'orecchio, poi lui la atterrò. Sentì la sua voce affannata. «Che cosa credevi di fare? Pensavi di potermi sfuggire? Ti eri illusa di riuscirci?»

Lei non rispose. Lui le premeva la faccia nella neve. Non riusciva a respirare. Si aspettava da un momento all'altro che le strattonasse la testa all'indietro e le avvicinasse la lama fredda alla gola. Era completamente inerme. Lui la bloccava con il proprio peso, le schiacciava tutto il corpo. Provò a dimenarsi. Dubitava che Sam si accorgesse dei suoi tentativi di liberarsi.

«Perché ti sei dovuta immischiare?» sibilò. «Perché?»

Perché è il mio lavoro, avrebbe potuto rispondergli, ma se lo avesse fatto, la bocca le si sarebbe riempita di neve. Faticava sempre a respirare. A ogni respiro la neve le entrava nel naso. Emise un suono strozzato.

Sentì che Sam le tirava la sciarpa. Faticava parecchio, perché le due estremità erano sepolte sotto di lei. Poi però si accorse che non voleva sfilargliela dal collo. La stava attorcigliando su se stessa. Sempre più stretta. Aveva cambiato i suoi piani. Non l'avrebbe uccisa con il coltello. L'avrebbe strangolata.

Kate tentò invano di liberare le braccia per infilare una mano tra la sciarpa e il collo, ma era impossibile. Ce le aveva bloccate sotto il corpo, quasi cementate dal peso proprio e di Sam Harris. La sciarpa la stringeva sempre di più. L'aria che le entrava nei polmoni era sempre di meno. Ansimava, spalancò la bocca e la neve la riempì subito facendola tossire senza rimedio.

Doveva essere quella la sensazione che si provava a essere sepolti sotto una valanga. Doveva essere quella la morte.

Morire era così.

Un velo nero le oscurò la vista e la neve che le penetrava umida nei vestiti all'improvviso smise di essere fredda. Percepì uno scroscio nelle orecchie e il suo corpo fu inondato di calore. Finalmente faceva caldo. Era primavera. Il buio davanti agli occhi si dissolse, una luce la inondò. Luce e calore.

Per quanto tempo rimase nella luce e nel calore?

Un'eternità? O solo pochi secondi? Non lo sapeva, non lo avrebbe mai saputo.

Poi ritornò tutto: oscurità e freddo. La neve in bocca. Il dolore al collo. L'ansimare dell'uomo che la schiacciava. Il fruscio nelle orecchie che cominciò a diminuire a poco a poco.

Sollevò il viso. Sputò neve, inspirò grandi boccate d'aria, udì un rumore stridulo, sibilante che le usciva dalla gola.

Aria, aria, aria. Bevve l'aria come un assetato l'acqua a una sorgente nel deserto.

Riuscì a voltarsi. A liberare le mani. Harris era sempre sopra di lei. Con il busto inarcato. Paralizzato in un gesto assurdo. Cercò di scrollarselo via di dosso, ma era troppo pesante e lei troppo esausta. Respirava ancora con affanno.

All'improvviso lui abbassò la testa e un fiotto di sangue gli uscì dalla bocca. Inondò il viso di Kate anche se lei ebbe la prontezza di spirito di spostarsi di lato. E poi stramazzò sopra di lei.

Facendo appello alle ultime forze che le restavano, Kate riuscì a districarsi da sotto di lui. Era sdraiato sull'addome, il viso affondato nella neve. Il manico del coltello gli spuntava tra le scapole.

Alle sue spalle c'era Mila. Tremava dalla testa ai piedi.

«Mila» gracchiò Kate. Il collo le doleva da morire. «Mio Dio, Mila...»

Per tre volte Mila provò a dire qualcosa. Ci riuscì solo al quarto tentativo. «Aveva perso il coltello. Quando si è gettato su di lei.»

Per questo aveva cercato di strangolarla con la sciarpa.

«E lei era qui?»

«Ero poco dietro di voi. Mi siete passati accanto. Mi ero fermata per vedere se Ruby respirava ancora.»

«E?»

«È molto debole. È alla fine.»

Kate cercò di rialzarsi. Aveva le gambe molli. Vide gli occhi angosciati di Mila su di sé e si passò la mano sul viso. Sangue dappertutto. Il sangue di Harris.

«Lei… mi ha salvato la vita, Mila» farfugliò. Non avrebbe mai pensato che quella donna minuta, delicata e timida ne sarebbe stata capace. Che, tenendo in braccio una bambina, prendesse un coltello e lo conficcasse fino al manico nella schiena di un uomo.

Mila parve rendersi conto gradualmente di ciò che aveva fatto, perché il suo tremito aumentò. Era sotto shock. Aveva agito spinta dall'istinto di sopravvivenza e dalla rabbia. Verso l'uomo che le aveva rovinato tanti anni della sua vita, del quale aveva sempre avuto paura.

«È morto?» chiese e sembrava sul punto di svenire.

Kate si chinò su Harris e gli tastò il battito. «No.»

Poi si sollevò. «Lei rimanga qui, Mila. Io torno alla macchina. Da qualche parte lì vicino deve esserci il mio cellulare. Chiamerò i colleghi. E vedrò se riesco a far ripartire la macchina. D'accordo?»

Mila annuì esausta. Raddrizzò la bambina che teneva tra le braccia. «Sì.» E poi all'improvviso lanciò un grido. «Sergente! Kate! Guardi! Guardi!»

Luci. Macchine. Si avvicinavano lungo la strada. Lampeggianti azzurri.

Kate afferrò il braccio di Mila. Non sapeva nemmeno lei se volesse sostenere l'altra o cercasse di aggrapparsi.

«Finalmente» bisbigliò. «La polizia. Finalmente.»

In realtà pensavo di essere morto, invece sono vivo. Sono in ospedale, sdraiato supino sul letto. Ho le braccia, le gambe, la testa attaccate a dei cavi. Sono stato via per parecchio tempo, ma sono riaffiorato dagli abissi delle tenebre. O ero incosciente oppure mi avevano anestetizzato.

Accanto a me sento gli allarmi degli apparecchi. Mi tengono monitorato senza sosta: pressione sanguigna, frequenza respiratoria, flusso cerebrale, respirazione.

Respirazione soprattutto.

La mia mente si fa più lucida. Ho dolori al collo e non riesco quasi a deglutire, e penso di essere stato intubato. La cannula è stata tolta. A quanto riesco a capire, respiro autonomamente. È già qualcosa.

Per il resto non riesco a muovermi. Mi piacerebbe agitare le dita dei piedi o stringere a pugno una mano, ma non funziona. Spero che non significhi niente. Dopotutto avevo un coltello in mezzo alla schiena. Può aver danneggiato una vertebra? Un medico prima mi ha detto che mi ha causato una lacerazione polmonare. Tuttavia non sapeva se riuscissi a capirlo. Non ho reagito. Non ci riuscivo.

In ogni caso avevo un lobo polmonare perforato, ecco perché ho sputato sangue dalla bocca, inoltre c'era molto sangue nella cavità toracica e poi il polmone è collassato. Ho rischiato di morire. Se non ci fosse stata lì un'ambulanza perché stava arrivando la polizia...

«È stato molto fortunato, Mr. Harris» ha detto il dottore.

Sul serio? Non ne sono troppo sicuro.

Sono sdraiato qui, in attesa di guarire, di potermi muovere di nuovo, di poter deglutire, di essere liberato da tutti questi cavi. E poi?

Finirò in prigione. Non mi faccio illusioni. Mi hanno preso. Non me la caverò dopo il numero con la poliziotta. E nemmeno dopo la storia con Mila. Nella roulotte. Poi c'è anche quel vagabondo. L'ho lasciato davanti alla cabina della doccia. Morto stecchito. Era uscito da lì con aria tracotante e mi è bastato conficcargli il coltello nel collo. Allo stesso tempo maledico la mia stupidità. La roulotte era il mio rifugio, la roulotte e la barca. Sapevo che nel campeggio dismesso bazzicava un senzatetto. Non mi ha mai disturbato. Ma avrei dovuto immaginare che mi avrebbe potuto intralciare con Mila. Il giorno in cui sono stato via all'infinito, domenica, per procurarmi quel maledetto cibo per bambini di pochi mesi, in modo che Mila la finisse con le sue eterne lamentele... Mi sono assentato troppo a lungo. Lei deve aver gridato senza fine. E quel tipo l'ha liberata. Quanto sono stato idiota. Avrei dovuto eliminarlo prima.

Devo riflettere su quello di cui possono accusarmi. Il guaio è che hanno il coltello. L'arma del delitto in quasi tutti i casi. E l'omicidio di Lavandou l'ho addirittura ammesso.

Sapevo che un giorno avrei ritrovato Mila. Lo sapevo, perché siamo destinati l'uno all'altra. E un giorno, mentre passeggio per la zona pedonale di Scarborough, me la vedo venire incontro. Con due borse della spesa in mano. Così. In pieno giorno. Quindici anni più grande dell'ultima volta che ci siamo frequentati. Ma inconfondibile. Quel visetto tenero, grazioso, timido. I capelli morbidi e lisci. I grandi occhi. Era lei e mi veniva incontro e io ho capito che Dio esiste.

Pensavo che non mi riconoscesse, dato che mi sono trasformato in uno snello Adone muscoloso, lontano anni luce dal Cicciobombo che conosceva e disprezzava e trattava con inimitabile freddezza. Ma quando è stata alla mia altezza, ha girato la testa verso di me e all'improvviso ho visto un lampo di sgomento nei suoi occhi. Incredulità. Raccapriccio.

Non ha detto niente. Ha proseguito. Accelerando il passo. Sempre di più. Ho avuto l'impressione che si trattenesse faticosamente per non mettersi a correre.

L'ho seguita. A debita distanza. In un attimo ho scoperto dove abitava.

L'ho vista uscire altre due volte di casa e tornare con le borse della spesa. Si guardava intorno circospetta. Aveva l'aria sconvolta. E poi all'improvviso è scomparsa. Non l'ho più vista, anche se passavo quasi tutto il tempo vicino a quella grande casa. Dopo due notti non ce l'ho più fatta. Sono entrato dalla cantina. Purtroppo ho svegliato un'anziana signora che abitava nella stessa casa. Mi si è avvicinata sbraitando e ha minacciato di chiamare la polizia. I suoi strepiti sono terminati con un energico spintone giù dalle scale. Nessuno potrà darmi la colpa. Non c'è alcun'arma del delitto.

In tutta casa però non ho trovato tracce di Mila. Nemmeno uno spazzolino o altro. Biancheria. Una pinza per capelli. Un oggetto qualunque. Era fuggita.

Chi può immaginare la mia disperazione? Avercela così vicina dopo tanti anni. A portata di mano. Decisi che avrei smesso di aspettare. Cominciai a cercarla attivamente. A darle la caccia.

Che cosa mi chiederà la polizia? O il pubblico ministero? Obietteranno che una compagna ce l'avevo. Anna. Perché allora dare la caccia a Mila?

Ovviamente è incomprensibile solo per chi non ha la minima idea della vera passione e del vero amore. Anna somiglia vagamente a Mila. In realtà non è vero. È solo un tipo simile. La sua aura, la sua timidezza, la voce bassa e educata, lo sguardo sempre un po' timoroso. Quando l'ho conosciuta – aveva prenotato una seduta di coaching con me – ho pensato che potesse essere una soluzione di emergenza. Un surrogato.

Ovviamente non è stato così. Il vero amore non si può sostituire. Non ho amato Anna neppure per un secondo. Lei era lì, e io avevo qualcuno al mio fianco, ma non significava altro. E poi è fuori di brutto, depressa, nevrotica, e quant'altro. Non riuscivo a sopportarla per più di un tot di tempo. Per fortuna nemmeno lei. Credo che attribuisse la colpa alla sua malattia, la depressione, era stata ricoverata in clinica per ben due volte. In realtà non penso che dipendesse da quello. Tollerava in misura limitata la mia presenza perché dentro di lei sentiva che non l'amavo. Percepiva la mia totale freddezza nei suoi confronti. Una persona come lei è facile da convincere che tutto dipendeva dai suoi disturbi. Non rischiavo niente a chiederle se volesse venire a vivere con me. Se volesse sposarmi. Conoscere mio padre a Londra. Non c'era il minimo pericolo che rispondesse di sì. Trovava sempre mille scuse. E questo le creava dei terribili sensi di colpa. Non c'è niente che sia più facile da manipolare di una donna con la coscienza sporca.

Le presunte visite al mio defunto padre mi servivano come vacanza da lei. E per cercare Mila.

Ma dove andassi: di cosa mi possono accusare?

La poliziotta ha parlato di Diane Bristow e Logan Awbrey. Peccato solo per la storia della solita arma del delitto. La Bristow c'entra anche per una consulenza. Odiava il suo lavoro al Crown Spa ed era venuta da me per questo. Non aveva soldi. Le feci un buon prezzo, senza registrarla. A volte lo faccio con i pazienti che altrimenti non possono permettersi un coaching. Ovviamente non deve essere scoperto. Nel caso Bristow si dimostrò una fortuna.

Un giorno arrivò da me così sconvolta che le chiesi che cosa fosse successo. Disse che si trattava del suo nuovo fidanzato. Non sapevo che avesse un fidanzato, invece era così, da pochissimo tempo. Era una cosa positiva, le dissi, e lei scoppiò a piangere. Continuava a singhiozzare e singhiozzare. Io sono solo un coach, tra l'altro specializzato in consulenza sul lavoro, ma a volte fungo anche un po' da terapeuta. In ogni caso lei mi raccontò ciò che le aveva confidato il suo nuovo ragazzo, Logan Awbrey. Un gesto inconcepibile, accaduto nove anni prima. Commesso da tre ragazzi. Logan Awbrey e due donne di cui non le aveva rivelato l'identità. In una calda giornata d'estate. Per noia.

Conoscevo il caso. Ne avevano parlato tutti i giornali a livello nazionale.

«Che cosa devo fare adesso?» mi chiese con il viso inondato di lacrime. «Devo andare alla polizia. È giusto che i genitori sappiano che cosa è accaduto. Quel ragazzo è ancora in coma!»

«Per il momento non faccia niente» le consigliai. «Mi lasci riflettere.»

Ci pensai su e intanto la mia rabbia montava sempre di più. Come ho detto avevo letto gli articoli sul caso e ora lo cercai di nuovo in rete. La vittima, Alvin Malory, era un ragazzo come ero stato io un tempo. Centosessantotto chili di peso. Per niente sportivo. Poco attraente. Un emarginato. Niente amici. Ovviamente niente ragazza. Deriso a scuola. Sempre escluso. Sapevo quanto doveva aver sofferto. Sapevo che era stato proprio questo a spingere Logan Awbrey e le sue amiche a sceglierlo come vittima. Era la vittima esemplare. Sempre. Era divertente tormentarlo.

È sempre divertente tormentare gli indifesi. I diversi.

Avrei potuto essere io. Avrebbero potuto fare lo stesso anche con me. Non era questione del nostro nome, della nostra personalità, del nostro carattere. Il punto erano i ciccioni.

Fatty.

Durante la seduta successiva chiesi a Diane dove abitasse il suo ragazzo e mi feci mostrare una foto. «Se è d'accordo, vorrei parlare con lui» le suggerii. «Vorrei farmi un'idea. Poi staremo a vedere. Pensa che la cosa l'aiuterebbe?»

Lei annuì riconoscente. Non era in grado di gestire la situazione. Era contenta di avermi al suo fianco.

Purtroppo così facendo firmò la sua condanna a morte. Perché avevo intenzione di punire Awbrey. Di ucciderlo. La polizia sarebbe risalita facilmente a me attraverso Diane Bristow. Doveva essere messa a tacere.

Così mi occupai di lei per prima. La seguii quando uscì da quello stupido corso di cucina per single tenuto da Anna. Avevo intenzione di aggredirla sulla porta di casa. Ma poi la vidi ferma in quella piazzola. Mi meravigliai, ma era quasi meglio. Quando mi avvicinai dalla parte del passeggero e salii in macchina si spaventò, ma si rilassò subito, dopotutto mi conosceva. Harris, il simpatico consulente, comparso misteriosamente a tarda sera ai margini di un pascolo. In effetti era un po' perplessa. Poi vide il coltello. Stupidamente accese la macchina e partì. In preda al panico imboccò la direzione sbagliata. Dopo nemmeno un minuto si era impantanata. Piangeva.

Non fu un problema liquidarla. Poi si trattò solo di far sparire il cellulare. Per precauzione.

Con Logan Awbrey fu più difficile. Era in fuga. Non da me, ma dalla polizia. Più tardi venni a sapere da Anna che quella sera era salito sulla macchina di Diane. C'erano le sue impronte dappertutto. Per la polizia era il principale sospettato.

Lo sorpresi a casa di Anna. L'avevo lasciata davanti alla porta ed ero ripartito, ma poi ero tornato indietro. A volte lo facevo. Per assicurarmi che non ci fosse un altro uomo nella sua vita. Non che mi importasse granché. Ma non volevo fare la figura dell'idiota.

La vidi con Logan in salotto. Sembravano intimi. Non come due amanti. Come due amici. Si conoscevano da tempo. E di lui non mi aveva raccontato nemmeno una parola. Anche se era sui giornali. Neanche una parola.

E così, il lunedì seguente, mentre Anna era di nuovo al corso di cucina, andai a casa sua e liquidai Awbrey. Era un marcantonio, mi superava in altezza di una testa buona, ma ero preparato. Avevo un coltello. Lui era disarmato.

Con ogni probabilità non mi avrebbe aperto, dato che si nascondeva dalla polizia, ma attraverso la porta gli dissi che venivo da parte di Anna, ero un suo amico, poteva fidarsi di me. Alla fine aveva socchiuso la porta. E io ero entrato prima che se ne rendesse conto. Gli piantai il coltello nell'addome e lui s'inginocchiò con un gemito. Credo che fosse davvero troppo scioccato per reagire. E poi era in fuga da giorni, sembrava uno spettro, aveva i nervi a fior di pelle. A parte questo era sempre stato un rammollito. Ho occhio per i tipi del genere. Che se la prendono sempre con i più deboli. Mai con quelli pari a loro.

Gli dissi perché volevo ucciderlo e lui mi guardò sconvolto. Era convinto che nessuno fosse al corrente della storia con Malory. Che idiota, era stato lui a raccontarlo a Diane. Dentro di me pensai che non era solo uno smidollato. Ma anche un cretino. Quando si compie un'azione come la sua e si ha la fortuna di cavarsela senza danni, si tiene la bocca chiusa per tutta la vita. Non ci si confida con nessuno. Proprio nessuno. Mai. Ma anche per questo ovviamente bisogna avere una certa forza interiore. A lui mancava persino quella.

Dovevo tornare a casa in tempo prima che Anna arrivasse dal corso di cucina, perciò lasciai Logan dov'era e presi solo il suo cellulare. Se, disgraziatamente, qualcuno lo avesse rinvenuto, non doveva essere possibile stabilire un collegamento con Anna. Immaginavo che avesse il suo numero e forse anche una chat su WhatsApp. Buttai il telefono in mare e tornai a casa. Anna voleva restare da me per Natale e io avevo pensato di andare di nuovo a casa sua alla prima occasione per sbarazzarmi del cadavere in corridoio.

Invece le cose si ingarbugliarono, perché fu lei a trovarlo. E ovviamente andò fuori di testa. Credo di aver interpretato la mia parte piuttosto bene. Mi mostrai stupefatto e dissi subito che bisognava avvisare la polizia. Questo la mise ancora di più in agitazione, e allora dentro di me nacque un sospetto... soprattutto quando mi disse che conosceva Logan da tantissimo tempo. Poi, quando mi promise tra le lacrime che mi avrebbe raccontato tutto, soprattutto il motivo per cui non voleva coinvolgere la polizia, ebbi la conferma. Delle due donne che avevano aggredito Alvin Malory insieme a Logan, una era quasi sicuramente Anna. Ecco il motivo della sua paura. Temeva che Logan fosse stato ucciso per quel crimine e che la polizia, se avesse cominciato a indagare, avrebbe scoperto parecchie cose che non dovevano assolutamente venire alla luce. Faticavo a immaginare Anna come complice di un'aggressione così efferata, ma era chiaro dal suo modo di parlare che un tempo era stata molto innamorata di Logan. Probabilmente lo aveva seguito, piangendo e battendo i denti, ma troppo vigliacca e troppo dipendente per opporsi alla cosa.

Continuo a chiedermi ancora chi fosse l'altra donna coinvolta. Punterei su Dalina. Anche lei è una specie di amica di Anna, sebbene il loro sia più un rapporto padrona-schiava. Dalina è una classica egocentrica cinica. Non mi sorprenderebbe che fosse stata lei a organizzare tutto. Logan le ubbidiva come un cagnolino. Lei è il genere di donna che soggioga gli uomini. E lui è il tipo d'uomo che si lascia soggiogare.

Se non mi avessero preso, probabilmente avrei mostrato anche ad Anna e Dalina che alle persone grasse non si fa quello che loro avevano fatto ad Alvin Malory.

Temo però che non mi sarà più possibile.

Dunque ci sbarazzammo di Logan. Intanto io continuavo a cercare Mila. Mi venne l'idea di fare un tentativo da suo zio, il vecchio James Henderson a Sheffield. Mi aveva parlato di lui. Gli telefonai, sperando che magari mi rispondesse lei. Invece c'era solo lui. Così decisi di fargli visita. Ammise che Mila era stata lì. Dichiarò di non avere idea del motivo della sua scomparsa. Cercai di farlo parlare... ma in effetti non sapeva niente.

Alla fine era morto.

Nessun'arma del delitto. Questo non possono addossarmelo. Non ha importanza.

Poi però mi venne un'idea geniale. Sue Haggan. La nostra compagna di classe. Che mi aveva trattato in modo odioso. Non fu tanto difficile scoprire come si chiami ora e dove abiti. Finsi l'ennesima visita a mio padre morto. E invece andai a Richmond.

Centro. Con Sue ho potuto mantenere la promessa che nella vita ci si incontra sempre due volte. L'arma del delitto, presente. La morte di Sue mi sarà imputata.

Ho sbagliato a chiudere in cantina la poliziotta che si era presentata di punto in bianco alla porta. Avrei dovuto eliminarla. Non so bene come si siano svolti i fatti. Forse le cose sarebbero andate diversamente se non avesse più potuto parlare.

Ma chi può dirlo. Chissà per quale motivo è spuntata quell'altra a Chambers Farm Wood. Come faceva a sapere della nostra vecchia roulotte? Del campeggio abbandonato? Non ne avevo mai parlato con Anna, non possono averlo saputo da lei. È un mistero. Forse lo saprò durante il processo. La poliziotta dovrà testimoniare. Come si chiamava? Linville. Sergente Linville. Una persona assolutamente insignificante. Possibile che una nullità come lei abbia mandato tutto all'aria?

Di quanti morti possono accusarmi? Ho appena ripensato a tutto quanto, ma ho di nuovo la mente annebbiata. Sono a pezzi. Probabilmente mi stanno riempiendo di antidolorifici. Be'. Comunque sono diversi. Diversi morti.

Ma non riusciranno a risalire alla nonna. E nemmeno alla mamma.

Qual è la condanna per omicidio? Per omicidio plurimo? Come minimo l'ergastolo. Ma oggigiorno ergastolo non significa più carcere a vita. Dopo venticinque anni al più tardi si esce. Per buona condotta. Ce la farò. Sono un bell'uomo, so comportarmi bene. Sono educato e simpatico. Lascio sempre una buona impressione. So anche che cosa bisogna dire agli psicologi per fargli credere che sia tornato tutto a posto. Ho una formazione come coach, ho frequentato seminari, corsi di aggiornamento. Un coach non è poi tanto diverso da un terapeuta, come ho già detto. Posso rigirarmi un terapeuta come meglio credo. Una terapeuta ovviamente sarebbe ancora più semplice.

Prima però devo uscire da qui. Devo staccarmi da queste macchine. Poi mi occorre un avvocato. Quindi ci sarà il processo. Una cosa alla volta.

Prima o poi sarò di nuovo fuori.

E allora cercherò Mila.

Martedì, 31 dicembre

Kate andò a prendere Pamela in ospedale e la riportò a casa. Con un'auto a noleggio, perché la sua era sempre dal meccanico. Stavolta Pamela fu dimessa regolarmente. Dopo numerosi e accurati esami. La diagnosi fu confermata: commozione cerebrale. Avrebbero voluto trattenerla ancora in osservazione, ma avevano ceduto alle sue insistenze. Armata di analgesici, si fece riaccompagnare nel suo appartamento.

Era già buio. La città era ammantata di neve. Nonostante mancasse poco al nuovo anno, l'atmosfera era incredibilmente tranquilla.

«Grazie, Kate» disse Pamela. «È stata davvero gentile a venire a prendermi.»

«Si figuri, ispettore. Sono in debito con lei. È stata lei a rintracciarmi a Chambers Farm Wood. È inconcepibile come ci sia riuscita.»

«Inconcepibile come lei sia arrivata a Harris. E a quel campeggio.» Pamela fece un sorriso. «Comunque sono al corrente della sua iniziativa personale nell'appartamento di Harris. È stato…»

«… contrario a tutti i regolamenti. Lo so.»

«In qualità di suo superiore non dovrei dirlo» osservò Pamela. «Inoltre negherei di averlo mai fatto, ma sa una cosa? Alla fine siamo riusciti a salvare la vita a una bimba di sei mesi. È stata eccezionale, Kate, e in questo caso: al diavolo i regolamenti!»

Si scambiarono un'occhiata. Qualcosa tra di loro era cambiato. Entrambe avevano dimostrato le proprie capacità, competenze e la propria determinazione. In maniera duratura.

«Penso che potremmo essere un'ottima squadra» disse Pamela.

«Credo che lo siamo già» rispose Kate.

Pamela si schiarì la voce. «L'importante è che Harris sia stato arrestato. Ho parlato oggi con il medico che lo ha in cura a Hull. Ce la farà. Potrà essere portato in tribunale. Pagherà per quello che ha fatto. Finirà in prigione.»

«E Ruby ce la farà?»

«È stata riacciuffata per un soffio, ma se la caverà. Con lei c'è suo padre.»

«E Anna Carter dovrà rispondere dell'aggressione ad Alvin Malory. La più innocente dei tre. Ma c'era anche lei. Ha assistito ed è rimasta in silenzio. Probabilmente sarà accusata di complicità.»

«E Dalina Jennings? È sempre irreperibile?»

Kate annuì. «Sì, ma abbiamo degli indizi. Ha prelevato dei contanti a un bancomat di Swansea. I colleghi del Galles sono sulle sue tracce. La prenderemo, ne sono assolutamente sicura.»

«Lo penso anch'io» disse Pamela. «E Mila Henderson? Dov'è? Che cosa fa?»

«È partita ieri in aereo per gli Stati Uniti. Va a trovare sua madre. È stata lei a pagarle il biglietto. Mila si trova a un punto morto. Non ha più niente. Il suo ultimo parente in Inghilterra, lo zio James, è morto. Anche la sua datrice di lavoro. Quindi non ha più nemmeno una casa. Voleva andare a tutti i costi dalla madre, anche se non va molto d'accordo con il suo nuovo marito. Ha bisogno di un luogo dove riprendere le forze e leccarsi le ferite. Harris l'ha traumatizzata di brutto.»

«Comunque tornerà? È un'importante testimone.»

«Al più tardi tra quattro settimane» la tranquillizzò Kate. «Me lo ha promesso.»

Per un po' viaggiarono in silenzio. Nelle case le luci erano accese. Natale era passato, ma la città aveva l'aspetto di una favola natalizia.

«Ha qualche progetto per stanotte?» chiese Pamela.

Kate si strinse nelle spalle. «No. Andrò a dormire. È probabile.»

Pamela annuì. «Anch'io. Mi hanno proibito feste rumorose a causa della botta in testa. Del resto non ci sarei andata comunque.» Continuò a parlare senza guardare Kate. «Ho una relazione da più di quattro anni. Lui è ispettore capo della Cumbria Police. Un pezzo grosso. Ci siamo conosciuti collaborando a un caso che si era esteso anche alla sua giurisdizione. Da allora… be'.»

«Capisco» disse Kate. Era un po' impacciata. Non era sicura di voler sapere certe cose dalla sua capa.

«Lui è sposato» proseguì Pamela. «Ha tre figli. Il divorzio è fuori discussione. Credo che ami la sua famiglia. Ogni tanto fa un po' di fatica a gestire le problematiche adolescenziali. E le lamentele di sua moglie, perché tutto ricade sulle sue spalle. In certi momenti allora viene da me. In maniera sporadica. Molto sporadica.»

Kate si fermò. Erano arrivate davanti all'appartamento di Pamela. L'ispettore la guardò. «Ero diretta da lui. A Carlisle. Un weekend per due. Per questo mi trovavo nei pressi di Richmond quando mi ha chiamato Burden della South Yorkshire Police e mi ha dato l'indirizzo di Sue Raymond. Ho pensato di fare una deviazione. Di dare un'occhiata. Per vedere se ci fosse Mila Henderson lì. E poi è stata una concatenazione di fatti.»

«Capisco» disse ancora Kate.

«Ma mentre ero bloccata in quella maledetta cantina» proseguì Pamela, «ho deciso di chiudere con lui. Vede, in certe relazioni resta sempre una cosa sola: aspettare. Sperare. Soffrire. E poi ci si sente quasi sempre soli.»

«È un'ottima decisione» concordò Kate. «Quella di finire la storia.»

Non avrebbe mai creduto che la forte, determinata, orgogliosa Pamela avesse potuto sopportare per anni di vivere un'esistenza gregaria come amante segreta di un uomo sposato. Ma in fin dei conti forse l'orgoglio, la determinazione e tutto il resto non c'entravano poi molto. Si trattava più che altro del grado di solitudine. Della nostalgia. Naturalmente dell'amore.

Non sempre ci si innamorava della persona più degna. Nessuno poteva saperlo meglio di Kate.

Pamela aprì la portiera. Sentirono entrambe lo scoppio dei primi mortaretti in cielo. «Buonanotte, Kate. Le auguro il meglio per il nuovo anno. Ha fatto un ottimo lavoro. Deve essere fiera di sé!»

«Grazie. Anche a lei, ispettore.»

Pamela Le rivolse un ultimo cenno di saluto, poi imboccò il vialetto del giardino.

Kate ripartì per tornare a casa.

Si accoccolò dentro casa sua come in una calda e morbida coperta. La caccia era stata così logorante, così snervante, la morte tanto vicina che non le venne neppure da chiedersi se fosse infelice in quella notte di San Silvestro, solitaria come quelle precedenti. In realtà non si sentiva sola. Era esausta. Sollevata. Stanca morta. Le mancava la forza di sentirsi sola.

Il ginocchio era stato medicato, ma il collo continuava a farle molto male. Erano comparsi i lividi rossi del tentato strangolamento che stavano virando verso il viola. Sam Harris l'aveva quasi uccisa. Le tornò in mente il calore che aveva provato, la luce che aveva visto.

Non c'era mancato molto.

Accese il camino elettrico in salotto e le candele sull'albero di Natale. Riempì le ciotole di Messy con un vero banchetto e accarezzò la gatta che cominciò a divorarlo facendo le fusa. Stappò una bottiglia di vino e valutò che cosa potesse prepararsi per cena. Per sentire delle voci accese la televisione. Vide persone vestite di bianco, imbacuccate come astronauti, che si muovevano in una città buia, dall'aria spettrale. Il telecronista riferiva del diffondersi di una malattia polmonare sconosciuta, altamente contagiosa a Wuhan, la capitale della provincia di Hubei in Cina. La città era stata messa in isolamento, nessuno poteva entrare o uscire. Le persone morivano. Non riuscivano a respirare.

Kate osservò le immagini con occhi vuoti. Erano stati giorni frenetici, e adesso che si era fermata, in quest'ultimo dell'anno, era stata abbandonata dalle energie che l'avevano mantenuta in attività dalla tarda serata di domenica fino a oggi. Non era più in grado di assorbire niente. Wuhan era lontanissima. All'altro capo del mondo.

Sentì squillare il telefono. Sul display lesse il nome di Burt Gilligan. Ebbe la tentazione di ignorare la chiamata. Alla fine però rispose.

«Pronto?»

Come sempre lui aveva un tono offeso, anche se Kate sinceramente non ne era troppo meravigliata. «Sono io, Burt. L'altro ieri ho tentato invano di telefonarle. E lei non mi ha richiamato.»

La telefonata nel bosco. Che aveva attirato Harris su di loro. Sarebbe stato troppo laborioso spiegargli le esatte circostanze, perciò Kate si limitò a rispondere: «Era proprio un pessimo momento».

«Tuttavia non...»

«Inoltre lei mi aveva riattaccato in faccia. Il giorno prima. Quando l'avevo chiamata per scusarmi.» Kate si sentiva un po' stupida. Le sembrava di essere tornata alle elementari. Hai cominciato tu! No, tu! No, tu!

«Ero molto arrabbiato» disse Burt. «E offeso. Era la seconda volta che l'aspettavo come d'accordo da Gianni e lei mi ha dato buca.»

«Lo so. Mi rincresce molto.»

«Non importa. Mettiamoci una pietra sopra. Quello che volevo chiederle è se avesse programmi per stasera. So che è già tardi, ma...»

Di sicuro lui non era più troppo attratto da lei - ammesso che lo fosse mai stato - ma non aveva nessun altro con cui passare quella maledetta serata. Che aveva la caratteristica di far sembrare la solitudine un fallimento più ancora che a Natale.

Non hai proprio nessun altro amico?

Kate si rese conto di non nutrire alcuna simpatia per lui, e poi era troppo stanca. E all'improvviso si disse che a volte poteva essere meglio sentirsi tristi da soli che fingere di non esserlo in due.

«Sinceramente sono molto stanca» rispose quindi. «Andrò a dormire come al solito.»

«La notte di Capodanno?»

«Perché no? Si passa da un giorno all'altro. Che cosa c'è di tanto particolare?»

Lui scoppiò in una risata vagamente sprezzante. «Be', Kate, seriamente... non mi sorprende più nulla. Voglio dire, che lei non trovi nessuno. Bisogna mostrarsi disponibili verso gli altri. Frequentare altre persone. Non tenere sempre chiuse tutte le porte.» Il suo tono di voce virò verso la preoccupazione. «Così non fa un favore nemmeno a se stessa, Kate. Per non parlare di quando accetta un appuntamento e poi non si fa vedere. Credo che abbia bisogno di aiuto.»

Che idiota, pensò Kate. Un classico: trasformare l'altro in un caso patologico solo per sentirsi meglio.

Non commentò le sue parole. Non aveva la minima voglia di mettersi a parlare dei suoi problemi.

«Le auguro un buon anno, Burt» disse.

Burt fece una risata affettata. «Buon anno, Kate» rispose. Poi chiuse la conversazione.

Kate rimise in frigorifero la bottiglia di vino e rinunciò all'idea di pensare a una cena. Era troppo stanca.

Per cucinare, per bere. Per qualsiasi cosa.

Sarebbe andata a dormire e l'indomani avrebbe visto.

Visto che cosa? Come si sarebbe prospettato il nuovo anno? La sua vita?

Non ora, si disse, non pensarci ora.

Ma quando finalmente si sdraiò a letto, con Messy accanto a sé, il sonno le era completamente passato. Il cuore le batteva forte, non riusciva a tenere fermi i piedi, sudava. Si mise seduta.

Com'era possibile sentirsi contemporaneamente tanto sfiniti e tanto vigili?

Guardò la sveglia sul comodino. Le nove e mezzo. Ancora due ore e mezzo al nuovo anno.

Si alzò e si rivestì. Jeans, pullover. Rinunciò a pettinarsi i capelli o a truccare anche minimamente il viso pallido e stanco. Accarezzò Messy che la guardò confusa.

«Scusa. Devo uscire. Tornerò presto.»

In macchina le venne da pensare che quello che stava facendo potesse essere folle, ma allo stesso tempo aveva la certezza che fosse giusto. Giusto in quel momento, per *lei.*

Quando arrivò a Queen's Parade, i primi fuochi d'artificio salivano nel cielo buio sopra Scarborough. Esplodevano in migliaia di stelle e piovevano sopra le case. Anche sulla spiaggia c'era qualcuno che li aveva accesi. Il loro chiarore balenava fugace sull'acqua.

La luce a casa di Caleb era accesa. Kate sospirò sollevata. Aveva temuto che fosse al bar, che lavorasse la notte di Capodanno. Magari aveva fatto il cambio con qualcuno. Magari non si sentiva bene nemmeno lui, dopo tutto quello che era successo.

Salì i gradini, bussò alla porta. All'inizio non le giunsero rumori dall'interno e lei pensò che non fosse in casa e avesse lasciato inavvertitamente le luci accese. Poi però sentì dei passi pesanti, la porta si aprì. Davanti a lei comparve Caleb.

Era cereo in viso e aveva gli occhi arrossati, come se avesse trascorso le ultime due notti senza dormire. O come se avesse pianto per ore. Probabilmente entrambe le cose.

«Kate!» esclamò.

«Posso entrare?»

«Certo.» Lui fece un passo indietro. C'erano ancora numerosi scatoloni che ingombravano l'ingresso, una lampadina nuda appesa al soffitto spargeva una luce abbagliante. Nell'appartamento faceva freddo. Kate si strinse nelle spalle con un brivido.

Caleb se ne accorse. «Il riscaldamento non funziona più. Spero che domani vengano a fare un intervento di emergenza.»

Entrò in salotto seguita da lui. Sul tavolo erano accatastati diversi scatoloni, in compenso ci si poteva muovere più liberamente in bagno. Utilizzare la doccia. Sopra uno degli scatoloni c'era un piccolo televisore. Era acceso con il volume a zero. Kate vide di nuovo le figure infagottate che si muovevano in una città che sembrava abbandonata. Cina. Wuhan. Lo scoppio della nuova e misteriosa infezione polmonare.

Davanti al televisore una bottiglia di whisky.

Kate sussultò. Caleb aveva seguito il suo sguardo.

Si scambiarono un'occhiata. Lei capì che si era accorto dei lividi da strangolamento che aveva sul collo. Lo riconobbe quando il suo colorito si fece ancora più cereo, il suo viso più smunto.

Alla fine lui abbassò gli occhi. «Sono così addolorato, Kate» mormorò. «Terribilmente.»

«Però vedo che ti sei ripreso in fretta» ribatté spietata.

«Kate...»

Lei si sentiva crudele. Aggressiva. Lui era così tormentato. Così mortificato. Si rendeva conto della tragedia sfiorata da Kate e di quale fosse stato il suo ruolo nella cosa. Era evidente che avrebbe voluto più di ogni altra cosa poter far tornare indietro il tempo. Non aveva bisogno di qualcuno che gli rimarcasse il suo fallimento. Lui stesso era il suo più implacabile accusatore.

All'improvviso però lo shock, il trauma, lo sgomento di quel bosco buio e innevato la travolsero.

«Ho rischiato di morire, Caleb. Ero quasi morta. Quel tizio mi ha quasi ucciso.» Non si rese quasi conto delle lacrime che le rigavano le guance. Era tornata laggiù, si vedeva riversa nella neve, il viso premuto a terra, il naso, la bocca e le orecchie piene di neve, il peso di Samuel Harris su di lei, i suoi ansiti, la presa brutale sulla sciarpa, che le serrava il collo, togliendole l'aria, si vedeva scalciare disperatamente, lottare e capire di non avere possibilità contro quel pazzo pieno di odio, di non potersi più muovere.

«Ho pensato di morire. A un certo punto ho visto la luce. Una luce chiara. Ho sentito il calore. Praticamente non ero più qui. Qui sulla terra, intendo.»

Lui fece un passo verso di lei. «Se solo avessi...»

Lei indietreggiò, andò a sbattere con il fianco contro lo spigolo del tavolo. «Mi ero affidata a te, Caleb.»

«Lo so» mormorò con un filo di voce. I suoi occhi erano carichi di disperazione.

Kate sapeva che lui non avrebbe potuto trovare giustificazioni. Non avrebbe potuto dire niente per rimettere a posto le cose. Era consapevole che non ci avrebbe nemmeno provato e si domandava se non si sarebbe sentita montare dentro la collera nel caso lui avesse cercato di darle delle spiegazioni, se le avesse ricordato la sua dipendenza, la sua malattia. Ma anche la sua espressione mesta, il suo silenzio e soprattutto quella maledetta bottiglia di whisky attizzavano la sua ira.

Prima di riuscire a trattenersi, con un gesto impetuoso della mano la spazzò via dal tavolo mandandola in frantumi contro il muro. Le schegge di vetro volarono per la stanza, ricadendo sul tavolo, il whisky lasciò strie dorate sulla parete. Di colpo l'aria si riempì di un odore di alcol così intenso da dare l'impressione di potersi ubriacare per il solo fatto di respirare.

«Perché, Caleb? Perché? Perché non puoi smettere una volta per tutte?»

Lui sussultò. Non rispose.

Kate si rendeva conto di quanto fosse stupida quella domanda. Se gli alcolizzati fossero stati in grado di smettere, la cosa non sarebbe stata un problema. Caleb si era disintossicato diversi anni prima. Ma poi non era riuscito a trattenersi. E la cosa lo addolorava più di chiunque intorno a lui.

Kate si sforzò di tornare calma. «Mi spiace.»

«Non importa.»

Un fuoco d'artificio esplose fuori dalla finestra, rischiarando il cielo di mille stelle cadenti.

«Rimani qui?» chiese Caleb sottovoce. «Per questa notte, intendo?»

Lei scosse la testa. «Non voglio lasciare da sola Messy. Ha paura dei botti. Sono venuta solo...» Ammutolì.

Lui la guardò con aria interrogativa. «Sì?»

«Non saprei. Era solo che volevo vederti un'ultima volta. Nel vecchio anno.»

«Per togliermi la tua amicizia? Lo capirei.»

«No. Certo che no.»

Nonostante la collera, che nasceva dalla delusione, all'improvviso pensò: mai. Mai nella vita. Mai nella vita voglio perdere l'amicizia di Caleb. Qualunque cosa sia successa. Qualunque cosa accadrà.

Aveva ancora il viso bagnato di lacrime quando ripeté: «Certo che no».

«Ci proverò» disse Caleb.

«A fare cosa?»

«A disintossicarmi di nuovo. Te lo prometto. È la prima cosa di cui mi occuperò nel nuovo anno.»

«Non farlo per causa mia» disse Kate. «Promettimelo. Fallo per te. Per il tuo futuro.»

«Lo faccio e basta» disse Caleb. Entrambi ne erano consapevoli: Caleb aveva di fronte a sé una dura battaglia, forse addirittura più difficile della prima volta. Perché adesso era più impaurito e demoralizzato, avendo sperimentato il proprio fallimento.

Rimasero uno di fronte all'altra, impacciati, poi Kate disse: «Adesso vado. Ho bisogno di dormire. Devo rimettermi in sesto. Ti auguro di iniziare bene il nuovo anno, Caleb».

«Anche tu.» L'accompagnò fino alla porta. Mentre erano sotto la luce brutale della lampadina, lui fece un profondo respiro. Kate lo vide letteralmente farsi coraggio.

«E... Per domani? Hai voglia di fare una passeggiata con me? Sulla spiaggia?»

«Volentieri.»

«Bene.» Lui sorrise. Per la prima volta da quando era arrivata. Un sorriso tirato, faticoso, tormentato, ma era pur sempre… un sorriso. «Allora a domani, Kate.»

Lei ricambiò il sorriso. «All'anno prossimo, Caleb.»

Indice

Charlotte Link
Senza colpa

Una calda giornata estiva: Kate Linville, sergente investigativo di Scotland Yard, si trova sul treno che da Londra la conduce al commissariato di Scarborough nello Yorkshire, il suo nuovo posto di lavoro ma anche un luogo legato alla sua infanzia e agli ultimi casi su cui ha investigato. Improvvisamente una donna le chiede aiuto: è inseguita da un aggressore armato, che tenta di ucciderla sparando un colpo di pistola prima di dileguarsi.
Contemporaneamente la cittadina costiera è sconvolta da quanto è successo a un'insegnante di liceo, che rischia la paralisi in seguito a una caduta in bici dovuta a un cavo teso sulla strada da uno sconosciuto, che prima di fuggire le ha sparato. Due donne che non si conoscono e che nulla hanno a che fare l'una con l'altra. Eppure, la pistola che ha sparato è la stessa. Ma se l'arma è il collegamento tra i due tentativi di omicidio, quali altre relazioni ci sono? Kate, prima ancora di prendere ufficialmente posto nella nuova sede, si trova per le mani un'indagine complessa e ulteriormente complicata dal fatto che il suo diretto superiore e amico, Caleb Hale, è stato momentaneamente sospeso dal servizio. E dalla volontà di troppe persone di custodire gelosamente dei segreti dietro un muro insormontabile di silenzio, menzogne e paura, che perdura da anni. Quando il muro comincerà pian piano a sgretolarsi, sempre più persone saranno in pericolo di vita, ma nessuno vorrà rivangare il passato. O forse *quasi* nessuno.

TEA

Questo libro è stampato col sole

Azienda carbon-free

Finito di stampare nel mese di aprile 2024
per conto della TEA S.r.l.
da Grafica Veneta S.p.A. di Trebaseleghe (PD)
Printed in Italy

Certificato PEFC
Questo prodotto è realizzato con materia prima da foreste gestite in maniera sostenibile e da fonti controllate
PEFC
PEFC/18-31-226
www.pefc.it